Peter Gustav Bartschat

Die Burg
der Alchimisten

Peter Gustav Bartschat

Die Burg der Alchimisten

Ein Krimi aus der Renaissance

nymphenburger

© 1996 nymphenburger
in der F. A. Herbig Verlagsbuchhandlung GmbH, München
Alle Rechte, auch der photomechanischen Vervielfältigung
und des auszugsweisen Abdrucks, vorbehalten
Schutzumschlag: Wolfgang Heinzel
Satz: Schaber Satz- und Datentechnik, Wels
Gesetzt aus der 10,5/12 Punkt ITC Slimbach in PostScript
Druck und Binden: Graph. Großbetrieb, Pößneck
Printed in Germany
ISBN 3-485-00752-8

*Für Barbara:
Du allein bist meine große Liebe
(Jedes weitere Wort
in diesem Buch ist frei erfunden)*

Inhalt

Im 1. Kapitel wird der Henker von Kühlenborn an der Ausübung seines Amtes gehindert *11*

Das 2. Kapitel beschreibt die Entlarvung eines Schurken *26*

Das 3. Kapitel erzählt, was einem auf der Landstraße widerfahren kann *33*

Das 4. Kapitel stellt Fürstbischof von Greifenclau vor *40*

Das 5. Kapitel schildert das aufregende und abwechslungsreiche Leben der Landsknechte *51*

Das 6. Kapitel spielt in der Heimat, der süßen Heimat *65*

Das 7. Kapitel erklärt, warum der Umsatz am Markttag weit unter dem Durchschnitt blieb *77*

Das 8. Kapitel macht den Leser mit einer jungen Verehrerin und einem kompletten Idioten bekannt *93*

Das 9. Kapitel spielt im Paradies *105*

Das 10. Kapitel berichtet, weshalb die Todtenorgel schweigt *125*

Das 11. Kapitel erzählt, was Edgar mit Hilfe seines Diez erfuhr *134*

Im 12. Kapitel sammelt Edgar Gerüchte *142*

Das 13. Kapitel erzählt von einer langen, dunklen, kalten und nassen Nacht *156*

Das 14. Kapitel bringt eine Zeitung *171*

Das 15. Kapitel läßt zwei Suchende ans Ziel kommen *180*

Das 16. Kapitel informiert über geschickte Verhandlungsführung *188*

Das 17. Kapitel erzählt von alten Zeiten   200

Das 18. Kapitel erzählt von unterschiedlichen Einschätzungen der Lage   226

Im 19. Kapitel werden zwei Schriftstücke aufgesetzt   235

Das 20. Kapitel schildert das Rätsel des verschlossenen Raums   244

Das 21. Kapitel beschreibt eine Kur, die so schlimm ist wie die Krankheit   260

Das 22. Kapitel enthält ein Geständnis   275

Das 23. Kapitel erklärt, wieso das Prinzip der getrennten Verhöre aufgeweicht wurde   288

Das 24. Kapitel erteilt eine Lektion im Ricochettschuß   300

Das 25. Kapitel schildert von ferne eine Verhandlung   309

Das 26. Kapitel bringt wichtige Informationen und noch wichtigere Fragen   336

Im 27. Kapitel ertönt ein unerwartetes Geräusch   349

Das 28. Kapitel sollte der Leser keinesfalls auswringen: Er würde sich mit Blut bekleckern   385

Im 29. Kapitel werden alle Fragen beantwortet   404

Das 30. Kapitel beginnt just in dem Moment, als es scheint, das Schlimmste sei überstanden   436

Anhang: Ich habs gewagt mit Sinnen   446

Dramatis Personae

EDGAR FRISCHLIN	im Geheimdienst seiner Eminenz
JOSEPH PEUTINGER	ein Mörder
LEO VON CLEVE	der Schwarze Mann

In Kühlenborn

ERNST MARIA EISNER	der Richter von Kühlenborn
BERNHARD WAGENBACH	ein zum Tode Verurteilter
CORNELIUS SACHS	ein Henker
VOLKER DER GLATZKOPF	ein Glücksritter

ein Wirt, Schankmägde und Gäste im »Glücklichen Erpel«, ein Spielmann, ein Stallbursche, ein Stadthauptmann, Stadtwachen, Zuschauer bei der Hinrichtung

In Trier

RICHARD GREIFENCLAU ZU VOLLRATHS	der Kurfürst und Erzbischof von Trier
EINHARD MURNER	ein Domherr
WITWE KAPELLER	Edgar Frischlins Vermieterin
CRISPIN SCHONGAUER	der Leibwächter des Fürstbischofs
GOTTHOLD UTZ	ein Rottenführer der Landsknechte
NIKLAS WALDIS	ein Landsknecht

Landsknechte und Kutscher

In Damscheid

JAKOB SEUSE	der Dorfpastor
OTTOKAR FRISCHLIN	Edgar Frischlins jüngerer Bruder

Ottokars Frau und Kinder, Bäuerinnen und Bauern

In Oberwesel

LUDWIG HOCHSTRATEN	der Bürgermeister
WENZEL FINCK	ein alter Schuster
HENRIETTE	Wenzel Fincks Tochter
ETHAN LANGENMANTEL	ein Kaufmann
LUKAS PALTZ	ein Handwerker
PHILIP HERWEGH	ein Soldat der Stadtwache

Langenmantels Gattin, Stadtwachen, Bürgerinnen und Bürger

Auf der Schönburg

FROWIN VON PIRCKHEIM	Graf und Herr auf der Schönburg
CONRAD VON PIRCKHEIM	Graf Frowins Sohn

BENNO WIGGERSHAUS	der Burgverwalter
HANS KUEHNEMUND	der Burghauptmann
SUSANNE GUNDELFINGER	eine Alchimistin
ULRICH VON HUTTEN	ein Reichsritter und Humanist
JOHANNES	der Burgkaplan
HENNING LOCHER	ein Kanonier
BERTA	eine Köchin
ADRIANE	ein Küchenmädchen
HERMANN LOTZER	ein Landsknecht
OTTO FECHTER	ein Landsknecht
DER ALTE MICHEL	ein Landsknecht

Landsknechte, Knechte und Mägde, Flüchtlinge aus Oberwesel

In Köln und Umgebung

LEOPOLD MÜHLPFORT	ein Wirt
FRIEDERIKE	Mühlpforts Tochter
GILBERT DE CZIFFRA	Schauspieler und Dieb

Schankmägde und Gäste in Mühlpforts Gasthof

Die Schinder

GIOVANNI PICO DELLA SPALATINA	Anführer der Schinder
DER TODESENGEL	Spalatinas Gefährtin
TILL DER REIMER	ein Schinder

Schinder, Huren

Die Toten

NIKOLAUS VON PIRCKHEIM	Graf Frowins älterer Bruder
MANFRED DER BEUTELSCHNEIDER	ein Unterführer der Schinder

Die Abwesenden

FRANZ VON SICKINGEN	Führer der Reichsritter
MARTIN LUTHER	Deutscher Reformator
SEBASTIAN BRANT	elsässischer Humanist und Dichter
JOHANNES TETZEL	Deutscher Ablaßprediger
HULDRYCH ZWINGLI	Schweizer Reformator

Die Erzählung spielt im April und Mai anno domini 1523.

1

Im 1. Kapitel wird der Henker von Kühlenborn an der Ausübung seines Amtes gehindert

Als der Henker den Schankraum des »Glücklichen Erpel« betrat, verstummten die Gespräche kurz – und zu abrupt, daß es ein Zufall hätte sein können.
Eine Bewegung ging durch die Reihen der Sitzenden, wie eine Windbö über Gras streicht, dann gingen die Gespräche, Würfelspiele, das gegenseitige Zutrinken weiter wie zuvor. Mit einem einzigen Unterschied: Keines der Gesichter war dem Neuankömmling zugewandt.
Wer es noch nicht wußte, wurde von seinen Tischnachbarn darüber aufgeklärt, rascher, als der Mann den Raum durchqueren konnte: Cornelius Sachs, der Henker, war gekommen, um seinen Krug Freibier zu trinken.
Sachs setzte sich an den Kamin. Der Wirt selbst stellte einen Krug auf den Tisch. Die drei Mägde kamen nicht in Sachs' Nähe.
Als Sachs trotzig in den Raum blickte, stolz den Kopf erhoben, traf sein Blick den meinen. Ich winkte rasch einer der Schankmägde, als habe ich keinerlei Interesse am Henker.
Eine Weile starrte ich in mein Bier, nur aus den Augenwinkeln bemerkte ich, daß der Henker mich musterte.
Ich war ihm noch nie begegnet. Ich wußte, daß ich keinen bleibenden Eindruck hinterlassen würde, wenn ich mich gleichgültig gab. Was der Henker sah, war nur ein Mann in der ledernen Kleidung eines Fuhrknechts. Mein breitkrempiger Hut lag vor mir auf dem Tisch. Mein Gesicht war unrasiert. Selbst aus der Entfernung würde Sachs sehen, daß ich ein vom Trinken aufgequollenes Gesicht und tiefliegende Augen hatte: Nur ein durchschnittlicher, ungepflegter Kerl von über vierzig.

Ein jüngerer Mann in bunter Kleidung, eine hohe Mütze auf dem Kopf, eine Laute in der Hand, kam zielsicher durch den Raum auf den Henker zu.
»Ich kann mich doch zu Euch auf die Bank setzen?« fragte der Mann.
»Ihr könnt, aber Ihr wollt nicht«, sagte Sachs.
Ich saß nahe genug, daß ich die Stimmen der beiden hören konnte. Wenn ich durch das allgemeine Gemurmel auch nicht jedes Wort verstand, so reichte es doch, um mir aus dem Rest alles Fehlende zusammenzureimen.
»Ich kann alles, was ich will, und ich will alles, was ich kann«, sagte der Neuankömmling, während er sich setzte. »Und wenn ich kann, so will ich auch. Ich bin Frollo, der Spielmann. Warum sitzt Ihr hier so miesepetrig allein?«
Sachs blickte ihn an. »Seid Ihr viel in der Welt herumgekommen?« fragte er.
»Das will ich meinen.«
»Und habt Ihr allerhand gesehen?«
»Nicht mehr, als ich zu Liedern machen konnte.«
»Na, was meint Ihr wohl, weshalb ich hier allein sitze?«
»Ihr könntet Mundgeruch haben.« Der Spielmann schnüffelte. »Nein, habt Ihr nicht. Vielleicht seid Ihr einfach ein Langweiler. Heda, Mädchen! Bring mir auch so einen Krug!«
»Sie wird Euch nichts an diesen Tisch bringen, Frollo.«
»Nicht? Und schon ist das Rätsel gelöst: Ihr seid der Henker.« Der Spielmann stand auf.
»Stimmt. Lebt wohl.«
»Ihr wollt doch nicht schon gehen. Kaum, daß wir uns kennengelernt haben. Ich für mein Teil will mir nur mein Bier selbst holen.«
Ich starrte weiter in mein Bier. Es war warm und schal, aber ich war nicht hergekommen, um zu trinken.
»Was ist das für eine Hinrichtung?« fragte der Spielmann, als er mit zwei Krügen zurückgekommen war und einen dem Henker angeboten hatte. »Lohnt es sich, ein Lied daraus zu machen?«

»Ihr seid ein komischer Kauz«, sagte Sachs. »Ich köpfe die Leute nur, ich beurteile sie nicht.«
»Wenn Ihr richtet, könnt Ihr auch berichten. Was ist los, klebt Euch die Zunge am Gaumen?«
»Ihr macht Euch hier nicht beliebt, wenn Ihr mit dem Henker am Tisch sitzt.«
Der Spielmann nahm einen tiefen Zug Bier.
»Na, läuft einem das nicht die Kehle runter wie Weihwasser?« sagte er. »Ein gutes Bier bekommt man hier. Jetzt bin ich auf eine gute Geschichte gespannt. Wer verliert morgen seinen Kopf?«
»Ein armer Hund«, sagte Sachs. »Einer, der es besser verdient hätte. Und der, den sie köpfen sollten, läuft noch frei herum.«
»Ich bitte Euch! Erzählt die Geschichte doch nicht von hinten nach vorn. Wie heißt der Kerl? Was hat er angestellt?«
»Er heißt Bernhard Wagenbach, ein junger Bursche aus der Stadt. Ist als Schreinergeselle nach Trier gegangen. Aber jeden Sonntag hat er den langen Weg hierher gemacht, um seine Mutter zu besuchen. War schon ein anständiger Kerl, der Bernhard.«
»Du sprichst wohl nicht mit jedem«, sagte in diesem Augenblick der Mann neben mir, mit jenem scharfen Unterton in der Stimme, der persönliche Kränkung verrät.
»Sollte keine Beleidigung sein, Nachbar«, sagte ich nuschelnd. Ich hob meinen Krug und prostete dem Mann in der Zimmermannstracht zu. »Hab nur an mein Mädel daheim gedacht. Worum geht's?«
»Du bist nicht aus der Gegend, oder? Willst dir auch die Hinrichtung ansehen?«
»Nur auf der Durchreise. Suche nach einem Wagenzug, der Begleitung braucht.«
»Wirst nicht viel Glück haben. Wir fragen uns alle, ob der Kerl noch reden wird, ehe er seinen Kopf verliert. Soll damit gedroht haben.«
»Mir egal«, log ich.
Ich kannte die Geschichte, die der Henker gerade erzählte, als sei

ich selbst dabeigewesen. Tatsächlich war ich das auch, eine Weile jedenfalls.
Bernhard Wagenbach hatte in Trier einen Mann kennengelernt, der ihm sympathisch war. So sympathisch, daß der junge Bernhard sich freute, ihm einen Gefallen tun zu können. Am Anfang sollte er nur einen Brief mitnehmen und in Kühlenborn einem Freund seines neuen Freundes übergeben. Dann ein kleines Paket. Dann ein größeres. So ging es ungefähr ein Jahr, und es hätte noch länger gehen können, wenn nicht durch Zufall ein Trupp bischöflicher Reiter in der Nähe von Kühlenborn auf einen Wagen mit gebrochener Achse getroffen wäre. Der Hauptmann fragte den Kutscher, ob sie helfen sollten. Der Kutscher machte einen Fehler: Er sagte »nein«. Da wurden sie mißtrauisch und schauten nach.
Als Bernhard ein paar Tage später in die Stadt kam, nach seinem Kutscher suchte, da stand der Wagen mit einer neuen Achse an der richtigen Stelle. Aber der Mann auf dem Kutschbock trug einen Harnisch unter seinem Kittel, und Bernhard fand sich in Fesseln wieder, ehe er begriff, was ihm geschah. Sie öffneten das Paket, das er bei sich hatte. Und Bernhard war wohl am meisten von allen überrascht, was darin war.

Immer wieder hatte sich die Tür der Schankstube geöffnet, um neue Gäste herein- oder alte hinauszulassen.
Als die Tür sich jetzt wieder öffnete – nicht lange genug, um die abendliche Kälte hereinzulassen –, spürte ich, wie trotzdem eine Gänsehaut meinen Körper überzog.
Ich beugte mich vor, als wolle ich mich am Bein kratzen. Dabei brachte ich meine Hand in die Nähe des Messers in meinem Stiefel.
Lange Zeit hätte ich einiges darum gegeben, Joseph Peutinger zu begegnen. Allerdings nicht ausgerechnet jetzt, da ich den Henker keinen Moment aus den Augen lassen durfte.
Peutingers Blick schweifte durch den Raum, ging über mich hinweg und fand schließlich eine Gruppe von Männern, die er gesucht hatte.

Es gab ein kurzes Rücken auf einer der Bänke, dann war Platz für Peutinger. Er setzte sich, begrüßte einen Glatzkopf mit Handschlag und wurde den anderen Männern vorgestellt.
Ich konzentrierte mich auf mein Bier. Ich preßte meine Knie zusammen, zwang meine Beine, mit dem Zittern aufzuhören, und drückte meine Ellbogen gegen die Seiten. Ich verbot meinen Gedanken, sich mit Peutinger zu beschäftigen. Vergebens.
Joseph Peutinger trug die bunte Kleidung eines Landsknechts. Er war barhäuptig, seine rötlichblonden Haare fielen bis auf die Schultern herab. Er hatte ein jugendliches Gesicht, die Mundwinkel immer zu einem leichten Lächeln erhoben. Eigentlich sah er gar nicht wie ein Landsknecht aus, sondern wie die fleischgewordene Abbildung eines Flugblattes, das die Schönheiten eines Lebens als Landsknecht preist. Mir erschien er wie der Satan selbst. Peutinger unterhielt sich mit den anderen Männern an seinem Tisch.
Ich wünschte mir, ich säße am anderen Ende des Raums und könnte hören, worum es ging. Und dann wieder wünschte ich, ganz woanders zu sein, denn in meinem Kopf sagte eine Stimme: *Du bist tot, Edgar, tot, tot, tot.*
Ich zwang mich, wieder dem Henker und dem Spielmann zuzuhören.
»Ein Ellbogen«, sagte Sachs, und ich wußte, daß er gerade das Öffnen des Paketes schilderte.
Es war der Ellbogen Sankt Florians. Die Büttel hatten triumphierend gelächelt, und Bernhard war in Tränen ausgebrochen.
Ich hatte nicht weit entfernt gestanden und zugesehen. Niemand war auf mich aufmerksam geworden, weder die Büttel noch ihr Gefangener. So, wie es immer war. Damals wie heute war ich überzeugt, daß Bernhard unschuldig war. Aber die Richter dachten anders. Sie hatten auch in meinem Fall anders gedacht, Jahre früher, in einer anderen Stadt.

Ich stand aufrecht, doch wie gelähmt in einer Scheune.
Nur ein paar Schritte vor mir lag eine junge Frau. Ihr Kleid war

zerfetzt, und auf ihrer Brust, rund um die Stelle, an der der Tod in ihren Körper eingedrungen war, breitete sich ein roter, feuchter Fleck aus. Sie zuckte mit den Beinen, als versuche sie, im Liegen zu laufen, fort von ihrem eigenen Tod.
Sie hatte rote Haare und ein Gesicht voller Sommersprossen. Einst hatte dieses Gesicht so herrlich gelacht, daß ich niemals aufhören wollte, es anzusehen. Jetzt war es von Schmerzen zu einer grauenhaften Fratze verzerrt. Die Lippen versuchten, Worte zu formen, die doch nur als ein leises Stöhnen an mein Ohr drangen.

Ich beobachtete, wie die Stimmung in der Gruppe um Peutinger immer gereizter wurde. Der ältere Mann mit der Glatze versuchte offenbar, Peutinger von etwas zu überzeugen. Der zeigte auf einen Mann nach dem anderen und schien über jeden etwas Abfälliges zu sagen.
Einer der Männer sprang auf und legte die Hand auf den Griff seines Messers. Der Glatzköpfige drückte den Empörten auf die Bank zurück und redete dabei weiter auf Peutinger ein.
»Was sollte das heißen? Warum hat er auch nicht geredet?« fragte Frollo den Henker.
Sachs nahm einen langen Zug aus seinem Krug. Er schien sich in der Gesellschaft des Spielmanns wohl zu fühlen und erzählte weiter.
Jetzt kam der Teil, in dem sich Bernhards Gutgläubigkeit in unverzeihliche Dummheit verwandelt hatte. Er weigerte sich, den Namen des Mannes zu nennen, der ihm die Pakete gegeben hatte.
In Trier versuchte der Domherr Einhard Murner herauszufinden, wer Fürstbischof Greifenclau bestahl. Seit Monaten schon wußte man, daß kostbare Kirchenschätze und Reliquien verschwanden. Aber erst jetzt war der Dieb so dreist geworden, daß man ihm auf die Schliche kommen konnte. Domherr Murner war ein kluger Kopf. Er entdeckte Spuren und Beweise, die nicht einmal die Stadtwache bemerkt hatte.

Weder die Bewachung der Schatzkammern noch das Aussetzen einer Belohnung lösten das Rätsel der verschwundenen Reliquien. Jetzt war der Mann, der das Diebesgut aus der Stadt gebracht hatte, gefangen. Der Name des Anstifters blieb jedoch weiterhin ungenannt.

Als Richter Eisner ihn zum Tode verurteilte, sagte Bernhard: »Er wird mich herausholen, ehe ich sterbe.«

Bernhard glaubte an das Gute im Menschen, und er glaubte an Treue.

Ich wußte es genau, denn ich hatte zwei Wochen mit ihm in einer Zelle verbracht. Fast hätte ich ihn zum Reden gebracht. An meinem letzten Tag im Gefängnis von Kühlenborn schien sich Bernhard darüber klarzuwerden, daß ihn niemand herausholen würde. Er war verzweifelt. Mal fluchte er auf die ganze Welt, mal weinte er, aber nie nannte er den Namen, auf den ich wartete.

Als ich merkte, daß ich nichts erreichen konnte, rief ich die Wachen, um freigelassen zu werden. Jetzt erkannte Bernhard, woran er mit mir war. Er sagte mir zum Abschied, wenn sein Freund ihn nicht rettete, würde er auf dem Richtblock den Namen nennen.

Außer mir hörten noch zwei Wächter die Ankündigung. Ich verpflichtete sie zum Schweigen. Am nächsten Tag wußte es die ganze Stadt.

»Jetzt rechnet man damit, daß der Anstifter alles versuchen wird, um Bernhard noch zu befreien«, beendete der Henker seine Erzählung. »So viele Soldaten sind noch nie auf Wache gezogen. Und morgen darf kein Zuschauer näher als dreißig Schritt an den Richtblock heran. Aber es ist spät geworden, und ich brauche noch ein paar Stunden Schlaf.«

»Das war wirklich eine interessante Geschichte«, sagte der Spielmann. »Ich begleite Euch noch. Vielleicht könnt Ihr mir einen Rat geben, wo ich ein Quartier finde.«

Als der Henker und der Spielmann zusammen den Raum verließen, standen auch Joseph Peutinger und der Glatzkopf auf und gingen zur Tür. Leider fehlte mir die Zeit, mir schnell noch ein paar nützliche Tricks für diese Situation anzueignen, zum Beispiel, mich in zwei Personen aufzuteilen.

Es dauerte eine Weile, bis meine Augen sich an das Dunkel der Gasse gewöhnt hatten.

Von rechts hörte ich einige Schritte, die sich entfernten. Ich lief in dieselbe Richtung. Die weichen Ledersohlen meiner Stiefel ließen mich fast geräuschlos bis zur Ecke gelangen.

Dort, am fernen Ende, bogen gerade zwei Gestalten, im Dunkel nicht deutlicher als Schatten, in eine Seitengasse ein.

Der Henker und der Spielmann.

Oder Peutinger und der Glatzkopf.

Ich überließ dem Schicksal die Wahl. Statt auch noch die Gegenrichtung zu kontrollieren, folgte ich den beiden.

Ich zog das Messer aus dem Stiefel und hielt es beim Laufen in der Hand, die Klinge in den Ärmel geschoben.

Ich folgte den beiden Männern rasch und leise. Bei jeder Ecke hielt ich an und verfiel für einige Schritte wieder in scheinbar zielloses Schlendern. Falls einer der beiden sich umdrehte, sollte er nichts als einen gleichgültigen Passanten sehen.

Vielleicht übertrieb ich meine Vorsicht, denn mit einem Mal waren die beiden Männer nicht mehr zu sehen.

Schon glaubte ich, die Spur verloren zu haben, da wurde mir klar, daß die beiden Männer sich getrennt hatten.

Nur noch einer von ihnen stand da vorn mitten auf der Straße und sah mir entgegen.

Es war der Glatzkopf; von Peutinger oder gar dem Henker und seinem Begleiter war nichts zu sehen.

»Ich habe Männer gesucht, keine Karrenknechte«, sagte er.

Ich brachte einen französischen Akzent in meine Stimme – begleitet von einem lautlosen Stoßgebet, daß der Glatzkopf nicht französisch sprach –, als ich antwortete: »Laß dich nicht täuschen. Ich kann mehr, als *carrosses* fahren.«

Was ich im »Glücklichen Erpel« beobachtet hatte, machte zusammen mit den Worten des Glatzkopfs einen Sinn: Peutinger suchte kampferprobte Leute, und der Glatzkopf war sein Werber. Aber

die Geworbenen hatten keine Gnade vor Peutingers Augen gefunden.
Das Schicksal hat entschieden, dachte ich, die ältere Rechnung wird zuerst beglichen.
»Ich bin Jean Brunelin«, stellte ich mich vor. »Auf meinen Kopf steht ein *prix*.«
»Ich könnte ihn mir verdienen«, warnte der Glatzkopf.
»Es gibt zwei Gründe, weshalb du ihn dir nicht verdienen wirst«, widersprach ich.
»Da bin ich gespannt.«
»Der erste Grund ist, daß du vorher *mort* bist.«
Es gab ein kurzes Blitzen in der Dunkelheit, und der Glatzkopf hatte ein Schwert in der Hand. »Das kann ich mir nicht vorstellen«, sagte er.
»Der zweite Grund ist, daß ich der einzige *homme* in der Stadt bin, den Joseph Peutinger akzeptieren wird.«
»Woher kennst du den Namen?« Der Mann trat auf mich zu, das Schwert kampfbereit vorgestreckt.
»*Alors*«, sagte ich, »willst du kämpfen, oder willst du deinen Anteil am Handgeld verdienen?«
Ich bewegte mich zu schnell für den Glatzkopf. Das Messer kam aus meinem Ärmel, und die Spitze war nur um die Breite eines Haares vom linken Auge des Mannes entfernt. Meine linke Hand hatte sich in den Nacken des Mannes gelegt und hinderte ihn daran, den Kopf wegzudrehen.
»Sag mir, wie du heißt, *mon ami*. Ich weiß gern, wen ich absteche, und ich weiß gern, mit wem ich verhandle.«
»Verdammt, laß mich los. Willst du Geld?«
»Aber, *mon cher*! Habe ich nicht gesagt, was ich will? Kein Wunder, daß du Joseph nur die letzten Schlappschwänze angeschleppt hast, wenn du einen *homme de guerre* nicht von einem *clochard* unterscheiden kannst.«
»Rede wenigstens deutsch mit mir! Mensch, das tut weh, nimm die Hand weg! Du kannst mich gar nicht so schnell töten, daß ich dich nicht vorher noch mit dem Schwert erwische.«

»*Est-ce que tu veux gager?*«

Hoffentlich glaubt er mir bald, dachte ich, mir gehen langsam die französischen Wörter aus.

»Was soll's«, sagte der Glatzkopf. »Ich bin Volker. Gib mir die Hand drauf, Mann.«

Das Messer verschwand von Volkers Hals und landete wieder in meinem Stiefel.

»Was kannst du?« fragte Volker. »Wenn du Joseph kennst, wirst du wissen, daß er wählerisch ist.«

»Wie viele von den *clochards*, die du ihm angeboten hast, hätten das fertiggebracht, was ich gerade gemacht habe?« fragte ich zurück. »Wenn dir das noch nicht als Probe reicht, kann ich dir ein Ohr abschneiden.«

Er braucht das Geld, dachte ich. Jetzt, wo sein erster Schreck vorbei ist, wird er nur noch daran denken. O Joseph, nach all den Jahren bin ich so nahe an dich herangekommen, da kann ich dich nicht wieder entwischen lassen.

»Etwas mehr mußt du mir schon über dich erzählen«, sagte Volker. »Am besten gehen wir rüber in den Stall. Da können wir uns in Ruhe unterhalten.«

Fünfzig Schritt entfernt, in dem Stall, in den Volker mich eingeladen hatte, schlief Joseph Peutinger neben seinem Pferd. Das erfuhr ich erst am nächsten Tag, und einige Wochen lang würde ich in jeder Minute, die nicht von anderen Sorgen in Anspruch genommen wurde, über meine Antwort auf sein Angebot fluchen. Ich verpatzte die Chance, ihn im Schlaf zu erwischen, weil ich zu vorsichtig war.

»*Non, mon ami*«, sagte ich. »Weißt du, hier mitten auf der Straße ist es vielleicht nicht besonders *intime*, aber es hat den großen Vorteil, daß sich niemand in meinen Rücken schleichen kann.«

»Schon gut. Unterhalten wir uns hier.«

»*Alors*, worum geht es? Weshalb werbt ihr Männer an?«

»Es ist eine große Sache.«

»Was für eine große Sache?«

»Größer, als du dir vorstellen kannst. Und es ist Beute drin, mehr Beute, als jeder von uns in seinem ganzen Leben zusammenbekommen könnte.«

»*Ecoutez!* Ich glaube, unser Gespräch hat sich festgefahren. Ich frage dich noch einmal: Was habt ihr vor?«

Wenn ich den Strauchdieb spielte, durfte ich mich nicht auf lange Gespräche mit Rede und Gegenrede einlassen. Aber wenn ich Volker zu sehr bedrängte, konnte ich genauso stehengelassen werden, wie wenn ich zu gleichgültig erschien.

»Na gut«, sagte Volker. »Ich sag dir, was ich weiß. Hast du schon einmal...« Volker stockte und schaute sich nach allen Seiten um, ob sich kein heimlicher Lauscher genähert hatte. Dann winkte er mich näher zu sich heran, beugte sich zu meinem Ohr vor und flüsterte: »...von Giovanni Pico della Spalatina gehört?«

Im selben Moment griff er nach meinem rechtem Arm, riß ihn hoch und drehte sich um seine eigene Achse.

Es war ein gut vorbereiteter, sicher oft geübter Trick. Man kann damit jemanden, der sich ganz aufs Zuhören konzentriert, leicht überwältigen.

Ich kannte ihn auch. Meine Stiefelspitze traf Volkers Knie, meine Handkante seinen Adamsapfel.

Volker schlug auf den Boden, wurde fast sofort wieder hochgezerrt. Er wollte zu einem Schlag ausholen und stellte überrascht fest, daß seine Handgelenke auf dem Rücken zusammengebunden waren.

»Genug gescherzt«, sagte ich. »Wo steckt Joseph?«

»Scheiße! Wo ist dein vermaledeiter Akzent geblieben?«

»Hab ich in die Tasche gesteckt, als ich die Schnur herausholte. Antwortest du jetzt oder muß ich grob werden?«

Volker blickte mich an. »Ich bin vielleicht alt geworden, aber nicht feige«, sagte er. »Aus mir kriegst du nichts raus.«

Volker trug einige Schrammen und Blutergüsse davon, als ich ihn hinter einen Bretterstapel an der Stadtmauer zerrte und ihm dort auch die Füße fesselte.

»Warum die Umstände«, sagte Volker. »Stich mich doch gleich hier ab.«

»Ein verlockender Vorschlag. Jetzt muß ich erst eine andere Verabredung einhalten.«

»Kannst du das auch auf französisch sagen?« höhnte Volker.

»*Fermez la porte*«, sagte ich und schob ihm einen Knebel in den Mund.

Ich blieb bis zur Morgendämmerung bei ihm. Schließlich konnte es sein, daß die Kälte und die schmerzenden Fesseln halfen, seine Meinung zu ändern.

Länger konnte ich nicht warten.

Hoch aufgerichtet, eine blank geschliffene Axt in den Händen, stand der Henker auf dem Podest in der Mitte des Marktplatzes. Sein schwarzer Umhang reichte bis zum Boden; die spitz zulaufende Kapuze ließ ihn größer erscheinen.

Jetzt, da sein Gesicht verborgen war, waren alle Augen auf ihn gerichtet.

Die dreißig Schritt Abstand der Menge zum Richtblock waren durch die nach vorn drängenden Neugierigen innerhalb einer Stunde auf weniger als zehn zusammengeschrumpft. Nur ein kleiner Teil der bewaffneten Posten bestand aus ausgebildeten, disziplinierten Soldaten. Die meisten gehörten der Bürgerwehr an, Männer, die sich zwar stark fühlten, wenn sie gelegentlich Helm und Degen tragen durften, die aber einer entschlossenen Menge keinen dauerhaften Widerstand entgegensetzen konnten.

Eine Gasse war zwischen dem Rathaus und dem Richtblock freigeblieben.

Über die Köpfe der Menge hinweg blickte der Henker in Richtung Rathaus. Im zweiten Stock war ein Fenster geöffnet. Von dort beobachtete ein einzelner Mann die Vorgänge auf dem Marktplatz: Ernst Maria Eisner, der Richter von Kühlenborn.

Vor der Rathaustür hoben zwei Wächter einen gefesselten Mann auf den Henkerskarren.

Von einem Maulesel gezogen setzte sich der hölzerne Karren langsam in Bewegung.
Bernhard Wagenbach war nur mit einem härenen Büßerhemd bekleidet.
Das Quietschen der ungeölten Räder und die Schmährufe der Schaulustigen spielten die Begleitmusik auf seinem letzten Weg.
Mit dem Daumen prüfte der Henker die Schärfe der Axt, untermalt von einem erwartungsvollen »Aaahh!« aus den ersten Reihen.
Ich war lange vor Sonnenaufgang auf dem Marktplatz gewesen, um einen Platz ganz vorn zu finden. Trotzdem hatte ich mich rücksichtslos vordrängen müssen, um nicht mehr als nur die Reihe der Wächter zwischen mir und dem Podest zu haben.
Ich ließ mich willig von den hinter mir Drängenden immer weiter nach vorn schieben und entschuldigte mich jedesmal höflich, wenn ich gegen einen Wächter stieß und diesen einen weiteren Fußbreit vor mir herschob.
Dabei achtete ich darauf, stets die Position beizubehalten, die ich mir ausgesucht hatte: genau zwischen zwei Posten, die beide recht schmächtig wirkten.
Mein Messer befand sich wieder im rechten Ärmel.
Der Henker hob die Axt mit beiden Händen hoch über den Kopf und präsentierte sie der Menge, als habe er sie soeben selbst erfunden.
Ich mußte schnell sein. Wie lange, um die Wächter zur Seite zu stoßen? Wie lange, um bis zum Podest zu kommen? Wie lange, um hinaufzukommen? Konnte ich neben dem Henker sein, ehe der mein Kommen bemerkte?
Ich wußte, daß ich zu wenig Zeit auf meine Vorbereitung verwendet hatte. Gar nichts ist immer zuwenig.
Aber ich wollte nicht einfach zusehen, wie Bernhard hingerichtet wurde. Selbst jetzt, da ich wußte, wer der Anstifter der Reliquien-Diebstähle war.
Zwei Männer der Stadtwache führten Bernhard Wagenbach auf das Podest. Sie zwangen ihn auf die Knie, legten seinen Kopf auf

den Richtblock. Ein dritter zog ein Seil straff über die Schultern. Bernhard wurde in eine schmerzende Position mit überdehntem Oberkörper gezwungen. Der Kopf war nach unten gewandt, so daß er direkt in einen Reisigkorb blicken mußte, dorthin, von wo noch niemand zurückgeblickt hatte.
Die Wachen entfernten sich. Bernhard und der Henker waren allein auf dem Podest.
Die Stimmen der Menge verstummten. Es blieb nur das Rascheln der Kleider, das Scharren der Füße, weil alle versuchten, noch ein wenig näher an das Geschehen zu kommen.
Ich sah, wie der junge Mann nach oben schielte. Offenbar hielt er es nicht aus, in den Korb zu blicken.
Es war ein alter Korb, das Reisig war an mehreren Stellen gebrochen. Jemand hatte ihn an zwei Stellen mit verknoteten Schnüren geflickt, damit er seinen Dienst weiterhin verrichten konnte. Sei sparsam mit dem Material, verschwenderisch mit dem Leben.
Ich stellte mir vor, wie Bernhard Wagenbach auf dem dunklen Reisig deutlich die noch dunkleren Flecke sah, an denen Blut eingetrocknet war.
Die Hand des Henkers legte sich auf Bernhards Hinterkopf und drückte ihn fast zärtlich wieder zurück, so daß der Nacken lang gestreckt war, ein leichtes Ziel für die geschliffene Schneide der Richtaxt.
Als der Henker die Axt zum Schlag hoch über den Kopf hob, reichte die Klinge bis in die Sonnenbahn hinein und warf einen hellen Glanz auf den noch dämmerigen Marktplatz zurück.
Das letzte Vorrücken der Menge hatte den Kreis der Wächter verkleinert, hatte die Männer näher zusammenrücken lassen.
Die beiden Posten vor mir waren so nah zusammen, daß ihre Schultern sich berührten. Zu nah, um mich durchzudrängen.
Und in diesem Augenblick, als die ganze Stadt den Atem anhielt, rief Bernhard Wagenbach: »Wartet, wartet doch. Ich werde reden. Nur nehmt den dreimal verfluchten Korb weg!«
Ich hielt mich nicht damit auf, durch einfaches Drängeln nach vorn zu kommen.

Ich ballte beide Fäuste und schlug sie den Wächtern mit aller Kraft mitten in die Gesichter.

Als die Männer ihr Gleichgewicht verloren, und noch ehe ihnen zu Bewußtsein kam, daß es darüber hinaus auch weh tat, war ich schon unterwegs.

Fünf lange Schritte brachten mich zum Podest. Mit dem linken Arm stützte ich mich auf die Kante, sprang und war oben, ehe der erste Wächter sich auch nur nach mir umgedreht hatte.

Der Henker reagierte als erster auf die Gefahr, schneller noch, als ich erwartet hatte.

Er drehte sich halb herum, ließ die Schneide seiner Axt knapp über Bernhards Genick abdrehen und auf mich zuschießen.

Ich streckte den rechten Arm aus, als wolle ich dem Henker Einhalt gebieten.

Das tat ich auch, aber durch mehr als eine Geste. Das Messer glitt aus dem Ärmel in meine Hand, erfuhr eine kurze Drehung, eine zusätzliche Beschleunigung.

Ich warf mich nach hinten, fing meinen Fall durch eine Rolle auf den Brettern ab und kam sofort wieder auf die Füße, leicht geduckt, die Linke bereit zur Abwehr, die Rechte zum Angriff.

Doch weder das eine noch das andere war nötig.

Die Klinge war tief in des Henkers rechte Achsel gefahren. Die Axt fiel ihm aus der Hand, ihre Schneide bohrte sich in den Boden.

2

Das 2. Kapitel beschreibt die Entlarvung eines Schurken

Ernst Maria Eisner, als Richter von Kühlenborn eingesetzt vom Landesherrn, Fürstbischof Richard Greifenclau zu Vollraths, saß hinter dem wuchtigen Eichenholztisch in seinem Officium im zweiten Stock des Rathauses.

Er blickte jeden von uns voll hoheitlicher Empörung an. Ohne jeden Zweifel erkannte er mich nicht wieder.
Ich konnte mir gut vorstellen, wie seltsam die Szene auf dem Marktplatz von hier oben ausgesehen haben mußte, als sich vor aller Augen ein Mann durch die Reihe der Wachen drängte und den Henker angriff.
Kaum war das Richtbeil zu Boden gefallen, als die ersten Wachen auf das Gerüst gesprungen und dem Henker zu Hilfe geeilt waren. Es dauerte eine Weile, bis sich das Durcheinander aus Körpern aufgelöst hatte. Ich hatte auf jede Gegenwehr verzichtet und war so dem Schlimmsten entgangen.
Kaum hatte man mich hochgezogen und gefesselt, da hatte ich begonnen, Forderungen zu stellen. Selbst die Spitze eines Degens an meiner Kehle hatte mich nicht daran hindern können, nach dem Entfernen der Henkerskapuze und der Anwesenheit von Richter Eisner zu verlangen.
Einem Henker die Kapuze abzuziehen war ein seltsames Ansinnen.
Sicher hätte ich es ohne Erfolg lange fordern können. Aber als der Henker versucht hatte, sich vom Podest zu schleichen, war einer der Wächter auf den Gedanken gekommen, tatsächlich die Hand nach der Kapuze auszustrecken. Zunächst hatten die Wächter sich nur halbherzig an diese Aufgabe gemacht. Doch als der Henker sich gesträubt hatte, da empfanden sie es schnell als persönliches Anliegen, sich durchzusetzen.

Richter Eisner hatte seine Anweisungen in befehlsgewohnter Stimme mehrmals aus dem Fenster des Rathauses wiederholen müssen, ehe der Hauptmann darauf aufmerksam geworden war.
»Bringt sie alle her!« hatte Eisner gerufen. »Hierher zu mir... und ein bißchen plötzlich!«
Und da standen wir jetzt, ich in Fesseln, der verletzte Henker von zwei kräftigen Wachen festgehalten und ohne Kapuze. Kein Zweifel: Vor allem für die Zuschauer hatte es sich gelohnt, die Kapuze abzuziehen. Von dem heutigen Tag würde man bestimmt noch länger erzählen als von einer gelungenen Hinrichtung.
Eisner vergewisserte sich mit einem Seitenblick, daß sein Schreiber am Stehpult stand, bereit, alles zu notieren.
Dieser hatte schon mit dem kurzen Bericht begonnen, den der Hauptmann gerade mit den Worten beendete: »Als wir ihm dann die Kapuze abzogen, steckte Sachs gar nicht darunter! Statt dessen fanden wir diesen Burschen in der Kleidung eines Spielmanns, der sich den Mantel darüber gezogen hatte. Einer meiner Männer hat ihn gestern abend im ›Glücklichen Erpel‹ zusammen mit Sachs beobachtet. Und dieser heruntergekommene Kerl«, er deutete dabei auf mich, »hat herumgezetert, daß er sofort zu Euch geführt werden will.«
Der Richter räusperte sich kurz, dann sagte er: »Ein Mann schleicht sich in der Verkleidung des Henkers zu einer Hinrichtung. Ein anderer Mann erdreistet sich, die Vollstreckung zu verhindern. Diese Ereignisse erfordern genaueste Untersuchung und strengste Bestrafung. Jeder von euch wird mir hier und jetzt lückenlose Aufklärung geben, oder, fürwahr, ich werde zur peinlichen Befragung greifen!« Er wandte sich an den Hauptmann und fügte hinzu: »Wo bleibt Sachs? Habe ich Euch nicht angewiesen, sofort jemanden zu schicken, der ihn herbringt?«
»Wenn ich dazu eine Anmerkung machen darf«, sagte ich, »so hättet ihr mindestens zwei Leute schicken sollen. Einer wird den Henker kaum herbringen können.«
Der Wächter neben mir versetzte mir eine schallende Ohrfeige.

»Damit hast du nicht gerechnet, Schelm!« sagte er triumphierend.
»Die Kühlenborner führt man nicht an der Nase herum!«
»Das kann ich aus meiner Erfahrung heraus nicht bestätigen«, nuschelte ich.
»Es stände Sachs kaum gut an, wenn er widerspenstig ist«, sagte der Hauptmann.
»Das ist nicht das Problem«, erklärte ich. »Das Problem ist vielmehr, daß Sachs tot ist.«
»Ich erkenne Eure Stimme wieder«, sagte Richter Eisner zu mir. »Ihr habt ein anderes Gesicht und auch ein anderes Verhalten. Sagtet Ihr mir damals nicht, daß Ihr es vorzieht, unauffällig zu bleiben?«
»Wenn Ihr erlaubt, Herr Richter«, sagte ich, »berichte ich Euch gern die Geschichte im Zusammenhang. Ich bitte nur, daß man auf diesen falschen Henker gut acht gibt. Der Bader mag seine Wunde versorgen, denn anderen Ortes wird man ihn gern lebend begrüßen.«
Eisner drückte durch eine Handbewegung seine Zustimmung aus.
Frollo der Spielmann warf mir einen vernichtenden Blick zu – von Dank für meine Fürsorglichkeit keine Spur. Der schwarze Mantel war bei dem Handgemenge an der Seite aufgerissen, so daß die bunten Kleider, die er darunter trug, sichtbar wurden. Mein Messer hatte man aus der Wunde gezogen, und er preßte seine linke Hand auf die Verletzung, um das Blut zurückzuhalten.
Als er hinausgeführt wurde, richtete er zum ersten Mal das Wort an mich. »Warum hast du dich eingemischt? Ich habe dich noch nie im Leben gesehen.«
Tatsächlich hatte er mich bei zwei Gelegenheiten in Trier gesehen, doch hatte ich einmal einen italienischen Baumeister namens Massimo Moscati gespielt und das andere Mal den siebzigjährigen Bauern Géza Rabenalt auf dem Weg zur Beichte.
Aber das sagte ich ihm nicht.
»Wenn Ihr mir jetzt freundlicherweise die Fesseln abnehmt«, sagte

ich zu dem Wächter, der mich geschlagen hatte. »Und keine Angst, ich bin nicht nachtragend.«
Der Wächter löste meine Fesseln und brachte sich mit einem Schritt außer Reichweite.
»Am Ende der Färbergasse liegt ein Schurke namens Volker gefesselt hinter einem Bretterstapel«, sagte ich zu Eisner. »Laßt ihn bitte herbringen, während ich Euch meinen Bericht gebe.«
Eisner erteilte dem Hauptmann eine entsprechende Weisung. Ich wartete, bis ich mit Richter Eisner allein war.
Wir hatten nur zweimal miteinander gesprochen. Beim ersten Mal hatte ich ihm meine Beglaubigung von Fürstbischof Greifenclau vorgelegt, beim zweiten Mal hatte er in meiner Anwesenheit die Wachen im Stadtgefängnis instruiert, daß ich als angeblicher Gefangener zu Bernhard Wagenbach gesperrt wurde. Beide Male hatte er einen Mann gesehen, der zehn Jahre jünger und etliche Pfund leichter war – und der den Namen Harnischmacher trug.
»Ihr habt also ein ganzes Jahr gebraucht, um dem Schurken auf die Spur zu kommen«, sagte Eisner.
Er brauchte nicht zu wissen, womit ich mich im vergangenen Jahr beschäftigt hatte.
Tatsächlich hatte Fürstbischof Greifenclau sein Vertrauen in dieser Angelegenheit lange nur auf den Domherren Einhard Murner gesetzt, der nach Greifenclau selbst die größte Empörung über die Vorfälle und das stärkste Engagement in deren Aufklärung gezeigt hatte.
»Murner nahm die Untersuchung selbst in die Hände und versprach Erfolg binnen kurzer Zeit«, berichtete ich Eisner. »Obwohl er ein ausgeklügeltes Wachsystem entwickelte und vom besten Schmied ein Schloß anfertigen ließ, das nur von drei verschiedenen Schlüsseln geöffnet werden konnte, gingen die Diebstähle weiter. Alles deutete auf eine große Bande hin, die die Kirchen der Stadt rund um die Uhr beobachtete und immer da zuschlug, wo es gerade eine winzige Lücke im Sicherheitssystem gab.
Und wenn das Diebesgut wieder auftauchte, dann so weit entfernt und durch so viele Hände gegangen, daß es nicht zurückzuverfol-

gen war. Der kleinere Schädel Johannes des Täufers mußte gar aus Prag für teures Geld zurückgekauft werden.«

»Was heißt: der kleinere Schädel?« fragte Eisner.

»Es gibt zwei Schädel des Täufers in Trier. Einmal den Totenschädel, und dann seinen Schädel im Alter von sieben Jahren. Ja, die Welt ist voller Wunder, die uns an das unerforschliche Wirken des Herrn gemahnen! Als durch Zufall zwei der Männer ertappt wurden, die das Diebesgut außer Landes schmuggelten, dachten wir, die Angelegenheit sei bald erledigt. Wie hätten wir damit rechnen können, daß der einzige direkte Kontakt des Diebes kein Verbrecher war, sondern ein dummer Junge!

Doch die ganze Sache erschien in einem neuen Licht, als Bernhard erzählte, warum er so beharrlich schwieg: Er glaubte, im letzten Augenblick gerettet zu werden. Nur sprach alles dagegen, daß jemand ihn retten könnte. Es war allerdings möglich, ihn zu töten.

Bernhard hatte gesagt, er würde erst im letzten Moment reden. Nun ist jeder Moment, ihn zu beseitigen, gleich gut – solange er nur vor dem Moment des Redens liegt. Nur in einen Raum einzudringen, dessen Tür verriegelt ist, dort jemanden zu töten und ungesehen davonzukommen – das kann selbst der ausgekochteste Schurke nicht.

Wenn unser Unbekannter ihn also töten wollte, blieb ihm nur die Gelegenheit, bei der Bernhard tatsächlich getötet werden sollte: auf dem Richtblock. Der einzige, der bei einer Hinrichtung ungestraft jemanden töten kann, ist der Henker.«

»Ihr habt also vermutet, der Täter würde den Henker ermorden, um selbst in dessen Kleidung die Hinrichtung vorzunehmen. Warum habt Ihr mir das nicht gesagt? Ich hätte dem Sachs Schutz gewährt.«

»Weil es nicht mehr war als eine Vermutung«, antwortete ich. »Ich kam also her und hielt Ausschau nach dem Henker. Mein Plan war zu beobachten, ob sich jemand an den Henker heranmacht. Stellt Euch mein Erstaunen vor, als ich erkannte, wer sich da in der Kleidung eines Spielmanns zu Sachs an den Tisch setzte: Einhard Murner höchstpersönlich!«

Ich gab dem Richter ein wenig Zeit, sich mein Erstaunen vorzustellen. Dann fuhr ich fort: »Ich hatte jedoch immer noch keinen unwiderlegbaren Beweis. Er hätte sich gegenüber dem Fürstbischof herausreden können, daß er dieselbe Spur verfolge wie ich. Nein, ich mußte ihn schnappen, wenn er ein eindeutiges Verbrechen versuchte. Leider verlor ich die beiden aus den Augen, als ich ihnen folgen wollte.«

»Dann hattet Ihr heute morgen auf dem Marktplatz überhaupt keinen Beweis, daß Einhard wirklich unter der Henkerskapuze steckte«, sagte der Richter.

»Ich gebe zu, daß ich dem Entfernen der Kapuze mit einem gewissen Maß an Spannung gefolgt bin. Ach... den jungen Wagenbach braucht Ihr nicht mehr, nicht wahr? Wir haben den wahren Schuldigen, und wir wissen, daß er nur aus Unkenntnis in das Verbrechen verwickelt wurde.«

»Das ist nicht so einfach, Harnischmacher«, sagte der Richter. »Ich habe ihn immerhin zum Tode verurteilt. Außerdem werdet Ihr mir zustimmen, daß sich an den Gründen, die zu seiner Verurteilung führten, nichts geändert hat.«

»Herr Richter, versteht mich recht. Ich zweifle nicht an der Richtigkeit des Urteils. Ich bitte Euch nur, der neuen Wendung der Ereignisse wegen Gnade walten zu lassen.«

Leider hatte jemand beschlossen, daß ich für diesen Tag genug Erfolg gehabt hatte.

Eisner ließ keinen Zweifel daran, daß er auf der Vollstreckung des Todesurteils bestand, sobald ein neuer Henker gefunden war. Kurz darauf kam einer der Wächter, die nach Volker geschickt worden waren, zurück und brachte alles mit, was er gefunden hatte: zwei Stricke und einen Knebel – von dem Gefesselten keine Spur.

Wenn Peutinger noch in der Stadt war, konnte ich leicht vom Jäger zum Gejagten werden.

Selbst der Vorsichtigste kann zum Opfer einer Kugel aus dem Hinterhalt, eines Dolchstichs im Gedränge werden. Es wurde höchste Zeit, daß ich meine Maske wechselte.

Eisners Wunsch, jetzt allein gelassen zu werden, kam mir also entgegen. Ich ließ mich von dem Schreiber, der während meines Berichts vor der Tür gewartet hatte, zum Hauptmann bringen.
Ich gab in seiner Gegenwart einigen Stadtwachen eine genaue Beschreibung von Peutinger und Volker. Sie machten sich auf den Weg, um in Erfahrung zu bringen, ob die beiden Männer die Stadt durch eines der Tore verlassen hatten.

Im Officium des Hauptmanns stand mir ein Junge mit verheulten Augen gegenüber. Zuerst dachte ich, er wollte nur die Tränen verbergen, indem er sich die Hände ins Gesicht preßte. Dann merkte ich, daß seine Nase gebrochen war.

Dem Vater des Jungen gehörte ein Mietstall in der Färbergasse. Er hatte gestern die Pferde von zwei Männern untergestellt, die offenbar Joseph Peutinger und Volker waren.

Das 3. Kapitel erzählt, was einem auf der Landstraße widerfahren kann

Als er heute früh in den Stall kam, um die Pferde zu versorgen, hatte er gesehen, daß einer der Männer im Heu übernachtet hatte, ein gutaussehender, rotblonder Landsknecht. Landsknecht wäre der Junge auch gern geworden, genauso ein starker, gutaussehender Abenteurer wie dieser.

Für eine Weile hörte ich gar nicht mehr hin, als mir klar wurde, daß ich nur ein paar Schritte von dem schlafenden Joseph Peutinger entfernt seinen Kumpan überwältigt und dann die halbe Nacht untätig herumgesessen hatte.

Einer der Wächter, die zu den Stadttoren geschickt worden waren, traf ein und berichtete, daß Peutinger und Volker in den frühen Morgenstunden die Stadt in Richtung Trier verlassen hatten. Allerdings nicht zusammen, sondern mit einer halben Stunde Abstand.

Ergänzte man die Namen, die der Junge nicht kannte, zog man die Tränen und das Stöhnen ab, überhörte man, daß ich ihn durch meine Fragen zum Weitererzählen zwang, während er, wenn nicht einen Chirurgus, so zumindest einen Tröster gebraucht hätte, dann kam folgendes dabei heraus: Peutinger hatte auf Volker gewartet, mit dem er wohl zum gemeinsamen Aufbruch verabredet war. In der Morgendämmerung war er dann davongeritten, vielleicht nur ein paar Minuten, nachdem ich Volker allein zurückgelassen hatte.

Der Junge war auf die Gasse hinausgegangen, unzufrieden, weil er lieber der Hinrichtung zugesehen hätte, statt den Stall auszumisten, sehnsüchtig, weil er lieber als Landsknecht feindlichen Armeen getrotzt hätte, statt sich seinem Vater zu fügen.

Es war still in der Gasse, weil jedermann auf dem Marktplatz war. So hatte der Junge die leisen Geräusche gehört, die hinter einem Bretterstapel an der Stadtmauer hervordrangen. Er entdeckte den gefesselten Volker und befreite ihn.

Volker brachte durch Massieren das Blut in seine Beine zurück. Dann ließ er sich von dem Jungen in den Stall helfen. Er war ärgerlich, als er bemerkte, daß Peutinger ohne ihn aufgebrochen war.

»Er war schon weg, als ich heute früh kam«, sagte der Stallbursche. »Dabei wollte ich ihn fragen, ob er Männer sucht. Glaubt Ihr, er würde mich mitnehmen?«

»Einen kräftigen jungen Burschen wie dich? Das kann ich mir gut vorstellen«, sagte Volker. »Ich gehöre selbst zu seinem Fähnlein* und muß ihm dringend nach. Du verstehst, daß ich dazu zwei Pferde brauche, um beim schnellen Reiten abwechseln zu können.«

»Das tut mir leid, Herr. Wir vermieten keine Pferde. Alle, die hier stehen, sind nur untergestellt.«

»Junge, willst du wirklich Landsknecht werden? Ich kann dir dazu verhelfen. Du mußt mir nur das Pferd geben.«

»Das geht nicht. Mein Vater würde mich windelweich prügeln.«

»Paß auf«, sagte Volker. »Ich verrate dir etwas, aber du darfst es keinem weitererzählen.«

Er senkte verschwörerisch die Stimme und schaute sich nach allen Seiten um.

---

* Fähnlein: Einheit von ca. 500 Landsknechten.

Während sich Volkers Faust im Bericht des Jungen noch auf den Weg zu seiner Nase machte, machte ich mich auf den Weg zu meinem Pferd.
Volker hatte fünf Stunden Vorsprung und zwei Pferde.
Peutingers Vorsprung war noch größer. Es war sinnlos, die Kräfte meines Pferdes zu früh zu verbrauchen. Ich ließ den Braunen in einen leichten Trab fallen, den er lange durchhalten konnte.
An eine herausgeputzte Gestalt wie Joseph konnte sich leicht jemand erinnern, und Volker würde sicher denselben Weg reiten.
Wenn Peutinger Männer suchte, konnte es gut sein, daß er nach Trier ritt.
Meine Aussichten standen gar nicht schlecht.
Doch war immer noch der Tag, an dem ich meine Ration an Glück schon in der Frühe verbraucht hatte.

Ein Bauernbursche trieb sein Maultier mit aller Kraft an. Er hatte es offenbar eilig, nach Kühlenborn zu kommen.
Als ich ihm näher kam, hielt er an und stellte sein Maultier quer über die Straße.
»Ich brauche Euer Pferd«, rief er mir entgegen. »Schnell, es hat einen Toten gegeben.«
»Wenn er schon tot ist, brauchen wir uns ja nicht mehr zu beeilen«, sagte ich. »Außerdem brauche ich mein Pferd selbst.«
Ich ließ mein Pferd in Schritt fallen. Der Bursche machte keine Anstalten, mir auszuweichen.
»Ich muß so schnell wie möglich zum Gericht«, sagte er. »Ihr müßt mir helfen.«
»Das tue ich. Ich gebe Euch den Weg frei.« Mit diesen Worten lenkte ich mein Pferd von der Straße herunter, im einem kleinen Bogen um ihn herum über das Feld, und trabte weiter.
»Dreimal verflucht sollst du sein!« rief er hinter mir her.
Dreimal nur? Das ging ja noch. Ich war schon mehr als hundertmal verflucht worden.
Das flaue Gefühl in meinem Magen hatte nichts mit dem Fluchen

zu tun, sondern mit der Erwartung, was ich ein Stück weiter auf meinem Weg finden würde.

Zwei Knechte waren die ersten, die Volkers Leiche hinter einer Scheune am Straßenrand gefunden hatten.

Nachdem sie aufgehört hatten, sich zu übergeben, holte einer von ihnen den Bauern. Der ließ im nächsten Dorf Bescheid geben, damit man den Reiter, der mir begegnet war, nach Kühlenborn schickte.

Als ich die Scheune erreichte, hatte sich inzwischen eine Menge von fast fünfzig Personen versammelt, angezogen von einer Mischung aus Faszination und Ekel.

Was immer es an Spuren gegeben haben mochte, war zertrampelt.

Von Volkers Gesicht war nicht genug übriggeblieben, um ihn wiederzuerkennen. Doch erkannte ich die Kleider, die der Mörder dem Mann ausgezogen hatte, ehe er darangegangen war, den Körper auszunehmen.

Aufgeregte Stimmen sprachen mich an, forderten Bestätigung von mir, daß die Zeiten so schlecht seien, wie niemals zuvor, daß niemand mehr seines Lebens sicher sei, daß schlechte Einflüsse von Ketzern und Fremden die jungen Leute zu Verbrechern werden ließen.

Ich stieg ab, gab jede gewünschte Bestätigung, hörte zu und reimte mir die Geschichte der Entdeckung des Toten zusammen. Die Zuschauer hielten Abstand von Volker. Ich hatte Platz genug, an den Körper heranzutreten und den Abschiedsgruß zu betrachten, den Joseph für mich hinterlassen hatte.

Volkers Kleidung lag ordentlich aufgeschichtet neben ihm, darauf sein Schwert, einige Münzen und die kärglichen Besitztümer, die er bei sich gehabt hatte. Ich durchsuchte die Taschen und war nicht überrascht, sie leer zu finden.

Joseph hatte sich die Zeit genommen, alles herauszunehmen, nur um es dann zurückzulassen. Niemand sollte auf den Gedanken kommen, daß hier jemand aus Habgier ermordet worden sei.

»Ihr könnt doch nicht einfach alles durcheinanderbringen«,

ermahnte mich ein älterer Mann. »Wenn die Wachen aus der Stadt kommen, werden sie die Kleidung selbst durchsuchen wollen.«
»Laßt ja das Geld liegen!« rief eine Frauenstimme. Die Sprecherin hatte Deckung hinter einigen anderen Zuschauern gesucht.
»Hat jemand den Täter gesehen?« fragte ich.
Niemand meldete sich.
»Er könnte überall hin sein«, sagte der ältere Mann. »Genau genommen könnte er sogar wieder zurückgekommen sein.«
Die Mehrzahl der Leute wich zurück. Einige, die etwas beherzter waren, umklammerten landwirtschaftliche Geräte und machten einen halbherzigen Versuch, mich einzukreisen.
»Habt Ihr nach Spuren gesucht?« fragte ich.
»Es sind keine Spuren da«, sagte jemand.
Er hatte natürlich recht – jetzt.
Ich brauchte nicht viele Spuren, um zu wissen, wie die Sache abgelaufen war. Volker hatte Joseph eingeholt, hatte ihm außer Atem erzählt, daß jemand sich für ihn interessierte. Er hatte von unserem Gespräch und der Gefangennahme erzählt. Joseph hatte Volker aufgefordert, mit ihm hinter die Scheune zu kommen, um in aller Ruhe die Einzelheiten berichten zu können.
Das hast du getan, weil du weißt, daß ich hinter dir her bin, nicht wahr? Oder hast du es einfach getan, weil es dir Spaß macht?
Ich nahm mein Pferd beim Zügel, führte es durch die Menge hindurch, bis ich lockeren Ackerboden vor meinen Füßen hatte. Dann ging ich in einem Kreis um die Scheune herum. Die Augen aller Anwesenden waren auf mich gerichtet. Einige Männer folgten mir, beobachteten genau, was ich tat.
Besonders dramatische Dinge waren es nicht. Ich betrachtete einfach den Boden, sah mir die Fußspuren an, die aus verschiedenen Richtungen auf die Scheune zuführten.
Nur zwei Spuren führten von ihr weg. Neben einer von ihnen sah ich die Reste von Erbrochenen, nur ungenügend zugescharrt, weil Eile die Scham gemindert hatte. Eine Spur, die zum nächsten Hof

führte, um Bericht zu erstatten. Eine Spur, die zum Dorf führte, um das Maultier zu holen.

Ich erreichte die Straße, überquerte sie und untersuchte das Feld auf der anderen Seite. Dort gab es keine Spuren.

Joseph war also auf die Straße zurückgekehrt und hatte seinen Weg fortgesetzt.

Eine Hand legte sich auf meine Schulter, eine Stimme sagte: »Ihr werdet hierbleiben, bis die Wachen aus der Stadt kommen. Oder sollen wir glauben, Ihr habt Grund, sie zu fürchten?«

Ein gutes Dutzend Männer richtete die Zinken von Mistgabeln auf mich. Nur einer hatte sich jedoch nahe genug an mich herangewagt, um mich festhalten zu können.

Ich zeigte zur Straße und sagte: »Da kommen sie schon.«

Ich saß im Sattel, als die Gesichter sich den herbeieilenden Helfern zuwandten, und drückte dem Pferd meine Absätze in die Flanken, als die Gesichter feststellten, daß gar keine Helfer herbeieilten.

Eine Meile weiter, als die empörten Stimmen nur noch gedämpft klangen, stieg ich ab und untersuchte die Landstraße.

Natürlich war sie voller Abdrücke von Hufen, Rädern und Schuhen, die sich gegenseitig überlagerten und unkenntlich machten. Doch schließlich fand ich, was ich suchte: Spuren von galoppierenden Hufen, die entstanden waren, als der Boden noch feucht war, und die nur von wenigen anderen Spuren überdeckt wurden; Spuren von heute früh.

Ich kroch auf Knien durch den Staub, drehte Blätter und Steinchen um, warf zwischendurch immer wieder einen Blick zurück. Einige Männer hatten sich zu Fuß an meine Verfolgung gemacht. Offenbar hielten sie unter sich den Mordfall bereits für gelöst.

Ich ritt weiter, ehe sie mir gefährlich werden konnten. Ich hatte gesehen, was aus den Spuren zu sehen war: Vor ein paar Stunden waren hier drei Pferde galoppiert, von denen nur eins einen Reiter trug.

Die Spuren sagten mir, daß ich mir Zeit lassen konnte. Ich würde Peutinger sowieso nicht einholen.

Ein Rinnsal plätscherte eine Weile neben dem Weg her, bog dann, als habe es sich sein Ziel anders überlegt, nach rechts ab in die Wiesen und verschwand hinter einem kleinen Wäldchen.
Ich lenkte das Pferd vom Weg herunter und folgte dem Wasser, bis ich durch die Bäume geschützt war.
Dann zog ich mich nackt aus, wusch mich am ganzen Körper, rasierte mich sorgfältig und ließ nur den beginnenden Schnurrbart stehen.
Wer mich jetzt gesehen hätte, wäre nicht auf den Gedanken gekommen, den Fuhrknecht aus Kühlenborn vor sich zu haben. Den Bauch hatte ich zusammen mit der Kleidung abgelegt; er hatte aus einem flachgeklopften Daunenkissen bestanden, das innen gegen das Hemd genäht war. Das Wasser hatte den Rest davongetragen: den feinen Mehlstaub, der meine Haare an den Schläfen hatte ergrauen lassen, die rote Schminke, die die Äderchen in meinem Gesicht betont hatte, und die Reste der Kohle, durch die meine Augen eingefallen gewirkt hatten.
Der Mann, als der ich jetzt den Mantelsack abschnallte, war Ende Zwanzig, schlank, eher zäh als muskulös. Eine besondere Schönheit war ich dadurch allerdings nicht geworden.
Die Spur war so kalt wie Volkers Körper. Keine Verkleidung, keine Eile konnten mir helfen, ihn einzuholen.
Mehr als zehn Mal würde sich die Straße gabeln, ehe sie auf die Moselbrücke bei Trier stieß.
Wenn man nur ein Haar zwischen die Finger bekommt, statt eines ganzen Körpers, dann tut man gut, zumindest das Haar festzuhalten.
Peutingers Haar in meiner Hand war ein Name: Spalatina.

4

Das 4. Kapitel stellt Fürstbischof von Greifenclau vor

Sieben Monate lang hatte Greifenclau seinen großen Schlag vorbereitet.
Die schwache Westmauer, vor der Franz von Sickingens Truppen im vergangenen Jahr gelagert hatten, war jetzt durch ein zusätzliches System aus Wällen und Gräben verstärkt.
Zwischen der Stadtmauer und den neuen Befestigungen war ein Lager entstanden, waren Zelte errichtet und hölzerne Pferdeställe gebaut worden.
Kanonen waren gegossen und gekauft worden, Bürger wurden zu Landsknechten und übten mit erfahrenen Kämpfern, die aus Friesland, Westfalen, Oldenburg und Köln angeworben wurden. Pferde wurden zugeritten, Klingen geschärft, Strohpuppen zerfetzten unter Kugeln und Hieben.
Während sich Greifenclau mit Intrigen zwischen Kaiserhaus und Papst beschäftigte, hatten die Ideen des Doktor Martin Luther im ganzen Land Anhänger gefunden
In der Hälfte des Reiches war mit Ablaßbriefen kein einziger Gulden mehr zu verdienen. Die Protestanten schürten die Unzufriedenheit mit der Kirche, die Reichsritter und viele der mächtigen Kaufleute begehrten gegen die alte Ordnung auf.
Die immer größer werdenden Truppen waren kaum noch zu finanzieren. Und nicht genug damit: Hatte man an einer Front einen Sieg errungen und löste ein Fähnlein auf, konnte man sicher sein, daß die Entlassenen als Gartbrüder* ohne Fahne raubten, was sie bisher mit einer solchen erbeutet hatten.
Und inmitten dieser Unruhen war Franz von Sickingen, angestif-

---

* Gartbrüder: Entlassene oder ausgestoßene Landsknechte, die als organisierte Plünderer durchs Land zogen.

tet von Ulrich von Hutten und unterstützt von finanziellen Zuwendungen aus Kaufmannshäusern im ganzen Land, mit fünftausend Landsknechten vor die Mauern Triers gezogen und hatte Greifenclau zur Übergabe aufgefordert.

Während die Trierer zitterten, hatte ich Greifenclau lächeln sehen. Fünftausend Männer wirkten von den Mauern der Stadt aus wie eine gewaltige Streitmacht – aber drei Jahre zuvor, bei den Auseinandersetzungen um die Kaiserwahl, hatte Sickingen noch zwanzigtausend nach Köln führen können.

Als Franz von Sickingen und Ulrich von Hutten vor Trier standen, war Greifenclau jeden Tag auf den Wällen erschienen, um das gegnerische Lager zu beobachten. Und jeden Tag sah er Sickingen und Hutten, die zurückstarrten.

Nach sechs Tagen zogen die Belagerer ab, und die einzigen Verluste auf unserer Seite waren zwei Hühner, die einem Ricochettschuß* zum Opfer gefallen waren.

Und während die Bevölkerung Triers aufatmete, hatte man Greifenclau tagelang nicht anzusprechen gewagt, weil er sich vor Enttäuschung verzehrte, daß kein Blut geflossen war.

Greifenclau hatte ein Regiment von gut viertausend Mann zusammengezogen, und Landgraf Philipp von Hessen, sein Verbündeter, hatte dreitausend weitere zugesagt. Siebentausend Mann, dreißig Geschütze – auf welche seiner Burgen Sickingen sich auch zurückzog, er würde nicht länger als ein paar Tage Widerstand leisten können.

Doch an dem Tag, an dem Greifenclaus Zug gegen Sickingen beginnen würde, wären die ganze Mosel und das Rheintal von Rüdesheim bis Koblenz wie ein unbewachter, gedeckter Tisch, an dem sich jeder Plünderer nach Herzenslust bedienen konnte. Ich mußte nicht lange raten, wie Spalatinas Name ins Spiel kam.

---

* Ricochettschuß: Verfahren in der Ballistik, bei dem man ein Geschütz nicht direkt auf das Ziel richtet, sondern das Projektil vom Boden oder von einem Gegenstand abprallen läßt.

Ich versorgte zuerst mein Pferd im Stall, ehe ich in meine Wohnung ging.

Witwe Kapeller begrüßte mich, als ich das Haus betrat. »Ich hatte Euch nicht so schnell zurückerwartet. Darum habe ich auf dem Markt nur wenig eingekauft. Eine Hafergrütze will ich Euch aber gern machen.«

»Witwe Kapeller, ich weiß, was das heißt. Ihr wollt mir die Grütze geben, die Ihr für Euch selbst gemacht habt. Ich danke Euch, aber ich habe wirklich keinen Hunger heute abend. Ich denke, ich werde noch ein wenig schreiben und mich dann zur Ruhe legen.«

»Wann wird Euer Drama denn endlich aufgeführt, Herr Frischlin?«

Witwe Kapeller war in Ehren, wenn auch nicht in Wohlstand, gute sechzig Jahre alt geworden. Ihr Mann Ludwig hatte zu seinen Lebzeiten den Beruf des städtischen Laternenanzünders von Trier ausgeübt, bis ihm eines Nachts der Branntwein zu einer ungewöhnlichen Abkürzung verhalf. Statt die Stadtmauer über die Treppe zu verlassen, hatte Kapeller einfach einen Schritt ins Leere gemacht, und in der nächsten Nacht nahm ein neuer Anzünder die Runden auf.

Ludwig Kapeller hinterließ seiner Witwe ein Häuschen mit drei kleinen Räumen und einem Stall, nebst seiner Kleidung und einer Helmbarte*.

Schon sah Witwe Kapeller sich gezwungen, um eine Bettellizenz nachzusuchen, da führte ihr der Zufall einen jungen Mann ins Haus, der eine Wohnung suchte.

So zog Witwe Kapeller in den einen Raum im Ergeschoß um und vermietete an mich zwei Zimmer und den Stall.

Ich erwies mich als ruhiger Mieter, der Ordnung hielt und sein Pferd selbst versorgte. Allerdings bekam ich gelegentlich Besuch von seltsamen Männern aus allen Ständen und Berufen: Schrei-

---

* Helmbarte, auch Hellebarde: Stoß- und Hiebwaffe mit langem Stiel, axtförmiger Klinge und scharfer Spitze, wörtl. Stangenbeil.

ner, Schmiede, Barbiere, Kaufleute, Fettsieder, Bäcker, Leinenweber, Hosenstricker, Soldaten verschiedener Einheiten und Dienstgrade, selbst Priester und Chirurgen gingen bei mir aus und ein.
Aus und ein... es dauerte ein Weile, bis Witwe Kapeller bemerkte, wie genau diese Reihenfolge zutraf. Denn tatsächlich schienen mich meine Besucher immer zuerst zu verlassen und dann zu Besuch zu kommen.
Sie faßte sich ein Herz und sprach mich eines Tages darauf an; schließlich wollte sie weder ihren pünktlich zahlenden Mieter verlieren noch Ärger mit dem Gesetz bekommen.
Ich hatte ihr freundlich zugelächelt, offensichtlich nicht im geringsten peinlich berührt.
»Aber gute Witwe Kapeller«, hatte ich gesagt, »darüber habt Ihr Euch gesorgt? Wißt Ihr, ich bin ein Dramaturg. Schon seit langem ist es mein Wunsch, ein großes Werk zu schaffen, in dem der Ruhm unseres Herrgottes gepriesen und die Vergänglichkeit alles Weltlichen offenkundig gemacht wird. In so einem Schauspiel gibt es die verschiedensten Rollen zu besetzen, und damit ich sie alle überzeugend schildern kann, was mache ich da wohl?«
Witwe Kapeller verstand. »Ihr schlüpft in diese Rollen hinein. Ihr verkleidet Euch, damit Ihr Euch so ganz darin aufgehen fühlt.«
Über neun Jahre waren ins Land gegangen, aber kein Drama wurde der Öffentlichkeit präsentiert. Und ich vermutete, daß Witwe Kapeller sich nachts, wenn das Zipperlein sie besonders plagte, Gedanken machte, ob sie den großen Tag noch erleben würde.
Obwohl es noch hell war, stellte ich ein Licht ins Fenster. Es war eine Öllaterne, an den Seiten geschlossen, hinten verspiegelt. Mit ihr ließ sich der Lichtstrahl sehr genau auf eine bestimmtes Fenster im Palast des Bischofs richten.
Greifenclau achtete darauf, daß meine Tätigkeit für jedermann außer ihm selbst und Crispin Schongauer ein Geheimnis blieb. Wenn der Lichtstrahl in Crispins Zimmer fiel, bedeutete das ein

Treffen in der Stadt, für das Crispin mich normalerweise durch ein Seitentor im Palast in das private Arbeitszimmer Greifenclaus führte.

Um so erstaunter war ich, als Crispin jetzt ganz offen, dazu noch in der Uniform der bischöflichen Garde, ins Haus kam, sich der Witwe Kapeller mit Namen vorstellte und ihren Mieter zu sprechen wünschte.

»Was ist los?« fragte ich, als ich Crispin durch die Straßen folgte. »Haben wir alle Feinde des Bischofs beseitigt und können auf die Geheimnistuerei verzichten?«

Crispin antwortete nicht. Er war kein Freund großer Worte. Meines Wissens war er überhaupt niemandes Freund.

Crispin Schongauer: Ein Bulle von einem Mann. Sechseinhalb Fuß groß, zwei Centenarii* schwer, Muskeln in einem Körper, der stets wie eingeölt wirkte, Ledermanschetten mit Eisenkappen um die Handgelenke: Dieser Mann hätte ein Ringer sein können, ein Eisenbieger auf den Plärrern**, vielleicht ein Galeerenaufseher.

Crispin sah aus wie jemand, der einem Menschen den Schädel einschlagen kann, ohne auch nur ins Schwitzen zu kommen.

In der Tat hatte er Menschen den Schädel eingeschlagen. In der Tat war er auch Ringer und Eisenbieger gewesen. Zum Galeerenaufseher hatte er es zwar nicht gebracht, dafür fast zum Galeerensträfling, als er in Antwerpen drei Seeleute mit bloßen Fäusten totschlug. Ehe er dazu kam, die Konsequenzen dafür zu tragen, hatte Richard Greifenclau zu Vollraths ihm ein besseres Angebot gemacht.

Jetzt schützte Crispin das Leben des Fürstbischofs und beseitigte gelegentlich andere Leben, die seinem Herrn im Wege standen.

---

* Centenarii: Plural zu Centenarius, Hundertpfundgewicht.
** Plärrer: Mit Lärm verbundene Jahrmarktsveranstaltung, die nur außerhalb der Stadtgrenzen erlaubt war.

Crispin öffnete eine Seitenpforte in der Umfassungsmauer des Bischofspalastes. Dahinter befand sich ein sorgfältig gepflegter, kleiner Garten, gerade groß genug für einen Rundweg, eine Bank und einen Springbrunnen in der Mitte.

Der Fürstbischof saß auf der Bank, ein Büchlein in der Hand. Mit leicht gerunzelter Stirn las er darin; es schien nicht seine ungeteilte Zustimmung zu finden. Ich wußte, daß das vom Alten Testament bis zu den ballistischen Tabellen des Leonardo von Vinci auf jede Veröffentlichung zutreffen konnte, die ohne das ausdrückliche Imprimatur* des Fürstbischofs die Werkstatt eines Buchdruckers verlassen hatte.

Ich wartete, bis ich bemerkt wurde. Aus der Dauer, bis der Fürstbischof geruhte, aufzublicken, konnte ein Untergebener stets den Grad von Huld oder Verärgerung des Herrn ablesen.

Ich nutzte die Zeit und versuchte herauszufinden, was Greifenclau gerade las.

Das Buch war in festes Papier gebunden. Es war also kein theologisches Werk für die gebildete Elite, sondern eine Schrift, die für jedermann erschwinglich sein sollte, vielleicht sogar eine jener modernen Massenauflagen von 250 oder gar 300 Exemplaren. Das Titelbild zeigte sechs Männer in weiten Gewändern, umrahmt von einem Torbogen. Sie saßen voneinander abgewandt, und jeder war intensiv damit beschäftigt, einen Brief zu schreiben.

Oben, in einem Spruchband, das über den abgebildeten Männern schwebte, konnte ich die Worte OBSCVRI VIRI lesen; Männer zweifelhafter Herkunft, finstere Männer, mit einem Wort: Dunkelmänner. Auf dem unteren Teil des Einbandes, da, wo eine kurze Inhaltsangabe für den Leser steht, befand sich der Daumen des Bischofs. Nur das erste Wort und den Anfang des zweiten waren zu erkennen: EPISTOLAE OBSC...

---

* Imprimatur: Wörtl. »Es werde gedruckt.« Von einem Bischof erteilte kirchliche Druckerlaubnis.

Greifenclau klappte das Buch zu.
Ich senkte den Kopf und sagte demütig: »Eminenz.«
Eminenz sagte: »Idiot.«
Mit unbewegtem Gesicht hörte Greifenclau zu, wie ich meinen Bericht zu Ende brachte.
Ich hatte in den letzten Jahren gelernt, mit welcher Taktik der Fürstbischof es verstand, seine Gesprächspartner zu verunsichern. Er konzentrierte seinen Blick auf die Nasenwurzel des Gegenübers, und man fühlte sich stärker beobachtet, als wenn er einem direkt in die Augen gesehen hätte. Er verzog keine Miene und sagte kein Wort, und man glaubte, nicht genug gesagt zu haben, fügte immer noch etwas hinzu und verriet so mehr, als man ursprünglich wollte. Wenn er dann etwas sagte, ließ er immer einen leisen Zweifel am Gehörten durchblicken, und man begann selbst an seiner Überzeugung zu zweifeln.
Ich durchschaute all diese Kniffe, und sie verfehlten dennoch nicht ihre Wirkung auf mich.
Vielleicht, wenn ich Greifenclau unter anderen Bedingungen kennengelernt hätte...

Der Holzklotz wurde unter meinen Füßen weggestoßen, die Schlinge zog sich um meinen Hals zusammen.
Ich wollte Luft holen, doch meine Lunge blieb leer. Ich wollte die beiden Männer anblicken, sie um Hilfe anflehen, doch mein Körper pendelte unter dem Ast, die Bäume schwankten und tanzten einen wilden Tanz vor meinen Augen, und in meinem Kopf war nur noch Platz für die Stimme: *Du bist tot, Edgar, tot, tot, tot.*
Und dann bekam ich mit einem Mal wieder Luft, als zwei starke Arme mich hochhoben, als die Schlinge sich lockerte.
Zuerst bemerkte ich nur den Mann mit den Bärenkräften, der mich emporhob, als wöge ich nichts. Dann wurde ich sanft auf den Boden gesetzt, gegen den Baum gelehnt, bekam einen Becher mit Wein.

Und schließlich sah ich den Reiter im Samtmantel, der von der Höhe eines Araberhengstes, der still stand wie aus Stein gemeißelt, zu mir herabsah und sagte: »Jetzt gehörst du uns, Edgar Frischlin.«

... wäre es mir leichter gefallen, mich durchzusetzen.
»So blieb mir keine andere Wahl, als Einhard Murner selbst zu überwältigen«, beendete ich meinen Bericht.
»Was haben wir vereinbart?« fragte Greifenclau.
»Na ja, daß ich unauffällig beobachten soll und nur Euch Bericht erstatten. Daß Ihr entscheidet, was und von wem es getan wird.«
»Hast du unauffällig beobachtet und uns die Entscheidung überlassen?«
»Nein, aber er hätte den Wagenbach einfach geköpft, wenn ich nicht eingegriffen hätte.«
»Haben wir gesagt, du sollst Wagenbachs Leben retten?«
»Nein, das nicht gerade, aber ...«
»Was haben wir denn gesagt, was du tun sollst?«
»Ich sollte den Anführer der Diebesbande entlarven.«
»Und was haben wir über einzelne Mitglieder der Bande gesagt?«
»Nichts, Euer Eminenz.«
»Du hast also deinen Auftrag genau gekannt, ihn aber nicht ausgeführt. Ist das so?«
»Ja.«
Greifenclau warf das Buch vor mir auf die Erde und fragte: »Kennst du das?«
Ich hob das Buch auf und blickte darauf, als habe ich es vorher nicht wahrgenommen. Ich durchblätterte kurz die ersten Seiten. Das Buch war eine Zusammenstellung von Briefen in lateinischer Sprache. Die Briefe waren an einen Kölner Theologen namens Ortvin Gratius gerichtet. Ihre Absender waren Leute mit Namen wie Straussfederius, Mistladerius oder Bundschumacherius.

Auf dem Titelblatt waren weder Herausgeber noch Erscheinungsjahr vermerkt.

Ich verstand nicht mehr als einige Brocken Latein, aber ich hätte auch nicht eine Silbe verstehen müssen, um zu erkennen, was ich hier in der Hand hatte: Die berühmten »Dunkelmännerbriefe«, eine Sammlung fiktiver Korrespondenz, in der Korruption und Doppelmoral der Priesterschaft angegriffen wird.

Die Erstausgabe des Buches war 1515 erschienen, und seitdem war es im geheimen so oft nachgedruckt worden, wie es offen verfolgt wurde. Nichts wies darauf hin, wer die angeblichen Briefe verfaßt hatte, und deshalb richtete sich der Verdacht gegen Humanisten wie Erasmus von Rotterdam, Johannes Reuchlin und Crotus Rabeanus.

Greifenclau selbst verdächtigte Ulrich von Hutten, den er als einen seiner gefährlichsten Gegner einschätzte.

»Woher haben wir dieses Machwerk wohl?« fragte Greifenclau.

»Ihr habt es gewiß einem Ketzer abgenommen«, sagte ich.

»Genau. Und das hier, in unserer Stadt! Der Antichrist ist klug und verschlagen. Es kostet unsere ganze Aufmerksamkeit, ihn zu bezwingen. Und du meinst, wir sollen bedenken, ob einem seiner Helfershelfer eine zu hohe Strafe zuteil wird? Haben wir dich zu unserem Gewissen ernannt?«

»Nein, Eminenz. Wenn ich noch einmal auf Joseph Peutinger zurückkommen darf...«

»Nein. Wir kennen die Geschichte, die du uns erzählt hast. Wir haben unserem Angebot von damals jedoch nichts hinzuzufügen. Weißt du noch, wie das Angebot lautete?«

»Zehn Jahre meines Lebens gehören Euch, dann werdet Ihr das Urteil aufheben.«

»Sind die zehn Jahre schon um?«

»Noch nicht, es sind aber nur noch sechs Monate. Und deshalb möchte ich Euch fragen...«

»Du hast uns nichts zu fragen. Du weißt also, daß das Urteil noch nicht aufgehoben ist.«

»Gewiß, Euer Gnaden. Ich wollte nur auf die Beziehung zu Spalatina aufmerksam machen. Ich weiß nicht, ob Euch der Name ein Begriff ist.«
»Das ist er. Doch wir haben einen anderen Auftrag für dich.«
»Selbstverständlich werde ich ihn getreulich ausführen.«
»Daran zweifeln wir nicht. Würdest du uns jemals verraten?«
»Niemals.«
»Und doch ist gerade das dein Auftrag.«

Die Wachen am Westtor öffneten die kleine Fußgängerpforte und ließen uns aus der Stadt. Crispins Erscheinung war unverwechselbar und so unwiderstehlich wie der Wille des Fürstbischofs.
Crispin ging zielbewußt zum Lager der Landsknechte vor der Stadtmauer. Dort wurden wir bereits erwartet. Während rundum fast alles schlief, saß vor einem Feuer noch ein älterer Mann, der sich bei unserem Näherkommen langsam erhob. Er trug ein langes, vorn geteiltes Wams von leuchtendem Gelb mit grünen Verzierungen, darunter ein rotes Hemd mit aufgebauschten Ärmeln. Er stützte sich auf einen Bidenhänder* mit ausladenden, S-förmigen Parierringen.
»Hier ist dein neuer Kämpfer«, sagte Crispin. »Mit den besten Empfehlungen seiner Eminenz, darauf zu achten, daß er sich beim Marschieren nicht verläuft.«
Der Landsknecht nickte nur. Erst, als Crispin grußlos gegangen war, sagte er zu mir: »Drei Dinge mußt du dir merken. Bringst du das fertig?«
»Aber auf jeden Fall!«
»Gut. Erstens: Ich heiße Gotthold Uz, aber du und jeder andere hier nennt mich Meister Gassenhauer. Zweitens: Meine Rotte ist die beste im ganzen Regiment, die vorderste in der Schlacht,

---

* Bidenhänder = langes, schweres Schwert mit geflammter Klinge, das nur mit zwei Händen zu führen ist. Die Gesamtlänge von Klinge und Griff übertrifft manchmal die Körpergröße des Trägers.

die erste auf den Wällen. Meine Rotte verläßt man nur als Doppelsöldner* oder als Toter. Hast du das soweit verstanden?«

»Jawohl, Meister Gassenhauer!« rief ich in einer gelungenen Simulation von Kampfgeist.

»Drittens: Dich wollen wir nicht dabeihaben. Du wirst den ganzen Tag Pferdescheiße schaufeln.«

---

* Doppelsöldner: Erfahrener Kämpfer, der wegen seines regelmäßigen Einsatzes in der vordersten Reihe der Schlachtordnung doppelten Sold erhält.

5

Das 5. Kapitel schildert das aufregende und abwechslungsreiche Leben der Landsknechte

Wenn meine Aufgabe mich erniedrigen sollte, so hatte sie ihren Zweck verfehlt. Ich war mit dem Schaufeln von Kuh- und Schweinemist aufgewachsen; Pferdemist war sozusagen eine Beförderung.
Daß ich jetzt den ganzen Tag Unrat auf einen Schubkarren lud und durchs Lager fuhr, spürten nur meine Arme, nicht mein Stolz.
Bereits früh am Morgen hatte ich angefangen, während um mich herum das Lager allmählich erwachte.
Ich pfiff die Takte eines Landsknechtsliedes vor mich hin, während ich eine neue dampfende Ladung auf meine Karre häufte:
»Wir haben gar keine Sorgen
wohl um das Römische Reich...«
Gerade rechtzeitig besann ich mich, daß ich damit in einem protestantischen Heer besser aufgehoben wäre, als in den Truppen des Fürstbischofs. So summte ich statt dessen »Miserere mei, Deus*«, vor mich hin, was mir ganz passend erschien.
Und so schaufelte ich und karrte und kippte aus, vor mich hinsummend, als könne ich mir keine andere Art, mein Leben zu fristen, vorstellen.
Die Landsknechte von Gassenhauer Rotte standen inzwischen am Rand des Lagers und übten, ihre Bidenhänder am ausgestreckten Arm so lange ruhig zu halten, wie es eben ging.

---

* Miserere mei, Deus: Erbarme dich meiner, Gott. Bezeichnung für den Psalm 50 der Vulgatazählung, der wegen seines Bußcharakters in der katholischen Liturgie der Karwoche Verwendung findet. Der Text inspirierte seit dem 16. Jahrhundert viele, vor allem italienische Komponisten.

»Du arbeitest schnell«, sagte Meister Gassenhauer zu mir, als ich den Karren vorüberschob. »Vielleicht nehme ich dich als Knecht, wenn der Krieg vorbei ist.«
Die Landsknechte lachten: Der Krieg war niemals vorbei.
»Vielleicht ist er mit dem Schwert so gut wie mit der Mistgabel«, sagte einer der Landsknechte, als er mich das nächste Mal sah.
»Vielleicht ist er besser als du«, sagte Meister Gassenhauer. »Ich habe seine Gabel jedenfalls nicht so zittern gesehen wie dein Schwert.«
»Stell die Karre ab«, sagte Gassenhauer später am Tag zu mir. »Nimm den Spieß da und tu so, als ob du ein Landsknecht wärst!«
Kurz darauf stand ich auf dem Rasen, einen zwölf Fuß langen Spieß in den Händen. Das Ende hatte ich hinter mir fest auf den Boden gestemmt, die Spitze war auf Gassenhauers Männer gerichtet.
»Das ist ein Schweizer Langspieß«, erklärte Gassenhauer. »Er ist aus Eschenholz gemacht. Ihr bemerkt, daß die Spitze die Form eines Eschenblattes hat und dreikantig ist. Ein geübter Landsknecht kann damit einen Harnisch durchdringen. Natürlich kann kein Mensch mit einer so langen Waffe fechten. Aber hundert Männer in fünf Reihen hintereinander bringen jeden Reiterangriff zum Stehen. Es gibt nur zwei Möglichkeiten, dagegen vorzugehen. Die eine ist Kartätschenfeuer* aus sicherer Entfernung, die andere sind wir. Wir gehen vor der Hauptmacht und schlagen mit den Bidenhändern eine Gasse in die Reihe – und zwar so!«
So bedächtig er seine Erklärung abgegeben hatte, so flink untermauerte er sie durch sein Beispiel. Eine flirrende Bewegung, der man mit dem Auge kaum folgen konnte, und der Schaft des

---

* Kartätsche: Geschützladung aus mehreren kleinen Kugeln oder gehacktem Blei. Das Wort stammt vom ital. »cartaccia«, grobes Papier, und bezeichnete ursprünglich die Hülle, die mehrere Geschosse beim Ladevorgang zusammenhält.

Spießes war kaum einen Daumen breit vor meinen Händen durchtrennt.

»Im Kampf habt ihr keine Zeit, in Ruhe Maß zu nehmen, auszuholen und zu zielen«, setzte Gassenhauer seine Erklärung fort. »Aber jetzt habt ihr sie. Mistfahrer, da vorne liegt ein Haufen Stangen. Nimm dir eine, und verteidige deine Burg.«

»Ich freue mich, wenn ich helfen kann«, sagte ich. »Doch möchte ich darauf hinweisen, daß meine eigentliche Arbeit ...«

»Für deine eigentliche Arbeit hast du noch die ganze Nacht«, unterbrach Gassenhauer. »Für heute nachmittag bist du zum Spießbürger befördert.«

Ich stellte mich mit einer der Stangen in Positur.

»Paßt auf, daß ihr ihn mir nicht umbringt«, sagte Gassenhauer zu seiner Rotte. »Jedenfalls nicht gleich, sonst müßt ihr zu den Strohpuppen zurück.«

Hier übten keine gerade angeworbenen Bauernburschen, sondern erfahrene Kämpfer.

Schnell taten mir die Handgelenke weh, die immer wieder der Wucht des Schwertschlages ausgesetzt waren. Und von Schlag zu Schlag wagten sich die Übenden ein wenig näher an mich heran.

»Was ihr gerade gesehen habt«, sagte Gassenhauer, »wird euch im Kampf niemals begegnen. Da hat unser Spießer einen Schritt nach hinten gemacht, um dem Schlag zu entgehen. Im Kampf wird jeder Mann, der zurückweicht, von seinem Hintermann getötet. Eine Gasse entsteht nur da, wo ihr selbst sie schlagt. Damit wir das üben können, werden wir dafür sorgen, daß unser Gegner auch wirklich seine Stellung hält.«

Einer der Landsknechte nahm sein Messer in die Hand und stellte sich hinter mir auf.

»Meine Klinge ist zwei Finger von deinen Hals entfernt«, raunte er mir zu. »Und meine Klinge wird sich nicht bewegen.«

Einer der Übenden nahm wieder Angriffsposition ein.

Ich massierte mir die Handgelenke, nahm die nächste Stange auf und blickte sehnsüchtig nach dem Stand der Sonne.

Der Nachmittag hatte gerade erst begonnen.
»Paßt auf«, sagte der Landsknecht, der an der Reihe war. »Diesmal erwische ich nicht nur die Stange, sondern auch seine Nasenspitze.«
Ich hatte inzwischen drei Kratzer an den Armen eingesteckt. Sie waren nicht sonderlich tief, und der Schmerz war erträglich, aber der Anblick des Blutes hatte den Übenden Lust auf mehr gemacht.
Das war der Zeitpunkt, an dem ich meine Politik der höflichen Hilfsbereitschaft aufgab.
Der Landsknecht schwang den Bidenhänder ein paarmal hin und her. Er nahm Maß und griff dann an.
Ich machte einen Schritt nach vorn, riß dabei den Fuß der Stange aus dem Boden und hörte ein Klatschen und einen überraschten Ausruf, als das Ende den Bewacher hinter mir im Unterleib traf. Statt mich darum zu kümmern, stieß ich die Stange mit aller Kraft nach vorn auf das Gesicht des Angreifers zu.
Der ging gerade vor, schwang den Bidenhänder über dem Kopf, so daß er ohne Deckung war.
Die Spitze der Stange traf seine Nase, brach sie, warf den Mann zu Boden.
Ich sprang auf ihn zu und riß den Bidenhänder an mich.
»Na schön«, sagte ich. »Wenn ihr üben wollt, könnt ihr üben. Wenn ihr Blut wollt, bekommt ihr Blut.«
Die Rotte ging in Kampfstellung. Wenn den Männern jemand als Feind vorgestellt wurde, dann war er ein Feind.
Den Schwächsten greife ich zuerst an, dachte ich und hatte ihn mir auch schon ausgesucht: ein drahtiger, rothaariger Bursche, dessen Hiebe manchmal die Stange nicht durchtrennt hatten.
Aber da trat Gassenhauer zwischen mich und die Männer.
»Du hast nicht zum ersten Mal ein Schwert in der Hand«, sagte er. »Vielleicht kannst du doch mehr als Scheiße schaufeln. Hans, du nimmst die Stange.«

Hans nahm die Hände von seiner gebrochenen Nase, rappelte sich auf und nahm die Stange in die Hand.
»Komm bloß her!« sagte er näselnd.
Er nahm dieselbe Position ein wie ich zuvor.
»Zeig's mir«, sagte Gassenhauer. »Für blöde Landsknechte habe ich keine Verwendung. Wenn er sich von dir töten läßt, hast du seinen Posten.«
Für Hans hatte sich das Blatt gewendet. Von seiner Zuversicht war nicht viel übrig geblieben.
Alle sahen, wie die Spitze des Stockes zitterte.
Gassenhauer stellte sich mit gezogenem Schwert hinter Hans.
»Dieselben Bedingungen für alle, einverstanden?« fragte er.
Alle waren einverstanden. Hans sagte nichts; er war nicht angesprochen.
Ich wog den Bidenhänder, schwang ihn ein paarmal zur Probe hin und her und brauchte nur einen Schlag nach dem Stock vorzutäuschen, einen Ausfallschritt zur Seite zu machen und Hans zu töten. Und danach: eine Laufbahn als Doppelsöldner, Ruhm, Plünderung, Freiheit, wenn der Feldzug vorüber war.
Ich warf Hans den Bidenhänder vor die Füße.
»Die Pferde vermissen mich schon«, sagte ich und nahm die Schubkarre wieder auf.
Morgens und abends reinigte ich die Ställe, tagsüber hielt ich Spieße oder schwang einen angerosteten Bidenhänder, den Gassenhauer mir gegeben hatte.
Nachts arbeitete ich mit Öl, Wetzstein und Werg an der Waffe, um sie glänzend zu machen. Tagsüber wurde ich von Gassenhauer angeschrien, weil immer noch Roststellen zurückgeblieben waren.
In der übrigen Zeit konnte ich machen, was ich wollte: Entweder vier Stunden schlafen oder grübeln. Bald hatte ich keine Kraft mehr zum Grübeln.
»Jetzt leg die Mistgabel mal zur Seite, und unterhalte dich mit mir«, sagte Gassenhauer eines Tages.

Der Landsknecht hatte einen Tonkrug und ein schmales Päckchen, in ein Leinentuch eingewickelt, mitgebracht.
Wir setzten uns vor dem Stall auf einen Heuhaufen, und Gassenhauer bot mir Wein an.
»Ich werde nicht ganz schlau aus dir«, sagte Gassenhauer. »Du hast Erfahrung im Kämpfen, das merkt man dir an. Du hast auch Erfahrung in der Stallarbeit.«
»Worüber wollt Ihr Euch unterhalten, Meister Gassenhauer?«
»Warum du mein Angebot, dauernd bei den Kämpfern zu bleiben, abgelehnt hast, zum Beispiel.«
»Gut, ich sag's Euch, wenn Ihr mir zuerst sagt, weshalb Ihr mir das Angebot überhaupt gemacht habt.«
»Na, was hätte ich dir wohl anbieten sollen, als du aus dem Handgelenk zwei erfahrene Kämpfer entwaffnet hast, und dann noch bereit warst, es mit einem ganzen Dutzend aufzunehmen! Du bist der geborene Landsknecht, und dann gehst du lieber Scheiße schaufeln. Das soll mal einer verstehen.«
»Hat Schongauer nicht gesagt, daß Ihr mir nicht trauen sollt?«
Gassenhauer zwinkerte kurz. »Doch, hat er, nur den Grund dafür ist er mir schuldig geblieben. Es mag manchen guten Mann geben, dem der Bischof nicht traut. Ich habe mehr als einen Feldzug mitgemacht, ohne den Grund zu kennen. Ein Grund ist nämlich verdammt wenig wert im Vergleich zu einer guten Waffe.«
Er warf mir das Päckchen zu. Ich wickelte es aus und fand einen Katzbalger* darin.
»Hast du so was schon in der Hand gehabt?« fragte Gassenhauer.
»Zur Not kann ich damit umgehen.«
»Gut. Früher oder später kommt die Not bestimmt.«
Ich machte weiter mit dem Ausmisten.

---

* Katzbalger: Kurzes Schwert mit breiter Klinge und einfacher Parierstange, unter den Landsknechten des 16. Jahrhunderts eine verbreitete Nahkampfwaffe.

Am nächsten Morgen kam ein junger Bursche in den Stall und begann damit, Mist auf den Schubkarren zu schaufeln.
»Du sollst zum Üben gehen«, sagte er zu mir.
Gassenhauers Rotte übte Nahkampf mit Holzschwertern. Ich hatte Schwierigkeiten, mit dem kurzen Übungsschwert die raschen Hiebe zu parieren.
Mehrmals mußte ich zur Strafe, weil mir die Waffe aus der Hand geschlagen wurde, minutenlang das Schwert am Griff in der Waagerechten halten.
Am Abend taten mir die Arme weh. Ich fand wenig Schlaf und war am folgenden Tag noch schlechter.
Einmal lauerten mir abends zwei Landsknechte auf, die ich entwaffnet hatte. Ich wehrte mich, so gut ich konnte, aber der erste Schlag hatte mich zu hart getroffen, als daß ich noch ein ernsthafter Gegner gewesen wäre. Zwei andere kamen mir zu Hilfe, und schließlich endete der Kampf unentschieden.
Ich gab es auf, mich zu rasieren. Viele der Landsknechte ließen sich nach spanischer Mode einen Vollbart wachsen, und manche flochten oder beschnitten ihre Bärte in abenteuerlichen Formen. Meine dunklen Haare wurden schnell zum Vollbart.
Als Ende April der Sold ausgezahlt wurde, hatte ich vier Gulden in der Tasche – weniger als je zuvor, seit ich in Greifenclaus Diensten stand. Ich gab drei Gulden für eine gestreifte Pluderhose aus, wie sie die meisten Landsknechte trugen, und handelte mir dazu noch einen abgetragenen Ledergurt mit Schlaufen ein, in denen ich den Katzbalger tragen konnte. Mein Messer band ich mit einem Stück Lederschnur im linken Ärmel fest, mit einer Schlinge, die sich bei jedem Zug leicht lösen ließ.
»Sieh endlich zu, daß du den Pferdegestank loswirst«, sagte mein Rottenkamerad Niklas Waldis, als ich in meiner neuen Kleidung vom Wagen der Marketenderin zurückkam.
»Den wird man nicht los, wenn man im Stall schläft«, sagte ich.

»Dann schlaf eben nicht mehr im Stall. Ein Schläfer mehr oder weniger bei uns im Zelt macht nicht viel aus.«
Allem Anschein nach war ich jetzt ein Landsknecht.

»Hast du Probleme, dein Schwert festzuhalten, Edgar?« fragte Gassenhauer.
O ja, ich hatte Probleme. Mein rechter Arm schien schwerer zu sein als ein Mastochse, und mein Handgelenk würde jeden Moment durchbrechen. Ich keuchte, und Schweißtropfen liefen an meinem Gesicht herunter. Einer hatte den abweisenden Schutzwall der Augenbrauen durchbrochen. Gleich würde er herunterfallen, ins Auge geraten und brennen. Dann würde ich die Hand mit dem Katzbalger nicht länger ausgestreckt halten können, sondern das Auge reiben – und Gassenhauer würde seine Faust gemein in meinen Leib schlagen.
»Es ist gar nicht schwer, so ein Schwert zu halten«, sagte Gassenhauer. »Ein richtiger Landsknecht muß das können, weißt du.«
Ich durfte den Kopf nicht wenden, mußte an der Schwertklinge entlangsehen, ohne die Strohpuppe, die ein paar Schritte vor mir stand, aus den Augen zu lassen, aus den Augen, in die gleich die salzigen, brennenden Schweißtropfen geraten würden.
»Dir hängt ja ein Schweißtropfen über dem Auge, ist dir das aufgefallen?« erkundigte sich Gassenhauer. »Ein Landsknecht sollte nicht schwitzen, sonst verliert er die Konzentration. So, das reicht für dieses Mal. Ich hoffe, du hast etwas daraus gelernt.«
Alles in mir schrie danach, das Schwert jetzt fallen zu lassen und den Schweiß abzuwischen. Aber ich wußte – weil ich es schmerzhaft gelernt hatte – daß ich dann sofort am Boden landen würde. So schob ich das Schwert erst in den Gürtel und wischte mir dann endlich mit dem Ärmel das Gesicht ab.
»Eine Hure hätte das besser gemacht als du«, sagte Gassenhauer. »Was du heute gespürt hast, ist nichts im Vergleich zu dem, was du spürst, wenn dir im Kampf jemand die Klinge aus der Hand schlägt. Du mußt sie fest in der Hand haben, um den Hieb zu

parieren, und noch genug Kraft übrig, um selbst den nächsten zu führen.«

»Na, wie fühlst du dich?« fragte Gassenhauer mich am Abend, als ich in einer Haltung vor dem Zelt saß, die jedermann klar machte, daß ich mich elend fühlte.

»Danke, Meister Gassenhauer. Es geht mit gut.«

»Tatsächlich? Das heißt wohl, daß ich dich zu sehr geschont habe. Na, morgen werden wir sehen, wie du dich machst, wenn wir dir einen Arm auf den Rücken binden.«

Gassenhauer warf mir ein kleines Fläschchen zu. »Das ist für dich. Aber komm nicht auf den Gedanken, es auszusaufen. Damit kannst du deinen Arm einreiben.«

Seine Andeutungen vom nächsten Tag sollten sich leider nur allzuschnell bewahrheiten.

»Schrauben!« schrie Gassenhauer. »Verflucht, maledeit und zugeschissen, Edgar, du mußt schrauben, wenn jemand mit der Schwertspitze nach dir sticht! Kriegst du das denn nicht in deinen hohlen Schädel rein! Wenn du den Hieb parieren willst, dann geht dir die Klinge einfach in den Körper. Leg deine Klinge neben die des Gegners und schraub sie um seine herum, bis du dich in seinem Handschutz verhakt hast. Wie oft hab ich dir deine Waffe schon so abgenommen! Hast du das endlich verstanden?«

»Ja, Meister Gassenhauer.«

»Das will ich hoffen, denn wenn du gleich damit fertig bist, dein Schwert am ausgestreckten Arm zu halten, versuchen wir es gleich noch einmal.«

Jeden gottverdammten Tag mußte ich mit dem Katzbalger üben, und jeden Tag schlug Gassenhauer mir die Waffe aus der Hand. Ich schaff es nicht, dachte ich. Ich schaffe es wirklich nicht. Heute nacht schleiche ich mich aus dem Lager, komme was da wolle.

Natürlich tat ich das nicht. Aber ich wünschte, Crispin würde mir endlich das Zeichen geben, daß es soweit war.

»Der hat ein Auge auf dich geworfen«, sagte Niklas Waldis zu mir, als wir des Abends am Feuer saßen und zusahen, wie der Ham-

mel sich am Spieß drehte. »Langsam fragen wir uns alle, was wohl mit dir los ist. Du bist nicht freiwillig hier, oder?«
»Ganz bestimmt nicht«, sagte ich.
»Magst wohl nicht drüber reden.«
»Genau.«
»Warum gehst du eigentlich nie zu den Huren? Das bringt dich auf andere Gedanken.«
»Ich habe genug andere Gedanken.«
»Zum Beispiel?«
»Zum Beispiel, wie ich endlich dieses elende Schwert festhalten kann, wenn Gassenhauer mich angreift.«
»Kannst du nicht. Der kann jedem das Schwert aus der Hand schlagen. Nur bei dir, da macht er es auch immer.«
Nieselregen fiel vom Himmel, und der Boden war aufgeweicht, als Gassenhauer und ich uns ein paar Tage später in Kampfposition gegenüberstanden.
»Na, hast du's gelernt?« fragte Gassenhauer.
»Ich habe den ganzen Abend geübt«, sagte ich. »Jetzt kann ich's.«
»Schön, Edgar, dann überrasch mich!«
Gassenhauer griff an, ich parierte. Ich wich zurück, stach meine Schwertspitze nach vorn, genau auf Gassenhauers Hals.
Und Gassenhauer schraubte mir die Klinge aus der Hand. Ich schlug meinen Ellbogen in Gassenhauers Magen, zog mein Messer aus dem Ärmel und setze es an Gassenhauers Kehle.
»Nie wieder«, sagte ich, »nie wieder werde ich ein Schwert am ausgestreckten Arm halten. Und jetzt ist mir egal, was Ihr tut.«
»Na, wenn's dir egal ist ...«
Und dann war der Himmel unten, und der Matsch des Bodens kam von oben auf mich zu, als Gassenhauer mich durch die Luft wirbelte. Ich bekam Schlamm in Nase, Mund und Augen, schnaubte, glaubte einen Moment, ich würde ersticken. Schließlich kam ich doch wieder auf die Beine.
Gassenhauer hielt mir den Katzbalger hin.
»Rate, was du jetzt tun wirst«, sagte er.

Ein Wagenzug der Fugger erreichte Trier in den frühen Morgenstunden. Er zog am Lager vorbei in die Stadt. Die Landsknechte riefen abfällige Bemerkungen zu den Fahrern und Begleitern hinüber. Die Männer vom Wagenzug antworteten nicht, und sie machten nicht den Eindruck, irgenwelchen Respekt vor uns zu haben.
Es waren dreißig hochbeladene Fuhrwerke. Auf jedem Wagen saßen zwei Fahrer; eine Hundertschaft bewaffneter Reiter gab Geleitschutz. Auf dem ersten und dem letzten Wagen waren zusätzlich kleine Orgelgeschütze aufgebaut, neben denen Männer mit glimmenden Lunten wachten.
Die Zeiten waren hart und die Straßen unsicher. Wer eine Ware oder eine Botschaft zu verschicken hatte, konnte keinen besseren Weg wählen, als sie einem Kontor der Fugger anzuvertrauen, mit der Gewißheit, daß sie einem anderen Kontor übergeben wurde.
Selbst Franz von Sickingen, dem kein geistlicher oder weltlicher Herrscher heilig war, hatte es vermieden, Jakob Fuggers Zorn auf sich zu ziehen. Der alte Mann konnte in seinem Patrizierhaus in Augsburg mit einem Federstrich Kriege in anderen Kontinenten auslösen oder beenden – und mancher, dem das gleichgültig gewesen war, vermoderte jetzt in einem unbezeichneten Grab.
Vier Gulden Sold bekam ein Landsknecht im Monat, ein erfahrener Doppelsöldner acht. Wer sich bei den Fuggerschen Wagenzügen bewährte, konnte leicht zehn bekommen. Die Leute bei den Wagen waren Mörder, Halsabschneider, Scharfschützen oder Folterknechte, genau wie die Männer um mich herum. Sie waren nur besser.

Erst drei Wochen war ich im Lager, aber inzwischen erschienen sie mir wirklicher und länger, als all die Jahre zuvor.
Ich setzte mich allein in den Pferdestall und rieb mir den rechten Arm mit Öl ein. Einen Tag noch, sagte ich mir, nur noch einen Tag versuche ich durchzuhalten.

Wenn die Gerüchte stimmten, stand der Aufbruch der Armee unmittelbar bevor. Er würde ohne mich stattfinden.
Gassenhauer trat in den Stall, und ich sprang auf.
»Setz dich doch«, sagte der Rottenführer. »Jetzt ist es Abend, und wir können in Ruhe einen Schluck Wein trinken.«
Tatsächlich hatte er auch wieder einen Krug dabei, den er mir anbot. Am liebsten hätte ich ihm den Krug auf den Kopf geschlagen, aber vermutlich war Gassenhauer auch darauf vorbereitet.
»Verdammt, was habe ich Euch eigentlich getan?« fragte ich.
»Was du getan hast? Du hast dein Talent verschwendet, mein Lieber. Ich weiß nicht, was du vorher getrieben hast, aber du kannst mit dem Schwert umgehen wie kaum ein anderer hier – außer mir natürlich. Und es wäre eine Sünde gegen die von Gott verliehene Gabe, wenn du mit dem Üben aufhörst, ehe du genausogut bist wie ich. Und jetzt trink, und hör auf, dich zu beklagen.«
Ich nahm einen tiefen Zug aus dem Krug.
»Was ist, wenn ich einen tödlichen Unfall habe?« fragte ich.
»Meine Männer sterben nicht durch Unfälle. Meine Männer sterben im Kampf, und sie haben ihre Wunden in der Brust.«
»Mittlerweile glaube ich, der Krieg ist die reine Erholung gegen diese Schinderei.«
»Verstehst du immer noch nicht, weshalb ich dich so schinde? Wenn es ernst wird, will ich jemanden bei mir haben, der mir den Rücken deckt. Und dazu kann ich nur den Besten nehmen. Du bist der Beste. Du bist nur noch nicht gut genug.«
Er vertraute mir, das machte es so schlimm. Ich trank.
»Na, wie fühlst du dich jetzt? Besser?«
»Etwas.«
»Gut. Dann bringst du vielleicht den Mut auf, mit mir zu üben.«
»Nach dem Wein bin ich nicht mehr so schnell.«
»Ha! Ich sagte, ich mache einen Landsknecht aus dir, und ein Landsknecht ist immer bereit, betrunken oder nicht. Doch will ich keinen ungerechten Vorteil vor dir haben.«

Gassenhauer nahm den Krug und trank ihn in einem Zug aus.
Dann zogen wir unsere Schwerter. Es gab ein kurzes Klingen, als Eisen auf Eisen traf, und mein Schwert landete auf dem Boden.
»Du verkrampfst dich ja geradezu um den Griff«, tadelte Gassenhauer. »Wie willst du da kämpfen können? Kampf heißt nicht Verbissenheit, Kampf heißt denken.«
»Ihr habt doch selbst gesagt, ich soll das Schwert festhalten.«
»Ich habe aber nicht gesagt, du sollst dich am Schwert festhalten. Also los, von vorn!«
Ich machte einen Ausfall, etwas ungeschickt durch den schnell getrunkenen Wein. Gassenhauer parierte, wich zurück, bot seine ungedeckte Seite.
Ich zögerte – und mein Schwert fiel zu Boden, als Gassenhauer eine blitzschnelle Bewegung machte.
»Nicht zögern, Edgar. Du kannst ein Zögern vortäuschen, aber du mußt wissen, was du willst.«
Gassenhauer trat zurück, hielt seinen Katzbalger ausgestreckt.
»Leg deine Klinge neben meine, und schraub sie mir aus der Hand. Na los, ich beiße nicht.«
Ich legte meine Klinge parallel zu der Gassenhauers, machte die Schraubbewegung, bis meine Klinge sich unter seinem Handschutz verhakte. Ich drückte, spürte, wie ich die Kontrolle bekam – und wieder verlor, als Gassenhauer mich entwaffnete.
»Das war schon nicht schlecht«, sagte Gassenhauer. »Los, heb dein Schwert auf, dann machen wir es noch einmal.«
Wir fochten, trennten uns, Gassenhauer wich zurück, bis er mit dem Rücken am Stalltor stand. Dann machte er einen raschen Ausfall.
Ich reagierte ohne nachzudenken. Ich schraubte meine Klinge um die Gassenhauers, erreichte den Handschutz, und Gassenhauers Katzbalger flog durch die Luft.
»Ich kann's!« rief ich, und meine Freude war echt. »Es hat wirklich geklappt. Mein Gott, Meister Gassenhauer, Ihr habt es mir wirklich beigebracht.«

Gassenhauer stand regungslos da, als sei er selbst von seinem Lehrerfolg überrascht.
Ich schlug ihm begeistert auf die Schulter.
Gassenhauer fiel um. In seinen Rücken steckte ein Bidenhänder.
Ich wich zurück, nahm mein Schwert kampfbereit hoch.
Dann zeichnete sich die Silhouette eines riesigen Mannes im Stalltor ab, und ich erkannte zwei Dinge gleichzeitig: Crispin hatte Gassenhauer ermordet, und er hatte es mit meinem rostigem Bidenhänder gemacht.
»Nimm dir ein Pferd«, sagte Crispin. »Die schöne Zeit ist vorbei.«

6

Das 6. Kapitel spielt in der Heimat, der süßen Heimat

Ich führte das Pferd des Proviantmeisters am Zügel, einen hochbeinigen Apfelschimmel, der ausdauernd und schnell wirkte.
Um uns herum erwachte das Lager, durch Trommelschläge aus dem Schlaf geschreckt.
»Auf, ihr Faulenzer, ihr Geschmeiß, ihr Kloifel*!« brüllten die Rottenführer. Die Landsknechte krochen aus ihren Zelten und begannen, das Lager abzubauen.
Crispin führte mich zu einem Durchgang im äußeren Wall, an dem keine Posten standen. Wir wandten uns von der Stadt ab und gingen über eine vom Tau feuchte Wiese auf ein Wäldchen zu. Zwei Pferde grasten dort in aller Ruhe. Greifenclau saß auf einem Baumstumpf und las in einem kleinen Bändchen. Er zeigte mir den Umschlag. Der Titel war »Klag und Vormahnung gegen die übermäßige unchristliche Gewalt des Papstes zu Rom und der ungeistlichen Geistlichen«.
»Ein interessantes Buch«, sagte er. »Hast du es gelesen?«
»Nein, Eminenz.«
»Es ist in deutsch geschrieben. Dieser Ulrich von Hutten nennt sich Humanist, und dann schreibt er in der Sprache des Pöbels. Als ob hohe Gedanken etwas für das niedere Volk wären. Allein dafür wird Hutten brennen, sobald wir ihn erwischen.«
Ich wartete schweigend, bis er weitersprach.
»Mit dem Schwert kannst du jetzt wohl leidlich umgehen.«
»Ich tue mein Bestes, um für Euren Ruhm zu fechten, Eminenz.«
»Genug gescherzt«, sagte er. »Man wird uns berichten, daß du deinen Rottenführer, der sich so für dich eingesetzt hat, heim-

---
* Kloifel: (bayrisch) Raufbold.

tückisch ermordet hast. Damit nicht genug, hast du noch ein Pferd gestohlen und dich vor dem Abmarsch ins Feld feige aus dem Staub gemacht. Crispin, was machen die Landsknechte mit einem solchen Schelm*, wenn sie ihn erwischen?«
»Das Recht der langen Spieße«, sagte Schongauer.
Das Recht der langen Spieße war eine Form der Exekution, die man gegen Landsknechte anwandte, die sich gegen die Gemeinschaft vergangen hatten. Zwei Reihen von Männern mit Spießen bildeten eine lange Gasse, durch die der Verurteilte mit Peitschen getrieben wurde. Jeder versuchte nach besten Kräften, den Delinquenten aufzuspießen. Erreichte er lebend das Ende der Gasse, war er frei – eine geringe Hoffnung, wenn ein paar hundert Männer es auf seinen Tod abgesehen hatten.
»Es war nie die Rede davon, ihn umzubringen«, sagte ich. »Wir hatten besprochen, daß ich ihn niederschlage und ausraube.«
»Es erscheint uns besser, wenn du als Mörder verfolgt wirst, statt nur als Räuber. Außerdem haben wir uns erinnert, daß du darin Erfahrung hast. Ist es nicht so?«
Es heißt, wer mit dem Teufel essen will, muß einen langen Löffel haben. Ich wußte, daß mein Löffel zu kurz war.
»Ich werde Euch nicht enttäuschen, Eminenz.«
»Dessen sind wir gewiß. Wir brechen heute nach Landstuhl auf, um den Ketzer Sickingen mit all seinen Mannen aus dem Angesicht des Herrn, unseres Gottes, zu entfernen. Dieweil hat sich hinter unserem Rücken eine neue Gefahr gebildet. Doch wir haben unser Angesicht überall.
Fürsten und Ritter, die sich als unsere Verbündeten ausgeben, paktieren in aller Heimlichkeit mit dem Bösen. Uns sind Berichte hinterbracht worden, daß Hexerei und Ketzerei um sich greifen, wo immer wir Geduld und Freundschaft bewiesen haben.«
Das heißt soviel wie nirgendwo, dachte ich. Ich sollte mit meinen

---

* Schelm: Ursprünglich »Aas, toter Körper«, im Mittelhochdeutschen ein Schimpfwort für Eidbrecher; heute nur noch scherzhaft gebraucht.

Gedanken vorsichtiger sein, denn manchmal schien Greifenclau sie erraten zu können.

»Du selbst hast uns auf Giovanni Pico della Spalatina aufmerksam gemacht«, sagte Greifenclau. »Spalatina hat eine Bande von Mordbuben zusammengerufen und will unsere Abwesenheit für einen Raubzug in noch nie gesehenem Ausmaß mißbrauchen.«

»Ich werde mich ihm gern anschließen und all seine Vorhaben auskundschaften«, bot ich mich an.

»Davon kann keine Rede sein«, sagte Greifenclau. »Intrigen und Ungehorsam gegen die Obrigkeit sind die wahren Gefahren. Über Plünderungen geht die Zeit hinweg, aber der ungestrafte Rebell hinterläßt eine Saat, die noch nach Generationen fruchtbar ist. Eine solche Saat ist nach allem, was wir wissen, in der Schönburg gesät worden. Wir wissen, daß dir die Gegend dort bekannt ist.«

»Die Schönburg? Ja, Eminenz, ich stamme aus der Gegend. Es wäre vielleicht keine so gute Idee, dort in Verkleidung aufzutauchen.«

»Darum wirst du auch nicht verkleidet gehen, sondern als der, der du bist: Ein flüchtiger Verbrecher, der in seine Heimat zurückkehrt und jede Arbeit annimmt, die sich ihm bietet. Wir haben gehört, daß Graf Frowin von Pirckheim Männer anwirbt, um gegen die Schinder* zu kämpfen. Diese Gelegenheit wirst du nutzen. Du wirst dich auf die Burg begeben und ihre Geheimnisse lüften.«

»Wäre es nicht besser, wenn ich mich den Schindern anschließe? Dort könnte ich viel leichter untertauchen.«

»Wir interessieren uns nicht für eine Handvoll Raufbolde, wir interessieren uns für das, was hinter den Burgmauern vorgeht. Gestern erhielten wir mit dem Wagenzug die Nachricht eines Getreuen, die uns in große Besorgnis versetzt hat. Es ist darin von

---

* Schinder: Wörtl. »Hautabzieher«, heute »Abdecker«. Schon im Mittelhochdeutschen im übertragenen Sinne als »Quäler« (»Leuteschinder«) gebraucht. Hier eine Bande, die durch Folterung Beute erpreßt.

einem furchterregenden Geheimnis und von gottlosem Treiben die Rede, das in verborgenen Räumen stattfindet. Dein Auftrag wird es sein, diese Dinge ans Licht zu bringen. Wenn auf der Burg Feinde des wahren Glaubens hausen, werden sie dich eher akzeptieren, wenn du selbst wie ein Feind des wahren Glaubens wirkst.«

»Aber woher sollen sie das wissen? Wenn ich ein flüchtiger Mörder bin, werde ich das doch nicht sofort überall verkünden.«

»Wir werden dafür Sorge tragen, daß rechtzeitig ein Steckbrief in Oberwesel eintrifft.«

»Welcher Art sind das gottlose Treiben und das furchtbare Geheimnis? Es kann mir bei der Untersuchung helfen, wenn ich weiß, wonach ich eigentlich suche.«

»Wir halten es für besser, wenn du unvorbelastet in die Burg kommst.«

Unvorbelastet erschien mir kaum die richtige Bezeichnung, nach all der Mühe, mit der man mich zum gesuchten Verbrecher machte.

»Wer ist Euer Getreuer in der Schönburg?« fragte ich.

»Es ist besser, wenn du nicht um seine Identität weißt und er nicht um die deine. Wir werden dir einen Boten senden, wenn wir es für richtig erachten. Du wirst zwar unser Auge und unser Ohr sein, aber nicht unser Mund. Hast du das verstanden?«

»Gewiß, Eminenz.«

Crispin Schongauer ritt hinter mir nach Osten. Wir wichen allen Ansiedlungen aus; unser Weg führte bergauf in die Wälder des Hunsrück.

»Von hier findest du allein weiter«, sagte Schongauer, als er sein Pferd anhielt. »Ich habe für dich getan, was ich konnte.«

»Ich weiß gar nicht, was ich sagen soll, aus lauter Dankbarkeit. Vielleicht sollte ich meine Rolle als flüchtiger Mörder noch etwas besser spielen und zusehen, daß ich außer Landes komme.«

»Ich finde dich, ganz egal, wo du hingehst.«
Ich glaubte ihm aufs Wort. Schongauer wartete keine Antwort ab, sondern wandte sein Pferd um und ritt den Weg zurück. Bald war er hinter einer Wegbiegung außer Sicht.
Ich lenkte mein Pferd nach Norden. Irgendwo dort war Spalatina. Wenn er den Rhein entlangzog und ich auf die Schönburg kam, mußte es mit dem Teufel zugehen, wenn wir nicht aufeinandertrafen und ich so schließlich Joseph Peutinger finden würde.
Jahre später, als der Schmerz zur Erinnerung geworden war, las ich ein Zitat von Plato: »Weh dir, Unglücklicher! Deine Wünsche werden sich erfüllen.« Schon damals soll niemand auf ihn gehört haben.
Vier Tage später blickte ich vom Waldrand aus auf das Dorf Damscheid hinunter. Von hier oben aus wirkte alles so wie vor Jahren, als ich zum letzten Mal hiergewesen war.
Links der Dorfstraße lag der Hof meiner Eltern. In der Ferne konnte ich die Umrisse der Schönburg sehen. Dort mochten Verrat, Intrigen und Kämpfe auf mich warten, und doch blickte ich all dem mit größerer Gelassenheit entgegen als einer Begegnung mit meiner Familie.
Feigling, schalt ich mich selbst. Du spürst jetzt noch die Hiebe, die du als Kind eingesteckt hast.
Ich schnalzte mit der Zunge und lenkte das Pferd auf Damscheid zu.
Auf den Feldern ringsum arbeiteten Leute. Einige blickten kurz auf, wenn ich vorüberkam. Hier und da erkannte ich ein vertrautes Gesicht wieder, und wenn zwei bei meinem Anblick die Köpfe zusammensteckten, wußte ich, daß man mich auch erkannt hatte.
Schließlich erreichte ich den Hof meiner Eltern. Ich band mein Pferd an einem Holzpfosten fest und trat kurz entschlossen ein.
In der Küche traf ich meinen Bruder Ottokar, eine junge Frau und drei Kinder, die um den Küchentisch saßen. Frau und Kinder

blickten überrascht und ängstlich, Ottokar sagte: »Wir hatten gehofft, du wärst tot.«
Ich sah die Narbe auf dem Gesicht der Frau, einen Bluterguß im Gesicht eines der Kinder und gab zurück: »Und ich hatte gehofft, du kommst nicht auf unseren Vater heraus.«
»Mach dir keine Hoffnungen auf den Hof«, sagte Ottokar. »Nachdem du weggelaufen bist, hat Vater alles mir hinterlassen.«
»Was für eine herzliche Begrüßung«, sagte ich und setzte mich auf einen Hocker, Ottokar gegenüber.
»Du bist hier nicht willkommen«, sagte Ottokar. »Und ihr schert euch raus!« Die Frau nahm wortlos das kleinste Kind auf den Arm, die beiden anderen folgten ihr so eilig nach draußen, als ersehnten sie jeden Moment ohne ihren Vater.
»Wie geht es unseren Eltern?« fragte ich.
»Da kommst du zu spät. Mutter ist gestorben, kaum daß du weg warst, und Vater ein paar Jahre danach. Dir muß es ja ganz schön dreckig gehen, wenn du nach all der Zeit herkommst, um um Hilfe zu winseln. Wie siehst du überhaupt aus! Spielst du Landsknecht? Einer sein kannst du ja wohl kaum, keine Armee würde einen Feigling wie dich einstellen!«
»Wie ist Mutter gestorben?« fragte ich.
»Du hast hier kein Recht, Fragen zu stellen. Und jetzt scher dich weg aus meinem Haus, ehe ich dir Beine mache!«
Er unterstrich seine Bereitschaft, mir Beine zu machen, indem er aufstand und eine Schaufel in die Hand nahm. In sicherer Entfernung von mir blieb er stehen, das Werkzeug zum Schlag erhoben.
Er war immer schon kleiner gewesen als ich, aber in den Jahren unserer Trennung war er zum Ausgleich in die Breite gegangen. Die Nase zwischen seinen aufgeschwemmten Wangen war von blauroten Äderchen überzogen. Ein wüster, ungepflegter Schnauzbart, der seinen Mund verdeckte, gab Aufschluß über seine letzte Mahlzeit.
»Es ist seltsam, wie sich die Dinge entwickeln«, sagte ich. »Ich wollte einem Mann, den ich lange gefürchtet habe, meinen Stolz

vorführen. Statt dessen treffe ich nur einen Giftzwerg, der fettiges Schweinefleisch mit Lauch gegessen hat. Es geht wirklich bergab mit der Welt.«
Ich stand auf.
»Paß ja auf!« warnte Ottokar mich und wich einen Schritt zurück.
»Wenn ich dich totschlage, ist das Recht auf meiner Seite.«
»Wenn du deine Familie schlägst, wohl auch, nicht wahr?«
»Du hast hier gar nichts zu befehlen!«
»Ich kenne Männer wie dich«, sagte ich. »Wenn du mit mir nicht fertig wirst, läßt du hinterher deine Wut nur um so mehr an deiner Familie aus. Sag mir nur noch, wo unsere Eltern begraben liegen, dann lasse ich dich allein.«
»Du willst wohl an ihren Gräbern heulen über dein versautes Leben. Von mir erfährst du gar nichts!«
»Ich gehe jetzt zur Tür. Dabei wende ich dir den Rücken zu. Wenn du mir einen Gefallen tun willst, Ottokar, dann greif mich bitte von hinten an.«
Ottokar tat nichts dergleichen.
Ich verließ ungehindert das Haus und ritt davon, im Ohr die mit der Entfernung leiser werdenden Unflätigkeiten, mit denen Ottokars ohnmächtige Wut sich über seine Frau ergoß.
Auf dem Friedhof hinter der Kirche brauchte ich nicht lange zu suchen. Das Grab meiner Eltern lag in der Nähe der anderen Begräbnisstätten unserer Familie. Ein einfacher, schmuckloser Stein markierte das Grab, Namen und Daten eingemeißelt.
Ich hatte meinen Vater um ein gutes Jahr verpaßt.
Eigentlich habe ich ihn gar nicht verpaßt, dachte ich. Ich habe ihn gerade wiedergetroffen, nur ein paar Jahre verjüngt.
Ich wandte mich zum Gehen und bemerkte den alten Priester, der ruhig hinter mir gestanden und mir zugesehen hatte.
»Wenn das nicht Edgar ist«, sagte der Priester. »Du bist aber gewachsen, mein Sohn! Und natürlich zu spät zur Sonntagsmesse.«
»Wenn das nicht Pastor Seuse ist«, antwortete ich. »Ihr seid aber geschrumpft, mein Vater.«

»Und immer noch vorlaut wie eh und je. Hast du deinen Bruder schon getroffen?«
»Ja.«
»Ottokar ist ein guter Bauer geworden, nicht wahr?«
»Wie lange habt Ihr überlegt, bis Ihr etwas Gutes an ihm gefunden habt?«
»Ich überlege immer noch. Du wirst sicherlich ein Glas Wein vertragen können, und dann können wir über deine Zukunft reden.«
Das kleine Wohnzimmer des Pastors roch immer noch anheimelnd-muffig wie früher, wenn er den Intelligenteren unter den Dorfkindern sonntags nach der Messe lesen und schreiben beibrachte.
»Dein Vater hat gesagt, deine Mutter sei im Stall hingefallen und habe sich den Schädel gebrochen«, sagte Seuse. »Ich will nicht verheimlichen, daß es andere Vermutungen gab.«
»Und vermutlich waren die anderen Vermutungen die Wahrheit«, sagte ich.
»Danach wurde es mit deinem Vater noch schlimmer. Er hat getrunken und sich nicht mehr um den Hof gekümmert. Ottokar hat alles gemacht, von früh bis spät geschuftet. Und von deinem Vater hat er nur Beschimpfungen dafür bekommen. Nachdem du weg warst, hat dein Vater auf dich geflucht; aber nach ein paar Jahren warst du das große Vorbild. Jedenfalls hat dein Vater schließlich gesagt, daß du den Hof erben sollst, wenn Ottokar ihn nicht richtig führen könne. Schließlich seist du der Ältere.«
»Aber ich wollte den Hof nicht. Ich will ihn auch heute nicht.«
»Ich weiß. Außerdem hat Ottokar den Hof gut geführt. Es war nur so, daß dein Vater das niemals anerkannt hat. Eines Tages kam Ottokar zu mir und erzählte, dein Vater sei im Stall hingefallen und habe sich den Schädel gebrochen. Ist das nicht seltsam?«
»In der Tat, das ist seltsam. Ich kann den Tag gar nicht abwarten, an dem Ottokars Frau Euch unter Tränen berichtet, daß er dasselbe Schicksal erlitten hat.«

»Du hast eine böse Phantasie, Edgar. Oder einen scharfen Verstand. Beides kann dich in Schwierigkeiten bringen. Doch trinken wir noch einen Schluck.«
Seuse schenkte beide Gläser voll und fragte: »Was willst du jetzt machen, Edgar?«
»Ich suche eine Möglichkeit, mich als Kämpfer zu verdingen. Wißt Ihr, ob in der Nähe jemand Landsknechte anwirbt?«
Seuse wirkte ein wenig wie ein Wachhund, der etwas Ungewöhnliches entdeckt hat – ein sehr aufmerksamer Wachhund, dem keine Bewegung entging.
»Wenn du für den Ruhm der Kirche streiten willst«, sagte der Pastor schließlich, »findest du keinen besseren Ort als Trier. Der Fürstbischof stellt eine Armee zusammen, um die rebellischen Reichsritter und Protestanten in ihre Schranken zu verweisen.«
»Gewiß kann man beim Kampf für die gerechte Sache nicht nur irdischen, sondern auch himmlischen Lohn erhalten.«
»Wie geschickt du das formuliert hast. Es läßt die Frage unbeantwortet, welche Sache die gerechte ist, nicht wahr?«
»Und welche Sache ist die gerechte, Pastor?«
»Was weiß denn ich? Ich bin nur ein armer Landpfarrer, der nichts von der Welt versteht.«
»Tatsächlich: Ihr habt nicht einmal halb so viele Bücher wie die Bibliothek von Alexandria.« Ich deutete auf einen Schrank, dessen Böden sich unter der Last der Bücher bogen.
»Ach, du übertreibst! Sicher, ich habe das eine oder andere Buch gelesen. Da schreibt der Mönch Luther aus Wittenberg, daß die Heilige Mutter Kirche die Seelen der Menschen aus den Augen verloren hat. Und der gelehrte Ortvin Gratius schreibt dagegen, daß Luther ein Bote des Antichristen sei. Dann schreibt der verehrte Johannes Reuchlin, daß der Ablaßhandel den Menschen nur ihr Geld aus der Tasche ziehe, um es in die Taschen der Kaufleute und Kirchenfürsten fließen zu lassen. Und Fürstbischof Greifenclau erläßt ein Schreiben an alle Priester, in dem er mitteilt, daß Reuchlin ein Bote des Antichristen sei. Ich bin froh, wenn ich

meine letzten Jahre hier in meiner Dorfkirche verbringen kann und einen Scheiterhaufen weder von unten noch von oben sehen muß.«

»Nehmen wir einmal an, daß ich nicht nach Trier reiten möchte. Nehmen wir an, mein Weg führt nach Oberwesel.«

»Dann kann es sein, daß man dort gerade einige Landsknechte sucht. Nur einige, wohlgemerkt, und nicht gerade die teuersten.«

»Also stellt der Graf von Pirckheim eine eigene Armee auf?«

»Armee ist zuviel gesagt; eher eine Truppe, die die Burg gegen eine Schinderbande verteidigen soll. Und es ist nicht der Graf, der sie aufstellt. Ich nehme an, du kennst den Grafen nicht.«

»Wie sollte ich? Ich bin doch nichts als ein einfacher Bauernbursche.«

»Ja ja, das bist du wohl. Warte mal, wann war das... vor fast dreißig Jahren, kurz vor deiner Geburt... wann bist du geboren?«

»1495.«

»Wird Zeit, daß du eine Familie gründest, nicht wahr?«

»Ja doch. Also, was war 1495?«

»Damals ist Graf Nikolaus von Pirckheim gestorben. Man erzählte sich, daß er mit dem Teufel im Bunde war und daß der seine Seele geholt hat. Angeblich hatte er sich in einem Burgturm von innen eingeschlossen. Als man die Tür aufbrach, lag er immer noch darin, aber sein ganzer Körper war schwarz und sein Haar schlohweiß geworden. Es soll auch überall nach Schwefel gestunken haben, was wohl auf die Anwesenheit des Gottseibeiuns schließen ließ. Sein Bruder Frowin trat sein Erbe an, da Nikolaus' Kinder verschwunden waren. Es hieß, daß er sie selbst dem Teufel geopfert habe. Seine Frau war bei der Geburt des Mädchens gestorben, und niemand hatte sich seitdem um die drei Kinder...«

»Das ist ja sicher alles interessant, Herr Pfarrer, aber was hat die Familiengeschichte der Pirckheims mit den Landsknechten zu tun, die er anwirbt?«

»Hetz mich nicht, junger Mann! Wenn das Alter ein Privileg hat, dann, daß die Jugend ihm zuhören muß. Jedenfalls ist Frowin von Pirckheim ein etwas seltsamer Mann. Es gibt Leute, die erzählen, daß er auch einen Pakt mit dem Teufel eingegangen ist. Zum Glück – vielleicht mehr zum Glück für die Dörfer ringsum als für Frowin selbst – ist sein Verwalter eine ehrliche Haut. Er heißt Wiggershaus, und er läßt die Männer anwerben. Er muß allerdings jeden Pfennig dreimal umdrehen, daher wird es nur eine kleine Truppe werden. Wenn du eine Aufgabe suchst, die gerecht ist, dann verpflichte dich auf der Burg. Und wenn du Ruhm und Ehre suchst, dann zieh weiter. Wenn du himmlischen Lohn suchst – dann viel Glück!«

»Das ist eine schwere Entscheidung.«

»Versuch doch nicht, mich hinters Licht zu führen, Edgar Frischlin. Als du ins Dorf kamst, hast du längst vorgehabt, dich auf der Burg anwerben zu lassen.«

»Eure Erzählung hat mich so gefesselt, daß ich vielleicht etwas seltsam gewirkt habe.«

»Dann bin ich ja gespannt, wie du wirkst, wenn du auf der Burg Susanne wiedertriffst.«

»Susanne? Ihr meint: Susanne ist wieder zurück?«

»Nicht gerade zurück, denn sie ist nicht ins Dorf gekommen. Aber ich habe sie unten in Oberwesel gesehen. Sie lebt jetzt auf der Burg, und soweit ich gehört habe, hält mancher sie für eine Hexe.«

»Susanne eine Hexe?« sagte ich. »Niemals!«

»Nun, mancher hält manche für eine Hexe. Ich habe es dir nur gesagt, damit du hinterher nicht sagst, niemand habe dich gewarnt. Du kannst jetzt aufhören, mich anzufunkeln. Ich habe schon gemerkt, daß du noch immer in sie verliebt bist.«

»Sie ist mir völlig gleichgültig geworden.«

»Weißt du nicht, das man einen Priester nicht anlügt?«

Schließlich nahm ich dankbar das Angebot des alten Priesters an, bei ihm zu übernachten. Ein Meßjunge versorgte das Pferd, und ich schlief zum ersten Mal seit Wochen tief und traumlos in einem weichen Bett unter einem festen Dach.

Am kommenden Montag erwachte ich, als Pastor Seuse mich noch vor der Morgendämmerung weckte.

»Heute ist Markttag in Oberwesel«, sagte der Pastor. »Auf dem Tisch steht ein kräftiges Frühstück. Ich habe gehört, daß es in der Schönburg nur Haferschleim zum Essen gibt, also solltest du noch einmal kräftig zulangen.«

7

Das 7. Kapitel erklärt, warum der Umsatz am Markttag weit unter dem Durchschnitt blieb

Vor dem Stadttor von Oberwesel saß ein einzelner Wächter, der mich ohne Kontrolle passieren ließ.
So betrat ich am frühen Montag morgen die Stadt, die ich seit mehr als zehn Jahren nicht mehr gesehen hatte. Ich ritt geradewegs zum Marktplatz, der sich unterhalb des aus rotem Sandstein errichteten Kirchenbaus erstreckte.
Aus meiner Kindheit hatte ich den Markt größer in Erinnerung. Man macht als Erwachsener leicht die Erfahrung, daß Dinge, die man aus der Kindheit kennt, kleiner sind, als die Erinnerung vorgaukelt. Das mag daran liegen, daß sie im Gedächtnis weiterwachsen oder daß man selbst kleiner war, als man sie früher gesehen hat.
Keine dieser Möglichkeiten konnte mir erklären, weshalb in der Mitte des Platzes keine Marktstände zu finden waren. Ich erinnerte mich an Drängeln und Schieben in engen Reihen zwischen Bretterbuden und Marketenderkarren.
Selbst die Käufer mieden die Mitte, bewegten sich an den Ständen entlang, verweilten nur hier und da kurz, um rasch weiterzugehen.
Ich hielt an der Straßenecke vor dem Markt an und band mein Pferd an einem Eisenring fest.
Niemand schien etwas kaufen zu wollen, und, noch seltsamer, niemand pries etwas an.
Obwohl es später Vormittag war, blieben die meisten Fensterläden zur Marktseite hin geschlossen.
Ein Händler schob seinen Karren, der mit Körben und Küchengerät beladen war, aus der gegenüberliegenden Straße hervor.

Auch er schaute sich erstaunt um; vermutlich hatte er erwartet, nur mit Mühe eine freie Stelle zu finden.

Doch Platz gab es genug, aber ehe er sich für einen entscheiden konnte, trat ein großer, schlanker Mann aus dem Schatten eines Eingangs auf den Händler zu und sprach mit ihm.

Der Mann mochte Anfang Dreißig sein, hatte dunkle Haare und einen sauber gestutzten Knebelbart. Seine Worte schienen dem Händler nicht zu behagen, doch seine Autorität wirkte überzeugend. Der Händler wendete seinen Karren und schob ihn zurück.

Die Kunden auf dem Markt führten fast einen Ringeltanz auf. Sie gingen von links nach rechts an den Ständen entlang, blieben stehen und gingen dann wieder weiter. Im erstem Moment war mir gar nicht aufgefallen, daß diese Bewegungen wie einstudiert wirkten.

Irgend etwas stimmte hier ganz und gar nicht. Das war nicht das Verhalten von Bürgern einer völlig arglosen Stadt, die ihre Tore offen und fast unbewacht ließ. Aber es war auch nicht das Verhalten einer Stadt, die einen Angriff erwartete.

Greifenclau hatte eine gute Nase, wenn es darum ging, Geheimnisse zu wittern.

Dann fiel mein Blick auf einen älteren Mann, der an einem Holzstapel lehnte und Fackeln sortierte. Der Mann hatte mich neugierig beobachtet, konzentrierte sich aber sofort wieder auf die Fackeln, die in einem großen Bastkorb vor ihm standen.

Eine Fackel steckte brennend im Lehmboden des Platzes.

Ich ging auf den Mann zu und fragte: »Was kosten die Fackeln, Meister?«

Der Mann schien verwirrt. »Meine Fackeln? Tja, das sind sehr gute Fackeln. Äh, beste Verarbeitung. Was bietet Ihr denn?«

»Ich habe eine Menge Bedarf an Fackeln. Wenn ich sie alle nehme, macht Ihr mir einen Sonderpreis?«

»Alle Fackeln? Jetzt gleich?«

»Ja, vor allem die brennende würde ich gern gleich mitnehmen.«

»Tut mir leid, das ist meine Musterfackel. Die kann ich um nichts in der Welt hergeben.«
»Wozu braucht Ihr ein Muster, wenn ich die ganze Ware kaufe?«
»Ach, gerade fällt mir ein, daß alle Fackeln schon vorbestellt sind. Tut mir leid, aber ich kann Euch keine verkaufen.«
»Tja, schade«, sagte ich. »Na, dann suche ich noch ein bißchen auf dem Markt herum. Vielleicht finde ich ja etwas anderes.«
»Ja, sucht nur. Wir haben nichts zu verbergen.«
Nichts hätte mich mehr davon überzeugen können, daß die Bürger von Oberwesel jede Menge zu verbergen hatten.
Ich reihte mich einfach in das Karussell ein, von Vor- und Hintermännern mißtrauisch beäugt, aber nicht angesprochen.
An einem Stand mit dem Schild »Der Bäcker Funcken« kaufte ich ein mit Speck belegtes Fladenbrot, an dem ich trocken herumkaute.
Ich betrachtete einen Stand mit Ackergerät, einen mit frischen Eiern (an dem tatsächlich ein volles Dutzend Eier angeboten wurde), einen mit Flöten und Glöckchen und schließlich einen mit Filzhüten. Aus unerfindlichen Gründen stand zwischen den Hüten am hellen Tag eine brennende Laterne.
Und dann starrte ich die Frau an, die hinter den Filzhüten stand und mich ebenfalls anstarrte.
»Susanne!« sagte ich. »Wer hätte gedacht, daß du Hutverkäuferin geworden bist!«
»Geh mir aus den Augen«, sagte Susanne, die große Liebe meiner Jugend.
»Ich habe mich oft gefragt, was wohl aus dir geworden ist«, sagte ich mit einem Lächeln.
»Ich habe nie an dich gedacht«, sagte Susanne, »aber anscheinend hat es nichts genützt.«
»Und du hast dich kein bißchen verändert«, sagte ich. Im selben Augenblick spürte ich eine kräftige Hand auf meiner Schulter.
»Kennst du den Burschen, Susanne?« fragte der Mann mit dem Knebelbart, der vorher den Händler von Platz geschickt hatte.

»Ein Taugenichts aus Damscheid«, sagte Susanne.
»Na gut, Bürschchen«, sagte er zu mir. »Wir haben eine hübsche Herberge für deinesgleichen vorbereitet. Sie ist so sicher, daß du dort nicht einmal dein Schwert brauchst. Ich bin Hans Kuehnemund, der beste Fechter dieser Stadt. Ich werde es für dich aufbewahren.« Er streckte fordernd seine Linke aus; die Rechte lag auf den Griff seiner eigenen Waffe.
Mehrere Passanten hatten sich um uns geschart. Ich bemerkte, daß einige der Männer jetzt Schwerter in der Hand hielten. Die Frauen, die in der Minderzahl waren, hielten sich im Hintergrund.
»Kein Grund zum Mißtrauen«, sagte ich freundlich zu Kuehnemund. Dann sprang ich zur Seite, so daß ich den Stand im Rücken hatte, und zog den Katzbalger.
Kuehnemund zog sein Schwert und tippte leicht mit seiner Klinge gegen meine Waffe. »Versuch's ruhig«, sagte er.
»Es geht los!« rief jemand von der Straße her. Ein aufgeregter Junge war auf den Platz gelaufen, und sein Ruf pflanzte sich fort.
Nur eine Sekunde lang glaubte ich, der Ruf habe sich auf meinen bevorstehenden Kampf mit Kuehnemund bezogen. Aber dann wandten sich fast alle Anwesenden ab und taten, als seien sie beschäftigt.
Näherkommender Hufschlag war zu hören. Bei einigen Ständen verschwanden die Händler hinter den Verkaufstischen, bei anderen tauchten Männer auf, die sich bisher dahinter verborgen hatten.
Kuehnemund steckte zu meiner Überraschung sein Schwert ein. Susanne warf ihm eine Pistole zu, die Kuehnemund im Flug auffing und auf mich richtete. »Ein Wort an deine Leute, und es war dein letztes«, warnte er. »Und steck deine Waffe ein!«
Ich beeilte mich, ihm zu gehorchen.
»Bist du soweit?« fragte Kuehnemund.
»Die ganze Zeit schon«, sagte Susanne.
Der Hufschlag wurde lauter. Sicher wurde er durch das Echo zwi-

schen den Häusern verstärkt, dann es klang, als kämen mindestens hundert Reiter die Straße entlang.
Der Fackelhändler zog seine brennende Musterfackel aus der Erde und machte sich an dem Holzstapel zu schaffen. Susanne öffnete die Laterne. Sie griff unter die Theke und brachte die Enden einiger Schnüre zum Vorschein.
Jetzt tauchte der erste Reiter auf. Es war ein martialisch aussehender Kerl in einem Panzerhemd, der sein Pferd mit den Knien lenkte, während er in einer Hand ein Schwert und in der anderen eine Pistole hielt.
Dann kam eine ganze Kolonne, alle wüst aussehend und laut brüllend. Sie ritten ohne Ordnung und verteilten sich über den Platz.
»Die Stadt ist unser!« rief der Anführer, während er auf Susannes Stand zupreschte.
Ich hörte Susanne sagen: »Noch nie hat sich jemand so getäuscht.«
Und Kuehnemund rief: »Jetzt!«
Gleichzeitig richtete er seine Waffe auf den vordersten Reiter und drückte ab; der Ruf des Angreifers endete in einem Schrei.
Und die Männer bei den Ständen hatten plötzlich Arkebusen, Armbrüste und Bögen in den Händen. Ein Hagel aus Geschossen schlug in die Reihen der Reiter. Was als Überraschungsangriff begonnen hatte, wurde zu einem heillosen Durcheinander. Pferde überschlugen sich, Tote fielen aus den Sätteln, Verwundete wurden in den Steigbügeln hängend über den Boden geschleift.
Einige Reiter wandten sich zur Flucht, da übertönte eine Stimme den Lärm: »Will man uns den Sieg nicht schenken, wird man nur länger an uns denken!«
Ein dürrer Mann, der sein Pferd in der Mitte des Platzes parierte, hatte den Ruf ausgestoßen. Jetzt riß er seine Armbrust hoch und drückte ab. Ein Mann am Stand neben Susanne brach tot zusammen; ein gefiederter Bolzen ragte aus seiner Stirn.
Die Verwirrung der Reiter hatte sich rasch gelegt. Sie feuerten

zurück. In und zwischen dem Marktständen stürzten Männer zu Boden.

»Macht die Bürger flugs zu Leichen, unser Mut wird zehnmal reichen!« rief der Dürre.

Er spornte sein Pferd an und spannte die Armbrust beim Reiten.

Fast schien es, als hätten die Bürger mit ihrer ersten Salve zugleich ihren ganzen Kampfesmut verschossen.

Als die Reiter sich zu einer zweiten Angriffswelle formierten, wandten sich die ersten Verteidiger zur Flucht.

Kuehnemund warf seine Pistole weg und zog das Schwert. Er beachtete mich nicht länger, sondern stürmte einem Reiter entgegen. Der Angreifer schwang sein Schwert. Kuehnemund duckte sich unter dem Hieb weg, schwang seine Waffe in einem großen Bogen und schlug den Gegner aus dem Sattel.

Susanne schob zwei der Schnüre in die Laterne. Sie fingen sofort funkensprühend Feuer.

Etwas schlug neben meinem Kopf in einen Stützbalken. Ein Schinder, der sein Pferd verloren hatte, hatte im Laufen seine Arkebuse abgefeuert. Jetzt packte er sie am Lauf, schwang sie wie eine Keule und kam auf mich zu.

Ich hatte meinen Katzbalger schon wieder in der Hand, sprang zur Seite, ließ den Hieb des Gegners ins Leere gehen und schlug ihm eine klaffende Wunde in den Oberschenkel. Der Mann stürzte zu Boden, und ich setzte ihn mit einem Tritt ins Gesicht außer Gefecht.

Einige Reiter hatten sich von ihren Pferden geworfen und verwickelten sich in Nahkämpfe um die Marktstände. Eine große Gruppe formierte sich in der Mitte des Platzes zu einem Angriffskeil.

Ich sah, wie der Fackelhändler dem Holzstoß einen Tritt versetzte. Der Holzstoß rollte davon; er hatte aus einer Front verbundener Scheite bestanden, die an der Vorderseite eines Karrens befestigt waren. Dahinter kam eine Kanone zum Vorschein, und ehe der Karren ganz weg war, zündete der Händler die Lunte.

Die Kanone ging los, und gehacktes Blei verwandelte den Keil der Reiter in einen Haufen zuckender Menschen- und Pferdekörper.
Ein Schinder mit einer Axt lief auf Susanne zu. Ich sprang ihm in den Weg, parierte den Axthieb und griff meinerseits an. Ich schlug zu, parierte, wich aus, spürte, wie der Schnabel der Axt meine Klinge einklemmte. Ohne nachzudenken, schraubte ich den Katzbalger frei und entwaffnete gleichzeitig meinen Gegner. Meine Klinge fuhr dem Mann tief in die Brust.
»Duck dich, Idiot«, zischte Susanne.
Die Welt wölbte sich nach oben: In der Mitte des Platzes stieg eine Fontäne aus Rauch und Erde auf.
Die Druckwelle warf mich zu Boden. Mir wurde klar, daß eine vergrabene Pulverladung, von Susanne gezündet, explodiert war.
Ich hatte meinen Katzbalger verloren. Statt dessen zog ich mein Messer und warf mich in den Kampf. Kuehnemund kämpfte nur noch gegen einen Gegner. Ein Mann griff mich mit seinem Dusack* an. Er fing mein Handgelenk ab und hielt den Stoß auf, ehe das Messer seine Kehle erreichen konnte.
Er war stark, und bald lag ich auf dem Rücken und hatte Mühe, die Klinge von meiner eigenen Kehle fernzuhalten. Schließlich gelang es mir, die Knie anzuziehen und meinen Gegner mit einem kräftigen Stoß über meinen Kopf hinwegzukatapultieren.
Der kleine Mann an der Kanone arbeitete hektisch am hinteren Ende des Geschützes. Ein Junge lag tot zu seinen Füßen.
»Steh da nicht rum, hilf mit lieber!« rief der Mann mir zu, während ich versuchte, wieder zu Atem zu kommen. Mein Gegner griff wieder an, aber diesmal hatte ich mehr Glück; ich duckte mich, und der Schinder, der mich angesprungen hatte, flog über mich hinweg. Ich erwischte ihn noch in der Luft mit dem Messer.

---

* Dusack (auch: Dusägge): Kurzschwert böhmischen Ursprungs, im 16. Jahrhundert oft von deutschen Bauern benutzt.

Dann lief ich zu dem Geschütz hinüber.

»Los, zieh hier dran«, kommandierte der Kleine.

Der Knebel, der die Ladekammer am hinteren Ende des Laufs in Position hielt, war verklemmt. Ich trat ein paarmal mit dem Fuß dagegen, dann klappte der Knebel nach oben.

Schon schob der Mann eine vorbereitete neue Kammer in den Lauf, dann stemmte er sich mit seinem Gewicht auf den Knebel und machte die Kanone schußfertig.

»Was starrst du mich an!« schnauzte er mich an. »Los, geh ans linke Rad, wir müssen dreißig Grad nach links drehen. Ach, wenn ich doch Edwina hier hätte statt der blöden Sau!«

Das Geschütz war eigentlich zu schwer für nur zwei Männer, aber langsam wanderte der Lauf nach links.

Kuehnemund hatte sich mit einem Sprung hinter einen Schinder in den Sattel geworfen und den Reiter zu Boden geschleudert.

Jetzt ritt er auf den Dürren zu, der seine Leute mit Versen anfeuerte.

Ein anderer Schinder ritt mit eingelegter Lanze dazwischen. Im letzten Moment riß Kuehnemund sein Pferd herum, so daß es frontal gegen das Tier des anderen stieß. Kuehnemunds Pferd wurde beim Zusammenprall umgeworfen. Auch das andere Tier stürzte, seinen schreienden Reiter unter sich begrabend.

Einige der Marktstände am gegenüberliegenden Ende des Platzes standen in Flammen. Dort hatten die Schinder die Verteidiger überwältigt und waren jetzt dabei, die Verwundeten abzustechen.

Der kleine Kanonier zielte über den Lauf auf die Gruppe.

»Da sind doch welche von unseren dabei!« rief ich.

»Aber nicht viele«, sagte der Kleine und zündete die Lunte.

Gehacktes Blei fegte über den Platz und schleuderte die Körper von Freund und Feind in die zusammenbrechenden brennenden Stände.

»Für was hältst du das hier, für ein Theaterstück?« fauchte der Kanonier. »Los, mach den Knebel frei!«

Diesmal hatte der Rückstoß die Ladekammer noch fester verkeilt. Ich trat mehrmals dagegen, aber der Knebel bewegte sich nicht.

Der Dürre ritt vorbei und brüllte über den Platz: »Stürmt vor bis zu des Platzes Rand, und führt das Schwert mit fester Hand!«

Aus einem Hauseingang hinter uns tauchte ein wohlbeleibter Mann mit beginnender Glatze auf, der neben uns stehenblieb und eine Donnerbüchse mit trichterförmiger Mündung anlegte.

Der Kanonier und ich zerrten gemeinsam am Knebel, dabei warnte der Kleine keuchend den Hinzugekommenen: »Vorsicht, Magister Wiggershaus, denkt an Eure Schulter.«

Wiggershaus feuerte seine Büchse auf eine Gruppe von Schindern ab, die zu Fuß auf die Kanone zustürmten. Drei Männer stürzten zu Boden, zwei andere wandten sich zur Flucht.

Der Schütze selbst ließ mit einem Ausruf des Schmerzes seine Waffe fallen und preßte die Hand gegen die rechte Schulter.

Eine Gruppe von Schindern sammelte sich zu einem neuen Vorstoß, und wieder bebte die Erde, als in ihrer Mitte eine Sprengladung hochging.

Mit einem Mal kam der Knebel frei.

Der Kanonier wechselte die Kammern aus, und ich trat, ohne die Aufforderung abzuwarten, neben das linke Rad.

Gerade ritt der Dürre wieder vorbei und rief: »Erhebt euch flugs, ihr tapf'ren Streiter, bekämpft den Feind wie bisher weiter!«

Doch die tapferen Streiter reagierten nicht mehr auf die anfeuernden Worte. Zwei große Löcher in der Mitte des Platzes waren von ihren Körpern umgeben. Andere versuchten, wieder zu den Stadttoren zu kommen.

Überall tauchten Bürger auf, die sich bisher in Deckung gehalten hatten, und stürzten sich auf die Verwundeten.

»Nach rechts mit der Sau, nach rechts!« kommandierte der Kanonier. Ich drehte am Rad, der Lauf der Kanone folgte einer Gruppe von fliehenden Schindern.

Aber schon warfen sich aus den Seitengassen Männer mit Spießen und Äxten den Flüchtigen entgegen.

Der dürre Verseschmied trieb sein Pferd in Richtung Hauptstraße. In vollem Galopp erschoß er einen Mann, der ihm mit einer Helmbarte in den Weg trat, und rief dabei: »Heut sind zu viel von uns gefallen. Ich kehr zurück, es heimzuzahlen!«
Für einen Augenblick sah ich zwischen Staub und Pulverdampf einen rotblonden Haarschopf. Ich sah das Gesicht darunter nicht, und schon war der Mann inmitten fliehender Reiter verschwunden.
Ich ließ die Kanone im Stich, riß eine Arkebuse an mich, die einer der Kämpfer verloren hatte, und lief zu meinem Pferd.
Es lag tot auf dem Boden, den Kopf unnatürlich nach oben verdreht, vom Zügel an den Haltering gefesselt.
Mehrere Pferde rasten aufgescheucht von Lärm und Blutgeruch auf dem Platz herum. Ich würde keines rechtzeitig einfangen. Zu Fuß machte ich mich an die Verfolgung.
Das Stadttor stand immer noch offen. Es hatte dort mehrere bewaffnete Wachen gegeben, aber keine lebte mehr. Offenbar hatten die Angreifer eine Nachhut am Tor gelassen, die das endgültige Zuschnappen der Falle verhindert hatte.
Als ich das Tor erreichte, sah ich mehrere Schinder, die ihre Pferde die Uferstraße entlangtrieben, nur weg von der Stadt. Sie waren gerade noch in Schußweite, und ich sah den rotblonden Schopf wieder.
Ich nahm das Gewehr, stützte die Seite des Laufs gegen eine Kante der Stadtmauer und zwang mich, mit dem Zittern aufzuhören. Die Welt bestand nur noch aus mir und meinem Ziel, dem rotblonden Schopf. Dann hob ich die Mündung an, bis sie zwei Finger breit über den Schopf deutete, und drückte ab. Kein Schuß knallte – das Gewehr war leer gewesen.
Neben mir tauchte Kuehnemund auf. Er hatte jetzt auch ein Gewehr in der Hand, eine kurzläufige Waffe, die auf die Entfernung, die die Flüchtenden schon zurückgelegt hatten, keine Gefahr mehr für sie sein konnte.
Er zielte kurz und feuerte. Der hinterste Reiter stürzte aus dem Sattel.

Der Rest, und mit ihnen der Mann, den ich für Peutinger hielt, kam hinter einer Bodenwelle außer Sicht.
»Guter Schuß«, sagte ich zu Kuehnemund.
»Ihr wart auch nicht schlecht«, sagte er. »Aber in Zukunft solltet Ihr aufpassen, daß Ihr Euer Schwert nicht so schnell verliert.«

»Du warst gar nicht übel, Jungchen«, sagte der Kanonier. Er hielt mir die Hand hin und sagte: »Ich bin Henning Locher, und das da«, er tätschelte mit der anderen Hand liebevoll das Geschütz, »ist die gute alte Sau.« Offenbar war die Sau in den letzten Minuten in seiner Achtung gestiegen.
»Ich bin Edgar Frischlin.« Ich erwiderte den Händedruck. »Wer ist diese Edwina, die du lieber gehabt hättest?«
»Ich stell sie dir noch vor; das heißt, falls du hier bleiben willst. Was ist, willst du dich uns anschließen?«
»Ich bin ein Landsknecht«, sagte ich großspurig, »und die Gefahr ist mein Geschäft.«
»Erstaunlich! Ich bin auch Landsknecht, und mein Geschäft ist es, am Leben zu bleiben. Hans Kuehnemund, unseren Hauptmann, hast du schon kennengelernt. Ich bin sicher, daß er noch ein paar Männer gebrauchen kann. Heh, Magister! Wartet, ich helfe Euch!«
Henning eilte zu dem beleibten Wiggershaus, der seit seinem Schuß reglos auf dem Boden gesessen hatte und erst jetzt Anstalten machte, sich wieder zu erheben.
»Ist alles in Ordnung mit Euch, Magister?« fragte Henning besorgt, während er dem anderen die Hand hinstreckte.
Der Magister schien sie nicht zu bemerken. Er stand allein auf und massierte sich die Schulter.
»Das ... das war furchtbar«, sagte er. »Ich hätte nicht gedacht ... ich dachte, wenn wir ihnen eine Falle stellen ...« Plötzlich blickte er sich suchend um. »Wo ist der Hauptmann?«
Kuehnemund stand zusammen mit Susanne einem Mann mit der Kette des Bürgermeisters gegenüber. Der Bürgermeister redete empört auf die beiden ein. Kuehnemund setzte mehrmals

zu einer Antwort an, aber der Bürgermeister schien nicht zuzuhören.
Wiggershaus ging zu der kleinen Gruppe hinüber.
»Das haben wir nur Eurem Rat zu verdanken«, sagte der Bürgermeister, als er Wiggershaus bemerkte. »Tote, Verwundete, Feuer und Zerstörung. Ich hätte mit den Männern verhandeln sollen, wie ich es eigentlich vorhatte. Wir sind friedliebende Leute, und Ihr habt uns einen Kampf aufgezwungen!«
Ich warf einen Blick auf drei Männer, die wie vornehme Kaufleute gekleidet waren und auf einen um Gnade flehenden Verwundeten einschlugen. Friedliebende Leute war ein dehnbarer Begriff.
»Ich könnte noch zwei Sprengladungen zünden, damit es sich auch lohnt«, bot Susanne dem Stadtoberhaupt an.
»Ja, zerstören, das ist alles, was Ihr könnt. Euch sagt man sowieso Hexerei nach! Aber eins sage ich Euch«, wandte er sich an Kuehnemund, »ab jetzt übernehme ich wieder das Kommando in der Stadt. Wenn Ihr kämpfen wollt, dann kämpft allein.«
»Eins habe ich nicht verstanden«, sagte Kuehnemund mit erzwungener Ruhe. »Wann genau wolltet Ihr heute verhandeln?«
»Es war ein schwerer Tag für uns alle«, sagte Wiggershaus. »Ich gestehe, daß ich keine Vorstellung hatte, wie furchtbar der Kampf sein würde. Aber wenn wir uns nicht gewehrt hätten, wäre es schlimmer ausgegangen.«
»Das sagt den Witwen und Waisen!« rief der Bürgermeister.
»Das werde ich tun«, stimmte Wiggershaus zu. »Und Ihr sorgt dafür, daß das Töten der Gefangenen aufhört!«
»Und zwar möglichst bald«, fügte Kuehnemund hinzu. »Wir möchten mindesten einen übrig behalten, den wir verhören können.«
Der Bürgermeister wandte sich ab.
»Grauenhaft, einfach grauenhaft«, sagte Wiggershaus zu Kuehnemund. »Aber wenigstens haben wir gewonnen.«
»Haben wir nicht«, widersprach Kuehnemund. »Das war höchstens ein Voraustrupp, der glaubte, uns im Handstreich überrumpeln zu können. Wenn wir gegen die Hauptmacht bestehen wollen, müssen wir mindestens zehnmal so gut sein.«

»Wir haben eine Menge Leute verloren«, sagte Susanne. »Und ich bezweifle, daß wir viele Freiwillige finden werden.«
»Einen habt ihr bereits«, sagte ich und trat zu ihnen hinüber.
»Vier Gulden pro Monat«, sagte Kuehnemund. »Und die Aussicht, den nächsten Kampf zu verlieren.«
»Das ist besser als Euer letztes Angebot«, sagte ich.
»Ich habe Euch noch kein Angebot gemacht.«
»Doch. Euer Schwert in meinem Bauch.«
»Seid Ihr nachtragend?«
»Nicht bei vier Gulden pro Monat«, sagte ich. »Und ich bringe meine eigenen Waffen mit.« Ich hatte meinen Katzbalger erspäht und trennte mich von der Gruppe.
»Ich will ihn nicht dabei haben«, sagte Susanne. »Der hat doch nur gekämpft, weil die Schinder auf ihn geschossen haben.«
»Einen besseren Grund hatte ich auch nicht«, sagte Wiggershaus.

»Ihr werdet noch den Tag verfluchen, an dem eure Mütter euch geboren haben!« Die Worte des Schinders kamen nur gequält aus seinem Mund, aber seine Wut schien größer zu sein als die Schmerzen der beiden gebrochenen Beine.
Ich hatte ihn mit einigen Stadtwachen und Landsknechten vor der wütenden Menge gerettet. Jetzt lag der Gefangene auf einem Tisch in der Eingangshalle des Rathauses.
Wiggershaus, Kuehnemund und Bürgermeister Hochstraten blickten auf den Mann herab, während ich mit zwei Landsknechten an der Tür Wache hielt.
»Du kannst dein Leben retten, wenn du offen mit uns sprichst«, sagte Wiggershaus. »Wie stark ist eure Bande?«
»Findet das doch selbst heraus, ihr Pfeffersäcke!«
»Welche Pläne habt ihr?«
»Das werdet ihr früh genug erfahren, wenn euch die Haut in Fetzen herunterhängt.«
»Aus dem bekommen wir nichts heraus«, vermutete Wiggershaus.

»Ich werde ihn als Unterhändler zurückschicken«, sagte Hochstraten. »Daß ihn mir keiner von Euch anfaßt!«
»Ihr habt recht«, stimmte Kuehnemund zu. »Wir wollen ihn nicht quälen. Schließlich hat auch er seinen Anspruch auf Schonung.«
»Aber ...«, begann Wiggershaus.
»Laßt nur. Kümmern wir uns um unsere Leute und sehen zu, daß wir die Verwundeten und das Geschütz wieder in die Burg schaffen.«
Er wandte sich zum Ausgang. Die anderen folgten ihm.
Vor der Tür hielt Hochstraten sie auf. »Also, die Kanone könnt Ihr ruhig in der Stadt lassen. Wir haben sonst keine Geschütze hier, und ...«
»... und Ihr braucht auch keine, da Ihr ja verhandeln wollt«, sagte Kuehnemund kurz angebunden. »Wir kehren zur Schönburg zurück. Wenn Ihr einverstanden seid, können wir uns morgen zusammensetzen. Und jetzt lebt wohl, Herr Bürgermeister. Wir wollen Euch nicht länger von Euren Pflichten abhalten.«
Henning Locher hatte die Sau inzwischen an eine vierspännige Protze* gekoppelt. Etwa vierzig Mann der Burgwache waren dahinter angetreten. Ein halbes Dutzend Verwundeter saß oder lag auf einem Heuwagen, der daneben stand.
»Mehr als zwanzig unserer Männer sind tot«, sagte Henning zu mir. »Wir haben einen verdammt hohen Preis gezahlt.«
»Wieso habt Ihr aufgegeben?« sagte Wiggershaus zu Kuehnemund. »Ihr habt doch selbst gesagt, wie wichtig ein Verhör ist.«
»Seht Euch mal die Lafette** an«, sagte Kuehnemund. »Ist Euch schon aufgefallen, wie rund die Räder sind? Und das Kanonenrohr! Es scheint tatsächlich ganz aus Metall zu bestehen.«
»Seid Ihr verrückt geworden?«

---

* Protze: Vorderer Teil eines trennbaren Militärfahrzeugs.
** Lafette: Hinterer Teil eines trennbaren Militärfahrzeugs, in der Artillerie Träger des eigentlichen Geschützes.

»Sieh unauffällig über meine Schulter«, sagte Kuehnemund mit leiser Stimme zu mir. »Was macht der Bürgermeister?«
Er duzte mich: offenbar hatte er mich als Kampfgefährten akzeptiert. »Er steht mitten in einem Pulk von Leuten, die alle gleichzeitig auf ihn einreden«, sagte ich.
»Na so was, ich habe doch tatsächlich etwas im Rathaus vergessen. Na, ich hole es mal schnell.«
»Was habt Ihr denn vergessen?« fragte Wiggershaus.
»Die richtigen Antworten.«
Mit ein paar Schritten war Kuehnemund im Rathaus verschwunden.

»Hört mal«, sagte Susanne zu Wiggershaus. »Ihr habt mir damals nichts von irgendwelchen Schlachten gesagt, an denen ich teilnehmen muß. Findet Ihr nicht, daß Ihr mir einen Gefallen schuldet?«
»Ihr habt mehr geleistet, als die meisten von uns«, sagte Wiggershaus. »Wenn Ihr nicht die Sprengladungen gebaut und die Zünder angefertigt hättet, wären wir jetzt alle tot. Wenn ich Euch einen Gefallen tun kann, dann sagt es ruhig.«
»Ihr braucht bloß den Kerl da«, sie deutete auf mich, »wegzuschicken. Der hat mir schon früher am Rockzipfel gehangen.«
»Kuehnemund hat ihn angeworben. Aber wenn Ihr meint...«
»Kommt nicht auf dumme Gedanken«, sagte Kuehnemund, der in diesem Moment wieder auftauchte. »Als Hauptmann suche ich mir meine Männer selbst aus.«
»Das ging schnell«, sagte Wiggershaus. »Was habt Ihr erfahren?«
»Wir haben noch etwa achthundert Männer gegen uns, vielleicht zwei Tagesmärsche von hier. Der Anführer ist ein Italiener namens Spalatina. Sagt Euch das was?«
Susanne und Wiggershaus schüttelten die Köpfe.
»Ein belesener, kultivierter Mann. Als er noch in Italien lebte, hat er eine Menge Geld für ein Kloster gespendet.«
»Das klingt gar nicht so schlimm«, sagte Wiggershaus.

»Er kann eine Mörderbande zum Sieg über eine Armee führen. Er organisiert Belagerungen wie ein Feldherr. Und als im Kloster ein Dankgottesdienst zu seine Ehren abgehalten wurde, hat er es überfallen und hundertmal so viel Beute geholt, wie er vorher gespendet hatte.«

»Mein Gott!« sagte Wiggershaus.

»Sie werden uns noch in dieser Woche angreifen. Und ich hatte nicht den Eindruck, daß Schonung zu ihrem Wortschatz zählt.«

»Wie habt Ihr den Schinder zum Reden gebracht?« fragte Susanne. »Habt Ihr ihn gefoltert?«

»Wir haben nur gefachsimpelt. Er hat gesagt, daß er sich meine Schmerzensschreie anhören würde, wenn mir die Haut abgezogen wird, und ich habe ihm erklärt, daß das Gehör alles sei, was ihm bliebe, nachdem ich ihm die Augen ausgestochen hätte.«

»Es ist die Gewalt der anderen, die uns zur Gewalt zwingt«, sagte Wiggershaus fatalistisch.

»Es ist Gewalt, die uns zu Siegern macht«, sagte Kuehnemund.

»Ich wünschte, ich wäre irgendwo anders«, sagte Susanne.

8

Das 8. Kapitel macht den Leser mit einer jungen Verehrerin und einem kompletten Idioten bekannt

Wer siegreich nach Hause zurückkehrt, kann mit einer gewissen Berechtigung auf einen triumphalen Empfang hoffen. Als wir durch das Burgtor kamen und ich in der Mitte des ersten Hofes einen Mann in fürstlichen Gewändern stehen sah, erwartete ich Worte des Willkommens. Statt dessen sagte der Mann zu Wiggershaus: »Magister, kommt in mein Schreibzimmer«, drehte sich auf dem Absatz um und ging davon.
Wiggershaus folgte ihm, und Kuehnemund machte Anstalten mitzugehen.
»Bleibt bei den Männern«, sagte Wiggershaus zu ihm. »Ich werde allein mit dem Grafen reden. Er wird ja kaum leugnen können, daß wir es heute tatsächlich mit einem Angriff zu tun hatten.«
Susanne sorgte dafür, daß die Verwundeten von ihren Kameraden in eine leere Halle gebracht wurden. Dann nahm sie Kuehnemund zur Seite und sagte: »Ich kann den Männern etwas gegen die Schmerzen und gegen das Wundfieber geben. Aber ich kann keine Kugeln entfernen oder Wunden vernähen. Ihr müßt einen Chirurgus auftreiben.«
»Wo soll ich den hernehmen? Der Bader aus Oberwesel ist in der Stadt beschäftigt genug.«
»Das kann ich Euch auch nicht sagen. Aber ich kann sagen, daß sieben Männer vor morgen früh tot sind, wenn sie nicht von jemandem behandelt werden, der sich mit Wunden auskennt.«
Ich blieb auf dem Hof, um Henning Locher beim Abprotzen der Sau zu helfen. Wir schoben zusammen mit zwei anderen Männern die Kanone neben eine andere derselben Größe.

»Das ist wohl Edwina?« vermutete ich.
»Das da? Nein, das ist der Bauer. Zwei durchschnittliche Zwanzigpfünder*, wie du siehst. Dann haben wir noch den Ochsen. Aber Edwina ist etwas Besonderes. Warte nur, bis du sie siehst.«
Wenig später verstaute ich meinen kärglichen Besitz neben einem Strohsack in einem Schlafsaal, der etwa fünfzig weitere Strohsäcke und kärgliche Besitze enthielt.
Einige Männer, die wie ich mit leichten Schrammen davongekommen waren, legten sich zur Ruhe. Ich machte mich mit ein paar der Kameraden bekannt und folgte dann Henning zum Speisesaal.
Der Größe des Speisesaals nach war er ursprünglich für dreihundert Esser gebaut worden. An einer Wand waren unbenutzte Holztische und Bänke aufgestapelt.
Was noch in der Mitte stand, bot gut sechzig Sitzenden Platz.
Sechzig Soldaten waren eine ungewöhnlich kleine Besatzung für eine Festung dieser Größe.
»Du mußt in der Küche Bescheid sagen, daß sie dir noch etwas zu essen geben«, sagte Henning. »Ich muß mich jetzt um die Geschütze kümmern. Also... wenn du nicht anders eingeteilt wirst, könnte ich dich gebrauchen. Wir brauchen eigentlich fünf Mann pro Geschütz, und ich habe gerade fünf für alle zusammen.«
»Ich habe aber nicht viel Erfahrung in der Artillerie.«
»Immerhin hast du mitten im Gefecht genug Nerven gehabt, um stehenzubleiben und die Kanone auszurichten. Den Rest bringe ich dir schon bei.«
»Gut, ich finde dich nach dem Essen«, sagte ich und dachte: Ein guter Grund, mich etwas zu verlaufen und mir die Burg anzusehen.
Nachdem Henning hinausgegangen war, ging ich zu einer Tür, aus der mir ein Duft von ranzigem Fett und angeschimmeltem

---

* Zwanzigpfünder: Die Geschützkaliber wurden im Gewicht der Kugeln angegeben, nicht, wie heute üblich, nach dem Laufinnendurchmesser. Ein Zwanzigpfünder entspricht etwa einem 150-mm-Geschütz.

Käse entgegenschlug: ohne Zweifel die Küche für die Mannschaft.
Wie der Speisesaal, so war auch die Küche auf ein größeres Potential ausgerichtet. Zur Zeit arbeiteten nur zwei Frauen darin: eine wohlbeleibte Köchin, die gerade ein Huhn ausnahm, und ein etwa fünfzehn Jahre altes Mädchen, das mit einem Bimsstein und einem Lappen angebrannte Essensreste aus einem Topf kratzte.
Ich fragte höflich, ob ich etwas zu essen haben könnte.
»Nichts mehr da«, beschied mir die Köchin kurz. »Komm zum Abendläuten wieder. Wenn für alle serviert wird, dann wird auch für dich serviert.« Dann wandte sie sich an das Mädchen: »Siehst du, so sind die Kerle. Kaum haben sie einmal erfolgreich gerauft, schon denken sie, alles müßte nach ihrem Willen gehen.«
»Ich möchte natürlich keineswegs lästig fallen«, sagte ich, da ich längst gelernt hatte, daß man sich um keinen Preis der Welt einen Streit mit dem Küchenpersonal leisten darf. »Ich wäre schon zufrieden, wenn ich ein paar aufgewärmte Reste bekäme.«
»So, dann wäre der Herr zufrieden. Glaubst du, es ist ein Zuckerschlecken für mich, ganz allein für immer mehr Leute kochen zu müssen?«
Die Köchin stellte sich schützend vor das tote Huhn und stemmte streitlustig die Fäuste in die Seiten.
›Immer mehr Leute‹? Das bedeutete wohl, daß üblicherweise noch weniger Landsknechte in der Burg waren.
»Wir haben da noch einen Rest Gerstenbrei«, sagte das Mädchen. »Den kann ich ihm ja einfach herausstellen.«
»Es geht mir nicht um den Gerstenbrei, es geht mir ums Prinzip!« erklärte die Köchin.
»Was ist ein Prinzip?« fragte das Mädchen.
»Das ist ein... ach, meinethalben bring ihm den Brei. Nur daß du mir den Tisch selbst abwischst, junger Mann. Wir haben keine Zeit.«
Ich versicherte, sie könne sich auf meinen Sinn für Reinlichkeit verlassen.

Dann setzte ich mich an den nächsten Tisch. Kurz darauf brachte das Mädchen mir einen Teller mit Brei und einen Becher Wein dazu.
Sie stellte beides vor mich hin und setzte sich mir gegenüber.
»Ich habe noch einen Becher mit Honig gesüßtem Wein dazugestellt«, sagte sie.
»Danke, das ist wirklich nett.«
Ich begann zu löffeln. Der Brei war, wie es üblich war, scharf gewürzt, um den völligen Mangel an Eigengeschmack auszugleichen.
»Ich heiße Adriane. Wie heißt du?« fragte das Mädchen.
»Ich bin Edgar Frischlin. Ist das deine Mutter da drin?«
»Ich habe keine Mutter. Das ist Berta, die Köchin. Sie ist gar nicht so übel, nur ein bißchen polterig. Sie hat mich von den Bettlern freigekauft, als die mir eine Hand abhacken wollten.«
Es war eine alte Sitte der Bettlergilde, eingefangene Waisenkinder zu verstümmeln, um Mitleid bei den wohlhabenden Bürgern zu erzielen. Wenn Berta die Kleine davor bewahrt hatte, durfte sie sich ruhig etwas Polterigkeit erlauben.
Sie sah mir beim Essen zu, und ich sah ihr beim Zusehen zu. Aufrecht stehend mochte sie mir gerade bis zur Achsel reichen. Sie war mager, noch ohne die weiblichen Formen, die die Blicke der Männer auf sich zogen. Sie trug ein schmuckloses, mehrfach geflicktes Leinenkleid voller Fettspritzer und kleiner Brandflecken. Auf ihrem braunen, gewellten Haar hatten sich Rußflocken breitgemacht. Ein Adliger, der ein kurzes Vergnügen suchte, sogar ein Landsknecht, der das Recht auf Plünderung toter und lebender Beute nutzte, würde sie übersehen.
Adriane war ein hübsches Mädchen, doch fiel das nur dem auf, der sich Zeit für einen zweiten Blick nahm. Aus dem Gesicht, das durch die Anstrengung und Hitze des Küchenherdes leicht gerötet war, beobachteten mich zwei kluge Augen. Ihre Mundwinkel deuteten ein Lächeln an, gerade so viel, daß ich den Eindruck hatte, sie finde mich auf Anhieb sympathisch.
Gott schütze dich vor Joseph Peutinger, dachte ich.

»Wie war der Kampf in der Stadt?« fragte Adriane.
»Ist das nicht längst Burggespräch geworden?« entgegnete ich mit vollem Mund.
»Ach, mir will keiner was erzählen. Meinst du nicht, du schuldest mir einen Gefallen für das Essen?«
Ich berichtete kurz vom Verlauf des Kampfes, wobei ich die grausigen Details ausließ.
»Wie hat sich Hauptmann Hans geschlagen?« fragte Adriane. »Hat er viele von den Schindern umgebracht?«
Ich sah Adrianes erwartungsvolles Gesicht und wußte, was sie hören wollte.
»Ich habe schon manchen Schwertfechter gesehen«, erzählte ich, »und ich übertreibe nicht, wenn ich sage, daß keiner sich so tapfer geschlagen hat wie euer Burghauptmann. Fünf Männer hat er mit eigener Hand niedergehauen und nicht einen Kratzer davongetragen.«
»Und wieso hat er dann eine Schramme an der Wange?«
»Das war der Sechste. Ein Feigling, der sich von hinten angeschlichen hatte. Aber auch der blieb nicht lange auf den Beinen.«
»Wie viele Angreifer waren es denn?«
»Etwa hundert, schätze ich.«
»Aber warum hat der Kampf dann so lange gedauert? In der Stadt leben doch viel mehr Männer. Und wir haben hier oben so lange Schüsse gehört.«
»Es ist eben nicht jeder zum Helden geboren, Adriane. Übrigens: Sind hier nicht etwas wenig Männer auf der Burg? Ich dachte, die Besatzung müßte aus ein paar hundert Soldaten bestehen.«
»Warum?«
»Weil die Räume so groß sind. Schau mal, da vorne sind ein paar Tische aufgestapelt. Wenn man die alle aufstellen würde, hätten hier doch viel mehr Männer Platz.«
»Wie viele denn?« fragte Adriane.
»So zwei- bis dreihundert, nehme ich an.«
»Und warum sind wir dann nur so wenige?«
»Ich dachte eigentlich, du könntest mir das erzählen.«

»Aber ich bin doch nur eine Küchenmagd. Mir erzählt niemand etwas. Warum brauchen wir denn so viele Männer?«

»Für solche Gelegenheiten wie heute, zum Beispiel. Wenn zweihundert ausgebildete Kämpfer unten gewesen wären, wären wir doch viel leichter mit den Angreifern fertig geworden.«

Ich löffelte weiter meine Suppe. Adriane blickte mich abwartend an, als sei sie mit der Antwort nicht ganz zufrieden.

»Na ja«, fuhr ich schließlich fort, »eigentlich müßte sich der Fürstbischof von Trier darum kümmern, daß eine Armee aufgestellt wird, die gegen die Schinder zieht. Nur der ist jetzt ganz in den Pfaffenkrieg verwickelt.«

»Pfaffenkrieg?« fragte Adriane.

»Ich wollte nur ein paar Happen essen, und jetzt soll ich dir die politische Lage erläutern?«

»Ich frag doch nur, weil du so gut erklären kannst. Sonst nimmt sich nie jemand Zeit für mich.«

»Na gut, dann will ich dich nicht enttäuschen. Fürstbischof Greifenclau liegt in Fehde mit Franz von Sickingen und Ulrich von Hutten. Und Hutten hat, weil es ihm nicht so sehr um Greifenclau persönlich geht, sondern um die ganze Institution der Kirche, der Fehde den Namen ›Pfaffenkrieg‹ gegeben.«

»Ich habe die Namen schon gehört. Was sind das denn für Leute?«

»Sickingen ist der Führer der Reichsritter. Er hat erst die Wahl Franz des Ersten zum Kaiser unterstützt, war aber dann von ihm enttäuscht, weil Franz die Macht der Kirche nicht beschnitten hat. Hutten ist sein Freund, auch ein Reichsritter. Er steht auf dem Standpunkt, daß die Ritterschaft die ganze Last der Verteidigung des Reiches trägt und deshalb stärker an der Regierung beteiligt werden soll. Aber die Priester sind dagegen, weil sie befürchten, daß dann die Macht der Kirche beschnitten werden soll.«

»Müßten die Ritter dann nicht ganz schnell gewinnen? Die Priester haben doch keine Waffen. Zumindest unser Burgkaplan hat keine.«

»Viele höhere Adlige stehen auf seiten der Kirche, weil sie mit der Machtverteilung sehr zufrieden sind.«
»Zu welcher Seite hältst du denn?«
»Ich bin Landsknecht. Ich kämpfe für den, der mich bezahlt.«
»Und wer gewinnt am Schluß?«
»Das kann man vorher nie wissen.«
»Wie entscheidest du, von welcher Seite du dich bezahlen läßt?«
Ich wurde einer Antwort enthoben, weil Berta in der Tür erschien und rief: »Halt das Mädchen nicht von der Arbeit ab! Ihr habt bestimmt beide Wichtigeres zu tun!«
Adriane stand auf. Mit einem raschen Blick überzeugte sie sich, daß Berta wieder in der Küche verschwunden war, und fragte leise: »Wann erklärst du mir die Sache mit dem Pfaffenkrieg?«
»Ich weiß nicht so recht, ob ich Zeit dazu haben werde.«
»Heute abend? Oder ist dir morgen früh lieber?«
»Na schön, heute abend. Vorausgesetzt, ich werde nicht zu irgendeinem Dienst eingeteilt.«
»Ich komme zu dir«, sagte Adriane und verschwand in der Küche.
Als ich aufgegessen hatte, brachte ich ordentlich mein Geschirr in die Küche. Adriane rührte in einem großen Topf, Berta steckte gerade das Huhn auf einen Spieß.
»Ist ein Huhn nicht ein bißchen wenig für alle?« fragte ich.
»Jetzt aber raus!« sagte die Köchin.
So verließ ich das Gebäude mit dem Gefühl, überhaupt nichts in Erfahrung gebracht zu haben, abgesehen davon, daß der Burghauptmann eine jugendliche Verehrerin hatte.

Ich brauchte mich nur nach rechts zu wenden, um auf den Vorhof zu den Geschützen zu kommen.
Andererseits war kurz nach dem Kampf die Disziplin noch etwas lockerer, als sie bei der Vorbereitung auf den nächsten sein würde. Solange sich die Aufregung noch nicht gelegt hatte, waren

die Aussichten besser, ungestört durch die Burg zu streunen und die Augen offenzuhalten.
Also entschloß ich mich, Henning links zu suchen.
Durch einen offenen Torbogen gelangte ich in den hinteren Burghof. Da die Burganlage dem Verlauf der Bergkuppe folgte, hatte der Hof in etwa das Aussehen eines S-förmigen Schlauchs.
Links kam zunächst der Pallas, gefolgt von einigen niedrigeren Wirtschaftsgebäuden. Rechts standen einige Häuser unterschiedlichen Baustils, einige aus Stein, einige aus Fachwerk errichtet. Das letzte war eine Kapelle mit einem hohen Fenster aus Glasmosaik. Einige Teile fehlten, und niemand hatte sich die Mühe gemacht, sie zu ersetzen.
Nach hinten hin wurde der Hof schmaler. Er war nur noch von den Mauern gesäumt, die unterhalb der Zinnen Laufgänge hatten.
Am fernen Nordende erhob sich ein Turm mit eingefallenem Dach. Er hatte eine Tür zur Südseite, darüber einige schmale Schießscharten, aber keine Fenster. Der Hof führte in einem Bogen um den Turm herum, so daß man die abschließende Nordmauer nicht sehen konnte. Der Turm hatte keinen Kontakt zu den Gebäuden. Er stieß lediglich mit seiner linken Seite an die Umfassungsmauer. Vermutlich war er einmal als letzte Zuflucht für den Fall der Erstürmung errichtet worden. Breite Risse in der Steinwand und mehrere Holzbalken, die ihn unten abstützten, ließen es zweifelhaft erscheinen, ob er dieser Aufgabe noch gewachsen war.
In der Mitte des Hofes, die Mündung auf den Tordurchgang gerichtet, stand ein weiterer Zwanzigpfünder, vermutlich der von Henning erwähnte Ochse.
Zwei Männer verließen die Kapelle. Auf den ersten Blick glaubte ich, zwei Priester vor mir zu haben.
Einer der beiden, ein mittelgroßer Mann, dessen Gesicht so nichtssagend war, daß ich es schwerlich hätte beschreiben können, trug die Kleidung eines Kaplans. Die Soutane war abgestoßen und teilweise ausgefranst. Auf einem der Ärmel war ein

Flicken, der im Farbton nicht ganz zum Stoff des Gewandes paßte. Offenbar hatte Mutter Kirche diesen ihren Sohn recht kurz gehalten.
Der andere war schwer einzuschätzen, sowohl was seine Funktion als auch sein Alter betraf. Ich hatte ihn zunächst seiner hohen Stirn wegen für den Älteren gehalten. Während die beiden, im Gespräch vertieft, den Hof überquerten, erkannte ich jedoch, daß die Gesichtshaut zu glatt für einen älteren Mann war. Sein Haarwuchs war sehr dünn, aber wohl eher in Folge einer Krankheit als des Alters. Er hatte einen schwarzen Rock mit weißem Kragen angelegt, der dem eines Priesters ähnelte. Er sprach mit einer hohen, quengeligen Stimme wie ein ungnädiges Kind: »Und ich sage Euch, Bruder Johannes, die Sünde ist überall. Und hier, direkt unter unseren Augen, hat der Satan seine treuesten Verbündeten gefunden. Die Botschaft, die der Herrgott mir heute nacht übermittelt hat, ist eindeutig. Wir dürfen nicht länger zögern.«
Vielleicht übt er für ein Theaterstück, dachte ich. Aber dann ist es ein protestantisches Stück, in dem er einen wahnsinnigen katholischen Priester spielt.
»Versteht mich nicht falsch, junger Herr«, erwiderte der Kaplan, und ich merkte, daß er seine Worte mit Bedacht wählte. »Ich finde es sehr gut, daß Ihr jeden Tag das heilige Sakrament der Beichte in Anspruch nehmt. Doch gestattet mir den Hinweis, daß Ihr Euch dabei mehr auf Eure eigenen Taten konzentrieren solltet.«
»Ich habe eine wichtige Botschaft zu verkünden. Der Erzengel Gabriel, der mir im Traum erscheint, mahnt mich von Mal zu Mal eindringlicher an meine Pflichten. Gerade von Euch hatte ich Unterstützung erwartet. Wenn der Engel mich das nächste Mal besucht, werde ich ihn bitten, mir die Schriftrolle mit den Namen der Seligen zu zeigen, um zu sehen, ob Euer Name darauf verzeichnet ist. Ihr zweifelt doch nicht an meinen Träumen?«
»Auf keinen Fall. Aber manchmal ist ein Traum nur ein Traum.«
»Nur ein Traum?« Der Mann blieb stehen und hielt den Kaplan am

Arm fest. »Was ist mit all den Voraussagen, die inzwischen eingetroffen sind?«
»Ihr meint den Schwefelregen, der die Stadt Oberwesel vernichten soll?«
»Selbstverständlich spricht der Engel in Gleichnissen und Bildern zu mir, und unsere Aufgabe ist es, die Gleichnisse zu deuten. Denkt daran, daß mir eine neue Sintflut angekündigt wurde. Was sollte sie anderes sein, als die Horden der Ungläubigen, die den Rhein heraufziehen, um uns zu überfallen? Und hält mein Vater Einkehr? Läßt er ab von seinem sündigen Tun? Nein, er läßt den Magister schalten und walten, wie es ihm beliebt. Seht da!« Er deutete auf mich. »Schon wieder ein neuer Mann. Fast täglich stellen sie jetzt neue Männer ein. Wissen wir, wie viele von ihnen vom Satan besessen sind? Eine Hexe haben wir schon entlarvt, und trotzdem läßt mein Vater sie weitermachen! Habt Ihr gezählt, wie viele Frauen wir hier haben? Jeder Frauenkörper ist ein Gefäß der Sünde!«
Ein Idiot, dachte ich. Ein kompletter, hirnverbrannter, durchgedrehter, irrer Idiot. Offenbar der Sohn das Grafen; kein Wunder, daß der so schlechte Laune hat.
Der Idiot lief auf mich zu und fragte: »Wo kommst du her, Bursche?«
»Ich bin ein Landsknecht im Dienste des Grafen«, sagte ich.
»Da habt Ihr's!« sagte der Mann zum Kaplan, als habe er den Beweis in Händen. »Dieser Mann kann ein Spion sein.«
»Aber nein, Herr Conrad«, beschwichtigte Kaplan Johannes. »Seht Euch doch nur das ehrliche Gesicht an. Dieser Mann ist nie und nimmer ein Spion.«
Ich nickte zustimmend. Ein sympathischer Mensch, dieser Kaplan.
»So? Wie Ihr wißt, hat Gott mir die Gabe verliehen, den Menschen bis auf den Grund ihrer Seele zu blicken. Ich brauche diesem Mann nur ein paar Fragen zu stellen, dann werden wir schon sehen. Wie heißt du, Mann?«
»Ich bin Edgar Frischlin.«

»Aha! Das ist schon mal kein Name aus dieser Gegend. Wo bist du geboren?«

»In Damscheid, ein paar Wegstunden von hier.«

»Dann kannst du mir natürlich genau beschreiben, wie Damscheid aussieht!« Conrad zwinkerte dem Kaplan verschwörerisch zu.

»Ein paar Bauernhöfe und eine Kirche, umgeben von Wiesen und Feldern«, sagte ich.

»So... hmmm... Nächste Frage: Warum bist du auf der Burg?«

»Ich hatte einen Traum. Eine Stimme sagte mir, ich soll einen Mann suchen, zu dem der Erzengel Gabriel spricht. Da, wo dieser Mann lebt, soll ich mich als Landsknecht verdingen. Habt Ihr vielleicht eine Ahnung, wo ich ihn finden kann?«

»Das ist seltsam...« Conrad saugte nachdenklich am Zeigefinger. »Soll ich die Wahrheit enthüllen? Ich werde im Gebet nach Erleuchtung suchen.«

Er drehte sich um, vergaß, was immer er auch vorgehabt hatte, und ging in die Kapelle zurück.

»Wenn ich dir einen Rat geben darf, Landsknecht, dann spiele nicht mit dem Feuer«, sagte Kaplan Johannes.

»Was meint Ihr?« Ich stellte mich begriffsstutzig, was mir meist ganz gut gelang.

»Der junge Graf ist nicht so harmlos, wie es vielleicht scheinen mag. Bisweilen hat er... Ich kann nicht mehr dazu sagen.«

Er konnte tatsächlich nicht mehr dazu sagen, denn in diesem Augenblick kam schnaufend wie ein Zugochse Ludwig Hochstraten, der Bürgermeister von Oberwesel, auf den Hof.

»Ich muß sofort den Grafen sprechen«, sagte er zum Kaplan.

»Ich fürchte, der Graf ist zur Zeit unabkömmlich«, sagte Kaplan Johannes.

»Ich habe eine Nachricht von allerhöchster Dringlichkeit. Wenn er erfährt, daß Ihr mich aufhalten wolltet, seid Ihr hier die längste Zeit Kaplan gewesen.«

»Ich will Euch doch gar nicht aufhalten. Soweit ich weiß, hat Graf Frowin eine wichtige Besprechung mit seinem Verwalter.«

»So, dann habe ich den Magister ja auch gleich bei der Hand. Wo sind die beiden?«
»Ich nehme an, im Schreibzimmer.«
Der Bürgermeister stürmte los, in den Pallas hinein.
»Ich zeige Euch den Weg«, erbot ich mich und lief hinter Hochstraten her, in der völlig richtigen Annahme, der kenne den Weg bereits, und ich könne ihn auf diese Weise lernen.
Hochstraten beachtete mich nicht, so daß ich ihm ohne weiteres in den ersten Stock folgen konnte.

9

Als ich sicher war, welche Tür Hochstraten ansteuerte, überholte ich ihn, klopfte an, trat ein und sagte: »Verzeiht, Herr Graf, aber Bürgermeister Hochstraten bestand darauf...«

Das 9. Kapitel spielt im Paradies

Da schob mich Hochstraten auch schon beiseite, stürmte hinein, baute sich vor dem Grafen auf und sagte: »So geht es nicht!«
Der Raum enthielt außer einem Tisch und einigen Hockern nur noch ein Schreibpult und am fernen Ende einen Kamin. Ein einzelnes Fenster führte auf den Hof hinaus. Die anderen Wände hatten, von der schweren Eichentür einmal abgesehen, keine Öffnungen.
Graf Frowin schlug mit der Faust auf den Tisch. »Was erlaubt Ihr Euch! Wache, werft den Mann umgehend aus der Burg.«
Gehorsam trat ich auf Hochstraten zu, aber Wiggershaus winkte mir zu warten.
»Herr Graf, Herr Bürgermeister«, sagte er. »Ich hätte ohnehin um diese Unterredung ersucht. Nutzen wir doch diese Gelegenheit, uns gleich auszusprechen.«
»Ich denke nicht daran, mir von irgendeinem dahergelaufenen Bürger vorschreiben zu lassen, wann ich mit ihm zu reden habe!« sagte Frowin.
»Dahergelaufener Bürger?« wiederholte Hochstraten, als könne er es nicht glauben. »Nur, weil Ihr nichts mehr zu sagen habt, seit der Kaiser uns das Stadtrecht verliehen hat, versucht Ihr es jetzt durch Beleidigungen und Intrigen.«
»Meine Herren, ich bitte Euch!« Wiggershaus strahlte Mäßigung und Zuversicht aus. Seine Niedergeschlagenheit hatte er überwunden, oder er hielt sie zumindest im Zaum.
»Wächter, laß uns allein«, sagte Wiggershaus zu mir. »Und sorge dafür, daß wir nicht gestört werden.«

Ich verneigte mich, verließ das Zimmer, schloß die Tür. Leider gab es kein Schlüsselloch, so preßte ich mein Ohr gegen das Holz.

Zwar konnte ich hören, daß im Inneren gesprochen wurde, aber die Tür war zu dick, um verständliche Worte durchzulassen.

Ich folgte dem Gang und betrat einen anderen Raum, eine langgestreckte Galerie, in der eine komplette Rüstung und einige Brustpanzer aufgestellt waren. Die rechte Wand der Galerie mußte die Seitenwand des Schreibzimmers bilden, nur konnte ich keine Möglichkeit entdecken, die mir weitergeholfen hätte.

Ich dachte nach, dann drehte ich mich um, ging zum Treppenhaus zurück und stieg zwei Stockwerke nach oben. Von hier führte eine schmale Holzstiege zum Dachboden. Die Holzklappe, die zum Boden führte, wurde durch einen einfachen Riegel verschlossen.

Ich stieg hinauf, schloß die Klappe hinter mir und sah mich um. Der Boden war feucht und muffig. Durch einige Stellen, an denen Dachziegel fehlten, drangen Lichtbahnen in das Dunkel. Es reichte, um mich zu orientieren.

Ein paar erschreckte Tauben flatterten auf. Der Fußboden war mit Holzbohlen belegt, die unter meinen Füßen knarrten. Unordentlich im Raum verstreut lagen einzelne Säcke, ein paar defekte Stühle, zerrissene Kleidungsstücke und eine Drehleier ohne Seiten.

An mehreren Stellen führten Kamine senkrecht durch den Raum und durchstießen das Dach. Jeder der Kamine hatte einen Metallschieber, der die Reinigung ermöglichte, ohne daß man auf dem Dach herumturnen mußte.

Ich öffnete mit einiger Mühe den ersten Schieber. Putz und Staub rieselten zu Boden. Ich legte das Ohr an die Öffnung, hörte jedoch nichts als das hohle Heulen des Windes im Kamin.

Der zweite Schieber war leichter zu öffnen, und es rieselten weder Putz noch Staub. Es war, als würde dieser Schieber häufig geöffnet, vielleicht erst vor kurzer Zeit. Das hätte mich vorsichtig machen sollen, aber als ich Hochstratens Stimme so deutlich ver-

nahm, als stünde ich neben ihm, dachte ich nicht weiter daran.
»Offene Karten, Magister«, sagte Hochstraten. »Ihr sagt, ich solle mit offenen Karten spielen? Was habt Ihr denn getan, als Ihr Euren Hauptmann meinen Gefangenen befragen ließt?«
»Ich habe Verständnis für Eure Empörung«, antwortete Wiggershaus. »Ja, die Bürger der Stadt haben schwere Verluste erlitten, und sicher macht man Euch dafür verantwortlich. Gerade darum ist es so wichtig, daß wir unser gemeinsames Vorgehen abstimmen.«
»Habt Ihr nicht aufmerksam zugehört, was der Gefangene erzählt hat? Oder hat der Hauptmann Euch nicht alles berichtet?«
»Herr Hochstraten, was der Gefangene uns berichtet hat, war die Bestätigung unserer Vermutungen. Wir kennen die Stärke des Gegners und wissen ungefähr, wann er angreifen wird.«
»Achthundert Mann! Achthundert! Und wie viele habt Ihr auf der Burg? Doch nicht einmal fünfzig.«
»Wir bekommen noch mehr Männer dazu. Mit den Bürgern aus der Stadt können wir eine Truppe aufstellen, die mindestens genauso groß ist. Wenn Ihr Eure Wälle verstärkt ...«
»Ihr hört mir nicht zu. Wir haben nichts, was wir gegen achthundert blutgierige Mörder aufbieten können. Habt Ihr nicht gesehen, daß unsere Verluste höher waren als die der Angreifer?«
»Ja, aber nur, weil sich der größte Teil der Bürger vor dem Kampf gedrückt hat. Wenn wir ihnen nicht mit zweihundert Männern eine Falle gestellt hätten, sondern mit sechshundert, wären wir schon nach der ersten Salve die Sieger gewesen.«
»Hätten, wären, ist das Euer Schlachtplan, Magister? Eure großartige Falle ist zu einem Blutbad geworden. Zudem hat die Hexe, die Ihr hier beherbergt, noch einen Teil der Stadt in Trümmer gelegt.«
»Von einer Hexe kann gar keine Rede sein«, warf Frowin ein.
»Die Schinder haben Geschütze«, fuhr Hochstraten fort. »Wir wissen alle, daß der Fürstbischof gegen Landstuhl zieht. Es dauert Monate, bis wir mit Hilfe rechnen können. Bis dahin können wir alle tot sein.«

»Ich kann Eurer Argumentation nicht ganz folgen«, sagte Wiggershaus. »In Anbetracht dieser Tatsachen ist es doch um so wichtiger, daß wir die Schinder selbst bekämpfen.«
»Wir können Lösegeld zahlen, damit man uns von Plünderung verschont. Und ich weiß aus zuverlässiger Quelle, daß Sankt Goar eine Übereinkunft mit der Bande getroffen hat und verschont wurde.«
»Das letzte, was meines Wissens aus Richtung Sankt Goar kam, war eine Horde um sich schießender Banditen.«
»Der Gefangene hat mir erzählt, daß seine Truppe an der Stadt vorbeigezogen sei, nachdem der Bürgermeister mit dem Anführer gesprochen habe.«
»Vielleicht mit dem Anführer der Reiter«, sagte Wiggershaus. »Aber kaum mit dem Anführer der ganzen Horde.«
»Wißt Ihr überhaupt, wer die Bande anführt? Er heißt Giovanni Pico della Spalatina. Und dieser Name ist auch in Deutschland nicht ganz unbekannt.«
»Und was weiß man in Deutschland über ihn?«
»Nicht einmal Cesare Borgia wollte Spalatina in seiner Armee haben, weil er ihm zu grausam war«, sagte Hochstraten. »Und das will doch wohl etwas heißen!«
»Es will vor allem heißen«, sagte Wiggershaus ruhig, »daß manche Gerüchte sich so hoch auftürmen, daß ein Stück von ihnen sogar auf der anderen Seite der Alpen zu sehen ist.«
»Ihr wollt doch nur, daß wir für Euch bluten, damit Ihr hier oben ungestört Euren finsteren Plänen nachgehen könnt.«
»Jetzt reicht es!« brüllte Frowin. »Raus! Raus mit dir, unverschämter Bauer, oder ich lasse dich aus der Burg peitschen.«
Ich hörte das Scharren von Füßen, ein Geräusch, als habe jemand einen Stuhl umgeworfen, dann Hochstratens Stimme: »Wir sprechen uns noch!« Schließlich das Zuknallen einer Tür.
»Das ist der Gipfel«, empörte sich Frowin. »Seit die Kaiser den Städten ein Recht nach dem anderen gibt, nehmen diese Lümmel sich jede Unverschämtheit heraus.«
Eine Weile war es still, dann fuhr Frowin ruhiger fort: »Magister,

ich habe Euch getadelt, weil Ihr ohne meine Genehmigung einen Kampf mit den Schindern angefangen habt. Aber jetzt ... achthundert Mann auf dem Marsch hierher. Seid Ihr sicher, daß es so viele sind?«

»Sehr sicher. Ich hatte ursprünglich sogar noch mehr erwartet.«

»Und wir können ihnen keine Armee entgegenstellen.«

»Nicht innerhalb einer Woche. Aber wir bekommen mehr Leute: Nicht alle in der Stadt werden auf einen Freikauf hoffen.«

»Ich hätte auf Euch hören sollen.« Frowins Stimme klang resigniert.

»Und ich weiß, wie wichtig Euch das große Werk ist«, sagte Wiggershaus. »Wenn ich, ohne Eure Erlaubnis einzuholen, in den Kampf gezogen bin, dann nicht, um Euch zu hintergehen.«

»Ach, Magister, Ihr habt mir schon so oft geholfen.«

»Und doch konnte ich Euren ursprünglichen Auftrag nie erfüllen«, sagte Wiggershaus. »Noch ist zwar nichts verloren. Wir haben in Hans Kuehnemund einen erfahrenen Kämpfer und in Susanne Gundelfinger eine Unterstützung, die hundert Landsknechte wert ist.«

»Ihr könnt unmöglich die Frau haben! Das ist viel zu gefährlich für sie. Und unser großes Werk wird dadurch nur unnötig verzögert.«

»Aber ich will sie doch nicht auf den Wällen kämpfen lassen, Herr Graf. Denkt an Archimedes von Syracus. Seine Maschinen haben den Römern schwer zu schaffen gemacht, obwohl er nicht selbst das Schwert geführt hat.«

»Ich brauche die Frau noch.«

»Selbstverständlich, Herr Graf. Doch ist es besser, einige Tage Verzögerung in Kauf zu nehmen, als das ganze Ziel aus den Augen zu verlieren. Ich sehe, daß Ihr erschöpft seid. Es ist wohl angebracht, daß ich Euch jetzt eine Weile allein lasse.«

»Ja, geht nur, Magister, geht nur. Ich bin nicht erschöpft und werde lieber zum Turm hinüber gehen.«

Ich schloß langsam und leise den Schieber.
Als ich mich umdrehte, blickte ich dem leibhaftigen Tod ins Gesicht.

Der Tod war in eine lange schwarze Kutte gehüllt und stand regungslos vor mir. Aus dem Totenschädel blickte ein Paar hellblauer Augen. Ich hatte das Gefühl, daß dieser Blick mich durchdrang, nicht, um den Raum hinter mir zu sehen, sondern irgend etwas Verborgenes in meinem Inneren.
Der Tod machte einen Schritt und stand nun in einer Lichtbahn. Die Kutte klaffte auseinander, und ich sah, daß es sich dabei in Wirklichkeit um einen schwarzen Kapuzenmantel handelte. Darunter trug der Mann schwarze Stiefel, eine schwarze Hose und ein schwarzes Wams. Mit einer sparsamen Bewegung setzte er die Kapuze ab und enthüllte seine kurzgeschorenen weißen Haare.
Jetzt sah ich, daß es sich bei dem Gesicht keineswegs um einen Totenschädel handelte. Nur waren die Wangen so eingefallen, die Augen lagen in so tiefen Höhlen, daß die Täuschung im Dämmerlicht des Dachbodens verständlich war.
»Was treibt Ihr hier?« fragte ich.
Der Schwarze Mann blickte mich unverwandt an. Als er sprach, schienen sich seine Lippen nicht zu bewegen: »Ihr habt mehr Grund als ich, diese Frage zu beantworten.«
»Ich gehöre zur Burgwache«, sagte ich.
»Aber noch nicht lange«, sagte der Schwarze.
»Ich hatte hier oben ein Geräusch gehört und wollte nachsehen«, erklärte ich.
»Das muß ein recht lautes Geräusch gewesen sein. Seltsam, daß es nicht noch mehr Wächter angelockt hat.«
»Es kommen bestimmt gleich noch mehr.«
»Wollen wir sie gemeinsam erwarten?«
Es schien mir höchste Zeit, das Thema zu wechseln. »Verzeiht, wenn ich Euch erschreckt habe. Ich bin tatsächlich noch nicht lange auf der Burg, und darum weiß ich auch nicht, wer Ihr seid.«

»Ihr hattet den Eindruck, mich erschreckt zu haben? Wie ist denn Euer Name, Burgwächter?«

Ich nannte meinen Namen, und der Schwarze nickte, als habe er mich erwartet.

»Wie gefällt es Euch hier, Edgar Frischlin?« fragte er.

»Nachdem ich festgestellt habe, daß hier oben nichts Ungewöhnliches vorliegt, sollte ich zu meinen Pflichten zurückkehren.«

»Das habt Ihr also festgestellt? Ihr habt einen Mann getroffen, der Euch weder über seinen Namen noch über seine Funktion aufgeklärt hat, und Ihr wollt ihn einfach hier oben allein lassen?«

»Ihr kennt Euch offenbar gut hier oben aus, Herr. Ihr gehört sicher zur Burg, und es wäre unschicklich, wenn ich Euch mit Fragen behelligte.«

»Aber was ist, wenn ich nicht zur Burg gehöre? Nehmen wir einmal an, ich hätte mich hier eingeschlichen.«

»Ein Unbefugter würde sich nicht ausgerechnet auf einen Dachboden schleichen. Hier oben gibt es doch nichts Wertvolles.«

»Hier oben gibt es das Wertvollste, was die ganze Burg zu bieten hat«, sagte der Schwarze. »Hier oben ist das Paradies. Natürlich erkennt ein normaler Mensch das nicht. Man muß ganz besondere Augen haben, um zu erkennen, daß man sich im Paradies befindet.«

Ein Irrer, dachte ich. Vermutlich gehört er zur Familie des Grafen.

»Ich meine natürlich: Die Augen eines Spions«, fuhr der Schwarze fort. »Denn das Wertvollste, das es für einen Spion gibt, sind Informationen. Ihr habt Euch nicht für die Gegenstände interessiert, die hier gelagert sind. Ihr interessiertet Euch nur für eines: Wie Ihr ein Gespräch unten im Haus belauschen konntet. Ich stand einfach im Schatten und habe Euch zugesehen. Jetzt nennt mir einen Grund, weshalb ich Euch nicht den Wachen ausliefern soll!«

»Wenn ich ein Spion wäre, dann wäre das hier kaum mein Paradies. Schließlich hättet Ihr mich erwischt.«

»Und vertrieben. Zu jedem Paradies gehört auch, daß man am Schluß daraus vertrieben wird.«
»Was muß ich denn tun, um Euch von meiner Harmlosigkeit zu überzeugen?«
»Das käme jetzt ein bißchen spät. Gebt einfach zu, daß Ihr mir etwas schuldet, weil ich Euch nicht verrate.«
Der Schwarze zog sich langsam zurück. Ich folgte ihm vorsichtig, achtete auf jede seiner Bewegungen.
»Ihr gehört nicht zur Burgbesatzung«, sagte ich. »Sonst hättet Ihr mich ausgeliefert. Wer seid Ihr?«
»Jemand, der Euch keine Rechenschaft schuldet.«
Der Schwarze ging rückwärts. Er schien sich so gut auszukennen, daß er aus dem Gedächtnis allen Hindernissen auswich. Sein Blick blieb immer genau auf mich gerichtet.
»Wenn Ihr Euer Schwert zieht, töte ich Euch«, sagte der Schwarze so ruhig und selbstverständlich, als habe er mitgeteilt, daß jemand, der nackt im Regen steht, sich leicht erkälten kann.
»Was habt Ihr vor?« fragte ich.
»Ich sagte doch schon, daß ich Euch keine Rechenschaft schulde. Es wird Euch trösten, daß Eure Anwesenheit kein Hindernis für meine Geschäfte ist. Wäre es anders, wärt Ihr schon tot.«
Der Schwarze hatte die Luke erreicht.
Ich erwartete, daß er sich bückte, um den Eisenring zu greifen, mit dem man die Falltür öffnen konnte. Tatsächlich aber steckte der Schwarze seinen linken Fuß in den Ring, zog das Knie an und hob die Tür so weit, bis er sie mit der Hand greifen konnte; und das alles, ohne auch nur für eine Sekunde den Blick von mir zu wenden.
Er begann, rückwärts die steile Treppe hinunter zu gehen.
»Wenn Euch jemand fragt«, sagte er zum Abschied, »könnt Ihr erzählen, Ihr seid Leo von Cleve begegnet – und habt überlebt.«
Jetzt, befahl ich mir selbst, als ich glaubte, daß der Schwarze am wenigsten mit einem Angriff rechnete.
Doch genau jetzt hatte er damit gerechnet. Als ich mich nach

vorne warf, duckte sich Leo von Cleve und ließ die Falltür durch ihr eigenes Gewicht zufallen.
Ich griff nach dem Eisenring und hörte gleichzeitig, wie auf der anderen Seite der Riegel vorgeschoben wurde.
Ich zerrte am Ring, aber die Tür bewegte sich nicht.
Ich schob den Katzbalger in den Spalt zwischen Falltür und Fußboden und bewegte ihn hin und her. Ich konnte den Riegel zwar erreichen, doch der Spalt war zu schmal, um ihn mit der Spitze zur Seite zu schieben.
Nacheinander probierte ich mein Schwert in verschiedenen Zwischenräumen der Falltür aus. Alle Bretter hatten etwas Spiel, aber keines ließ sich ohne größeren Aufwand heraustrennen.
Ein paar Stunden Arbeit würden mir den Ausgang öffnen, zugleich jedoch eine aufgebrochene Tür und damit den Beweis unbefugter Anwesenheit hinterlassen.
Ich suchte in der näheren Umgebung der Falltür nach etwas, was mir weiterhelfen konnte.
Ich fand verschimmeltes Holzspielzeug, eine Ansammlung von leeren Dosen und Büchsen, in denen noch Reste von Salben oder Tinkturen klebten, zerrissene Kleidungsstücke und einen Satz verrosteter medizinischer Instrumente.
Inzwischen drängte die Zeit: Ich konnte nicht beliebig lange verschwunden bleiben.
Vielleicht gab es ja andere Möglichkeiten, als den Dachboden durch ausgerechnet diese Tür zu verlassen. Das Gebäude war lang; es konnte gut mehr als nur eine Falltür geben. Ich konnte über das Dach in einen der Kamine klettern; manche Kamine haben Steigeisen im Inneren, zwar keine saubere, aber eine ungefährliche Möglichkeit, nach unten zu kommen.
Ich steckte den Kopf durch eines der Löcher im Dach. Von hier oben hatte ich einen guten Blick auf den Hof.
Adriane überquerte den Hof.
Ich sah, daß sie einen Teller in der Hand trug. Ich konnte es nicht genau erkennen, der Größe und Farbe nach schien darauf jedoch das einzelne Huhn zu liegen, das die Köchin zubereitet hatte.

Adriane ging bis zu dem Turm am Ende und stellte den Teller vor der Tür ab. Sie klopfte kurz an die Tür, dann kehrte sie um und ging zurück.

Ich sah mich auf dem Dach um. Von hier aus schienen alle Schornsteinöffnungen zu eng zum Hineinklettern zu sein.

Auf der Nordseite endete das Dach im Freien. Auf der Südseite stieß es an einen gedrungenen Bau, der gleichzeitig den Durchgang zwischen den beiden Höfen bildete. Der Bau war ein Stockwerk höher als der Pallas und hatte einige schmale Fenster. Mit etwas Glück konnte ich über das Dach bis zu einem der Fenster gelangen und dort hineinklettern.

Etwas Glück: Das bedeutete, daß das Dach nicht unter mir einbrach, daß ich nicht ausrutschte und in den Hof stürzte und daß niemand nach oben blickte und »Was macht der denn da!« rief.

Ich ging bis zu der Lücke, die dem Südende des Dachbodens am nächsten lag. Dort zog ich meine Stiefel aus und band sie mir um den Hals. Barfuß würde ich auf dem Dach besseren Halt finden.

Der Teller vor dem Turmeingang war verschwunden. Der ganze Hof lag verlassen da.

Jetzt oder nie! Ich schwang mich auf das Dach hinaus, umfaßte einen der Sparren an der Lücke mit beiden Händen und ließ mich langsam an der Außenseite hinab. Meine Beine erreichten die Unterkante des Daches. Ich tastete eine Weile mit den Zehen herum, bis ich eine rauhe, waagerechte Kante fühlte: Der obere Mauerrand.

Ich legte mich flach auf das abschüssige Dach und streckte den linken Arm aus. Durch die schlechte Instandhaltung gab es genügend abgesplitterte Ecken in den Dachziegeln, an denen ich Halt finden konnte.

Langsam entfernte ich mich von der Lücke, in kleinen Schritten Stück für Stück von Haltepunkt zu Haltepunkt zurücklegend.

Immer wieder hielt ich an und schielte in den Hof hinunter, ob jemand aufmerksam geworden war. In meiner Position konnte ich nur die gegenüberliegende Hofseite sehen, die Mitte und die Seite zum Pallas waren meinen Blicken durch die Dachkante entzogen.

Ich erreichte das Ende des Daches ohne abzurutschen und ohne entdeckt zu werden. Durch das Fenster zu gelangen, war allerdings schwieriger. Als ich die Wand erreicht hatte, konnte ich mit ausgestrecktem Arm nicht bis an die Unterkante des Fensters greifen. Meine Stellung, Bauch zum Dach, war nicht günstig zum Aufrichten. Ich drehte mich vorsichtig um. Dabei mußte ich den Halt aufgeben, den ich bisher mit den Zehen gefunden hatte. Prompt rutschte ich ein Stück nach unten, bis ich mich mit den Fingern in einer Mauerritze des höheren Gebäudes festkrallen konnte. Ich verbiß mir ein Stöhnen, als ein Fingernagel nach oben gebogen wurde und abbrach.

Da ich mich mit der rechten Hand festhielt, suchte ich mit der linken einen neuen Halt auf dem Dach. Ein Ziegel hing schräg auf dem Sparren, und ich schob meine Hand in den Spalt. Sofort löste sich der Ziegel aus seiner Verankerung und begann eine Rutschpartie. Ich griff mit der Linken hinterher, berührte den Ziegel aber nur noch knapp mit den Fingerspitzen. Deshalb zog ich mein linkes Bein an, zielte und bremste den Ziegel mit einem raschen Tritt, ehe er über die Kante rutschen konnte.

Mit der linken Hand griff ich in die entstandene Lücke, wo ich mir festen Halt verschaffen konnte. Ganz langsam begann ich jetzt, das linke Bein anzuziehen und so den Ziegel wieder aufwärts zu transportieren.

Da ich mit beiden Händen Halt hatte, nahm ich den rechten Fuß zu Hilfe, legte den dicken Zeh und dessen Nachbarn um die Kante des Ziegels und hatte ihn so fest und sicher, als hielte ich ihn in der Hand.

Ganze zwei Sekunden lang. Ein Zeh glitt ab, der Ziegel rutschte nach unten und verschwand aus meinem Blickfeld.

Ich hielt den Atem an.

Eine erschreckte Stimme sagte: »Was willst du von mir?« Das schien keine passende Reaktion auf einen fallenden Ziegel zu

sein. Allerdings gehörte die Stimme Graf Frowins, und in dieser Familie waren passende Reaktionen nicht gerade das normale Verhalten.
!!!Klirr!!! machte der Ziegel.
»Scher dich weg!« sagte Frowin. »Ich habe meinen Teil der Abmachung erfüllt.«
Ich folgerte geistesgegenwärtig, daß diese Worte nicht an den Ziegel gerichtet waren. Also löste ich die Stiefel von meinem Hals und warf sie durch das offene Fenster.
Aufrecht stehend hätte ich das Fenster leicht erreichen können. Bei der Neigung des Daches konnte allerdings davon auch keine Rede sein.
Wenn ich ans Fenster wollte, blieb mir nur übrig, mich mit einem Schwung aufzurichten und sofort beide Hände um die Unterkante des Fensters zu legen. Es gab nur einen Versuch.
»Nein«, sagte Frowin auf dem Hof. »Ich verzichte nicht darauf. Du kannst mir keine Angst mehr machen.«
Ich schwang mich hoch, stieß mich mit beiden Händen ab. Sofort verlor ich den Halt, kippte nach außen und spürte im selben Moment, wie ein Dachziegel unter meinem rechten Fuß zerbrach.
Die Bruchkante schnitt mir in den Knöchel, aber gleichzeitig bekam ich neuen Halt. Ich schloß beide Hände um die Fensterkante.
Ohne mir Zeit zum Atemholen zu gönnen, schwang ich mich nach oben, zog mich durch das Fenster und landete auf einer Treppe.
Mit wackeligen Knien stand ich auf und ging zu meinen Stiefeln, um meine Garderobe wieder in Ordnung zu bringen.

Maler pflegen ihre Helfer auf unnatürliche Weise hinzustellen, um sie als Vorlage für ihre Skizzen zu nehmen. Ein Gemälde, das nach dem Bild, das sich mir hier bot, benannt würde, hätte einen Titel wie »Der Tod nennt die Stunde« tragen können. Graf Frowin stand auf dem Hof, die Hände schützend halb vor das Gesicht gehalten, das so bleich war, als sei alles Blut daraus gewichen.

Der Schwarze Mann stand nur ein paar Schritte von ihm entfernt, einen Arm unter dem Umhang verborgen, den anderen ausgestreckt, den Zeigefinger auf Frowin deutend.
Zwei Knechte, die einen schweren Balken trugen, kamen aus dem vorderen Hof und blieben angesichts der seltsamen Szene stehen.
Der Schwarze Mann sagte zu Frowin: »Dann hast du dein eigenes Urteil gesprochen. Du wirst sterben genau wie die anderen. Und wenn es sein muß, wird jeder von den Helfern, mit denen du dich umgeben hast, mit dir sterben. Weder Wiggershaus, der Jurist, noch Kuehnemund, der Kämpfer, noch Gundelfinger, die Hexe, können dein Leben retten, wenn ich dich verdamme.«
»Geh weg!« sagte Frowin.
»O ja, ich gehe. Doch erwarte die Nacht, in der ich zu dir zurückkehre!«
Der Schwarze Mann ließ den Grafen stehen und ging auf den Torgang zu.
Frowin wartete, bis er einige Schritte weiter weg war. Dann rief er den beiden Knechten zu: »Tötet ihn, er ist ein Spion!«
Die Männer ließen den Balken fallen und zogen ihre Messer.
Ich zog meinen Katzbalger und kam aus dem Gebäude. Ich befand mich hinter dem Schwarzen, so daß er mich nicht sehen konnte. Mit raschen Schritten holte ich auf, so daß ich ihn erreichen mußte, wenn der Schwarze mit den beiden Knechten zusammenstieß.
Kuehnemund kam aus dem vorderen Hof. Ohne zu zögern änderte er seine Richtung, als er den Schwarzen Mann sah.
»Geht mir aus dem Weg!« befahl der Schwarze den beiden Knechten.
»Stehenbleiben!« sagte einer der beiden.
Der Schwarze sprang nach vorne, auf die beiden Knechte zu. Die zuckten zurück, hoben die Messer zur Verteidigung. Aber der Schwarze wich ihnen aus.
Ich sprang vor, um ihn mit dem Schwertknauf niederzuschlagen. Der Schwarze mußte mich jedoch aus den Augenwinkeln

beobachtet haben. Er duckte sich und war schon außer Reichweite.

Kuehnemund kam ihm entgegen und zog im Laufen sein Schwert. Aber der Schwarze hatte seinen Weg so berechnet, daß er durch eine Lücke lief und durch den Torbogen in den vorderen Hof verschwand.

»Fangt ihn! Tötet ihn!« rief Frowin ihnen nach.

Wir machten uns an die Verfolgung. Kuehnemund erreichte den vorderen Hof als erster, dicht gefolgt von mir.

Das Burgtor war geschlossen. Henning Locher und einige Helfer standen um drei Fässer herum, zu denen Henning gerade Erläuterungen gab. Andere Männer waren oben auf der Burgmauer damit beschäftigt, Lücken durch behelfsmäßige Palisaden zu schließen.

Von dem Schwarzen Mann war keine Spur zu sehen.

»Wo ist der Schwarze?« rief Kuehnemund.

Alle blickten zu ihm hin. Der einzige, der antwortete, war Henning: »Welcher Schwarze?«

Ich sah mehrere offene Türen. Der Schwarze hätte sofort nach dem Betreten des vorderen Hofes leicht in einem Gebäude verschwinden können.

Kuehnemund dachte offenbar dasselbe.

»Er muß noch in der Burg sein«, sagte er. Mit lauter Stimme gab er einige Befehle. »Los, kommt von der Mauer runter! Locher, bewach mit deinen Leuten das Tor. Laßt niemanden aus der Burg. Wir suchen einen Mann in Schwarz. Spürt ihn auf, aber seid vorsichtig: Der Mann ist gefährlich!«

Er wandte sich einem der Eingänge zu, dann besann er sich und sagte zu mir: »Du holst die Männer aus dem Schlafsaal. Ich will hier jeden sehen, der noch auf seinen Beinen stehen kann!«

Im Saal waren die Männer, die sich nach dem Kampf erschöpft hingelegt hatten, schon aufgeschreckt.

Ich setzte sie rasch in Kenntnis, wem die allgemeine Aufregung galt, dann machte ich mich selbst wieder an die Verfolgung.

Hinter den Fenstern der Gebäude zum vorderen Hof sah ich

Suchende auftauchen. Hier vorn hatte sich der Schwarze, der sich in der Burg bestens auszukennen schien, bestimmt nicht versteckt.
Ich ging in den hinteren Hof zurück.
Zwei Männer mit Arkebusen kamen gerade aus der Kapelle, gefolgt von Conrad, der ihnen nachrief: »Blasphemie! Im Haus des Herrn haben Schußwaffen nichts zu suchen!«
Ich blickte zum Pallas hinüber. Ob der Gesuchte wieder auf dem Dachboden war? Unwahrscheinlich: Er mußte damit rechnen, daß ich auf der Seite der Verfolger dort nachsehen würde.
Von Frowin war nichts zu sehen.
Kuehnemund kam mit weiteren Bewaffneten auf den Hof. Er teilte uns in mehrere Gruppen ein. Den Männern, die er in den Pallas schickte, rief er nach: »Vergeßt nicht, auf dem Dachboden nachzusehen!«
Ich schloß mich einer kleine Gruppe an, die zu einem der hinteren Gebäude lief.
Einer der Männer wollte zu dem einzelnen Turm, aber ein Kamerad hielt ihn zurück: »Du weißt doch, daß wir da nicht hindürfen.«
»Aber, verdammt, wir suchen doch jemanden.«
»Dann warte, bis dir jemand den Befehl gibt, dorthin zu gehen.«
Die Männer verteilten sich auf die Gebäude.
Ich blieb auf dem Hof zurück.
Der Turm war verbotenes Gebiet? Ein besseres Versteck für einen Flüchtigen konnte es kaum geben.
Conrad, der sich schützend vor der Kapellentür aufgebaut hatte, verschwand wieder im Inneren.
Unbeobachtet, wie ich zur Zeit war, ging ich zum Turm hinüber. Genaugenommen hatte mir nie jemand direkt gesagt, ich dürfe nicht zum Turm. Und in der allgemeinen Hektik konnte es gut sein, daß es auch niemand bemerkte.
Je näher ich dem Turm kam, um so wunderbarer erschien es mir, daß das Bauwerk überhaupt noch stand. Der Turm befand sich keineswegs mehr in der Senkrechten, sondern war zum Hof hin

geneigt. Die hölzernen Stützen hatten die weitere Neigung aufgehalten, die Frage war nur, ob sie das auf Dauer konnten.
Die Tür wirkte neu; es roch nach frischem Holz. Ich rüttelte an der Klinke, aber sie öffnete sich nicht.
Unter der Klinke war ein Schlüsselloch. Mit dem passenden Werkzeug traute ich mir zu, es öffnen zu können, doch hatte ich dieses im Schlafsaal gelassen.
Ich umrundete den Turm und kam in den hinteren Teil des Hofes. Die Seitenmauern liefen hier aufeinander zu, bis sie sich in einer Spitze vereinigten. Ursprünglich waren sie höher gewesen als zwei aufeinanderstehende Männer, mit einem Wehrgang unterhalb der Mauerkrone. Jetzt war der obere Mauerteil an mehreren Stellen eingebrochen. Niemand hatte Maßnahmen zur Reparatur ergriffen.
Ich ging eine Rampe hinauf, die auf den Wehrgang führte.
Ein Sturmangriff war an dieser Stelle kaum zu befürchten: Der Berg fiel steil nach unten ab und war nur mit ein paar kärglichen Grasbüscheln bewachsen, die in den Spalten Halt gefunden hatten. Sicher konnte eine kleine Gruppe geübter Kletterer auf diesem Weg in die Burg eindringen, aber schon eine Besatzung von ein paar Schützen würde zur Verteidigung ausreichen.
Größer war da schon eine andere Gefahr: Weniger als die Hälfte einer Pfeilschußweite entfernt gab es einen mit Bäumen und Büschen bewachsenen Gipfel.
Die mindeste Sicherheitsmaßnahme wäre gewesen, den Gipfel abzuholzen und auf diesem Teil der Mauer ein Geschütz zu postieren, um Belagerern die Möglichkeit zu nehmen, drüben Fuß zu fassen. Frühere Burgherren schienen die Gefahr erkannt zu haben: Bei der Rampe waren einige starke, jetzt angerostete Eisenringe eingemauert. Wahrscheinlich dienten sie zur Anbringung eines Flaschenzugs, mit dem man ein Geschütz nach oben ziehen konnte.
Die Bäume auf dem Gipfel waren nicht besonders hoch. Sie konnten kaum älter als dreißig Jahre sein; irgendwann damals hatte man aufgehört, sich um diese Schwachstelle zu sorgen.

Zwischen den beiden Mauerseiten und dem Turm befand sich ein dreieckiger Platz, in dessen Mitte ein Holzgestell stand. Es war aus senkrechten Balken mit Querleisten errichtet. An der Seite, die dem Turm am nächsten war, hatten die Querleisten eine Höhe von etwa einer Elle* über dem Boden. Zur Mauer hin wurde das Gestell langsam höher, bis die höchste Querleiste von einem stehenden Mann mit ausgestreckten Armen gerade noch erreichbar war.

An einem der Balken hingen ein Holzeimer und ein Sieb.

Auf jeden Fall sah das Gebilde nicht so aus, als könne es eine Geheimwaffe oder Erfindung sein, die ein strenges Verbot, sich ihr zu nähern, gerechtfertigt hätte.

Der Turm hatte auf dieser Seite früher mehrere Schießscharten gehabt, die jetzt zugemauert waren. Statt dessen hatte man zwei Fenster hineingebrochen, eines auf halber Höhe und eines kurz unterhalb des Daches. Das einzige Zugeständnis an die Gefahr durch Feinde außerhalb der Mauern waren die Holzläden, die neben den Fenstern angebracht waren.

Hinter dem Fenster in der Mitte sah ich eine Bewegung. Kurz darauf blickte Frowin aus dem Fenster, erspähte mich und schrie: »Weg da! Du hast hier nichts verloren!« Dann lehnte er sich nach außen und zog die beiden Flügel des Ladens zu.

Ich ging gehorsam wieder zu den Suchenden zurück.

Als ich am Turm vorbei war, sah ich Kuehnemund, der mit einer Gruppe von Soldaten sprach. Er winkte mich zu sich.

»Was hast du an der verbotenen Mauer gemacht?« fragte er streng.

»Ich habe den Schwarzen gesucht. Ich habe gedacht, er wird sich am ehesten da versteckt haben, wo die wenigsten Leute suchen. Aber wieso ›verbotene Mauer‹?«

Kuehnemund zuckte die Schultern, wie jemand, der einen unsinni-

---

* Elle: Die Länge des Unterarms ist als Maßeinheit seit dem Altertum gebräuchlich. Zur Zeit unserer Erzählung schwankt die Norm je nach Landschaft zwischen 54,73 cm (Frankfurter Elle) und 69,5 cm (Brabanter Elle).

gen Befehl durchsetzen muß.«»Es ist eine Anweisung des Grafen. Also laß dich dahinten nicht mehr erwischen. Das gleiche gilt für euch alle. Habt ihr hier hinten alle Gebäude durchsucht?«
Alle bestätigten, daß sie genau nachgesehen hatten. Einer der Landsknechte erklärte, der junge Graf habe sie aus der Kapelle geschickt, ehe sie sie aufmerksam durchforschen konnten.
»Na schön«, sagte Kuehnemund, »Dann werde ich dort selbst nachsehen. Komm mit, Frischlin, du kannst mich begleiten.«
Als wir über den Hof gingen, sagte ich: »Da ich nun schon einmal hinter dem Turm war, möchte ich wenigstens eine Anmerkung machen. Es gibt außerhalb der Mauern eine einzelne Bergspitze. Wenn dort jemand...«
»Ich weiß«, sagte Kuehnemund. »Aber der Graf besteht darauf, daß niemand in den Nordteil des Hofes geht.«
»Und wenn dort drüben ein paar Scharfschützen auftauchen?«
»Wenn wir belagert werden, werde ich schon eine Möglichkeit finden. Und jetzt hör auf, deswegen in mich zu dringen!«
Tatsächlich, dachte ich, ist die ganze Burg ein Paradies für Spione. Man braucht nur durchzuspazieren, und schon hat man eine Menge Informationen gesammelt. Schade, daß man die Zusammenhänge nicht genauso leicht serviert bekommt.
Kuehnemund hatte sein Gewehr bei sich. Er klemmte den Kolben unter die Achselhöhle und stieß die Tür zur Kapelle auf.
Conrad, der vor dem kleinen Altar auf dem Steinfußboden gekniet hatte, sprang auf, als er uns bemerkte.
Kuehnemund flüsterte: »Überlaß mir das Reden, was er auch sagt. Achte nur darauf, ob der Eindringling auftaucht.«
Conrad eilte auf uns zu und stellte sich in den Gang zwischen den beiden Bankreihen. Er breitete die Arme schützend aus, als wolle er eine bevorstehende Schändung des Heiligtums verhindern.
»Dies ist das Haus des Herrn!« sagte er. »Mietlinge haben darin nichts verloren.«
»Ganz recht, junger Herr Graf«, sagte Kuehnemund. »Wir sind im Auftrag Eures Herrn Vaters unterwegs, um einen Mann zu fangen,

der widerrechtlich in die Burg eingedrungen ist. Sagt, habt Ihr jemanden bemerkt?«

»Niemand, der unreinen Herzens ist, darf diesen Raum betreten.«

»Der Mann, den wir suchen, hat Euren Vater bedroht. Vielleicht habt Ihr ihn nicht als einen Schurken erkannt. Er könnte sich verstellt haben.«

»Geht jetzt und stellt Eure Suche ein. Vielleicht ist der, den Ihr sucht, gar kein Mann. Bedenkt, was mit Sodom und Gomorrha geschah, als die Einwohner die Engel des Herrn bedrängten.«

»Ich kann nicht gehen, junger Herr Graf. Bitte habt Verständnis, daß wir diesen Raum durchsuchen müssen, mit oder ohne Eure Erlaubnis.« Dann wandte er sich an mich und sagte: »Fang auf der linken Seite an und sieh überall gründlich nach.«

Ich ging zur linken Seitenwand. Es gab ein paar kleine Nischen, die Blumen oder brennende Kerzen enthielten. Raum für einen versteckten Menschen boten sie nicht.

Conrad wollte mir folgen, aber diesmal vertrat Kuehnemund ihm den Weg.

»Laßt mich durch«, befahl Conrad. »Der Herr wird schreckliche Vergeltung an Euch üben, wenn Ihr sein Haus entweiht.«

Je mehr er zeterte, desto sicherer war ich, daß der Gesuchte hier sein mußte. Ich nahm den Katzbalger in die Hand, um für einen Überraschungsangriff gewappnet zu sein.

Langsam näherte ich mich dem Altar. Immer wieder bückte ich mich, um unter die Bänke zu schauen.

»Niemand darf dem Altar zu nahe kommen!« sagte Conrad, der das verteidigte Territorium erkennbar eingeschränkt hatte.

Doch wir waren gnadenlos. Kuehnemund vertrat dem Streiter Gottes weiterhin den Weg, und ich scheute mich nicht, das Altartuch hochzuheben und darunter nachzusehen.

So wirr Conrads Geist sein mochte, so war er einsichtig genug, es nicht auf eine körperliche Auseinandersetzung mit Kuehnemund ankommen zu lassen. Ich konnte meinen Rundgang beenden,

ohne durch mehr als die Ankündigung jenseitiger Strafen behindert zu werden.
Nur den Gesuchten fand ich nicht.
Als ich zu Kuehnemund zurückging, trat Conrad auf mich zu. Er blickte mich verschwörerisch an und sagte: »Ich weiß genau, wer der ist, den Ihr sucht.«
»Wer denn?« fragte ich.
Conrad beugte sich zu mir und flüsterte mir ins Ohr: »Es ist der, dessen Namen man nicht nennt.«
Jetzt wußte ich's ja ganz genau.
Schließlich zogen Kuehnemund und ich unverrichteter Dinge wieder ab, während Conrad uns nachrief: »Eines Tages werde ich Herr dieser Burg sein. Dann werdet Ihr für den heutigen Tag büßen, Kuehnemund!«
Kuehnemund machte die Tür hinter sich zu und sagte: »An dem Tag werde ich hoffentlich weit weg sein. Mit Schindern nehme ich es ja gern auf, aber mit Fanatikern...«
»Sicher hast du Verständnis für die Sache der Reichsritter«, sagte ich und versuchte, meine Stimme harmlos klingen zu lassen.
Kuehnemund sah mich ernst an. »Graf Frowin ist Fürstbischof Greifenclau lehnspflichtig. Schließlich haben wir sogar Männer für den Kampf gegen Sickingen nach Trier geschickt. Was hat der junge Graf dir anvertraut?«
»Daß er glaubt, wir suchen den Teufel persönlich.«
»Dann geh jetzt an deine Arbeit. Henning Locher suchte vorhin nach dir; er scheint zu glauben, daß er einen passablen Kanonier aus dir machen kann.«
»Was ist mit der Suche nach dem Schwarzen?«
»Irgendwann muß er wieder auftauchen. Das Tor ist besetzt, also kann er nicht heraus.«
»Es sei denn, er kennt einen Geheimgang.«
»Es gibt keinen Geheimgang in der Schönburg«, sagte Kuehnemund.
Das wäre eine echte Sensation, dachte ich.

10

Henning Locher und Susanne Gundelfinger standen an einer Kanone zwischen zwei Gebäuden im vorderen Hof.
Ich ging zu den beiden hinüber.
»Wo hast du denn die ganze Zeit gesteckt?« fragte Henning.

Das 10. Kapitel berichtet, weshalb die Todtenorgel schweigt

»Ach, ich habe mich verlaufen, als ich dich gesucht habe.«
»Darauf hätte ich wetten können«, sagte Susanne.
»Und dann habe ich mitgeholfen, diesen seltsamen Schwarzen Mann zu suchen.«
»Da hättest du auch zu Henning gehen können«, sagte Susanne.
»Der Schwarze wäre auch ohne deine Hilfe entwischt.«
Dann wandte sie mir den Rücken zu und fragte Henning:
»Also, was habt Ihr jetzt wieder für Kopfschmerzen, Meister Locher?«
»Ich habe alles so gemacht, wie Ihr gesagt habt. Die Ladung für alle Geschützrohre war genau gleich. Ich habe sogar den Meßbecher genommen, den Ihr mir gegeben habt.«
»Das ist ja schon ein Fortschritt gegenüber ›fünf Prisen Salpeter auf eine halbe Handvoll Holzkohle‹.«
»Aber die Rohre wandern immer noch nach oben aus. Dabei habe ich die Zahnräder nochmals genau vermessen.«
Beide wandten ihre Aufmerksamkeit dem Geschütz zu.
Eine Waffe wie diese hatte ich noch nie gesehen.
Wo man bei einem normalen Geschütz zwischen dem Rohr und der Lafette unterscheiden konnte, gab es hier zwischen den beiden Transporträdern nur Rohre. Es mußten fünfzig Rohre sein, jedes nur anderthalb Ellen lang, und keine zwei davon wiesen in dieselbe Richtung. Die Anordnung ergab eine Doppelspirale, deren Achse zugleich die Achse der Lafette war.

Mehrläufige Geschütze, sogenannte »Orgeln«, ergeben nur einen Sinn, wenn alle Läufe gleichzeitig ausgerichtet werden können und so die Feuergeschwindigkeit erhöhen. Bei diesem komischen Ding mußte jedoch nach jedem Schuß neu ausgerichtet werden.
»Die Zahnräder greifen genau«, sagte Susanne. »Was ist mit den Lunten zwischen den Zündern?«
»Alle gleich lang. Ich habe sie sogar alle von derselben Schnur geschnitten, und die habe ich vorher selbst mit Salpeter getränkt, damit die Sättigung gleich ist.«
»Ihr könntet an einer Seite ein Pendel anbringen, durch dessen Schwingungen eine Hemmung abwechselnd geöffnet und geschlossen wird. Wenn Ihr das Pendel auf die Schußfolge abstimmt, könnt Ihr den Geschützkasten nach jedem Rückstoß in der neuen Schußposition blockieren und nach dem Feuern wieder lösen.«
»Frau Gundelfinger, Ihr seid wirklich ...«
»Ja, schon gut. Jetzt lasse ich Euch mit Eurem neuen Gehilfen allein. Paßt auf, daß er nicht allzuviel kaputtmacht.«
»Susanne«, sagte ich, »wir hatten nicht viel Zeit, uns zu unterhalten ...«
»Das war die gute Nachricht«, sagte Susanne.
»Auf jeden Fall freue ich mich, daß wir uns wiedergetroffen haben.«
»Edgar, paß mal auf. Wenn du der letzte Mann auf der Welt wärst, und ich wäre alt und häßlich, selbst dann würde ich mich niemals freuen, dich wiederzutreffen.«
Sie drehte sich um und ging davon.
»Susanne und ich, wir sind alte Freunde«, erklärte ich.
»Das habe ich gemerkt«, sagte Henning.
Ich blickte Susanne nach, bis sie im hinteren Hof verschwunden war. Dann sagte ich: »Das ist wohl die berühmte Edwina.«
»Ich stelle vor: Edwina die Todtenorgel!« sagte Henning großartig, als kündige er eine Jahrmarktsattraktion an. »Sie wird die gesamte Artillerie revolutionieren. Es ist ein völlig neues System, das

Feuerkraft und Präzision auf bisher ungeahnte Weise kombiniert. Eine Sensation, die mich schlagartig reich und berühmt machen wird. Warte nur, bis sie funktioniert.«
»Edwina sieht etwas ungewöhnlich aus. Du mußt sie doch nach jedem Schuß neu richten.«
»Eben nicht! Edwina richtet sich nach jedem Schuß selbst. Durch den Rückstoß wird der Kasten nach hinten gedreht, und das folgende Rohr kommt automatisch in Schußposition. Ich habe die Zündlöcher verbunden, so daß der Funke immer weiter wandert. Fünfzig Schüsse in weniger als einer Minute. Na, ist das was?«
»Und wo ist der Haken?«
»Na ja, im Moment klappt es noch nicht so ganz mit der Ausrichtung. Der Kasten dreht sich entweder zu wenig oder zu weit. Aber diese Idee mit dem Pendel war gut. Frau Gundelfinger ist eine Frau, wie ich keine zweite kenne. Die mischt ein besseres Schwarzpulver als jeder andere.«
»Was macht sie überhaupt in der Burg?«
»Was sie hier macht? Na, der Graf hat sie kommen lassen, damit sie ihm bei seinen Versuchen hilft.«
»Was denn für Versuche?«
»Ach, was weiß ich. Das Zeug, das er hinten in seinem Turm macht. Doch eines sage ich dir: Da verschwendet sie ihre Fähigkeiten. Hilf mir mal, die Plane hier über Edwina zu decken, und dann zeige ich dir, wie man richtig Pulver mischt.«
Zusammen deckten wir die Todtenorgel zu. Anschließend begann Henning, mir zu erklären, in welchem Mischungsverhältnis man Schwefel, Holzkohle und Salpeter zusammenfügen mußte, und wie man die Ladung zweckmäßig in eine Kammer brachte.
»Warum mischen wir das Zeug eigentlich nicht auf Vorrat?« fragte ich.
»Möchtest du neben einem Faß voller Schwarzpulver stehen, wenn eine heiße Kugel hineinfährt? Wir mischen niemals mehr, als wir für ein paar Schüsse brauchen.«

Meine Hände waren rissig vom Kontakt mit den Bestandteilen des Schwarzpulvers, als Henning mich zum Abendessen entließ.
Im Gegensatz zu den anderen Männern hielt ich mich bei dem warmen Wein zurück. Ich war für die Zeit von Mitternacht bis vier Uhr früh zur Wache im hinteren Hof eingeteilt worden – eine gute Gelegenheit, mich dort weiter umzusehen.
Die Suche nach dem Schwarzen hatte man offenbar eingestellt, wenn Kuehnemund auch noch einmal in den Raum gekommen war, um uns aufzufordern, die Augen nach ihm offen zu halten und sofort Alarm zu schlagen, wenn er irgendwo gesehen wurde.
»Der Mann, den wir suchen, heißt Leo von Cleve. Er ist gefährlicher, als er auf den ersten Blick wirkt. Graf Frowin setzt eine Belohnung von einhundert Gulden auf seine Ergreifung aus.«
Je nach Temperament wünschten sich die Anwesenden, Leo von Cleve entweder sofort oder niemals zu begegnen.

»Kannst du mir tragen helfen?« fragte Adriane, die mit zwei Körben voller Brotlaibe über den Hof schwankte.
Ich war gerade auf dem Weg zu dem Gebäude mit dem Schlafsaal.
Vielleicht war es, weil ihr Lächeln mich »Freund« zu nennen schien: Ich nahm ihr bereitwillig einen der Körbe ab. Um die Nachtwache brauchte ich mich nicht zu sorgen, denn die blieb mir ohnehin nicht erspart.
»Wo willst du denn hin damit so spät am Abend?« fragte ich. »Etwa zum Nordturm?«
»Weshalb sollte ich die Brote zum Nordturm bringen wollen?«
»Ach, ich habe dich nur heute nachmittag einen Teller dorthin bringen sehen.«
»Ich habe dich nicht gesehen. Wo bist du gewesen?«
»Ach, irgendwo auf dem hinteren Hof.«
»Hätte ich dich nicht auch sehen müssen? Der Hof ist ganz frei.«

»Vielleicht war ich zufällig in einem der Häuser und habe aus dem Fenster gesehen.«
»Wie kann man zufällig in einem Haus sein?«
»Na, auf der Suche nach Leo von Cleve.«
»Was ist so besonderes an ihm, daß alle hinter ihm her sind?«
Langsam kam ich zu der Einsicht, daß ich den Verlauf des Gespräches nicht ganz unter Kontrolle hatte.
»Ich bin nur ein einfacher Landsknecht«, imitierte ich sie, »mir erzählt keiner was.«
»Ganz wie bei mir. Jetzt komm, wir bringen die Brote in den Vorratskeller. Unterwegs kannst du mir erzählen, was es mit diesem Pfaffenkrieg auf sich hat.«
Zunächst führte Adriane mich zur Küche, die um diese Tageszeit leer war. Sie nahm zwei Laternen von der Wand und entzündete sie.
»Seltsam, daß du das Brot in die Küche trägst«, sagte ich. »Ich hätte eher vermutet, daß du es da herausholst.«
»Der Backofen ist weiter vorn neben dem Tor. Außerdem bringe ich das Brot nicht zur Küche, sondern nur durch sie hindurch.«
Von der Küche aus führte eine enge, gewundene Treppe in die Tiefe. Die Wände waren anfangs noch gemauert, weiter unten waren sie ins Gestein des Berges hineingetrieben.
Es war kühl hier unten, die richtige Umgebung zur Aufbewahrung von Lebensmitteln.
Schließlich wurde der Gang durch eine Tür versperrt. Adriane holte einen Schlüssel hervor, den sie an einem Band um den Hals trug, und öffnete.
»Der Schlüssel ist immer so kalt auf der Haut«, sagte sie. »Aber Berta hat gesagt, ich soll ihn nicht offen zeigen, sonst sind alle Landsknechte hinter mir her.«
Die Tür schwang auf und gab den Blick auf einen großen, unregelmäßg geformten Raum frei. Offenbar handelte es sich um eine natürliche Höhle. Der Boden bestand aus festgestampftem Lehm, der die Unebenheiten des Felsens ausglich.

In mehreren Reihen standen hohe und breite Regale. Der Größe des Lagerraumes nach war die Burg auf alles vorbereitet, was seinen Inhalt anbelangte allerdings nicht: Nur die ersten beiden Regale waren mit Körben und Schüsseln gefüllt.
Adriane stellte ihren Korb in eines der Regale, und ich meinen daneben.
Als Adriane sich wegdrehte, geschah etwas Seltsames: Adrianes Haarspitzen streiften in der Bewegung kurz durch mein Gesicht, und ich atmete einen Duft ein, der ohne Verzögerung durch meinen ganzen Körper bis hinab zu den Lenden strömte.
O nein, dachte ich, das nicht. Sie ist nur halb so alt wie ich. Ich will nur, daß sie etwas über den Turm erzählt.
Und jene fürchterliche, niemals vergessende Stimme in mir warnte: *Du bist tot, Edgar, tot, tot, tot.*
»Gehst du eigentlich oft zum Nordturm?« fragte ich.
»He, Landsknecht, das ist nicht unser Spiel«, ermahnte Adriane mich. »Ich habe dir oben etwas erzählt, hier unten bist du dran.«
Das entsprach zwar nicht meiner Erinnerung, aber jetzt erschien es mir wichtiger, einfach ein paar Minuten in Adrianes Gesellschaft zu bleiben – ob es mir Informationen brachte oder nicht.
»Ich habe dir von den Reichsrittern und dem Streit um die kirchliche und weltliche Macht erzählt«, begann ich. »Immer wieder gibt es Flugblätter und Bücher, in denen mal die eine, mal die andere Seite zum Entscheidungskampf aufruft. Ulrich von Hutten ist einer der entschlossensten Feinde des Papstes und seiner Anhänger. Ein anderer ist Martin Luther. Luther hat sogar Priester und Bischöfe überzeugt, daß das Papsttum die Aufgabe der Kirche verraten hat. Deshalb berief Kaiser Karl einen Reichstag ein, auf dem die Gegner zu einer Übereinkunft finden sollten.
Der Reichstag fand im vergangenen Frühjahr in Worms statt. Luther war eingeladen, aber Unterhändler des Kaisers hatten Hutten überzeugt, nicht zu kommen. Karl befürchtete, daß zwei pro-

minente Männer gemeinsam alle Anwesenden auf ihre Seite ziehen würden.
Es wurde jedoch keine Aussprache, sondern ein Prozeß gegen Luther, in dem man ihn zum Widerruf zwingen wollte. Er entkam nur knapp einem Anschlag auf sein Leben, und der Reichstag endete mit einem Debakel. Die Anhänger Luthers waren abgereist. Die Übriggebliebenen faßten zwar den einstimmigen Beschluß, daß Luther als Ketzer zu betrachten sei, aber jedem war klar, daß sich viele Fürsten nicht daran gebunden fühlen würden.
Franz von Sickingen und Hutten haben sich vermutlich Vorwürfe gemacht, weil sie nicht dabei waren, um ihren Einfluß geltend zu machen. Im Sommer schien es dann, als wollten sie alles Versäumte mit doppeltem Einsatz nachholen.
Hutten führte einige von Sickingens Männer hinter den päpstlichen Abgesandten her, die in Richtung Rom zogen. Was immer er auch mit ihnen vorhatte: Es schlug fehl, weil Kaiser Karl eine starke Einheit zum Schutz mitgeschickt hatte.
Und dadurch hieß es nicht mehr ›Ritter gegen Rom‹, sondern ›Sickingen gegen den Kaiser‹, was Sickingen wohl als allerletztes gewollt hat.
Hutten half zwei abtrünnigen Mönchen bei der Flucht aus einem Karthäuserkloster bei Straßburg. Als der Prior daraufhin ein Bild von Hutten benutzte, um... äh... wie soll ich es ausdrükken...«
»Hältst du mich für eine Zimperliese? Du meinst wohl, er hat sich mit einem Bild von Hutten den Arsch abgewischt?«
»Genau. Und nicht nur das, er ließ das auch noch durch Plakate öffentlich bekannt machen. Fürstbischof Greifenclau nutzte jede Gelegenheit, um die beiden zu provozieren. Schließlich entband Greifenclau einen Ritter, der sich durch einen Eid an Sickingen gebunden hatte, von diesem Eid. Das führte dann dazu, daß Sickingen und Hutten mit einer Armee gegen Trier zogen.«
»Hat Greifenclau nicht damit gerechnet?«
»Heute scheint es so, als habe Greifenclau es genau darauf ange-

legt. Er hat Sickingen den Sommer über mit Kleinigkeiten auf Trab gehalten und ihn erst im Herbst zu einem Angriff auf Trier provoziert. Eine Belagerung den Winter über konnte Sickingen nicht durchstehen – Trier aber schon.«

»Und warum ist er nicht im Frühjahr wiedergekommen?«

»Es ist ein Unterschied, ob ein Sieger oder ein Verlierer zu den Fahnen ruft. Als Sickingen sah, wie wenig Männer er zusammenbekam, hat er sich auf seiner Burg verschanzt. Greifenclau und seine Verbündeten haben die Belagerung begonnen – jetzt ist es erst Frühjahr; sie haben den ganzen Sommer und Herbst über Zeit.«

»Du hast die ganze Zeit über erzählt, als ob du auf der Seite der Ritter stehst. Was gefällt dir denn am besten an ihnen?«

»Ihre Ehrlichkeit«, sagte ich und stellte fest, daß das stimmte. Ich stand in Diensten der anderen Seite, haßte und fürchtete sie und blieb doch in ihren Diensten. Ehrlichkeit, dachte ich, wäre es, wenn ich Greifenclau verließe und mich Sickingen anschlösse, egal ob er gewinnt oder verliert.

Ich versuchte, den Gedanken abzuschütteln – aber Gedanken sind hartnäckiger als Schmeißfliegen, vor allem, wenn ihre Nahrung die Wahrheit ist.

»Was ist eigentlich hinter der Tür da?« fragte ich.

Am gegenüberliegenden Ende des Lagerraumes gab es eine zweite Holztür.

»Schau ruhig rein«, sagte Adriane. »Nur verrate niemandem, daß ich es dir gezeigt habe.«

Ich ging zur Tür, die nur angelehnt war. Dahinter führte eine Treppe weiter nach unten. An deren Ende sah ich einen zweiten Lagerraum, kleiner als den ersten und gefüllt mit großen Holzfässern, die zwischen Steinen und Pfosten verkeilt waren.

Die Wände wurden aus gewachsenem Fels gebildet, der im Schein der Laterne vor Feuchtigkeit glitzerte. Weiter ging es jetzt nicht mehr. Ich stieg die Treppe wieder zurück.

»Ein beeindruckendes Weinlager«, sagte ich zu Adriane. »Zumindest können wir besoffen in den Tod gehen.«

»Werden wir sterben?«
Bisher war ich sicher gewesen, daß ich nichts anderes zu tun brauchte, als die Burg rechtzeitig vor dem Eintreffen der Schinder zu verlassen. Jetzt sah ich Adriane an und schwieg.
»Warum sagst du nichts?« fragte sie.
»Es kann ganz schön gefährlich werden«, sagte ich schließlich.
»Wahrscheinlich ist es besser, wenn wir uns nicht besaufen.«
»Das ist gut. Außer dem ersten Faß enthalten alle anderen nur sauren Wein. Ich habe mal aus Neugier bei einigen den Hahn aufgedreht, aber was da rauskam, war nur Essig.«
Wir gingen wieder nach oben, und ich dachte nicht weiter an den Weinkeller.
Wie hätte ich auch ahnen können, daß mich nur ein paar Schritte vom grauenhaftesten aller Geheimnisse der Schönburg getrennt hatten!

11

Das 11. Kapitel erzählt, was Edgar mit Hilfe seines Diez erfuhr

Ich erwachte mit dem Gefühl, soeben einen genialen Einfall gehabt zu haben, der meinem Leben eine entscheidende Wende geben würde... wenn ich mich nur daran erinnern könnte.

»Du bist dran«, sagte mir ein verschlafener Wächter. »Zweiter Hof, zusammen mit Hermann Lotzer.«
Er deutete auf einen anderen Landsknecht, der sich widerwillig den Schlaf aus den Augen rieb.
Ich schnallte den Katzbalger um, klopfte auf meine Hosentasche, um mich zu vergewissern, daß darin war, was ich brauchte.
Die Wächter im hinteren Hof empfingen uns mit einem mißgelaunten »Na endlich« und waren verschwunden, ehe wir eine Nachricht wie »Eure Wache ist verlängert worden« überbringen konnten.
Hermann hatte eine Helmbarte dabei, die eher ihn festzuhalten schien, als umgekehrt. Er umfaßte sie mit beiden Händen und stand regungslos da. Langsam schlossen sich seine Augen.
»Wir sollten einen Rundgang machen«, schlug ich vor.
»Mach du einen Rundgang«, murmelte Hermann. »Ich bleibe hier.«
Ich ging um den Hof herum, achtete auf Fenster und Türen. Der Himmel war klar, und beim Schein des Halbmondes konnte ich alle Einzelheiten erkennen. Wir waren allein auf dem Hof.
So leichtsinnig Kuehnemund schien, wenn er zuließ, daß die hintere Mauer unbesetzt blieb: Die Wache würde er nicht unkontrolliert lassen. Ehe ich mich dem Turm nähern konnte, mußte ich

eine Kontrolle abwarten – und diese Kontrolle mußte uns beide aufmerksam und pflichtbewußt finden.
Als ich wieder bei Hermann ankam, fand ich einen Mann, der im Stehen schlafen konnte: ein Beweis, daß er kein Anfänger im Kriegshandwerk war.
»Reiß dich zusammen«, sagte ich. »Was ist, wenn wir kontrolliert werden?«
Hermann rülpste eine Wolke von Alkoholdunst aus.
»Na los, geh ein paar Schritte mit um den Hof!« forderte ich ihn auf. »Wenn die Kontrolle vorbei ist, kannst du dich in eine Ecke hauen, und ich passe auf.«
»Wir können uns mit dem Aufpassen ablösen«, schlug Hermann halbherzig vor. »Du fängst an.«
»Was denkst du eigentlich über den Schwarzen Mann?« fragte ich.
»Belohnung«, murmelte Hermann. »Kann mir 'ne Menge zu trinken kaufen. Halt jetzt die Klappe.«
Ich überlegte, ob ich es riskieren konnte, auf die Gefahr einer Kontrolle zu pfeifen und mich dem Turm zu nähern.
Eine so günstige Gelegenheit wie in dieser Nacht, einen verschlafenen Kameraden neben mir, würde sich möglicherweise nie mehr ergeben. Ich konnte aus Vorsicht die einzige Chance ungenutzt verstreichen lassen. Oder aus Verwegenheit alles zunichte machen.
Ich ging auf und ab. Wie zufällig näherte ich mich dabei immer mehr dem verbotenen Turm.
Noch ein paar Schritte, dann stand ich vor der Tür. Ich beugte mich nach unten und inspizierte das Schloß.
Ich holte eine kurzes, an einer Seite zum Haken gebogenes Metallstück aus der Tasche. Es war nicht gerade ein Meisterwerk der Schlosserkunst, aber es hatte bisher immer seinen Zweck erfüllt.
Ich schob es ins Schloß.
Nach einigen Versuchen stieß es auf einen Widerstand, der bei weiterem Drehen nachzugeben begann. Es handelte sich um ein einfaches Schloß mit einer gefederten Zuhaltung. Eine Sache von wenigen Augenblicken.

Ich zog den Diez* wieder heraus und ging zu Hermann zurück.

Ich schalt mich einen Feigling, während der Mond seine Bahn zog, Hermann ruhig vor sich hin atmete, während keine Kontrolle kam und der Nordturm unbetreten in meinem Blickfeld stand.

Der Mond näherte sich dem Dachfirst des Pallas. Bald war die erste Hälfte der Wache um.

Ich setzte mir eine Frist: Wenn der Mond hinter dem First verschwand, würde ich die Tür öffnen, Kontrolle oder nicht.

Die Unterkante des Mondes berührte das Dach. Ich starrte auf die halbe helle Scheibe wie auf eine ablaufende Sanduhr.

Ich riß mich von dem Anblick los, ließ den Blick über den Hof wandern, bis er zum Torbogen kam. Durch die veränderte Position des Mondes war der vordere Hof stärker erleuchtet, und der Umriß einer Gestalt hob sich gegen die Helligkeit ab.

Mit einem raschen Griff riß ich Hermanns Helmbarte an mich, richtete sie auf die schattenhafte Gestalt und rief: »Halt! Wie heißt die Losung?«

Hermann wurde wach, tastete in der Luft nach seiner Helmbarte herum und entschloß sich schließlich, sein Schwert zu ziehen.

Die Gestalt kam näher und war bald als Kuehnemund zu erkennen.

»Wir haben keine Losung«, sagte er.

»Richtig«, bestätigte ich, »aber das kann nur jemand wissen, der zu uns gehört.«

Kuehnemund warf Hermann einen zweifelnden Blick zu. »Bist du wach, Landsknecht?« fragte er.

»Jawohl, Herr!«

---

* Diez: Nachschlüssel. Die scherzhafte Verwendung des Vornamens »Diderik« für das Einbruchswerkzeug ist seit ca. 1400 belegt, wurde später über »Diez« (16. Jahrhundert) und »Dirker« zum heutigen »Dietrich«.

Kuehnemund blickte mich an, als erwarte er einen Kommentar. Ich erwiderte den Blick offen, als habe ich nichts zu verbergen.

»Edgar Frischlin«, sagte Kuehnemund, »ich möchte, daß du dich für diese Wache als Kommandanten des hinteren Hofes betrachtest. Du bist verantwortlich, daß dieser Mann seine Pflicht tut.«

»Selbstverständlich, Herr Hauptmann. Ich werde Euch nicht enttäuschen.«

»Gut. Jetzt setzt eure Wache fort; ich werde später wiederkommen. Und, Frischlin...«

»Ja?«

»Ich pfeife auf den ›Herrn Hauptmann‹. Aber ich bestehe auf Disziplin.«

Kuehnemund ging zum Turm, rüttelte an der Tür und fand sie fest verschlossen. Er schien erleichtert, als er zurückging – ein Gefühl, das ich voll und ganz mit ihm teilte.

Ich gab Hermann die Helmbarte zurück.

»Danke, daß du nichts gesagt hast«, sagte Hermann.

»Wir sind schließlich Kameraden, oder? Wenn du willst, kannst du dich da vorn in die Nische setzen und eine Weile die Augen zumachen. Wenn jemand kommt, werde ich ihn laut anrufen. Ich muß nur sicher sein, daß du sofort aufspringst.«

»Klar, ist in Ordnung. Ich habe eine leichten Schlaf.«

Hermann ging zu der Nische. Er lehnte sich mit dem Rücken an die Hauswand und schloß seine Augen.

Ich wartete, bis ich die ruhigen Atemzüge des Schlafenden hörte und einigermaßen sicher sein konnte, daß Hermann nicht durch Schnarchen auf die Verletzung der Wachdisziplin aufmerksam machte.

Ich warf einen letzten Blick in die Runde, dann ging ich zum Turm hinüber.

Ich zog den Diez hervor und machte mich ans Werk. Ein leises, schnappendes Geräusch, und ich spürte, wie der Riegel zurückglitt. Ich öffnete die Tür und trat ein.

Ich ließ die Tür einen Spalt offen, damit genug Licht in den Turm fiel, um mich zu orientieren.

Neben dem Eingang standen drei Öllampen, daneben lagen ein Feuerstein und ein Stück Stahl. Rasch zündete ich eine der Lampen an, drehte den Docht so niedrig, daß nur ein sehr gedämpftes Licht übrig blieb. Ich schloß leise die Tür. Von innen ließ sich der Schnappriegel mit der Hand bedienen.

Der untere Teil des Turms bestand aus einem hohen Raum, an dessen runder Außenwand sich die Treppe emporwand. In der Mitte stand eine einzelne Säule, die die Zwischendecke auf halber Turmhöhe stützte. Ich stieg nach oben.

Durch eine Luke in der Zwischendecke gelangte ich in den mittleren Teil.

Hier gab es eine Wand, in der eine neue Holztür den Zugang zu einem Raum verschloß. Weiter nach oben führte eine Leiter, die oben in einer weiteren Luke endete.

Die Öffnung, durch die ich gekommen war, hatte eiserne Angeln an der Seite. Früher einmal hatte man diese Luke durch eine Falltür verriegeln können, aber jetzt schien der ursprüngliche Zweck des Turms als letzte Zuflucht, in der sich die Verteidiger kämpfend von Stockwerk zu Stockwerk zurückziehen konnten, vergessen.

Das Mauerwerk der Zwischenwand war aus Ziegeln errichtet und offenbar nachträglich in den aus Bruchsteinen gebauten Turm eingezogen worden.

Nach der zurückgelegten Strecke nahm ich an, daß dieser Raum das Fenster auf halber Höhe hatte, das ich von außen gesehen hatte. Also konnte kein Lichtschein nach außen dringen.

Ich drehte den Docht höher, so daß er meine Umgebung erleuchtete.

An einigen Bearbeitungsspuren an der Turmwand erkannte ich, daß sich die Treppe früher so fortgesetzt hatte, wie sie unten begonnen hatte. Sie war herausgebrochen worden, wohl, um Platz für den Raum hinter der Ziegelwand zu schaffen. Die Leiter, die jetzt die Funktion der Treppe übernommen hatte, war mehrmals repa-

riert worden. Ich bemerkte, daß mehrere Sprossen nachträglich gegen solche aus jüngerem Holz ausgetauscht worden waren.
Ich legte mein Ohr gegen die Tür. Ich hörte kein Geräusch, nur ein unbekannter, scharfer Geruch drang an meine Nase.
Jemand hatte sich große Mühe mit dem Einpassen der Tür gegeben. Sie öffnete sich in den Raum hinein, und ihre beiden Seiten waren durch Eisenstreben, die in die Mauer eingelassen waren, geschützt. So konnte man weder die Angeln noch das Schloß von außen manipulieren, auch ergab sich kein Ansatzpunkt für ein Brecheisen. Nur unten gab es einen Spalt, schmaler als ein kleiner Finger, genug, daß sich die Tür bewegen konnte, ohne über den Boden zu schleifen.
Wer hier mit Gewalt eindringen wollte, würde eine Menge Zeit aufwenden und Lärm verursachen müssen.
Die Tür hatte zwei übereinander angebrachte Schlösser. Ich hatte wenig Hoffnung, daß sie mit einem einfachen Diez zu öffnen sein würden.
Natürlich versuchte ich trotzdem mein Glück. Zwar fand ich in beiden Schlössern den Druckpunkt, konnte aber keinen Riegel bewegen. Hier brauchte man Schlüssel mit komplizierteren Barten, und wahrscheinlich mußten beide Schlösser gleichzeitig geöffnet werden.
Da Herumtasten zu nichts führte, versuchte ich, wenigstens einen Blick ins Innere des Raumes zu bekommen.
Ich hielt die Laterne ans obere Schlüsselloch und legte mein Auge ans untere. Aber kein Lichtschein fiel in den Raum. Als ich Auge und Lampe wechselte, war der einzige Erfolg, daß die aufsteigende Hitze mich rasch das Gesicht wegziehen ließ. Das System aus Riegeln und Zuhaltungen war so verschachtelt, daß es nicht die geringste durchgehende Öffnung gab.
Es wurde Zeit, auf meinen Posten zurückzukehren. Schon stand ich wieder an der Bodenluke, da überwand meine Neugier die Vorsicht, und ich stieg statt dessen die Leiter hinauf.
Durch die zweite Luke gelangte ich in einen Teil des Turms, in dem es mit der alten Treppe weiterging.

Ich stieg die Treppe nach oben, wo sie durch eine weitere Zwischendecke führte und vor einem Raum an der Turmspitze endete.
Die Tür hatte kein Schloß, nur eine normale Klinke.
Wieder lauschte ich eine Weile. Dann drehte ich den Docht herunter und öffnete langsam die Tür. Sie knarrte ein wenig in ihren ungeölten Angeln. Hier roch es nach der Anwesenheit eines Menschen, nach Schweiß, Essensresten, einem benutzten Nachtgeschirr. Und es gab noch einen Geruch, der mir bekannt vorkam, den ich aber nicht einordnen konnte.
Ich schob mich in den Raum, hielt die Laterne am ausgestreckten Arm von mir weg.
Das einzige Fenster war offen, und draußen funkelten die Sterne. Wenn ich die Laterne hell scheinen ließ, würde ihr Licht genauso nach draußen funkeln.
Erfahrung hatte mich gelehrt, daß es immer dümmer kommt, als man denkt. Mit vorsichtigen Schritten ging ich zum Fenster. Der gedämpfte Lichtschein reichte gerade aus, um die unmittelbare Umgebung zu erkennen. Ich kam an einem Tisch vorbei, auf dem ein Teller mit abgenagten Hühnerknochen und ein leerer Becher standen. Daneben waren einige Papiere verstreut; mehrere Bücher waren zu einem Stapel aufgetürmt.
Durch das Fenster führte ein Seil nach innen, das lose auf der Fensterbank lag. Ich zog daran, und der Fensterladen schwang zu.
Jetzt konnte ich es wagen, genug Licht zu machen.
Ein Hocker war unter den Tisch geschoben, etwas davon entfernt stand eine einfache Bank, die mit Kleidungsstücken belegt war. Ein Schwert lehnte an der Wand.
Neben der Tür stand eine geschlossene Truhe.
Ein leises Geräusch kam aus einem Bett, das vor der hinteren Wand stand.
Jetzt, da sich meine Augen an das Dunkel gewöhnt hatten, erkannte ich, daß sich unter einem Haufen von Decken die Konturen eines Menschen abzeichneten. Ich hörte seine Atemzüge, die gelegentlich von einem kurzen Röcheln begleitet wurden.

Neben dem Bett stand ein dreibeiniges Kohlebecken mit einem Rost darauf, auf dem einige halbverkohlte Holzstücke lagen.
Ich trat näher heran. Der Geruch wurde stärker, er schien von dem Holz auszugehen.
Da fuhren die Decken auseinander und ein Mann richtete sich auf. Ich blickte in die Mündung einer Pistole, und der Mann sagte: »Das Röcheln ist mein bester Trick, Freundchen. Da hat bisher jeder geglaubt, ich schlafe. Möchtest du noch etwas sagen, ehe ich deine Leiche zu Greifenclau zurückschicke?«

12

Im 12. Kapitel sammelt Edgar Gerüchte

»Sterben müssen wir alle früher oder später«, sagte ich.
»Eine Binsenweisheit«, antwortete der Mann.
»Ich bin gespannt, wie gleichgültig Ihr bleibt, wenn sich mein Zeigefinger krümmt.«
»Hauptsache, Ihr schickt mich nicht zu Greifenclau. Dann wird das Weglaufen wesentlich schwerer als beim letzten Mal.«
Das Gesicht des Mannes lag im Schatten. Ich hätte gern gewußt, wie er auf meine Andeutung reagierte. Noch lieber hätte ich seine Pistole gehabt.
»Tatsächlich? Dann erzählt mir doch, wer Ihr seid und was Ihr gegen den hochedlen Fürstbischof einzuwenden habt.«
Die Stimme hatte einen leicht ironischen Klang.
»Ich bin Edgar Frischlin«, sagte ich. »Rein persönlich habe ich nichts gegen Greifenclau. Es ist nur so, daß seine Schergen mich hängen wollten, als ich das letzte Mal in Trier war.«
»Was habt Ihr getan? Hühner gestohlen?«
»Gelesen.«
Der Mann stemmte sich hoch. Der Laternenschein beleuchtete sein von Geschwüren und älteren Narben entstelltes Gesicht. Er blickte mich interessiert an – und ich wußte, daß dies einer der Momente war, in denen mein Instinkt für richtige Antworten funktioniert hatte. Ich kannte dieses Gesicht.
»Was habt Ihr gelesen?« fragte er.
»Das wird Euch kaum etwas sagen. Es war nicht mehr als eine eingebundene Flugschrift. Aber sie war von jemandem verfaßt, den Greifenclau haßt wie die Pest. Es geht darum, daß der Papst die Verkörperung des Antichristen ist und die Pfaffen seine schlimmsten Schergen. Warum soll ich Euch das erzählen? Ihr habt mich in der Hand, und wenn Ihr mich an Greifenclau aus-

liefert, könnt Ihr Euch von seinem Judaslohn ein schönes Leben machen.«

Der Mann senkte die Pistole und setzte sich aufrecht auf die Bettkante.

»Warum seid Ihr hergekommen? Wißt Ihr nicht, daß das Betreten des Turms verboten ist?«

»Ich bin nur ein Landsknecht«, sagte ich. »Ich habe mich erst gestern anwerben lassen. Auf meiner Wache habe ich jemanden in den Turm schleichen sehen, und bin ihm gefolgt. Wart Ihr das?«

»Nein, das war ich nicht. Wie sah er aus?«

»Ich konnte ihn nicht deutlich sehen. Er schien groß und schlank zu sein, ganz in Schwarz gekleidet.«

Gespannt wartete ich auf seine Reaktion, aber er sagte nur: »Das sagt mir nichts. Dieses kleine Buch, das Ihr gelesen habt: Wie hat Euch der Stil gefallen?«

»Ach, ich bin ein einfacher Mann ohne Bildung und verstehe nicht viel von solchen Dingen. Ich kann nur sagen, daß er mir grammatisch rein, syntaktisch ausgewogen und rhetorisch vorbildlich erschien. Warum fragt Ihr?«

»Nur aus oberflächlichem Interesse. Wie war der Titel dieser Schrift?«

»Das war ein kurzer Titel, leicht zu merken: ›Klag und Vormahnung gegen die übermäßige unchristliche Gewalt des Papstes zu Rom und der ungeistlichen Geistlichen.‹«

»Wißt Ihr, wer ich bin?« fragte er statt einer Antwort zurück.

»Ich habe aber auch nicht die leiseste Ahnung«, log ich Ulrich von Hutten ins Gesicht.

»Nun, sagen wir, ich bin ein Gast, den es nicht aus seinem Quartier drängt.«

»Und Ihr liegt hier den ganzen Tag nur herum?« fragte ich.

»Soll ich Moriskentänze* üben, während ich auf den Tod warte?

---

* Moriskentanz: Auch Morisca (spanisch) = »Maurentanz«, ursprünglich ein pantomimischer Tanz der spanischen Mauren, vom 15. bis 17. Jahrhundert in ganz Europa verbreitet, heute noch als »Morris Dance« in Teilen Großbritanniens bekannt.

Ja, in meinen besten Jahren konnte ich fünf Franzosen gleichzeitig schlagen. Aber das werdet Ihr mir jetzt kaum glauben.«
»Doch, ich glaube es«, versicherte ich etwas zu schnell.
Der Mann blickte mich an. »Wirklich? Früher, als ich noch in Übung war, haben die Leute mir das nie geglaubt.«
»Ich habe mehr als einen Mann gesehen, der mit dem Schwert umzugehen verstand, selbst wenn er ein bißchen schmächtig aussah.«
»Ich habe nicht gesagt, daß ich die Franzosen mit dem Schwert besiegt hätte. Ich habe ihnen beim Tarock die Hosen ausgezogen.«
Er wurde von einem Hustenanfall am Weitersprechen gehindert. Er ließ die Pistole achtlos neben sich auf das Bett fallen, krümmte sich in Krämpfen zusammen und spuckte schließlich auf den Boden.
»Es ist die verdammte Franzosenkrankheit«, sagte er, als er zu Atem gekommen war. »Die bringt mich um, wenn Greifenclau mich nicht vorher erwischt.«
»Heißt das, Ihr seid auch auf der Flucht vor dem Fürstbischof?«
»Das heißt es wohl.«
»Ich wußte nicht, daß der Graf ein Gegner Greifenclaus ist. Dann hätte ich kein Geheimnis darum machen müssen, daß ich mich nicht von ihm erwischen lassen darf.«
»Das nennt Ihr ein Geheimnis? Kaum wart Ihr eingetreten, hattet Ihr nichts Eiligeres zu tun, als es mir auf die Nase zu binden. Bei mir ist Euer Geheimnis in guten Händen, aber das muß nicht für jedermann in dieser Burg gelten.«
»Dann seid Ihr der Grund, warum niemand in den Turm darf?«
»Das wäre zuviel der Ehre. Ich habe hier zwar einen Unterschlupf, aber Gott allein weiß, für wie lange. Wenn schon ein Landsknecht mich durch Zufall aufspüren kann, wird es jemand, der nach mir sucht, bestimmt schaffen.«
»Ich gehe jetzt besser auf meinen Posten zurück«, sagte ich.
»Tut das. Doch müßt Ihr an einem anderen Tag zurückkommen, um Euch mit mir über dieses Buch zu unterhalten. Vielleicht kann

ich Euch die eine oder andere Schrift leihen, die Euch auch gefällt.«
»Das wäre schön. Vielleicht verratet Ihr mir dann Euren Namen.«
»Vielleicht tue ich das.«
Ich verließ den Raum und stieg die Treppe hinunter.
Ich kannte Ulich von Huttens Gesicht von Holzschnitten, und ich hatte es während der Belagerung von Trier durch ein Fernrohr gesehen. Danach hatte ich ihn sofort erkannt, obwohl die Geschwüre ihn entstellten und um Jahrzehnte gealtert aussehen ließen.
Ich machte keinen zweiten Versuch, den verschlossenen Raum auf halber Höhe zu öffnen. Statt dessen kehrte ich zu Hermann zurück.
Ich fand ihn schlafend, wie ich ihn zurückgelassen hatte.
Ich hatte genug Stoff zum Nachdenken, um mich wachzuhalten. Andererseits macht man seine Mitmenschen durch Hilfsbereitschaft und Rücksichtnahme erst recht mißtrauisch.
Als ich Hermann mit Knüffen und Flüchen geweckt hatte und ihm erklärte, jetzt sei es höchste Zeit, daß ich die Augen zumachen könnte, sicherte ich mir nicht seine ewige Dankbarkeit. Doch würde er kaum auf den Gedanken kommen, ich hätte seinen Schlaf zu einem unerlaubten Ausflug genutzt.

Am Dienstag begannen wir, die Mauer weiter auszubessern. Von Oberwesel kamen Handwerker herauf, die an der vorderen Mauer neben dem Tor ein Gerüst und eine Rampe aufbauten.
Henning Locher sah mißtrauisch zu, wie das Holzgerüst Gestalt annahm. Ich half, Balken und Bretter herbeizutragen.
Ein halbes Dutzend Familien aus Oberwesel erschien in der Burg, um Schutz zu finden. Kuehnemund teilte die Männer und Knaben sofort zum Balken- und Steinschleppen ein. Die anderen erhielten Räume in einem leerstehenden Gebäude zugewiesen.
Henning machte Bemerkungen zum Fortschritt unserer Arbeit. Wenn ich ihn richtig verstand, wuchs das Gerüst zu langsam,

um rechtzeitig fertig zu sein, und zu schnell, um haltbar zu sein.
Was immer er auszusetzen hatte, die Zimmerleute verstanden ihr Handwerk. Das Gerüst war bis zum Mittag fertig. Die Plattform endete in Hüfthöhe unterhalb der Mauerkrone. Am oberen Rand der Rampe wurden zwei Flaschenzüge befestigt. Schnell zeigte sich der Grund für Hennings Interesse, als wir mit Hilfe der beiden Züge den »Ochsen« auf die Plattform hievten.
Wir arbeiteten ohne Pause, bis das Geschütz oben stand.
Der Tag war warm geworden. So setzten sich die meisten Männer zum Essen in den Hof. Ich setzte mich mit meinem Napf zu einer Gruppe, in der sich auch Henning befand. Dieser hatte begonnen, ein Bild aus Zahnrädern, Stangen und Pendeln auf ein Stück Papier zu zeichnen. Begeistert gab er Auskunft darüber, was er da konstruierte. Anfangs folgte ich seinen Worten mit mäßigem Interesse. Später wurde ich hellhörig, als sich das Gespräch auf das Rätsel um den Schwarzen Mann und den verbotenen Nordturm verlagerte.
Für alle Bewohner der Burg war der Turm verbotenes Gebiet, seit sie hier waren, selbst für die ganz Erfahrenen, die schon über zehn Jahre hier Dienst taten.
Es gab natürlich jede Menge Gerüchte, die man bereitwillig zum besten gab.
Einer schien es genau zu wissen: Henning Locher. Vor allem die neu angeworbenen Landsknechte hingen fasziniert an seinen Lippen. Von der Aufmerksamkeit seiner Zuhörer geschmeichelt, erzählte Henning eine Mischung aus Tatsachen, Gerüchten und Aberglauben, die an Dramatik nichts zu wünschen übrig ließ.
»Ihr werdet es vielleicht nicht glauben«, sagte Henning, »aber für die Leute hier in der Gegend ist es eine Tatsache, daß der alte Graf Nikolaus ein Nekromant[*] war. Auf der Suche nach dem ewigen Leben hat er sich mit dem Gottseibeiuns verbündet und Men-

---
[*] Nekromant: Geister- oder Totenbeschwörer.

schenopfer dargebracht. Die umliegenden Dörfer mußten ihm ihre Jungfrauen übergeben, die er in grauenhaften Ritualen hingeschlachtet hat. Nicht einmal vor den eigenen Kindern hat er Halt gemacht.«

»Was hat er denn mit den Jungfrauen gemacht?«

Henning enttäuschte die Erwartungen seines Publikums nicht. Er ließ in ihrer Vorstellungskraft Bilder vom Inneren des Nordturms entstehen, gefüllt mit Kesseln voll siedendem Öl, komplizierten Maschinen und maskierten Männern, die in blasphemischen Ritualen flehenden Jungfrauen auf phantasievolle Weise bleibenden Schaden an Körper und Seele zufügten. Die Zuhörer waren begeistert.

»Doch Nikolaus hatte einen guten Bruder, Frowin. Um Nikolaus zu retten, wandte sich Frowin selbst an den Fürsten der Finsternis, um den Vertrag für nichtig erklären zu lassen. Doch der Böse lachte nur und sagte, daß er niemals auf eine Seele verzichten wolle. Unbeabsichtigt gab er eine Klausel des Vertrages preis: Er hatte mit Nikolaus abgemacht, daß einhunderttausend Jungfrauen in zehn Jahren geopfert werden mußten, damit Nikolaus des ewigen Lebens teilhaftig wurde. Fehlte auch nur eine an der Zahl, oder war es eine zuviel, würde Nikolaus in die Verdammnis niederfahren und einhunderttausendfach am eigenen Leibe spüren, was er anderen angetan. Wie das Schicksal spielt, war es ausgerechnet der letzte Tag der zehn Jahre, an dem Frowin die Wahrheit erfahren hatte, und nur eine Jungfrau fehlte an den einhunderttausend. Schon war sie im Kerker der Burg eingesperrt, schon schürte Nikolaus das Feuer im Turm, da faßte sich Frowin ein Herz und befreite das Mädchen.

Nikolaus stellte seinen Bruder zur Rede und drohte, ihn zu töten, wenn er das Mädchen nicht übergebe. Doch Frowin blieb standhaft. Da wollte sich Nikolaus aufmachen, um ein anderes Mädchen aus der Stadt zu holen, denn er wußte wohl, daß der Bürgermeister sein schönes Töchterlein bislang vor ihm verborgen hatte. Doch Frowin sagte ihm, wenn Nikolaus fortgehe, um die Hunderttausendste zu holen, so werde er selbst das versteckte

Mädchen opfern, wie Nikolaus es zu tun pflegte; so wäre es dann eine Jungfrau zuviel, und Nikolaus wäre ebenfalls verdammt.
Es ging auf Mitternacht, und eine einzelne finstere Wolke näherte sich der Burg. Als die Glocke das zwölfte Mal schlug, erschien mitten im Burghof ein Mann, ganz in Schwarz gekleidet, und Nikolaus erbleichte vor Schreck.
Ja, schon damals hatte er Zugang zum Schloß, und er benutzte viele Namen.«
Die Bereitschaft der Zuhörer, Leo von Cleve zu jagen, schwand dahin wie die Barschaft eines Zechers am Vorabend der Fastenzeit.
»Nikolaus floh in den Nordturm und schloß sich in dem Zimmer ein, das so viele seiner Schandtaten gesehen hatte. So unvermittelt, wie der Schwarze Mann aufgetaucht war, verschwand er wieder, ohne daß jemand hätte sagen können, wo er geblieben war. Er hinterließ nichts als einen intensiven Schwefelgeruch, der wie der Atem der Pest über der Burg lag. Als der Morgen anbrach, als eine Brise den Gestank verweht hatte, als die Sonne schien und die Vöglein ein munteres Lied in den jungen Tag trällerten, da schien von den unheimlichen Ereignissen nichts als die Erinnerung geblieben zu sein. Frowin glaubte den Bruder gerettet: Hatte nicht der Böse unverrichteter Dinge das Weite gesucht?
Frowin ging in den Turm und wollte das Zimmer betreten. Doch es war abgeschlossen. Frowin wurde bang ums Herz: Er liebte seinen Bruder trotz allem. So ließ er Helfer kommen, und gemeinsam durchbrach man die Tür. Und da sah Frowin die grauenhafte Wahrheit!«
Henning machte eine dramatische Pause. Er blickte zweifelnd in seinen Weinbecher, stellte fest, daß nichts mehr darin war, und schüttelte betrübt den Kopf.
»Aber jetzt habe ich euch genug vom Arbeiten abgehalten«, sagte er. »Schleppt ihr jungen Spunde nur fleißig die Steine; ich muß mich um die Geschütze kümmern.«
Statt dessen stellte sich heraus, daß sich sein Becher nachfüllen ließ. Rasch reckten sich die Hände der Zuhörer dem Erzähler ent-

gegen, und die Sammlung der Reste in den anderen Bechern ergab eine ordentliche zweite Portion für Henning.
»Was war denn nun in dem Zimmer?« wurde Henning gefragt.
Henning nahm einen tiefen Zug aus dem Becher, als müsse er Kraft sammeln, um die schreckliche Wahrheit in Worte zu fassen.
»Nun, ihr erinnert euch, daß Nikolaus sich eingeschlossen hatte. Die Männer mußten die Tür aufbrechen. Später stellte sich heraus, daß der Schlüssel von innen steckte; daß also niemand eine Manipulation hatte vornehmen können.«
»Also war Nikolaus verschwunden«, mutmaßte ein Zuhörer.
»O nein«, widersprach Henning. »Nikolaus war noch im Zimmer. Größtenteils jedenfalls.«
»Was heißt das?«
»Der Besucher hatte seinen Kopf mitgenommen. Wir alle müssen unsere Abgaben machen, ob in dieser oder in jener Welt.«
»Den Kopf abgeschlagen?« wunderte ich mich. »Nikolaus hatte seine Seele verwettet, und es ist allgemein bekannt, daß der Sitz der Seele im Herzen ist.«
»Nein, abgeschlagen war er nicht«, sagte Henning und umschiffte geschickt mein eigentliches Gegenargument. »Er war weg, als habe ihn jemand mitgenommen. Es gab keinen Tropfen Blut auf dem Boden. Und es heißt, noch heute läßt sich der Gottseibeiuns in der Burg blicken.«
»Warst du damals selbst dabei?« fragte einer der Landsknechte.
»Zum Glück nicht. Ich glaube nicht, daß heute noch jemand hier ist, der damals dabei war – mit Ausnahme des Grafen natürlich.«
»Wie kannst du dann so gut Bescheid wissen?« fragte ich.
Ärgerliche Zuhörer mahnten mich lästigen Skeptiker zur Ruhe. Doch Henning war nicht aus dem Konzept zu bringen. »Mein Vetter Hein war damals auf der Burg. Als er nach Hause kam und davon erzählte, hat er mich gewarnt, ja niemals hier in Dienst zu gehen.«
»Und du bist trotzdem hierher gekommen?«

»Ich habe Zeit, an Edwina zu basteln. Der Sold ist nicht üppig, aber es passiert nichts Gefährliches. Bis gestern jedenfalls.«

Da ich zu den Artilleristen gehörte, blieb mir für den Nachmittag das Steinschleppen erspart. Statt dessen schleppte ich Kugeln und Pulverfässer, wischte Geschützläufe nach imaginären Schüssen aus, übte das schnelle Wechseln von Ladekammern und drehte Lafetten mal in diese, mal in jene Richtung.
Später teilte Henning seine Helfer in zwei Gruppen auf, die allein üben konnten. Ich selbst ging ihm zur Hand, während er mit Feile, Hammer und Öl die verklemmte Ladevorrichtung der »Sau« in Ordnung zu bringen versuchte.
»Diese Hinterladegeschütze taugen nichts«, vertraute er mir an. »Alle paar Schüsse verklemmen die Ladekammern, und einmal habe ich gesehen, wie eine hinten herausflog und die eigenen Leute massakrierte. Glaub mir, die Zukunft liegt in den Orgelgeschützen: Einmal laden, und du hast genug Munition für die ganze Schlacht.«
»Hochinteressant«, sagte ich. »Was mir die ganze Zeit durch den Kopf geht: Hat es nach Nikolaus' Tod eine Untersuchung gegeben?«
»Da gab es nichts mehr zu untersuchen. Nikolaus war tot, sein Kopf weg, und Frowin der neue Graf. Es war doch alles klar.«
»Aber du hast von hunderttausend Morden in zehn Jahren erzählt. Das sind immerhin siebenundzwanzig pro Tag.«
»Neunundneunzigtausendneunhundertneunundneunzig«, verbesserte Henning. »Du vergißt, daß Frowin das letzte Mädchen gerettet hat.«
»Man sollte meinen, daß es dem Landesherrn auffällt, wenn Dutzende seiner Dörfer entvölkert werden.«
»Wenn ich recht überlege ... ja, ich glaube, es gab eine Untersuchung. Gleich am nächsten Tag traf ein Richter aus Trier ein, der alle Zeugenaussagen protokollieren ließ.«
»Und was hat er festgestellt?«
»Eintritt des Todes aufgrund unnatürlichen Entfernens des Kopfes.

He, du glaubst mir wohl nicht!« fügte Henning empört hinzu, als er meinen zweifelnden Gesichtsausdruck bemerkte.
»Ewiges Leben, gotteslästerliche Experimente, Massenmord und das Auftauchen des Teufels«, faßte ich zusammen, »warum sollte ich das nicht glauben? Aber daß ein Richter aus Trier innerhalb eines Tages hier eintrifft, das ist völlig aus der Luft gegriffen.«
»Vielleicht waren es auch zwei Tage«, lenkte Henning ein.
»Wo waren eigentlich die Leichen? Hunderttausend Tote kann man nicht ohne weiteres verschwinden lassen.«
»Du mußt es wohl immer ganz genau wissen. Halt lieber den Hebel hier fest, damit ich mit der Feile aufdrücken kann.«
Wie schade, daß die Zuverlässigkeit von Hennings Informationen nicht ihrem Umfang gleichkam.
Da war es mit einem Mal wieder, das Gefühl, das ich gehabt hatte, als ich in der Nacht aufgeweckt wurde: Als ob ich einer Lösung ganz nahe wäre, ohne sie greifen zu können.
Pastor Seuse hatte erzählt, daß Nikolaus im Jahr meiner Geburt gestorben sei. Ich bin 1495 geboren. Wenn Nikolaus zehn Jahre lang verbotenen Experimenten nachgegangen war, mußte er 1485 damit angefangen haben. »Nicht einmal vor den eigenen Kindern hat er Halt gemacht«, hatte Henning gesagt. Wann hatte Nikolaus seine Kinder umgebracht? Am Anfang oder am Ende der zehn Jahre?
Die geopferten Jungfrauen waren offensichtlich nur ein Gerücht. Aber woraus war dieses Gerücht entstanden? Aus einer geopferten Jungfrau? Oder lediglich aus jemandes Wunsch, Nikolaus in Mißkredit zu bringen?
Es konnte gut sein, daß Henning recht hatte, wenn er sagte, daß in der Burg außer dem Grafen niemand mehr lebte, der damals dabei gewesen war. In Oberwesel mochte es durchaus noch Leute geben, die die Ereignisse miterlebt hatten. Außerdem mußte es Aufzeichnungen über Nikolaus' Tod und die folgende Untersuchung geben.
Später am Nachmittag sah ich, wie Susanne zum Nordturm hin-

überging, die Tür aufschloß und eintrat. Jetzt wußte ich, wer mir etwas über das Turmzimmer erzählen konnte. Nur war zweifelhaft, ob sie dies auch wollte.
Schon den ganzen Nachmittag über hatte sich der Himmel bewölkt. Gegen Abend war die Wolkendecke geschlossen, und ein leichter Regen setzte ein. Die Kanonen wurden mit gewachsten Planen aus einem Lagerraum verhüllt.
Die Flüchtlinge aus Oberwesel hatten Räume zugewiesen bekommen und durften sich an der Arbeit beteiligen, aber für ihre Versorgung waren sie selbst zuständig. So hatten sich die Familien zusammengefunden, um im ersten Hof ein Kochfeuer anzuzünden. Als der Regen einsetzte, bauten sie die Kochutensilien wieder ab und richteten sich auf eine kalte Mahlzeit ein.
Ich hatte gerade die Plane über der »Sau« festgezurrt, da sprach mich eine der Frauen an und fragte, ob eine Plane übrig sei, um das Feuer vor dem Regen zu schützen.
Da es niemand verboten hatte, half ich der Frau, eine Plane aus dem Lagerraum zu holen und mit ein paar Stangen an der Burgmauer zu befestigen. So entstand ein trockener Bereich, gerade groß genug, um einen Suppentopf über einem Feuer aufzuhängen.
Während wir die Konstruktion fertigmachten, setzte sich ein alter Mann unter die Plane, sah uns zu und nörgelte vor sich hin.
»Wir werden wie der letzte Dreck behandelt«, sagte der Mann. »Dauernd wird man weggeschickt, wenn man um etwas bittet. Als ob wir das nötig hätten. Seit Generationen betreibt unsere Familie das ehrbare Schusterhandwerk. Wir wollen nur etwas Schutz, wenn die Schinder kommen. Der Graf und seine Leute wollen sich jedoch nur selbst schützen. Was aus uns wird, ist egal.«
»Sei ruhig, Vater«, sagte die Frau. »Du weißt, daß Magister Wiggershaus alles getan hat, um die Städte zum gemeinsamen Kampf gegen die Schinder zu bringen. Wenn der Bürgermeister jetzt zu feige ist, um zu kämpfen, brauchst du dich nicht zu wundern, wenn wir Leute aus der Stadt hier nicht willkommen sind.«
»Was, ruhig soll ich sein? Das kannst du vielleicht zu deinem

Hallodri von Mann sagen. Steine geschleppt hat er den ganzen Tag. Und dann läßt er sich von dieser fetten Köchin aus der Küche werfen, ohne einen Ton zu sagen. Ich habe gute Lust, zu ihr zu gehen und ihr die Meinung zu geigen.«
Er blickte seine Tochter an, als hoffe er, sie würde ihn zurückhalten. Statt dessen schichtete sie Holzscheite unter dem Topf auf. So blieb ihm nichts übrig, als sich selbst zurückzuhalten.
»Und was ist mit dem jungen Spund da?« sagte er und zeigte auf mich. »Bist wohl noch hier, weil du meinst, es gibt was von unserer Suppe. Deinesgleichen bekommt im Speisesaal Köstlichkeiten serviert, während wir uns mit Kohlsuppe begnügen müssen.«
»Laß ihn in Ruhe, Vater«, mahnte die Frau. »Und selbstverständlich«, sagte sie zu mir, »seid Ihr eingeladen, mit uns zu essen. Ohne Euch hätten wir heute nur trockene Möhren und altes Brot gehabt.«
»Ha, das gibt's dafür morgen«, sagte der Alte. »Das ist vielleicht eine Verbesserung!«
»Danke, Ihr braucht mir nichts abzugeben«, sagte ich. »Tatsächlich habe ich nur jemanden gesucht, mit dem ich mich unterhalten kann. Ich stamme zwar hier aus der Gegend, war aber seit Jahren nicht mehr zu Hause.«
»So, von hier willst du sein«, sagte der alte Mann mißtrauisch. »Setzt sich einfach an unser Feuer und sagt nicht einmal seinen und seines Vaters Namen. Schöne Sitten sind das heutzutage!«
Ich nannte bereitwillig meinen Namen und meine Herkunft, gefolgt von einer allgemein gehaltenen Geschichte, wie ich vom Heimweh in die Gefilde meiner Kindheit zurückgelenkt wurde.
Ich erfuhr, daß ich es mit der Familie Linck zu tun hatte. Wenzel Linck, nach seinen Angaben früher ein schneidiger Bursche, war in der vierten Generation Schuster in Oberwesel. Seine Tochter Henriette hatte einen Mann geheiratet, der das Geschäft übernommen hatte. Über seine Qualität als Schuster waren die Meinungen von Vater und Tochter geteilt – über fast alles andere auch.

Es ist eine Tatsache, daß Menschen gern von sich selbst erzählen, und je älter sie sind, um so lieber erzählen sie von den großen Taten ihrer Jugend. Das führt im Familienkreis, wo man notgedrungen immer wieder dieselben Geschichten vorgesetzt bekommt, leicht zu einem Mißklang zwischen den Generationen. Hier, wo Wenzel Linck einen völlig unvorbelasteten Zuhörer gefunden hatte, berichtete er über die Mißwirtschaft, die sein Vater und Großvater mit der Schusterei betrieben hatten, über seinen eigenen Fleiß und Verstand und über die Mißwirtschaft, die die nach ihm folgenden Generationen treiben würden, bis der Untergang des Schusterhandwerks besiegelt sei.

Über die außerehelichen Affären von Bürgermeister Hochstraten war ich nach einer halben Stunde so gut im Bilde wie über das korrekte Biegen einer Schusterahle.

»Schade, daß man in der Stadt so gar nichts von dem seltsamen Tod von Nikolaus von Pirckheim mitbekommen hat«, sagte ich.

»Nichts mitbekommen!« höhnte Wenzel Finck. »Schließlich gehe ich mit offenen Augen durchs Leben, anders als ihr heutzutage.«

»Rede nicht so viel darüber«, mahnte ihn Tochter Henriette. »Graf Frowin hat es nicht gern, wenn man darüber spricht.«

»Entschuldigt meine Neugier«, sagte ich. »Ich möchte natürlich wissen, worauf ich mich eingelassen habe. Hat es damals keine Untersuchung gegeben?«

»Eine schöne Untersuchung war das!« nörgelte Wenzel. »Ja, damals ist ein Untersuchungsrichter aus Trier gekommen. In einem von innen verschlossenen Raum soll Graf Nikolaus ermordet worden sein. Angeblich sollen es Dämonen gewesen sein, Hexen oder sonstwas. Wenn du mich fragst, dann hat sich da jemand was aus den Fingern gesaugt.«

»Ist jemand verhaftet worden?«

»Nein, keiner ist verhaftet worden. Nicht mal ein paar Unschuldige, wie es sonst üblich ist. Natürlich wollten sie irgend jemandem die Schuld in die Schuhe schieben. Warte mal... sie haben nach jemandem gesucht. Nach irgendeinem Zigeuner oder Kessel-

flicker, den angeblich ein paar Leute gesehen hatten. Jedenfalls wurde keiner gefunden, auf den die Beschreibung paßte.«
»Es soll ja eine ganze Serie von Morden gegeben haben, habe ich gehört. Angeblich hat Nikolaus mehrere Jungfrauen ermordet.«
»Papperlapapp! Nur seine Kinder waren verschwunden, das ist wohl wahr. Er hatte ja sogar eine Belohnung ausgesetzt, wenn jemand Hinweise hatte. Ich sage: Wer Nikolaus umgebracht hat, der hat auch die Kinder beseitigt.«
»Aber wer sollte etwas davon haben?«
»Ich will ein Hundsfott sein, wenn ich mir das Maul verbrenne. Die hohen Herren kommen ja immer davon. Wer ist den schließlich Graf geworden, als Nikolaus tot war?«
»Nehmt ihn nicht so ernst«, sagte Henriette zu mir. »Er ist ein alter Mann, und manchmal geht die Zunge mit ihm durch. Niemand verdächtigt Frowin. Schließlich hat er selbst jahrelang nach den Kindern suchen lassen.«
»Da kann er lange suchen. Jeder weiß, daß sie so tot sind wie ihr Vater.«
»Niemand hat die Leichen der Kinder gefunden«, sagte Henriette. »Frowin hat die Belohnung, die sein Bruder ausgesetzt hatte, sogar verdoppelt. Es müssen an die tausend Gulden sein. Die Kinder müssen ihm wirklich sehr am Herzen liegen, denn wir wissen doch, daß er sonst nicht so großzügig ist.«
»Vielleicht weiß er ja, daß er nie in Gefahr kommt, die Belohnung auszahlen zu müssen«, sagte der Alte.

13

Das 13. Kapitel erzählt von einer langen, dunklen, kalten und nassen Nacht

Der Regen war stärker geworden, und inzwischen war es empfindlich kalt. Ich war für diese Nacht nicht zur Wache eingeteilt. Eine gute Gelegenheit, mich auszuschlafen. Und eine noch bessere, mich nochmals in der Nähe des Turms umzusehen.

Jedesmal, wenn eine neue Wachmannschaft geweckt wurde, wurde ich mit wach.
Angeblich ist die Müdigkeit in den frühen Morgenstunden am größten. Als ich das Gefühl hatte, daß mir das Aufstehen jetzt am schwersten fallen würde, stand ich auf. Ich hatte weder Sternenhimmel noch Stundenglas, aber ich hatte aufmerksam zugehört, wer wann zur Wache eingeteilt wurde.
Als Otto Fechter und der alte Michel (einen jungen Michel gab es nicht mehr, er war beim Kampf auf dem Marktplatz gefallen) geweckt wurden, war es drei Uhr. Die beiden hatten die undankbare Aufgabe, außerhalb des Burgtors auf Wache zu gehen. Keine Möglichkeit, sich vor dem Regen unterzustellen. Keine Deckung, falls sich ein Heckenschütze heranschlich.
Ich zog mir Stiefel und Mantel an und folgte den beiden.
Es war stockfinster, der Mond war hinter der dichten Wolkendecke nicht zu sehen. Zwischen den dichten Schnürfäden des Regens sah ich nur einige Lichtpunkte langsam die Mauer entlangwandern. Dort befanden sich Wachposten, die Laternen bei sich trugen.
In dieser Nacht hatte Henning Locher die Aufsicht über die Wache. Wie ich ihn einschätzte, konnte man ihn bei der Erfüllung seiner Pflichten ernster nehmen als bei seinen Erzählungen.
Als sei ich von einem natürlichen Bedürfnis aus dem Schlaf geweckt worden, tastete ich mich zuerst an der Mauer entlang bis zu

der Holzhütte, die über der Kotgrube stand. Inzwischen hatten meine Augen Zeit genug, sich an die Dunkelheit zu gewöhnen. Wenn mich jemand bemerkte, hatte ich eine einleuchtende Erklärung.
Da fiel mir ein weiteres Licht auf, das von einer Stelle im Inneren des ersten Hofs kam, an der keine Posten aufgestellt waren.
Ich ging langsam darauf zu.
Henning hatte die Plane über Edwina durch Stöcke hochgestellt. Jetzt kniete er auf dem nassen Boden und hantierte mit Werkzeugen herum. Zwischendurch blickte er auf ein Blatt mit Zeichnungen.
Ich zog mich leise zurück. Bestimmt konnte es keinen Zweifel an Hennings Pflichtbewußtsein geben – höchstens Uneinigkeit darüber, welche Pflicht für einen Wachhabenden vordringlich ist.
Ich ging durch den Durchgang in den zweiten Hof und hielt mich dabei immer dicht an den Hauswänden.
Ich sah sofort, wo die beiden Wachen sich aufhielten. Sie standen auf der linken Hofseite in der Nische, in der Hermann einen großen Teil seiner Wache verschlafen hatte.
Die beiden Männer drückten sich in der Nische zusammen, um möglichst wenig vom Regen abzubekommen.
Diese Nacht war wie für mich gemacht. Ich würde die Gelegenheit nutzen, den Platz auf der Rückseite des Turms und das Gestell näher zu untersuchen.
Also schlich ich mich an der rechten Hofseite entlang. Alle Fenster waren dunkel. Erst auf der Rückseite des Nordturms sah ich Licht aus dem Fenster auf halber Höhe. Von unten konnte ich niemanden erkennen. Aus gelegentlichen Schwankungen in der Helligkeit folgerte ich jedoch, daß jemand im Turm war, der ab und zu zwischen der Lichtquelle und dem Fenster vorbeiging.
Der Widerschein aus dem Fenster reichte nicht bis auf den Hof hinunter. Ich mußte also mehr tasten als schauen. Nachdem ich jeden Pfosten vom Boden bis zur Spitze berührt hatte und mit dem Kopf gegen etwa die Hälfte aller Querbalken gedonnert war, war ich nicht klüger als zuvor. Vielleicht hatte jemand begon-

nen, etwas zu bauen, und war nicht fertig geworden. Allerdings machte das Gebilde nicht den Eindruck, daß es viel tragen konnte.
Höchstens den einsamen Eimer aus Blech, der an einem der Pfosten hing. Ich nahm ihn von seinem Haken und kippte das Regenwasser aus. Ich tastete im Eimer herum. Er hatte ein paar vom beginnenden Rost aufgerauhte Stellen. Sonst fand ich nichts.
Schließlich ging ich über die Rampe auf den Wehrgang der Nordmauer. Ich war vorsichtig, weil ich mich erinnerte, daß hier Teile der Brustwehr fehlten. Ein Absturz an dieser steilen Stelle würde im günstigsten Fall mit ein paar gebrochenen Rippen enden.
Ich prüfte vor jedem Schritt den Boden vor mir mit dem Fuß auf lockere Steine und tastete mich mit ausgestrecktem Arm an der Brustwehr entlang.
Nachdem ich zwei eingestürzte Stellen hinter mich gebracht hatte, befand ich mich an dem dem Fenster am nächsten liegenden Punkt. Von hier aus konnte ich die Decke des Raumes sehen, aber nichts von der Einrichtung. Die Lichtquelle mußte tiefer im Raum stehen, denn gelegentlich huschten Schatten über die Decke. Ich erkannte, daß sich mindestens zwei Personen in dem Raum aufhielten.
Dann wurden die Schatten zu Umrissen von Personen, als beide zum Fenster kamen und gemeinsam einen Krug oder eine dicke Flasche davor abstellten. Rauch kräuselte sich aus der Öffnung an der Oberseite. Die beiden standen im Profil zueinander, und ich erkannte Graf Frowin und Susanne Gundelfinger.
Es bestand allerdings wenig Aussicht, daß ich in dieser Nacht von hier unten mehr in Erfahrung bringen konnte. Ein neuerlicher Besuch im Inneren des Turms verbot sich von selbst.
Der Wind hatte gedreht und trieb den Regen schräg von Osten vor sich her. Das hatte die beiden Wächter aus ihrem Unterstand verjagt, in den es jetzt hineinregnete. Sie hatten vor der Kapelle Posten bezogen, wo sie im Windschatten der Wand standen.
Leider warf ihre Laterne eine helle Lichtbahn bis zum Turm – eine

unüberwindliche Schranke für mich, die sich zwischen mir und meinem Rückweg aufgebaut hatte.
Die beiden unterhielten sich leise und gingen dabei ein paar Schritte hin und her. Mir blieb also nichts übrig, als auf ein erneutes Drehen des Windes zu warten.
Es würde eine verdammt lange und kalte Nacht werden.
Ich hockte mich an den Rand der Brustwehr, schlang meinen Mantel um mich und beschloß, nicht zu frieren, bald darauf, ein bißchen weniger zu frieren und dann, mir nichts daraus zu machen, daß ich fror.
Und meine Gedanken schweiften zurück in die Zeit, als Susanne noch meine große Liebe gewesen war. Ich war fünfzehn damals und hoffnungslos, für ewig, von Herzen und mit Schmerzen verliebt in Susanne. Und sie scherte sich einen Dreck darum!

Als Susanne die letzten Häuser von Damscheid hinter sich ließ, seufzte sie bei der Erkenntnis, daß sie nicht allein war.
Ich ging hinter ihr her, so weit, daß ich mich selbst in der Illusion wiegen konnte, es sähe nach einem Zufall aus; so nahe, daß es eindeutig keiner war.
Am Waldrand betrachtete sie die ersten Pilze und zögerte einen Moment, ob sie hier schon mit dem Sammeln beginnen sollte.
Natürlich würde sie sich niemals davon beeinflussen lassen, daß ich sie verfolgte. Zugegeben, wenn sie hier stehenblieb, würde ich sie wieder aus den Augenwinkeln beobachten, würde auf ihre Brüste starren, aber das allein konnte sie auf gar keinen Fall davon abhalten, hier zu sammeln.
Und die Pilze sahen gut und groß aus. Ich dachte dasselbe über ihre Brüste und wiegte mich in der Illusion, daß dieser Gedanke mir nicht ins Gesicht geschrieben stand. Doch vielleicht waren die Pilze weiter im Wald ja noch ein bißchen besser und größer.
»Gehst du in den Wald?« fragte ich.
»Ich weiß noch nicht. Gehst du in den Wald?«
»Eigentlich nicht.«

»Dann leb wohl.« Sie bückte sich unter einem tief hängenden Ast hindurch und trat in das Dunkel des Waldes hinein.
Ich ging hinter ihr her.
»Ich dachte, ich kann dich vielleicht beschützen«, sagte ich.
»Hah! Wovor willst du mich denn beschützen?«
»Es gibt wilde Tiere hier. Wildschweine, Bären...«
»Bären. Willst du mir erzählen, du hättest schon einmal einen Bären gesehen?«
»Fast hätte ich schon mal einen gesehen.«
Eine Weile sagte keiner von uns etwas. Man konnte das Rascheln von Laub unter zwei nackten Fußpaaren hören, das Knacken abgestorbener Äste, den dumpfen Laut, als ich gegen einen Baum lief.
»Geh besser zurück«, riet Susanne. »Dein Vater wird dich schlagen, wenn du nicht beim Melken bist.«
»Und deiner?«
»Meinem Vater ist es egal, ob du melkst oder nicht.«
»Ich möchte nicht, daß dir was passiert.«
»Und wieso nicht?«
Ich wußte genau, wieso nicht: Ich würde es ihr sagen, ganz bestimmt, ich würde es noch sagen, aber nicht gerade jetzt, jetzt fehlte mir noch ein kleiner Rest an Mut.
»Erzähl mir bloß nicht, daß du mich liebst, dann lach ich dich aus!«
»Lieben? Ich dich? Wie kommst du denn darauf? Du bist mir ganz gleichgültig.«
»Gut für dich, denn sonst hätte ich dich verprügeln müssen.«
Bald würde ich es sagen. Ich mußte nur etwas mutiger werden – und wesentlich stärker.
»Wir sind schon ganz schön tief im Wald«, sagte ich statt dessen.
Schweigen.
»Susanne? Susanne? Wo bist du? Sag doch was!«
Susanne war stehengeblieben. Sie dachte wohl, ich würde an ihr vorbeilaufen, eine Weile hin und her suchen und dann die Beine

in die Hand nehmen, damit ich rechtzeitig nach Hause käme. Das wäre ein guter Trick gewesen, wenn er ihr etwas früher eingefallen wäre. Jetzt drang schon Tageslicht in den Wald, gerade genug, um Büsche von Menschen unterscheiden zu können.
»Da bist du ja«, sagte ich. »Am besten schaust du hier nach deinen Pilzen. Unsere Eltern sind bestimmt schon aufgestanden.«
»Meine Eltern sind tot.«
Susanne war ein Findelkind. Eines morgens hatte sie auf der Schwelle des Gundelfinger-Hofes gelegen, mager, durstig, schreiend. Mutter Gundelfinger hatte gedacht, es sei egal, ob sie sieben hungrige Kinder um sich hatte oder acht, Vater Gundelfinger hatte gedacht, eine Arbeitskraft mehr würde seinem Hof nicht schaden. So war sie dageblieben.
»Kann ich dir helfen?« fragte ich.
»Klar: Lauf nach Hause!«
Ich bückte mich und pflückte einen Pilz.
»Was hältst du von dem? Soll ich ihn in deinen Korb tun?«
»Du willst mich wohl vergiften! Damit kannst du alle Gundelfinger ausrotten!«
Es war ein wunderbarer, wohlschmeckender Honigpilz, den ich ihr angeboten hatte.
Und die Gundelfinger waren in diesem Moment sowieso schon ausgerottet.
»Wenn du dir hättest helfen lassen«, sagte ich, »wäre dein Korb schon längst voll. Ach was, voll... überquellen würde er.«
»Das werden deine Augen auch gleich!« rief Susanne und stürzte sich auf mich.
Ich rannte los. Ich hatte von allen Wegen, die zum Herzen einer Frau führen, mit dem Geschick des jungen Liebhabers den am wenigsten geeigneten gewählt. Wenigstens wollte ich mich nicht noch zusätzlich dafür verprügeln lassen.
Ich wagte nicht, mich umzudrehen, voller Gewißheit, daß Susanne mich dann erwischen würde. So lief ich mit aller Kraft geradeaus, und sie erwischte mich trotzdem.
»Aua, au, hör auf, du tust mir weh!« rief ich.

»Das ist ja der Sinn der Sache«, sagte Susanne und verpaßte mir, der ich unter ihr lag, (und auf eine gewisse Weise *genoß* ich es trotz der Peinlichkeit, unter ihr zu liegen) eine Maulschelle.
»Ich habe was gehört«, preßte ich heraus. »Was war das?«
»Der hohle Klang deines Kopfes«, erklärte Susanne. »Paß auf, da ist er schon wieder!«
»Nein, das klang wie ein Schuß! Au, nun warte doch mal!«
Susanne, nicht sicher, ob es Ernst oder Ablenkung war, unterbrach ihre Tätigkeit.
Ich richtete meinen Oberkörper auf, soweit es die auf mir kniende Rächerin zuließ, und legte die zur Schale geformte Hand ans Ohr.
Susanne spähte in den Wald, als könne sie durch die Bäume bis nach Hause sehen.
»Da ist nichts«, entschied sie schließlich.
Ich spannte meine Muskeln an und bäumte mich auf. Susanne, die mit so später Gegenwehr nicht gerechnet hatte, kam aus dem Gleichgewicht.
Ich sprang auf und lief stolpernd in Richtung Dorf.
Susanne war schnell wieder hinter mir her.
»Das büßt du«, drohte sie, und ich zweifelte nicht daran, daß sie es so meinte.
Susanne konnte den Abstand nicht verringern... bis ich am Waldrand unvermittelt stehenblieb.
Sie war so überrascht, daß sie mit voller Wucht gegen mich prallte. Statt daß sie mich packte, gingen wir beide zu Boden, unmittelbar vor den Hufen eines sich aufbäumenden Pferdes.
Der Ackergaul hatte sich, wohl vom Lärm und dem Blutgeruch erschreckt, losgerissen und war davongelaufen. Jetzt scheute er vor uns zurück und galoppierte am Waldrand entlang davon.
Susanne sprang als erste auf und rannte den Hang hinab auf den Hof der Gundelfinger zu. Auf das, was davon übrig war.
Haus und Stall standen in hellen Flammen. Von hier oben wirkten die Leute, die eine lange Kette vom Bach zu den Gebäuden gebildet hatten und Eimer weiterreichten, wie Puppen. Winzige Pup-

pen, hilflos vor den lodernden Flammen und der schwarzen Rauchsäule, die hoch in die windstille Luft stieg.
Ich folgte ihr, so schnell ich konnte, aber ich hatte nicht denselben verzweifelten Antrieb wie sie.
Ich sah, wie Susanne die Gebäude erreichte. Sie wollte hinein, aber mehrere der Helfer hielten sie zurück. Susanne bedrängte die Leute mit Fragen, riß sich schließlich los und lief zur Seite, wo sie etwas auf dem Boden betrachtete.
Als ich näher kam, sah ich, daß es sich um ein längliches, hellrotes Bündel handelte. Es hatte ungefähr die Form und Größe eines liegenden Menschen, aber es war so anders, als ein liegender Mensch je sein konnte.
Es mußte etwas Furchtbares sein, denn Susanne, die sonst niemals Angst oder Unentschlossenheit zeigte, stand regungslos davor, die Hände zu Fäusten geballt, und tat gar nichts.
Pastor Seuse trat neben Susanne und legte den Arm um ihre Schultern.
Sie machte eine unwillige Bewegung und schüttelte ihn ab.
Ich hörte, wie der Pastor sagte: »Das darfst du nicht sagen, mein Kind. ›Mein ist die Rache‹, spricht der Herr. Wir wollen seinem Ratschluß die Bestrafung der Schuldigen überlassen.«
Susannes Stimme klang gefühllos, ohne echte Wut, aber wie ein Schwur: »Ich werde sie alle umbringen, jeden einzelnen von ihnen.«
Jetzt sah ich, worauf Susanne starrte.
Ich war vielleicht noch zehn Schritte entfernt, aber um nichts in der Welt hätte ich noch einen Schritt darauf zu gemacht. Ich sah alles genau, viel zu genau, und wollte es nicht wahrhaben.
Als ein Faustschlag mich von hinten in die Nieren traf, als ich brutal an den Haaren hochgerissen wurde und in das Gesicht meines Vaters blickte, der mich wütend wie immer anstarrte, empfand ich das fast wie eine Erlösung.
»Hier treibst du dich rum, Kerl«, brüllte mein Vater. »Weißt du, was dich erwartet?«
Ich wußte es.

Meine Mutter hatte anschließend die Verletzungen versorgt, wie so oft.

Mein Vater war ein jähzorniger, erfolgloser Mann. Er war erfolglos, weil sein Jähzorn es ihm schwer machte, einen Bauernhof zu führen, und seine Erfolglosigkeit machte ihn jähzornig.

Er schlug alle, die schwächer waren als er, und die waren entweder mit ihm verheiratet oder von ihm gezeugt.

Von meiner Mutter erfuhr ich schließlich, was sich am Morgen ereignet hatte: Eine Bande von Plünderern war vom Rheintal heraufgekommen. Es waren zu wenige, um sich an das Dorf selbst zu wagen. Aber der abseits gelegene Gundelfinger-Hof war die richtige Beute für sie.

Schüsse und Schreie hatten die Leute im Dorf geweckt. Mit Spießen und Beilen bewaffnet, hatten die Männer sich versammelt, entschlossen, ihr Heim zu verteidigen.

Einer der Plünderer hatte vom Gundelfinger-Hof mit einer Arkebuse zum Dorf hinübergefeuert. Die Schüsse reichten aus, die Männer hinter Heuhaufen und Mauern in Deckung zu halten.

Inzwischen hatten die Plünderer sich geholt, was ihnen des Mitnehmens wert erschien. Sie hatten den Frauen und Mädchen in Sichtweite des Dorfes Gewalt angetan und dabei höhnische Einladungen gerufen, jeder Mann mit Mumm in den Knochen möge sich beteiligen.

Dann hatten sie Vater Gundelfinger an einen Pfahl gebunden und begonnen, die Schärfe ihrer Messer an ihm zu erproben.

Er lebte noch, als sie aufhörten. Genug, um zu schreien, als sie ihn mit Pech bestrichen und anzündeten. Schließlich beluden sie ihre Pferde und ritten davon.

Ich dachte, ich hätte unter den Hieben und Tritten meines Vaters das Weinen verlernt. Aber jetzt, da ich genau wußte, vor welchem Bündel Susanne am Morgen gestanden hatte, waren doch noch ein paar Tränen für das Leid anderer übrig.

Ich konnte in der Nacht keinen Schlaf finden, und noch ehe die letzten Sterne verloschen waren, war ich aus dem Haus geschlichen, um nach Susanne zu sehen.

Ich traf sie bei den verkohlten Überresten des Gundelfinger-Hofs. Susanne trug Stiefel, die ihr zu groß waren, und einen alten Mantel, der Pastor Seuse gehörte. Sie starrte vor sich hin. Ich wußte, daß es ein Abschiednehmen war.
»Wohin willst du?« fragte ich.
»Ich folge den Mördern«, sagte sie. »Ich bringe sie um, einen nach dem anderen, und wenn ich mein ganzes Leben dazu brauche.«
»Du kannst sie nicht umbringen«, sagte ich. »Du bist ein Mädchen.«
Susanne schulterte ein Bündel. Darin befand sich wohl alles, was die Schinder, die Flammen und die Helfer aus dem Dorf zurückgelassen hatten. Es war ein sehr kleines Bündel.
»Bleib hier, Susanne. Wenn ich älter bin, werde ich sie für dich töten.«
Susanne sah mich an. »Du? Du kannst ja nicht mal ausreißen, wenn dein blöder Vater hinter dir her ist. Jetzt scher dich zurück nach Hause, ehe er dich noch schlimmer zurichtet.«
Ich scherte mich nicht nach Hause, und irgend etwas schien Susanne daran zu hindern, aufzubrechen.
Was es auch war, schließlich schüttelte sie es ab, indem sie es aussprach: »Vielleicht waren sie in Wirklichkeit hinter mir her.«
»Aber, Susanne...«
»Ich stamme nicht aus dem Dorf. Hier haben sie immer gedacht, ich sei das Balg einer Zigeunerin, oder so etwas. Aber vielleicht bin ich eine Prinzessin.«
Mit diesen Worten drehte sie sich um und ging davon, hinunter ins Rheintal, dahin, wohin auch die Mörder gegangen waren.
Niedergeschlagen schlich ich mich schließlich zurück, unter Susannes Verschwinden genauso leidend wie unter meinem Unvermögen, ihr zu folgen.
Der erste, den ich zu Hause traf, war mein Bruder Ottokar.
»Da ist ja der Ausreißer wieder«, sagte er feixend. »Na, hast du deine große Liebe endlich flachgelegt? Die Weiber sollen ja besonders mucker sein, wenn sie ordentlich geheult haben.«

Wir schlugen uns, bis Vater uns trennte.
Ich hielt es noch zwei Jahre bei meinen Eltern aus. Eines Nachts verließ ich ebenfalls mit einem kleinen Bündel Damscheid. Ich war fest entschlossen, ein Held zu werden, Susannes Pflegeeltern zu rächen und ihre Anerkennung und Liebe zu gewinnen. Statt dessen wurde ich ein Frauenmörder.

Der Wind drehte sich nicht mehr in jener Nacht auf der Schönburg, und als es heller wurde, standen die beiden Posten immer noch zwischen mir und dem Durchgang.
Auf der Westseite stieß die Mauer an den Turm. Es gab dort keinen Zugang, und die Rundung des Turms führte noch über die Mauer hinaus. Eine Kletterpartie um den Turm herum war keine einladende Vorstellung. Doch die Wachen würden bis sieben Uhr auf Posten bleiben, und bis dahin waren die Landsknechte geweckt und mein Verschwinden aufgefallen.
Ich blickte zum Fenster hinauf, hinter dem noch Licht brannte.
Graf Frowin erschien am Fenster und nahm den Behälter dort weg, ohne einen Blick hinauszuwerfen.
Ich stand auf und ging auf dem Wehrgang entlang.
Zum Glück achtete ich dabei auf die freie Stelle an der anderen Seite des Turms. Als ich dort eine Bewegung sah, ließ ich mich sofort flach auf die Steine fallen und kroch so weit zur Außenseite, daß man mich vom Hof aus nicht mehr sehen konnte.
Ich lag neben einer eingestürzten Stelle der Brustwehr.
Im Hof keuchte jemand, als sei er mit dem Schleppen einer schweren Last beschäftigt.
In der allergrößten Not, wenn jemand auf den Wehrgang kam, konnte ich behaupten, ich könne mir die ganze Aufregung um meine Anwesenheit nicht erklären, und ob das hier etwa nicht der Schlafsaal sei, es sei mir in der Tat seltsam vorgekommen, daß es hineinregne, und, ja, ich hätte schon als Kind zum Schlafwandeln geneigt, warum man danach frage.
»Bei dem Regen bin ich nicht sicher, ob wir ein gutes Ergebnis bekommen«, sagte Susannes Stimme im Hof. »Es ist recht flüch-

tig in den ersten Stunden, und nur Sonnenlicht macht es beständig.«
»Aber Ihr denkt, daß es diesmal gelungen ist«, sagte Graf Frowin.
»Ich bin nicht sicher.«
»Ihr habt doch gesagt, daß die Sterne günstig stehen und der erste Tag des abnehmenden Mondes hilfreich sei.«
»Sicher, die Position der Sterne war günstig. Aber durch den bedeckten Himmel konnten sie ihre volle Kraft nicht entfalten. Auch ist Carolus Magnus nicht eindeutig. Er schreibt ›Und siehe, ist der erste Schritt zur zweiten Sichel getan...‹ Das kann sich auch auf den ersten Tag nach dem Halbmond beziehen.«
»Das wäre dann noch eine Woche ab heute.«
»Leider stehen dann die Sterne nicht mehr so günstig.«
Ich hörte ein Geräusch, das mich an das Schlagen großer Flügel erinnerte.
Ich schob mich langsam bis an den inneren Rand des Wehrgangs. Sobald einer von beiden hochblickte, würde er mich sehen.
Ich erreichte den Rand, hob den Kopf, so daß ich gerade über die Kante in den Hof sehen konnte.
Sie hatten zwei Besen und etwas mitgebracht, das ich zunächst für einen großen Teppich hielt.
Die Besen hatten ungewöhnlich lange, L-förmig gebogene Stiele. Am Ende des längeren Schenkels waren an einer Querlatte kurze, dichte Reisigbündel angebracht.
Gerade waren sie dabei, den Teppich über das Holzgestell zu breiten. Er war ziemlich schwer. Das Gestell schwankte ein bißchen unter der Last, und die beiden Menschen noch mehr. Sie gingen bei ihrem Tun so sorgfältig zu Werke, als hätten sie eine jener kostbaren Webarbeiten bei sich, deren Entstehung Generationen dauert und die Heldentaten eines Kaiserhauses verewigt.
Natürlich paßte es nicht dazu, daß sie ihn jetzt dem Regen aussetzten. Und das Aussehen auch nicht. Es war eine gewachste, schmuddelige Plane. An den Rändern waren Löcher, die innen durch Metallringe verstärkt waren. Auf der Unterseite waren meh-

rere Reihen kurzer Bänder befestigt. Offenbar handelte es sich nicht um einen Teppich, sondern um ein Segel.

Frowin und Susanne breiteten das Segel auf dem Gestell aus und befestigten es an den oberen Querleisten. Sie zogen, glätteten und rückten zurecht, als käme es auf die genaue Stellung an.

Durch Leisten in Form gebracht, ähnelte das Gebilde einem einseitig abgeschrägten Dach mit einer Ablaufrinne in der Mitte. So entstand unter dem Gestell ein vor Regen geschützter Raum.

Aber statt sich ins Trockene zu stellen, lief Frowin um das Gestell herum und veränderte Winzigkeiten an der Lage der Plane. Vor allem war es ihm um die Stelle gelegen, an der das untere Ende der Ablaufrinne über dem aufgehängten Eimer endete.

Susanne half ihm dabei, aber ihre Hilfe schien mehr symbolisch zu sein. Außerdem achtete sie darauf, daß sie sich meist unterhalb des Segels im Regenschutz befand.

Regentropfen sammelten sich auf der Oberseite des Segels und vereinigten sich zu Pfützen. Die Pfützen streckten dünne Arme von Rinnsalen aus, machten sich zielstrebig auf den Weg in die Mitte und folgten dann dem einladenden Angebot der Ablaufrinne.

Ein kleiner Wasserfall plätscherte in den Eimer.

»Es ist viel zu früh«, sagte Frowin. Er lief zum Eimer, nahm ihn vom Haken und machte eine Bewegung, als ob er ihn ausschütten wollte. Er entschloß sich im letzten Moment anders und hängte den Eimer zurück.

»Vielleicht ist der Regen doch günstig«, sagte Frowin. »Wir können das Wasser hinterher durch das Sieb gießen. Wäre es nicht besser, wenn wir in Zukunft immer mit Wasser arbeiten?«

»Ganz schlecht«, sagte Susanne. »Wärme und Trockenheit sind die einzig zulässigen Bedingungen.«

Sie war ebenfalls zum Eimer gekommen. Beide starrten hinein, als gäbe es in dem sich langsam ansammelnden Regenwasser irgend etwas zu sehen.

Dann nahmen sie die Besen zur Hand und kehrten auf dem Segel herum, während sie sich naßregnen ließen.

Von oben konnte ich sehen, daß Frowin seinen Teil der Arbeit gründlich erledigte, während Susanne ziellos herumschabte, als käme es ihr mehr auf das Geräusch als auf das Ergebnis an. Als Frowin glaubte, er hätte genug gekehrt, ging er wieder zum Eimer und starrte hinein.
»Ich glaube, außer Wasser ist nichts drin«, sagte er. »Natürlich müssen wir es noch gründlich filtern.«
Als die beiden begannen, das Segel loszubinden und vom höheren Rand her zusammenzurollen, zog ich mich wieder zurück.
Schließlich hörte ich Schritte, die sich entfernten. Ich schaute in den Hof. Er war jetzt leer: Segel, Besen und Eimer hatten die beiden mitgenommen.
Nachdem auch die beiden Wächter verschwunden waren, ging ich hinüber, als wüßte ich, daß ich jede Berechtigung dazu hatte.
Ich betrat den Speisesaal, als die meisten Landsknechte schon gegessen hatten.
Adriane und eine andere Magd waren dabei, die Tische abzuräumen. An einem Tisch saßen Henning Locher und zwei seiner Helfer.
Ich wünschte höflich einen guten Morgen, setzte mich zu ihnen und goß Wasser aus einem Krug in einen ziemlich sauberen Becher.
Ich brach mir ein Stück Brot ab, nahm Käse und begann zu essen.
Die drei starrten mich an.
»Du bist ja klatschnaß«, sagte einer der Landsknechte.
»Du siehst völlig übernächtigt aus«, sagte der zweite.
»Du warst beim Wecken nicht auf deinem Lager«, sagte Henning.
»Durchfall«, erwiderte ich mit vollem Mund. »Muß an der Kohlsuppe von gestern gelegen haben. So oft, wie ich heute nacht zwischen Schlafraum und Donnerbalken hin und her gelaufen bin, muß ich mir heute ein paar neue Stiefel kaufen.«
»Willst du wirklich runter nach Oberwesel?« fragte Henning.
»Klar, wenn ich für ein paar Stunden weg kann.«
»Du kannst mir etwas mitbringen.«

»Was brauchst du denn?«
»Ich brauche einen Fünfpfünder-Hammer, meiner hat einen Spalt bekommen. Ich weiß, daß der Schmied welche hat. Du kannst einen kaufen, wenn er nicht mehr als einen halben Gulden kostet.«
»Sicher, mach ich gerne.«
Im Bewußtsein vergangener und der Vorfreude auf kommende Erfolge lächelte ich unbesorgt in mich hinein. Zu Unrecht, wie ich bald merken sollte.

14

Das 14. Kapitel bringt eine Zeitung

Als die anderen den Speisesaal verlassen hatten, nahm ich Adriane beiseite und sagte: »Es mag vielleicht im ersten Augenblick etwas seltsam klingen, aber kannst du mir eine Hose leihen?«
»Wie hast du deine so naß gekriegt?« fragte Adriane.
»Beantwortest du jede Frage mit einer Gegenfrage?«
»Wann ist dir das aufgefallen?«
Ich erzählte die Geschichte vom Durchfall aufgrund der Kohlsuppe. Sie nahm das ungerührt zur Kenntnis und sagte: »Welche Ansprüche stellst du an eine Hose?«
»Trockenheit.«
»Wenn das ausreicht, kann ich dir helfen.«
Sie führte mich in ein Nebengebäude und dort in eine Kammer mit verschiedenen Kleidungsstücken. Besondere Prachtexemplare waren nicht darunter. Zum größten Teil schienen es ausrangierte Uniformteile der Burgwache zu sein.
»Danke schön, ich suche mir etwas aus«, sagte ich.
»Mach das.«
»Aber ich ziehe es vor, mich allein umzukleiden.«
»Glaubst du, ich hätte noch keinen nackten Mann gesehen?«
»Ja.«
»Oh. Na gut, ich drehe mich um, wenn es dir peinlich ist.«
Sie drehte sich tatsächlich um. Kaum hatte ich die nasse Hose abgelegt, da drehte Adriane sich schon wieder zurück und sagte: »Was ich dich noch fragen wollte...« Sie blickte mich enttäuscht an und beendete den Satz: »...warum behältst du diesen langen Mantel an, während du dich umziehst?«
»Nur für den Fall, daß neugierige Mädchen sich im falschen Moment umdrehen.« Mit diesen Worten zog ich eine andere Hose an,

die zwar ein bißchen kurz war, aber sonst paßte. Hoffentlich gab es keine sechsbeinigen Untermieter darin; ich hatte nicht den Eindruck, daß die eingelagerte Kleidung regelmäßig gewaschen wurde.
»Warum bist du so neugierig, wenn ich die Hose wechsle?« schmunzelte ich. »Ich hatte den Eindruck, daß du für Hans Kuehnemund schwärmst.«
»Glaubst du, ich bin alt genug, um zwischen einem umschwärmten und einem erreichbaren Mann unterscheiden zu können?«
»Nein.«
Sie warf mit einem kühnen Schwung des Kopfes die Haare nach hinten und stolzierte hoheitlich hinaus. Ich folgte ihr nicht ganz so hoheitlich, weil meine nassen Stiefel bei jedem Schritt quietschten.
Henning drehte sich um, als ich noch die halbe Hofbreite von ihm entfernt war. »Ich hoffe, du versuchst nie, dich irgendwo anzuschleichen«, sagte er. »Man hört dich durch die ganze Burg.«
»Ehrlich gesagt habe ich mich noch nie angeschlichen«, sagte ich. »Ich würde sofort erwischt, auch in trockenen Stiefeln.«
»Weil du als letzter kommst, brauchst du heute weder Steine noch Balken zu schleppen. Du kannst Baumstämme schleppen. Wir haben unten am Berg Bäume schlagen lassen.«
Die Stelle war nicht schwer zu finden. Einige Männer, die zu viert oder fünft einen Stamm trugen, kamen mir entgegen.
Ich leistete meinen Teil der Arbeit, wenn ich auch bei jedem Anhalten glaubte, sofort in Schlaf zu fallen. Im Laufe des Vormittags überwand ich den toten Punkt, und von da an ging es besser.
Kuehnemund und Henning Locher standen an einer beschädigten Stelle der Burgmauer, die gerade abgetragen wurde.
Im Hof hatten Knechte begonnen, die Baumstämme mit Äxten auf einer Seite zuzuspitzen. Die Stämme, mit denen sie fertig waren, wurden auf Keile gelegt und mit großen Schraubzwingen befestigt.
Es gab einen eisernen Holzbohrer, der von zwei Männern gehalten wurde. Der Bohrer wurde senkrecht auf die Stämme gesetzt,

anschließend bohrte man in jeden drei armdicke Löcher. Das war ein schweres Stück Arbeit, bei dem die Männer am Bohrer im Kreis liefen und mit weiten, storchenhaften Schritten über den Stamm stiegen. Zwar wurden sie nach jedem Loch abgelöst, aber die Arbeit ging nur langsam voran.

Offenbar hatte Kuehnemund beschlossen, lieber ein Stück Palisadenzaun einzufügen, statt das beschädigte Mauerstück wieder aufbauen zu lassen. Dazu mußten die Bohrlöcher akkurat gesetzt werden; sie würden Querstreben aufnehmen, die die Palisade zu einer festen Einheit verfügten.

Die Zeit wurde knapp; seit wir den Angriff des Vortrupps der Schinder abgeschlagen hatten, konnte die Hauptmacht ein ganzes Stück näher gekommen sein.

Als ich als letzter in einer Reihe von vier Männern einen Stamm durch das Tor trug, zischte ein schlankes Gebilde vor mir vorbei und blieb zitternd in einem offenen Torflügel stecken.

Ich ließ den Baumstamm los und warf mich auf den Boden. Die beiden Posten vor dem Tor hatten es auch bemerkt und ließen sich, die Arkebusen im Anschlag, auf die Knie nieder.

Die Träger vor mir wurden von meiner raschen Deckungnahme überrascht. Der Stamm wurde plötzlich zu schwer für sie. Die Gruppe taumelte, vom zusätzlichen Gewicht gezogen, ein paar Schritte rückwärts. Dann verloren sie das Gleichgewicht, und alle drei landeten unsanft auf dem Hosenboden.

Einer der Wächter lief in den Burghof und rief: »Alarm, sie greifen an!«

Drei Augenpaare richteten sich auf mich, und drei Münder erklärten, was die dazugehörigen Fäuste mit mir machen würden, sobald alle sich wieder aufgerappelt hätten.

Der erste wollte sich gerade erheben, als der verbliebene Wächter ihm »Bleib unten!« zurief.

Jetzt bemerkten die Männer, daß der Wächter und ich aufmerksam zum Waldrand hinüberstarrten. Ich kroch über den Boden, nutzte den Baumstamm als Deckung, bis ich unter dem Torbau war.

»Was ist denn los?« fragte einer von ihnen.
Statt einer Antwort sprang ich auf und zog den Pfeil heraus, der in den Torflügel geschlagen war.
Henning und zwei seiner Leute waren im Handumdrehen auf der neuen Holzplattform, und noch ehe der letzte ganz oben war, hatte Henning schon die Plane vom »Ochsen« gezogen.
Die Arkebusen waren auf dem Hof zu Pyramiden zusammengestellt. Ein Messer oder einen Katzbalger trug ohnehin jeder an der Seite. Für die Burgknechte und die Männer aus Oberwesel standen Spieße bereit, und so war jedermann bewaffnet, und jede Frau in einem der Gebäude verschwunden.
Kuehnemund kam mit einer Gruppe von Arkebusieren zum Tor, um die Flügel zu schließen.
Wenn ein Stoßtrupp der Schinder aus dem Wald gestürmt wäre, dann wären die Torflügel zu gewesen. Zumindest sah so der Plan aus. Zum Glück gab es kein Stürmen, denn noch blockierte der Baumstamm das Tor.
»Los, schafft den Stamm da weg!« rief Kuehnemund.
Die Landsknechte bearbeiteten den Stamm mit Fußtritten, während sie gleichzeitig ihre Arkebusen im Anschlag hielten.
Nach ein paar Tritten bewegte der Stamm sich, drehte sich und begann, bergab zu rollen.
Das Tor schwang zu, und das Herunterfallen des schweren Riegels klang wie ein Gongschlag, der das Ende der Bedrohung ankündigte.
»Vor hier oben ist nichts zu sehen!« rief Henning.
»Was war denn los?« rief Kuehnemund. »Wer hat Alarm gegeben?«
»Ich«, sagte ein Landsknecht. »Jemand hat aus dem Wald auf uns geschossen.«
»Dann stecken die Schinder schon näher, als ich dachte«, sagte Kuehnemund. »Henning, wie weit ist die Reparatur der ›Sau‹?«
»Kann wieder feuern«, antwortete Henning. »Nur wenn ich meinen Hammer nicht bekomme, weiß ich nicht, wie lange.«
Ich tippte Kuehnemund kurz auf die Schulter. »Das war noch

kein Angriff«, sagte ich. »Man hat uns nur eine Zeitung* zugestellt.«
Ein guter Bogenschütze wird ein sich langsam bewegendes Ziel wie einen Mensch, der einen Baumstamm schleppt, kaum verfehlen. Da der Pfeil zwischen mir und meinem Vordermann durchgeflogen war, kam mir der Gedanke, daß er genau da durchfliegen sollte.
Tatsächlich war an dem Pfeil eine Hülse befestigt. Während sich die Burg kampfbereit machte, hatte ich mir die Hülse angesehen. Sie bestand aus einem Stück Papier, das mehrmals eng um den Schaft gewickelt und mit zwei Bändern verknotet war. Ich hatte das Papier abgewickelt und einen Blick darauf geworfen.
Der Text war kurz und deutlich. Er war mit schwarzer Tinte geschrieben und lautete schlicht: »Diesmal kostet es Dein Blut, Frowin.« Unterzeichnet war er mit den Initialen LvC.
»Sie ist nicht für mich«, sagte ich und händigte Kuehnemund die Botschaft aus.
Er las sie mit unbewegtem Gesicht durch, rollte sie zusammen und sagte: »Danke.« Als er die Rolle in sein Wams gesteckt hatte, wandte er sich an uns alle und sagte: »Macht das Tor wieder auf. Die Arbeit geht weiter. Edgar Frischlin, ich möchte, daß du zwei Männer mit dir nimmst und versuchst, den Schützen aufzutreiben. Henning!« rief er dann zur Plattform hinauf, »für alle Fälle sollen zwei Mann beim ›Ochsen‹ bleiben. Du kommst runter und kümmerst dich um die Palisade.«
Ich ließ mir von einem der Landsknechte die Arkebuse geben. Dann blickte ich zu Hermann Lotzer und Otto Fechter hinüber.
»Habt ihr Lust?« fragte ich.
»Besser als Bäume schleppen«, sagte Otto.

---
* Zeitung: Vom mittelniederländischen »Tidinge« = Botschaft. Im heutigen Sinne »regelmäßig erscheinendes Nachrichtenblatt« ist das Wort erst seit Mitte des 19. Jahrhunderts gebräuchlich.

»Schlechter als ausschlafen«, sagte Hermann, »aber was soll's. Schnappen wir uns den Kerl!«
»Hinterlaßt für mich eine deutliche Spur«, sagte Kuehnemund. »Ich komme nach, so schnell ich kann.«
Wir verteilten uns und schlichen geduckt auf den Waldrand zu.
»Du hast schnell gemerkt, daß das kein Angriff war«, sagte Otto.
»Stimmt. Ich habe das Papier am Schaft gesehen.«
»Und warum bist du dann auf dem Boden herumgekrochen?«
»Ich hätte mich irren können.«
Wir duckten uns immer tiefer, je näher wir den Bäumen kamen. Für einen zweiten Pfeilschuß hätte jeder von uns trotzdem ein prächtiges Ziel abgegeben.
Wir erreichten die Bäume ohne Zwischenfälle, ich in der Mitte, die beiden anderen in etwa dreißig Schritt Entfernung.
Ich ging in den Wald hinein und versuchte, meine Aufmerksamkeit gleichmäßig auf den Boden und auf die dunklen Stellen zwischen den Bäumen zu konzentrieren. Ich rechnete damit, nichts außer den Spuren zu sehen, die ein schnell weglaufender Mann hinterläßt.
Hermann war der erste, der etwas fand. Er rief uns zu sich.
Wir standen noch bei seinem Fund, als Kuehnemund zu uns stieß.
An einem dicken Baumstamm am Waldrand, so, daß man es gar nicht übersehen konnte, lehnten ein Bogen und ein Köcher, beide schwarz. Der Köcher war leer.
»Was für ein Angeber!« sagte Kuehnemund.
»Wen meinst du?« fragte Otto.
»Unseren Schützen«, erklärte Kuehnemund. »Er hat einen Bogen und einen leeren Köcher hingestellt, damit wir sie finden. Damit will er uns sagen, daß er keine Waffen mehr braucht, weil wir ihn ohnehin nicht finden. Und daß er so sicher war zu treffen, daß er nicht einmal einen zweiten Pfeil mit hergenommen hat.«
»So'n Burgtor trifft doch jeder«, sagte Hermann.
»Eben. Ein Angeber. Und jetzt suchen wir nach seinen Spuren.«

Wir fanden keine Spur von ihm, obwohl unsere eigenen Fußabdrücke im Waldboden deutlich zu sehen waren.
Nach einer guten Stunde gaben wir auf und gingen wieder zur Burg zurück.
»Wie hat er das bloß gemacht, daß er keine Spuren hinterlassen hat?« fragte Otto.
Ich hätte ihm auf Anhieb zwei Möglichkeiten nennen können. An dieser Stelle standen viele alte Bäume, die ihre Wurzeln weit ausstreckten. Ein geschickter Mann mit gutem Gleichgewichtssinn konnte von Wurzel zu Wurzel springen, ohne den Waldboden zu berühren. Oder er war gar nicht in den Wald geflüchtet, sondern auf die freie Wiese davor. Wenn er über den Boden kroch, würde er die vom Regen schweren Grashalme nicht so tief niederdrücken, daß eine Fährte zurückblieb. Eine gefährliche Sache, denn alle Beobachter hatten sich zwar auf den Waldrand konzentriert, aber eine Bewegung auf der Wiese hätte trotzdem auffallen können.
Letztlich erschien mir die Frage, wie er sein Verschwinden bewerkstelligt hatte, gar nicht so vorrangig.
Lieber hätte ich gewußt, welches Wort der Graf beim Lesen des Satzes »Diesmal kostet es dein Blut« im Geiste betonen würde. »Diesmal«? Oder »Dein«? Oder »Blut«?

»Wir müssen die genaue Stärke und die Position der Schinder auskundschaften«, sagte Kuehnemund zu den auf dem Hof versammelten Männern. »Ich brauche dazu einen Begleiter, der sich in der Gegend besser auskennt als ich. Wer kommt freiwillig mit?«
Es gab nur zwei Freiwillige, die sich meldeten.
Der eine war Henning.
»Ich bin früher durchs Rheintal gezogen«, sagte er. »hinauf bis Worms und hinunter bis Xanten.«
Der zweite Freiwillige war ich.
»Ich bin in der Nähe aufgewachsen«, sagte ich. »Ich habe keine Ahnung, wie es in Xanten aussieht, aber hier kenne ich die Pfade und Winkel ganz gut.«

Dies war eine unerwartete Chance: Bessere Kontakte zu einem wichtigen Mann wie Kuehnemund konnten mir helfen, Zugang zu Aufzeichnungen über den Mord an Nikolaus zu bekommen. Die Beobachtung der Schinderbande gab mir Gelegenheit, mich wieder meiner Jagd auf Joseph Peutinger zu widmen.
»Henning, du bist mir hier zu wichtig«, sagte Kuehnemund.
»Edgar, du kommst mit mir. Wir werden uns besprechen.«
Die Besprechung fand im dem kleinen Officium des Burgverwalters Wiggershaus statt, und sie drehte sich keineswegs um unser Vorhaben, sondern nur um meine Person.
»Die Gundelfingerin hat Einwände gegen Eure Anwesenheit auf der Burg vorgetragen«, sagte Wiggershaus. »Ich möchte, daß Ihr dazu Stellung nehmt.«
»Das will ich gern tun«, sagte ich. »Doch muß ich zuvor wissen, welcher Art diese Einwände sind.«
»Sie sagt, sie hat Anlaß, Euch nicht zu trauen. Und da sie im selben Dorf aufgewachsen ist wie Ihr, kann ich diese Einwände nicht überhören.«
Nun fällt es nicht besonders leicht, über unerfüllte Verliebtheiten der Jugend zu berichten. Im Vergleich dazu machte es mir wenig aus, eine kurze Zusammenfassung des Tages zu geben, an dem Susannes Pflegeeltern ermordet worden waren.
»Ich vermute, sie bringt mich immer noch mit diesem Tag in Zusammenhang«, beendete ich meine Erzählung. »Ich war überrascht, sie hier zu treffen. Wann ist sie eigentlich zurückgekommen?«
Wiggershaus und Kuehnemund tauschten einen kurzen Blick aus, dann sagte Wiggershaus: »Das steht hier nicht zur Debatte. Graf Frowin vertraut ihr, und daher ist ihre Meinung für uns wichtig.«
»Allerdings nicht in Belangen, die sich auf die Verteidigung richten«, fügte Kuehnemund hinzu. »Dabei verlasse ich mich auf Leute, denen ich vertrauen kann. Kann ich dir vertrauen, Edgar?«
»Ja.«

»Etwas anderes hättest du mir kaum geantwortet. Nenne mir einen Grund, der mich sicher macht, daß du kein Spitzel bist.«
»Bei allen Heiligen, wessen Spitzel könnte ich schon sein!«
»Da gibt es eine Menge Parteien«, sagte Wiggershaus. »Ihr könntet Euch für die Schinder eingeschlichen haben. Ihr könntet auf Seiten der aufständischen Reichsritter stehen, oder sogar von Fürstbischof Greifenclau geschickt sein.«
»Habt Ihr Grund anzunehmen, daß der Fürstbischof einen Spitzel schickt?« fragte ich im Ton völligen Unverständnisses.
»Wir erwarten die Antworten von dir«, sagte Kuehnemund.
»Ich bin ein Landsknecht«, sagte ich. »Mein Handwerk ist der Krieg, nicht das Spionieren. Ihr seid Lehnsleute des Fürstbischofs, darum kann er keinen Grund haben, bei Euch spionieren zu lassen. Das Bündnis der Reichsritter ist schon im vergangenen Herbst zerfallen. Wenn Franz von Sickingen Spione ausschicken würde, dann bestimmt nicht in eine Burg, die so weit vom Kampfgeschehen entfernt liegt. Bleiben also nur noch die Schinder. Ich habe in Oberwesel auf Eurer Seite gefochten. Wie könnte ich noch deutlicher zeigen, wo ich stehe?«
Kuehnemund nickte zustimmend.
Wiggershaus sagte: »Ihr habt Euch gut verteidigt. So gut, als ob Ihr auf solche Fragen vorbereitet wärt. Warum wißt Ihr so gut, was Greifenclau und Sickingen tun oder lassen würden?«
»Ein Landsknecht muß wissen, bei wem es sich lohnt, seine Dienste anzubieten.«
»Dann frage ich mich, warum Ihr Eure Dienste nicht Greifenclau angeboten habt.«
»Das habe ich getan, Herr Wiggershaus. Allerdings gab es einige Meinungsverschiedenheiten mit meinem Rottenführer. Danach schien es mir günstiger, mich anderweitig zu verdingen.«
»Das reicht mir«, sagte Kuehnemund. »Schließlich setzt sich unsere Truppe nur aus Leuten zusammen, die nicht bei Greifenclau sind.«
»Dann soll es mir auch genügen«, sagte Wiggershaus.

15

Das 15. Kapitel läßt zwei Suchende ans Ziel kommen

Am frühen Nachmittag verließen wir die Burg. Kuehnemund hatte vier Pferde satteln lassen, damit wir Reservepferde für den Fall eines schnellen Rückzugs hatten.

Kuehnemund hatte seinen Stutzen* bei sich und trug neben seinem Schwert eine Pistole am Gürtel. Ich hatte eine Arkebuse quer über den Sattel gebunden, den Katzbalger am Gürtel, das Messer im Ärmel.

Solange es hell war, kamen wir zügig voran. Der Regen hatte bis auf einige leichte Schauer nachgelassen.

Der Rhein machte hier einen weiten Bogen nach rechts, so daß die Straße offen vor uns lag. Wir hatten gute Sicht und brauchten nicht zu befürchten, in einen Hinterhalt zu reiten.

»Bevor wir an die Loreley kommen, sollten wir hoch in die Weinberge«, sagte ich. »Von dort bis nach Boppard ist das Tal bewaldet. Da können wir leicht in eine Falle tappen.«

»Kommen wir in den Weinbergen gut voran?«

»Nicht so schnell wie auf der Straße. Wir werden zwischendurch oft zu Fuß gehen müssen, aber wir können von oben ziemlich genau sehen, was hier unten vorgeht.«

Der Nachmittag ging vorüber, und wir kamen der Loreley näher.

Auf der Uferstraße der rechten Rheinseite konnten wir den üblichen regen Verkehr von Frachtwagen und Reitern sehen. Dort zogen auch immer wieder Treidelboote flußaufwärts.

Auf unserer Seite war uns immer noch niemand begegnet, was den Gedanken nahelegte, daß irgendwo vor uns etwas war, das den Verkehr auf der linksrheinischen Wagenstraße behinderte.

---

* Stutzen: Kurzes, einläufiges Jagdgewehr.

»Ich möchte ungern in der Nacht an den Schindern vorbei, ohne ihr Lager zu sehen«, sagte Kuehnemund. »Du bist sicher, daß wir das Tal auch im Dunkeln gut im Blick haben?«
»Die Lagerfeuer werden wir bestimmt nicht übersehen«, antwortete ich. »Wenn es eine Gefahr gibt, dann höchstens, daß oben Posten stehen. Oder daß uns ein Weinbauer mit einem Gewehr abschießt. Oder daß ...«
»Kümmere du dich um den Weg, ich kümmere mich um die Leute mit den Gewehren.«
»Dann tränken wir jetzt noch einmal unsere Pferde. Dort vorn führt ein Pfad nach oben. Den sollten wir nehmen, denn ich weiß nicht, ob vor der Flußbiegung noch einer kommt.«
Nach einer kurzen Rast begannen wir den Aufstieg. Wir hatten die Pferde paarweise hintereinandergebunden, und jeder führte ein Tier am Zügel.
Weinanbau war die hauptsächliche Erwerbsquelle der Bauern, die ihren Besitz an den Hängen hatten. Die Felder waren in steilen Terrassen angelegt, getrennt durch Mauern aus Schiefergestein. Im Laufe der Generationen wuchsen die Mauern in die Höhe, denn die flachen Schiefersteine lagen reichlich in der dünnen Krume, in der sich die Wurzeln der Weinreben festkrallten.
Waren die Mauern hoch und breit genug geworden, konnte man sie als Wege benutzen. Da die Wege dem Verlauf der Hänge folgten, führten sie in Taleinschnitten weg vom Fluß, um sich ihm erst nach einem zeitraubenden Umweg wieder anzuschließen.
Meine Mitteilung, die Pfade und Winkel in der Nähe gut zu kennen, stimmte – nur beschränkte die Kenntnis sich auf die Pfade und Winkel der unmittelbaren Umgebung von Damscheid.
Ich vertraute darauf, daß es auf allen Weinbergen ähnlich aussah und daß wir in halber Höhe, wo wir uns jetzt bewegten, jeden beliebigen Punkt erreichen konnten. Natürlich nicht ganz so schnell und direkt.
Wir ließen den Loreleyfelsen hinter uns, als die Abenddämmerung hereinbrach. Auf der anderen Rheinseite sahen wir

die Lichter von Sankt Goarshausen. Da es von Köln bis Mainz keine Brücke gab, konnte man sich dort unbesorgt einem erholsamen Feierabend hingeben: Abgesehen von ein paar kleinen Kähnen konnte die Bande kaum Wasserfahrzeuge erobert haben.
Ich schlug vor, während der Nacht nicht weiterzuziehen.
»Wir sind unseren Ziel vielleicht näher, als du denkst«, sagte Kuehnemund.
Er zeigte rheinabwärts, wo eine Rauchsäule in den Himmel stieg und durch eine in der Wolkendecke aufgerissene Lücke verschwand.
»Das muß Sankt Goar sein«, sagte ich. »Die Schinder haben es in Brand gesteckt.«
»Nein«, widersprach Kuehnemund. »Das ist näher als Sankt Goar.«
»Aber irgend etwas Großes wird dort verbrannt.«
»Das denke ich auch. Außerdem denke ich, daß wir heute nacht noch herausfinden werden, was es ist.«
Hier ragten die Berge höher über dem Rhein auf als in der Nähe von Oberwesel. Dadurch bekam der untere Teil der Hänge nicht genug Sonne für den Weinbau.
Das Tal war von dichtem Wald bewachsen, und wir hatten keinen Blick mehr auf die Uferstraße.
Im letzten Tageslicht gingen wir weiter, bis wir fast auf einer Höhe mit der Rauchsäule waren.
Hier stießen die Hangwege auf eine Straße, die bergauf zum Hunsrück führte. Wenn mich mein Ortssinn nicht trog, war es die Straße, die bei Damscheid auf die Landstraße nach Oberwesel traf.
»Wir sollten die Pferde nicht zu nah bei der Straße lassen, wenn wir uns hinunterschleichen«, sagte Kuehnemund.
Also führten wir die Tiere wieder ein Stück zurück auf den Hangweg und banden sie dort an einigen Weinstöcken fest. Im Hellen würde man sie zwar von der Bergstraße aus sehen können, aber wir rechneten nicht damit, im Hellen noch hier zu sein.

»Wir schleichen getrennt ins Tal«, sagte Kuehnemund. »Wenn einer von uns erwischt wird, zieht sich der andere sofort zurück. Einer von uns muß auf jeden Fall wieder in die Schönburg kommen.«
Ich nickte.
Kuehnemund zog seine Wolljacke aus, wickelte seinen Stutzen hinein und versteckte beides unter ein paar Schieferplatten. Ich ließ meine Arkebuse, nach kurzem Zögern auch meinen Mantel, zurück. Wenn wir entdeckt wurden, lag unser Heil eher in Beweglichkeit als in Feuerkraft.
»Ich gehe flußabwärts vom Rauch nach unten«, wies Kuehnemund an. »Du schleichst gleich hier nach unten und kommst von der anderen Seite. Wenn man dich erwischt, mach soviel Lärm wie möglich, damit ich gewarnt bin. Ich werde dasselbe machen.«
»Gut, ich habe verstanden.«
»Nur eins noch: Ich habe gesagt, daß ich einen Begleiter will, auf den ich mich in jeder Beziehung verlassen kann. Du hast geantwortet, daß du das bist. Stehst du noch dazu?«
»Ja, natürlich.«
»Gut: Wenn ich gefangen werde, will ich, daß du sofort umkehrst. Komm nicht auf den Gedanken, irgendwelche tollkühnen Befreiungsaktionen zu unternehmen. Ist das klar?«
»Ja doch. Ich bin ja nicht lebensmüde.«
»Das ändert sich manchmal, wenn es hart auf hart geht. Ich werde im umgekehrten Fall auch kein Risiko eingehen.«
Er drückte mir kurz und fest die Hand und sagte: »Viel Glück, Edgar Frischlin. Ich hoffe, unser Wiedersehen findet noch in dieser Welt statt.«
Mir fiel nichts ein, das nur annähernd so kernig geklungen hätte – abgesehen von einem Trinkspruch, den ich vor Jahren gehört hatte: »Ich wünsche dir, daß du zehn Minuten im Himmel bist, wenn der Teufel erfährt, daß du tot bist.« Das erschien mir als Antwort unpassend, und so erwiderte ich schweigend den Händedruck.

Durch die aufgerissene Wolkendecke schienen genug Sterne zur Erde, daß man sich einigermaßen orientieren konnte. Ich ging vorsichtig bergab, bis ich den unteren Rand der Weinfelder erreicht hatte und in den Wald trat.
Der Geruch nach verbranntem Holz stieg mir in die Nase – und, wie ich fürchtete, auch der nach verbranntem Fleisch.
Hin und wieder waren johlende Stimmen zu hören.
Ich folgte zunächst dem Hang nach unten, dann wandte ich mich nach rechts, um flußaufwärts auf die Uferstraße zu stoßen.
Immer wieder hielt ich an, um zu lauschen, ob ein Geräusch die Anwesenheit eines Postens verriet.
Ich bewegte mich so, daß das Johlen zu meiner Linken blieb und ich gleichzeitig langsam immer näher kam.
Schließlich konnte ich auch andere Geräusche unterscheiden: den Klang von Flöten, Lachen, gelegentlich einen Fetzen Gesang.
Einigen Leuten dort unten ging es recht gut – und einigen anderen wahrscheinlich sehr schlecht.
Als ich die Lichtpunkte von Lagerfeuern zwischen den Bäumen durchscheinen sah, hielt ich an und hockte mich hinter einen Baum auf den Boden.
Waren die Schinder etwa so undiszipliniert, daß sie überhaupt keine Posten aufgestellt hatten?
Es war möglich, daß sich die Posten auf die Ufer- und die Hangstraße konzentrierten und nur gelegentlich jemand durch den Wald ging. Sie hatten keinen Anlaß, den Angriff einer größeren Truppe aus dem Wald heraus zu fürchten.
Zu schade, daß wir keine größere Truppe mitgebracht hatten.
Irgendwo hinter mir knackte etwas.
Ich zog den Katzbalger und drehte mich um. Dort war nichts zu sehen. Natürlich würde jemand hinter mir den Vorteil haben, daß er mich gegen die Feuer leichter sah als ich ihn.
Sicherheitshalber legte ich mich auf den Boden und veränderte kriechend meine Position. Vor jeder Bewegung tastete ich den Waldboden ab und räumte einzelne Zweige aus dem Weg, die unter meinem Gewicht knacken konnten.

Nichts deutete auf die Anwesenheit eines Menschen hinter mir.
Würde ein Posten der Schinder, der mich bemerkt hatte, nicht gleich Alarm geben, statt mich im Dunkeln zu belauern?
Ich konnte freilich viel Zeit damit zubringen, mir darüber den Kopf zu zerbrechen, ohne die kleinste Information über die Stärke der Schinder zu bekommen.
Als ich einige Büsche zwischen mich und die Stelle gebracht hatte, von der ich das Knacken zu hören geglaubt hatte, wagte ich es, mich wieder aufzurichten.
Ich ging gebückt vorwärts, tastete bei jedem Schritt mit dem Fuß vor mir herum, um weiter geräuschlos zu sein.
Ein Trampelpfad, kaum mehr als eine Fußspur, schlängelte sich durch den Wald.
Ich hütete mich, ihn zu benutzen. Statt dessen blieb ich neben dem Pfad und folgte ihm, immer ein paar Bäume zwischen mir und ihm, auf das Lager zu.
Das war sicher eine bessere Idee, als einem Schinder in die Arme zu laufen. Es war allerdings eine wesentlich schlechtere Idee, als sicher zu gehen, daß das Knacken, das ich vorhin gehört hatte, wirklich nichts bedeutete.
Während ich meine Aufmerksamkeit auf die Beobachtung des Pfades konzentrierte, erwischte der Angriff mich völlig überraschend.
Ein heftiger Schlag traf meinen Hinterkopf und schleuderte mich gegen einen Baum. Ein zweiter Schlag traf mich am rechten Arm und prellte mir den Katzbalger aus der Hand.
Ich wollte einen Warnschrei ausstoßen, aber zwei kräftige Hände legten sich um meinen Hals und drückten mir die Kehle zu.
Mein rechter Arm gehorchte meinem Willen nicht mehr. Ich griff mit links an den Hals und versuchte, eine der würgenden Hände aufzubiegen. Aber der Griff war zu fest. Ich trat nach hinten aus, versuchte, mit den Absätzen eine empfindliche Stelle zu erwischen.
Helle Punkte hüpften vor meinen Augen, ich merkte, wie mir die Sinne schwanden.

In einem seltsamen Tanz bewegten wir uns zwischen den Bäumen, durch mein Winden und Sträuben angetrieben und gleichzeitig von der Kraft und Beharrlichkeit meines Gegners gebremst.

Schlagartig ließen die Hände meinen Hals los. Ich japste tief nach Luft, zu sehr mit Atmen beschäftigt, um an mein Messer zu denken, unfähig, einen Schrei auszustoßen.

Wieder traf mich ein Schlag am Kopf, und ich fiel der Länge nach auf den Waldboden, stieß mit der Stirn gegen etwas Hartes.

Wie lange ich bewußtlos war, kann ich nicht sagen. Das nächste, woran ich mich erinnere, ist, daß ich geknebelt und mit auf den Rücken gefesselten Händen immer noch auf dem Boden lag.

In meinem Mund steckte ein sperriges, bitter schmeckendes Etwas, und herum war ein Tuch so fest geknotet, daß es meine Zähne auseinanderzwang und das Etwas in meinem Mund festklemmte.

Ich bewegte mich ein bißchen, und im selben Augenblick merkte ich, daß mein Magen seinen Inhalt von sich geben wollte. Wenn ich mich mit dem Knebel im Mund erbrach, wäre das mein sicherer Tod.

So blieb ich ganz ruhig liegen, mit nichts anderem beschäftigt, als meinen Magen um Beruhigung anzuflehen.

Einen Moment lang wunderte ich mich, daß ich hier lag und nicht sofort ins Lager geschleift worden war, da wurde eines der Lichtpünktchen, die vor meinen Augen tanzten, größer und schien auf mich zuzukommen. Es veränderte sich von einem Irrlicht zu einer Flamme und wurde schließlich als eine Fackel erkennbar, die ein Mann vor sich hertrug.

»Wen haben wir denn da?« fragte eine Stimme hinter der Fackel.

Ein Fuß stieß mir erst ein paar Mal in die Rippen, dann schob er sich unter meinen Körper und drehte mich herum.

Der Mann beugte sich über mich und musterte mich.

Dann zog er mit der linken Hand das Tuch weg, das um meinen Mund gebunden war. Ich spuckte das aus, was sich in meinem

Mund befunden hatte, und erhaschte den flüchtigen Eindruck einer mit Dreck verklebten toten Maus oder etwas ähnlich Unappetitlichem.
Der Mann betrachtete interessiert mein Gesicht.
»Ich kenne dich irgendwoher«, sagte er.
Er hatte recht: Er war Joseph Peutinger.

16

Das 16. Kapitel informiert über geschickte Verhandlungsführung

Noch schlug mein Herz, noch atmete ich, noch dachte ich, aber ich wußte: Ich war tot.
Die Schinder würden das letzte Restchen an Wissen aus mir herausholen, alles über die schwache Burgbesatzung und die knappen Vorräte, alles über Greifenclau und von Hutten.
Ich konnte Fausthiebe und Tritte einstecken und den Mund halten, aber ich überstand kein Schieben von Nadeln unter die Fingernägel, keine glühenden Dornen in den Ohren, kein Seil mit zwei Knoten, das mir um den Kopf geschnürt wurde und mir die Augen ausquetschte, keinen angespitzten Pfahl, der mir langsam mit dem Hammer durch die Därme getrieben wurde, kein Aufhängen über einem kleinen Feuer, das mir die Fußsohlen röstete.
Ich würde alles sagen und trotzdem sterben, und Joseph Peutinger würde seinen Spaß daran haben.
Ich konnte es kaum glauben, als er seine Pistole aus dem Gürtel zog und auf mich richtete. Die Gnade eines raschen Todes würde er mir sicher nicht gönnen.
»Nein, soweit ist es noch nicht«, sagte er. »Du brauchst keine Angst haben. Oder besser: Du solltest Angst haben.« Er feuerte seine Pistole in die Luft ab. »Das war nett von mir, nicht wahr?« (Das war es tatsächlich, denn immerhin hatte er dadurch Kuehnemund gewarnt.) »Ich hätte dich ja auch zum Schreien bringen können, damit die anderen herkommen und dich abholen. Aber das hebe ich mir für später auf. Sag mir doch, woher wir uns kennen. Nur, damit ich mich auf unsere spätere Unterhaltung vorbereiten kann.«
»Wir kennen uns bestimmt nicht«, sagte ich. »Ich bin nur zufällig

vorbeigekommen. Ihr habt mich niedergeschlagen, ehe ich Euch von meiner Harmlosigkeit überzeugen konnte.«
»Das ist ja gleich ein ganzer Haufen von Lügen. Soviel Angst in den Augen kann nur jemand haben, der mich kennt. Und *zufällig* ist niemand hier im Wald. Schau, wir sind nicht mehr allein.«
In der Tat kamen mehrere Bewaffnete mit Fackeln vom Lager her.
Ein spindeldürrer Mann, der mir schon beim Kampf auf dem Marktplatz aufgefallen war, sagte zu Peutinger: »Wir hörten einen Schuß soeben. Warst du es, der ihn abgegeben?«
»Das ist Till«, sagte Peutinger wie entschuldigend zu mir. »Du wirst unschwer erraten, daß wir ihm den Beinamen ›der Reimer‹ gegeben haben. Nun, Till, ich habe dieses Bündel gefunden. Seltsamerweise besteht das Bündel darauf, daß ich es verschnürt habe.«
»Ein jeder von uns kennt dich besser, du meidest Stricke, liebst das Messer«, sagte Till.
»Siehst du, so ist das«, sagte Peutinger zu mir. »Ich hätte dir einfach die Sehnen durchgeschnitten. Das wäre viel schneller gegangen als die umständliche Fesselei. Ach, Till, ist vielleicht unser geheimnisvoller Wohltäter wieder im Lager?«
»Dem Schwarzen Mann gilt deine Frage? Ist Wohltäter er oder Plage? Doch sei er, was er immer sei: Er wohnt dem Spalatina bei.«
»Du meinst bestimmt: Er wohnt bei Spalatina. Deine Andeutung will ich nicht gehört haben.« Er wandte sich wieder an mich: »Du mußt nämlich wissen, daß wir einen seltsamen Gast bei uns haben. Er überrascht uns hin und wieder mit kleinen Aufmerksamkeiten, und ich kann mir vorstellen, daß du auch eine dieser Aufmerksamkeiten bist. Aber jetzt wollen wir schauen, ob du gehen kannst.«
Er durchtrennte mit einem Messer meine Beinfesseln. Zwei Männer stellten mich auf die Füße. Hätten sie mich nicht festgehalten, wäre ich sofort wieder hingefallen.
So schleppten sie mich zwischen sich zum Lager.

Eine Menge Männer und einige Frauen lagen in unterschiedlichen Stadien der Trunkenheit herum. Andere beobachteten interessiert unsere Prozession.
Die Schinder lagerten neben der Uferstraße auf einer Halbinsel.
Ich sah zwei Geschütze, die feuerbereit und bemannt die Straße in Richtung Oberwesel beherrschten.
Auf der Straße befand sich die Ursache der Rauchsäule. Noch immer glimmten die Reste von einem guten Dutzend Frachtwagen. Tote Pferde hingen in den Geschirren, auf und neben den Wagen lagen die Leichen der Verteidiger. An einer Baumreihe waren verkrümmte, leblose Körper festgebunden; es waren die, die den Fehler begangen hatten, sich lebend fangen zu lassen.
Wie ich.
Auf der Erde lag zertrampelt und verschmutzt ein Banner mit einer weißen Lilie. Ein Wagenzug der Fugger hatte sich trotz der Gefahr auf die Uferstraße gewagt und war auf die Schinder gestoßen. Kein Wunder, daß die Bande nicht weitergezogen war. Die Landsknechte der Fugger ließen sich nicht ohne Gegenwehr überwältigen, und jetzt leckten die Mörder ihre Wunden und vertranken den flüssigen Teil der Beute.
Peutinger, Till der Reimer und zwei andere Männer führten mich vor ein Zelt, das größer war als die anderen.
Vor dem Zelt saß ein Mann auf einem geschnitzten hölzernen Thron. Er trug Reitstiefel, darüber eine enge grüne Hose mit einem auffallend rot und gelb gestreiften Beutel über den Geschlechtsteilen. Sein Oberkörper war mit einem grau-rot gemusterten Hemd bekleidet, das seine muskulösen Unterarme freiließ. Seine Brust wurde durch einen Metallpanzer geschützt, in den mehrere Ornamente in Form von kämpfenden Rittern gehämmert waren.
Sein Gesicht war von einer weißen Haarpracht, die bis auf die Schultern fiel, und einem sauber gestutzten Bart umrahmt. Sicher hatte er einmal ein schönes Gesicht gehabt, bevor jemand eine Klinge darüber gezogen und einen Nasenflügel abgetrennt hatte.

Er war noch immer eine prachtvolle Erscheinung, doch die Frau neben ihm lief ihm den Rang ab.
Sie trug ebenfalls hohe Lederstiefel, die aber größtenteils unter einem mit kleinen Spiegeln verzierten Rock verschwanden.
Ihr Oberkörper war mit einer Wildlederweste bekleidet. Sie war sehr locker geschnürt, und in wohlberechneter Zufälligkeit hatten sich die Schnüre in der oberen Hälfte gelöst und ließen einen Teil ihrer wohlgeformten Brüste erkennen.
Die Frau mochte Anfang Zwanzig sein. Ihre flachsblonden, gelockten Haare fielen weit herab. Ihre vollen Lippen strahlten eine verführerische Mischung von Kindlichkeit und Sinnlichkeit aus.
Sie hatte ein Schwert quer auf den Rücken geschnallt, und in einem breiten Ledergürtel steckte eine Pistole.
Sie hielt ein Trinkhorn in der Hand, das sie auf einen Wink hin gelegentlich dem Mann reichte.
Es war eine malerische, beeindruckende Szenerie. Genau zu diesem Zweck war sie auch aufgebaut, denn sie spielte sich vor den Augen von drei Männern ab, die davor auf dem Boden hockten.
»Wir wollen das Gespräch nicht stören und lieber schweigend alles hören«, raunte Till der Reimer seinen Begleitern zu.
Die drei Männer waren wohl vor kurzem angekommen, denn ihr Sprecher stellte sie soeben vor. Er saß mit dem Rücken zu uns, aber an seiner Stimme erkannte ich ihn, ehe er seinen Namen genannt hatte.
»Der Mann zu meiner Linken ist Ethan Langenmantel, der die Kaufmannsgilde vertritt. Lukas Paltz hier spricht für die Handwerker. Ich selbst bin Ludwig Hochstraten, der Bürgermeister. Wir sind gekommen, um Bedingungen für die Schonung unserer Stadt auszuhandeln.«
Der Mann auf dem Thron hörte ihnen unbewegt zu. Schließlich sagte er: »Wißt Ihr, mit wem Ihr sprecht?«
»Wir haben gewiß die Ehre, mit dem berühmten Giovanni Pico della Spalatina zu reden.«

»So, Ihr gebt also zu, daß es eine Ehre ist. Warum zeigt Ihr Euch dann nicht ehrerbietig?«
»Herr, ich weiß nicht, wie wir Euer Mißfallen erregt haben.«
»Allein die Existenz von Euch Pfeffersäcken bedeutet schon eine Beleidigung für mich. Und Ihr laßt es mich entgelten, daß ich mich von Euch langweilen lasse, anstatt mit diesem gefallenen Engel an meiner Seite die Verlockungen des Paradieses und die Wollust der Hölle zu erkunden, indem Ihr mit leeren Händen vor mich tretet.«
»Verzeiht, Herr. Wir wollten Euch nicht beleidigen, indem wir Euch eine Gabe überreichten, die vielleicht zu gering erschienen wäre. Sagt Eueren Preis, damit Ihr unsere Stadt nicht besucht.«
»Bin ich nicht gut genug, um willkommen geheißen zu werden?«
»Selbstverständlich seid Ihr ein willkommener Gast in unseren Mauern. Aber soweit ich weiß, habt Ihr mit Sankt Goar eine Vereinbarung getroffen, daß Ihr gegen die Zahlung eines Tributes weitergezogen seid. Ist es nicht so?«
»Ihr werdet in Sankt Goar niemanden treffen, der sich über meinen Besuch beklagen könnte«, antwortete Spalatina mehrdeutig.
»An was für ein Angebot habt Ihr gedacht?«
»Tausend Gulden«, schlug Hochstraten vor.
Spalatina spie ihm ins Gesicht.
»Ich habe Euch nicht verstanden«, sagte er.
»Ich sagte: Zweitausend Gulden. In Gold.«
»Ich kann Euch immer noch nicht verstehen, Bürgermeister. Ihr könnt nicht zehntausend gesagt haben! Ein solch lächerliches Angebot müßte gerächt werden, indem ich Euch die Eingeweide herausnehme, auf eine Spindel winde und Euch nach Hause zurückschicke.«
»O Herr, ich glaube, eine solche Summe gibt es in ganz Oberwesel nicht«, jammerte Hochstraten.
»Wenn wir einmal in der Stadt waren, bestimmt nicht mehr.«
»Tja, wenn wir alles zusammenlegen, die Stadtkasse leeren und

noch die Abgaben unserer Höfe dazulegen: Dreizehntausend Gulden könnten wir schon zusammenbekommen.«
»Das klingt besser«, sagte Spalatina. Er ließ sich das Horn reichen.
»Dann ist es abgemacht?« fragte Hochstraten.
»Ich sagte: Es klingt besser. Ich sagte nicht: Es klingt gut.«
»Aber wo soll ich noch mehr Geld hernehmen?«
»Ihr wißt es nicht? Wartet nur, bis ich da bin. Dann werde ich es Euch zeigen. Ich treffe ein ... sagen wir morgen mittag.«
Ich bezweifelte, daß er die betrunkene Horde früher als morgen mittag auch nur auf die Beine bringen konnte.
»Fünfzehntausend, das ist mein letztes Angebot«, sagte Hochstraten.
»Und wenn ich nicht darauf eingehe?« fragte Spalatina.
»Es gibt immerhin noch eine Burg über der Stadt. Sie ist stark bemannt und gut bewaffnet.«
»Sprecht nicht für die Burg, um die werde ich mich selbst kümmern. Bietet Ihr mir zwanzigtausend?«
»Zwanzigtausend, einverstanden«, mischte sich Langenmantel ein. »Wir können zwanzigtausend beschaffen.«
»Ihr seid ein Mann nach meinem Herzen«, lobte Spalatina.
Die drei Abgesandten atmeten merklich auf.
»Haben wir einen Vertrag?« fragte Hochstraten.
»Den haben wir. Der Herr, der mir das Angebot gemacht hat, bleibt als unser Gast hier. Die anderen beiden reiten nach Oberwesel. Und als Zeichen Eurer Ehrlichkeit erwarte ich, daß in der Stadt niemand Waffen trägt und alle Tore offen sind.«
»Ist das wirklich nötig?«
»Wenn Ihr noch Fragen habt, Herr Bürgermeister, könnt Ihr gern auch hierbleiben und sie mit mir besprechen.«
Hochstraten versicherte eiligst, er habe keinerlei Fragen mehr.
Kurz darauf ritten er und Paltz aus dem Lager.
Ich dachte, daß ich selten soviel Dummheit gesehen hatte – mich selbst einmal ausgenommen.
»Braucht Ihr mich wirklich?« fragte Langenmantel. »Wäre es nicht

besser, wenn ich zurückritte, um zu helfen, das Geld aufzutreiben?«
»Aber nein. Ich will Euch überzeugen, wie zuverlässig ich eine Vereinbarung einzuhalten pflege. Wie war doch gleich Euer Name?«
»Ethan Langenmantel, Herr Spalatina.«
»Ihr seid Jude, oder? Ich kann Juden nicht leiden.«
Ich konnte Langenmantels Angst fast riechen, und seinen Mut konnte ich hören.
Er sagte: »Ich bin so wahr Jude, wie mein Blut gleich an Euren Händen kleben wird. Und deswegen kann ich Euch nicht leiden.«
»Ihr irrt Euch. Ich werde Euch nicht das Geringste tun. Mein Engel, kümmere dich bitte um unseren Gast.«
Wortlos zog der Engel die Pistole und schoß Langenmantel in den Kopf.
Der Vorhang vor Spalatinas Zelt wurde zur Seite geschlagen, und heraus trat Leo von Cleve.
»Das war eine harte und geschickte Verhandlung«, lobte er den Anführer der Schinder. »Vielleicht ein klein wenig zu hart, vor allem, wenn man den Abschluß bedenkt.«
»Kann ich mir nicht etwas Spaß gönnen?«
»Wir haben eine Vereinbarung, Spalatina, und Spaß kommt darin nicht vor. Soll ich vermuten, daß Ihr Eure Vereinbarung mir gegenüber ähnlich einhalten wollt, wie die mit den Oberweselern?«
»Das würde ich niemals wagen.«
»Wagen würdet Ihr es schon, nur überleben würdet Ihr es nicht. Wen haben Eure Leute da angeschleppt? Ihr da, kommt näher zum Feuer!«
Meine Wächter zerrten mich vor Spalatinas Thron.
Leo von Cleve sagte zu mir: »Ihr wart in besserer Verfassung, als wir uns das letze Mal sahen. Hat es Euch auf der Burg nicht gefallen?«
»Da war nichts zu holen«, sagte ich. »Ich bin hergekommen, um

mich Euch anzuschließen. Schon immer war es mein Wunsch, mich zu den siegreichen Reitern des berühmten Spalatina zählen zu dürfen.«
»Dann kommt Ihr zu spät, denn Spalatina sind nur seine siegreichen Fußgänger geblieben. Übrigens: Das war kein kluger Schachzug, Spalatina. Ihr hättet Eure Truppen zusammenhalten müssen.«
»Verflucht!« rief Spalatina. »Ihr wißt doch, daß Manfred der Beutelschneider eigenmächtig gehandelt hat, als er die Stadt angriff. Wenn er überlebt hätte, wenn ich ihn jetzt hier hätte ...«
»Ja, das habt Ihr mir schon erzählt«, sagte Cleve. »Aber jetzt möchte ich mich in Ruhe mit unserem Gast unterhalten. Ihr könnt ihn schon mal ins Zelt schaffen.«
»Ich kenne diesen Mann irgendwoher«, sagte Peutinger. »Ich möchte mich gern noch eingehender mit ihm beschäftigen.«
»Irgendwoher?« gab Cleve zurück. »Das heißt: Ihr wißt nicht, woher. Nun, da ich weiß, woher ich ihn kenne, habe ich sicher das größere Anrecht auf ihn.«
Spalatinas Zelt war ausgestattet wie das eines muselmanischen Fürsten. Weiche Teppiche mit fremdartigen Ornamenten bedeckten den Boden, zwei Gobelins mit Abbildungen von Fabeltieren waren im Inneren gespannt, um die Hälfte des Zeltes abzuteilen. An Holzgestellen hingen kostbare Schwerter und Dolche, deren Griffe mit Gold und Edelsteinen verziert waren. Das Ganze glich mehr einer Zurschaustellung als einem Wohnraum.
Till der Reimer und Peutinger warfen mich auf den Boden. Die beiden anderen hatten die Aufgabe, Spalatinas Thron ins Innere zu tragen. Er wurde wesentlich sorgfältiger behandelt als ich; er sollte auch noch länger halten.
Spalatina setzte sich und ließ sich nach dieser Anstrengung erst einmal sein Trinkhorn reichen.
»Was wir hier zu besprechen haben, ist nicht für jedermanns Ohren bestimmt«, sagte Cleve.
»Schon gut, laßt uns allein«, wies Spalatina die Männer an. Bis auf den blonden Todesengel verließen alle anderen das Zelt.

»Ihr habt mich nicht verstanden«, sagte Cleve. »Nur wir beide und der Gefangene.«
Mir fiel auf, daß Spalatina Cleves Blick vermied, wenn die beiden sprachen.
Er nickte der jungen Frau zu und sagte: »Schon gut, mein Engel. Geh nach draußen und hab ein bißchen Spaß.«
Wortlos verließ sie das Zelt.
»Das ist eine Frau«, sagte Spalatina zu niemandem im besonderen. »Ist immer für mich da, widerspricht nicht, sorgt dafür, daß ich genug zu trinken habe ... scheint ihr richtig gut getan zu haben, daß ich ihr die Zunge herausgeschnitten habe.«
»Wir sind nicht hier, um von der guten alten Zeit zu plaudern«, sagte Cleve. Er wandte sich an mich: »Erzählt mir, was Ihr hier treibt.«
»Ich habe die Wahrheit gesagt«, beteuerte ich. »Ich habe die Burg verlassen, um mich Spalatinas Männern anzuschließen.«
»Verplempert meine Zeit nicht mit Ausreden. Ihr seid hier, um die Stärke der Bande auszuspähen. Wer ist außer Euch noch da?«
»Niemand. Ich werde in Trier als Mörder gesucht. Ich habe meinen Rottenführer ermordet und mußte verschwinden. Da habe ich eben die erste Stelle genommen, die ich finden konnte. Aber jetzt denke ich, daß ich besser zu Euch passe.«
»Darauf trinke ich«, sagte Spalatina und leerte sein Horn.
»Was habt Ihr damals auf dem Dachboden getrieben?« fragte Leo von Cleve.
»Das habe ich Euch doch schon erzählt. Ich habe ...«
»Alte Erzählungen braucht Ihr nicht zu wiederholen. Ihr habt die kleine Nachricht gelesen, die ich an Frowin geschickt habe?«
»Ihr habt eine Nachricht an Frowin geschickt? Davon weiß ich ja gar nichts.«
»Und doch habt Ihr sie als erster gelesen. Ihr habt Euch sogar sehr intensiv an der Suche beteiligt. Einmal dachte ich fast, Ihr hättet herausgefunden, wieso ich spurlos verschwinden konnte.«
»Ach, Ihr habt den Pfeil mit der Botschaft abgeschickt. Das konnte ich ja nicht wissen.«

»Natürlich habt Ihr das gewußt! Ich habe außerdem gewartet, bis Ihr in der Nähe wart. Ich dachte, es könnte ein interessanter Hinweis für Euch sein, wenn Ihr den Pfeil als erster in die Hand bekommt. Was habt Ihr mit der Information angefangen?«
»Ich bin nur ein einfacher Landsknecht. Wie sollten solche Dinge mir etwas sagen?«
»Ihr gebt Euch den Anschein eines einfachen Landsknechts, aber in Wirklichkeit seid Ihr ein Spion.«
»Ein Spion von der Schönburg«, bekräftigte Spalatina. »Wir werden ihn schon zum Reden bringen.«
»Spalatina, legt Euch schlafen«, sagte Cleve. »Ihr habt morgen einen anstrengenden Marsch vor Euch.«
Spalatina widersprach nicht, ging aber auch nicht schlafen.
»Falls es Euch interessiert«, sagte Cleve zu mir, »saß ich über Euch in einem Baum versteckt. Nachdem ich den Pfeil abgeschossen hatte, bin ich hochgeklettert bis ich zwischen den Blättern außer Sicht war und habe zugeschaut, während Ihr nach Spuren gesucht habt. Ich bin Euch immer einen Schritt voraus, Frischlin. Habt Ihr schon herausgefunden, wer oben im Turm versteckt gehalten wird?«
»In welchem Turm?«
»Frischlin, stellt Euch nicht dumm! Wenn Ihr überleben wollt, dann nur, wenn ich Euch für nützlich halte. Wenn Ihr mich überzeugt, daß Ihr ein Trottel seid, überlasse ich Euch diesem Schönling, der ein alter Bekannter von Euch zu sein scheint. Ich habe den Verdacht, daß Ihr vor seinen Augen keine Gnade finden werdet. Die Wahl überlasse ich Euch.«
»Gut, ich will die Wahrheit sagen. Ich habe Gerüchte gehört, daß es auf der Schönburg einen Schatz geben soll, der von Graf Frowin versteckt gehalten wird. Sein Bruder Nikolaus soll ihn zusammengerafft haben, ehe er ermordet wurde. Deshalb habe ich mich als Landsknecht auf der Burg anwerben lassen. Jetzt habe ich mich freiwillig gemeldet, um Eure Bande zu belauschen. Warum tun wir uns nicht zusammen? Ich kann Euch helfen, die Burg zu erobern.«

Spalatina hatte ich bei meinen Worten vorgebeugt. »Ihr wißt von dem Schatz?« fragte er interessiert. »Wieviel ist es? Woraus besteht er?«
»Es ist mehr, als Ihr Euch vorstellen könnt«, sagte ich. »Es ist Gold, Silber, Geschmeide... und«, fügte ich nach einem kurzen Blick auf die Zelteinrichtung hinzu, »seltene Teppiche aus dem Morgenland und einmalige, kostbare Waffen.«
»Genau, genau, das habe ich auch gehört«, stimmte Spalatina mir zu. »Wo, sagtet Ihr, ist der Schatz versteckt?«
»Er sagte gar nichts«, hielt Cleve mich von einer Antwort ab. »Er versucht nur, Euch einzuwickeln. Jetzt paßt einmal auf!« Er trat auf mich zu, tastete mich rasch und gründlich ab. Zuerst fand er das Messer in meinem Ärmel. Als letztes zog er mir beide Stiefel aus, fuhr mit der Hand hinein und brachte das Schriftstück hervor, das ich darin verborgen hatte.
»Das ist sein wahres Geheimnis«, sagte er nach einem kurzen Blick. Er reichte das Papier Spalatina herüber, der es vorlas:

»Auf meinen Befehl und zum Wohle des Reiches
tut der Inhaber dieses Briefes das, was er tut.

Gegeben zu Trier den fünften Januarius A. D. 1521

RICHARD GREIFENCLAU ZU VOLLRATHS
ERZBISCHOF VON TRIER
KURFÜRST DES HEILIGEN RÖMISCHEN REICHES...

...und so weiter, uns so weiter. Wer hätte das gedacht?«
»Jeder mit etwas anderem als Stroh im Kopf«, sagte Cleve. »Gebt mir das Papier. Ich werde es sicherheitshalber an mich nehmen.« Er ließ es in einer Innentasche seines Umhangs verschwinden.
»Na ja«, sagte Spalatina, »was soll's. Es war zu erwarten, daß der Bischof wenigstens einen Spitzel hinter uns herschickt. Wir bringen ihn einfach um, und damit hat sich die Sache.«
»Er hat den Spitzel nicht hinter uns hergeschickt, sondern auf der Schönburg postiert. Das ist etwas ganz anderes.«

»Ihr meint, der Bischof weiß auch über den Schatz Bescheid? Ihr hattet doch gesagt, es handelt sich um ein sorgfältig gehütetes Geheimnis, dem nur Ihr auf die Spur gekommen seid.«
»Die Schönburg hat mehr als ein Geheimnis, auch wenn nur eines davon für Euch von Belang ist. Und umbringen werden wir diesen jungen Mann keineswegs. Ich habe noch große Pläne mit ihm. Wie gefällt Euch das, Frischlin?«
»Ihr könnt Euch fest auf mich verlassen«, versicherte ich. »Ich werde tapfer an Eurer Seite streiten, bis die Burg unser ist.«
»Keineswegs. Ihr werdet vielmehr in Fesseln hier zurückbleiben. So, jetzt haben wir genug geplaudert. Spalatina, ich habe heute nacht noch einen wichtigen Besuch zu erledigen. Ihr seid dafür verantwortlich, daß dieser Mann bei guter Gesundheit ist, wenn ich wiederkomme. Laßt ihn von einem Eurer zuverlässigsten Männer bewachen. Wie heißt der Mann, der vorhin gesagt hat, daß er Frischlin von früher kennt?«
»Joseph Peutinger.«
»Den nehmt Ihr auf keinen Fall. Ich möchte nicht vergeblich suchen müssen, wenn ich Frischlin brauche.«
»Wozu brauchen wir ihn eigentlich noch?«
»Ich habe eine kleine Überraschung vorbereitet. Wenn ich jetzt schon darüber rede, ist es keine Überraschung mehr. Jetzt entschuldigt mich.«
Leo von Cleve verließ das Zelt.
Spalatina rief ein paar Männer, und nicht lange danach fand ich mich in sitzender Position an einen Baum gefesselt, in Gesellschaft zu Tode gequälter Landsknechte an den benachbarten Bäumen.

17

Das 17. Kapitel erzählt von alten Zeiten

Mehrere Schinder wechselten sich damit ab, mich zu bewachen. Keiner von ihnen freute sich besonders über die Aufgabe. So wurde ich immer wieder durch einen Tritt geweckt, kaum daß ich für ein paar Minuten eingenickt war.

Einmal kam Peutinger vorbei und sagte: »Ich weiß, woher wir uns kennen. Ich hielt dich für tot, aber das läßt sich ja nachholen.«

Der Posten sagte: »Spalatina hat gesagt, daß niemand mit ihm reden darf. Also scher dich weg, Peutinger.«

»Ich würde niemals gegen einen Befehl des großen Spalatina verstoßen«, sagte Peutinger. »Aber es ist noch nicht aller Tage Abend.«

Er schenkte mir ein Lächeln und verschwand zwischen den Zelten.

In der Morgendämmerung brachten Trommelschlag, Kommandos und Flüche die Schinder auf die Beine.

Murrend, sich die Augen reibend, aber gehorsam brachen die Schinder das Lager ab. Kaum fielen die ersten Sonnenstrahlen ins Tal, machte sich die Kolonne tatsächlich auf den Weg nach Oberwesel.

Es waren etwas mehr als dreihundert Mann mit vier Geschützen, dazu zwei kleine Orgelgeschütze, die der Bande wahrscheinlich beim Wagenzug in die Hände gefallen waren: alles in allem nicht einmal die Hälfte der Streitmacht, mit der wir nach der Aussage des gefangenen Schinders gerechnet hatten. Der Schönburg mit ihrer kleinen Besatzung konnten sie jedoch sehr wohl gefährlich werden.

Die Frage war nur: Was wollten sie auf der Schönburg? An die Geschichte von dem Schatz mochte ich nicht so recht glauben.

Till der Reimer schickte den Schinder, der als letzter bei mir Wache gehalten hatte, mit den Worten weg:
»Wernher, du glücklichster von allen, Beute wird dir heut' zufallen. Gen Oberwesel zieh und lache, denn ich bleib hier zurück als Wache.«
Die Schinder marschierten schnell, und bald waren sie außer Sicht gekommen. Wenn sie das Tempo beibehielten, würden sie wie geplant bis zum Mittag in der Stadt sein.
»Kann ich etwas zu essen haben?« fragte ich Till. »Du sollst mich ja gut behandeln, wie du sicher weißt.«
»Der Befehl war: ›Schon sein Leben!‹ Doch kein Wort von ›Essen geben‹.«
Till nahm ein Fladenbrot, ein Stück Speck und einen kleinen Krug aus seinem Beutel und machte sich daran, in aller Ruhe vor meinen Augen zu frühstücken.
»Wenigstens einen Schluck Wein kannst du mir geben«, bat ich. »Wenn ich vor Durst umkomme, entspricht das nicht der Schonung meines Lebens.«
Till aß erst betont langsam zu Ende. Dann sagte er: »Keinen laß ich an meinen Krug, das Rheinwasser ist gut genug.«
Er löste meine Fußfesseln. Dann band er mir den Strick so um die Knöchel, daß ich in kleinen Schritten gehen konnte. Schließlich entfernte er den Strick, der mich an den Baum band.
Ich ging vor ihm her zum Ufer. Till hielt sich so weit hinter mir, daß ein Überraschungsangriff keine Aussicht auf Erfolg hatte. Zudem hielt er eine gespannte Arcuballista* in der Armbeuge.
Während ich in Trippelschritten zum Ufer ging, blickte ich mich auf dem Boden nach etwas um, was mir weiterhelfen konnte. Bei den geschwärzten Stellen, wo die Lagerfeuer gebrannt hatten, lagen die Scherben einiger zerbrochener Tongeschirre herum. Ich brauchte nur zu stolpern und hinzufallen, was bei meinen Fesseln

---

* Arcuballista: Armbrust. Das deutsche Wort ist eine Verballhornung des lateinischen Arcuballista, wörtl. Bogenschleuder.

nicht ungewöhnlich gewesen wäre, und schon hätte ich eine Scherbe im Mund verbogen.

Doch Tills Aufmerksamkeit machte meinen Plan zunichte, noch ehe ich ihn richtig in Angriff genommen hatte: »Du taumelst ja zum Lagerfeuer. Die Richtung ist mir nicht geheuer. Geh weiter rechts, in Richtung Rhein, sonst steckt ein Bolzen dir im Bein.«

Wenn ich meine auf dem Rücken gefesselten Hände lange genug ins Wasser halten konnte, würden die Stricke sich etwas ausdehnen – vielleicht genug, daß ich meine Hände herausziehen konnte.

Am Ufer ließ ich mich auf die Knie nieder. Durch mehrmaliges Verändern meiner Körperhaltung machte ich deutlich, wie schwer es mir fiel, den Mund an die Wasseroberfläche zu bringen. Schließlich ließ ich mich mit einem Seufzer fallen und platschte mit meinem Körper seitlich ins Wasser.

»Ah, das tut gut«, sagte ich.

Bedächtig trank ich ein paar kleine Schlucke. Meine Handgelenke wurden vom Wasser umspült.

Till legte seine Arcuballista auf die Erde, griff nach meinen Fußfesseln und zog mich so weit aus dem Wasser, daß meine Hände wieder auf dem Trockenen waren.

»Wie schade wär's, wenn deine Hände, ich plötzlich ohne Fesseln fände«, sagte er.

Ich trank noch ein bißchen weiter, dann setzte ich mich auf.

»Danke«, sagte ich, »so geht es schon viel besser.«

Ein Mann trat aus dem Wald, etwa da, wo der Trampelpfad die Straße erreichte.

»Wir bekommen Besuch«, sagte ich zu Till. »Ich dachte, deine Kameraden sind alle nach Oberwesel gezogen.«

Till trat von mir zurück, ehe er sich umdrehte.

Joseph Peutinger kam näher.

»Ich bin erstaunt, dich hier zu seh'n, wollt'st doch nach Oberwesel geh'n«, sagte Till.

»Ich hatte noch etwas zu erledigen«, sagte Peutinger. »Und da

dachte ich, ich schaue noch einmal kurz vorbei, wie es meinem alten Bekannten geht.«
»Er ist in meiner sich'ren Hut. Laß ihn in Ruh', ich rat' dir gut.«
»Nicht doch, Till! Ich würde dir doch niemals schaden, oder was denkst du von mir!«
»Erschieß ihn«, sagte ich zu Till. »Er wird uns beide umbringen!«
»Ich werde doch keinen alten Freund umbringen«, widersprach Peutinger. »Wie lange kennen wir uns jetzt, Till?«
»Wir kennen uns bald sieben Jahr', und eines war mir immer klar: Wir foltern nur zum Beute finden, für dich ist einz'ges Ziel das Schinden.«
»Jedem das Seine, wie es so heißt. Aber reden wir von etwas anderem. Was ich mich frage, seit wir uns kennen: Weshalb redest du eigentlich nur in Reimen?«
»Das Reimen war mir selbst stets Plage. Ich wünschte mir an jedem Tage, ich könnt' das Reimen endlich lassen. Ich mußt' es tun, tat ich's auch hassen.«
»Ich dachte immer, du tust es, damit dich alle für einen Hanswurst halten und unterschätzen. Und jetzt erfahre ich, daß du selbst darunter leidest. Du bist wirklich zu bedauern, Till.«
»Laß dich auf kein Gespräch ein«, rief ich Till zu. »Er wickelt dich nur ein, um dich umzubringen.«
»Willst du den Kameraden schinden, wird dich der Teufel einstmals finden.«
Peutinger schüttelte angesichts von soviel Mißtrauen verständnislos den Kopf.
»Der Teufel wird mich sowieso eines Tages finden«, sagte er. »Aber daß du dich von einem Gefangenen gegen mich aufhetzen läßt, macht mich ganz betrübt. Dabei ist doch... Vorsicht! Er ist aus seinen Fesseln geschlüpft!«
Ich war keineswegs aus meinen Fesseln geschlüpft. Aber natürlich drehte Till sich um, als er den Warnruf hörte.
Als Till sich wieder zurückdrehte, war es zu spät.
Peutingers Messer blitzte kurz in der Sonne, dann schoß es

in einer raschen Bewegung von unten durch Tills Bauch und Brust.
In einem Reflex drückte Till den Abzug der Arcuballista. Der Bolzen flog harmlos auf den Rhein hinaus.
Till taumelte, drückte beide Hände auf den Leib, als könne er die Wunde dadurch schließen. Dann fiel er auf die Knie, hielt sich eine Weile mühsam aufrecht und sank schließlich zur Seite.
»Das ist deine letzte Stunde, mein alter Freund«, sagte Peutinger. »Viel ist nicht mehr an dir dran, und ich muß mich wohl damit abfinden, daß du mir unter den Händen wegstirbst.«
Joseph wischte sein Messer an Tills Wams ab.
»Hast du mich für so dumm gehalten zu glauben, die Burg fiele uns wie ein reifer Apfel in den Schoß?«
»Ich bitte dich nur ganz bescheiden: Mach ein Ende meinem Leiden!« stöhnte Till.
»Den Gefallen kann ich dir nicht tun. Sieh mal, dann hätte ich doch gar nichts von meinem kleinen Ausflug gehabt. So mißgünstig kannst du doch in deinen letzten Augenblicken nicht sein.«
Till konzentrierte sich mit aller Kraft, zu der er noch fähig war, und sagte mit geradezu übermenschlicher Anstrengung in Prosa: »Joseph, du bist ein mieses Schwein.«
Und Joseph lächelte und antwortete: »Auch das erspart dir nicht die Pein.«
Peutinger beugte sich über Till. Er benutzte sein Messer mit der Ruhe und dem Geschick eines erfahrenen Chirurgen bei einer Demonstration vor Studenten der Anatomie. Schließlich richtete er sich enttäuscht wieder auf.
Mit einer Mischung aus Angst, Ekel und Faszination beobachtete ich sein Tun.
»Tatsächlich«, sagte er zu mir, »der alte Till ist gestorben, ehe ich richtig anfangen konnte. Aber du wirst nicht so unhöflich sein, nicht wahr?«
Angst ist eine starke Triebkraft, und ich schaffte es tatsächlich, auf die Beine zu kommen, ehe er mich erreicht hatte.

Mit einem Stoß vor die Brust warf Peutinger mich wieder um.
»Mach's dir bequem«, sagte er.
»Du wirst es nicht wagen, mich umzubringen«, sagte ich. »Spalatina würde dich bis ans Ende der Welt dafür jagen.«
»Mich jagen schon ganz andere Leute. Und hat mich einer erwischt? Aber jetzt laß uns Erinnerungen auffrischen, ehe wir zum eigentlichen Grund meines Besuches kommen. Wie lange ist das her, daß wir uns getroffen haben? Neun Jahre? Oder schon zehn?«

Es war zehn Jahre her.
Im Herbst 1512 war ich vor meinem Vater davongelaufen. Die Tage waren so warm, daß ich unter freiem Himmel schlafen konnte, aber nicht so heiß, daß ein langer Fußweg zur Qual wurde. Die Bäume und die Felder trugen Früchte, so daß meine Ernährung gesichert war.
Als ich in den ersten Morgenstunden von Damscheid ins Rheintal hinunterging, schmerzte mein Bauch noch von den Tritten, die mir mein Vater am Abend vorher versetzt hatte.
Ich folgte dem Rhein flußabwärts, da es leichter war, bergab als bergauf zu laufen.
Am ersten Tag aß ich fast nichts. Am zweiten Tag, als die Bauchschmerzen nachgelassen hatten, nahm ich eine reichhaltige Mahlzeit aus Äpfeln zu mir, die ich mit Wasser hinunterspülte.
Am dritten und vierten Tag lief ich weder, noch aß ich etwas, da mir die Diät des Vortages einen langen Aufenthalt abseits des Weges hinter ein paar Büschen einbrachte – und dazu natürlich wieder Bauchschmerzen. Ich wünschte mir eine Weile lang, auf der Stelle zu sterben.
Die Erwartung, unter den Schlägen meines Vaters tatsächlich auf der Stelle sterben zu können, trieb mich schließlich weiter.
Ich wollte ein Abenteurer werden, ein unüberwindlicher Fechter.
Ich aß, was ich auf den Feldern fand. Manchmal bettelte ich Reisende an, bekam ein Stück Brot oder ein paar kleine Münzen.
Das Brot und das, was ich von den Feldern stahl, reichte, um

am Leben zu bleiben. Die Münzen hob ich auf. Ich würde mir davon Waffen und ein Pferd kaufen, wenn ich genug zusammen hatte.

In Boppard traf ich auf drei muntere Burschen, die in Richtung Norden zogen. Sie erzählten verlockende Dinge über die Piraten der Nord- und Ostsee. Klar, sagten sie, sie würden mich mitnehmen, um auf einem schnellen Segelschiff die reichbeladenen Frachter der Hanse auszuplündern. Vorkenntnisse brauchte ich keine, sie kannten sich im Plündern aus.

Das stimmte: Als ich eines Morgens allein erwachte, war ich all meine Münzen und dazu meine Stiefel los.

Wütend folgte ich ihnen. Ehe ich mich den Piraten anschloß, würden drei Leichen an meinem Weg liegen.

Zunächst lagen aber nur Hautfetzen von meinen Füßen an meinem Weg, und mit blutenden Sohlen gab ich die Verfolgung auf.

In Koblenz setzte ich mich in der Stadt an den Straßenrand und bettelte. Schließlich muß auch ein Abenteurer klein anfangen. Zumindest meine Erfahrungen wurden durch meinen Aufenthalt erheblich bereichert. Ich erfuhr nämlich, daß man auch zum Armsein eine Lizenz braucht. Die Stadtwache nahm mir ab, was ich eingenommen hatte, und warf mich hinaus.

Bereit, aus meinen Erfahrungen zu lernen, setzte ich mich diesmal vor das Stadttor. Die Stadtwache kümmerte sich nicht darum, was ich außerhalb der Mauern trieb. Das übernahmen sechs verwegene Gestalten, die mir versicherten, die Koblenzer Bettlergilde lege keinerlei Wert auf neue Mitglieder.

Sie jagten mich ein Stück die Landstraße entlang. Ich lernte, wie schnell und wie weit man mit zerschundenen Füßen rennen kann, und beschränkte mich darauf, auf der Landstraße zu betteln.

Kurz vor Remagen lief der Herbst mir davon; ich fand nur noch wurmstichiges Fallobst und angeschimmelte Früchte, die die Bauern bei der Ernte zurückgelassen hatten.

Die Tage wurden kürzer, und die Etappen meiner Reise auch.

Frierend schleppte ich mich weiter.
Ich aß Blätter und Gras. Einmal fand ich den Rest eines toten Hasen, den ein Fuchs, von meinen Schritten aufgeschreckt, zurückgelassen hatte: ein Festmahl.
Auf einem Meilenstein am Straßenrand las ich: »Bonn. Zehn Meilen.«
Ich hatte keine Ahnung, wie viele Meilen ich schon hinter mir hatte. Aber zehn vor mir, nur um wieder einmal aus einer Stadt gejagt zu werden, schienen eine unnötige Strapaze zu sein.
Ich lehnte mich an den Stein und beschloß, Straßenräuber zu werden. Es mußte nur jemand vorbeikommen, der schwächer aussah als ich.
Eine Menge Leute gingen, ritten und fuhren an mir vorbei. Der schwächste war ein Knabe auf einem Esel. Er sah aus, als ob er mich, ohne Luft zu holen, aus den Hosen pusten könnte.
Schließlich kam ein langsamer Frachtwagen, gezogen von zwei Ochsen. Der Fahrer warf mir einen kurzen Blick zu, nickte freundlich und fuhr weiter, ohne anzuhalten.
Es war nicht leicht, ihn einzuholen, aber ich schaffte es.
Auf der Ladefläche standen Fässer und Leinensäcke. Ich mußte mich nur hinaufziehen und ein paar Säcke hinten hinunterwerfen. Was mochte darin sein? Gold? Edelsteine? Oder ein unvergleichlicher Schatz wie frische Lebensmittel?
Ich packte die Kante des Wagens, um mich hochzuziehen. Aber dazu reichte meine Kraft nicht.
Wenn ich es nicht schaffte, würde ich niemals die Entschlußkraft für einen Versuch bei einem anderen Wagen aufbringen.
Ich fiel hin, hielt mich mit der Kraft, die aus der Verzweiflung erwächst, am Wagen fest und wurde mitgeschleift.
Schließlich kam ich wieder auf die Füße. Es wurde mir ein bißchen erleichtert, weil der Wagen angehalten hatte.
»Soll ich dir helfen, Junge?« fragte eine freundliche Stimme. Zwei starke und doch sanfte Arme hoben mich auf den Wagen.
Ich blickte auf den Fahrer, einen kräftigen Mann mit einem gezwirbelten Schnurrbart und Lachfältchen um die Augen.

»Du siehst ja richtig gefährlich aus«, sagte er. »Da zahle ich dir besser freiwillig den Wegzoll, ehe du mich dazu zwingst.«
So lernte ich Leopold Mühlpfort kennen.
Mühlpfort hatte Wein und Käse aus Koblenz geladen.
Als mein Magen voll war, dachte ich, daß von seiner Ladung nicht viel übrig sein könnte.
Ich schlief hinten auf dem Wagen, während Mühlpfort weiterfuhr, zwischendurch ein Liedchen sang, Geschichten aus seinem Leben erzählte, mich nach Geschichten aus meinem Leben fragte oder einfach auf dem Kutschbock ein Schläfchen hielt.
»Wohin bringt Ihr mich, Herr Mühlpfort«, fragte ich ein wenig ängstlich, als ich erholt genug war, um wieder an die Zukunft denken zu können.
»Wohin willst du denn, Edgar?«
»Ich weiß nicht.«
»Na, dann ist es doch egal, oder? Ich kann zwar nicht das ganze Elend der Welt beseitigen, aber einem einzelnen kann ich helfen.«
Mühlpfort betrieb ein Wirtshaus an der Landstraße vor Köln. Er vermietete Zimmer, ein bißchen sauberer und ein bißchen billiger als in der Stadt. Er verkaufte Wein und Bier in gut eingeschenkten Krügen, und die Teller waren stets bis zum Rand gefüllt.
Was mich betraf, war die wahre Attraktion des Hauses Mühlpforts Tochter Friederike.
Ich erkannte, daß Susanne höchstens eine dumme Schwärmerei meiner Jugend gewesen war, Friederike aber die wahre und ewige Liebe eines Erwachsenen.
Leider war meine gegenwärtige Stellung noch weit von einer entfernt, die mich zu einem akzeptierten Schwiegersohn und Erben machte. Ich mistete die Ställe aus, versorgte die Kühe und Schweine des Wirtes sowie die Pferde der Gäste, putzte in Küche und Gaststube.
Mühlpfort war verwitwet, und Friederike seine einzige Tochter. Außerdem gab es noch einen alten Knecht und ein paar Mädchen, die dem Wirt zur Hand gingen und die Gäste bedienten.

Es waren einige hübsche Gesichter und einige wohlgeformte Körper, die mit mir im selben Haus arbeiteten. Es waren auch einige, die einem Stallknecht im Heu Gesellschaft leisten würden – jedenfalls, als die ersten Wochen vorbei waren und ich wieder etwas kräftiger aussah.
Ich war jedoch fest entschlossen, mich für Friederike aufzusparen.
Einige gutaussehende Gäste – und fast alle schlechtaussehenden – bedachten Friederike mit kleinen Aufmerksamkeiten, suchten alberne Vorwände, um sie zu berühren. Friederike antwortete stets höflich, schüttelte oft den Kopf, lachte wie über einen guten Witz zu ernst gemeinten Angeboten.
Wenn es später wurde, glaubte der eine oder andere Gast mit schwerer Zunge und leichtem Herzen, den Schlagbaum an der Grenze zwischen Wunsch und Wirklichkeit offen zu finden. Dann trat Mühlpfort dazwischen und machte höflich klar, welche Dienstleistungen in seinem Haus erhältlich waren und welche nicht. Meist reichten ein paar Worte. Manchmal half ein freier Schoppen*. Selten benutzte er seine Fäuste. Und: Immer erreichte er, was er wollte.
Und Friederike... wie soll ich sie beschreiben? Ich könnte sagen, daß sie glattes, rotes Haar hatte, daß sie eine Stupsnase besaß, über der zwei freundliche blaue Augen in die Welt blickten. Ich könnte sagen, daß ich immer wieder von hinten, wenn niemand auf mich achtete, einen begehrlichen Blick auf ihre Waden warf, die unter ihrem Rock hervorschauten.
Aber ergäbe das ein Bild von Friederike?
Wo Susanne schroff gewesen war, war sie sanft. Wo Susanne ihre Fäuste geballt hatte, schenkte sie ein Lächeln. Wo Susanne sich umgedreht hatte, wandte sie sich zu.
Während die Schankmädchen sich für Schmuck und Tanzveranstaltungen interessierten, las sie, was sie in die Finger bekam.

---

* Schoppen: Schöpfkelle. Im 12. Jahrhundert der Inhalt eines Schöpfgefäßes der Brauer, seit dem 16. Jahrhundert als Hohlmaß für Bier und Wein verwendet. Die Menge beträgt regional verschieden $1/4$ bis $1/2$ Liter.

»Mädchen, die zuviel lesen, kriegen keinen Mann ab«, sagte ihr Vater gelegentlich, doch lachte er dabei und zeigte, daß es ihm nicht ernst war.
»Ich will sowieso nur einen Mann, der mindestens soviel gelesen hat wie ich«, antwortete Friederike.
Mein Interesse an Literatur war noch nie so groß gewesen wie in meiner Zeit in Mühlpforts Gasthaus.
Ich hatte durch Pastor Seuse lesen und schreiben gelernt.
Jetzt faßte ich mir ein Herz und fragte Friederike, ob sie mir etwas zu lesen geben könne. So sprachen wir öfter und ernsthafter miteinander über Bücher, die wir beide gelesen hatten, zum Beispiel über »Das Narrenschiff« des Sebastian Brant, ein Werk, von dem angeblich über fünfhundert Exemplare gedruckt worden waren. In langen Gedichten, versehen mit gruseligen Holzschnitten, mahnte Brant den Leser zu Abkehr von weltlichem Besitz und Ehrfurcht vor der Kirche.
Manchmal kam Friederike abends zu mir in die Scheune, wenn es um Flugschriften oder kleine Bändchen ging, in denen Unglaubliches aus dem Privatleben der Priesterschaft oder des Papstes selbst enthüllt wurde. Wer hätte gedacht, daß der Papst im Vatikan eine Ziege hielt, um mit ihr zu verkehren wie mit einer Frau! Es überraschte uns nicht, daß die Obrigkeit die Verbreitung dieser Schriften zu unterbinden versuchte.
Ich erfuhr auch noch andere Dinge. Die Erde war eine Kugel! Und man konnte ganz herumfahren, ohne herunterzufallen. »Ach, das wußte ich«, sagte Friederike.
Ein Dominikaner namens Johannes Tetzel legte in einem Büchlein dar, daß man nicht nur durch gottgefälliges Leben in den Himmel kommen konnte, sondern auch durch den Kauf von Ablaßbriefen gegen bare Münze. »Das glaube ich nie und nimmer«, sagte Friederike.
»Aber dann bist du ja eine Protestantin!« stellte ich fest.
»Wenn mich das zu einer Protestantin macht, dann bin ich es wohl«, gab sie lakonisch zu.
Ich blickte sie bewundernd an.

»Wenn das nun jemand erfährt? Du könntest auf dem Scheiterhaufen enden!«

»Ach, Edgar, außer dir weiß es doch niemand. Und dir kann ich vertrauen, soviel ist sicher.«

Oh, wie herrlich! Sie hatte Vertrauen zu mir. Ich wollte mich dessen immer würdig erweisen.

Ich fühlte mich sehr erwachsen und wichtig, wenn wir uns so unterhielten. Nur in einem war ich nicht erwachsen geworden: Ich wagte nicht, ihr zu sagen, daß ich sie liebte. Sie hätte ja nein sagen können. Und eine ungewisse Hoffnung war besser als eine gewisse Abfuhr.

Eines Tages würde ich ihr meine Liebe gestehen. Ich müßte nur ein bißchen mutiger werden – und wesentlich wohlhabender.

Am Ende jedes Monats bekam ich zwei Kreuzer. Leopold Mühlpfort sorgte dafür, daß ich immer anständige Kleidung und Schuhe hatte und einen warmen Mantel für den Winter. Ich konnte meinen Lohn also beiseite legen und für die Zukunft sparen.

Meine Zeit als Abenteurer war vorbei. Ich würde – jetzt sah ich meinen Lebensweg klar vor mir – Wirt werden. Ich könnte für mein Geld Wein oder Bier kaufen und ein Gasthaus eröffnen. Oder mich als Partner an Mühlpforts Gasthaus beteiligen. Ich rechnete eine Weile herum und fand heraus, daß ich ungefähr hundertzwanzig Jahre sparen mußte, um ein lukrativer Partner zu werden.

Vielleicht war es besser, Mühlpfort einfach kühn um die Hand seiner Tochter zu bitten.

Ich setzte mir die Sommersonnenwende als Ziel, um mich zu erklären.

Aber Friederike starb an einem der ersten warmen Tage im Mai.

Am Morgen dieses Tages kam ein junger Mann als Gast zu uns. Er kam auf einem schweißbedeckten Pferd und mietete ein Zimmer für die Nacht.

So wie er hätte ich gern ausgesehen. Er war mittelgroß, hatte sehr feine, schöne Gesichtszüge, die durch keinen Bart verborgen wurden. Sein rotblondes Haar und seine Landsknechtskleidung ließen ihn wie die Verkörperung des abenteuerlichen Lebens selbst erscheinen.

Friederike blickte ihn bewundernd an. Ich mochte ihn nicht.

Ich hatte das Pferd unseres Gastes versorgt und trieb mich anschließend in der Gaststube herum, wischte hier, polierte da, und beobachtete eifersüchtig, daß Friederike sich zu ihm an den Tisch gesetzt hatte.

»Und wo wollt Ihr hin, Herr Peutinger?« fragte sie ihn.

»Schöne Jungfer, mein Weg führt mich nach Norden. Ich habe gehört, daß dort Piraten das Leben der ehrlichen Menschen an der Küste bedrohen.«

»Ihr werdet doch nicht Pirat werden wollen!«

»Nur ein moralisch verkommenes Subjekt könnte jemals einen solch verwerflichen Entschluß fassen. Ich werde meine Waffendienste der Hanse anbieten, um meinen Teil dazu beizutragen, das Übel aus der Welt zu schaffen. Doch bitte ich Euch: Sagt Joseph zu mir. Noch habe ich keine Taten vollbracht, die mir die Ehre gestatten würden, als ›Herr‹ angeredet zu werden.«

»Ihr redet so gewandt, Joseph. Sicher seid Ihr ein belesener Mann.«

»Ich habe eine Erziehung im Kloster genossen. Doch sagt selbst, schöne Friederike, ist das ein Leben für einen unternehmungslustigen Mann? Sicher haben die Klöster ihre Bedeutung als Hort des Wissens. Meine Aufgabe ist es jedoch nicht, mich hinter Mauern zu verstecken, sondern den Fährnissen des Lebens zu trotzen, bis der Tag gekommen ist, eine Familie zu gründen und meine Kinder in einer besseren Welt aufwachsen zu lassen.«

»Ja, das nenne ich gesprochen wie ein Mann. Edgar, bring unserem Gast doch noch einen Becher Wein!«

»Nein, danke«, wehrte Joseph Peutinger ab. »Ich will mein Geld nicht verschwenden. Schließlich muß ich einen Teil übrig behalten, um den Bedürftigen, die ich am Wegesrand sehe, eine Gabe reichen zu können.«

»Das ehrt Euch. Nehmt doch einen Becher als mein Gast.«
»Wie könnte ich da ›nein‹ sagen.«
»Macht einfach den Mund auf und sagt ›nein‹«, schlug ich vor.
»Edgar, ich bitte dich«, mahnte Friederike mich. »Sei nicht unhöflich. Ihr müßt ihn entschuldigen, Joseph. Edgar ist ein Bursche, der bei uns arbeitet, und seine Sitten sind bisweilen nicht so fein wie die Euren.«
»Gewiß ist er heimlich in Euch verliebt«, sagte Peutinger. »Das würde seinen dreisten Einwurf entschuldbar machen.«
Friederike ließ ihr glockenhelles Lachen hören.
Ich knallte einen Becher Wein vor den beiden auf den Tisch. Dann lief ich in den Stall, um Peutingers Pferd zu beschimpfen. Der Hengst ließ die Bezeichnungen Schindmähre, Klepper, Zosse und schließlich sogar Wallach ungerührt über sich ergehen. Er zitterte in den Flanken, wie nach einem langen Galopp, der ihn bis an die Grenzen seiner Kraft gefordert hatte. Wie nach einem Wettreiten. Wie nach einer Flucht.
Später fegte ich den Hof vor dem Gasthaus und beobachtete dabei die Landstraße. Keiner der Reiter, die vorbeikamen, machte den Eindruck, einen Flüchtigen zu verfolgen.
Gegen Nachmittag hielten mehrere Reisende Einkehr im Gasthaus. Ich half beim Einschenken, und Friederike bediente die Gäste an den Tischen. Ich machte mehrere Versuche, mit ihr ins Gespräch zu kommen, aber sie schien mich nicht zur Kenntnis zu nehmen.
»Wo ist denn unser Schlafgast?« fragte Mühlfort seine Tochter.
»Er war so erschöpft, da hat er sich etwas hingelegt«, sagte sie.
»Kommt er zum Abendessen herunter?«
»Ich bin sicher. Ich habe ihm von deinem Sauerbraten vorgeschwärmt.«
»Er gefällt dir wohl. Der junge Mann, meine ich.«
»Ach, Vater!«
Das Gasthaus war am Abend gut besucht. Ich hatte alle Hände voll zu tun; vor allem, weil sich Friederikes Hände – und der Rest von Friederike auch – mit Peutinger an einem Tisch befanden.

213

»Na, Edgar«, sagte Mühlpfort zwischendurch zu mir,»ist das nicht herrlich, daß wir einen Blick auf die aufkeimende junge Liebe werfen können? Wir beide als Unbeteiligte, meine ich.«
Er zwinkerte mir schelmisch zu, wie immer, wenn er einen Witz gemacht hatte. Ich konnte nicht darüber lachen.
»Zieh doch nicht so ein Gesicht, Junge! Ich habe doch längst gemerkt, daß du Friederike anhimmelst. Ich mag dich gern, aber als Vater muß ich dir sagen, daß du nicht der Mann bist, den ich mir für meine Tochter vorgestellt habe.«
Mein Herz sank in die Hose. Verloren! Alles verloren!
»Der Schönling da drüben allerdings auch nicht, was das anbelangt«, fügte er hinzu.
Mein Herz wagte sich wieder hervor.
Als er mein Gesicht sah, legte er mir den Arm um die Schultern: »Komm, nimm's nicht so schwer. Ich habe auch als Stallbursche angefangen, und es kann in der Welt alles mögliche passieren. Geh nach oben und räum die Gastzimmer auf. Aus den Augen, aus dem Sinn, heißt es doch.«
Ich wischte durch die leeren Gastzimmer, bis nur noch eines übrig war: Das Zimmer, in dem Peutinger wohnte.
Zwar war die Tür abgeschlossen, aber ich besaß einen Schlüssel, der überall paßte. Ich schlich mich zur Treppe und spähte in den Schankraum.
Friederike und Peutinger saßen noch immer zusammen und unterhielten sich angeregt. Hin und wieder berührten sich zufällig ihre Hände. Sehr zufällig!
Es würde sich schon herausstellen, ob Peutinger etwas auf dem Kerbholz hatte! Kurz entschlossen öffnete ich die Tür zu seinem Zimmer und trat ein.
Sein Reisemantel hing auf einem Haken an der Wand. Auf dem Tisch lagen zwei gepackte Satteltaschen. Ich machte mich an die Untersuchung von Peutingers Hab und Gut.
Peutinger besaß eine Bibel, Kleidung zum Wechseln, Kochgeschirr, einen einfachen Spiegel, ein Kreuz, einen Satz Spielkarten, eine Kugelzange, eine Pulverflasche und eine Büchse mit Zunder.

Etwas seltsam kam mir vor, daß er auch ein Paar Daumenschrauben bei sich führte.
Als ich den Mantel von Haken nahm, fand ich darunter ein Wehrgehänge mit einem Schwert. Ein leeres Holster hing daran, wie man es zur Aufbewahrung einer Pistole benutzt. Die Pistole fand ich nicht.
Ich brachte alles im Raum wieder so in Ordnung, wie es vorher gewesen war. Dann ging ich in die Gaststube zurück.
Mühlpfort war nicht zu sehen, Peutinger und Friederike auch nicht.
Ich hielt eines der Schankmädchen am Ärmel fest und fragte: »Hast du Friederike gesehen?«
»Die ist mit dem netten Mann nach draußen gegangen, als ihr Vater nicht aufpaßte. Ach, hätte er mich lieber mitgenommen!«
Das wäre mir auch lieber gewesen.
Bilder von grausamen Schandtaten, die Peutinger an Friederike beging, schossen mir durch den Kopf. Nur die übersteigerte Phantasie eines unglücklich verliebten jungen Mannes konnte solch dramatische Bilder erzeugen.
Diesmal entsprachen sie der Wirklichkeit.
Ich schaute zuerst in den Stall, ob Peutingers Pferd noch dort stand. Inzwischen hatte es aufgehört zu zittern, stand ruhig in seiner Box und fraß Heu aus der Raufe.
Ich lief durch den hinteren Teil des Stalls, wo Rinder und Schweine der Nachtruhe entgegendämmerten. Dort lehnte eine Mistgabel an einem Pfeiler. Ich riß sie an mich. Das vertraute Gewicht in der Hand und die spitzen Metallzinken an der Vorderseite übten eine beruhigende Wirkung auf mich aus.
Noch nie im Leben hatte ich in die Mündung einer Pistole geblickt. Andernfalls wäre ich kaum auf den Gedanken gekommen, von einer Mistgabel könne Beruhigung ausgehen, wenn man nach einem Mann mit einer Pistole sucht.
Durch den Hinterausgang des Stalles kam ich auf das freie Feld.
Mühlpfort betrieb etwas Landwirtschaft neben seinem Gasthaus.

Er hatte einen Kräutergarten, da er der festen Überzeugung war, niemand außer ihm könne Petersilie und Dill im richtigen Maß wässern, damit sie genau den Geschmack ergaben, den er wollte.

Im April hatte er begonnen, einige Früchte anzubauen, die aus Westindien eingeführt worden waren. Seine Stammgäste hatten ihn geneckt, daß er mit Indianerkräutern mehr Essensgäste vertreiben als hinzugewinnen würde.

Trotzdem hatte Mühlpfort auf einem Beet hinter dem Stall Goldäpfel* und Tartuffeln** angepflanzt, die wegen ihrer hübschen Blüten eher in den Ziergarten eines Lustschlosses zu passen schienen als in das Speiseangebot eines Gasthauses.

Abseits der anderen Gebäude stand ein kleiner Heuschober. Der hölzerne Bau war schon etwas windschief. Die Latten hatten sich verschoben, so daß sich Spalten zwischen ihnen gebildet hatten.

Durch diese Spalten sah ich jetzt Licht schimmern.

Ich packte die Mistgabel wie eine Helmbarte – oder so, wie ich glaubte, daß ein Landsknecht seine Helmbarte packen würde – und stürmte auf den Schober zu.

Ich stieß die Tür mit dem Fuß auf und rief »Ha! So ist das also!«

Ich rief es, noch bevor ich richtig gewahr wurde, was sich im Dämmerlicht der einzelnen Laterne tatsächlich abspielte.

Sonst hätte ich etwas anderes gerufen. »Hilfe!« zum Beispiel.

Im hinteren Teil der Scheune lagen die Heuballen aufeinander, so daß sich so etwas wie eine Tribüne ergab. Auf dieser Tribüne fand eine grausige Vorführung statt.

Friederikes Kleider waren von Messerschnitten zerfetzt. Sie hin-

---

* Goldapfel: Tomate, ursprünglich aztekisch »Tomatl«. Die Anfang des 16. Jahrhunderts aus Mexiko eingeführten Tomaten waren klein und goldgelb; ihr heutiges Aussehen erhielten sie erst durch europäische Züchtungen.

* Tartuffeln: Kartoffeln. Francisco Pizarro beschrieb die südamerikanischen Papas-Früchte als »Tartufolos« (= Trüffeln), daraus wurde das deutsche »Tartuffeln«; die Bezeichnung »Kartoffeln« entstand erst im 18. Jahrhundert.

gen immer noch an ihren Armen, doch der Körper war völlig entblößt. Um ihren Mund war ein Tuch gebunden. Einzelne Halme, die an den Seiten hervorschauten, zeigten, daß ihr Mund voll Heu gestopft worden war, um sie am Schreien zu hindern.
Kreuz und quer über Brust und Bauch liefen blutende Messerschnitte.
Peutinger kniete neben ihr, in der Hand ein kurzes Messer mit gezackter Klinge. Gerade setzte er es an Friederikes Busen, als mein Ruf ihn herumfahren ließ.
Er sprang auf.
Da sah ich – der Teufel mag wissen, wieso mir überhaupt etwas außer diesem Anblick auffallen konnte – daß Peutinger seine Jacke und seine Pistole auf eine Holzkiste gelegt hatte.
Die Holzkiste war zwei Schritte von mir entfernt. Nie zuvor hatte ich zwei Schritte so schnell gemacht.
Die Mistgabel fiel zu Boden, und ich hatte die Pistole in der Hand, noch ehe der Gedanke dazu Gestalt angenommen hatte.
Ich hielt die Pistole mit beiden Händen, zitternd, ängstlich, entschlossen.
Ich bewegte den Abzug, aber nichts passierte. Ich mußte den Hahn spannen, ehe ich abdrücken konnte.
Das gab Peutinger Zeit, Friederike hochzureißen und als Schutzschild vor sich zu halten. Er hielt das Messer an ihre Kehle.
Mit dem Daumen zog ich den Hahn nach hinten, bis er knackend einrastete.
»Na schön«, sagte Peutinger. »Ich ergebe mich.«
»Laß Friederike los«, rief ich, »laß sie sofort los!«
»Natürlich. Ich tue alles, was du willst. Du hast schließlich die Pistole.«
Er schob Friederike zur Seite, hielt sie nur noch mit der linken Hand fest. Mit dem Messer schnitt er ihren Knebel durch.
»Ich möchte nicht, daß es zu einem Mißverständnis kommt«, sagte er. »Sie hat mich darum gebeten. Es kam mir ja selbst etwas seltsam vor, aber ich wollte nicht unhöflich sein.«
»Komm langsam her, mit erhobenen Händen«, sagte ich.

»Glaubst du mir etwa nicht? Komm, Mädchen, sag dem jungen Mann, daß ich es nur deinetwegen gemacht habe.«
»Oh, Edgar«, sagte Friederike, »bitte, bitte, hol mich hier raus.«
Ich ging langsam auf die beiden zu, achtete darauf, daß die Pistole immer auf Peutinger gerichtet blieb.
»Das Ganze ist ein Mißverständnis«, sagte er. »Ein furchtbares, unglaubliches Mißverständnis. Wenn ich auch nur die leiseste Ahnung gehabt hätte, daß das solche Auswirkungen haben kann!«
»Ich sag's nicht noch einmal«, sagte ich.
»Tja, dann ... du bist nicht leicht zu überzeugen. Das finde ich gut. Willst du wetten?«
»Ich will, daß du sie losläßt und herkommst. Jetzt.«
»Du kannst nicht so gut treffen, daß ich nicht Zeit hätte, ihr die Kehle durchzuschneiden. Willst du's darauf ankommen lassen?«
Ich mußte nur schnell genug sein: Schießen, nach vorne springen und die Hand mit dem Messer packen.
»Edgar, bitte!« flehte Friederike.
»Buh!!!« schrie Peutinger.
Ich schoß, und im selben Augenblick riß Peutinger Friederike vor sich und ließ sich selbst nach hinten fallen.
Ich stand aufrecht, doch wie gelähmt da.
Nur ein paar Schritte vor mir – doch Schritte, die ich niemals tun würde – lag Friederike. Auf ihrer Brust, rund um die Stelle, an der der Tod in ihren Körper eingedrungen war, breitete sich ein roter, feuchter Fleck aus und begann, die Messerschnitte einen nach dem anderen zuzudecken. Sie zuckte mit den Beinen, als versuche sie, im Liegen zu laufen, fort von ihrem eigenen Tod.
Einst hatte dieses Gesicht unter den roten Haaren so herrlich gelacht, daß ich niemals aufhören wollte, es anzusehen. Jetzt war es von Schmerzen zu einer grauenhaften Fratze verzerrt. Die Lippen versuchten, Worte zu formen, die doch nur als Schreie an mein Ohr drangen.
»Tja, ich gehe dann wohl besser«, sagte Peutinger. »Ihr habt euch bestimmt noch eine Menge zu sagen.«
Die Szene lief in den folgenden Jahren wieder und wieder vor

meinem geistigen Auge ab, und jedesmal machte ich etwas anders. Manchmal rettete ich Friederike. Manchmal starb Friederike, aber ich tötete Peutinger.
Aber als ich alles in der Wirklichkeit durchlebte, gelang mir weder das eine noch das andere.
Ich weiß nicht, wie lange ich so dastand, unfähig, auf Friederike zuzugehen. Ich sah sie sterben, und dann stand ich vor ihrem leblosen Körper.
Ich stand dort, bis Leopold Mühlpfort eintrat.
Er stellte keine Fragen, sah nur, was zu sehen war, und schlug mich mit einem einzigen Hieb seiner mächtigen Fäuste zu Boden.
Das letzte, was ich hörte, bevor eine gnädige Bewußtlosigkeit mich endlich von diesem grauenhaften Bild befreite, war Mühlpforts Stimme, die sagte: »Du bist tot, Edgar, tot, tot, tot.«

»Eigentlich ein Wunder, daß sie dich damals nicht umgebracht haben«, sagte Peutinger.
»Das konnten sie nicht«, antwortete ich. »Ich war schon tot.«
»Ah, du hast dir deinen Humor bewahrt. Ich bin gespannt, wie tief ich schneiden muß, um die Wurzel deines Humors zu finden. Dieses Mädchen damals ... wie hieß sie doch gleich?«
»Ich will nicht, daß du ihren Namen in den Mund nimmst.«
»Hast du sie so gesehen, wie ich sie gesehen habe? Hast du ihren weißen Körper gestreichelt? Deine Hände auf ihre Brüste gelegt und gespürt, wie die Brustwarzen hart wurden? Hast du mit ihr geschlafen? Ich wette, sie hat dich nicht rangelassen.«
»Ich wette, dich auch nicht.«
»Die Wette würdest du verlieren. Aber ich habe kein Interesse an solchen Dingen. Du kannst die beiden Frauen da hinten fragen.« Er deutete vage auf den Trampelpfad. »Ich kam gerade von einem Besuch bei ihnen zurück, als ich dich gefunden habe. Ein nette alte Dame und ihre süße Enkelin. Ach, was plaudere ich da. Natürlich kannst du sie nicht mehr fragen. Aber erzähl doch, wie du damals entkommen bist. Ich habe dem Wirt schreckensbleich

berichtet, wie du seine Tochter furchtbar zugerichtet und sie dann ermordet hast. Dann habe ich zugesehen, daß ich wegkam.«
Er begann, Holzstücke auf eine der erloschenen Feuerstellen zu schichten.
»Ich kann mir vorstellen, daß dir das ganz schön nahe gegangen ist«, plauderte er währenddessen weiter, und seine Stimme klang tatsächlich anteilnehmend. »Erst erschießt du das Mädchen, das du liebst, und dann sollst du dafür hingerichtet werden. Und keine Chance, mich einzuholen. Was hast du damals gedacht?«
Ich versuchte, durch Drehen und Winden meine Hände aus den Fesseln zu bekommen. Die Stricke lockerten sich kein bißchen.
»Du möchtest bestimmt wissen, was ich mit dir vorhabe«, sagte Peutinger. »Ich habe mich gefragt, was passiert, wenn man einem Menschen den Magen herausholt – nicht herausschneidet, wohlgemerkt: herausholt – und brät. Ich hoffe, du stirbst nicht zu schnell daran. Aber weil ein gewisses Risiko dabei ist, fangen wir natürlich erst mit den Kleinigkeiten an, die dich bestimmt nicht umbringen. Ich könnte dir ein Auge heraustrennen und umdrehen, so daß du dir selbst ins Gesicht sehen kannst. Wie würde dir das als Einstieg gefallen?«
Er streckte sich wohlig. »Es ist eine Lust zu leben. Man findet immer Gelegenheit, ein bißchen Spaß zu haben. Darum schließe ich mich gern für eine Weile einer Bande oder einer Armee an. Der Nachteil ist natürlich, daß man seine Kameraden nicht umbringen darf. Nicht sofort, jedenfalls.«
Er zündete den Holzstoß an.
»So, jetzt warten wir, bis die Flammen hoch genug sind. Ach was, warten! Fangen wir einfach an. Ich denke, für den Anfang schneide ich dir die Haare ab. Mitsamt der Kopfhaut natürlich. Wußtest du, daß das eine Erfindung der Spanier ist? Sie zahlen in Westindien Prämien für jeden getöteten Eingeborenen, und als Beweis müssen die Jäger nur die Kopfhaut mit den Haaren abliefern. Ja, eine umfassende Bildung ist schon eine feine Sache.«

Er kam mit dem Messer auf mich zu. Ich trat nach seinem Unterleib.
Der Tritt ging ins Leere, da er einfach zur Seite auswich.
Und schon war er neben mir, faßte mir der linken Hand um meine Kehle, legte die Messerklinge auf meine Stirn.
»Den ersten Einschnitt macht man, glaube ich, am besten hier«, erläuterte er und zog das Messer langsam quer über meine Haut.
Blut lief mir in die Augen.
»Na, ist das nicht ekelhaft, dieses ganze Blut«, sagte er. »Aber Wunden an der Stirn bluten besonders stark. Warte, ich tupfe es dir ab, damit dir nichts entgeht.«
Mit einem Tuch wischte er mir die Augen sauber.
»So, das ist schon besser, nicht wahr?«
Er trat einen Schritt zurück und betrachtete sein Werk.
Er stand neben dem jetzt hoch auflodernden Feuer, und mit einem Mal sprang er mitten hinein.
Es war ein seltsamer Sprung, ohne Anlauf aus dem Stand. Fast so, als hätte ihn eine unsichtbare Faust gestoßen. Irgend etwas war kurz vorher mit seiner Brust passiert, aber erst als der Klang des Schusses an meine Ohren drang, wußte ich, daß es der Einschlag einer Kugel gewesen war.
Da merkte ich, daß flußaufwärts ein Reiter angaloppiert kam. Es war Kuehnemund. Er schwang seinen Stutzen in der Hand und trieb sein Tier mit Schlägen auf den Hals an.
Die Flammen des Feuers bewegten sich, und ein brennender Mann kam heraus. Er ging auf mich zu.
Ich hatte noch Zeit, mich zu wundern, daß er nicht schrie – als sei der Mann, der so vielen anderen Schmerzen zugefügt hatte, selbst nicht imstande, Schmerz zu spüren.
Peutinger streckte die Arme nach vorn wie zwei lodernde Äste, die aus einem brennenden Baum ragen. Es war, als wolle er mich noch im Tod umarmen, und in der Umarmung mit in den Tod nehmen.
Dann ging er, ohne mich zu beachten, an mir vorbei auf den Fluß zu.

Kuehnemund kam näher.
Peutinger ging bis ins Wasser und ließ sich fallen.
Ohne sein Pferd anzuhalten, sprang Kuehnemund ab. Er zog sein Schwert und durchtrennte mit zwei raschen Schnitten meine Fesseln.
»Erschieß ihn!« rief ich. »Schnell, kümmer dich nicht um mich! Erschieß ihn!«
»Edgar, ehrlich gesagt glaube ich nicht, daß es sich lohnt, noch einmal auf ihn zu schießen.«
Ich rappelte mich auf und spähte auf den Rhein hinaus.
Tatsächlich, dort draußen tanzte ein Kopf auf den Wellen und wurde von der Strömung rasch flußabwärts getragen.
Ich zeigte auf ihn und sagte: »Da ist er. Siehst du ihn nicht?«
»Ich hatte etwas in der Art von ›Danke, daß du mir das Leben gerettet hast‹ erwartet«, sagte Kuehnemund.
»Ja, später. Nun mach doch schon!«
Kuehnemund zog eine Papierpatrone aus dem Gürtel. Er riß mit den Zähnen die Hülse auf und füllte das portionierte Pulver in den Lauf. Dann riß er das Papier in der Mitte durch und schob eine Hälfte als Stopfen hinterher. Den Rest des Papiers wickelte er um die Bleikugel und drückte das entstandene Päckchen in die Mündung. Er zog den Ladestock aus seiner Halterung und begann, die Kugel nach innen zu stoßen.
»Geht das nicht schneller?« fragte ich.
»Das ist ein Jagdstutzen mit gezogenem Lauf«, sagte Kuehnemund. »Glaubst du, sonst hätte ich auf die Entfernung treffen können? Die Kugel fällt nicht von selbst in den Lauf, sondern muß um jede Windung herumgeschoben werden.«
Nichts interessierte mich weniger als Probleme der angewandten Ballistik.
Peutingers Kopf wurde immer kleiner.
»Schieß doch!« rief ich noch einmal.
»Das hat keinen Sinn, ehe die Kugel ganz hinten ist.«
Er arbeitete routiniert, aber nach meinem Empfinden zu langsam, weiter. Schließlich hatte er die Kugel nach hinten geschoben.

Peutinger war nur noch ein Punkt in der Ferne.
»Den erwische ich nicht mehr«, sagte Kuehnemund. »Aber ich bezweifle, daß er uns noch gefährlich werden kann. Wahrscheinlich wird nur noch seine Leiche angespült.«
»Dann muß ich hinterher«, sagte ich. »Schnell, gib mir dein Pferd!«
Ich machte einen Schritt auf das Pferd zu. Was immer mich bisher aufrecht gehalten hatte, ließ mich los. Ich fiel auf den Boden.

»Kleine Schlucke«, sagte Kuehnemund, während er mir Wein einflößte. »Jetzt sieh zu, daß du zuerst zu Kräften kommst und dann zu Verstand. Ich verstehe ja, daß du den Kerl lieber tot als lebendig siehst, aber du mußt einsehen, daß wir so schnell wie möglich zurück müssen.«
»Ja. Und danke, daß du mir das Leben gerettet hast.«
»Nicht der Rede wert. Also, was ist passiert, nachdem wir uns getrennt hatten?«
Ich erzählte es ihm so rasch wie möglich. Die Episode mit meiner Entlarvung als Greifenclaus Spion ließ ich aus – soweit war ich schon wieder zu Verstand gekommen.
»Verdammt, Hochstraten hat es also wirklich getan«, empörte sich Kuehnemund. »Und das bei nicht mehr als dreihundert Schindern. Wenn wir auch nur halb so viele Männer zusammenbekommen, können wir ihnen blutige Köpfe verpassen. Ich muß so schnell wie möglich nach Oberwesel. Und ich muß Frowin dazu bringen, daß er die Gefahr endlich zur Kenntnis nimmt. Kann ich dich allein hier zurücklassen? Du wirst nicht mehr zur Schönburg durchkommen, darum achte darauf, daß du den Schindern nicht noch einmal in die Hände fällst.«
»Ich muß mich nur ein paar Minuten erholen, dann kann ich mitreiten.«
»Wir müssen oberhalb der Bande durch die Weinberge. Am Tag gibt da jeder Reiter ein Ziel ab wie auf dem Schießstand. Das ist schon für mich allein schwer genug.«

»Wir können auf die Hunsrückhöhe reiten und dann über Damscheid zurück. Das kann sogar ein bißchen kürzer sein.«
»Du kennst den Weg?«
»Ich kann ihn finden.«
»Das ist gut genug. Verdammt, wäre ich nur früher gekommen!«
»Warum bist du überhaupt gekommen? Wir hatten doch vereinbart, daß einer verschwindet, wenn der andere gefangen wird.«
»Weil ich mich angestellt habe wie ein blutiger Anfänger. Ich bin flußabwärts gegangen, um mich am Ufer entlangzuschleichen«, berichtete er. »Ich kroch über den Boden wie eine verdammte Blindschleiche, und genau so blind. Plötzlich tauchte vor mir ein Kerl auf, der Anstalten machte, in den Fluß zu pissen. Verflucht, beinahe hätte er mich angepißt! Er schrie ›Alarm!‹. Ich sprang auf und gab ihm eins aufs Maul, und dann mußte ich schon rennen. Ich dachte mir, daß du den Lärm schon hören würdest.«
»Da war ich wohl schon bewußtlos«, sagte ich.
»Möglich. Ich bin gerannt, wie vom Teufel gehetzt. Ich wollte nicht zu den Pferden, weil ich dir dadurch den Rückzug verbaut hätte. Also bin ich die Straße entlanggelaufen, vier oder fünf Burschen hinter mir. Schließlich habe ich einen Haken geschlagen und mich mucksmäuschenstill verhalten, bis sie vorbei waren.
Als es hell wurde, habe ich zuerst nach den Pferden gesehen. Sie standen noch da, und niemand schien sich darum gekümmert zu haben. Das machte mich mißtrauisch, denn ich hatte erwartet, daß du inzwischen mit zwei Pferden weg bist. Schließlich habe ich die Staubwolke über der Straße gesehen, als die Schinder abzogen. Also habe ich meine Waffen und eins von den Pferden genommen. Und dann kam ich wohl gerade noch rechtzeitig.«
»Das ist wahr. Jetzt bin ich wieder einigermaßen bei Kräften. Wir können... oh, ich muß erst noch etwas überprüfen.«
»Was denn?«
»Peutinger erwähnte zwei Frauen, die in der Nähe wohnen. Er

muß auf mich gestoßen sein, als er von dort zurückkam. Ich muß sehen, was aus ihnen geworden ist.«
Kuehnemund wiegte zweifelnd den Kopf. »So, wie du ihn geschildert hast, werden wir nicht mehr viel tun können. Aber nachsehen müssen wir auf jeden Fall.«
Ich nahm Tills Arcuballista und legte einen neuen Bolzen ein. Wir gingen den Trampelpfad entlang in den Wald hinein. Ein ganzes Stück hinter der Stelle, an der ich niedergeschlagen worden war, stießen wir auf eine kleine Hütte.
Die Tür hing lose an einer Angel, als sei sie mit einem gewaltsamen Fußtritt aufgebrochen.
Ja, dort hatten einmal zwei Frauen gelebt. Eine alte Frau mit ihrer Enkelin, hatte Peutinger gesagt. Ohne dieses Vorwissen hätten wir es kaum noch erkennen können.
»Wir müßten sie begraben, aber wir haben keine Zeit mehr«, sagte Kuehnemund.
Ich nickte. Es war wichtiger, uns um die Lebenden zu kümmern.
Kuehnemund half mir auf sein Pferd. Er führte es aus den Wald hinaus bis auf die Straße, die den Hang hinaufführte.
Oben holte er die drei anderen Pferde und den Rest unserer versteckten Ausrüstung.
Er sah mich zweifelnd an und sagte: »Bist du sicher, daß du den Ritt schaffst?«
»Nein«, sagte ich, »aber ich werde es trotzdem tun.«
»Du reitest voraus. Dann kann ich wenigstens sehen, wenn du aus dem Sattel fällst.«
»Ich falle nicht aus dem Sattel, wenn du mich festbindest.«
Kuehnemund löste zwei Schnüre vom hintern Ende meines Sattels. Er band meine Füße an beiden Steigbügeln fest.
Ehe ich losritt, sagte er noch: »Eins habe ich nicht verstanden: Weshalb haben dich die Schinder am Leben gelassen?«

18

Das 18. Kapitel erzählt von unterschiedlichen Einschätzungen der Lage

»Ich glaube, nach ›am Leben lassen‹ hat das nicht ausgesehen«, sagte ich.

»Ein mißtrauischer Beobachter könnte folgern, daß der Mann gegen den Befehl von Spalatina gehandelt hat«, sagte Kuehnemund.

»Mir ist schwindlig. Wir sollten jetzt losreiten.«

»Gut, wir werden später darüber reden.«

Wir ritten die Hangstraße hinauf.

Es war ein kühler, aber sonniger Frühlingstag. Die Landstraße führte durch hügeliges Gebiet auf dem Hochplateau. Waldstücke wechselten sich mit Feldern ab, die zu einzelnen Höfen gehörten.

Mehrmals gabelte sich die Straße. Ich hielt eine zunächst südliche, später südöstliche Richtung ein.

Nach zwei Stunden hieß Kuehnemund mich anhalten. Er hatte gemerkt, daß eins der Ersatzpferde lahmte.

Er stieg ab, untersuchte es kurz und ließ es dann zurück.

Nachdem wir einmal auf der Hunsrückhöhe waren, gab es nur noch wenige Steigungen, die wir überwinden mußten.

Glücklicherweise waren die Straßen gut. Trotzdem wäre ich aus dem Sattel gefallen, wenn Kuehnemund mich nicht festgebunden hätte. Ich spürte jeden Schritt meines Pferdes in allen Knochen, und die Müdigkeit forderte immer dringender ihren Tribut.

Mehr als einmal dachte ich ans Aufgeben. Mehr als fünfzigmal dachte ich, ich hätte die Orientierung verloren.

Unbarmherzig trieb Kuehnemund die Pferde an.

Das letzte Ersatzpferd strauchelte, als wir einen Hügel hinunterpreschten. Fast hätte es Kuehnemunds Reitpferd mitgerissen.

Er stieg ab und versuchte, dem gestürzten Tier wieder aufzuhelfen. Der linke Vorderlauf war nach vorne gebogen.
Kuehnemund gab dem Pferd den Gnadenschuß, dann sprang er auf.
»Wir werden es trotzdem schaffen, auch wenn wir die Pferde nicht wechseln können«, rief er mir zu.
Nicht mehr lange, und die beiden letzten Tiere zeigten ihre Erschöpfung. Schaumflocken bildeten sich vor den Mäulern und wurden von Wind nach hinten getrieben.
Wenn es bergab ging, sprang Kuehnemund ab und lief, sein Tier am Zügel führend, nebenher. Meinem Pferd konnte ich nicht einmal diese vorübergehende Erleichterung gönnen. Ich wäre nach ein paar Schritten einfach hingefallen und liegengeblieben.
Die Sonne stand schon im Zenit, als ich bekanntes Gelände sah.
»Hinter dem nächsten Hügel liegt Damscheid«, rief ich. »Wir schaffen es tatsächlich!«
Die Pferde keuchten über den Kamm. Von hier bis Oberwesel ging es nur noch bergab.
Wir schwenkten von der Straße ab und verkürzten unseren Weg, indem wir quer über die Felder ritten.
Wir kamen zwischen zwei Bauernhäusern hindurch und erreichten die Dorfstraße oberhalb der Kirche.
Ein paar Leute, die einen Karren beluden, zeigten mit den Fingern auf uns und begannen, erregt miteinander zu sprechen.
Wir ließen unsere Pferde in Schritt fallen.
»Wir müssen ihn aufhalten«, rief jemand hinter uns.
Sicher waren wir kein alltäglicher Anblick, aber diese Aufregung schien mir doch übertreiben.
Auf der linken Straßenseite lag der Hof meines Bruders. Seine Frau stand davor, ihren kleinen Jungen an der Hand. Pastor Seuse, fünf Frauen und zwei Männer standen um sie herum.
Der Junge zeigte mit dem Finger auf mich und sagte laut und vernehmlich: »Der da, das ist der Mörder.«
Seuse trat auf die Straße und hob die Hand. Wir hielten an.

»Gebt den Weg frei!« befahl Kuehnemund.
»Sofort, Herr«, sagte Seuse. Er trat an mein Pferd heran und sagte: »Edgar, wo warst du heute nacht?«
Meine Schwägerin hatte ihren Sohn losgelassen und war nähergetreten.
»Du wolltest Ottokar umbringen«, sagte sie, mehr enttäuscht als empört.
»Quatsch!« sagte ich.
»Er ist jetzt in Oberwesel, um dich anzuklagen«, fuhr sie fort. »Sie warten dort auf dich.« Es war eine Warnung, keine Drohung.
Kuehnemund trieb sein Pferd an mir vorbei, stieß ihm die Fersen in die Flanken, daß es sich aufbäumte. Die Menschen wichen zurück.
Er packte mein Pferd am Zügel und zog es hinter sich her.
»Mörder! Mörder!« rief der Junge mir nach.
Als wir das Dorf verließen, drehte Kuehnemund sich um und fragte: »Wer waren die Leute?«
»Das war meine Familie«, erklärte ich.
»Kein Wunder, daß du es lieber mit den Schindern aufnimmst.«

Die Tore von Oberwesel standen weit offen.
Aus dem Südtor zog eine lange Kolonne von Menschen, die hochbeladene Karren mit sich führten, oder soviel auf dem Rücken trugen, wie sie gerade schafften.
Bald würde sich der Hausrat zu beiden Seiten der Uferstraße stapeln, wenn die ersten Kräfte aufgebraucht waren.
Einige Männer der Stadtwache hatten sich dem Zug angeschlossen.
Nur ein paar Menschen ließen sich sehen. Sie standen unschlüssig herum, mit besorgten Gesichtsausdrücken, leise und eindringlich miteinander redend.
Bürgermeister Hochstraten stand in vollem Ornat auf der obersten Stufe der Rathaustreppe und hielt eine Ansprache an die Menschen auf dem Platz.
»Bleibt in der Stadt, Bürger. Bewahrt die Ruhe. Ich habe alles aus-

gehandelt. Es besteht keine Gefahr. Bürger, glaubt mir doch. Wir müssen nur das Geld zusammenbekommen. Spalatina ist ein vernünftiger Mann. Hört ihr mir überhaupt zu?«
Wenn er seine Augen so weit aufgerissen hätte wie seinen Mund, hätte er sich die Frage selbst beantworten können.
Die meisten Leute auf dem Marktplatz warteten nur darauf, sich in die Kolonne einreihen zu können, die aus der Stadt herauszog: Spreu, die der heiße Wind des Todes vor sich herwirbelte. Nur eine kleine Gruppe Unentschiedener stand unten an der Treppe und blickte zu ihm hinauf.
Ein Stadtwächter mit einer Arkebuse kam auf uns zu.
»Werdet Ihr kämpfen?« fragte er Kuehnemund.
»Ja, das werden wir tun«, antwortete der Angesprochene. Er sprach laut und vernehmlich, mehr zu allen Anwesenden, als nur zum Fragesteller. »Die Bande ist gar nicht so groß, wie wir befürchtet haben. Wenn ihr mutig seid, haben sie keine Aussicht, die Stadt einzunehmen. Bleibt hier!«
»Ja, bleibt hier!« versuchte Hochstraten, ihn zu übertönen. »Aber laßt die Tore offen. Wir brauchen nicht zu kämpfen.«
»Ich bin Euer Mann«, sagte der Wächter. Dann drehte er sich zu den Leuten auf dem Platz um und rief: »Hört Ihr mich? Ich lasse mir meine Stadt nicht von einer hergelaufenen Bande wegnehmen. Herr Kuehnemund wird weiterkämpfen, trotz allem.«
»Was heißt hier: Trotz allem?« fragte Kuehnemund.
Hochstraten rief zu dem Wächter hinüber: »Philip Herwegh, was habt Ihr hier zu suchen? Ihr sollt das Südtor bewachen, damit die Leute nicht alles Wertvolle aus der Stadt schleppen.«
»Die anderen Wächter sind weggelaufen«, sagte Herwegh.
Hinter Hochstraten erschien mein Bruder Ottokar in der Tür, erspähte mich und zupfte Hochstraten am Mantel. »Da ist er«, sagte er. »Ihr müßt mich schützen, Bürgermeister.«
»Es besteht keine Gefahr«, sagte der Bürgermeister zu den Menschen auf dem Platz.
»Keine Gefahr?« höhnte Kuehnemund. Er richtete sich im Sattel

auf und rief über den Platz: »Fragt den Bürgermeister doch einmal, was aus Langenmantel geworden ist.«
»Ja, was ist mit meinem Mann?« fragte eine Frau aus dem Häuflein der Unentschlossenen.
»Er ist als unser Botschafter des Friedens bei Spalatina geblieben«, sagte Hochstraten.
»Ich verlange, daß Ihr ihn sofort festnehmt«, sagte Ottokar.
»Er hat den ewigen Frieden gefunden, das meint Ihr wohl«, sagte Kuehnemund.
»Was soll der Unsinn?« fragte ich Ottokar. »Wir haben Wichtigeres zu tun.«
»Heißt das, mein Mann ist tot?« fragte Frau Langenmantel.
Kuehnemund sagte: »Spalatina hat ihn erschossen, kaum daß Hochstraten ihm den Rücken gekehrt hatte.«
»Ihr habt hier nichts zu sagen«, sagte Hochstraten.
»Willst du etwa leugnen, daß du mich heute nacht umbringen wolltest?« fragte Ottokar.
»Ich habe Freunde, die würden auch mitmachen«, sagte Herwegh.
»Ich hoffe, die Schinder bringen Euch langsam um«, sagte Frau Langenmantel zu Hochstraten.
»Wie kommst du bloß darauf?« fragte ich Ottokar.
»Das ist eine einzige, große Lüge«, sagte Hochstraten. »Langenmantel lebt, und er wird mit Spalatina zu uns zurückkehren.«
»Er hat im Dunkeln auf mich gelauert«, sagte Ottokar zu Hochstraten. »Als ich aus der Haustür kam, hat er versucht, mich über den Haufen zu reiten.«
»Wir können die Arkebusen aus dem Zeughaus mitnehmen«, sagte Herwegh.
»Wenn ihr alle anpackt, können wir vor der Stadtmauer Sprengsätze legen«, sagte Kuehnemund. »Wir haben es schon einmal geschafft.«
»Wenn ich nicht zufällig gestolpert wäre, wäre ich jetzt ein toter Mann«, sagte Ottokar.
»Wo habt Ihr Euch heute nacht herumgetrieben?« fragte Hochstra-

ten Kuehnemund. »Ihr seht eher aus, als hättet Ihr Euch selbst aus dem Staub machen wollen. Und einen sauberen Kameraden habt Ihr da mitgebracht: einen Mörder.«
»Wahrscheinlich warst du stinkbesoffen«, sagte ich zu Ottokar.
»Ich kann die Tür aufbrechen, wenn Hochstraten den Schlüssel nicht herausgibt«, sagte Herwegh.
»Dann bist du geflohen«, sagte Ottokar. »Hast gedacht, ich würde dich nicht erkennen.«
»Ihr gebt doch wohl nichts auf das Geschwätz dieses Bauerntrampels«, sagte Kuehnemund.
»Da bin ich nicht so sicher«, sagte Hochstraten. »Gestern traf mit dem Schiff ein Steckbrief aus Trier ein, in dem ein gewisser Edgar Frischlin gesucht wird, der seinen Rottenführer bei den bischöflichen Landsknechten ermordet hat.«
»Ich verspreche Euch, daß der Graf selbst mitkämpfen wird, wenn wir uns den Schindern entgegenstellen«, sagte Kuehnemund.
»Jetzt erkennt Ihr seine Lügen!« rief Hochstraten triumphierend. »Der Graf ist tot, und er versucht ihn euch noch als Anführer aufzuschwatzen.«
»Du hättest dich besser verkleidet«, sagte Ottokar.
Kuehnemund trieb sein Pferd auf die Rathaustreppe. Er richtete den Stutzen auf Ottokar und sagte: »Wenn ich noch einen Ton aus deinem Lästermaul höre, Bürschchen, hast du ein drittes Auge in der Stirn. Und Ihr, Hochstraten: Was, zur Hölle, soll Euer Geschwätz über den Tod des Grafen?«
»Ja, der Graf ist tot. Ihr konntet nicht einmal einen einzigen Mann beschützen. Warum sollten wir ausgerechnet Euch zutrauen, eine ganze Stadt zu retten? Wollt Ihr mich auch erschießen wie diesen ehrlichen Bauern? Hier, vor Hunderten von Zeugen?«
Er übertrieb: Es waren höchstens noch ein paar Dutzend Zeugen. Jeder, der weg wollte, hatte den Platz inzwischen verlassen.
»Was soll ich jetzt tun?« fragte Herwegh mich.
Ich blickte auf Kuehnemund. Der saß bewegungslos auf seinem Pferd und sagte zu Hochstraten: »Ist das wahr?«
»Ja, das ist wahr. Im Unterschied zu Euch sage ich immer die

Wahrheit. Wir sind friedliebende Menschen. Wir lassen uns nicht von Euch in einen neuen Kampf hetzen.«
»Ruft alle Männer zusammen, die noch kämpfen wollen«, sagte ich zu Herwegh. »Holt alle Waffen, die Ihr bekommen könnt. Ich glaube, hier unten ist nichts mehr zu retten.«
»Gut.« Er drehte sich um und lief in eine Seitengasse.
»Wer hat den Grafen getötet?« fragte Kuehnemund.
»Woher soll ich das wissen? Ein besonders sicherer Ort scheint Eure Burg nicht gerade zu sein.«
Kuehnemund wendete sein Pferd und kam zurück.
»Komm nach, so schnell du kannst!« rief er mir zu. Dann preschte er die Straße entlang zum Tor.
»Laßt Ihr meinen Bruder endlich festnehmen?« fragte Ottokar.
»Was kann ich nur machen?« fragte Hochstraten. »Wie soll ich jetzt das Geld zusammenbekommen?«
Ich überließ beide ihren ungeklärten Fragen und machte mich auf den Weg zur Burg.

Als ich die Stadt verließ und mein Pferd den Berg hinauf lenkte, tauchten in der Ferne die ersten Schinder auf. Noch waren sie nichts als winzige Pünktchen zwischen Abhang und Fluß.
Mein Pferd quälte sich den Berg hoch. Unterwegs begegneten mir Leute aus der Burg. Auch sie trugen, soviel sie konnten.
Drei Landsknechte waren darunter.
»Komm lieber mit uns«, rief mir einer zu.
Ich ritt weiter. Ich brauchte ein paar Stunden Schlaf, und mein Pferd würde nicht mehr lange durchhalten. Auf der Landstraße würde es wahrscheinlich einfach unter mir zusammenbrechen. Die Stadtwachen, die sich den Flüchtlingen angeschlossen hatten, konnten sich an den Steckbrief erinnern und mich festnehmen. Die Vernunft sprach also dafür, daß ich wieder zur Burg mußte, auch wenn die Lage dort kaum weniger gefährlich war.
Oder war ich ein verdammter Held, der seine Posten nicht verlassen wollte?
Weshalb hatte ich die ganze Zeit Susannes Gesicht vor Augen?

Das Burgtor war geschlossen, als ich endlich oben ankam, aber der Posten auf der Geschützplattform erkannte mich.
Einer der Torflügel schwang auf. Henning Locher kam mir entgegen, nahm mein Pferd beim Zügel und führte es in die Burg.
»Na, du hast ja, scheint's, auch kein leichtes Leben gehabt«, sagte er. »Aber du machst dir kein Bild, was hier los war. Hast du an meinen Fünfpfünder-Hammer gedacht?«
»Die ganze Zeit«, sagte ich. Ich war eingeschlafen, ehe sie mich aus dem Sattel gehoben hatten.

Und wurde wach, weil jemand an meiner Stirn herumfummelte.
»Du siehst aber gar nicht gut aus«, sagte Adriane.
»Und das schlimmste: Ich bin nicht mal reich«, antwortete ich.
»Und nicht besonders komisch. Und jetzt halt still, bis ich den Verband an deiner Stirn festgemacht habe. Was ist bloß mit dir passiert?«
»Aua, das tut weh!«
»Was ist das denn für eine Antwort?«
Ich lag auf meinem Strohsack im Schlafsaal. Henning Locher stand am Fußende und sah ungeduldig zu.
»So brauchst du dich nicht anzustellen, Jungchen«, sagte er.
»Weniger Schlaf als wir hast du auch nicht gehabt, höchstens ein bißchen Prügel bezogen. Und der Burghauptmann hat gar nicht geschlafen und ist trotzdem schon bei der Untersuchung. Na, so wie die Dinge liegen, wird er nicht viel herausfinden.«
»Was heißt das?« fragte ich. »Redest du von dem Mord am Grafen?«
»Wenn man es Mord nennen kann. Da haben höhere Mächte ihre Finger im Spiel.«
»Welche höheren Mächte?« fragte Adriane.
»Halt du dich besser raus, Mädchen. Das ist selbst für gestandene Kerle wie uns ein paar Kaliber zu groß. Jetzt bist du schön genug, Edgar. Komm, Wiggershaus und Kuehnemund wollen dich sprechen.«

»Ich bin doch nur ein einfacher Landsknecht. Wie sollte ich denen helfen können?«
Vorsichtig erhob ich mich.
»Auf den einfachen Landsknecht würde ich nicht wetten, auch wenn du das immer so betonst«, sagte Locher. »Da ist die Rede von einem Haftbefehl des Fürstbischofs. Sei also lieber vorsichtig: Ich brauche dich bei den Geschützen, wenn die Schinder kommen.«
Wir gingen hinaus auf den Hof. Ich bemerkte, daß Edwina die Todtenorgel nicht an ihrem Platz stand.
»Was ist mit deiner Edwina?« fragte ich.
»Die steht hinter dem Nordturm auf der Mauer.«
»Das ist doch nicht wahr! Der Graf hat sie mitten in sein Allerheiligstes schleppen lassen? Was ist passiert?«
»Ich darf es dir nicht erzählen. Aber sicherlich wirst du gleich alles erfahren.«
Wir kamen zu dem Raum, in dem Wiggershaus und Kuehnemund damals vor unserem Aufbruch mit mir geredet hatten.
Locher ließ uns allein.

19

Im 19. Kapitel werden zwei Schriftstücke aufgesetzt

»Wollt Ihr einen Schluck Wein?« fragte mich Wiggershaus.
»Nein, ich will lieber einen klaren Kopf behalten. Soweit das überhaupt noch geht.«
»Wie Ihr wollt. Ihr habt mich beim letzten Mal belogen. Deshalb erwarte ich, daß Ihr jetzt die Wahrheit sagt. Herr Kuehnemund wird Euch auf der Stelle niederschießen, wenn Ihr lügt.«
Kuehnemund sah mich ernst an und nickte wortlos.
»Herr Wiggershaus«, sagte ich, »ich verstehe, daß die Ereignisse der letzten Zeit die Lage etwas unübersichtlich gemacht haben. Aber ich bin sicher, daß ich Euch keinen Anlaß gegeben habe, an meiner Loyalität zu zweifeln.«
»Ich bin ein verzweifelter Mann, Frischlin. Ich lasse nicht zu, daß Ihr ein Spiel auf Kosten der Menschen, die mir ihr Leben anvertraut haben, spielt. Ihr seid in eine Gegend gekommen, wo man Euch gut kennt. Ihr bleibt mehrere Tage, bis ein Steckbrief aus Trier Euch eingeholt hat. Das ist doch offensichtlich inszeniert. Entweder ist der Steckbrief falsch, oder Ihr seid nicht der, für den Ihr Euch ausgebt. Ich frage Euch nur einmal: Wer seid Ihr?«
»Ich freue mich, Herr Wiggershaus, daß Ihr mich so offen darauf ansprecht.« Das war eine glatte Lüge. Ich hätte vor Ärger auf den Boden stampfen mögen. Der Satz sollte mir nur Zeit geben, mir eine überzeugende Antwort zurechtzulegen. Es gab nur eine, die überzeugen konnte. Ich sagte: »Mein Name ist Edgar Frischlin. Ich bin im Geheimdienst seiner Eminenz, des Fürstbischofs Richard Greifenclau zu Vollraths, hier. Ich habe den Auftrag, die Loyalität des Grafen zu überprüfen und bestimmten Gerüchten nachzugehen, die dem Fürstbischof zugetragen wurden.«

Wiggershaus Anspannung schien nachzulassen. »Gott sei Dank«, sagte er erleichtert. »Das hatte ich gehofft.«
»Du kannst das natürlich belegen«, sagte Kuehnemund. »Du hast ein Legitimationsschreiben bei dir.«
»Ich kann es belegen, sobald wir Leo von Cleve in unserer Gewalt haben. Er hat es mir abgenommen.«
»Und dann hat er Spalatina gesagt, daß du am Leben bleiben sollst?«
»Ja.«
»Versteht Ihr das?« fragte Kuehnemund Wiggershaus.
»Nein«, antwortete der. »Aber ich durchschaue die Pläne des Schwarzen nicht. Herr Frischlin, steht Ihr in Kontakt mit dem Fürstbischof?«
»Nein.«
»Wißt Ihr, wo er sich aufhält?«
»Er ist mit seiner Armee nach Landstuhl gezogen.«
»Wie weit?« fragte Wiggershaus Kuehnemund.
»In Marschdauer einer Armee drei Wochen«, erwiderte der. »Ein guter Reiter mit Pferden zum Wechseln braucht ein paar Tage.«
»Herr Frischlin, könnt Ihr Greifenclau eine Nachricht senden?«
»An was für eine Nachricht denkt Ihr?«
»Einen Hilfeschrei. Wir haben nicht einmal fünfzig kampffähige Männer auf der Burg.«
»Was ist mit den Leuten aus Oberwesel?«
»Da sind weniger gekommen, als desertiert sind«, beantwortete Kuehnemund meine Frage. »Wenn ich die Tore nicht hätte verriegeln lassen, wer weiß, wie viele verschwunden wären. Wer weiß, wie viele es trotzdem noch tun.«
»Ich schreibe den Brief. Habt Ihr einen zuverlässigen Boten, der ihn überbringen kann?«
»Ihr könnt das tun«, sagte Wiggershaus.
Wieder blickten er und Kuehnemund mich gespannt an.
»Das ist keine Falle«, sagte Kuehnemund schließlich.
Wiggershaus nickte.
»Ich werde die Burg nicht verlassen«, sagte ich. »Wir müssen je-

manden finden, der sich nicht einfach in die Büsche schlägt, bis alles vorbei ist.«
»Wen können wir schicken?« fragte Wiggershaus.
»Schickt einen von den Wächtern, die zuletzt aus Oberwesel gekommen sind«, schlug ich vor. »Wer nicht geflohen ist, als die Gefahr so nahe war, auf den können wir uns verlassen.«
»Der Mann, der auf dem Marktplatz mit uns gesprochen hat«, stimmte Kuehnemund zu. »Der ist mit ein paar anderen gekommen. Erinnerst du dich an den Namen?«
»Herwegh«, sagte ich. »Gut, das ist geklärt. Jetzt muß ich wissen, was in der letzten Nacht genau passiert ist.«
»Dafür ist keine Zeit«, sagte Wiggershaus.
»Eine Übersicht muß ich schon haben, sonst wird es kein besonders überzeugender Brief.«
»Na gut. Herr Kuehnemund, veranlaßt Ihr alles Nötige, um den Herwegh reisefertig zu machen. Ich erzähle in der Zwischenzeit, was passiert ist.«
Kuehnemund verließ uns. Jetzt ließ ich mir doch einen Becher Wein geben, einen kleinen nur. Wiggershaus trank klares Wasser. Und dann erzählte er mir, was in der Nacht geschehen war.
»Gestern hatte sich der Graf wieder in seinem Turmzimmer eingeschlossen. Ich kann Euch jetzt wohl verraten, was er dort tat.«
»Er machte Gold«, sagte ich. »Jedenfalls versuchte er es zusammen mit Susanne Gundelfinger.«
»Woher wißt Ihr das?«
»Davon später. Ich wollte Euch umständliche Erklärungen ersparen. Also, der Graf und Susanne Gundelfinger waren im Turmzimmer.«
»Nein, diesmal war der Graf allein. Ich hatte für diese Nacht die Aufsicht über die Burgwache übernommen. Ich verstehe nicht viel von militärischen Dingen, aber ich wollte dem alten Henning Locher keine zweite Nacht ohne Schlaf zumuten. Kuehnemund war weg, der Graf kümmerte sich um nichts, und ich... ich hatte Angst. Ich war heilfroh, als Henning Locher zu mir kam. Wir sprachen über die Bedrohung, und schließlich fragte Locher mich

rundheraus, ob wir es wagen sollten, ein Geschütz auf der Nordmauer zu postieren. Es gibt da draußen eine kleine Bergspitze. Falls ein Belagerer dort ein Geschütz postiert, kann er die ganze hintere Burghälfte beschießen, ohne daß wir etwas dagegen tun können. Mehr als einmal... ach, mehr als hundertmal haben Kuehnemund und ich den Grafen gebeten, dort wenigstens Posten aufzustellen. Aber wir sind nur auf taube Ohren gestoßen. In dieser Nacht habe ich es einfach gewagt. Wir haben dieses seltsame Orgelgeschütz nach hinten gebracht und auf die Mauer gezogen.«
»Zu zweit?«
»Nein. Wir haben noch eine von den Nachtwachen mitgenommen. Otto Fechter. Später ging ich in den Turm und klopfte an die Tür; ich war besorgt, weil ich im Laufe der Nacht einen Schuß gehört hatte. Schließlich habe ich es gewagt, die Tür aufbrechen zu lassen. Der Graf lag tot in seinem Labor.«
»Wer hat Schlüssel zum Labor?«
»Man braucht zwei Schlüssel, die gleichzeitig umgedreht werden müssen. Von jedem Schlüssel gibt es nur ein Exemplar. Der Graf hat sie immer bei sich. Die Tür war nicht nur abgeschlossen, die Schlüssel steckten auch beide von innen in den Schlössern. Aber das ist noch nicht alles: Als wir oben waren, tauchte auf einmal Leo von Cleve auf. Ich ließ ihn von ein paar Männern verfolgen, aber er verschwand so spurlos wie beim letzten Mal. Und jetzt hat Kuehnemund erzählt, daß Ihr Cleve in derselben Nacht bei den Schindern gesehen habt, mehrere Stunden von hier entfernt.«
Kuehnemund kam zurück. Er hatte drei Pferde satteln lassen und in der Küche Anweisung gegeben, Proviant herzurichten.
Philip Herwegh war einverstanden, eine Nachricht zu Greifenclau zu bringen. Er kannte sich so gut aus, daß er mit den Pferden durch den Wald schleichen und erst ein gutes Stück flußabwärts von Oberwesel auf die Uferstraße treffen konnte.
Schließlich fragte ich Wiggershaus: »Was ist mit dem Sohn des Grafen? Wie hat er den Tod seines Vaters aufgenommen?«

»Conrad betet in der Burgkapelle bei dem Leichnam. Graf Conrad, müßte ich jetzt wohl sagen.«
»Conrad tritt ein schweres Erbe an«, sagte ich.
»Ich bin nicht sicher, ob er das antreten wird. Er würde seinen Besitz jederzeit gegen eine Stelle in einem Kloster tauschen, obwohl ich noch nie von einem Kloster gehört habe, in dem das geglaubt wird, was unser neuer Graf glaubt. Das Gefährlichste ist, daß er die Schinder für eine göttliche Plage zu halten scheint, gegen die man sich nicht auflehnen darf.«
»Ungünstig für einen Burgherren.«
»Jetzt versteht Ihr, warum ich gesagt habe, daß ich ein verzweifelter Mann bin. Was soll ich tun, wenn Graf Conrad befiehlt, den Schindern die Tore zu öffnen?«
»Ganz so verrückt kann selbst Conrad nicht sein«, warf Kuehnemund ein.
Ich ließ mir Papier und Feder geben und schrieb eine kurze Zusammenfassung von Wiggershaus' Bericht, fügte einige eigene Beobachtungen hinzu.
Als ich mein Schreiben beendet hatte, reichte ich es Wiggershaus zum Lesen. Er und Kuehnemund lasen gemeinsam.

Edgar Frischlin an Richard Greifenclau zu Vollraths Kurfürst und Erzbischof von Trier

Euer Eminenz,
in Ausführung dero Weisungen habe ich die Schönburg bei Oberwesel visitiret und dortselbst festgestellt
daß Graf Frowin von Pirckheim eine Alchimistin in seine Dienste genommen
daß sie Gold ihm verschaffe
item* daß ein Leo von Cleve dem Grafen feindlich gesinnt
item nämlicher Leo von Cleve dem Giovanni Pico della Spalatina verbündet
welch selbiger Anführer einer landesstörzerischen Bande

---
* item (lat.) = gleichfalls, ebenso

item daß Graf Frowin von unbekannter Hand vom Leben zum Tode gebracht
welches große Bestörzung verursacht
item daß des Spalatina wilder Haufen bis Oberwesel vorgedrungen
item daß Conrad, des Frowin Sohn, schwermütig
item daß die Verteidigung der Burg vom Benno Wiggershaus, so Burgverwalter, und vom Hans Kuehnemund, so Burghauptmann, loblich und brauchlich geleitet
item daß mit den Mannen, so hier beherberget, ein Schießen gegen den Spalatina nicht zu bestehen
item daß der von Euch gesuchte Ulrich von Hutten in der Burg verborgen. Ich erflehe von Euer Eminenz alle Hilfe, so Ihr uns senden könnt.
Ich zeichne in Ehrfurcht für Euer Eminenz unterthänigst und in der Gewißheit Eurer Umsicht und Milde

EDGAR FRISCHLIN

»Ulrich von Hutten, das habt Ihr also auch herausgefunden«, sagte Wiggershaus. »Gibt es irgendein Geheimnis, das Euch noch nicht offenbar ist?«
»Du bist gefährlicher, als ich dachte«, sagte Kuehnemund.
»Ihr seid Euch bewußt, daß die Anwesenheit Huttens kein gutes Licht auf Euch wirft«, sagte ich zu Wiggershaus.
»Ihr hättet mit der Erwähnung warten sollen, bis wir darüber gesprochen haben«, sagte Wiggershaus.
»Noch ist der Brief nicht abgeschickt«, sagte Kuehnemund.
»Wenn Greifenclau überhaupt kommt«, sagte ich, »dann nicht wegen der Schinder. Huttens Anwesenheit ist das einzige Argument, mit dem wir ihn von Landstuhl hierher bringen können.«
»Das sehe ich ein«, sagte Wiggershaus. »Nehmt Siegellack und die Kerze, wir werden den Brief lassen, wie er ist.«
Kuehnemund und ich übergaben Herwegh den Brief. Er brach auf, begleitet von Otto Fechter und drei weiteren Landsknechten, die ihn bis zur Straße schützen und dann zurückkommen sollten.
Kuehnemund und ich kehrten zu Wiggershaus zurück.

»Ich bitte Euch, eine Aufgabe zu übernehmen, die keiner von uns so gut tun kann wie Ihr«, sagte Wiggershaus zu mir. »Findet heraus, wer den Grafen getötet hat.«
»Und finde es schnell heraus«, fügte Kuehnemund hinzu. »Die Ungewißheit hat unter den Leuten Gerüchte und Mißtrauen erzeugt. Man verdächtigt sich gegenseitig. Manche vermuten, die Schinder könnten in der Burg ein- und ausgehen, ohne daß wir sie daran hindern können. Das ist für unsere Kampfmoral genau so schädlich wie die Angst vor dem Teufel, die einigen in den Knochen sitzt.«
»Ich darf daraus schließen, daß ich Euer Vertrauen besitze«, folgerte ich.
»Ja«, sagte Wiggershaus.
»Nein«, sagte Kuehnemund.
»Wir können nicht anders, als ihm vertrauen«, sagte Wiggershaus.
»Wir können glauben, daß er den Mörder entlarven kann. Wir können sicher sein, daß er selbst nicht der Mörder ist, denn er war die ganze Nacht ein Gefangener der Schinder. Aber ihm vertrauen? Das können wir erst, wenn der Fürstbischof kommt und sagt: ›Ja, das da ist Edgar Frischlin, mein Beauftragter.‹«
»So schließen wir einen Pakt auf Zeit«, sagte ich. »Wir werden uns im Kampf gegen die Schinder und bei der Suche nach dem Mörder unterstützen. Was dann wird, überlassen wir Greifenclau.«
Ich streckte beide Hände aus, und die Männer ergriffen sie.
»Wir haben einen Vertrag«, bestätigte Wiggershaus.
»Ich kann jede Maßnahme ergreifen, die zur Überführung des Mörders nötig ist?« fragte ich.
»Ja.«
»Gut. Niemand außer uns dreien wird erfahren, daß ich im Auftrag Greifenclaus hier bin. Wir werden erklären, daß ich neben Hans Kuehnemund der einzige Unverdächtige bin, da ich in der Nacht nicht hier war. Da Kuehnemund sich um die Verteidigung kümmern muß, kann er die Untersuchung nicht selbst durchführen.«

»Wenn Ihr es wünscht, werden wir es so erklären«, sagte Wiggershaus. »Aber wäre es für Euer Auftreten nicht nützlicher, wenn man weiß, kraft welcher Autorität Ihr sprecht?«
»Mancher mag mir gegenüber etwas weniger vorsichtig sein, wenn er mich nur für einen einfachen Landsknecht hält.«
»Dann wollen wir es so halten.«
»Was geschieht, wenn ich herausfinde, daß Ihr der Mörder seid, Herr Wiggershaus?«
Kuehnemund begehrte auf: »Wie kannst du es wagen! Wenn es jemanden gibt, dem wir vertrauen können, dann ist es Herr Wiggershaus! Du willst wohl Zwietracht zwischen uns säen.«
Wiggershaus hob begütigend die Hand. »Nein, Herr Frischlin hat recht. Er kann aus seiner Sicht nicht beurteilen, ob ich vielleicht doch der Mörder bin. Hört mir zu, Herr Kuehnemund: Wenn sich herausstellen sollte, daß ich der Mörder bin, werdet Ihr ohne Einschränkung zu Herrn Frischlin halten. Werdet Ihr das tun?«
Kuehnemund warf mir einen bösen Blick zu, sagte aber: »Das würde ich tun. Wenn ich auch sicher bin, es nicht tun zu müssen.«
»Dann werden wir das in einem schriftlichen Vertrag festhalten, den ich an mich nehmen werde«, sagte ich.
»Vertraust du mir nicht?« fragte Kuehnemund.
Ich lächelte ihn an.
»Was es niemals geben darf«, sagte Wiggershaus, »ist Zwietracht zwischen uns dreien. Nicht, solange die Schinder draußen sind und der Mörder Frowins frei herumläuft.«
Er nahm Papier und Tinte an sich und schrieb:

Die Herren Benno Wiggershaus, Burgverwalter, Hans Kuehnemund, Burghauptmann, und Edgar Frischlin, Landsknecht, sind heute am zweneten Donerstac des Meie anno domini eintausend fünfhundert und dreiundzwanzig zusammengekommen und haben ohn Zwang und in Gemeinschaft beschlossen
primo daß der Frischlin nach Kräften den Meuchelmörder zu entlarven suchen wird

secundo daß der Wiggershaus und der Kuehnemund ihn bei seinem Tun unterstützen
tertio daß jeder dem Frischlin nach dem Wahrsein Auskunft hat zu geben
quarto daß wenn einer der drei Herren sich als der Elende, welcher gesucht, weisen sollte, die beiden anderen ihn gemeinsam der Gerichtsbarkeit übergeben werden
quinto daß dieser Vertrag gelten soll, bis eine höhere Autorität, als durch die Übereinkommenden verkörpert, anderes beschließt.
Dies bestätigen die Herren durch ihre Unterschrift wie es der Brauch.

»Diese höhere Autorität heißt vermutlich Conrad«, sagte ich.
»Ich bin nur ein Verwalter, und einer direkten Anweisung des Grafen kann ich nicht zuwiderhandeln«, sagte Wiggershaus. »Hoffen wir, daß es eine solche Anweisung nicht geben wird.«
Ich nahm Papier und Feder an mich und unterzeichnete als erster. Die beiden anderen setzten ihre Namen darunter.
Dann nahm ich das Schreiben an mich.
»Womit werdet Ihr beginnen?« fragte Wiggershaus.
»Wir gehen zusammen zum Turm. Wenn Ihr mir dort erzählt, was sich ereignet hat, bekomme ich eine bessere Vorstellung davon.«
»Fürchtet Ihr nicht, daß ich Euch falsche Vorstellungen in den Kopf setze? Für den Fall, daß ich der Mörder bin.«
»Darf ich mir Schreibzeug mitnehmen, damit ich die offensichtlichen Lügen gleich notieren kann?«
»Überspann den Bogen nicht!« warnte mich Kuehnemund.
Doch genau das hatte ich vor. Ein überspannter Bogen bricht an seiner schwächsten Stelle. Genau wie eine falsche Aussage.

20

Das 20. Kapitel schildert das Rätsel des verschlossenen Raums

Der Nachmittag wurde zum Abend, als wir auf den Hof traten.
Genaugenommen mußte ich dem Mörder dankbar sein, denn eine bessere Gelegenheit, die letzten Geheimnisse der Schönburg aufzuklären, hätte ich kaum bekommen können.
Während ich unverdienterweise den Schlaf des Gerechten geschlafen hatte, hatten sich die Ereignisse weiterentwickelt.
Gegen zwei Uhr nachmittags – kurz nachdem man mich in den Schlafsaal getragen hatte – waren die Schinder in Oberwesel einmarschiert.
Dem Sieger gehört die Beute, unabhängig, ob sie aus Gold oder aus Fleisch gemacht ist. Nur läßt man normalerweise die Städte stehen und die Menschen am Leben – schon für den Fall, daß man sie später noch einmal erobern kann.
Die Schinder planten keinen zweiten Besuch. Sie hatten auf dem Markt einen Scheiterhaufen aus Möbeln errichtet, darüber einen langen Galgen. Sie hängten die Männer an den Beinen auf und zündeten den Scheiterhaufen an.
Kurz nach dem Einmarsch der Schinder waren noch ein paar vereinzelte Flüchtlinge zur Burg gekommen.
Später tauchten die ersten Schinder am Waldrand auf. Sie lagerten unter den Bäumen, nicht einmal zwanzig Mann. Es war klar, daß sie nur beobachten sollten. Ein Angriff auf die Burg war für heute nicht mehr zu erwarten.
Alle zusammengezählt befanden sich jetzt etwas mehr als hundert Menschen in der Burg. Es waren größtenteils Frauen, Kinder und alte Leute aus Oberwesel gekommen. Die Musterung, die Kuehnemund gehalten hatte, nachdem das Auftauchen der Schinder jeden Verkehr zur Burg unterbunden hatte, brachte

das traurige Ergebnis von dreiundvierzig waffenfähigen Männern.
Die Vorräte reichten für drei Mahlzeiten. Eine optimistische Schätzung, wenn es nicht mehr gab als das, was ich im Keller gesehen hatte.
Kuehnemund ließ einige der Frauen im Laden der Arkebusen ausbilden, und Locher hatte ein paar ältere Kinder als Geschützhelfer. Die meisten Flüchtlinge weigerten sich zu verstehen, daß sie selbst für ihren Schutz kämpfen sollten.
»Vielleicht werden die ersten Opfer in unseren Reihen von unserer eigenen Hand fallen«, sagte Wiggershaus. »Es ist ein furchtbarer Gedanke, aber Herr Kuehnemund sagte, daß das einzige, was wir auf keinen Fall zulassen können, sei, daß sich jemand weigert, mitzukämpfen. Manchmal wünsche ich, ich könnte die Verantwortung ablegen und jemand anderem übertragen. Seit ich weiß, daß die Schinder kommen, heißt ›manchmal‹ eigentlich ›dauernd‹.«
Wir hatten den Turm erreicht. Wiggershaus wandte sich zur Tür, ich hielt ihn jedoch zurück.
»Ich möchte zuerst die Stelle sehen, an der Ihr standet, als der Schuß fiel«, sagte ich.
Wir gingen am Turm vorbei und die Rampe hoch. An den beiden Eisenringen waren jetzt Flaschenzüge befestigt. Auf der Rampe stand, durch ein Stück intakter Mauer geschützt, Edwina die Todtenorgel. Zwei Landsknechte mit Arkebusen und ein junger Mann, der eine Partisane* trug, waren neben dem Geschütz postiert. Sie beobachteten den gefährlichen Hügel.
»Funktioniert Edwina jetzt?« fragte ich.
»Locher hat es zumindest gesagt«, erwiderte Wiggershaus.
»Habt Ihr einen Versuch gemacht?«
»Nein. Kuehnemund wird sich heute abend darum kümmern.«
»Dann beschäftigen wir uns jetzt mit den Ereignissen der vergan-

---

* Partisane: Kurze Stangenwaffe mit besonders breiter Klinge. Das Wort stammt vom franz. »pertuis« (= Öffnung) in Anspielung auf die großen Wunden, die sie verursachte.

genen Nacht. Wann habt Ihr den Grafen zum letzten Mal gesehen? Lebend, meine ich.«
»Am Nachmittag, eher schon gegen Abend. Ich hatte gerade im Keller mit Berta, der Köchin, die Vorräte kontrolliert. Ich wußte, daß wir unbedingt noch neue Vorräte kaufen mußten. Dazu brauchte ich die Erlaubnis des Grafen. Die Truhe mit dem Geld steht in seinem Arbeitszimmer, und nur er hat einen Schlüssel dazu.
Ich ging also zum Turm hinüber. Er sieht es gar nicht gern, wenn außer Frau Gundelfinger jemand den Turm betritt, aber ich darf in dringenden Fällen hinein.«
Ich machte eine Überschrift auf einem der Papierbögen: »Den Turm dürfen betreten.« Dann trug ich die Namen »Frowin, Gundelfinger, Hutten, Wiggershaus« ein.
»Wer darf sonst noch in den Turm?« fragte ich. »Alle Notfälle und Ausnahmen einmal zusammengenommen.«
»Niemand. Fast niemand. Ein- oder zweimal ist die kleine Adriane drin gewesen. Sie durfte aber nur Lebensmittel bis vor die Tür der oberen Kammer tragen. In den Räumen ist sie nie gewesen.«
»Sie weiß also, daß Hutten dort lebt?«
»Das glaube ich nicht. Sie denkt sicher, das Essen sei für den Grafen oder Frau Gundelfinger.«
»Adriane« schrieb ich auf meine Liste.
»Was ist mit Kuehnemund?«
»Der Burghauptmann muß schließlich alle Räumlichkeiten kennen. Aber Frowin hätte ihn sicher nicht ins Labor gelassen.«
»Kuehnemund« schrieb ich auf. »War Locher je in dem Turm?«
»Nein, ganz sicher nicht.«
»Und Conrad?«
»Conrad war der Hauptgrund, weshalb die untere Tür immer verschlossen war. Er hätte ein Verbot vielleicht einfach übertreten. Der Graf achtete peinlich darauf, daß Conrad nicht an einen Schlüssel kam. Ich erinnere mich allerdings, daß ich Conrad einmal an der Türklinke habe rappeln sehen. Er war jedoch bestimmt niemals im Inneren.«

Immerhin sechs Namen, darunter ein Küchenmädchen – eine ganze Menge für einen streng verbotenen Turm.
Wiggershaus erzählte weiter: »Ich ging zum Turm, da sah ich Frowin und Frau Gundelfinger aus dem Pallas kommen. Sie stritten sich, aber ich verstand nicht, worüber. Auf jeden Fall endete das Gespräch damit, daß der Graf zum Turm ging und sie in den Pallas zurückkehrte.«
»Habt Ihr sie nach dem Anlaß des Streites gefragt?«
»Nein. Der Graf ging schnell, und ich mußte laufen, um ihn einzuholen. Noch ehe ich ausgesprochen hatte, fuhr er mich wütend an, daß ich ihn in Ruhe lassen sollte. Dann verschwand er im Turm und schloß die Tür hinter sich zu.«
»Ihr machtet keinen Versuch, ihm zu folgen?«
»Ich kenne ... kannte den Grafen gut genug, um zu wissen, daß er in dieser Stimmung für kein Argument empfänglich war. Ich machte mir eher Gedanken darüber, wie ich trotzdem an zusätzliche Vorräte kommen konnte. Wir haben keinen Kredit bei den Kaufleuten in der Stadt. Nachdem ich die Wachen kontrolliert hatte, setzte ich mich in mein Arbeitszimmer. Doch fand ich keine Ruhe. Schließlich verbrachte ich den größten Teil der Nacht draußen.
Ungefähr um elf Uhr kam ich mit Locher ins Gespräch. Er hatte an seinem Geschütz gebastelt, und irgendwie dachten wir beide, daß es genau die richtige Waffe sei, um sie auf der Nordmauer zu postieren. Ich wußte, was Frowin mir antworten würde, wenn ich ihn um Erlaubnis bat. Aber ich wußte auch, was es bedeutete, wenn die Schinder ein Geschütz auf die Bergspitze setzten. Schließlich dachte ich mir, ich wage es einfach. Vielleicht konnte ich Frowin zu einem Kompromiß überreden, wenn ich ihn erst einmal Tatsachen geschaffen hatte: Wir bauen die Kanone auf, aber wir stellen erst Männer dazu, wenn der Kampf beginnt.
Locher meinte, daß drei Männer ausreichten, um die Kanone zu bewegen. Wir holten einen der Wächter dazu, Otto Fechter. Locher nahm die Flaschenzüge von der Geschützplattform mit. Tatsächlich konnten wir zu dritt die Kanone ziehen. Es war nicht

ganz leicht, aber eigentlich war ich froh über die Anstrengung. Sie befreite mich von dem Gefühl, nichts tun zu können. Ich lehnte sogar das Angebot der Wächter im Hof ab, uns zu helfen.«
»Wer hatte den Wachdienst?«
»Hermann Lotzer und der alte Michel.«
»Waren sie zusammen?«
»Wenn ich mich recht erinnere, habe ich nur Michel gesehen. Lotzer muß aber da gewesen sein, denn später tauchte er auf. In beiden Turmfenstern war Licht, als wir auf der Nordseite ankamen. Aus dem oberen Fenster, da, wo Hutten wohnt, drang eine dichte Rauchwolke. Noch während wir die Kanone die Rampe hochzogen, wurde das Fenster geschlossen.«
»Wißt Ihr, was den Rauch verursachte?«
»Ja, jedenfalls so ungefähr. Es ist eine Kur gegen die Krankheit, die Hutten hat. Frau Gundelfinger kann Euch Näheres dazu sagen, sie behandelt Hutten gelegentlich. Wir brachten also das Geschütz auf den Wehrgang. Locher suchte nach der geeigneten Stelle, um es aufzubauen. Er erzählte mir etwas über irgendwelche Winkel, aber davon verstehe ich nichts.«
»Konntet Ihr in der Nacht die Bergspitze gut erkennen?«
Wiggershaus dachte einen Augenblick nach und antwortete dann:
»Wenn Ihr meint, ob jemand dort war, dann kann ich das nicht sagen. Es war auf jeden Fall hell genug, daß wir die Spitze selbst sehen konnten. Locher hatte einen Meßstab aus Holz bei sich, mit dem er zur Spitze hinüberpeilte. Ein paarmal rollten wir die Kanone hin und her, dann war er zufrieden.«
»Wie waren die Lichtverhältnisse auf dem Hof?«
»Wir hatten eine Laterne mitgenommen, dadurch konnten wir auf dem Wehrgang alles sehen. Das Aufbauen der Kanone besorgten Locher und Fechter. Ich hielt inzwischen die Laterne. Die beiden krochen unter der Kanone herum und arbeiteten. Schließlich wurde mir der Arm lahm. Ich stellte die Laterne auf der Mauer ab.
Es war genau um Mitternacht, und ich fragte Locher, ob er genug Licht hätte, wenn die Laterne auf der Brustwehr stand. Er sagte ›ja‹, und im selben Moment hörte ich einen Knall.«

»Wie seid Ihr so sicher, daß es genau Mitternacht war?«
»Die Glocken in Oberwesel begannen zu schlagen. Wir blickten alle drei zu den Fenstern hoch. Locher sagte: ›Das war doch ein Schuß‹, oder irgend etwas in der Art. Wir sahen das erleuchtete Fenster in der Mitte des Turms, aber keine Bewegung dahinter. Locher fragte, ob wir im Turm nachsehen sollten. Aber ich sah gerade, wie Frau Gundelfinger aus dem Fenster von Huttens Zimmer herausblickte. Ich dachte, wenn sie sich nicht beunruhigt, wird es wohl nicht gefährlich sein.«
»Ich kann Euch nicht ganz folgen«, sagte ich. »Ihr hattet einen Schuß gehört. Wenn man die Aufregung um Leo von Cleve bedenkt und daß der Graf sich von ihm bedroht fühlte, mußtet Ihr doch im höchsten Maße mißtrauisch sein!«
»Das war ich auch, aber leider zu spät. Versteht Ihr: Dort wurden alchimistische Versuche gemacht. Es war nicht das erste Mal, daß es geknallt hatte. Wir arbeiteten etwa noch eine halbe Stunde weiter. Dann war Locher zufrieden mit dem Aufbau des Geschützes. Ich hatte natürlich hin und wieder zum Turm hochgesehen. Als Locher fertig war, entschloß ich mich doch, zumindest an die Tür zu klopfen und nachzufragen, ob alles in Ordnung sei. Es war zu spät, ich weiß. Ich ließ Locher und Fechter vor dem Turm warten und ging nach oben.«
»Gut, dann tun wir das jetzt auch.«
Wir gingen zum Turm. Wiggershaus schloß die untere Tür auf.
»War die untere Tür verschlossen?« fragte ich.
»Ja. Ich habe sie aufgeschlossen und bin dann nach oben gegangen, bis auf halbe Höhe, wo das Labor liegt.«
Wir stiegen bis zu der Plattform, von der die Tür in das geheimnisvolle Zimmer führte. Die Zimmertür war angelehnt. Ich bemerkte an ihr Spuren wie von heftigen Schlägen.
Vor der Tür lag eine Sitzbank auf dem Boden. Eine ihrer Schmalseiten wies ebenfalls deutliche Beschädigungen auf.
An der Seite, wo die Schlösser waren, war das Holz der Tür zersplittert. Der Teil, in dem sich die beiden Schlösser befanden, war herausgebrochen und hing noch an der Mauer.

Ich hielt Wiggershaus zurück und bat ihn, zunächst zu berichten, was sich vor seinem Eintritt ereignet hatte.

»Ich klopfte an die Tür und rief den Grafen. Es gab keine Antwort. Ich hämmerte richtig mit der Faust gegen das Holz, bis es weh tat. Da kam Frau Gundelfinger die Treppe herunter und fragte, was los sei. Sie hatte den Schuß auch gehört. Gemeinsam machten wir uns jetzt wirklich Sorgen. Wir beschlossen, die Tür aufzubrechen. Ich holte Henning Locher herauf. Er hatte Werkzeug bei sich und versuchte, die Tür aufzumachen. Er stellte fest, daß die Schlüssel noch von innen stecken müßten. Wenn der Graf nicht einmal auf unsere Versuche, die Tür zu öffnen, reagierte, dann mußte ihm wirklich etwas zugestoßen sein. Ich lief wieder nach unten. Dort standen Fechter, der alte Michel und Lotzer zusammen. Ich schickte Michel und Lotzer los, um einen Rammbock oder etwas Ähnliches zu besorgen. Dann ging ich mit Fechter wieder nach oben. Nach einer Weile kamen die beiden mit einer Sitzbank – mit der da drüben – zurück. Adriane war auch dabei.

Es dauerte eine ganze Weile, bis die Tür nachgab.

Ich ging zur Tür, um sie ganz aufzudrücken, aber es gab einen Widerstand. Plötzlich rief jemand: ›Da ist ja der Schwarze Mann.‹ Ich drehte mich um, und tatsächlich sah ich Leo von Cleve unten auf der Treppe. Ich weiß nicht, wie lange er uns schon zugesehen hatte. Auf jeden Fall drehte er sich um und lief weg. Ich rief den Männern zu, daß sie ihn verfolgen sollten, dann hielt Frau Gundelfinger den alten Michel jedoch zurück. Lotzer und Fechter rannten hinter Cleve her, er ist ihnen allerdings entwischt.

Locher und ich schoben die Tür auf, und dann sahen wir, daß der Graf direkt dahinter gelegen hatte.«

Ich öffnete jetzt die Tür und trat in den Raum.

Bedingt durch die Form des Turms und die Position der Zwischenwand war der Grundriß etwas größer als ein Halbkreis, das heißt, die Rundung der Außenwände verengte sich schon wieder an der Stelle, an der sie auf die gerade Wand

stießen. Das einzige Fenster war etwas rechts von der Mitte der Außenwand.
Da befand ich mich zum ersten Mal in meinem Leben in einem Raum, in dem die geheime Kunst der Alchimie betrieben wurde, und mein erster Eindruck war, in einer Küche zu stehen.
Drei Herdböden, die aus unterschiedlichen Steinen gemauert waren, standen nebeneinander. In jedem gab es unten in der Mitte einen offenen Bogen, durch den man Brennmaterial einfüllen konnte. Darauf lagen die Herdplatten, jede aus einem durchgehenden Stein. Zwei der Steine waren durch die Hitze gesprungen, nur der linke war noch intakt.
Über den Platten öffnete sich ein Raum bis etwa in Mannshöhe, dann folgten die Rauchfänge. Die beiden rechten waren gemauert und ruhten auf Säulen. Der Rauchfang über der unbeschädigten Platte war ein umgekehrter Trichter aus Metall. Aus dem rechten Rauchfang führte ein Kamin senkrecht durch die Decke; von den anderen gingen kurze, quer laufende Kamine aus, die in den ersten mündeten.
Auf der linken Herdplatte standen verschiedene Gefäße aus Metall oder Steingut; die mittlere war leer; auf der rechten war ein großer Stapel Feuerholz aufgeschichtet, und mehrere Aschekübel standen dabei.
Weiter links, der Rundung der Außenwand folgend, waren mehrere Metallschienen und Holzbretter befestigt. Sie hingen und standen voll mit Näpfen, Tiegeln, Pfannen, Töpfen, Tassen, Gläsern und Flaschen. In den Behältern wurden Pulver und Flüssigkeiten aufbewahrt, von denen einige einen starken Geruch verströmten.
Am rechten Teil der Außenwand befand sich in Arbeitshöhe eine breitere Holzplatte. Sie war in der Mauer befestigt und hing zudem noch an Eisenketten, die in der Decke verankert waren. Die Platte war dick und breit genug, daß man darüber hätte laufen können. Sie führte auch unter dem Fenster vorbei.
Es war kein Wunder, daß man von unten selten jemanden am Fenster sah; man konnte nur bis auf eine Armspanne weit ans

Fenster heran und mußte sich weit über die Platte beugen, um es zu erreichen. Vor dem Fenster standen weitere kleine Glasflaschen. Es mußten Hunderte sein, und auf den ersten Blick enthielten sie nichts außer klarem Wasser.
Daneben lagen mehrere Vergrößerungslinsen.
Rechts neben dem Fenster waren metallene Halter in die Mauer geschraubt, in denen asymmetrische Gefäße aus grünem Glas steckten. Sie sahen sich alle ähnlich: Ein tropfenförmiger Bauch, davon ausgehend ein langer Hals. Die meisten Flaschenhälse waren gebogen, manchmal in einer einfachen Windung, manchmal wie eine Schlange, manchmal wie eine Spirale. Die Hälse führten aber niemals senkrecht vom Bauch weg, sondern in einem Winkel dazu. Ein bißchen sahen sie aus wie verunglückte Versuche, den Buchstaben »P« in Glas zu fassen.
Weiter rechts auf der Arbeitsplatte waren die größeren Ausrüstungsgegenstände untergebracht, schwere eiserne Mörser mit Stößeln, so etwas wie ein Butterfaß, ein Dutzend Waagen, mehrere Besen und sogar zwei Hocker. Neben den Hockern lag, ordentlich zusammengefaltet, das Segel, mit dem Frowin und Susanne sich in der Regennacht so intensiv beschäftigt hatten.
Auf einem Brett lagen Steine, vor denen Zettel mit lateinischen Bezeichnungen befestigt waren. Die meisten Steine waren nur graue Kiesel mit hellen Maserungen oder Bruchstücke von Schiefer und Granit.
Links neben der Tür standen Bücher und lagen gerollte Pergamente, alle ordentlich auf Wandborde geräumt, und dazwischen eine Pistole, deren Lunte man entfernt und danebengelegt hatte.
Der Fußboden war gemauert und völlig sauber. Hier legte jemand besonderen Wert auf Bewegungsfreiheit, wenn er nicht einmal Stühle auf dem Boden duldete.
»Ist in dem Raum etwas verändert worden, seit Ihr hier wart?« fragte ich.
Wiggershaus blickte sich um und sagte dann: »Soweit ich sagen

kann, nicht. Aber ich kann nicht beurteilen, ob all diese Flaschen noch in derselben Reihenfolge stehen. Ich kann nur sagen, daß ich nichts verändert habe. Außer mir hat jetzt nur noch Frau Gundelfinger einen Schlüssel zum Turm. Und Hutten kann sich im Turm frei bewegen. Ach ja, ich war mit Kuehnemund hier oben, um ihm alles zu zeigen. Aber er hat nichts verändert, sondern sich nur umgesehen.«

Ich ging zum Fenster hinüber. Um auf den Hof sehen zu können, mußte ich mich vorbeugen. Dabei warf ich einige der kleinen Flaschen um. Ich stellte sie sorgfältig wieder auf. Dann sah ich so weit aus dem Fenster, wie ich es ohne besondere Verrenkungen tun konnte. Im letzten Tageslicht war die Bergspitze, die uns soviel Gedanken gemacht hatte, gut zu erkennen.

Wenn ich zu den Herdenböden hinüberging, blieb die Spitze im Blick; sobald ich mich aber nur ein paar Schritte durch den Raum in Richtung Tür bewegte, war sie nicht mehr zu sehen.

Ich ging bis zur Tür, um mir zeigen zu lassen, wo Frowin gelegen hatte. Ein Streifen aus getrocknetem Blut zog sich in einem Viertelkreis über den ansonsten makellos sauberen Boden, von der Schloßseite der Tür etwas weniger als einen Schritt weit in den Raum hinein. Als man beim Öffnen der Tür Frowins Leiche bewegt hatte, war hier das Blut aus seiner Wunde verschmiert worden.

Wiggershaus erzählte weiter: »Der Graf lag auf dem Bauch, und wir drehten ihn um. Da sahen wir, daß er ein Loch in der Schläfe hatte. Er war tot, das konnte man sofort sehen. Frau Gundelfinger fühlte nach seinem Puls, aber natürlich vergeblich.

Locher entdeckte die Pistole und nahm sie vom Wandbrett. Sie hat ungefähr da gelegen, wo sie jetzt auch liegt. Die Lunte glomm allerdings. Wir dachten wohl alle, er hätte sich selbst das Leben genommen. Dann sah Locher sich die Pistole an und sagte: ›Damit ist nicht geschossen worden.‹ Er nahm die glimmende Lunte heraus und löschte den Funken.«

»Hatte Frowin immer eine Pistole in diesem Zimmer?«

»Das weiß ich nicht. Ich war nur selten hier, und darauf habe ich nie geachtet.«

Ich nahm die Pistole vom Brett und untersuchte sie. Tatsächlich steckte eine Ladung im Lauf, und als ich die Abdeckung der Pfanne hochklappte, sah ich, daß auch die Zündladung unberührt war.

»Wir waren alle sehr erschüttert«, erzählte Wiggershaus weiter. »Natürlich durch den Tod des Grafen, aber ebenso durch die seltsamen Umstände. Seht Ihr: Es ist nicht möglich, jemanden, der an der Tür steht, von draußen zu treffen.«

Das hatte ich in der Tat gesehen.

»Konnte sich jemand im Raum versteckt haben, den Ihr nicht gesehen hattet?« fragte ich.

»Ich kann mir nicht vorstellen, wo.«

Die einzige Stelle, die mir als mögliches Versteck ins Auge fiel, waren die drei Herde.

Ich ging noch einmal hinüber, um sie näher zu untersuchen. Die Öffnungen, durch die das Brennmaterial nachgelegt wurde, waren zu klein für einen Menschen. Die Rauchabzüge verengten sich schnell und ließen nur einen schmalen Kamin übrig. Zudem gab es im Inneren nichts, woran sich jemand hätte festklammern können.

»Wie ging es dann weiter?« fragte ich.

»Lotzer kam zurück und sagte, daß sie den Schwarzen Mann verloren hätten. Sie hatten die Nischen und Türen vorn im Hof untersucht, aber nichts gefunden.«

Was sie auch sicherlich gar nicht wollten, wie ich mir vorstellen konnte, da Leo von Cleve inzwischen den Ruf genoß, daß man ihn besser nicht erwischte.

Bald war die ganze Burg wieder auf den Beinen und suchte mit Fackeln und Laternen alles ab. Mit dem üblichen Ergebnis.

Wiggershaus hatte Kaplan Johannes holen lassen, und gemeinsam mit einigen anderen Männern hatte man Frowins Körper in die Kapelle gebracht und aufgebahrt.

»Dann habe ich Conrad geweckt«, berichtete Wiggershaus weiter.

»Er sagte irgend etwas von der Gerechtigkeit Gottes, die nun zugeschlagen habe. Dann ging er in die Kapelle, um bei seinem toten Vater zu beten. Da ist er immer noch. Und wir stehen alle vor einem Rätsel, ohne die Muße, es zu lösen. Habt Ihr Euch schon ein Bild gemacht?«
»Dazu ist es wohl noch etwas zu früh. Ist nicht Frowins Bruder auch in diesem Zimmer ermordet worden?«
»Er ist hier gestorben, das ist wahr. Graf Nikolaus hat sich früher auch mit der Alchimie beschäftigt, aber meines Wissens ist er bei einem seiner Experimente umgekommen. Das war aber lange, bevor ich hierherkam.«
»Gibt es einen Bericht über seinen Tod?«
»Jedenfalls nicht hier in der Burg, soweit ich weiß.«
»Wie lange seid Ihr schon auf der Burg?«
»Verwalter bin ich jetzt seit drei Jahren. In den beiden Jahren vorher habe ich schon für Frowin gearbeitet und war hin und wieder auf der Burg.«
»Was habt Ihr denn vorher für ihn getan?«
»Frowin hatte nach den verschollenen Kindern seines Bruders suchen lassen. Ich habe damals in seinem Auftrag einige Reisen unternommen, um sie zu finden. Als dann der alte Burgverwalter starb, bot Frowin mir die Stelle an.«
»Ich habe einige Gerüchte gehört, nach denen Frowin beschuldigt wurde, selbst am Tod seines älteren Bruders schuld zu sein.«
»Ich habe noch ganz andere Gerüchte gehört«, sagte Wiggershaus. »Gerüchte über Dämonen und Menschenopfer. Wenn Euch nach solchen Geschichten ist, solltet Ihr Euch mit Conrad unterhalten. Ich kann nur sagen, was ich gesehen habe. Und ich habe keinen Beweis gesehen, daß Frowin seinen Bruder getötet hat.«
»Ihr seid Jurist, nicht wahr, Herr Wiggershaus?«
»Ich habe Jurisprudenz studiert, das ist wahr. Wie kommt Ihr darauf?«
»Ich habe es aus der Sicherheit gefolgert, mit der Ihr unseren Vertrag aufgesetzt habt. Das Einkommen eines Burgverwalters steht sicher hinter dem eines Anwalts zurück.«

»Es gibt gute und weniger gute Juristen, Herr Frischlin. Ich gehöre leider nicht zu den guten.«
»Danke, Ihr habt mir weitergeholfen. Ich werde mich noch ein bißchen hier umsehen. Kann ich Euren Schlüssel für die untere Tür haben?«
Wiggershaus machte ihn von seinem Schlüsselring ab und übergab ihn mir.
»Wo ist Frowins Schlüssel jetzt?« fragte ich.
»Ich habe ihn an mich genommen, zusammen mit seinen anderen Schlüsseln.«
Wiggershaus zeigte mir den Schlüsselring: Ein identischer Schlüssel befand sich noch daran.

Nachdem ich allein war, machte ich mich an eine neue Untersuchung des Raums.
Die Zuhaltungen der Tür waren so sorgfältig gearbeitet, daß sie den Angriffen mit der Bank besser widerstanden hatten, als die Tür selbst. Von innen konnte man die Funktionsweise des Schlosses gut sehen, weil es offen lag.
Die Tür wurde nicht von zwei Riegeln zugehalten, sondern von sechs, die in zwei Dreiergruppen angeordnet waren. Mit meinem Diez hatte ich immer nur einen bewegen können. Jeder Riegel war mit einer Feder verbunden, die ihn sofort wieder schloß, wenn der Druck des Schlüssels nachließ. Die Tür ließ sich nur öffnen, wenn alle Riegel durch zwei in den Schlössern steckende Schlüssel offen gehalten wurden.
Ich zog die beiden Schlüssel aus dem Schloß und betrachtete ihre komplizierten Barten. Soweit ich es beurteilen konnte, war es für einen Unbefugten unmöglich, die Tür von außen zu öffnen, wenn er nicht über zwei genau nachgebaute Nachschlüssel verfügte.
Aber die Tatsache, daß die Originalschlüssel noch steckten, schloß auch diesen Weg aus.
Ich notierte mir, wer sich nach Wiggershaus' Angaben wo aufgehalten hatte: »Mitternacht. Auf der verbotenen Mauer: Wig-

gershaus, Locher, Fechter. Im Hof: Der alte Michel, Lotzer. Im Turm: Frowin, Hutten, Susanne. Unbekannt: Adriane, Leo von Cleve.«

Dann schrieb ich weiter: »Eine halbe Stunde nach Mitternacht.«

Ich zögerte, weil es mir überflüssig vorkam, »alle im Turm« zu schreiben. Also ließ ich die Überschrift allein stehen.

Frowin hatte tot hinter der Tür gelegen. Niemand läuft nach einem Kopfschuß weiter herum. Außerdem gab es in dem ganzen Raum keine anderen Blutspuren. Da, wo Frowin gelegen hatte, mußte er auch gestorben sein. Ein Schuß von außen durch das Fenster schied also aus.

Ich untersuchte die Holztür. Die einzigen Beschädigungen, die ich feststellte, waren durch die Rammstöße mit der Bank hervorgerufen worden. Falls dabei ein Durchschuß überdeckt worden war, hätte die Kugel Frowin aber keinesfalls in Kopfhöhe getroffen, sondern zwischen Hüfte und Brust.

Vielleicht war Frowin gerade in die Hocke gegangen, von außen wollte jemand das Schloß aufschießen, und die Kugel traf ihn in den Kopf. Nein, Unfug! Die Schlösser waren ja unbeschädigt. Außerdem wäre er in den Raum hineingefallen. Die Spuren bestätigten jedoch, daß er quer vor der Tür gelegen haben mußte, ehe die Lage seines Körpers durch das Öffnen verändert worden war.

Das deutete darauf hin, daß er gerade hinauswollte, auf der Flucht vor einer Gefahr, die sich hinter ihm befand.

Weshalb hatte er nicht die Pistole vom Brett genommen, statt zu fliehen? Es sei denn, die Bedrohung wäre von einer Art gewesen, der man mit einer Pistole nicht beikommen konnte.

Ob es einen verborgenen Zugang gab? Ich untersuchte die Zwischenwand. Sie war auf der Innenseite verputzt. Auch die geheimste Geheimtür kommt nicht ohne vier Ränder aus. Man kann sie in den Fugen eines Mauerwerks verbergen, in den Spalten zwischen Holzbalken oder im Ornament einer Tapete, aber nicht in einer verputzten Wand. Allerdings hinter Regalbrettern oder Metallschienen.

Ich räumte einige größere Gefäße beiseite, die vielleicht senkrechte Spalten verbergen mochten, aber ohne Ergebnis.
Blieben Decke und Fußboden. Den Fußboden schloß ich aus: Es hätte vorausgesetzt, daß jemand vom Boden des Turms bis zur Zwischendecke eine Leiter aufgestellt hatte. Sicher konnte sich jemand nachts an den Wachen vorbei zum Turm schleichen; ich hatte es schließlich getan. Doch dabei eine fünf Mann hohe Leiter zu schleppen, ergab kein überzeugendes Bild.
Ich verließ das Zimmer. Die Leiter, die von hier nach oben führte, hatte nicht einmal die Hälfte der nötigen Höhe, um unten angelegt zu werden.
Ich kletterte nach oben und widmete mich dem Boden der zweiten Zwischendecke.
Zuerst ging ich ein paarmal langsam hin und her, achtete darauf, ob ich eine Vibration spürte, die auf einen verdeckten Hohlraum schließen ließ. Dann kroch ich über den Boden, tastete an jedem Spalt entlang. Als ich aufstand, war ich sicher, daß es keine Falltür oder andere Art von Zugang zum Labor gab.
Das schien die Möglichkeit auszuschließen, daß sich jemand in das Labor begeben, Frowin erschossen und sich anschließend davongemacht hatte. Deshalb kehrte ich in das Labor zurück und machte mich daran, alle größeren Behälter zu öffnen und hineinzusehen.
Die Mörser waren sauber. Das Butterfaß enthielt tatsächlich Butter, allerdings machte sie nicht den Eindruck, noch zum Verzehr geeignet zu sein.
Ich leuchtete mit einer Laterne in die Feuerstellen hinein. Die beiden linken Feuerstellen enthielten warme Holzasche. Die rechte Feuerstelle war durch Aschereste verschmutzt, aber nicht mehr in Gebrauch. Darauf deutete auch hin, daß die Herdplatte darüber als Lagerplatz für Brennmaterial und Aschekübel benutzt wurde.
Ich tastete in allen drei Feuerstellen mit den Händen herum. Dadurch wurde ich weder sauberer noch klüger.
Dann füllte ich die Asche aus den vollen Kübeln in die leeren um. Die vollen Kübel enthielten nichts außer Asche.

Der erste Gedanke der Leute, die den Raum betreten hatten, war Selbstmord gewesen. Frowin mochte ein gewisses Maß an geistiger Verwirrung aufweisen, das ihn dazu brachte, sich selbst auf eine Weise zu töten, die der Nachwelt Rätsel aufgab. Nichts konnte ihn jedoch dazu gebracht haben, sich zu erschießen und dann die Pistole wieder zu laden. Wenn er selbst Hand an sich gelegt hatte, mußte es eine Vorrichtung geben, mit der er auf sich geschossen hatte.

So seltsam die Vorstellung von einem Selbstmörder ist, der alles tut, damit sein Tod auf übernatürliche Ereignisse zurückgeführt wird: Ich würde sie zumindest überprüfen, ehe ich mich der vorherrschenden Meinung anschloß, daß der Mörder durch Wände gehen konnte.

Ich räumte den Stapel Feuerholz ab und schichtete ihn auf den Boden. Bald befand sich alles Holz auf der Erde, und auf der Herdplatte lag ganz hinten eine zweite Pistole. Sie war abgeschossen worden.

21

Das 21. Kapitel beschreibt eine Kur, die so schlimm ist wie die Krankheit

Ich hatte mir einen Hocker auf den Boden gestellt und mich an die Arbeitsplatte gesetzt. Vor mir lagen zwei Pistolen. Beide hatten Schnappschlösser, durch die die Lunten nach dem Abdrücken gegen die Zündladung auf der Pulverpfanne gedrückt wurden.

Die Pistole, die ich hinter dem Feuerholz gefunden hatte, war kleiner als die andere. Sie hatte ihr Schnappschloß vorne liegen, die Lunte glimmte nicht mehr. Der Lauf war auf der Innenseite mit Pulverrückständen verkrustet.

Für einen Moment entstand in meiner Vorstellung eine komplizierten Konstruktion aus Fäden, Umlenkrollen und Gegengewichten, mit denen man sich mit einer Pistole vom rechten Herd her selbst erschießen kann, worauf sich ein Haufen Feuerholz ordentlich über der Pistole aufstapelt und sie unsichtbar macht.

Zu viel Phantasie, Edgar, zu wenig Schlaf, dachte ich bei mir.

Das Schloß der größeren Pistole lag hinten. Sie hatte am Griff einen Knauf aus Metall, damit sie beim Schießen besser ausgewogen war. Ich schob den kleinen Finger in die Mündung. Keine Pulverreste blieben daran, sondern nur etwas Öl. Ein Schütze würde vor einem Kampf das Öl mit einem Docht auswischen, damit es sich nicht mit den Pulverresten in den Lauf einbrennt.

Keine der Waffen wies Verzierungen auf. Beide waren Massenanfertigungen, keine teuren Einzelstücke. Ich untersuchte die Schlösser nach den Namen der Hersteller. Auf der kleine Pistole fand ich die Buchstaben F. F. fecit* eingeritzt. »F. F.« konnte auf den Nürnberger Waffenschmied Frederikus Funcken hindeuten.

---

* Fecit (lat.): Er hat es gemacht.

Die größere Pistole war häufiger gebraucht worden. Durch die Zündungen war die Oberfläche des Metalls rauh geworden, so daß die Inschrift schwer erkennbar war. Ich mußte sie mehrmals hin und her wenden, bis ich die Inschrift »Agricola Schluechtern« entziffern konnte. Sie stammte wohl von einem Waffenschmied namens Bauer, der sich der Mode folgend die lateinische Form seines Namens zugelegt hatte und in dem Ort Schlüchtern ansässig war. Ein Waffenschmied aus Schlüchtern – das warf ein neues Licht auf den Fund.

Da ich das Schloß bei der Untersuchung dicht vor den Augen hatte, entdeckte ich etwas, das normalerweise nicht auffallen konnte. Der Zündkanal, durch den der Pulverblitz der Zündladung den eigentlichen Schuß auslöst, war verstopft. Ich holte mir ein Stück Feuerholz und schälte einen winzigen Span ab. Damit versuchte ich, den Kanal zu durchstoßen.

Es gelang mir nicht, den Span durch den Kanal zu führen. Da steckte etwas anderes als verkrustetes Pulver. Ein Zündkanal ist zu eng, um ihn mit bloßem Auge genau untersuchen zu können. Also nahm ich die größte Linse, die ich fand, und hielt sie über die Öffnung. Es schien ein dünner Metalldorn zu sein.

Wenn man im Gefecht ein gegnerisches Geschütz erbeutet, es aber nicht abtransportieren kann, treibt man einen Stift in den Zündkanal. Ist er tief genug hineingetrieben, läßt er sich nicht mehr entfernen. Das Geschütz ist also auch für den Gegner nicht zu verwenden. Man bezeichnet diesen Vorgang als »Vernageln«. Diese Pistole war ebenfalls »vernagelt«: Sie war nicht nur nicht abgefeuert worden, sie konnte überhaupt nicht abgefeuert werden.

Ich entzündete die Lunte an einer Laterne, blies die Flamme aus, bis die Lunte nur noch glimmte, und spannte sie in den Hahn. Die andere Pistole verbarg ich unter meinem Wams.

Diesmal klopfte ich höflich an die Tür und wartete, bis ich ein »Herein« hörte.

Hutten saß am Tisch und war dabei, etwas zu schreiben.

»Guten Abend«, sagte ich. »Ich hoffe, ich störe Euch nicht bei einer wichtigen Tätigkeit.«
»Bei der wichtigsten oder bei der unwichtigsten, wie Ihr es nehmt«, antwortete er und warf einen mißtrauischen Blick auf die Pistole.
»Ich versuche, mein Testament zu machen, und nie scheint das so dringend gewesen zu sein wie jetzt. Da ich nichts besitze, außer was ich am Leibe trage – was ich niemandem zumuten möchte, nach mir zu tragen – kann ich nur meine Gedanken vermachen. Was denkt Ihr: Sind Gedanken wichtig oder unwichtig?«
»Die eines bedeutenden Mannes können nur wichtig sein.«
»Ihr versteht Euch auf ausweichende Antworten. Habt Ihr Dialektik studiert?«
»Nein, ich habe gar nichts studiert.«
»So. Das ist eigentlich schon eine Beleidigung für mich.«
»Jetzt kann ich Euch nicht folgen.«
Hutten lachte bitter. »Nehmt Euch den Hocker und setzt Euch. Dann will ich es Euch gern erklären.«
Ich setzte mich zu ihm an den Tisch. Er drehte das Blatt, auf dem er gerade geschrieben hatte, um. Ich konnte erkennen, daß es kurze Zeilen waren, ein Gedicht wahrscheinlich.
»Ich hatte vermutet, daß Greifenclau einen gebildeten Mann aussenden würde, um einen gebildeten Mann zu fangen«, sagte Hutten. »Wenn er mir nur einen einfachen Landsknecht hinterherschickt, dann ist das eine Beleidigung für mich.«
»Haben wir dieses Gespräch nicht schon geführt?« fragte ich.
»Wir haben über dasselbe Thema geredet, aber nicht dasselbe Gespräch geführt. Damals war ich so höflich, Euch in dem Glauben zu lassen, ich sei auf Eure Ausrede hereingefallen. Ich glaube, ein Versteckspiel ist nicht mehr nötig. Die verdammte Franzosenkrankheit* hat mich zu einem körperlichen Wrack gemacht, aber

---

* Franzosenkrankheit: Die Krankheit kam Ende des 15. Jahrhunderts aus Südamerika nach Europa. Sie brach zuerst in Neapel aus und wurde durch die Söldnerheere Karls VIII. nach Frankreich eingeschleppt, wo man sie »Italienische Krankheit« nannte. Von Frankreich kam sie nach Deutschland und erhielt den Namen »Franzosenkrankheit«. Um 1530 prägte der italienische Arzt Girolimo Fracastoro die heutige Bezeichnung Syphilis.

mein Verstand ist wach genug, ein billiges Lügengespinst zu durchschauen.«

Ich legte die Pistole vor Hutten auf den Tisch.

»Ist es das, was Greifenclau will?« fragte Hutten. »Sollt Ihr mich dazu bringen, mich selbst zu töten? Es bringt keine Ehre, einen Mann der Feder mit der Waffe zu töten, nicht wahr?«

»Soweit ich weiß, könnt Ihr auch mit dem Schwert und der Pistole umgehen.«

»Ach, jetzt bin ich also nicht mehr der geheimnisvolle Mann, der im Turm wohnt? Jetzt wißt Ihr, wer ich bin?«

»Ich weiß, daß Ihr Ulrich von Hutten seid. Benno Wiggershaus hat es mir anvertraut. Aber er hat es nur getan, weil ich mit der Untersuchung des Mordes beauftragt bin.«

»So, Ihr wollt an der Geschichte festhalten, daß Ihr nur ein einfacher Landsknecht seid. Ein einfacher Landsknecht, der sich mit einem Diez Zutritt verschafft hat, um zu sehen, was es hier für Geheimnisse gibt.«

»Ihr spielt auf meinen ersten Besuch an, Herr Hutten. Wie wollt Ihr wissen, daß ich die Tür nicht offen vorgefunden habe?«

»Weil die Tür niemals offen ist. Nein, Ihr seid hier, um für Greifenclau zu spionieren. Nun, sagt Eurem Herrn, Ulrich von Hutten hätte keinen Anlaß, ihm zu Gefallen zu sein. Ich werde mich nicht selbst erschießen, auch wenn Ihr meine Pistole wieder aufgetrieben habt.«

»Es ist also Eure Pistole?«

»Ich dachte, deshalb habt Ihr sie mir gebracht.«

»Sie wurde von einem Waffenschmied in Schlüchtern hergestellt, und Schlüchtern liegt bei Eurem Familiensitz Burg Steckelberg«, sagte ich. »Die Vermutung lag also nahe, daß es Eure Waffe ist. Das wirft eine Menge Fragen auf.«

»Für Euch vielleicht, Herr Nur-ein-einfacher-Landsknecht.«

»Wenn es Euch so am Herzen liegt, Herr Hutten, dann dürft Ihr gern annehmen, daß ich für Greifenclau arbeite. Außerdem dürft Ihr mich ›Herr Frischlin‹ nennen. Nehmt die Pistole an Euch, damit Ihr Euch sicher vor mir fühlen könnt.«

Hutten nahm die Pistole in die Hand, untersuchte kurz die Ladung und zielte dann auf mich.
»Wie wollt Ihr mich daran hindern, Euch jetzt niederzuschießen?« fragte er.
»Durch einen Appell an Eure Vernunft«, sagte ich. »Diese Burg wird von Schindern belagert. Unsere Aussichten stehen nicht gut, und sie werden nicht besser, wenn wir uns gegenseitig umbringen.«
»Ob ich von den Schindern umgebracht werde oder ob Greifenclau mich in Trier henken läßt, tot bin ich allemal.«
»Greifenclau ist in Landstuhl. Die Schinder sind hier. Wer ist die größere Gefahr?«
»Gut, nehmen wir einmal an, wir seien Verbündete im Kampf gegen die Schinder. Was wird, wenn wir überleben sollten? Fallt Ihr dann im Schlaf über mich her, um mir die Pistole wieder abzunehmen?«
Ich konnte mich gut in Hutten hineinversetzen. Er hatte keinen Grund, einem Mann des Fürstbischofs Vertrauen zu schenken. Aber es gab etwas anderes, das ihn interessieren konnte.
»Wißt Ihr, was sich in der letzten Nacht abgespielt hat?« fragte ich.
»Der Graf ist tot, soviel weiß ich. Und ich habe von Frau Gundelfinger gehört, daß er in einem verschlossenen Raum umgebracht wurde. Anscheinend kann sich niemand erklären, wie das passiert ist. Ich wette, diese Narren glauben schon an übernatürliche Kräfte, wenn sie nicht sofort eine Erklärung finden. Natürlich ist es völlig unmöglich, jemanden in einem geschlossenen Raum umzubringen. Da hat jemand nur nicht richtig nachgesehen.«
»Ich habe richtig nachgesehen. Der Raum war von innen verschlossen. Und Eure Pistole lag darin. Ist es nicht auffällig, daß es Eure ist? Man hätte sie hier bei Euch vermuten sollen.«
»Wollt Ihr etwa andeuten, ich hätte den Grafen umgebracht?«
»Nicht alles ist in dieser Burg so, wie es scheint. Der Mord im verschlossenen Raum ist ein Rätsel und Eure Anwesenheit ein anderes. Noch bin ich nicht sicher, ob es sich um ein und dasselbe handelt oder nicht.«

»Ach, daher weht der Wind«, sagte Hutten. »Ihr wollt es mir schmackhaft machen, mich mit diesem Rätsel zu beschäftigen, damit ich es für Euch löse. Haltet Ihr so viel von mir, daß Ihr glaubt, ich komme vor Euch dahinter, ich, der ich den lieben langen Tag in dieser Kammer hocke?«

»Was mich anbelangt, braucht Ihr nicht in der Kammer zu hocken. Euer Aufenthalt sollte ein Geheimnis sein und ist es jetzt nicht mehr. Frische Luft wird Euch nicht schaden, und Anregung für Euren Geist auch nicht. Ich habe das ehrlich gemeint, als ich sagte, daß die Gedanken eines bedeutenden Mannes nur wichtig sein können.«

»Ihr seid ein Teufel, Herr Frischlin. Jesus mochte widerstehen, als Satan ihm die Herrschaft über die Erde anbot, aber ich kann nicht widerstehen, wenn Ihr mir frische Luft und ein Thema für meine Gedanken bietet. Seid jedoch gewarnt: Versucht nicht, mein Wort zu erhalten, daß ich die Burg nicht verlasse.«

»Ich würde niemals das Unmögliche von Euch fordern.«

»Gut, dann erzählt mir, was Ihr bis jetzt herausgefunden habt.«

»Wir spielen nach meinen Regeln, Herr Hutten«, sagte ich. »Ihr erzählt, wie Ihr auf die Burg gekommen seid. Ich erzähle, was ich für richtig halte.«

»Ich stand in Korrespondenz mit den klügsten Köpfen der Welt«, begann Ulrich von Hutten. »Philip Melanchton, Erasmus von Rotterdam und Martin Luther tauschten ihre Gedanken mit mir aus. Ich entschloß mich als erster, das Gedankengut des Humanismus auf deutsch niederzuschreiben, weil Gedanken kein Privileg der Gebildeten sein dürfen.

Als 1515 Ulrich von Württemberg meinen Vetter Hans ermorden ließ und glaubte, er käme ungestraft davon, weil die Herzogskrone ihn vor Verfolgung durch das Gericht schützte – da war ich es, der meine Familie mit Feder und Schwert in den Kampf führte, bis Ulrich sich auf Gnade oder Ungnade ergeben mußte. Ich reiste bis nach Italien, ich studierte die Literatur der Antike, ich lernte und schrieb. Meine Schriften wurden in ganz Deutschland ge-

lesen. Vor sechs Jahren hat Kaiser Maximilian mich mit eigener Hand zum »Poeta laureatus« gekrönt.
Doch je älter ich wurde, desto mehr öffneten sich meine Augen. Und was ich sah, war nichts als Ungerechtigkeit und Elend. Ich konnte sogar mit dem Finger auf den zeigen, der die Schuld daran trug: Der verdammte Antichrist in Rom, der sich Papst nennt! Seine Schergen predigen das Glück für alle im Jenseits, weil sie allein es im Diesseits in ihren Klauen haben. Sie zensieren die Literatur, behindern die Wissenschaft, verbieten die Liebe...«
»Mich braucht Ihr nicht zu überzeugen, Herr Hutten. Mich interessiert nur, wie Ihr auf die Burg gekommen seid.«
»Begnügen wir uns damit, daß ich in all dem Elend auch ein Licht erblickte: Franz von Sickingen, den Mächtigsten der Reichsritter, den persönlichen Freund des Kaisers. Er wünscht sich einen starken Kaiser, der nicht für jeden Federstrich ein placet* aus Rom einholen muß.
Wir dachten, wir könnten alles erreichen. Narren, die wir waren!«
Hutten hatte sich in Rage geredet. Jetzt unterbrach ein Hustenanfall seine Worte.
»Im letzten Jahr noch«, fuhr er schließlich fort, »stand ich auf dem Zenit des Erfolges. Gerade hatte Luther sich auf dem Reichstag geweigert, seine Thesen zu widerrufen, gerade hatten die ersten Landesfürsten erklärt, die Reichsacht über Luther nicht anzuerkennen.
Greifenclau hatte Sickingen herausgefordert, indem er die Eide, die Sickingen geleistet worden waren, für nichtig erklärte. Wir zogen gegen einige Klöster, wir schlugen Patrouillen Greifenclaus in die Flucht. Dann marschierten wir nach Trier, um Greifenclau gefangenzunehmen. Aber der verdammte Hundsfott hatte uns überlistet. Er hatte keinen einzigen Kampf gewonnen, und doch mußten wir uns zurückziehen, als der Winter kam. Was für eine verfluchte Schande! Er intrigierte den ganzen Winter über wie die

---

* Placet (lat.): Es wird genehmigt.

Schlange im Paradies. Und als Sickingen im Frühjahr seine Verbündeten rief, kam statt ihrer nur eine Bulle des Kaisers, die Sickingen zum Verräter erklärte.«
»Es war eine Lektion über den Unterschied zwischen Strategie und Taktik«, sagte ich.
»So klug bin ich selbst. Wir hatten nichts errungen als Pyrrhussiege*. Ich war bereit, an Sickingens Seite im Kampf zu fallen. Gott weiß, daß ich dazu bereit war. Aber Sickingen schickte mich fort. Zum Abschied sagte er zu mir: ›Wenn meine Welt in Trümmern liegt, braucht man Männer wie dich, um sie wieder aufzubauen.‹
Ich hatte eine Zusage von Zwingli**, mir Zuflucht zu gewähren, wenn es mir gelänge, die Schweiz zu erreichen.
Ich beugte mich also Sickingens Willen und machte mich auf den Weg. Die sichere Niederlage und die immer stärker werdende Krankheit ließen mich nur langsam vorankommen. Ich stellte mir vor, daß die Häscher Greifenclaus und meine Geschwüre ein Wettrennen veranstalteten, wer mich als erster erwischte.
Die Geschwüre hatten einen Vorsprung.
Ich erinnerte mich von früher her an Frowin von Pirckheim. Er war ein alter Freund meines Vaters. Als ich ein Knabe war, habe ich manchmal auf seinen Knien gesessen.
Also schleppte ich mich zu seiner Burg. Das war vor zwei Monaten.
Ich nannte einen falschen Namen. Ich gab mich als Boten aus, der in einer Erbschaftsangelegenheit einen Brief an den Grafen persönlich übergeben muß. Tiefer konnte ich nicht mehr sinken: Durch eine feige Lüge mußte ich mir Einlaß erschleichen, ich,

---
* Pyrrhussieg: Ein verlustreicher Sieg, der eine spätere Niederlage unausweichlich macht, benannt nach dem Molosser-König Pyrrhos I., der im 3. Jahrhundert v. Chr. einen Krieg gegen die Römer verlor, obwohl er alle Schlachten gewann.
** Huldrych Zwingli (1484–1531): Schweizer Reformator. 1523 stand er noch am Anfang seiner politischen Laufbahn und kontrollierte nur ein kleines Territorium um Zürich.

der ich mir ›Ich hab's gewagt‹ ins Wappenschild geschrieben hatte!
Der Graf war nicht für mich zu sprechen. Ich mußte mit seinem Verwalter vorlieb nehmen, mit diesem dicken Wiggershaus! Ich hätte ihn schon an der Nase herumführen können, den Herrn, wenn ich gewollt hätte. Aber schließlich siegte mein Stolz, und ich schleuderte ihm trotzig meinen Namen ins Gesicht.
Endlich brachte er mich mit Frowin zusammen. Ich hatte gedacht, er nimmt mich entweder mit offenen Armen auf und gewährt mir seinen Schutz, oder er setzt mich gefangen.
Mit seiner völligen Gleichgültigkeit hatte ich jedoch nicht gerechnet. Der Graf überließ seinem Verwalter die Entscheidung, was mit mir geschehen sollte. Ich, der gefährlichste Feind Greifenclaus, mußte mein Schicksal in den Händen eines Burgverwalters sehen! Stellt Euch das vor!«
Ich stellte es mir vor, und es gelang mir recht gut. Ich sah Frowin vor mir, wie er ungeduldig in seine Alchimistenwerkstatt zurückwollte, und Wiggershaus, der sich den Kopf mit Überlegungen zermarterte, die eigentlich Frowin hätte anstellen sollen. Sollte er Hutten ausliefern, wie es seine Pflicht gegenüber Greifenclau gewesen wäre? Oder sollte er ihm Zuflucht gewähren, da er persönlich mit ihm sympathisierte?
»Wer fällte schließlich die Entscheidung, Euch im Turm zu verstecken?« fragte ich.
»Das war Wiggershaus. In den ersten Tagen brachte er mir selbst nachts etwas zu essen herauf, auch Bücher und Schreibzeug, als ich ihn darum bat.
Erst hatte er gesagt, daß niemand etwas von meiner Anwesenheit erfahren dürfe. Doch als er merkte, daß ich dem Tode nahe war, kam er mit Susanne Gundelfinger zu mir.
Sie war die einzige, die Mitleid mit mir hatte. Sie war auch diejenige, die begann, mich mit Guajak zu behandeln. Wißt Ihr, was Guajak ist?«
»Das Holz auf der Feuerstelle da vorne. Ich erinnere mich, den

Geruch im Spital in Trier gerochen zu haben. Der Rauch gilt als heilsam gegen die Franzosenkrankheit.«

»Als ich vor fünf Jahren in Augsburg war und zum ersten Mal glaubte, an der Franzosenkrankheit zu sterben, machte ich eine Kur. Nach einem Tag glaubte ich, wenn die Krankheit mich nicht umbringe, schaffe es die Kur bestimmt.

Man muß sich über Wochen in einem winzigen Raum aufhalten, dessen Luft Tag und Nacht mit Rauch getränkt wird. Das allein ist ein Vorgeschmack auf die Hölle. Das ist jedoch noch nicht alles. Aus den Spänen wird ein Sud destilliert, der das einzige Getränk bildet. Der Schaum, der dabei entsteht, wird auf die Geschwüre geschmiert. Und außer ein paar Salatblättern gibt es nichts zu essen.

Als ich das Spital verließ, konnte ich kaum allein gehen. Aber die Geschwüre waren weg. Ich dachte: ›Es muß also erst schlimmer werden, ehe es besser wird.‹

Aber ehe ein Monat um war, war die Krankheit wieder da. Ich schwor mir, lieber an der Krankheit zu sterben, als noch einmal die Qual der Kur mitzumachen.

Als Frau Gundelfinger mir dann eine Wiederholung der Kur vorschlug, sagte ich trotzdem ›ja‹.

Frau Gundelfinger machte es nicht ganz so drastisch. Ich bekam ausreichend zu essen und zu trinken, und nach jeder Inhalation wurde der Raum ausgiebig gelüftet.

Ich konnte schließlich sogar wieder ein bißchen schreiben. Später wurde mir dann das Essen einfach unten vor die Tür gestellt. Ich konnte einmal am Tag hinuntergehen und es mir holen. Aber ich bin immer noch zu schwach, um weiterzureisen.

Das ist meine ganze Geschichte, Herr Frischlin.«

»Abgesehen von der letzten Nacht.«

»Und abgesehen von den nächsten Tagen. Was die Mordnacht anbelangt, habe ich nichts zu verbergen. Fangen wir hiermit an.« Er deutete auf seine Pistole. »Ihr wolltet wissen, wie sie in Frowins Besitz kam.«

»Das ist meine zweite Frage. Die erste ist: Wieso habe ich sie vorher bei Euch gesehen?«
»Ihr hättet mir keine Waffe gelassen, nicht wahr? Tatsächlich hatte Wiggershaus mich entwaffnet, ehe er mich mit dem Grafen sprechen ließ. Als er mich in das Turmzimmer brachte, fragte ich ihn, ob ich ein Gefangener oder ein Gast sei.
Wiggershaus gab mir darauf keine Antwort. Er muß es sich aber überlegt haben, denn bei seinem nächsten Besuch brachte er mir meine Pistole und mein Schwert wieder mit. Steht Wiggershaus jetzt auf Eurer Liste der Feinde Greifenclaus, weil er mich nicht in Ketten legen ließ?«
»Greifenclau entscheidet selbst, wer seine Feinde sind. Wie kam Frowin an Eure Waffe?«
»Er hat sie sich geholt, und zwar gestern abend. Er kam in mein Zimmer und stellte mir einige Fragen. Erst wollte er wissen, ob ich wisse, wer ihm nach dem Leben trachtete. Dann redete er eine Weile über Alchimie, aber als ich ihm zu viel Interesse zeigte, musterte er mich mißtrauisch. Schließlich riß er die Pistole an sich, untersuchte sie und sagte: ›Sie ist geladen.‹ Er nahm sie mit und verschwand. Ich ging hinter ihm zur Tür und rief ihm nach, er solle mir gefälligst meine Pistole wiederbringen. Er reagierte jedoch nicht. Ich hörte nur noch, wie er die Tür zu dem unteren Raum zuknallte, und dann, wie zwei Schlösser zuschnappten.«
»Ihr seid sicher, daß Frowin hinter sich abgeschlossen hat?«
»Das bin ich. Auf die Ohren ist mir die Krankheit nicht geschlagen«
»Und er war allein?«
»Er war allein, als er bei mir war. Ob er unten allein im Zimmer war, kann ich nicht beurteilen.«
»Kam Frowin oft zu Euch?«
»Ich kann mich nur an ein einziges Mal erinnern. Das war kurz, nachdem Frau Gundelfinger mit der Kur begonnen hatte. Er kam mit ihr zusammen her, beachtete mich aber gar nicht. Er sprach nur mit ihr. Er fragte mehrmals, ob sie sicher sei, daß ich das Zim-

mer nicht verlassen würde und ob ich auch ganz bestimmt nichts von irgend etwas merken würde.«
»Von was solltet Ihr nichts mitbekommen?«
»Das hat er nicht gesagt. Bei dieser ganzen Geheimniskrämerei konnte sich aber jeder an fünf Fingern abzählen, daß er versuchte, Gold zu machen. Ich wette, die ganze Burg weiß davon, und nur Frowin hat sich eingebildet, es sei ein Geheimnis.«
»Was hat Euch auf den Gedanken gebracht?«
»Nichts als ein bißchen Nachdenken. Frau Gundelfinger kannte sich gut mit Krankheiten und Heilmitteln aus. Frowin behandelte sie immer mit Respekt. Wiggershaus weihte sie in meine Anwesenheit ein, obwohl er sie sonst geheim hielt. Das Betreten des Turms war streng verboten. Also: Frau Gundelfinger ist eine Alchimistin, und kein Edelmann würde ihr Respekt entgegenbringen, es sei denn, er glaubt, daß sie ihm Gold verschaffen kann.«
»Das ist eine überzeugende Schlußfolgerung. Ihr könnt mir sicher auch sagen, weshalb er Eure Pistole mitnahm.«
»Das ist schon schwieriger. Warum hat er sich nicht eine Pistole aus der Waffenkammer geholt? Es bleibt nur die Erklärung, daß jemand nicht wissen sollte, daß er eine Waffe hatte.«
»Wußte Frowin, daß Ihr eine Pistole hier hattet?«
»Sie lag offen im Raum. Als er sie an sich riß, schien mir das eher ein spontaner Einfall zu sein. Das Rätsel wird dadurch nicht geringer, nicht wahr?«
»Wie ging es weiter, nachdem Frowin Euch verlassen hatte?«
»Ich setzte mich an den Tisch, um zu schreiben. Aber die Geschwüre juckten so schlimm, daß ich mich nicht konzentrieren konnte. Frau Gundelfinger hatte mir eingeschärft, daß ich mich um nichts in der Welt kratzen durfte, weil das alles noch schlimmer machte. Aber das nützte nichts. Immer wieder wanderte eine meiner Hände wie von selbst unter mein Wams und begann zu kratzen.
Ich legte beide Hände vor mir auf den Tisch, so daß ich sie im Auge behielt, und rezitierte Werke der lateinischen Klassiker. Ich

hatte das Gefühl, wahnsinnig zu werden, denn immer dachte ich nur: ›Kratzen, kratzen, kratzen.‹

Als es dunkel wurde, starrte ich aus dem Fenster und versuchte, die Sterne zu zählen. Ich lief auf und ab, ich fluchte... Ihr könnt Euch keine Vorstellung machen, was ich durchmachte!

Als um kurz vor elf Uhr Frau Gundelfinger kam, um wieder eine Guajakkur zu machen, erschien sie mir als Botin des Himmels. Ich habe sie mit meinen Klagen überhäuft, und sie hörte sich alles geduldig an, während sie die Inhalation vorbereitete.«

»Sie blieb während dieser Inhalation bei Euch?«

»Nicht nur während dieser. Sie blieb immer dabei, wenn ich meine Kur machte. Sie verschwendet ihre Talente, wenn sie sich mit dem Goldmachen abgibt. Eine der dümmsten Entscheidungen der Kirche ist, daß Frauen keine Ärzte werden dürfen. Es ist lächerlich, aber typisch für alles, was die Papisten tun. Wo immer es eine vernünftige Lösung gibt, wählen sie statt dessen...«

»Sie blieb also bei Euch«, unterbrach ich ihn. »Wie lange dauert eine Inhalation?«

»An die drei Stunden.«

»Die Guajakkur versetzt in einen Rauschzustand, in dem man Traum und Wirklichkeit nicht unterscheiden kann, nicht wahr?«

»Ihr wollt wissen, ob sie mich verlassen, den Grafen umbringen und wieder zu mir zurückkehren konnte? Die Vorbereitung dauerte bis nach elf, eine Viertelstunde vielleicht. Mit der Zeit wird man durch das Einatmen des Rauches ganz schön benommen, aber es dauert lange, bis es in eine Art Betäubungsschlaf übergeht.

Frau Gundelfinger fächelte mir den Rauch zu. Ab und zu ging sie zum Fenster, um selbst frische Luft zu atmen. Zwischendurch untersuchte sie meine Augen, meinen Atem und meinen Puls, so, wie sie es immer machte.

Als es Mitternacht schlug, fiel ein Schuß. Das ist der Augenblick, auf den es am meisten ankommt, nicht wahr? Und Frau Gundelfinger sah ich so deutlich vor mir, wie ich jetzt Euch sehe.

Sie ging zum Fenster und sah hinaus. Sie sagte, sie hätte unten drei Männer mit einer Kanone gesehen. Also glaubten wir, der Knall sei von dort gekommen.
Wir dachten nicht weiter daran, bis wir Klopfen und Rufen von unten hörten. Frau Gundelfinger sagte, sie würde nachsehen.
Ich hörte nach einer Weile, wie es unten noch lauter wurde. Schließlich gab es einen lauten Krach, dann noch mehr Rufe und viel Getrampel.
Mit der Zeit stellte sich dann dieser traumähnliche Zustand ein, und ich schlief schließlich ein.
Heute morgen wurde ich durch Frau Gundelfinger geweckt. Da erfuhr ich, daß Frowin in der Nacht starb. Sie sagte, zuerst habe es nach Selbstmord ausgesehen, später sei ein geheimnisvoller Fremder im Turm aufgetaucht und wieder verschwunden.
Im Laufe des Tages kam Wiggershaus, um mich zu befragen. Der nächste Mensch, den ich gesehen habe, seid Ihr. Darf ich meine Pistole jetzt behalten?«
»Aber gern. Macht Euch doch einmal die Mühe, den Zündkanal näher anzusehen.«
»Was soll das?« Statt eine Antwort abzuwarten, klappte er jedoch die Abdeckung der Zündpfanne zurück und hielt die Pistole dicht an die Augen. Seine Augen und das flackernde Licht reichten nicht aus, um etwas zu bemerken.
So nahm Hutten einen Federkiel, spitzte ihn mit einem kleinen Messer neu an und versuchte, ihn in den Kanal einzuführen.
»Das habt Ihr gemeint«, sagte er. »Jemand hat die Pistole unbrauchbar gemacht.«
»Die Frage ist nur, wer und wann«, sagte ich. »Hat Wiggershaus Euch schon eine unbrauchbare Pistole gegeben? Oder hat Frowin sie vernagelt, nachdem er sie Euch abgenommen hatte?«
»Das könnt Ihr leichter herausfinden als ich. Ich werde mir inzwischen Gedanken über das größte Problem machen: Wenn Frowin sich für nichts auf der Welt interessierte, außer für seine Versuche, wenn also hinter seinem Rücken jeder tun und treiben

konnte, was er wollte, warum sollte ihn dann überhaupt jemand umbringen? Wenn jemand finstere Pläne schmiedet, kann ihm doch nichts gelegener kommen als ein Burgherr, der sich um nichts kümmert.«

Er zögerte, ob er den Gedanken, der uns wohl beiden zugleich kam, aussprechen sollte. Dann tat er es doch: »Es sei denn, der Burgherr hätte mit seinen Versuchen Erfolg gehabt.«

22

Das 22. Kapitel enthält ein Geständnis

Der Gedanke, Susannes und Frowins Versuche könnten erfolgreich gewesen und dadurch die Ursache des Mordes sein, war die Ursache dafür, daß ich mich zuerst nach Susannes Quartier erkundigte.
Sie mochte glauben, mir weit überlegen zu sein. Welchen Grund dazu hatte sie eigentlich? Daß Frowin sich nur mit ihr und ihrer Tinkturenmischerei beschäftigt hatte? Daß Wiggershaus sie Huttens wegen um Rat gefragt hatte? Daß Hutten sie für eine gute Ärztin hielt? Daß Kuehnemund sie ein paar Bomben bauen ließ? Daß Locher ihr bei der Konstruktion seiner absonderlichen Kanone vertraute? Daß ich früher einmal um ihre Aufmerksamkeit gebettelt hatte?
Zugegeben, ein paar Gründe kamen da schon zusammen.
Susanne lebte in einem der Wirtschaftsgebäude auf der Ostseite.
Sicher bereitete sie sich schon auf meinen Empfang vor.
Vielleicht war es ein guter Anfang, sie mit ein paar Beschuldigungen zu konfrontieren: Sie hatte Hutten behandelt, obwohl sie wußte, daß er ein Aufrührer war. Oder besser: Sie hatte Hutten absichtlich zu wenig inhalieren lassen, um seine Genesung zu verzögern. Auf jeden Fall: Sie hatte absichtlich nicht auf den Schuß reagiert, obwohl sie gehört hatte, daß er aus dem Labor kam.
Wenn sie aufbrauste, würde ich ihr meinen Vertrag unter die Nase halten. Vielleicht nicht direkt unter die Nase: Er kam immerhin aus meinem Stiefel.
Ohne zu klopfen, trat ich ein.
Susanne saß auf dem Bett und weinte.
Sie blickte mich aus tränenden Augen an und sagte: »Ich bin bereit, Edgar. Ich wollte fliehen, aber ich bin lange genug davongelaufen. Ich gebe es zu: Ich bin Nikolaus' Tochter.«

Im Zimmer stand eine offene Reisetruhe. Daneben lagen Kleidungsstücke und Toilettenartikel auf dem Boden, als seien sie nach dem Grad ihrer Entbehrlichkeit sortiert worden.
Auf dem Tisch lag eine aufgeschlagene Bibel.
Das Ganze machte den Eindruck einer überstürzt in Angriff genommenen Flucht, die dann plötzlich aufgegeben wurde.
Susanne wischte mit einem Tuch ihre Tränen ab, aber sie schienen daraufhin nur um so reichlicher zu fließen. Sie schniefte ein paarmal und machte ganz und gar nicht den Eindruck einer Frau, die sich überlegen fühlt.
»Kennst du die Geschichte vom Propheten Jonas?« fragte sie.
»War das nicht der, der vom Wal verschluckt wurde?«
Susanne nickte. »Er versuchte, vor seinem Schicksal davonzulaufen. Aber es holte ihn ein, als er sich in Sicherheit glaubte. Das ist meine Geschichte, Edgar. Ich bin froh, daß du es bist, dem ich es zuerst erzähle. Nicht Hans Kuehnemund mit seiner Unbestechlichkeit. Nicht Benno Wiggershaus mit seiner Treue zu einem Mann, der ihn in Wirklichkeit immer verachtet hat. Nicht irgendeiner von den Wachen, die mich sowieso für eine Hexe halten.«
Ich setzte mich neben Susanne und legte meinen Arm um ihre Schulter.
»Susanne«, sagte ich, »Ich werde dir helfen, so gut ich kann.«
Was bin ich doch für ein Schurke, dachte ich, nutze ihre Stimmung aus, um sie auszuhorchen.
Ich hauchte ihr einen keuschen Kuß auf die Wange. Vielleicht war ich doch nicht ganz so ein Schurke, denn ich spürte, wie sich auch in meinen Augen ein paar Tränen bildeten.
»Willst du mir wirklich zuhören?« fragte Susanne. »Haßt du mich nicht, weil ich immer so abweisend zu dir war?«
»Das ist Vergangenheit, Susanne. Wir sind zu alt geworden, um uns von Gefühlen in die Irre leiten zu lassen. Du kannst offen mit mir sprechen.«
»Ach, Edgar, ich... aber ich sitze hier und weine über mein Schicksal, und deines ist bestimmt nicht leichter. Dein Verband ist ganz durchgeblutet.«

Sie stand auf und ging zu ihrer Truhe. Sie wühlte ein bißchen darin herum, dann brachte sie ein weißes Leinentuch und eine kleine Dose zum Vorschein. Mit einem Zipfel des Tuchs wischte sie die letzten Tränen ab.
Dann löste sie vorsichtig den Kopfverband. Tatsächlich war er durchgeblutet, und das Blut war inzwischen eingetrocknet.
Mit zärtlichen Bewegungen verteilte sie ein wenig Salbe auf meiner Stirnwunde. Dann faltete sie das Tuch zu einem Verband, den sie mir umlegte.
Die plötzliche Vertraulichkeit und die Tatsache, daß sie mir ein Tuch umband, das zuvor von ihren Tränen benetzt worden war, übten eine seltsame Wirkung auf mich aus.
Ich sah mich selbst, wie ich sie packte und auf das Bett warf, mit gierigen, suchenden Händen ihre Kleider vom Leib riß, wie ich ihren bloßen Körper mit fordernden Küssen bedeckte.
Aber ich blieb ruhig sitzen und ließ sie den Verband fertigstellen.
Ich werde sie hier herausholen, irgendwie, dachte ich. Aber dazu muß ich stark sein.
»Das tut gut«, sagte ich. »Die Salbe ist angenehm kühl.«
»Sie wird aus Spitzwegerich und Farn gemacht. Spitzwegerich vertreibt die Entzündung, und Farn fördert das Wachsen neuer Haut. Dann bleibt nicht einmal eine Narbe zurück.«
Ich sprach nicht über die Narben in meinem Inneren, die kein Kraut heilen würde. Ich würde stark sein. Diesmal würde ich der Sieger bleiben.
Ich löste mich von Susanne und setzte mich an den Tisch. Ich wartete, und nach einer Weile begann Susanne zu erzählen.
»Weißt du noch, wie entschlossen ich war, die Mörder zur Rechenschaft zu ziehen? Aber ich habe sie nie gefunden, nicht einmal eine Spur von ihnen. Ich kam nach Oberwesel und fragte die Leute nach ihnen aus. Wenn sich überhaupt jemand um mich kümmerte, dann nur, um mich wegzujagen. Und dann fand mich der Schwarze Mann.«
»Leo von Cleve?«

»Ja, Leo von Cleve. Für mich wird er immer der Schwarze Mann bleiben.«
»Er war damals schon hier in der Gegend?«
»Ich glaube, er war überall und hat seine Fäden gezogen. Oh, er war freundlich und hilfsbereit zu mir, als er mich frierend am Straßenrand fand. Er besorgte mir trockene Kleidung, er gab mir zu essen, er verschaffte mir ein Pferd und brachte mir das Reiten bei. Er ließ nur niemals einen Zweifel aufkommen, daß er mich als sein Eigentum betrachtete.«
»Hat er die Gewalt angetan?«
»Nicht so, wie du meinst. Nein, er fragte mich nach meinem ganzen Leben aus. Ich konnte mir nicht vorstellen, warum er mich immer wieder fragte, ob ich schon einmal in einer Burg gewesen sei, ob Burgen in meinen Träumen auftauchten und ähnliches.
Ich erzählte, daß ich mir manchmal vorstellte, eine Prinzessin zu sein. Und er sagte: ›Es muß dir damals so erschienen sein.‹
Er schien immer genug Geld zu haben. Manchmal ließ er mich in einem Gasthof zurück, verschwand und holte mich irgendwann wieder ab. Dann begann er, mir Französisch und Latein beizubringen.
Wir zogen kreuz und quer durch Deutschland und Frankreich, mehr als zwei Jahre lang. Ich wußte nicht, ob er etwas suchte oder vor etwas floh.
Eines Nachts lagerten wir auf einer Lichtung im Wald. Drei Soldaten überraschten uns am Feuer.
Ihr Anführer erklärte dem Schwarzen, er würde wegen Mordes hingerichtet. Die beiden anderen zielten mit ihren Arkebusen auf ihn. Der Schwarze Mann versuchte nicht, seine Unschuld zu beteuern. Ja, sagte er, er habe den ältesten Sohn irgendeines Marquis umgebracht. Ja, dessen jüngerer Bruder habe ihn dafür bezahlt.
Und dann fielen die beiden Soldaten um. Jedem steckte ein Wurfmesser in der Kehle. Der Anführer kam nicht dazu, sein Schwert zu ziehen. Der Schwarze Mann sprang einfach auf, nahm den

Kopf des Soldaten zwischen beide Hände und drehte ihn einmal herum.
Er schien sich dabei nicht einmal anzustrengen.
Wir gruben ein Loch und ließen die Leichen und ihren Besitz verschwinden. Der Schwarze Mann war nicht an Beute interessiert.
›Es ist besser, wenn wir uns für eine Weile trennen‹, sagte er danach zu mir. ›Niemand ist vollkommen, und es kann passieren, daß ich es nicht schaffe, wieder zu dir zu kommen. Du mußt wissen, wer du wirklich bist und weshalb ich dich hierhergebracht habe. Aber niemals, niemals versuche, mich zu hintergehen.‹
Und dann erzählte er mir alles über meine Herkunft und den Mord an meinem Vater.
Nikolaus machte alchimistische Experimente, aber er hätte niemals ein Menschenopfer machen können. Sein jüngerer Bruder Frowin lebte bei ihm, von Neid zerfressen, weil Nikolaus alles geerbt hatte, und weil er drei Kinder besaß, die ihrerseits erben würden. Da er keine Hoffnung hatte, auf legalem Wege die Grafenwürde zu erben, faßte er einen teuflischen Plan. Er wollte die Kinder ermorden und Nikolaus die Schuld dafür geben. Wenn der als Mörder seiner Kinder hingerichtet wurde, würde Frowin der neue Graf werden.
Natürlich mußte Frowin selbst von jedem Verdacht rein sein. Der Schwarze Mann erzählte mir nie, wie er und Frowin zusammen gekommen waren. Es scheint, er habe einen sechsten Sinn dafür, wo man seine Dienste braucht.
Frowin gab ihm damals den Auftrag, Nikolaus' Kinder zu töten.
Aber der Schwarze Mann traute Frowin nicht. Er entführte mich, tötete mich aber nicht, sondern setzte mich auf der Schwelle des Gundelfinger-Hofs aus.
Dann ging er zu Frowin, um seinen Lohn in Empfang zu nehmen.
Frowin ließ ihn jedoch aus der Burg weisen. Er höhnte ihm nach, der Schwarze Mann könne ja versuchen, ihn zu verklagen.

Der Schwarze Mann verschwand aus der Gegend. Er erfuhr erst später, daß Nikolaus tot aufgefunden worden war. Entweder hatte Frowin einen neuen Mörder gefunden, oder er hatte sich diesmal selbst die Hände schmutzig gemacht.
Der Schwarze Mann sagte mir, es gehöre zu seinem Beruf, jedermann klarzumachen, daß man ihn nicht ungestraft betrügen könne. Er werde sich deshalb um meine Erziehung kümmern und zu gegebener Zeit dafür sorgen, daß ich zu meinem Erbe käme. Unter einer Bedingung: Ich müsse ihm dann bezahlen, was Frowin ihm schulde.
Ich war achtzehn Jahre alt, und mir gefiel die Vorstellung, einmal Herrin der Schönburg zu sein.«
»Ich kann es kaum glauben«, sagte ich, und das stimmte. »Natürlich macht dich das zur Hauptverdächtigen. Ulrich von Hutten bezeugt zwar, daß du bei ihm warst, als der Schuß fiel...«
»Zählt das vor einem Gericht des Fürstbischofs?«
»Bis es soweit ist, werde ich den wahren Mörder haben. Wußte Frowin, daß eins von Nikolaus' Kindern noch lebte?«
»Damals glaubte ich, nein. Ein paar Jahre später erfuhr ich allerdings, daß er nach den Kindern suchen ließ. Diese Suche ist eigentlich der Grund, weshalb ich wieder auf die Burg gekommen bin.
Der Schwarze Mann brachte mich zu einem alten Alchimisten. Er hieß Ercole Godefroy und lebte allein auf einer verfallenen Burg – eher schon einer Ruine – in Vauvillers. Er ernährte sich von dem, was ihm die Leute aus der Umgebung für seine Heiltränke und Arzneien bezahlten. In Wirklichkeit interessierte er sich aber nur für eines: Gold zu machen.«
»Genau wie Frowin«, sagte ich.
»Und doch war Godefroy ganz anders als Frowin. Er machte nie ein Geheimnis aus dem, was er eigentlich wollte.
Er schien niemals Interesse an einer Schülerin zu haben. Er legte auch keinen Wert darauf, sein Wissen weiterzugeben. Aber wenn der Schwarze Mann mit einem spricht, tut man besser daran, auf ihn zu hören – wenn man weiterleben will.

Der Schwarze Mann sagte, er würde wiederkommen, wenn er es für richtig hielte. Ich könne machen, was ich wolle, bleiben oder gehen, nur dürfe ich auf keine Fall allein versuchen, mein Recht auf der Schönburg durchzusetzen.
Ich blieb bei Godefroy. Er nahm meine Anwesenheit so zur Kenntnis, wie man zur Kenntnis nimmt, daß sich irgendeine Katze immer auf die Fensterbank legt.
Und wie man der Katze einen Essensrest zuwirft, ließ er mich hin und wieder eine Handreichung machen.
Die Leute nannten mich *la fille alchimique* – das alchimistische Mädchen. Ich ließ es zu, daß sie mir mehr Wissen zutrauten, als ich tatsächlich hatte.
Ich unterhielt mich mit den alten Frauen aus den Dörfern. Es war nicht immer leicht, das Wissen vom Aberglauben zu unterscheiden. Es gibt Kräutertränke, die heilen können; doch ist es egal, ob man sie bei Vollmond zusammenbraut.
Als ich den Schwarzen Mann wiedersah, war ich erwachsen.
Vor vier Jahren kam er zurück und erzählte, in einigen Tagen würde ein Mann namens Benno Wiggershaus zu Godefroy kommen. Er sei auf der Suche nach Nikolaus' Kindern. Ich dürfe auf keinen Fall erkennen lassen, daß ich seine Tochter sei. Ich solle aber dafür sorgen, daß er sich gut an mich erinnern könne, vor allem an meine alchimistischen Kenntnisse. Außerdem solle ich beiläufig erwähnen, daß ich aus Damscheid stamme.
Wie immer gab der Schwarze Mann keine Erklärungen ab. Wie immer tat ich, was er wollte.
Es war unser Magister Wiggershaus, der zu uns kam. Damals war er noch nicht Burgverwalter. Er glaubte, Frowin suche nach Nikolaus' Kindern, um denen ihr rechtmäßiges Erbe zu übergeben.
Es war ein seltsamer Abend, den wir miteinander verbrachten. Ich versuchte, einen guten Eindruck zu machen. Wiggershaus erzählte nicht, weshalb er ausgerechnet in Frankreich suchte. Und Godefroy suchte nach Gründen, um seinem Gast die Abreise schmackhaft zu machen.

Godefroy sagte: ›Wollt Ihr nicht reiten? Es regnet gerade nicht.‹

Wiggershaus sagte: ›Da Ihr gerade davon sprecht: Muß es für ein verlassenes Waisenkind nicht furchtbar sein, allein im Regen zu stehen? Gibt es eigentlich viele Waisenkinder in der Gegend?‹

Und ich sagte: ›Ach, diese herrliche Gegend! Immer, wenn mir meine alchimistischen Forschungen Zeit lassen, erinnert sie mich an meine Heimat in Damscheid.‹

Als Wiggershaus erfuhr, daß ich aus der Nähe der Schönburg stammte, fragte er mich lange nach meinen Eltern aus. Ich gab vor, daß die Gundelfingers meine leiblichen Eltern waren.

Vor fast zwei Jahren tauchte der Schwarze Mann wieder auf. Er kündigte an, daß ich bald einen Brief erhalten würde, der mir eine Stellung auf der Schönburg anbiete. Ich solle zustimmen.

Tatsächlich traf eine Weile später ein Brief von Wiggershaus ein. Frowin suchte einen Helfer, bewandert in der Kunst der Alchimie. Er bot mir diese Stelle an unter der Bedingung, daß ich niemandem verriet, daß ich mit Frowin zusammen Gold machen wollte.

So reiste ich zur Schönburg. Da habe ich Frowin zum ersten Mal gesehen. Er interessierte sich nicht für mein Woher. Er wollte nur wissen, ob meine Kenntnisse für seine Bedürfnisse ausreichten. Es war leicht, ihn davon zu überzeugen.«

»Wie hast du dich gefühlt, als du mit dem Mörder deines Vaters zusammengearbeitet hast?«

»Frowin hat meinen Vater nicht ermordet. Jedenfalls glaube ich das heute nicht mehr. Je länger ich mit ihm zusammen war, um so mehr war ich davon überzeugt, daß die Geschichte so, wie der Schwarze Mann sie erzählt hatte, nicht stimmen konnte.

Ich war älter geworden. Eine Prinzessin zu sein – oder nur eine Burgherrin – erschien mir nicht mehr so verlockend wie früher.

Als ich von den Schindern hörte, wollte ich die Burg verlassen. Frowin kümmerte sich nicht darum, und ich dachte, daß der Fall der Burg nicht aufzuhalten sei.

Dann merkte ich, daß Wiggershaus und Kuehnemund gar nicht daran dachten, die Burg aufzugeben.
Wiggershaus versuchte, eine Armee aufzustellen. Er und Kuehnemund bereisten alle umliegenden Städte, um sie zu einem Pakt zu überreden. Aber selbst, als das nicht klappte, gaben sie nicht auf. Zum ersten Mal hatte ich mit Leuten zu tun, die auch an etwas anderes denken konnten, als nur an sich selbst.
Ich bot ihnen meine Hilfe an, und ich baute die versteckten Sprengladungen im Marktplatz von Oberwesel ein.
Doch dann kam alles ganz anders. Erst bist du aufgetaucht, als ob du mich an meine Vergangenheit erinnern wolltest.
Dann kam der Schwarze Mann auf die Burg und unterhielt sich mit Frowin. Ich glaube, da begriff ich: Er hatte uns alle manipuliert, mich, Frowin, Wiggershaus und vielleicht noch andere, um die Situation zu schaffen, in der wir jetzt stecken.
An dem Tag, als du mit Kuehnemund losgeritten bist, entschloß ich mich, keine willenlose Puppe mehr zu sein.
Ich gestand Frowin, daß ich kein Gold machen konnte, daß alle Versuche nur Unfug waren. Er beschuldigte mich, heimlich Erfolg gehabt zu haben, den ich vor ihm verheimlichen wollte.
Meine Lügen waren überzeugender gewesen als die Wahrheit. Frowin ging in sein Labor, und ich ging in mein Zimmer, um meine Sachen zu packen. Ich wollte die Burg verlassen, ehe es zu spät war.
Aber dann dachte ich an Ulrich von Hutten. Ich hatte Hutten mit Guajakholz behandelt, so weit das eben möglich war. Die Kur bringt keine Heilung. Man kann die Symptome vorübergehend unterdrücken, aber sie kehren zurück.
In den Spitälern quält man die Kranken, bis sie fast an der Kur sterben. Mit ein paar Inhalationen erreicht man genausoviel.«
»Wer außer dir wußte noch, daß Hutten im Turm war?«
»Frowin natürlich, Wiggershaus und Kuehnemund. Ich kann dir jedoch nicht sagen, ob das alle waren. Das waren die drei, die Huttens Namen von sich aus in meiner Gegenwart erwähnt haben.«

»Kam es dir nicht seltsam vor, daß man dich in dieses Geheimnis eingeweiht hat?«

»Sie konnten mich entweder einweihen oder zusehen, wie Hutten starb. Aber Wiggershaus würde niemanden einfach sterben lassen, wenn er ihm helfen kann.«

»Welche Pläne hatte er mit Hutten?«

»Ich weiß es nicht. Darüber haben wir niemals gesprochen.«

»Jetzt sind wir bei der Mordnacht angekommen«, sagte ich. »Du hattest Frowin gesagt, daß du kein Gold machen kannst. Hast du ihm auch gesagt, daß du die Burg verlassen wolltest?«

»Nein. Er sagte so etwas wie: ›Wenn Ihr es allein geschafft habt, kann ich es auch allein.‹ Wiggershaus kam aufgeregt angelaufen, um mit Frowin zu sprechen. Aber ich ging weg; ich weiß nicht, was die beiden beredet haben.

Es war spät in der Nacht, als ich mich entschloß, noch einmal zu Hutten zu gehen.

Frowin rumorte in seinem Labor, und die Welt hätte untergehen können, ohne daß er es merkt. Ich ging unbehelligt nach oben und war sicher, daß ich genauso wieder nach unten gehen konnte.

Wir hatten manchmal ganze Nächte hindurch experimentiert, um dann im ersten Morgenlicht dieses elende Segel hinauszuschleppen.«

»Ach ja, das Segel. Frowin suchte darauf nach Gold, soviel habe ich mitbekommen. Aber warum ausgerechnet auf einem Segel?«

»Er hatte Angst, daß er irgendein Goldstäubchen erzeugt und es dann nicht wiederfindet. Wenn wir zu zweit waren, breitete er es auf dem Boden aus, und anschließend schleppten wir es nach unten und prüften, ob sich ein Niederschlag von Gold gebildet hatte.«

»Wenn er allein war, hat er es nicht benutzt?«

»Allein hätte er es nicht einmal tragen können, und sonst hat er in dieser Angelegenheit niemandem vertraut.«

»Wie spät war es, als du zu Hutten kamst?«

»Noch nicht ganz elf Uhr. Um Mitternacht dann hörte ich einen Schuß.«
»Du warst sicher, daß es ein Schuß war?«
»Natürlich. Warum fragst du?«
»Es könnte eines der Experimente aus dem Labor gewesen sein.«
»Edgar, glaub mir: Ich weiß, wie es klingt, wenn in einem Labor etwas unbeabsichtigt explodiert. Das war ein Schuß.«
»Und woher kam er?«
»Aus dem Labor.«
»Könnte er nicht von draußen gekommen sein?«
»Ich wußte, daß er aus dem Turm kam. Ich war einfach sicher, daß Frowin sich selbst erschossen hatte, weil er erkannt hatte, daß seine jahrelange Suche nach Gold vergeblich war.«
»Warum hast du dann Hutten gesagt, der Schuß sei von draußen gekommen?«
»Sollte ich ihm sagen: ›Der Graf hat sich gerade erschossen, und jetzt inhaliert ruhig weiter?‹ Ich lehnte mich aus dem Fenster und sah unten drei Männer, die sich mit Lochers Kanone beschäftigten. Eigentlich habe ich nichts getan, als genau das zu Hutten zu sagen. Ich dachte, ich muß mich einfach nur still verhalten, dann habe ich es endlich, endlich hinter mir.«
»Konntest du sehen, wer unten auf dem Wehrgang war?«
»Natürlich. Auf der Mauer stand eine Laterne, und alle drei blickten gerade zum Turm hoch. Wiggershaus, Locher und einer der Landsknechte waren dabei. Ich weiß den Namen nicht, aber ich kann ihn dir zeigen.«
»Wie lange bist du bei Hutten geblieben?«
»Nach vielleicht einer halben Stunde hörte ich, wie Wiggershaus unten an die Labortür schlug. Ich dachte, wenn ich es hinter mich bringen mußte, dann konnte ich es genausogut gleich machen. Ich ging also nach unten und fragte Wiggershaus, was los sei.«
»Hast du angedeutet, daß du an Frowins Selbstmord glaubtest?«

»Nein. Ich dachte, wenn wir die Tür aufbrechen und finden dahinter Frowin, der sich selbst erschossen hat, dann wird die Burg sowieso aufgegeben. Wir ziehen alle unserer Wege, und der Schwarze Mann hat kein Interesse mehr an mir. Als er auftauchte, wußte ich, daß er mich niemals freigeben wird.«

»Er wird dich freigeben, dafür sorge ich«, versprach ich etwas leichtfertig. »Wie ging es weiter, als ihr zu zweit die Tür nicht aufbekamt?«

»Wir versuchten gar nicht erst, sie aufzubekommen. Schließlich weiß ich, wie sicher das Schloß ist. Wiggershaus holte Locher, der einen Kasten mit Werkzeug bei sich hatte. Aber selbst mit einer Schlosserausrüstung hätte er die Tür nicht öffnen können.

Da lief Wiggershaus, der inzwischen sehr ängstlich war, wieder nach unten. Ganz schnell war er wieder oben und hatte einen Landsknecht mitgebracht.

Er sagte, er hätte nach einem Rammbock geschickt. Tatsächlich kamen bald zwei Landsknechte und Adriane mit einer Bank an.

Die Männer rammten gegen die Tür. Schließlich brach das Holz. Gerade wollte Wiggershaus die Tür aufmachen, da rief jemand, daß er den Schwarzen Mann gesehen hätte.

Der Schwarze stand unten auf der Treppe und sah uns zu. Er stand einfach da und beobachtete uns, als ob er Herr der Lage sei und alle Welt nach seiner Pfeife tanzen müßte.

Die Männer machten sich an die Verfolgung. Ich hielt einen zurück, den Alten Michel. Der Schwarze Mann hätte ihn einfach umgebracht, wenn er in seine Nähe gekommen wäre.«

»Du hast nicht in Erwägung gezogen, daß sie ihn zu dritt überwältigen könnten?«

»Zu dritt? Nicht einmal dreißig würden das schaffen!«

Ein betrunkener Krüppel mit einer Pistole kann den besten Fechter der Welt töten. Ich wußte, daß aus Susanne die Ängste sprachen, die Leo von Cleve ihr anerzogen hatte.

»Frowin hatte direkt hinter der Tür gelegen«, erzählte Susanne weiter. »Wiggershaus und Locher halfen mir, ihn umzudrehen. Ich

sah sofort, daß er tot war. Er hatte ein Einschußloch in der Schläfe. Trotzdem fühlte ich nach seinem Puls.
Ich war so sicher, daß es Selbstmord war, daß ich erst gar nicht glauben konnte, was Locher sagte: Daß die Pistole noch geladen war.«
»Hatte Frowin immer eine Pistole im Labor?«
»Nein. Er war erst vor ein paar Tagen damit angekommen. Frowin legte die Waffe auf das Regal neben der Tür und hat sich seitdem nicht mehr darum gekümmert.«
»War das dieselbe Pistole, die Locher dann in der Nacht in der Hand hatte?«
»Was für eine Pistole hätte es... Himmel! Meinst du, Locher hat uns eine andere Pistole gezeigt, als tatsächlich dort lag?«
»Ist das möglich?«
»Ich weiß nicht. Genaugenommen habe ich die Pistole nicht angesehen, bis Locher uns darauf aufmerksam machte.«

23

Das 23. Kapitel erklärt, wieso das Prinzip der getrennten Verhöre aufgeweicht wurde

Ich traf Henning Locher auf dem vorderen Hof. Er kam gerade von der Geschützplattform herunter.

»Na Jungchen, du kommst hier ja ganz groß raus, habe ich gehört«, sagte er. »Wiggershaus läßt dich den Mord untersuchen. Ich hoffe, du überlebst das.«

»Ich gebe mir alle Mühe.«

»Jedenfalls bin ich heilfroh, daß ich mich nur um die Schinder kümmern muß.«

»Setzen wir uns irgendwo hin, wo wir Ruhe haben«, sagte ich.

»Ich habe ein eigenes Zimmer, aber leider nur einen Stuhl.«

»Und ich dachte mehr an den Speisesaal. Vielleicht gibt es ja noch einen Rest zu essen.«

»Ach, daran kannst du schon wieder denken? Anscheinend neigst du dazu, dir falsche Hoffnungen zu machen.«

Henning zündete eine Laterne an und trug sie in den Speisesaal.

Als ich zur Küche weitergehen wollte, erhob sich eine Gestalt von einer der Bänke und sagte mit Adrianes Stimme – verschlafen, aber wißbegierig wie immer: »Wonach suchst du, Edgar?«

»Nach etwas Eßbarem. Glaubst du, es ist noch etwas da?«

»Hallo, Mädchen«, sagte Locher. »Wenn du festgestellt hast, ob unser frischgebackener Untersuchungsrichter mit leerem Magen arbeiten muß, dann schau doch mal, ob du für mich einen Schluck Wein auftreiben kannst.«

»Warum nennt er dich Untersuchungsrichter?« fragte Adriane.

»Adriane, sei so gut«, sagte ich. »Laß mich mit Henning allein. Es wäre schön, wenn du etwas zu essen findest, und meinetwegen auch einen Becher Wein. Ich unterhalte mich später mit dir.«

Adriane verschwand in der Küche, und ich setzte mich Locher gegenüber an einen der Tische.
»Wann hast du den Grafen zum letzten Mal lebend gesehen?« fragte ich.
»Das muß Dienstag gewesen sein, als ich ihm die Pistole gab.«
Wäre ich ein Hund, hätten sich jetzt meine Ohren aufgestellt.
»Welche Pistole? Wann hast du sie ihm gegeben? Warum?«
»Er kam mit dem Hauptmann in die Waffenkammer. Kuehnemund bedrängte den Grafen, eine Waffe zu tragen. Er erinnerte ihn daran, wie leicht Cleve an ihn herangekommen war. Der Graf sagte, man solle ihm irgendeine Pistole geben und ihn dann in Ruhe lassen.
Kuehnemund sagte mir, ich solle eine Pistole laden und dem Grafen geben. ›Ihr müßt sie wirklich bei Euch tragen‹, sagte er zum Grafen. ›Bedenkt, daß ich nicht immer an Eurer Seite sein kann.‹
Vielleicht hätte ich ihm besser eine von den großen Donnerbüchsen gegeben, aus denen man rostige Nägel und Glassplitter verfeuern kann. Aber ich lud ihm eine von den kleinen Nürnberger Pistolen. Die nahm er und steckte sie ein.«
»Aus der Werkstatt von Frederikus Funcken?«
»Du kennst dich gut aus. Wir haben ein halbes Dutzend davon. Ein Wunder, daß der Graf das Geld dafür genehmigt hat.«
»War die Pistole feuerbereit, als du sie Frowin gegeben hast?«
»Ich mag ja kein Untersuchungsrichter sein, aber als Waffenmeister tauge ich was!« Seine Erwiderung war eine Spur heftiger, als die Frage verdiente. »Sie war feuerbereit, und es war nicht die Pistole, die im Regal lag, als wir die Leiche fanden. Die Pistole war überhaupt nicht im Zimmer.«
Ich zog die Pistole, die ich unter dem Holzstapel gefunden hatte, heraus und legte sie auf den Tisch.
»War es die?« fragte ich.
»Das kann schon sein. Hier steht ›F. F. fecit‹. Hast du sie aus der Waffenkammer, oder hast du sie irgendwo im Turm gefunden?«

»Bei allem Verständnis für deine Neugier, Henning, aber ich bin der einzige, der jetzt Fragen stellt.«

»Reicht dir ein Stück Brot mit Käse?« fragte Adriane. »Oder soll ich dir Hirsebrei aufwärmen? Henning, möchtest du Rot- oder Weißwein? Soll ich dir Honig hineintun oder Pfeffer?«

Es war wie einer dieser Momente, in denen das Pferd scheut und man gleichzeitig spürt, wie einem die Zügel aus der Hand gleiten.

Aber ich zog die Zügel sofort fest an: »Ja, mir reicht ein Stück Brot mit Käse. Und Henning möchte Rotwein, und den Honig kannst du schon hineintun.«

»Andererseits wäre auch Weißwein ...«, begann Locher.

»Die Nacht von Mittwoch auf Donnerstag«, sagte ich. »Wieso kamst du auf den Gedanken, Edwina hinter den Turm zu schaffen?«

Adriane verschwand wieder in der Küche, und Locher antwortete: »Es gehört nicht viel dazu, sich auszumalen, was passiert, wenn ein Belagerer ein Geschütz auf diese Bergspitze schafft.«

»Hast du mit dem Grafen darüber gesprochen?«

»Jungchen, ich habe niemals mit dem Grafen über irgend etwas gesprochen. Allerdings habe ich Kuehnemund gegenüber erwähnt, wie wichtig ein Geschütz auf der Nordseite sei. Er war jedoch an die Anweisungen Frowins gebunden. Außerdem hatte er – ich kann es mir nicht so recht erklären – Vorbehalte gegen Edwina.«

»Könnte es damit zu tun haben, daß sie nicht funktioniert?«

»Morgen früh werden wir sie ausprobieren. Du wirst schon sehen! Magister Wiggershaus war jedenfalls aufgeschlossener, als ich ihn in der Nacht darauf ansprach.«

»Hattest du früher mit Wiggershaus üb Edwina gesprochen?«

»Nein. Ich hätte wahrscheinlich nie mit ihm darüber gesprochen, wenn Kuehnemund nicht in der Nacht fortgewesen wäre.

Wiggershaus war sehr unruhig. Ich nehme an, die Bedrohung durch die Schinder nahm ihn mehr mit als uns Landsknechte. Wir unterhielten uns über dies und jenes, und dabei sprach ich ihn

darauf an, daß wir unbedingt ein Geschütz auf der Nordmauer brauchten.«
»Warum ist er nicht selbst auf den Gedanken gekommen?« fragte Adriane, als sie ein Brett mit Brot und Käse und zwei Becher Wein an unseren Tisch brachte.
»Wer stellt hier eigentlich die Fragen?« sagte ich.
»Soll ich irgend etwas nicht mitbekommen?« fragte Adriane.
»Hast du nichts in der Küche zu tun?« fragte ich.
»Willst du den Mord aufklären oder vertuschen?« fragte Adriane.
Henning schlug mit der Faust auf den Tisch und sagte: »Eins muß man dir lassen, Mädchen, du hast es faustdick hinter den Ohren.«
In dem Gefühl, mich lächerlich zu machen, wenn ich aufbrauste, sagte ich: »Na gut, du kannst bleiben. Aber misch dich nicht ein!«
Lochers Bericht stimmte mit dem überein, den Wiggershaus mir über den Transport von Edwina auf die Nordmauer gegeben hatte. Er fügte eine Menge Details über die Handgriffe hinzu, die er und Otto Fechter an dem Geschütz verrichtet hatten, bis beim Mitternachtsläuten der Schuß fiel.
»Woher kam der Schuß?« fragte ich.
»Aus dem Turm.«
»Wie kannst du da so sicher sein?«
»Ich habe schließlich zwei Ohren. Da kann man unterscheiden, aus welcher Richtung ein Geräusch kommt.«
»Warum habt ihr nicht nachgesehen, wer geschossen hatte?«
»Ich glaube, Wiggershaus war drauf und dran, in den Turm zu gehen. Ich hatte gerade gesagt: ›Was war denn das für ein Schuß‹, da wandte er sich schon zur Rampe. Er blickte zum Turm hoch. Hinter dem mittleren Fenster war nichts zu sehen, aus dem oberen schaute gerade die Gundelfingerin heraus. Neben ihr zogen Rauchschwaden davon. Vielleicht dachte Wiggershaus, der Knall sei von dort gekommen. Ich fragte ihn noch, ob wir uns in den Turm wagen sollten, aber er hatte es sich inzwischen anders überlegt.

Also arbeiteten wir weiter, bis wir fertig waren.«
»So richtig besorgt war wohl keiner von euch.«
»Besorgter als wegen der Schinder, meinst du? Außerdem hat Wiggershaus schließlich nachgesehen, nicht wahr? Da kann man schon sagen, daß er besorgt war. Denkst du, Wiggershaus hat den Grafen erschossen? Er hatte keine Waffe bei sich, soviel ist mal sicher!«
»Irgend jemand hat ihn erschossen.«
»Er ist tot. Ob jemand ihn erschossen hat, das weiß ich nicht. Oder denkst du, ich war es?«
»Ich versuche nur, mir ein klares Bild von den Ereignissen in der Nacht zu machen, Henning.«
»Na schön.« Er klang immer noch ein bißchen eingeschnappt, aber nach einem kräftigen Schluck erzählte er weiter. »Als wir drei über den Hof zurückgingen, ließ Wiggershaus uns warten. Er ging allein in den Turm. Der alte Michel und Hermann Lotzer kamen zu uns. Wir unterhielten uns kurz über den Schuß, da kam Wiggershaus ganz aufgeregt zurück und holte mich herein.«
»Die beiden hatten den Schuß auch gehört?«
»Sie hatten ihn wesentlich leiser gehört und waren nicht sicher, ob sie sich getäuscht hatten. Als nach dem Schuß nichts passierte, hatten sie sich nicht weiter darum gekümmert. Ich ging jedenfalls mit Wiggershaus in den Turm. Vor der Tür in der Mitte wartete die Gundelfingerin. Anscheinend stellten sie und Wiggershaus sich vor, ich könnte die Tür im Handumdrehen aufmachen. Aber ich bin kein Schlosser. Die Schlüssel steckten noch von innen. Ich versuchte, sie mit einer kleinen Zündlochzange zu packen, doch es klappte nicht.
Wiggershaus sagte, er würde Hilfe holen. Er kam kurz darauf mit Otto Fechter wieder nach oben. Ich bastelte weiter an dem Schlössern herum, ohne daß ich Erfolg sah. Schließlich kamen der alte Michel und Hermann Lotzer zusammen mit unserem Mädchen hier und einer Bank. Warum bist du überhaupt mitgekommen, Adriane?«
»Was hättest du denn gemacht, wenn dich zwei Leute aus dem

Schlaf scheuchen und fragen, ob du etwas gesehen hast, womit man eine Tür aufbrechen kann?« fragte Adriane.

»Wenn ich schlau gewesen wäre, hätte ich meine Sachen gepackt und das Weite gesucht«, sagte Locher. »Wir rammten die Tür auf. Wiggershaus und ich schoben die Tür nach innen, aber die Tür selbst schien sich zu sträuben, als wolle sie uns zuraunen: ›Nein, öffnet mich nicht, es ist das Grauen, das euch erwartet.‹«

»Bleib bitte bei dem, was du gesehen hast«, ermahnte ich ihn.

»Was ich gesehen habe? Ich habe den Schwarzen Mann gesehen, und der war wohl der letzte, den ich sehen wollte. Der alte Michel sah ihn zuerst und warnte uns. Wir schauten alle zur Treppe, und tatsächlich: Da stand er, völlig regungslos.«

»Ich habe gehört, daß er wegrannte«, sagte ich. »Außerdem wissen wir, daß er Leo von Cleve heißt. Dieses ›Der Schwarze Mann‹-Getue läßt ihn nur unnötig bedrohlich erscheinen.«

»Du wagst es nicht, ihn als das zu bezeichnen, was er ist«, sagte Locher.

»Du hast ihn nicht verfolgt«, sagte ich.

»Wiggershaus schickte die anderen hinter ihm her. Bei Gott und allen Heiligen: Ich war heilfroh, daß er nicht mich geschickt hat. Aber wenn er mich geschickt hätte, hätte mich niemand zögern sehen. Soll ich weitererzählen?«

Er erzählte, wie sie den Raum betraten, nachdem sie die Leiche des Grafen beiseite geschoben hatten. Wiggershaus und Susanne hatten den Toten untersucht.

»Vielleicht hofften sie, noch einen Rest Leben in ihm zu finden«, sagte Locher. »Mir hat ein Blick gereicht. Ich sah mich im Raum um, weil ich dachte, der Mörder müsse noch da sein. Ja, Jungchen, auch ich habe nicht sofort an einen Dämon geglaubt. Ich glaubte an einen ganz normalen Mord, von Menschenhand begangen. Dann sah ich die Pistole auf dem Wandbrett, und ich dachte, Frowin habe sich selbst getötet. Aber aus dieser Waffe kann nicht geschossen worden sein. Ich weiß nicht, woher du diese andere Pistole hast, aber der Graf hatte sie nicht bei sich.«

»Woher hast du denn die Pistole?« frage Adriane.
»Das möchte ich vorläufig für mich behalten«, sagte ich. »Hast du die Pistole genauer untersucht, Henning?«
»Genauer als zu prüfen, ob sie abgeschossen wurde, meinst du?«
»War sie in Ordnung? Oder hatte jemand an ihr manipuliert?«
Locher schwieg. Er sah mich an, und ich sah ihn an.
Schließlich sagte er: »Ich bin an ein Versprechen gebunden. Nur wenn ich davon entbunden werde, kann ich dir antworten. Außerdem kann die Pistole nichts mit dem Tod des Grafen zu tun haben.«
»Gehört die Pistole dem Mann, der oben im Turm versteckt wird?« fragte Adriane.
»Was weißt du darüber?« fragte Locher sie.
»Ich habe mich nur gefragt, für wen das Essen ist, daß ich jeden Tag zum Turm bringe«, sagte sie. »Wie kann man eine Pistole so manipulieren, daß sie geladen ist und doch nicht schießt?«
»Ich kann darüber nichts sagen.«
»Es dürfte doch nicht auffallen, nicht wahr? Ich meine, der Besitzer der Pistole müßte denken, er könnte noch damit schießen.«
»Herrgott noch mal, Mädchen, vielleicht will man nur, daß sich jemand sicher fühlt.«
»Und wer wollte, daß sich der Mann im Turm sicher fühlt?«
Man merkte Locher an, daß er Adriane liebend gern losgeworden wäre, während ich mir im Geiste nachträglich gratulierte, daß ich sie nicht weggeschickt hatte. Welch kluge Voraussicht von mir, welch von langer Hand vorbereiteter, geschickter Schachzug!
»Niemand, Mädchen! Niemand wollte, daß er sich sicher fühlt.«
»Wenn niemand wollte, daß er sich sicher fühlt, warum hat man ihn dann versteckt und versorgt? Warum war dann Frau Gundelfinger in der Nacht bei ihm?«
»Niemand hat gesagt, daß sie bei ihm war.«
»Du hast es gesagt, Henning. Sie schaute aus dem einzigen Turmfenster, das es außer dem, hinter dem der Graf war, noch gab. Warum hast du seine Pistole manipuliert?«

»Ich habe nie gesagt, daß ich seine Pistole manipuliert habe«, sagte Locher zu mir. »Ich denke, du stellst hier die Fragen!«
»Richtig«, sagte ich. »Also: Warum hast du die Pistole manipuliert?«
Er zuckte mit den Schultern.
»Wie viele Leute gibt es, die dich dazu auffordern können, so etwas zu tun?« fragte Adriane.
»Ich habe schon zuviel gesagt«, sagte Locher.
»War es Graf Frowin?« fragte ich.
Locher schwieg.
»Wenn es der Graf war«, sagte Adriane, »wie könnte er Henning jetzt noch von einem Versprechen entbinden?«
»War es Kuehnemund?« fragte ich.
Locher kniff die Lippen zusammen und senkte den Blick.
»Warum sollte Hans Kuehnemund jemand anderen beauftragen?« fragte Adriane. »Könnte er das selbst nicht genausogut?«
»Viele sind nicht mehr übrig«, sagte ich. »Ich gehe also zu Wiggershaus und sage ihm, er braucht dich nicht mehr von dem Versprechen zu entbinden, weil du schon alles erzählt hast.«
»Du hast den Teufel im Leib«, sagte Locher zu dem Zwischenraum zwischen Adriane und mir. »Wiggershaus hat dem Mann Unterschlupf gewährt, weil es ein alter Bekannter des Grafen ist. Er wollte ihn nicht nur vor seinen Verfolgern schützen, sondern in erster Linie vor sich selbst. Aber er ist so aufgeregt und ängstlich, daß er sich hätte für einen Gefangenen halten und fliehen können. Er sollte sich sicher fühlen, darum hat er seine Pistole zurückbekommen. Damit er nicht auf jemanden schieße, den er für einen Verfolger halte, hat Wiggershaus mir die Pistole gebracht und gesagt, ich solle sie unbrauchbar machen, ohne daß es auffalle. Und was werdet ihr jetzt machen? Überall herumerzählen, daß man mir nicht trauen kann? Zeit meines Lebens habe ich Waffen zum Funktionieren gebracht, und jetzt habe ich eine zerstört. ›Seht her, das ist Henning Locher, er macht Pistolen kaputt!‹«
Ich begriff, daß ich die ganze Zeit über etwas völlig Falsches ver-

mutet hatte. Dem kleinen, krummbeinigen, stolzen Mann war es peinlich, etwas getan zu haben, das er mit seiner Berufsehre nicht vereinbaren konnte. Aus Lochers Sicht mochte das ein schlimmeres Vergehen sein als der Mord am Grafen.
»Hast du jetzt genug gehört?« fragte er.
Als ich ihm sagte, daß ich genug wisse, stand Locher auf und verließ uns grußlos. Nicht einmal seinen Wein hatte er ausgetrunken.

»Wer ist der Mann im Turm?« fragte Adriane. »Von wem wird er verfolgt? Warum versteckt Wiggershaus ihn hier? Wer hat dem Grafen die andere Pistole gegeben? Wo hat der Graf seine Pistole gelassen? Warum sind überhaupt zwei Pistolen im Spiel?«
Ich hatte den Kopf in die Hände gestützt und brütend vor mich hin gestarrt.
Jetzt blickte ich hoch und sagte: »Adriane, es kann sein, daß die Antwort auf einige dieser Fragen den Tod mit sich bringt.«
»Und warum fragst du dann die Leute aus?«
»Wiggershaus hat mich gebeten, bei der Aufklärung des Mordes zu helfen.«
»Aber du hast auch vorher schon die Leute ausgefragt.«
»Keineswegs. Ich habe nur eine Anstellung als Landsknecht gesucht. Wann soll ich jemanden ausgefragt habe?«
»Oh, du machst das anders als ich. Ich stelle offen eine Frage und hoffe, daß mir jemand antwortet. Du schleichst dich in das Vertrauen der Leute ein, bringst das Gespräch auf irgendein Thema und wartest, daß sich jemand verplappert. Was willst du wirklich auf der Schönburg?«
»Schlafen«, sagte ich. »Ich möchte zwei Tage durchschlafen, ausgiebig frühstücken, mein Pferd satteln und wegreiten.«
»Warum hast du das nicht gemacht, als du noch konntest?«
»Ich habe schließlich einen Vertrag geschlossen. Und an den bin ich jetzt gebunden, auch wenn ich mir etwas Angenehmeres vorstellen kann. Jetzt laß uns bitte beim Thema bleiben. Und unser Thema heißt: Wie ist Graf Frowin gestorben?«

»Auch wenn die Antwort den Tod mit sich bringt?«
»Ich weiß, worauf ich mich eingelassen habe«, sagte ich. »Wann hast du den Grafen zum letzten Mal lebend gesehen?«
»Am Abend vor seinem Tod. Ich brachte einen Teller zum Turm. Conrad war nicht zu sehen, darum konnte ich das Essen hinbringen.«
»Was hättest du gemacht, wenn er im Hof gewesen wäre?«
»Wiggershaus hatte mir eingeschärft, daß der junge Graf nichts davon bemerken darf, daß ich Essen zum Turm bringe. Ich solle so tun, als gehe ich woandershin, und es später noch einmal versuchen. Warum hat er nicht gewollt, daß Conrad etwas erfährt?«
»Wo hast du den Grafen gesehen?«
»Er stand zusammen mit Frau Gundelfinger vor dem Turm. Sie haben sich gestritten. Früher haben sie immer zusammen gearbeitet. Worüber können sie sich gestritten haben?«
»Adriane, du warst ihnen näher als ich. Sag du es mir!«
»Der Graf machte ihr Vorwürfe, daß sie ihn belogen hätte. Die beiden haben nicht auf mich geachtet. Die Tür zum Turm war nur angelehnt. Da bin ich bis nach oben gestiegen und habe den Teller vor die Tür gestellt. Als ich wieder hinunter ging, haben sie sich noch immer gestritten. Eigentlich hat die ganze Zeit nur der Graf geredet. Frau Gundelfinger versuchte manchmal, ihm zu antworten, er ließ sie jedoch gar nicht zu Worte kommen. Der Graf wandte sich ab und wollte in den Turm gehen, aber Magister Wiggershaus hielt ihn auf. Der Graf kanzelte ihn nur kurz ab, ging in den Turm und schloß die Tür.«
»Hast du Frau Gundelfinger oder Wiggershaus am selben Tag noch gesehen?«
»Erst nach Mitternacht im Turm. Ich habe abends die Küche und den Speisesaal sauber gemacht. Dann habe ich mich schlafen gelegt. Der Alte Michel und Lotzer haben mich geweckt, als sie herumrumorten. Sie sagten, sie suchten nach etwas, womit sie eine Tür aufbrechen könnten. Sie waren furchtbar aufgeregt und eilig.

Ich fragte, welche Tür sie aufbrechen wollten, und warum, aber sie gaben mir keine Antwort. Schließlich sind sie mit einer Sitzbank weggegangen. Ich bin ihnen nachgelaufen, und dann gingen wir alle in den Turm. Sie brachen die Tür auf, und dann schrie der Alte Michel auf einmal ›Der Schwarze Mann!‹.
Wiggershaus schickte die Männer hinter dem Schwarzen Mann her, Frau Gundelfinger wollte einige zurückhalten.«
»Hast du Leo von Cleve auch gesehen?«
»Ich habe eine Gestalt auf der Treppe gesehen. Nur ganz kurz und ohne daß ich erkannt hätte, wer es war. Der Mann drehte sich um, und dann gingen schon das Gerenne und Geschreie los.
Ich bin dann mit denen, die zurückgeblieben waren, in das Zimmer gegangen. Sie haben den Körper untersucht, und Henning hat die Pistole kurz angesehen und gesagt, aus ihr sei nicht geschossen worden.
Schließlich hat Wiggershaus mich losgeschickt, um Kaplan Johannes zu holen. Als ich zurückkam, hat man mich nicht mehr ins Zimmer gelassen. Inzwischen war die ganze Burg wach; alle rannten mit Fackeln und Laternen herum und suchten den Schwarzen Mann.
Aber wer hat den Grafen erschossen? Und wie? Kann man so gegen eine Wand schießen, daß die Kugel abprallt und dann trifft?«
»Wie kommst du denn auf die Idee?« fragte ich.
»Als ich von der Tür aus zum Fenster gesehen habe, war davor nur Himmel. Es kann also niemand von draußen auf den Grafen geschossen haben, wenn der vor der Tür stand. Es sei denn, jemand hätte es irgendwie geschafft, um die Ecke zu schießen. Geht das?«
»Man macht das gelegentlich mit Kanonenkugeln. Es gibt auch ein Wort dafür: Ricochettieren. Man schießt kurz vor einer feindlichen Truppe auf den Boden. Dabei verformt sich die Kugel und schwirrt auf einem unberechenbaren Kurs durch die Reihen. Aber ganz sicher kann man damit nicht bewußt auf jemanden zielen.«

»Bist du eigentlich sicher, daß du die richtigen Fragen stellst?« fragte Adriane. »Du fragst alle, was sie in der Nacht gesehen haben, und wo sie wann gewesen sind, nicht wahr?«
»Was ist daran falsch?«
»Na, es war keiner beim Grafen im Zimmer, als er umgebracht wurde, also hat auch keiner gesehen, wie es gemacht wurde. Stell doch einmal andere Fragen.«
»Welche denn?«
»Wer hat etwas davon, wenn der Graf tot ist?«

24

Das 24. Kapitel erteilt eine Lektion im Ricochettschuß Als der neue Tag heraufdämmerte, stand ich auf der Geschützplattform und blickte auf die Stadt hinunter. Einige Häuser, die außerhalb der Mauern errichtet waren, standen in hellen Flammen.
Früher oder später mußte das Feuer auf die Stadt selbst übergreifen.
Der Waldrand lag im Dunkeln, aber zwischen den Bäumen flackerten Lichtpünktchen. Dort hatten die Schinder, durch die Bäume geschützt, ihr Lager aufgeschlagen.
Vielleicht war es nur eine Handvoll Männer, die mehrere Feuer unterhielten, um uns über ihre Zahl zu täuschen, während die Hauptmacht noch in Oberwesel besoffen unter den Tischen lag.
Hans Kuehnemund stand neben mir, seinen Stutzen in der Armbeuge, und spähte gleich mir nach draußen.
»Ein paar Leute mehr«, sagte er, »und bessere Reiter, dann würde ich einen Ausfall wagen und die Bande aus dem Wald treiben.«
Als ich nicht antwortete, sprach er weiter: »Kämpfen, angreifen, das sollte ein Soldat machen. Nicht hinter einer Mauer sitzen und anderen die Initiative überlassen.«
Er trat wütend mit dem Stiefel gegen die Mauer, als sei sie an seiner Misere schuld.
Mir hingegen schien die Steinmauer zwischen uns und den Schindern die letzte greifbare Sicherheit auf der Welt zu sein.
»Wenn Wiggershaus mich gelassen hätte, wäre ich schon in der letzten Nacht nach draußen gegangen«, sagte Kuehnemund. »Ich verstehe natürlich, daß er mich in der Burg halten will. Doch werde ich verrückt, wenn ich nicht bald irgend etwas unterneh-

men kann. Na, jetzt ist es hell genug, um Hennings Wunderwaffe auszuprobieren. Willst du mitkommen?«
»Klar, ich komme mit.«
Wir verließen die Plattform und gingen zum Nordende der Burg.
Hinter dem Nordturm hatten Henning Locher und Otto Fechter sich bereits bei Edwina eingefunden.
Locher untersuchte gerade seine Pendelkonstruktion.
Er richtete sich auf und sagte: »Meine Herren, ich bin glücklich, eine Demonstration der Leistungsfähigkeit dieser Waffe geben zu können. Ich werde eine Salve auf die Bergspitze abfeuern.«
»Hoffentlich liegen ein paar von den Schindern in den Büschen versteckt«, fügte Fechter hinzu.
Es war keine Bewegung zu sehen, aber die Spitze war dicht genug bewachsen, um ein gutes Dutzend Männer zu verbergen.
»Mit Hilfe der Pendelkonstruktion«, erläuterte Locher, »wird die Drehgeschwindigkeit reguliert und die automatische Selbstausrichtung des Geschützes unterstützt. Bitte beachtet die Verkürzung der Luntenlänge zwischen zwei Zündlöchern. Dadurch wird die im Verlaufe der Beschußdauer steigende Rückstoßstärke...«
»Ich möchte nur wissen, ob sie funktioniert«, sagte Kuehnemund.
»Ich bitte noch um ein wenig Geduld«, sagte Locher. »Herr Wiggershaus zeigte großes Interesse an der Funktionsfähigkeit der neuen Waffe, und daher...«
»... werden wir gegebenenfalls eine zweite Demonstration für ihn einrichten«, sagte Kuehnemund.
Locher war ein wenig enttäuscht.
Ein letztes Mal zielte er auf die Bergspitze.
Nein, ein vorletztes Mal, denn anschließend manipulierte er noch eine Winzigkeit an der Position des Pendels herum.
Hutten beobachtete unser Treiben von seinem Zimmer aus.
»Meine Herren«, sagte Locher, »richtet jetzt bitte Eure Aufmerksamkeit auf die Bergspitze.«

Tatsächlich richteten wir unsere Aufmerksamkeit auf Edwina. Wie sich herausstellte, taten wir gut daran.
Locher zündete die Lunte am obersten Lauf.
Sie fing Feuer, der Funke sprang in das Zündloch und lief schon über die nächste Lunte weiter, als der erste Lauf feuerte.
Der Schuß dröhnte, der Kasten ruckte nach hinten.
Als der zweite Lauf losging, sprang etwas senkrecht nach oben.
Es wirkte wie eine Mischung aus einer Lanze und einem gezackten Blitz. Noch ehe ich es richtig erkennen konnte, änderte es seine Richtung und kam auf uns zu. Ich glaubte, ein Zischen zu hören, wie von einer Klinge, die man kräftig durch die Luft schwingt.
Ich machte mir nicht allzu viele Gedanken, was da herankam, sondern ließ mich zu Boden fallen.
Otto Fechter sprang von der Mauer in den Hof. Kuehnemund warf sich nach vorn, als wolle er einen unsichtbaren Gegner angreifen.
Aber er riß nur Locher, der wie erstarrt auf das wirbelnde Ding blickte, mit sich zu Boden.
Dann sauste es über unsere Köpfe hinweg und bohrte sich in die Lücke zwischen zwei Steinplatten auf dem Wehrgang. Es war das Pendel, dessen verbessernde Wirkung sich als nur vorübergehend erwiesen hatte.
Edwina röhrte und dröhnte weiter, und ich bemerkte mit Schrecken, daß ihre Läufe senkrecht in den Himmel feuerten. Nun haben Dinge, die man senkrecht nach oben schleudert, die unangenehme Angewohnheit, genau so senkrecht zurückzukommen.
»In Deckung mit Euch!« schrie Kuehnemund. Er riß Locher am Kragen hoch und zerrte ihn hinter sich her auf die Rampe zu.
Ich rannte ebenfalls los, den Kopf gesenkt und die Hände darüber verschränkt. Leider läßt sich eine Kanonenkugel nicht davon abschrecken, wenn sich zwischen ihr und einem Kopf noch ein paar Hände befinden.

Etwas klatschte auf den Wehrgang und warf mit Steinsplittern nach mir.

Ich ließ die Rampe Rampe sein und sprang in den Hof hinunter.

Ich kam mit den Füßen zuerst auf, knallte mit meinem geschundenen Kopf gegen einen Pfosten des Holzgestells und rutschte daran zu Boden.

Der Pfosten begann sich an seinem oberen Ende in zwei Hälften zu zerteilen.

Holzsplitter stieben durch die Luft: Gevatter Tod hatte mit seiner Sense ausgeholt und schwang sie nach meinem Kopf.

Der Spalt setzte sich bis eine Handbreit über dem Boden fort. Die beiden Hälften des Pfostens bildeten ein riesiges »V«; jetzt erkannte ich, daß eine Kanonenkugel darin steckte, die genau auf die Spitze getroffen war und den Pfosten geteilt hatte wie Siegfrieds sagenhaftes Schwert einen Entenflaum.

Edwina feuerte nach hinten, und ihre Kugeln klatschten in das Mauerwerk des Turms. Eine Kugel nach der anderen erzeugte eine Fontäne aus Steinsplittern und Mörtel. Die Explosionen wanderten die Mauer entlang nach unten.

Ich sprang auf und knickte sofort mit dem Fuß um.

Eine Kugel klatschte in den Winkel zwischen Turm und Boden, prallte ab und wirbelte wie ein Kreisel über den Hof, wobei sie heulte wie ein seltsames Tier.

Dann hörte das Donnern der Geschützrohre auf. Von der Höhe des Wehrgangs erklang ein seltsames Klacken, ähnlich wie das Zugwerk eines Brunnens, bei dem die Seilhalterung immer wieder einrastet. Edwinas Geschützkasten drehte sich allmählich langsamer, und mit einem letzten »Klack« blieb er stehen.

Eine Wolke aus Pulverrauch stand über Edwina in der Luft.

Ich erhob mich vorsichtig.

Fechter starrte auf die Kanonenkugel in dem geteilten Pfosten.

»So was habe ich noch nie gesehen«, sagte er. »Wenn das einer mit Absicht versucht hätte, hätte es nie geklappt.«

Locher lief die Rampe hoch und beugte sich über Edwina.

Kuehnemund starrte ihn vom Hof aus an. Viel konnte nicht fehlen, und seine Augen wären losgegangen wie ein doppelläufiges Gewehr.

»Ich hab's!« rief Locher von oben. »Ich hatte nicht an die seitliche Kastenbewegung gedacht. Ich muß nur ...«

»Du mußt nur das Teufelsding von der Brüstung schaffen«, sagte Kuehnemund. »Fahr sie in irgendeine Ecke, und vor allem aus meinen Augen. Dann schaff den Zwanzigpfünder vom Hof hier herauf.«

»Aber es ist nur noch eine Kleinigkeit«, sagte Locher. »Eine Sache von ein paar Handgriffen.«

»Das war kein unverbindlicher Vorschlag«, sagte Kuehnemund. Zuerst dachte ich, einer der beiden knirsche vor Wut mit den Zähnen, aber dann merkte ich, daß sich die Balkenkonstruktion zu neigen begann. Eine Verbindungsstelle brach, der Rest des geteilten Pfostens zerplatzte endgültig.

Pfosten und Latten regneten um uns her auf den Burghof.

»Und wenn du mir einen letzten Gefallen tun willst, Waffenmeister«, sagte Kuehnemund mit erzwungener Ruhe, »geh mitsamt deiner Wunderwaffe zu den Schindern und biete denen deine Dienste an. Das würde unsere Erfolgsaussichten erheblich steigern.«

Henning hatte sich schützend vor Edwina gestellt.

»Teufelswerk!« schrie eine empörte Stimme von der anderen Seite des Turms. »Betrug, Verrat und gottloses Teufelswerk!«

Es war die kreischende Stimme von Conrad. Vielleicht hatte er eine Teufelsfratze in einer seltsam geformten Wolke entdeckt oder dem kühnen Hüftschwung einer Magd zuviel Aufmerksamkeit gewidmet.

Aber als ich um den Turm herumkam, sah ich, daß er Ulrich von Hutten mit beiden Händen am Kragen hielt. Er präsentierte ihn dem entgeisterten Wiggerhaus so stolz wie eine Katze, die eine halbtote Maus in die Stube geschleppt hat.

»Ein Bote an den Fürstbischof«, sagte Conrad und schüttelte Hutten, um seiner Forderung Nachdruck zu verleihen. »Ich verlange

es. Ich befehle es. Ich ordne es an. Wer ist jetzt der Herr der Burg? Wer? Sagt es mir, Wiggershaus!«
»Ihr seid der Herr«, sagte Wiggershaus. Er hatte den Blick gesenkt, als demonstriere er Demut. Hinter seiner Stirn überschlugen sich wahrscheinlich die Gedanken, wie er jetzt auch noch mit einem unzurechnungsfähigen Grafen fertig werden sollte.
»Aha!« sagte Conrad. »Das wenigstens seht Ihr also ein! Dann erklärt mir doch mal das hier!«
Wieder schüttelte er Hutten.
Huttens Kleidung war zerrissen. Er hatte sich nicht wehrlos auf den Hof bringen lassen, aber er war weit davon entfernt, auch nur den Nahkampf mit einem Milchmädchen zu bestehen.
»Wo habt Ihr diesen Mann gefunden?« fragte Wiggershaus, aber es gelang ihm nicht ganz, den arglosen Ton zu treffen, den er beabsichtigt hatte.
»Wahrheit!« sagte Conrad, als erkläre das alles. Nach einer Pause fügte er hinzu: »Ich habe nach dem Schimmer der Wahrheit gesucht, inmitten dieses Sündenpfuhls. Mein Vater hat die gerechte Strafe erlitten, als einer seiner Dämonen ihn zu sich in den Schlund der Hölle geholt hat! Ich bin in den Turm gegangen, um mich zu überzeugen, welche gottlosen Frevelhaftigkeiten dort begangen wurden. Und was habe ich gefunden?« Wieder schüttelte er sein Opfer, damit es auf keinen Fall jemand übersah. »Ja, ich habe Euer Treiben aufmerksam beobachtet. Du da, komm nach vorn!«
Er zeigte auf Adriane, die, einen Teller mit Brot und Schinken in der Hand, unter den Zuschauern stand.
»Was hast du da in der Hand?« fragte Conrad.
»Es ist ein Teller mit Brot und Schinken, Herr Graf«, sagte Adriane.
»Willst du dich über mich lustig machen!« schrie Conrad. »Meinst du, mir ist nicht aufgefallen, daß du immer etwas zu essen in den Turm bringst? In diesen Turm da?« Immerhin ließ er Hutten mit einer Hand los, um auf den Turm zu zeigen.
»Ist das wahr?« fragte Wiggershaus Adriane, als höre er zum er-

sten Mal davon. »Geh sofort in die Küche, und kümmere dich um deine Arbeit, statt hier Teller durch die Gegend zu tragen!«

Adriane drehte sich um. Wiggershaus trat rasch vor und sagte: »Herr Graf, ich freue mich, einen Herrn gefunden zu haben, der klüger und aufmerksamer ist als sein Vorgänger. Wir wollen uns in Eures Vaters Arbeitszimmer zurückziehen und offen sprechen.«

Conrad verlor das Interesse an Adriane; zum Glück, denn sie ging keineswegs in die Küche, sondern stellte sich hinter einen breitschultrigen Landsknecht. Conrad sagte: »Sprecht hier mit mir. Oder fürchtet Ihr unliebsame Zeugen Eurer Lügen?« Er machte mit der anderen Hand eine weite Geste, die die stetig wachsende Zuschauerschar einbezog.

Hutten nutzte die neu gewonnene Freiheit, sich außer Reichweite zu bringen. Er schwankte, und ich trat vor, um ihn zu stützen. Ich half ihm, sich langsam vor dem Turm auf den Boden zu setzen.

»Wer ist dieser Mann?« fragte Conrad und deutete auf Hutten.

»Das ist nicht leicht zu erklären«, sagte Wiggershaus. »Am besten ist es, wenn wir uns zu zweit darüber unterhalten.«

»Glaubt Ihr, ich bin auf Eure Antwort angewiesen? Ich weiß sehr wohl, wer das ist. Dieser Mann ist Ulrich von Hutten, einer der Schergen des Antichristen. Und Ihr habt ihm in meiner Burg Zuflucht gewährt. Ihr werdet sofort einen Boten an seine Eminenz nach Trier senden und ihm mitteilen, daß hier Ulrich von Hutten seiner Hinrichtung harrt, mit den besten Empfehlungen von Graf Conrad, einem treuen Untertanen seines Fürsten und Vollstrecker des göttlichen Willens!«

»Es gibt dabei einen oder zwei Punkte zu bedenken«, sagte Wiggershaus.

»Ist denn hier niemand, der einen Befehl auszuführen bereit ist? Ihr, Hauptmann Kuehnemund, kommt zu mir!«

Kuehnemund trat vor. »Herr Graf?«

»Ihr habt gegen meinen Befehl die Kapelle mit Waffen betreten. Dafür werde ich Euch vierteilen lassen, versteht Ihr mich?«

»Jedes Wort.«

»Aber vielleicht lasse ich Euch auch nur einfach köpfen. Es liegt ganz bei Euch. Nehmt Wiggershaus fest, werft ihn in das tiefste Verlies und sendet sofort einen Boten nach Trier.«

»Herr Graf, es ist Euch möglicherweise entgangen, daß eine Horde von Schindern...«

»Nichts ist mir entgangen. Schon gar nicht, daß Ihr Euch meinem Befehl widersetzt.« Er erhob seine Stimme noch mehr, obwohl ich das kaum für möglich gehalten hätte, und brüllte: »Wer ist bereit, meine Befehle auszuführen? Er wird der neue Burghauptmann sein.«

»Ich mache das!« antwortete die feste Stimme eines Mannes, der die Gelegenheit nicht ungenutzt verstreichen lassen wollte.

Conrad wandte sich zu dem Sprecher um und musterte ihn. Er blickte mich an, denn ich war mit diesen Worten vorgetreten.

»Ich stehe Euch zu Diensten, Herr Graf«, sagte ich.

»Ich kenne Euch«, sagte Conrad. »Ihr seid mit Kuehnemund in der Kapelle gewesen.«

»Ich bin stolz, daß Ihr Euch an mich erinnert. Leider konnte ich damals den Schurken nicht an seinem Frevel hindern. Aber jetzt brechen andere Zeiten an! Wiggershaus, Kuehnemund, betrachtet Euch als unter Arrest stehend. Herr Graf, übergebt mir Euren Gefangenen. Ihr braucht Euch mit dieser Kreatur nicht zu beschmutzen.«

Conrad trat auf mich zu und sagte mit einer Stimme, die er möglicherweise für ein verschwörerisches Flüstern hielt: »Hütet Euch vor den Machenschaften der Verräter, die uns umgeben. Wann werdet Ihr einen Boten nach Trier senden?«

»Noch ehe die Verräter sich von ihrem Schrecken erholt haben, mein Herr.«

»Habt Ihr heute schon das Sakrament der Beichte empfangen?«

»Ich war soeben im Begriff, nach Kaplan Johannes zu suchen, als ich bemerkte, daß ich Euch hier nützlich sein kann.«

»Und die Verräter? Was macht Ihr mit denen?«

»Ich werde sie streng verhören und dann Eurer Gerichtsbarkeit überstellen.«

»Gut so. Leute, Ihr habt es alle gehört. Dieser Mann ist der neue Burghauptmann. Wie ist Euer Name, Hauptmann?«
»Ich bin Edgar Frischlin, Herr Graf.«
»Nun, Hauptmann Frischlin, tut Eure Pflicht. Noch vor heute abend will ich diese Schurken tot sehen. Ich werde mich jetzt zum Gebet zurückziehen.«
Conrad drehte sich um und stolzierte davon, als habe er mit einer Handbewegung alle Probleme der Welt gelöst.
»Am besten verschwindet Ihr wieder in Euer Zimmer«, sagte ich zu Hutten. »Je weniger man Euch sieht, um so besser für Euch.«
Hutten stand auf. »Was spielt Ihr für ein Spiel, Frischlin?« fragte er.
»Ich bin nicht sicher«, sagte ich. »Ich kenne noch nicht all meine Karten.«
»Ich bin jedenfalls keine Trumpfkarte mehr.« Er verschwand im Turm.
»Habt Ihr alle nichts zu tun?« herrschte Kuehnemund die Schaulustigen an. »Los, geht an Eure Arbeit. Wir können keine Gaffer gebrauchen!«
Einige schauten erwartungsvoll zu mir.
»Ihr habt es gehört«, sagte ich. »Bis auf weiteres bleibt alles beim alten.«
Der Hof leerte sich, bis Wiggershaus, Kuehnemund und ich allein zurückblieben.
»Das ist ein Tanz auf des Messers Schneide«, sagte Wiggershaus. »Jetzt macht er Euch zum Burghauptmann, und in der nächsten Minute läßt er Euch hinrichten.«
»Herr Wiggershaus, ich will weder Euren Posten noch den von Herrn Kuehnemund. Wir haben genug Unruhe und Angst in der Burg, da muß Conrad nicht noch mehr durcheinanderbringen. Gehen wir in Euer Arbeitszimmer, um das Weitere zu besprechen.«

25

Das 25. Kapitel schildert von ferne eine Verhandlung

»Warum habt Ihr Euch gesperrt, als Conrad einen Boten zu Greifenclau schicken wollte«, fragte ich Wiggershaus. »Schließlich haben wir das schon von uns aus gemacht. Außerdem hättet Ihr Hutten auch ausgeliefert, wenn alles andere nicht geschehen wäre.«

»Das war ein Fehler, ich weiß. Immer, wenn ich gerade glaube, die Lage würde ein bißchen besser, dann kommt es noch schlimmer. Als Conrad Hutten auf den Hof zerrte und mit seinen Beschuldigungen anfing, habe ich nicht überlegt. Gut, daß Ihr da wart, Herr Frischlin.«

Wir saßen in Wiggershaus Arbeitszimmer, alle drei froh, daß die Situation einigermaßen glimpflich abgelaufen war.

Ich sah Wiggershaus an und ließ ihm Zeit.

Schließlich fragte er: »Wieso glaubt Ihr, ich hätte Hutten auf jeden Fall ausgeliefert?«

»Einem persönlichen Feind Greifenclaus Zuflucht zu gewähren ist ein großes Risiko. Ihr habt nur auf einen günstigen Moment gewartet. Aber auf welchen? Hofftet Ihr, daß das Kopfgeld für Hutten erhöht wird?«

»Ihr traut mir mehr Überlegung zu, als ich damals tatsächlich angestellt habe.«

»Ihr habt alles getan, damit sich Frowin nicht mit Hutten beschäftigen mußte. Ihr habt Hutten von Frau Gundelfinger versorgen lassen, damit er nicht starb. Ihr habt Hutten in Sicherheit gewiegt, indem Ihr ihm seine Pistole gabt. Sein Pech, daß sie nicht funktionierte.«

»Ihr seid ein kluger Kopf, Herr Frischlin. Wie seid Ihr auf den Gedanken gekommen, Huttens Pistole zu untersuchen?«

»Viel interessanter ist die Frage, weshalb die Pistole in Frowins Labor lag.«

Wiggershaus starrte mich an, als hätte ich behauptet, Frowin habe mir soeben persönlich den Namen seines Mörders mitgeteilt.

»Huttens Pistole war in Frowins Labor?« vergewisserte er sich.

»In der Tat. Ihr habt sie gesehen, als Locher sie untersuchte.«

»Mein Gott, er hat sich eine Pistole angesehen. Aber ich hatte keine Ahnung, daß das Huttens war. Hattet Ihr dem Grafen nicht eine andere Pistole gegeben?« fragte er Kuehnemund.

»Ich glaube, mir fehlen ein paar Informationen«, sagte Kuehnemund. »Ich habe dem Grafen von Locher eine Pistole geben lassen. Warum hatte er jetzt zwei Pistolen?«

»Wenn ich das wüßte, wäre ich wesentlich klüger«, sagte ich. »Was für eine Pistole hat Locher ihm gegeben?«

»Eine von den Nürnberger Pistolen, die wir im letzten Jahr gekauft haben. Wir wußten, wie leicht Cleve in die Nähe des Grafen kommen konnte. Da ich nicht immer in seiner Nähe sein konnte, habe ich ihn gedrängt, eine Waffe bei sich zu führen. Schließlich ist er mit zur Waffenkammer gegangen. Ich habe selbst gesehen, daß Locher die Pistole geladen hat.«

»Könnte er das Laden nur vorgetäuscht haben?«

Kuehnemund lachte trocken. »Das ist wohl ein dummer Scherz! Ich habe mir die Pistole selbst angesehen, ehe Frowin sie einsteckte. Die Waffe war geladen und schußbereit, so wahr ich hier sitze.«

Ich legte die Pistole, die ich unter dem Holz gefunden hatte, auf den Tisch. Kuehnemund nahm sie auf und untersuchte sie kurz.

»Sie wurde abgeschossen«, sagte er. »Wo habt Ihr sie gefunden?«

»Sie lag im Labor, allerdings war sie versteckt worden.«

»Der Graf hatte also zwei Waffen«, sagte Wiggershaus. »Und mit einer hat er geschossen, verstehe ich das richtig?«

»Offensichtlich«, sagte ich.

»Aber auf wen?« fragte Kuehnemund.

Ich erzählte, wo ich die Waffe gefunden hatte. »Ist das die Pistole, die Locher dem Grafen gegeben hatte?«

»Es ist auf jeden Fall eine aus derselben Serie.«
»Dann hat er sich doch selbst getötet«, sagte Wiggershaus.
»Nur, wenn er nach dem Kopfschuß noch lange genug gelebt hat, um die Waffe zu verstecken und dann zur Tür zu gehen«, sagte ich.
»Er wird kaum so eine komplizierte Situation arrangiert haben, um vorzutäuschen, daß ihn jemand getötet hat. Andererseits ...«
Wiggershaus zögerte, aber Kuehnemund spracht den Satz für ihn zu Ende: »Andererseits wäre er als Selbstmörder in Todsünde gestorben. Man hätte ihn nicht in geweihter Erde bestattet. Angeblich sollen solche Dinge schon vorgekommen sein.«
»Ist das möglich?« fragte Wiggershaus mich. »Gibt es in dem Labor eine Vorrichtung, mit der er das erreicht haben könnte?«
»Selbst, wenn er ein Gestell konstruiert hätte, das ihm die Pistole aus der Hand nahm, sie zu dem Herd brachte und anschließend das Holz darüber schichtete, dann müßte das Gestell noch da sein. Es müßte zumindest da gewesen sein, als Ihr die Tür aufbracht.«
»Es sei denn, jemand hätte das Gestell abgebaut.«
»Das ist dasselbe Problem. Auch dann muß jemand aus dem Raum verschwunden sein, ehe Ihr eintratet.«
»Leo von Cleve ist schon ein paarmal verschwunden, ohne daß wir es erklären können«, sagte Kuehnemund.
»Daran habe ich auch gedacht«, sagte Wiggershaus. »Vielleicht hat Frowin auf Cleve geschossen, und der schoß besser.«
»Zwei Schüsse, die fast gleichzeitig fallen, können wie einer klingen«, sagte Kuehnemund.
»Und dann versteckt er anschließend Frowins Pistole?« fragte ich. »Und warum sollte er ein zweites Mal im Turm auftauchen, da er doch schon längst weg sein könnte?«
»Ich werde ihn fragen, wenn ich ihn das nächste Mal sehe«, sagte Kuehnemund.
»Vielleicht hatte er den Turm noch gar nicht verlassen«, sagte Wiggershaus. »Wir haben ihn unten an der Treppe stehen sehen, aber niemand sah, wo er herkam.«

»Es gibt etwas, das nicht dazu paßt«, sagte ich. »Frowin hat sich selbst von Hutten die Pistole geholt. Warum hat er das getan, da er doch schon eine hatte?«
Unsere Überlegungen wurden abrupt unterbrochen, als Locher die Tür aufriß und in den Raum rief: »Kommt schnell! Die Männer desertieren! Ich konnte sie nicht aufhalten!«
Wir rannten zu viert über den Hof.
Mehr oder weniger zu viert. Kuehnemund war der einzige, der wirklich rannte. Wiggershaus keuchte kurzatmig, Locher watschelte krummbeinig, und ich humpelte mit verstauchtem Fuß.
Kuehnemund hatte seinen Stutzen in der Hand.
Von Ferne hörten wir Schüsse und Schreie.
Locher keuchte im Laufen seinen Bericht. »Ich war gerade dabei, die ›Sau‹ zur Nordmauer zu schaffen. Da kam der alte Michel und rief, daß ein paar von den Landsknechten das Tor geöffnet hätten. Als ich wieder nach vorn kam, waren die ersten schon draußen. Ich wollte sie aufhalten, aber einer hat auf mich geschossen.«
Die Front der Verteidiger war zerbrochen, als die Leute gemerkt hatten, daß ihre Anführer uneins waren. Jetzt versuchte jeder, sich selbst in Sicherheit zu bringen.
Das Tor stand noch halb offen, aber ein paar Männer waren schon dabei, die Flügel zu schließen.
Als sie uns ankommen sahen, entschloß sich einer noch rasch anders und lief durch den offenen Spalt hinaus.
»Kommt zurück, die Schinder bringen Euch um!« rief Kuehnemund. Schüsse von draußen unterstützten seine Prophezeiung dramatisch, aber nicht wirksam genug.
Ein paar Frauen zerrten ihre Kinder hinter sich her und versuchten ebenfalls, das Tor zu erreichen.
Wir kamen an einer Pyramide aus Arkebusen vorbei. Ich nahm im Vorbeilaufen zwei heraus und warf Locher eine zu.
Wiggershaus blieb etwas hinter uns zurück. Ich bemerkte noch, wie er sich nach einer der Waffen bückte.
»Alle weg vom Tor!« befahl Kuehnemund.

Die Plattform neben dem Tor, auf der einige Kanoniere hätten stehen sollen, war menschenleer.
Im Hof rang der Alte Michel mit einem Landsknecht und hinderte ihn zwar nicht in heroischer Form, aber erfolgreich an der Flucht.
Ein weiterer Landsknecht, der eine Magd hinter sich her zerrte, lief ebenfalls zum Tor. Er hielt eine Pistole in der freien Hand.
»Bleib stehen, Duckmäuser!« rief Locher.
»Weg vom Tor, sag ich!« warnte Kuehnemund noch einmal.
Die Magd stolperte und fiel. Der Landsknecht ließ sie los und rannte weiter, ohne sich nach ihr umzusehen.
»Laß mich nicht zurück!« rief sie ihm nach.
»Haltet ihn auf!« schrie Kuehnemund den drei Männern zu, die auf der Innenseite des Tors standen, und gleichzeitig rief der Flüchtende: »Weg mit euch!« Er unterstützte seine Anweisung, indem er mit seiner Pistole in ihre Richtung zielte.
Kuehnemund feuerte im Laufen. Der Landsknecht fiel zu Boden und verlor seine Pistole. Er faßte mit beiden Händen nach dem Knie, auf dem sich ein Blutfleck bildete. Dann überlegte er es sich anders und versuchte, an die Pistole zu kommen. Doch Kuehnemund hatte ihn bereits erreicht. Er trat die Pistole mit dem Fuß außer Reichweite. Über die Schulter rief er zu Wiggershaus: »Haltet ihn in Schach, Magister.«
Kuehnemund trat durch das Burgtor, gefolgt von Locher und mir.
Zwischen Burg und Wald lagen mehrere regungslose Körper.
Die Deserteure hatten sich verstreut und versuchten, den Waldrand zu erreichen. Zwischen den Bäumen blitzten Schüsse auf.
Die Schinder konnten die Laufenden abschießen, wie man auf einem Schießstand Tontauben abschießt. Ihre Kugeln galten nur den Männern und Kindern. Alle Frauen kamen sicher bis in den Wald. Ich hatte keinen Zweifel, daß ihre Sicherheit dort endete.
Nach und nach sahen die Männer ein, daß eine Flucht sinnlos

war. Sie versuchten, im Zickzack ein schwereres Ziel zu bieten. Alle, die es noch konnten, liefen zur Burg zurück.
Und einer nach dem anderen stürzte. Schließlich war nur noch einer auf den Beinen: Der Landsknecht, der zuletzt geflüchtet war. Er hatte mehr als die Hälfte des Feldes überquert, ehe er sich zur Umkehr entschloß, und der Rückweg würde lang werden.
»Lauf, Karlmann, lauf! Du schaffst es!« Einige Landsknechte hatten den Wehrgang und die Plattform bemannt. Ein paar Schüsse wurden abgegeben, um Karlmann Feuerschutz zu geben. Aber der Waldrand war weit, und ein klares Ziel nicht zu erkennen.
Um Karlmann herum stieben Erdfontänen auf, wenn fehlgegangene Kugeln der Schinder in den Boden schlugen. Er zuckte zusammen, als ein Kugel seine linke Schulter traf, aber er lief weiter.
Auf der Plattform röhrte der ›Ochse‹ los, und seine Kugel wirbelte Zweige durch die Luft, als sie in den Wald fuhr.
Zwischen den Bäumen tauchten zwei Gestalten auf: Spalatina und sein Todesengel. Spalatina steckte einen gegabelten Stock in die Erde. Das Mädchen reichte ihm eine jener spanischen Musketen, die zu schwer sind, um sie freistehend anzulegen. Er legte den Vorderschaft der Waffe in die Gabel und zielte.
Ich legte auf Spalatina an und drückte ab. Ich bin kein guter Schütze, und selbst wenn das anders gewesen wäre, hätte ich nur durch Glück treffen können. Meine Kugel fuhr in den Straßenstaub, zehn oder fünfzehn Schritte von Spalatina entfernt.
Spalatina sprach mit dem Mädchen und machte eine weit ausladende, höfisch wirkende Geste mit seinem Hut. Er übergab ihr die Muskete. Sie zielte in aller Ruhe.
Karlmann hatte uns fast erreicht, als der Todesengel schoß. Zuerst sah ich nur den Pulverrauch, dann drehte Karlmann sich um seine Achse und stürzte zu Boden, drei Schritte von uns entfernt. Er rutschte, vom eigenen Tempo und der Wucht der Kugel getrieben, auf uns zu. Als er liegenblieb, ein blutendes Loch zwi-

schen den Schulterblättern, drang der dumpfe Knall an unsere Ohren.
Vom Wehrgang knallten Schüsse, als alle in ohnmächtiger Wut auf den Anführer der Schinder und seine Begleiterin feuerten.
Wenn die Schinder diesen Augenblick zum Angriff nutzten, würden sie fast an der Mauer sein, ehe wir wieder schußbereit waren.
Kuehnemund trat vor, packte den toten Karlmann am Kragen und zerrte ihn in die Burg.
»Das Tor zu!« kommandierte er. Dann wandte er sich zu den Männern auf der Mauer und sagte: »Alle laden wieder ihre Waffen, sofort! Henning Locher, geh auf die Plattform und mach den ›Ochsen‹ schußbereit!«
Er deutete auf einige der Leute, die auf dem Hof herumstanden.
»Jeder von Euch nimmt sich eine der Arkebusen und bringt sie zu einem der Männer auf der Mauer. Wer glaubt, daß er bei den Schindern in Sicherheit sei, der braucht nur einen Blick auf diesen Mann zu werfen.« Er deutete auf den toten Karlmann.
Dann ging er zu dem Landsknecht, dessen Knie er zerschossen hatte. Wie vorher den Toten, nahm er jetzt den Verletzten am Kragen und zerrte ihn die Rampe hoch auf die Geschützplattform.
»Erschieß mich doch gleich hier!« schrie der Mann. »Wir sind doch ohnehin alle tot.«
Kuehnemund antwortete ihm erst, als er oben war, und er sprach so laut, daß ihn jeder im Hof verstehen konnte.
»Ich habe schon einen Toten, den sich die Leute ansehen können. Ich habe dich aus zwei Gründen ins Bein geschossen. Erstens kannst du nicht weglaufen, und zweitens brauchst du zwei Arme, um eine Arkebuse zu bedienen.«
Dann trat er an den Rand der Plattform und sagte: »Wenn ihr unbedingt sterben wollt, dann tut das gefälligst bei der Verteidigung der Burg. Und keiner wird sich von der Verteidigung ausschließen. Michel, du wirst jedem Schützen einen Knecht oder einen Flüchtling oder ein Kind zuteilen, was auch immer du findest.

Und die Schützen werden den Leuten, die ihnen zugesellt werden, das Laden beibringen. Und wenn einer ›nein‹ dazu sagt, schlage ich ihm einen Fuß ab. Und wenn es sein muß, noch einen zweiten. Nur die Hände lasse ich euch. War das deutlich?«
Wiggershaus sagte: »Mir wird schlecht.« Dann übergab er sich auf den Burghof.

»Ich kann nur hoffen, daß unser Bote lebend durchgekommen ist, glauben kann ich es nicht«, sagte Kuehnemund zu Wiggershaus und mir, als wir im Speisesaal vor ein paar Scheiben Brot saßen.
Wiggershaus ließ sein Brot unbeachtet, und auch wir anderen hatten keinen großen Appetit.
Kuehnemund blickte auf ein Stück Papier, auf dem er sich in der vergangenen Stunde einige Zahlen notiert hatte. »Wir haben zweiundzwanzig Landsknechte in der Burg, Frischlin und mich mitgerechnet. Locher hat die ›Sau‹ auf die Nordmauer geschafft. Dort sind zwei Kanoniere postiert. Wenn die Schinder tatsächlich ein Geschütz auf die Kuppe schaffen, müssen wir noch ein paar Leute von vorn abziehen. Vier Mann sind beim ›Ochsen‹ auf der Plattform, dazu Janssen mit seinem zerschossenen Knie. Die anderen sind auf der vorderen Mauer verteilt. Jeder hat einen Helfer, dem er das Laden beibringt. Wir haben drei Arkebusen für jeden Schützen.«
»Haben wir überhaupt Aussicht auf Erfolg?« fragte Wiggershaus.
»Wenn die Schinder entschlossen angreifen, mit Geschützen und Sturmleitern und was immer sie haben mögen: Nein. Sie wissen vielleicht nicht, wie wenige wir sind. Aber wenn Cleve die Leute in der Burg gezählt hat und wenn sie die Toten auf dem Feld davon abziehen, wird es nicht lange dauern, bis sie es wissen.«
»Willst du alle Männer dauernd auf der Mauer lassen?« fragte ich.
»Sie müssen doch irgendwann einmal schlafen.«
»Sie können sich ausruhen, wenn sie tot sind. Und du, willst du

immer noch Frowins Mörder suchen? Ich will dich nicht davon abhalten, wenn du das für sinnvoll hältst. Aber nimm eine Arkebuse mit, und sobald du einen Schuß hörst, erwarte ich dich auf der Mauer.«

»Ich habe mit jedem gesprochen, der dabei war, mit Ausnahme von Otto Fechter«, sagte ich. »Und mit den Schindern vor unseren Toren wird er nicht in die Burg zurückkommen. Es wäre schon seltsam, wenn ausgerechnet er die eine Beobachtung gemacht hätte, die alle Rätsel aufklärt. Hast du Hutten mitgezählt?«

»Nein. Und Conrad und den Kaplan auch nicht. Aber du hast recht: Hutten hat gelernt, mit Waffen umzugehen. Egal, in welchem Zustand er ist, eine Pistole wird er abfeuern können.«

»Was machen wir bloß mit Conrad?« überlegte Wiggershaus.

»Wenn Ihr meine Meinung hören wollt, Magister, dann sperrt ihn irgendwo ein, bis alles vorüber ist. Oder wollt Ihr Euch im Ernst nach seinen Anweisungen richten?«

»Welche Entscheidung ich auch treffe, es ist immer die falsche. Höre ich auf Conrads Anweisungen, sind wir mit Sicherheit verloren. Lasse ich ihn reden, gibt es noch mehr Unruhe unter den Männern. Sperre ich ihn ein, und wir überleben mit etwas Glück, dann stehe ich früher oder später unter dem Galgen.«

»Wir müssen ihn irgendwie beschäftigen«, sagte ich. »Ich gehe jetzt zu Hutten, dann komme ich wieder.«

»Vielleicht triffst du auf den Grafen«, sagte Kuehnemund. »Schlag ihm doch vor, er soll für unseren Erfolg beten. Das beschäftigt ihn bestimmt.«

»Und schaden kann es uns auch nicht«, fügte Wiggershaus hinzu.

Ich traf an diesem Tag – und überhaupt in meinem Leben – noch zweimal auf Graf Conrad, einmal gleich, als ich über den hinteren Hof ging.

Conrad kam gerade aus der Kapelle und ging zum Pallas.

»Du bist der neue Burghauptmann«, sagte er zu mir.

»Das ist richtig, Herr Graf«, antwortete ich bescheiden.

»Sind die Verräter bestraft worden, wie ich es angeordnet habe?«

»Ich habe sie zu strengem Wachdienst auf der Mauer eingeteilt. Das wird ihre Widerspenstigkeit brechen.«
»Vergiß nicht, daß ich sie zum Tode verurteilt habe.«
»Ich habe schon eine Plattform für ihre Hinrichtung bauen lassen«, sagte ich. »Sie steht gleich neben dem Tor.«
»Und der Bote an den Fürstbischof?«
»Ist bereits unterwegs. Habt Ihr noch weitere Anweisungen für mich, Herr Graf? Ich bin unterwegs, um für Zucht und Ordnung zu sorgen.«
Conrad runzelte die Stirn. Er dachte ernsthaft nach, ob er Anweisungen hatte.
»Wir müssen noch ein Opfer bringen«, sagte er schließlich. »Ich glaube nicht, daß der Herr durch den Tod meines Vaters versöhnt ist. Was meinst du?«
»Ihr meint, der Tod Eures Vaters war ein Opfer?«
»Ja, hast du das denn nicht verstanden? Bin ich denn der einzige hier, der einen klaren Verstand hat?«
»Wer hat Euren Vater denn geopfert?«
»Ich natürlich.«
»Ihr habt Graf Frowin getötet?«
War das möglich? Konnte Conrad in seinem wirren Kopf einen Plan ausgeheckt und dann tatsächlich durchgeführt haben, der uns vor ein solches Rätsel stellte?
»Es war nur meine Pflicht«, sagte Conrad. »Im Traum ist mir der Erzengel Gabriel erschienen und wies mich an, ein Menschenopfer darzubringen, um den heiligen Zorn des Schöpfers zu besänftigen. Er erzählte mir von Abraham, der seinen Sohn Isaak opferte.«
In Abrahams Fall war es bei der bloßen Absicht geblieben, aber dieses versöhnliche Ende war Conrad möglicherweise entfallen.
»Wie habt Ihr ihn denn getötet?« fragte ich.
»Durch die Kraft des Gebetes. Ich fastete und betete den ganzen Tag und die ganze Nacht, und siehe: Bald erreichte mich die Nachricht vom Tod meines Vater.«

»Ihr habt nicht selbst Hand an Euren Vater gelegt?«
»Ein Dämon hat meinen Vater getötet, das müßte selbst ein Bauernlümmel wie du erkennen. Wer ist der klügste Mann in dieser Burg? Sag es mir!«
»Ihr natürlich, Herr Graf.«
»Eine andere Antwort, und ich hätte dich auf der Stelle rädern lassen. Ich werde jetzt gehen und um Erleuchtung beten, wer das nächste Opfer sein soll. Ich wünsche, nicht gestört zu werden.«
Mit diesen Worten ließ er mich stehen und ging in den Pallas. Auf jeden Fall war er selbst davon überzeugt, daß er den Tod seines Vaters verursacht hatte. Während ich zu Hutten emporstieg, überlegte ich, ob ich mich seiner Meinung anschließen sollte.

Ich traf Hutten und Adriane, die gerade in Frowins Labor standen und sich gegenseitig Fragen stellten, als lösten sie eine Scharade*, unbelastet von allen Verfolgern, Wahnsinnigen, Mördern und Schindern.
»Warum stehen die Stühle auf der Arbeitsplatte und nicht auf dem Boden?« fragte Hutten.
»Warum hat Frowin vor der Tür gelegen?« fragte Adriane.
»Wer hat die kleine Pistole abgefeuert?« fragte Hutten.
»Warum war sie unter dem Holzstapel versteckt?« fragte Adriane.
»Woher weißt du, wo sie versteckt war?« fragte ich.
Die beiden nahmen meine Anwesenheit zwar gnädig, aber als störend zur Kenntnis.
»Das war leicht«, sagte Adriane. »Wir wissen, daß du nach Frowins Tod den Raum durchsucht hast. Die Rußspuren zeigen, daß du in den Herdböden herumgetastet hast. Wir haben gesehen, daß Ruß an deiner Kleidung war, wo du dir die Hände abgewischt hattest. Auf den Holzscheiten, die zur Seite geräumt waren, waren ebenfalls Reste von Ruß. Aber die Pistole war sau-

---
* Scharade: Rätsel, bei dem der zu erratende Begriff in einzelne Wörter oder Silben zerlegt wird, die getrennt zu erraten sind.

ber, als du sie Hutten gezeigt hast. Also hast du das Holz weggeräumt, nachdem du im Ruß gesucht hattest. Bevor du die Pistole an dich genommen hast, hast du dir die Hände an deinen Kleidern abgewischt.«

»Fräulein Adriane und ich waren so frei, unsere Beobachtungen miteinander zu vergleichen«, erläuterte Hutten. »Wenn alle Beteiligten so offen wären, gäbe es schon längst kein Rätsel mehr. Gestattet mir diese Offenheit, Herr Frischlin.«

»Ich gestatte sie Euch gern, Herr Hutten. Habt Ihr Interesse an einer Waffe, die tatsächlich schießen kann?«

»Warum fragt Ihr nicht nach dem, was Ihr wirklich wissen wollt? Ihr meint natürlich, ob ich mich an der Verteidigung der Burg beteiligen will. Also gebt mir eine Waffe, und ich werde genauso meinen Mann stehen wie jeder andere auch.«

»Nur der Neugierde halber: Habt Ihr schon herausgefunden, was hier passiert ist?«

»Wir haben einige Fragen gestellt, die Ihr zu stellen versäumt habt, Herr Frischlin. Was sagtest du vorhin so treffend, Adriane?«

»Warum liegt das Segel auf dem Brett?« fragte Adriane.

»Das wissen wir«, sagte ich. »Frowin hat es auf dem Boden ausgebreitet, wenn er versuchte, Gold zu machen. Anschließend hat er es unten über ein Gestell gelegt und nach Goldpartikeln abgesucht.«

»Das ist nicht die Antwort auf Adrianes Frage«, sagte Hutten. »Die Frage lautete: Warum liegt es auf dem Brett?«

»Mit anderen Worten«, fügte Adriane hinzu, »wenn Frowin es ausbreitete, wenn er Gold zu machen versuchte, und er hatte es bei seinem letzten Aufenthalt nicht ausgebreitet, was hat er dann in der Nacht gemacht?«

»Vielleicht wußte er, daß jemand versuchen würde, ihn zu ermorden«, sagte ich. »Er hat sich auf die Begegnung vorbereitet. Er hat sogar auf jemanden geschossen, wie wir inzwischen wissen.«

»Wann?« fragte Hutten.

»Um Mitternacht. Er und sein Mörder haben wahrscheinlich gleichzeitig geschossen, so daß es wie ein Schuß klang.«
»Warum hat der Graf sich Huttens Pistole geholt?« fragte Adriane.
»Vielleicht hatte er seine Pistole schon vorher abgeschossen und brauchte eine zweite.«
»Herr Frischlin«, sagte Hutten, »wir sind uns alle einig, daß Frowin keine große Erfahrung mit Waffen besaß. Aber so wenig, daß er eine abgeschossene Pistole versteckt, statt sie nachladen zu lassen, hat sicher niemand, der auch nur um die Existenz von Schußwaffen weiß. Jedenfalls kann uns dieses Zimmer keine weiteren Fragen beantworten. Gehen wir, Herr Frischlin.«
Auf dem Hof trennten wir uns von Adriane, die zur Küche weiterging.
Hutten sagte zu mir: »Ich würde gern einen Blick auf den verstorbenen Grafen werfen. Vorausgesetzt, ich laufe dabei nicht dem lebenden Grafen über den Weg.«
Ich warf zunächst allein einen Blick in die Kapelle. Tatsächlich war Conrad nicht dort. Statt dessen bemühten sich Susanne und Kaplan Johannes um den Toten, der vor dem Altar aufgebahrt lag.
Ich winkte Hutten herein, und zusammen traten wir zur Bahre. Susanne und der Kaplan hatten den Toten in ein langes, weißes Gewand gekleidet. Johannes breitete ein Tuch über das Gesicht des Grafen, als wir herankamen.
»Stört die Ruhe des Toten nicht«, sagte er.
»Uns reicht ein kurzer Blick«, sagte ich. »Warum habt ihr das Gesicht verdeckt?«
»Wir haben den Körper gewaschen«, sagte Susanne. »Aber es erfordert größere Künstler als uns, den Kopf so herzurichten, daß man ihn bei einer Messe zeigen kann.«
»Ich bitte Euch«, sagte der Kaplan, »zieht Euch zurück.«
»Wir werden uns den Toten ansehen«, sagte Hutten. »Und Eure abergläubischen Riten ...«
»Bitte nicht, Herr Hutten«, sagte ich. »Kaplan, Ihr könnt uns glauben, daß wir den Leichnam nicht entweihen werden.«

»Es ist in Ordnung, Kaplan«, sagte Susanne. »Ich kenne Herrn Frischlin. Außerdem sind wir beide dabei.«

»Graf Conrad hat angeordnet, daß niemand außer uns den Toten berühren darf«, widersprach der Kaplan.

»Er hat angeordnet, daß nur Ihr ihn berühren dürft«, sagte sie. »Ihr selbst habt mich gegen seinen Willen um Hilfe gebeten.«

Hutten wartete keine Einigung ab, sondern zog kurz entschlossen das Tuch von Gesicht.

Um nichts in der Welt konnte Frowin auch nur einen einzigen Schritt gelaufen sein, nachdem er getroffen worden war.

Der Hinterkopf und eine Seite bis zum Ohr fehlten völlig. Um die Ränder war ein Seidentuch geschlagen. Es war durchsichtig, und wir konnten darunter die gesplitterten Knochenränder erkennen.

»Ich glaube, wir haben genug gesehen«, sagte ich.

»Einen Augenblick noch«, sagte Hutten. »Frau Gundelfinger, was habt Ihr mit dem Kopf gemacht?«

»Ich habe den Rest des Gehirns entfernt und den Schädel mit Salzlauge ausgespült«, sagte sie. »Dann habe ich mit einem feuchten Tuch die Blutreste entfernt und das Gesicht gereinigt.«

»Müssen wir das wirklich besprechen?« fragte der Kaplan. Er hatte während des Vorgangs offenbar genug gesehen und wollte nicht zu detailliert daran erinnert werden.

»Seid Ihr sicher, daß er an einer Schußwunde gestorben ist?« fragte Hutten.

»Wir wissen, daß er erschossen worden ist. Schließlich haben wir den Schuß gehört.«

»Wir haben einen Schuß gehört, das ist wahr. Aber eine Kugel hätte aus kurzer Distanz den Kopf durchschlagen müssen. Wir hätten zwei Löcher gesehen. Eine Kugel aus größerer Entfernung, die einen Teil ihrer Geschwindigkeit verloren hat, hätte sich am Schädel platt geschlagen und eine so große Wunde verursacht.«

»Dazu hätte die Kugel von außerhalb des Turms kommen müssen«, sagte ich. »Wir wissen jetzt, daß das nicht der Fall war.«

»Wo ist die Kugel eigentlich?« fragte Hutten.
Niemand wußte eine Antwort.
»Sie muß noch im Labor liegen«, sagte Susanne schließlich.
»Da war sie nicht«, sagte ich. »Ich dachte, sie steckt noch im Kopf.«
»Es war keine Kugel im Kopf«, sagte der Kaplan. »Sie muß im Labor sein. Sucht bitte dort danach.«
»Findet Ihr das nicht bemerkenswert?« fragte Hutten mich. »Nicht nur ein Mörder verschwindet spurlos aus einem verschlossenen Raum, sondern auch noch eine Kugel.«
»So eine Kugel kann schnell verschwinden«, sagte ich.
»Wenn der Raum verschlossen war, konnte nichts und niemand hinaus. Ein Mensch so wenig wie eine Kugel.«
»Ihr meint, er ist gar nicht an einem Schuß gestorben, sondern erschlagen worden? Mit einer Keule oder etwas ähnlichem? Das würde die abgeschossene Pistole erklären. Frowin hätte auf seinen Mörder geschossen, ihn jedoch verfehlt.«
»Ich verstehe«, sagte Susanne. »Aber wie ist der Mörder aus dem Zimmer entkommen?«
»Ihr seid rasch mit einer neuen Erklärung zur Hand«, sagte Hutten. »Leider paßt sie überhaupt nicht zu unseren anderen Entdeckungen. Wenn Ihr Euch nicht so auf das Verschwinden des Mörders konzentrieren würdet, hättet Ihr Eure Köpfe frei für die wichtigen Dinge.«
»Ich bitte Euch, meine Herren«, sagte der Kaplan. »Dies ist ein Totenhaus. Sprecht zumindest ein kurzes Gebet.«
»Gebete retten unser Leben nicht«, sagte Hutten. »Aber Ihr Papisten versucht natürlich, uns auf die falsche Fährte zu locken, indem Ihr ...«
»Wir gehen jetzt«, sagte ich. Dann zog ich Hutten mit mir, ehe er seine Erklärung vervollständigen konnte.
Susanne kam uns nach und holte uns auf dem Hof ein.
»Wie geht es deiner Kopfverletzung?« fragte sie.
»Mir brummt der Schädel, aber es läßt sich aushalten.«
»Komm nachher zu mir, dann wechsle ich dir den Verband.«

»Du solltest dich am besten in deinem Zimmer verstecken und dort bleiben, bis alles vorbei ist. Ich komme dann zu dir.«

»Es gibt keinen sicheren Ort in der Burg«, sagte sie. »Und ich werde mich nicht verstecken. Sobald ich in der Kapelle fertig bin, ist mein Platz in der Waffenkammer. Ich glaube, mir ist etwas eingefallen, womit wir den Schindern noch einmal richtig einheizen können. Ich brauche allerdings ein paar Zutaten aus dem Labor.«

»Nimm dir, was du brauchst.«

Sie spitzte kurz die Lippen wie zu einem Kuß. Dann drehte sie sich um und ging in die Kapelle zurück.

»Mir scheint, Herr Frischlin«, sagte Hutten, »Ihr habt für Euren Eifer bei der Aufklärung des Verbrechens einen zusätzlichen Grund, der bisher nicht zu Sprache gekommen ist.«

»In der Waffenkammer wartet eine Pistole auf Euch«, sagte ich.

Die Waffenkammer lag im Keller unter einem der Gebäude im vorderen Hof.

Normalerweise wurde sie verschlossen. Doch jetzt gab es keinen Grund mehr, Waffen vor unerlaubtem Zugriff zu schützen.

Locher stand vor einem Tisch und erklärte zwei Frauen, wie man ein Gewehrschloß reinigt und ölt.

In einem Regal an der Wand standen Arkebusen und Jagdgewehre. Ein Schrank enthielt Pistolen. Hutten machte zuerst einen Schritt auf die Gewehre zu, dann sagte er: »Ich glaube, ich bin mit zwei Pistolen besser bedient. Ein Gewehr kann ich nicht lange genug halten. Ah, das ist eine ganze neue Serie.«

Fünf Pistolen, die alle so aussahen wie die, die ich unter dem Holzstapel gefunden hatte, lagen nebeneinander.

Hutten nahm zwei davon an sich und brachte sie zu Locher.

»Seid so gut, Waffenmeister, und ladet sie für mich.«

»Meint Ihr, ich habe Zeit dazu?« knurrte Locher.

»Ich meine, daß ich niemandem so vertrauen kann, wie Euch, wenn es um Pistolen geht.«

»Macht Euch nicht über mich lustig!«

»Das tue ich nicht«, sagte Hutten ernst. »Ich weiß nicht viel über

Euch, aber ich erkenne einen vertrauenswürdigen Menschen, wenn ich einen sehe. Was in dieser Burg noch nicht oft vorgekommen ist, möchte ich hinzufügen.«
»Ihr wißt wohl nicht, daß mir nicht mehr viele hier vertrauen.«
»Das ist etwas, was wir beide miteinander gemein haben. Doch wenn Ihr Euch selbst vertraut, dann kann ich es wohl auch.«
»Dann laßt Euch sagen, daß ich es war, der Eure Waffe unbrauchbar machte. Na, wie steht es jetzt mit Eurem Vertrauen?«
»Es ist ungebrochen«, sagte Hutten. »Ich weiß, was Ihr getan habt. Ihr tatet es auf Anweisung Eures Burgverwalters, und das ist ein ehrenhafter Grund. Werdet Ihr mir die Waffen laden, oder soll ich es mit meinen zitternden Händen selbst tun?«
Locher nahm die beiden Pistolen an sich. Während er das Öl abwischte und sich daran machte, sie zu laden, sah ich mich in der Waffenkammer um.
Da mein Messer bei den Schindern geblieben war und darauf wartete, mit der falschen Seite nach vorn zu mir zurückzukehren, hätte ich gern ein anderes gehabt.
Ich fand ein einigermaßen taugliches Miséricorde*, das keine Roststellen aufwies.
Hutten fachsimpelte inzwischen mit Locher über Waffen. Ich hörte den beiden aufmerksam zu und wartete darauf, daß Hutten endlich auf die Mordnacht zu sprechen kommen würde.
Statt dessen interessierte er sich unverständlicherweise für den Schießstand, der sich hier im Keller befand, damit man bei schlechtem Wetter Waffen ausprobieren konnte. Er gab seiner Hoffnung Ausdruck, nach dem Ende der Belagerung dort in aller Ruhe ein bißchen üben zu können.
Schließlich ließ er sich noch ein Pulverhorn und einen Beutel mit Kugeln geben, die er umständlich an seinem Gürtel befestigte.
Locher gab ihm noch einige gute Ratschläge, wie zu beachten, daß die Pistolen gelegentlich etwas nach links zogen und daß die

---

* Miséricorde: Spitzer Dolch zum Durchstechen der Fugen in einem Harnisch.

Läufe keinesfalls mit mehr als dem Anderthalbfachen der üblichen Pulvermenge geladen werden dürften.
Schließlich gingen Hutten und ich wieder hinaus.
»Habt Ihr das gehört«, sagte Hutten zu mir. »Ein Schießstand hier im Keller. Das ist doch toll!«
»Ich weiß nicht, was daran toll sein soll«, sagte ich. »Unser Schießstand wird auf der Mauer sein, und von dem im Keller werden wir nicht viel haben.«
»Ach, Herr Frischlin, habt Ihr denn nicht aufgepaßt? Hier unten ist ein Schießstand. Na? Ein Schießstand? Sagt Euch das nichts? Ein Schießstand im Keller? Woran müßt Ihr dabei denken?«
»An einen Weinkeller? An eine Schießbude?«
»Ich denke dabei an eine abgeschossene Pistole unter einem Holzstapel.«
»Aber warum sollte Frowin seine Pistole im Keller leerschießen, um sie dann anschließend zu verstecken?«
»Genau das ist die richtige Frage. Und wie heißt die Antwort?«
»Ich kann mir keine Antwort darauf vorstellen.«
»Eben«, sagte Hutten. »Ich auch nicht. Und das erklärt alles.«
»Wie der Mörder aus dem Zimmer entkam?«
»Habt Ihr nicht gehört, was ich in der Kapelle gesagt habe? Das Verschwinden des Mörders ist überhaupt nicht so seltsam.«
»Erklärt es denn, wer der Mörder ist?«
»Aber auf jeden Fall! Jetzt müssen wir nur noch herausfinden, weshalb Frowin direkt an der Tür lag. Er hat auf keinen Fall versucht, aus dem Raum zu fliehen.«
Ich blieb stehen, packte Hutten an der Jacke und schüttelte ihn.
»Ihr wißt, wer der Mörder ist, und sagt es mir nicht?«
»Da habt Ihr mich genau richtig verstanden, Herr Frischlin.«
»Ihr spielt mit Eurem Leben!«
»Das tun wir alle. Ach, gönnt mir doch das Vergnügen, Euch so verdutzt zu sehen. Versucht einfach, selbst dahinter zu kommen.«
»Das tue ich ununterbrochen.«
»Ihr fragt die Leute nach jeder Kleinigkeit aus, die sie gehört oder

gesehen haben. Die wahren Antworten kommen jedoch nicht von den Leuten, sie kommen von den Dingen.«
»Ich könnte Euch auf der Stelle ...«
»... erschießen?« schlug Hutten vor. »Und natürlich würde Euch das wesentlich klüger machen, nicht wahr? Bitte seid so gut und hört jetzt auf, mich zu schütteln.«

Auf der anderen Seite des Rheins stand Joseph Peutinger und starrte zu mir herüber.
Ich war auf die Geschützplattform geklettert. Dort fand ich Kuehnemund, der mit einem Fernrohr den Waldrand absuchte.
Hutten stand am äußersten rechten Ende des Wehrgangs. Wenn ich zu ihm hinübersah, konnte ich ihn in angeregtem Gespräch mit dem alten Michel und zwei Mägden beobachten, die in seiner Nähe postiert waren. Sicher hatte er nach der langen Zeit der Einsamkeit in seinem Turmzimmer einen Nachholbedarf an Unterhaltung.
Als Kuehnemund das Fernrohr senkte, bat ich ihn, auch einen Blick hindurchwerfen zu dürfen.
Gelegentlich konnte ich zwischen den Bäumen eine flüchtige Bewegung erkennen.
Der Weg in den Wald war durch eine Barrikade aus Baumstämmen und Steinen blockiert.
»Ich verstehe nicht, warum sie nicht angreifen«, sagte Kuehnemund. »Nirgendwo haben sie so lange gewartet.«
Auch ich verstand nicht, weshalb Cleve und Spalatina den Angriff hinauszögerten, hoffte allerdings, daß sie einen guten Grund hatten – einen, der noch ein paar Wochen lang ein guter Grund blieb.
Ich ließ mein Glas über die Baumwipfel wandern und betrachtete schließlich die Dächer von Oberwesel. Die Stadt schien menschenleer zu sein.
Vielleicht würden die Schinder weiterziehen. Vielleicht gab es keinen Angriff. Vielleicht interessierten sie sich nicht mehr für die Burg. Vielleicht würden Heinzelmännchen mir nachts meine Stiefel neu besohlen.

Am Ufer lagen ein paar Ruderboote vertäut. Kleine Boote, und nicht genug, um die Schinder mit Pferden und Geschützen auf die andere Seite zu bringen. Zudem war der Fluß über Nacht angestiegen. Das Wasser bildete an einigen Stellen gefährlich aussehende Wirbel. Irgendwo im Süden mußte es Regenfälle gegeben haben. Die Leute auf der rechten Rheinseite konnten sich weiter sicher fühlen.
Bis die Schinder die nächste Brücke erreichten.
Auf dem gegenüberliegenden Ufer stand eine einzelne Gestalt. Selbst durch das Fernrohr konnte ich ihr Gesicht nicht erkennen. Die Gestalt hätte wer weiß was tun können. Mit geschlossenen Augen beten. Holzstücke im Wasser zählen. In den Fluß pinkeln.
Sie hätte Mann oder Frau sein können, jung oder alt, ein jüdischer Kaufmann, eine Bäuerin auf dem Weg zum Markt, ein Student der Theologie, der sich verlaufen hatte.
Es war Joseph Peutinger. Ich war so sicher, als ob er mir direkt gegenüber stände.
Er lebte und wollte seine angefangene Arbeit zu Ende bringen.
Er wollte mein Leben.
Ich wollte seins.
Nichts trennte uns, außer einer Burgmauer, einem paar hundert blutdürstiger Schinder und einem Fluß mit Hochwasser.
Wir würden zusammenkommen, auf meiner Seite des Flusses oder auf seiner.
Einer der Schinder ritt plötzlich aus dem Wald heraus auf uns zu.
Ich reichte Kuehnemund das Fernrohr, aber er winkte ab. Statt dessen nahm er den Stutzen von der Schulter und legte ihn an.
»Das ist ein Parlamentär«, sagte ich.
»Woran siehst du das?«
»Er hat eine weiße Fahne.«
»Ich sehe keine weiße Fahne. Er wedelt mit einem schmierigen Hemd durch die Gegend.«

»Wir sollten besser verhandeln«, sagte Janssen, der nach seiner Verzweiflung jetzt wieder einen Schimmer der Hoffnung erblickte.
»Worüber sollten die verhandeln wollen?« fragte Kuehnemund. »Er wird gleich rufen: ›Ergebt euch, oder wir bringen alle um.‹«
»Wir wollen verhandeln!« rief der Schinder.
»Na bitte, na bitte! Ich hab's doch gesagt. Hab ich's nicht gesagt«, sagte Janssen.
»Komm getrost noch etwas näher!« rief Kuehnemund zurück. »Dann wird mein Stutzen mit deiner Nase verhandeln.«
Der Schinder wertete das als Aufforderung anzuhalten, was er auch tat.
»Wir wollen mit Benno Wiggershaus sprechen!« rief der Schinder.
»Das finde ich in Ordnung!« antwortete Kuehnemund. »Euer Anführer soll ruhig herkommen. Wir werden ihn freundlich aufnehmen und ihm die ganze Burg zeigen.«
»Nein. Wir schlagen vor, daß unser Mann und euer Mann sich auf halbem Wege zwischen dem Wald und der Burg treffen.«
»Schade, daß sie den Magister wollen«, sagte Kuehnemund zu Janssen. »Sonst hätten wir dich geschickt und dann Spalatina abgeschossen.« Laut rief er: »Worüber wollt Ihr verhandeln?«
»Wir wollen ein Lösegeld vorschlagen, um einen Angriff zu vermeiden.«
»Einverstanden!« rief Kuehnemund. »Ihr zahlt hunderttausend Taler, und dafür greifen wir nicht an.«
»Das soll Wiggershaus uns sagen!« antwortete der Schinder.
»Die haben wohl nicht gerade ihren klügsten Kopf geschickt«, sagte ich.
»Sie haben den geschickt, den sie am leichtesten entbehren können«, sagte Kuehnemund. »Verhandeln wir ruhig ein bißchen.« Er lehnte seinen Stutzen gegen die Brüstung und beugte sich hinüber. »Wir verlangen, daß ihr zuerst alle Gefangenen freilaßt. Dann kann Spalatina mit Magister Wiggershaus sprechen.«

329

»Aber Spalatina will ihn gar nicht sprechen!« rief der Schinder. »Leo von Cleve will es!«

»Wenn die einen Trick versuchen«, sagte Kuehnemund, »kann ich Cleve erschießen. Ich glaube nicht, daß er das riskieren würde.«
»Sie könnten jemand anderen in Cleves Kleidung schicken«, zweifelte Wiggershaus.
»Wir warten, bis er nahe genug ist, um uns überzeugen zu können, Ihr geht erst zu ihm, wenn wir sicher sind.«
»Ich möchte natürlich wissen, was Cleve vorzuschlagen hat.«
»Das meine ich auch. Er kann nichts aus Euch herauslocken, was er nicht schon weiß. Aber vielleicht erzählt er Euch etwas, was wir noch nicht wissen.«
Wiggershaus hatte Angst. Er gab sich keine Mühe, das zu verbergen. Doch war er entschlossen, sich nicht davon beeinflussen zu lassen.
»Vielleicht können wir die Schinder dazu bringen, eine Geisel zu stellen«, schlug ich vor. »Jemand, den sie nicht entbehren können. Spalatinas Gefährtin zu Beispiel.«
»Wir könnten sie fragen«, sagte Kuehnemund. »Aber wenn sie einwilligen, wissen wir nur, daß sie doch bereit sind, sie zu entbehren.«
»Sie könnten mich als Geisel festhalten«, sagte Wiggershaus.
»Der einzige, dessen Tod Cleve nicht in Kauf nehmen würde, ist sein eigener«, sagte Kuehnemund. »Und ich werde ihn erschießen, wenn er Euch festhalten will.«
»Wir können noch lange reden, letztlich muß doch ich allein hinausgehen.«
»Ich könnte an Eurer Stelle gehen.«
»Aber ich könnte Cleve nicht von hier erschießen, nicht wahr?«
Während der nächsten Stunde wurde viel zwischen uns und den Schindern hin und her gebrüllt.
Dreimal ritt der Parlamentär zurück, um sich neue Anweisungen zu holen.

Cleve hatte keine Lust, ohne Deckung über die Wiese zu gehen und sich feindlichen Kugeln auszusetzen. Wiggershaus hatte keine Lust, dasselbe zu tun.

Die Schinder wollten keine Geiseln stellen. Sie wollten auch keine Gefangenen freilassen.

Schließlich einigten die beiden Seiten sich folgendermaßen: Cleve würde als erster aus der Deckung kommen. Er würde zwei der gefangenen Frauen mitbringen, die als Schutzschild vor ihm gehen würden.

Dann würde Wiggershaus kommen. Nach der Verhandlung würden Wiggershaus und Cleve gleichzeitig zu ihren Truppen zurückkehren. Wiggershaus dürfte als Zeichen des guten Willens der Belagerer eine der Frauen mit in die Burg nehmen.

Aber eines blieb, wie es war: Wenn das Schießen begann, würden beide Männer sterben. Und so begann die Verhandlung.

Zuerst sahen wir nur zwei Frauen, die aneinandergefesselt waren, so daß sie dicht nebeneinander bleiben mußten.

Dann erkannten wir eine Gestalt in Schwarz, die gebückt hinter ihnen ging.

Kuehnemund hatte seinen Stutzen im Anschlag.

Dies war keine Heldensage, in der ehrenhafte Männer sich unter Beachtung von Anstandsregeln gegenseitig umbringen. Es war die Wirklichkeit des Krieges. Hier war ein Versprechen nur Schall in der Luft. Unser bester Schütze stand bereit, und irgendwo zwischen den Bäumen würde der beste Schütze der Schinder stehen.

Ich hatte das Fernrohr in der Hand und suchte nach dem Schimmer flachsblonder Haare.

Als die drei Menschen in der Mitte der freien Fläche angekommen waren, richtete der Schwarze Mann sich auf. Es war Leo von Cleve. Er zeigte sich kurz, dann setzte er sich auf den Boden. Die beiden Frauen mußten vor ihm stehenbleiben. In einer erkannte ich Henriette wieder, die aus der Burg geflohen war und jetzt das Schicksal der anderen Frauen teilte.

Ich wünschte, Cleve würde Henriette in die Burg zurückkehren

lassen. Es ist seltsam: Sobald man jemanden kennt, scheint man ihm ein größeres Recht auf Leben zuzubilligen.
Ich rief Wiggershaus zu, daß Cleve an seinem Platz sei.
Das Burgtor knarrte, als ein Flügel geöffnet wurde, um den Magister hinauszulassen. Das Tor würde geöffnet bleiben, bis er zurückkam. Neben dem Tor, für die Schinder unsichtbar, standen vier Männer bereit, jeder mit zwei Pferden am Zügel. Wenn es brenzlig wurde, würden sie Wiggershaus entgegenlaufen und Deckung geben. Kuehnemund hatte keinen Zweifel aufkommen lassen, daß die Schinder die Männer wahrscheinlich töten würden, wenn sie hinausliefen, er aber bestimmt, wenn sie drin blieben.
Angst war an die Stelle von Disziplin getreten.
Ich wünschte, Conrad würde tot umfallen, ehe er noch mehr verderben konnte. Nicht viel später tat ich das meinige dazu, den Wunsch Wirklichkeit werden zu lassen.
Wieder suchte ich den Waldrand ab. Wo war die günstigste Stelle für einen Scharfschützen?
Man mußte die gesamte Strecke erreichen können, die Wiggershaus zurücklegen würde, falls er floh. Am günstigsten war es da, wo die natürliche Deckung eines Schützen dem Burgtor am nächsten kam: etwa auf halber Strecke zwischen dem Treffpunkt und dem Weg. Dort gab es eine Bodenwelle, die mit Büschen bewachsen war.
Andererseits hatte der Todesengel gezeigt, daß sie mit einer Muskete auch auf größere Entfernung treffen konnte. Wenn sie sich am Weg postiert hatte, war die Entfernung zur Burg zwar größer, aber die Barrikade bot ihr besseren Schutz.
»Eine seltsame Frau, diese Blonde«, sagte Kuehnemund. »Sie muß eine interessante Geschichte haben. Schade, daß sie nicht auf unserer Seite steht.«
Ich beobachtete, wie Wiggershaus bei Cleve eintraf. Cleve konnte ich kaum sehen, eigentlich nichts als Teile seiner Kleidung, wenn eine der Frauen sich bewegte.
Wiggershaus blieb stehen. Er verdeckte den Zwischenraum

zwischen den Frauen. Jetzt war Cleve gar nicht mehr zu erkennen.
»Wenn Cleve sich ins Gras legt und bis zum Dunkelwerden nicht rührt, können die Schinder Wiggershaus erschießen«, sagte ich.
»Ich weiß«, sagte Kuehnemund. »Hast du die Blonde gefunden?«
»Nein.«
Bei der Bodenwelle war keine Bewegung zu sehen. An der Barrikade standen ein paar Männer und beobachteten die Verhandlung.
»Wenn ich ein sicheres Ziel sehe, versuche ich's«, sagte Kuehnemund.
»Was versuchst du?«
»Ich schieße auf Cleve. Er ist der wahre Kopf der Bande. Wenn er tot ist, ziehen die anderen vielleicht ab.«
Wiggershaus stand immer noch.
»Setz dich doch«, murmelte Kuehnemund.
Ich ließ das Fernrohr den ganzen Waldrand entlangwandern. Vielleicht saß der Todesengel auf einem Baum, um von einem erhöhten Punkt einen besseren Schußwinkel zu haben.
»Was gibt er ihm denn da?« fragte Kuehnemund.
Cleve war aufgestanden. Wir konnten nur Teile seines Körpers sehen, ein Stück von seinem Arm. Er reichte Wiggershaus ein Blatt Papier, dann war er wieder verschwunden. Wiggershaus warf einen kurzen Blick auf das Papier, dann steckte er es ein.
Kuehnemund bückte sich, kratzte etwas Sägemehl von der Plattform zusammen und warf es in die Luft. Der Wind trug es davon.
»Wir hätten keine Chance, Wiggershaus lebend hereinzuholen«, sagte ich.
»Vielleicht doch. Er könnte Cleves Körper als Deckung benutzen. Im Dunkeln machen wir einen Ausfall und holen Wiggershaus herein. Es ist riskant, aber es ist besser, als nur abzuwarten.«
»Du willst wirklich Wiggershaus' Leben riskieren?«

»Er könnte sich nach vorn werfen und die beiden Frauen mit sich zu Boden reißen. Warum bin ich nicht früher darauf gekommen?«
»Weil eher die Hölle zufriert, als daß Leo von Cleve unvorbereitet in eine Falle geht.«
Wieder suchte ich die Bäume ab.
Es gab kein Zeichen des Todesengels, und es gab keine ungedeckte Stelle von Cleve.
Schließlich war die Verhandlung zu Ende. Cleve zog sich zum Waldrand zurück. Und er nahm beide Frauen mit.
Wiggershaus drehte sich um und rannte zur Burg zurück. Der Weg war weit, zu weit, wie wir gesehen hatten, um sich vor einer Kugel in Sicherheit zu bringen.
Jeder der Schinder hätte ihn jetzt treffen können. Sie brauchten nicht einmal einen Scharfschützen.
»Das ist eine Falle«, sagte Kuehnemund. »Die Schinder scheren sich den Teufel um die Abmachung!«
Niemand schoß auf Wiggershaus. Er erreichte völlig unbehelligt die Burg; das Tor fiel hinter ihm ins Schloß.
»Konntet Ihr nicht irgend etwas machen?« fragte Kuehnemund. »Euch bücken, Euch den Schuh zubinden, eine Blume pflücken?«
»Cleve hatte die ganze Zeit eine Pistole auf mich gerichtet. Und wie sollte ich wissen, daß Ihr schnell genug reagiert? Vielleicht hätte Cleve vor Euch abgedrückt.«
»Ihr wärt nicht ungerächt in den Tod gegangen!«
»Oh, vielen Dank, Herr Kuehnemund. Das wird meinen Mut beim nächsten Mal beflügeln. Noch mehr würde es ihn allerdings beflügeln, wenn Ihr hinausgeht und ich schieße.«
»Wenn etwas weniger Wind gewesen wäre, hätte ich es riskiert«, sagte Kuehnemund.
»Was hättet Ihr riskiert?« fragte Wiggershaus ungläubig.
»Zu schießen.«
»Obwohl ich in der Schußlinie stand?«
»So, wie Ihr standet, hätte ich zwischen Schlüsselbein und erster Rippe durchschießen können und Cleve in den Hals getroffen.«
»Ihr meint das ernst? Ihr hättet auf mich geschossen?«

»Regt Euch nicht unnötig auf! Ich habe eine Handvoll Sägemehl hochgeworfen, und es war einfach zuviel Seitenwind. Da konnte ich bei der Entfernung nicht sicher sein ...«
Von diesem Augenblick bis zu Wiggershaus' Tod blieb die Stimmung zwischen den beiden etwas gereizt.
»Was hat Cleve vorgeschlagen?« fragte ich.
»Er hat nichts vorgeschlagen«, berichtete Wiggershaus. »Er hat nur angekündigt, daß wir alle umkommen.«
»Und dafür der ganze Aufwand«, sagte Kuehnemund. »Das wußten wir doch gleich.«
Wiggershaus reichte uns das Papier, das er bekommen hatte. Es war blutverschmiert, an einer Stelle war ein zerfranstes Loch, an dem es von einer Kugel durchschlagen worden war: Der Brief, den ich an Greifenclau geschrieben hatte.
»Sie haben alle erwischt, die wir losgeschickt haben«, sagte Wiggershaus. »Sie hatten Vorposten aufgestellt, noch ehe die Hauptmacht eintraf. Sie lassen keinen von uns heraus. Cleve hat mir versprochen, daß sie jeden umbringen, wenn wir uns ergeben.«
»Normalerweise macht man das anders, soweit ich weiß«, sagte ich. »Man verspricht, jeden umzubringen, wenn man die Festung stürmt, und Schonung, wenn die Festung sich ergibt.«
»Vielleicht normalerweise«, sagte Wiggershaus. »Diesmal nicht. Cleve sagte, sie foltern jeden zu Tode, den sie erwischen. Im Kampf hätten wir immerhin Aussicht auf einen schnellen Tod.«
»Einmal«, sagte ich, »möchte ich erleben, daß jemand tut, was ich erwarte. Was verspricht er sich bloß davon?«
»Wir tun also daß einzige, was wir können«, sagte Kuehnemund. »Kämpfen bis zum Tod.«
»Kämpfen bis zum Tod«, bestätigte Wiggershaus. »Herr Frischlin, kommt mit in meinen Arbeitsraum. Ich möchte einige Dinge mit Euch besprechen.«
»Ich will nicht lange darum herumreden«, sagte Wiggershaus, als wir dort waren. »Ich bin der Sohn von Graf Nikolaus von Pirckheim.«
»Potztausend!« sagte ich.

26

Das 26. Kapitel bringt wichtige Informationen und noch wichtigere Fragen

»Ich wurde in der Nähe von Ingolstadt geboren«, erzählte Wiggershaus. »Jedenfalls habe ich das in meiner Kindheit und Jugend geglaubt. Ich lag halb erfroren neben einer toten Frau am Straßenrand, und ein mitleidiges Ehepaar nahm mich mit in die Stadt.

Sie überließen mich nicht dem Schicksal, das mich sonst erwartet hätte, sondern zogen mich wie ihr eigenes Kind auf. Sicher hatten sie sich selbst Kinder gewünscht, aber sie konnten keine bekommen. So war ihr Unglück mein Glück.

Mein Ziehvater war Professor für Jurisprudenz an der Universität von Ingolstadt

Als ich alt genug war, wurde ich Student. Professor Wiggershaus, mein Ziehvater, setzte große Hoffnungen auf mich. Ich bestand das Trivium* mit Auszeichnung und begann gleich ihm das Studium der Rechte.

Ich wußte, daß Wiggershaus von mir erwartete, eine Laufbahn als Anwalt oder Richter einzuschlagen. Er würde mir alle Wege ebnen, und sein Einfluß war groß. Leider war ich seiner nicht würdig.«

Er zögerte eine Weile, als warte er auf einen Kommentar von mir. Dann fuhr er fort: »Ich hätte besser sein können, als ich war, wenn ich nüchtern geblieben wäre. Schließlich brauchte ich an jedem Morgen erst ein Glas Branntwein, um in Schwung zu kom-

---

* Trivium: In der römischen Antike war das Studium, das »freien Bürgern« offenstand, in die *septem artes liberales* (= sieben freie Künste) eingeteilt: Grammatik, Rhetorik, Dialektik, Arithmetik, Geometrie, Astronomie, Musik. Die ersten drei (Trivium = dreifacher Weg) galten bis zum Beginn der Neuzeit als verpflichtendes Basisstudium für alle Wissenschaften.

men. Manchmal blieb es nicht bei dem einen Glas, und manchmal ging ich erst gar nicht zur Universität.«
»Und Euer Ziehvater hat nichts gemerkt?«
»Natürlich hat er etwas gemerkt. Wie hätte es auch anders sein sollen, nachdem ich durch die erste Prüfung gefallen war? Er sprach ernst mit mir, mehr als einmal. Und ich gelobte Besserung. Am Anfang habe ich es sogar ernst gemeint. Später tat ich es nur, um in Ruhe gelassen zu werden.
Ich bestand schließlich meine Prüfung. Ich bestand sie, weil mein Vater mir vorher die Prüfungsfragen mitteilte und weil er mir bei den schriftlichen Arbeiten half. Er muß geglaubt haben, daß ich seine Liebe verdiente.«
»Er hat viel für Euch gewagt. Wenn es herausgekommen wäre, hätte er seine Stelle verloren.«
»Es kam heraus, weil ich in den Wirtshäusern damit prahlte. Er wurde mit Schimpf und Schande aus der Universität gejagt. Und ich saß im Wirtshaus und sang Studentenlieder. So ein Mann bin ich.«
»Und Ihr seid ein Mann, der unbewaffnet gegangen ist, um mit den Schindern zu verhandeln. Und Ihr seid ein Mann, der auf dem Marktplatz in Oberwesel stand und sich die Kugeln um die Ohren pfeifen ließ. Ich kann nicht beurteilen, wie Ihr in Eurer Jugend wart. Aber heute seid Ihr ein anderer Mann.«
»Bin ich das? Wartet ab, und sprecht dann Euer Urteil. Man nahm mir meinen Magisterbrief ab, nachdem der Betrug herausgekommen war. Ja, man spricht mich jetzt mit einem akademischen Grad an, den ich gar nicht mehr besitze.
Ich mußte Ingolstadt verlassen, und als ich ging, besaß ich nichts, als was ich auf dem Leibe trug. Ich ging auf der Landstraße davon und weinte. Ich weinte, weil ich selbst so ein trauriges Schicksal hatte. Als ich aufgehört hatte zu weinen, begann ich, große Pläne zu schmieden. Ich würde ein bedeutender Anwalt werden. Ich dachte sogar daran, meine Eltern zu mir zu holen, um ihnen zu beweisen, daß ich ein ganzer Kerl war.
So ging ich nach Nürnberg, erkundigte mich nach dem reichsten

Anwalt, betrat seine Kanzlei und stellte mich als Magister der Jurisprudenz aus Ingolstadt vor.
Der Anwalt hörte mir höflich zu, stellte mir ein paar Fragen über meinen Werdegang und sagte schließlich, ich könne am nächsten Morgen in seiner Kanzlei anfangen.
Ich verbrachte die Nacht in den Wirtshäusern. Ich mußte keinen roten Heller bezahlen. Ich erzählte Geschichten aus der Universität, sang Studentenlieder und ließ mich von den anderen Zechern einladen. Ich konnte alles erreichen, was ich wollte.
Übermüdet und betrunken ging ich am nächsten Morgen in die Kanzlei. Ich hatte beschlossen, mich am ersten Tag nicht allzusehr anzustrengen. Am zweiten Tag war immer noch Zeit genug, ernsthaft mit der Arbeit zu beginnen.
Der Anwalt war dieses Mal nicht mehr allein, als er mich empfing. Er war auch nicht mehr so höflich. In seinem Officium erwarteten mich Männer der Stadtwache, die mir Handfesseln anlegten und mich in den Kerker warfen.
Ich bin nicht sicher, wie lange sie mich im Kerker ließen, ehe ich zum Verhör geführt wurde. Lange genug, um nüchtern zu werden.
Und so hörte ich jedes Wort, das gegen mich vorgebracht wurde. Alle Anschuldigungen ließen mich kalt. Bis auf eine.
Ich hatte meinen Ziehvater in den Tod getrieben. Das war es, was mich traf.
Er und seine Frau hatten ihre besten Kleider angezogen, ein gutes und ausgiebiges Mahl zu sich genommen und sich dann gemeinsam zu Bett gelegt. Zuvor hatten sie Gift genommen.
Ich hatte sie so sicher getötet, als ob ich es ihnen selbst eingeflößt hätte.
Das Gericht verurteilte mich nur zu drei Tagen am Pranger.
Ich verurteilte mich zum Tode.
Es berührte mich nicht, daß die Gassenjungen mich mit Pferdemist bewarfen. Es war mir gleichgültig, daß die Zecher, die nachts heimwärts wankten, ihre Notdurft auf mir verrichteten, während ich am Pranger stand.

Dreimal, an jedem Mittag, stellte sich ein Ausrufer neben mir auf und verlaß meine Schandtaten zur Unterhaltung der Zuschauer.
Am dritten Tag sah ich Leo von Cleve zum ersten Mal. Er hörte der Verlesung meiner Schandtaten zu und blieb noch lange stehen und betrachtete mich. Schließlich ging er fort. Ich hatte das Gefühl, dem Tod ins Auge zu sehen. Ich dachte in meinem verwirrten Kopf sogar, es sei wirklich der Tod gewesen, der gekommen war, um unsere Verabredung nicht zu versäumen.
Als man mich nach drei Tagen freiließ und mir sagte, ich hätte eine Stunde Zeit, um die Stadt zu verlassen, da war ich bereit, zu der Verabredung zu gehen.
Bei meiner Ankunft hatte ich die Stelle gesehen, die ich für geeignet hielt. Es reichte nicht, mich nur ins Wasser zu werfen, darauf vertrauend, daß ich nicht schwimmen konnte.
Ich wollte sicher sein. Vielleicht würde ich im letzten Moment Angst haben und planschend doch wieder an Land kommen.
Ich wanderte am Ufer entlang, bis ich zu einer Brücke kam. Ich würde mitten auf die Brücke gehen und über das Geländer springen.
Aber Leo von Cleve erwartete mich dort mit zwei Pferden.
›Ihr könnt etwas Nützlicheres tun, als nur zu ertrinken‹, sagte er zu mir.
›Was könnte das sein?‹ fragte ich.
›Ihr könnt den Tod Eures Vaters rächen.‹
›Das habe ich ja gerade vor.‹
Mit diesen Worten wollte ich mich an ihm vorbeidrängen, aber er hielt mich auf.
›Zuerst werde ich Euch angemessene Kleidung besorgen‹, sagte er. ›Und dann hört Ihr mir zu.‹
Ich sträubte mich, so gut ich konnte, und so endete ich schließlich gefesselt und quer über einem Sattel liegend, während Cleve mit mir davon ritt.
Er besorgte mir Branntwein. Ich trank mich abends in den Schlaf,

und am nächsten Tag spie ich alles wieder aus, während Cleve die Pferde durchs Gelände hetzte.

Manchmal war ich nicht ganz sicher, ob ich schon tot war und gerade meine persönliche Hölle erlebte: Jede Nacht in den Rausch des Vergessens hinein trinkend und jeden Tag in die Qualen der Erinnerung ernüchternd.

Wir ritten nach Westen, bis wir auf den Rhein stießen. Cleve kippte mir Wein in den Hals, bis ich zu ersticken glaubte. Dann setzten wir auf einer Fähre nach Speyer über. Für alle anderen Passagiere waren wir nur ein Trunkenbold und sein Freund, der sich aufopfernd um ihn kümmerte. Als ich lallte, ich würde entführt, fragte mich der Fährmann, ob ich mich für eine Prinzessin hielte.

Vor den Toren der Stadt mietete Cleve uns ein Zimmer in einem kleinen Gasthof. Cleve hatte den Wirtsleuten genug Geld oder genug Gewalt versprochen, daß sie uns in Ruhe ließen.

Er zwang mich zu baden und steckte mich in frische Kleidung.

›Wenn Ihr sterben wollt, werdet Ihr Gelegenheit dazu bekommen‹, sagte er zu mir. ›Aber zuerst hört Euch eine Alternative an.‹

Und dann erzählte er mir alles über meine wahre Herkunft. Nein, nicht alles. Manches hüllte er in Andeutungen und ließ mich den Rest erraten. Aber im großen und ganzen war es so: Ich bin das einzige überlebende Kind von Nikolaus von Pirckheim. Nikolaus selbst und die anderen Kinder wurden von Frowin getötet. Auf irgendeine Weise hatte Cleve Kenntnis davon bekommen. Er rettete mich und übergab mich einer Bettlerin mit dem Auftrag, mich in Sicherheit zu bringen. Dann verlor er meine Spur.

Er wußte nicht, daß die Bettlerin auf dem Weg gestorben war. Erst nach Jahren fand er heraus, daß ich von Wiggershaus an Sohnes Statt angenommen worden war. Doch Wiggershaus war tot, als Cleve in Ingolstadt eintraf. Er folgte mir und fand mich erst wieder, als ich am Pranger stand.

›Ihr könnt Euch für das, was Ihr getan habt, in den Rhein stürzen, wenn Ihr wollt‹, sagte er. ›Oder Ihr könnt einmal in Eurem Leben etwas Nützliches tun, indem Ihr einen Mörder der Gerechtigkeit

zuführt. Nebenbei bemerkt: Wenn Ihr Euren Anspruch glaubhaft machen könnt, seid Ihr anschließend Graf und Burgherr.‹
Er packte mich bei meiner Bußfertigkeit und bei meinem Ehrgeiz gleichzeitig. Wie hätte ich widerstehen können?
Er erzählte mir, daß Frowin heuchlerisch nach den Kindern suchen ließ, die er selbst auf dem Gewissen hatte.
›Und das ist Euer Eintritt in die Schönburg‹, sagte er.
›Ich soll also in die Burg gehen und mich als eines der verschollenen Kinder vorstellen?‹ fragte ich. ›Dann bin ich mit Sicherheit am nächsten Morgen tot.‹
›Das ist richtig. Darum ist es auch das, was Ihr keinesfalls tun werdet. Frowin läßt nach den Kindern forschen, weil er vermutet, daß eins von ihnen noch lebt. Angeblich will er den Kindern ihr rechtmäßiges Erbe zukommen lassen. In Wirklichkeit will er nur vollenden, woran ich ihn einst gehindert habe. Ich weiß, daß er einen vertrauenswürdigen Mann sucht, der sich mit Urkunden und Dokumenten auskennt. Wer könnte besser dazu geeignet sein, als ein Magister der Jurisprudenz, der auf Abenteuer aus ist?‹
So kam ich in die Schönburg und lernte Graf Frowin kennen.«
»Hat Euch die Geschichte überzeugt?« fragte ich.
»Vielleicht hatte ich zuviel Angst vor Cleve, um ihm nicht zu glauben. Inzwischen denke ich, daß er selbst es war, der meinen Vater und meine Geschwister ermordete. Wahrscheinlich will er die Tat nur jemand anderem in die Schuhe schieben.
Ich hatte keine hohen Ansprüche, und Frowin stellte mich ein. Ich bemühte mich, alles über den Tod meines Vaters zu erfahren. Man hatte ihn mit zerschmettertem Kopf in seinem Labor gefunden, wo er versuchte hatte, Gold zu machen. Man unterstellte ihm, daß er Menschen zu Tode gequält hätte, um durch blasphemische Riten zum Ziel zu kommen. Tatsächlich hatte der Fürstbischof bereits einen Untersuchungsrichter entsandt, der den Gerüchten nachgehen sollte. Als der eintraf, war mein Vater jedoch bereits tot.
Er hatte drei Kinder gehabt, und die waren alle drei kurz vor seinem Tod verschwunden.

Selbst der Untersuchungsrichter schien sich nicht ganz sicher zu sein, ob übernatürliche Mächte beim Tod meines Vaters im Spiel waren. Schließlich hatte man seinen Körper in einem verschlossenen Raum gefunden, zu dem nur er selbst den Schlüssel hatte.«
»Also ganz so, wie es jetzt Frowin ergangen ist«, sagte ich.
»Ja, nur mit einem Unterschied: Jetzt bin ich der Hauptverdächtige. Ich habe meine Identität geheim gehalten. Wenn ich sie jetzt enthülle, wird jeder sicher sein, daß ich Frowin getötet habe.«
»Dann frage ich mich, Herr Wiggershaus, warum Ihr sie mir enthüllt habt. Außer Cleves Wort scheint es keine Beweise zu geben.«
»Das ist es ja gerade. Als ich heute mit Cleve sprach, sagte er: ›Jetzt habe ich es zu Ende gebracht, und es gibt keinen Grund mehr, Eure Identität geheim zu halten.‹ Wenn wir den Kampf gegen die Schinder überleben, wird er mich entlarven. Und bin ich nicht der perfekte Sündenbock für Cleve?«
»Es sei denn, daß Cleve im Kampf stirbt.«
»Er wird sich kaum am Kampf beteiligen. Nein, ich habe nur noch eine Hoffnung: Daß Ihr beweist, wer der Mörder ist. Das ist der Grund, warum ich Euch die Untersuchung anvertraut habe. Ihr habt keine Verpflichtungen in der Burg. Ihr könnt die Wahrheit nicht nur herausfinden, sondern sie auch aussprechen.«
»Ja, Ihr habt recht«, sagte ich heuchlerisch. »Ich bin wirklich nur der Wahrheit verpflichtet. Ihr habt also nach Euren Geschwistern gesucht, von denen Ihr annehmen mußtet, daß sie tot waren?«
»Anfangs ja. Ich durchforstete die Archive der Burg und der Stadt. Ich hielt Frowin bei Laune, indem ich ihm von angeblichen Hinweisen erzählte, denen ich nachging.
Vor vor vier Jahren wachte ich eines Nachts auf, und Leo von Cleve stand neben meinem Bett. Er hatte sich in die Burg geschlichen, ohne daß ihn jemand bemerkt hatte. Er gab mir genaue Anweisungen, was ich Frowin erzählen sollte, um eine Reise nach Frankreich zu rechtfertigen.
Ich sollte unter dem Vorwand, eine Spur von einem der Kinder zu verfolgen, eine verfallene Burg in der Nähe von Vauvillers

aufsuchen. Ich würde dort einen alten Alchimisten namens Godefroy antreffen, der allein mit einer jungen Frau lebte. Ich sollte mich zwar mit Godefroy über Alchimie unterhalten, aber in Wirklichkeit aufmerksam auf das lauschen, was das Mädchen sagte.

Als letztes sagte Cleve noch: ›Sie ist die Antwort auf eine Eurer Fragen.‹ Dann verschwand er.

Ich tat, was er gesagt hatte. Ich war nicht besonders überrascht, alles so anzutreffen, wie Cleve es vorausgesagt hatte.

Das Mädchen war die eigentliche Überraschung. Sie schien eine Menge von Alchimie zu verstehen, und dann kam sie auch noch hier aus der Gegend.

Als ich die beiden verließ, wußte ich nicht, was Cleve damit bezweckt hatte, mich dorthin zu schicken. Einen Augenblick lang hatte ich gedacht, er wollte mir eine verschollene Schwester zeigen. Aber das Mädchen war völlig sicher, ihre Eltern zu kennen, eine Bauersfamilie aus Damscheid.

Ich ging schließlich sogar soweit, über Leo von Cleve zu sprechen und anzudeuten, daß er mir von ihrer Existenz erzählt hatte. Doch sie ging mit keinem Wort darauf ein; Cleve war ihr bis dahin völlig unbekannt.

Ich war länger als zwei Monate unterwegs gewesen, und als ich zurückkam, war der alte Burgverwalter erkrankt. Ich ging ihm zur Hand, und als er starb, übernahm ich seine Stelle.

Frowin ging immer mehr in seiner Alchimie auf. Schließlich brachte er die verschollenen Kinder überhaupt nicht mehr zur Sprache. Um so wichtiger wurde ihm nach und nach ein neuer Alchimist.

Als ich auf die Burg gekommen war, hatte Frowin einen älteren, etwas schmierig wirkenden Mann in seinen Diensten. Später warf er ihn hinaus, da er ihn als Schwindler durchschaut hatte.

Seine eigenen Versuche verliefen völlig erfolglos. Er bedrängte mich, ihm einen erfahrenen Helfer zu besorgen.

Es gibt jede Menge Scharlatane, die verkünden, daß sie den Stein der Weisen besäßen und jede beliebige Materie in Gold verwan-

deln könnten. So jemanden auf die Burg zu holen, wäre nicht schwer gewesen.
Nun kannte ich nur zwei Alchimisten, die ich ernst nehmen konnte. Da ich mich mit Godefroy nur auf lateinisch hatte verständigen können, was Frowin schwer gefallen wäre, schrieb ich an die junge Frau.
Wie Ihr sicher vermutet habt, war es niemand anderer als Frau Gundelfinger. Wie Cleve vorausgesagt hatte, war sie die Antwort auf eine meiner Fragen, nämlich ›Wo nehme ich einen Alchimisten her?‹ Aber warum legte er Wert darauf, daß ich sie einstellte?«
Es schien, als habe Cleve die Absicht gehabt, die Kinder von Nikolaus heimlich in die Burg zu bekommen. Er hatte sich Jahre für seinen Plan Zeit gelassen – und wie der Plan auch aussah: Ich erlebte seine Vollendung mit. Ob ich sie auch überlebte?
Da ich Susanne versprochen hatte, über ihr Geständnis zu schweigen, sagte ich: »Nein, ich habe keine Ahnung. Wie oft seid Ihr Cleve außerdem noch begegnet?«
»Kurz nachdem ich Frau Gundelfinger geholt hatte, erschien er noch einmal in der Burg, um mir zu meinem Entschluß zu gratulieren. Er redete dann noch seltsames Zeug darüber, daß die Zeiten schwer würden und daß es meine Aufgabe sei, die Burg für eine Verteidigung vorzubereiten.«
Als ob man in einem dunklen Zimmer eine Kerze anzündet, erhellte plötzlich ein kleines Licht einen Teil der Dunkelheit in meinem Kopf: Nikolaus hatte drei Kinder gehabt!
»Hat er Euch geraten, einen Burghauptmann einzustellen?« fragte ich.
»Ja, das hat er tatsächlich. Wie kommt Ihr darauf?«
»Mir fiel nur ein, daß Ihr von einem alten Burgverwalter spracht, aber nicht von einem alten Burghauptmann. Und ich fragte mich, weshalb Frowin, der doch alles andere als großzügig war, diese neue Position geschaffen hat.«
»Es war nicht leicht, ihn zu überzeugen. Cleves Argumente waren

stichhaltig. Die Burgwachen waren wenig diszipliniert, und ich habe von militärischen Dingen keine Ahnung.
Als Herr Kuehnemund sich bei uns einfand und ich feststellte, daß er trotz seiner Jugend im Krieg ein Fähnlein geführt hatte, überredete ich Frowin, ihm die Aufgabe zu übertragen.«
»Hat Cleve Euch beauftragt, Kuehnemund einzustellen?«
»Nein. Er schilderte mir nur die Eigenschaften, die ein Burghauptmann haben muß. Ich habe bis heute geglaubt, es sei meine Entscheidung gewesen, Kuehnemund einzustellen. Aber Ihr meint, ich habe in Wirklichkeit wieder nur Cleves Willen getan?«
»Ich halte es jedenfalls für möglich.«
»Was spielt dieser Mann für ein Spiel?« fragte Wiggershaus.
»Und warum führt er nicht einfach die Schinder durch einen Geheimgang in die Burg?« fragte ich zurück.
Wiggershaus starrte auf die Tischplatte. Dann blickte er hoch und sagte: »Er braucht uns noch. Darum hat er mir so deutlich gesagt, daß die Schinder uns alle grausam ermorden, wenn wir uns ergeben. Wir sollen auf jeden Fall standhalten.«
»Er wartet auf irgend etwas«, stimmte ich zu.
»Aber worauf?«
So verließ ich Wiggershaus mit neuen Informationen, aber immer noch ohne Lösung.
Susanne in Lebensgefahr, Joseph Peutinger für mich unerreichbar auf der anderen Rheinseite.
Vielleicht war das meine persönliche Hölle.
Dachte ich – bis zu meiner nächsten Begegnung mit Graf Conrad.

Ich ging zu Hutten und bat ihn für meine unwirsche Art um Verzeihung. Schließlich brauchte ich neue Informationen dringender als neue Feinde.
»Ich bin nicht nachtragend«, sagte Hutten.
»Werdet Ihr mir sagen, wer Eurer Meinung nach der Mörder ist?«
»Auf jeden Fall. Nur nicht jetzt. Einen Hinweis könnte ich Euch noch geben. Warum seid Ihr so sicher, daß niemand aus dem Zimmer entkommen konnte?«

»Das ist doch kein Hinweis, sondern eine Frage.«
»Fragen sind das wichtigste, wenn man Antworten will. Also, was meint Ihr?«
»Weil die Tür von innen verschlossen war, und weil es keinen Geheimgang im Labor gibt.«
»Ihr habt recht. Und gleichzeitig habt Ihr unrecht, denn Ihr denkt an die falschen Einzelheiten. Manchmal muß man nicht nur an Orte denken, sondern auch an Zeitabläufe. Aber das soll für heute genug sein.«
Im letzten Tageslicht schickte Kuehnemund uns immer zu zweien in die Küche zum Essen.
Was auf den Tisch kam, war nicht der Rede wert, und deshalb soll hier auch nicht die Rede davon sein.
Berta, die Köchin, war noch polteriger als sonst und schimpfte auf die abwesende Adriane.
»Statt hinter der Gundelfingerin herzulaufen, sollte sie lieber hier ihre Pflicht tun, das undankbare Luder«, schimpfte sie. »Gerade, daß sie noch die Töpfe ausgewischt hat, aber sie hat mir nicht mal die Zwiebeln aus dem Keller geholt. Als ob ich die hier noch verwenden könnte!« Sie zeigte auf einige vertrocknete Zwiebelhäute, die auf einem Kehrichthaufen lagen. »Weggeworfen, weil angeblich nur das Innerste Heilkraft hat! Und das für einen Ketzer, den sowieso bald der Teufel holt. Soll der Kerl doch in seinem Turm vermodern!«
Berta hatte Sinn für Gerechtigkeit: Sie konzentrierte ihren Zorn nicht auf Adriane, sondern verteilte ihn gleichmäßig auf Susanne, die Zwiebeln für Huttens Kur geschält hatte, auf Hutten, der in deren Genuß kam, auf Locher, der sein Pulver nicht allein mischen konnte, auf Wiggershaus, der keinen fähigeren Waffenmeister eingestellt hatte, und schließlich auf Kuehnemund, der die Schinder noch nicht vertrieben hatte.
Ehe die Reihe an mich kam, weil ich zu den Essern gehörte, um deretwillen sie sich überhaupt Gedanken um Zwiebeln machen mußte, war ich zum Glück mit dem Essen fertig.

Ich ging zur Waffenkammer, um auf Susannes Angebot zurückzukommen, meinen Kopfverband zu wechseln.
Nach Bertas Worten hatte ich angenommen, auch Adriane dort zu treffen. Doch Susanne war mit den beiden Frauen, die zuvor schon Locher assistiert hatten, allein.
Die Frauen mischten Pulverladungen für Geschütze und Arkebusen. Susanne saß allein an einem Tisch, der voller Gefäße stand, darunter einige der seltsamen Flaschen mit den gebogenen Hälsen aus dem Labor. Sie vermengte in einem Mörser verschiedene Zutaten, die sie dann äußerst vorsichtig in Tontöpfe umfüllte.
Susanne hatte tatsächlich frische Tücher und Salbe für mich bereitgelegt. Sie reinigte sich zunächst gründlich die Hände, dann kümmerte sie sich um meine Wunde. Ich genoß es, wie Susannes zarte Finger ein paarmal mehr, als unbedingt zum Verarzten nötig war, sanft über meine Schläfen strichen.
»Ich bin nicht ganz sicher, ob ich es hinkriege«, sagte Susanne, »denn ich habe nur einmal darüber gelesen, es aber nie selbst versucht. Vor vielen hundert Jahren haben die Griechen in einer Seeschlacht gegen die Perser etwas eingesetzt, das man heute ›Griechisches Feuer‹ nennt. Es brennt selbst unter Wasser weiter, kann also nicht gelöscht werden. Wenn wir die Schinder damit bewerfen und dann eine Fackel hinterherschleudern...« Sie hielt inne, als schauere sie vor dem, was dann passieren würde. »Es wäre, als ob wir die Hölle entfesseln«, sagte sie schließlich.
»Wir können uns nicht aussuchen, ob wir kämpfen oder nicht«, sagte ich.
Susanne nickte nur und sprach nicht weiter darüber. Als ich wieder gehen wollte, sagte sie: »Ach, wenn du bei der Küche vorbeigehst, erinnere doch Adriane daran, daß sie uns hier helfen wollte.«
»Berta sagte, sie sei hierhergegangen«, antwortete ich. »Ich hatte mich schon gewundert, wo sie steckt.«
»Hier ist sie jedenfalls nicht. Ich habe sie schon seit Stunden nicht mehr gesehen.«

Als ich die Waffenkammer verließ, beschloß ich, nach Adriane zu suchen.

Leute, die spurlos verschwanden, bedeuteten Ärger. Außerdem war mir das Mädchen sympathisch, vielleicht ein bißchen mehr, als angebracht gewesen wäre.

Vermutlich ist alles ganz einfach, dachte ich. Sie wird wieder in den Turm gegangen sein, nach Hinweisen suchen und dabei irgendwelche Fragen vor sich hinmurmeln.

Aber dort war sie nicht.

Ich sah kurz bei den Posten bei der ›Sau‹ vorbei. Die Männer hatten Adriane nicht gesehen, aber sie hatten sich auch mehr auf die Felsspitze konzentriert.

Die Burg hatte viele Räume, von denen jetzt fast alle leer standen. Adriane war neugierig. Es konnte gut sein, daß sie die Gelegenheit nutzte, um sich dort umzusehen, wo man sie sonst nicht hineinließ.

Natürlich konnte ich die ganze Nacht Zimmer für Zimmer absuchen, während Adriane längst wieder aufgetaucht war und Susanne in der Waffenkammer half.

Oder Berta die Zwiebeln brachte.

Berta hatte geklagt, Adriane habe ihr ›nicht mal die Zwiebeln aus dem Keller geholt‹.

Auf jeden Fall wollte ich im Vorratskeller nachsehen, ehe ich wieder zu meinem Posten ging. Vielleicht war ihr etwas zugestoßen.

Ich ging durch den Speiseraum zur Küche und fragte Berta: »Hast du überhaupt schon im Keller nachgesehen, ob Adriane da ist?«

»Ha! Landsknechte! Meinst du vielleicht, ich hätte Zeit, hinter Mädchen herzulaufen, so wie ihr? Sieh doch selbst nach, wenn dir das so wichtig ist.«

Sie schaute mir erstaunt nach, als ich mir eine Laterne nahm und tatsächlich zu der Treppe ging, die nach unten führte.

Ich fand Adriane im Keller.

Und es war ihr etwas zugestoßen.

27

Im 27. Kapitel ertönt ein unerwartetes Geräusch

Ich ging die Treppe hinunter. Immer noch hämmerte mein Kopf, zudem war mir schwindlig. Ich mußte mich an der Wand abstützen.
Ich kam heil bis ans Ende der Treppe.
Die Tür, die Adriane bei meinen früheren Besuch in diesen Katakomben aufgeschlossen hatte, war diesmal nur angelehnt. Ich stieß sie ganz auf und trat in den Vorratsraum.
Das erste, was mir auffiel, war, wie sehr die Vorräte inzwischen weiter geschrumpft waren. Bald würde es in unseren Näpfen nichts als Zisternenwasser geben. Ich sah schon, wie die Hungrigen die Regale absuchten, um zwischen dem Staub vielleicht noch einen eßbaren Krümel zu finden.
Dann sah ich einen Bastkorb auf der Erde liegen. Er war verformt und sein Tragegriff gebrochen, als hätte jemand daraufgetreten. Die Zwiebeln, die sich darin befunden hatten, waren auf den Boden gerollt. Eine von ihnen war zerquetscht; ich konnte in den Überresten den Abdruck eines Stiefelabsatzes erkennen.
Ich hielt die Laterne höher, damit das Licht den ganzen Raum erleuchtete. Aber er war zu groß, und es blieben immer noch einige dunkle Ecken übrig.
Langsam ging ich weiter und leuchtete in jeden Gang. Ich bückte mich, um unter die Regale schauen zu können.
Es gab keine Spur von Adriane.
Ich öffnete die Tür am anderen Ende des Raums und leuchtete die zweite Treppe hinab. Bis in den Raum mit den Weinfässern konnte ich von hier aus nicht sehen, aber ich erkannte, daß durch den Spalt der unteren Tür ein Lichtstrahl auf die letzten Stufen fiel.
Ich glaubte, eine erstickte Stimme zu hören, wie den Versuch eines Schreis, den eine kräftige Hand unterdrückte.

Ich zog den Miséricorde und nahm ihn in die Hand.
Was immer dort unten auf mich wartete: Ich traute meinem Geschick mit dem Messer mehr als mit einer Feuerwaffe.
Ich ließ die Laterne auf einem Regal stehen und schlich mich die Treppe hinunter. Es blieb unten still. Das einzige Geräusch, das ich hörte, war ein gelegentliches Knirschen in meinem verstauchten Fuß, wenn ich ihn aufsetzte.
Ich erreichte das Ende der Treppe, öffnete vorsichtig die Tür und trat in den Weinkeller.
Conrad wandte mir den Rücken zu. Er kniete vor etwas, das eine Wachspuppe hätte sein können, so reglos lag es da. Eine Laterne, die am Ende einer Kette von der Decke hing, beleuchtete die Szene.
Die Tür knarrte, während sie aufschwang. Conrad drehte sich um und sah mich.
»Das Opfer!« rief er triumphierend und sprang auf. »Das Opfer ist gefunden! Der Körper des Weibes ist ein Gefäß der Verderbnis! O Herr, erbarme dich meiner!«
Später konnte ich leicht rekonstruieren, was geschehen war.
Adriane hatte Susanne zugesagt, in der Waffenkammer zu helfen. Sicher hatte sie sich über die Gelegenheit, etwas Neues zu lernen, gefreut, und Berta beim Zwiebelschälen begeistert davon berichtet.
Bertas Begeisterung hatte sich vermutlich in Grenzen gehalten. Sie hatte Adriane aufgetragen, Zwiebeln aus dem Keller zu holen, und war dann bereit gewesen, sich allein um die Küche zu kümmern.
Es war passiert, während ich auf der Mauer stand, vielleicht anderthalb oder zwei Stunden, bevor ich mit der Suche begann.
Adriane war in den Keller hinuntergegangen.
Irgendwann vorher hatte Conrad seine Erleuchtung empfangen. Welcher Erzengel auch immer dafür zuständig war, er konnte keine hohe Meinung von Frauen haben. Allerdings kannte er sich in Anatomie aus. Er gab Conrad genaue Anweisungen, wie man einer Frau weh tun kann. Er sprach von Nadeln, Kerzen, Messern

und Sägen, und er vergaß auch nicht, eine martialische Geburtshelferzange zu erwähnen. Er erklärte sogar, daß Conrad diese Dinge auf dem Dachboden finden konnte, in einer alten, vergessenen Tasche mit medizinischem Gerät.
Der Erzengel mußte sich auf der Schönburg auskennen, als sei er hier aufgewachsen.
Es war für Conrad nicht schwierig, unbemerkt in den Vorratskeller zu gelangen. Hinter der Küche verlief eine schmale Feuerschutzschneise zwischen den Gebäuden, und dort gab es eine kleine Tür, die in einen schlecht einsehbaren Winkel der Küche führte.
Conrad konnte dort warten und dann hinter Adriane her in den Keller gehen, ohne daß Berta etwas davon bemerkte.
Er brauchte sein Opfer nur zu packen und in den untersten Keller zu zerren. Gleichgültig, wie laut Adriane um Hilfe schrie: Kein Geräusch würde bis nach oben dringen. Die Kratzer, die ich auf Conrads Gesicht sah, zeugten von Adrianes heftiger Gegenwehr.
Conrad hatte auf sie eingeschlagen, bis mit ihrem Bewußtsein auch ihr Widerstand schwand. Er band Stricke um ihre Fußgelenke und befestigte sie rechts und links des Ganges an den Gestellen der Weinfässer, so daß sie mit weit gespreizten Beinen auf dem Boden lag.
Eine Bewußtlose zu töten war nicht das, was Conrad sich vorgestellt hatte. Er wartete, bis sie zu sich kam, ehe er anfing.
Das rettete Adrianes Leben.
Conrad hielt mir stolz die Zange entgegen, deren Spitze bereits vom Blut seines Opfers gerötet war.
»Halleluja!« rief er.
Ich bin kein milder, versöhnlicher Mann. Ich bin ein Spion, ein Spitzel, ein Lügner. Ich habe mein Wort gebrochen und die enttäuscht, die sich auf mich verließen. Ich habe zuerst aus Versehen getötet, später aus Absicht.
Ich weiß nicht, wieviel von seinem Schicksal Conrad in meinem Gesicht las, während ich die fünf Schritte zurücklegte, die uns

trennten. Genug jedenfalls, um zu erkennen, daß ich mich seinem Jubelschrei nicht anschließen würde.
Er packte die Zange wie eine Keule und holte damit aus. Die Klinge des Miséricorde fuhr in sein Herz.
Es gab einen hellen Ton, wie ihn Metall auf Stein erzeugt. Es war wohl die Zange, die auf den Felsboden schlug. Damals schien mir, es müsse die Klinge auf seinem steinernen Herzen sein.
Ich sah in Conrads Augen, während er starb.
Mit der linken Hand hielt ich ihn an seinem wirren Haarschopf aufrecht, während der Körper erschlaffte. Dann ließ ich die Haare los und zog die Waffe aus seiner Brust.
Ich fühlte nichts in meinem Inneren. Keinen Triumph des Sieges, keine Befriedigung, wie sie zu einer gerechten Tat passen mag.
Ich bückte mich und befreite Adriane von ihren Fesseln. Ich hob sie auf und trug sie auf meinen Armen zwischen zwei Fässer, so daß sie den Toten nicht mehr vor Augen hatte.
Dann setzte ich sie vorsichtig auf den Boden, den Oberkörper aufrecht gegen ein Faß gelehnt. Ich band ihr die Schürze ab und wischte ihr damit über das Gesicht.
Tränen traten in Adrianes Augen.
Sie schniefte und drehte ihr Gesicht weg.
»Weine ruhig, Adriane«, sagte ich. »Du brauchst dich nicht zu schämen.«
»Das ist Zwiebelsaft, du großer dummer Mann«, sagte sie. »Ich habe Zwiebeln geschält, und du hast mir den Saft in die Augen gerieben.«
Es gab keine große Szene von Verzweiflung und Trost.
»Man wird uns beide umbringen«, sagte Adriane so ruhig, als spräche sie über völlig Fremde. »Wir haben einen Grafen umgebracht, und niemand wird sich um die Vorgeschichte kümmern. Besser, du tötest mich gleich hier. Ich will nicht unter der Folter verhört werden.«
»Ich lasse die Leiche verschwinden«, sagte ich. »Niemand wird uns hinrichten.«

»Irgendwann wird man ihn finden«, sagte Adriane.
»Schließlich sind hier schon die Mörder seines Vaters und seines Onkels verschwunden. Da werden wir ihn auch verschwinden lassen können.«
Ich sah mich nach einer geeigneten Stelle um. Ich stellte mir vor, Conrad in einem Winkel einzumauern. Vielleicht konnte ich lockere Steine in den Keller schaffen und ...
»Wir werfen ihn in ein Weinfaß«, sagte Adriane. »Hilf mir hoch. Ich kann sowieso besser stehen als sitzen.«
Sie streckte mir eine Hand entgegen, und ich half ihr auf.
»Ich würde dir gern mehr Zeit zum Ausruhen geben«, sagte ich. »Aber wenn wir das machen wollen, sollten wir es gleich machen. Es wird verdammt schwer für dich werden, aber du mußt anschließend so schnell wie möglich nach oben gehen und so tun, als sei nichts gewesen. Schaffst du das?«
»Ich möchte nicht ausruhen. Ich möchte vergessen. Und ich möchte leben. Aber ich schaffe wohl nur eines von beidem.«
So machten wir uns daran, den Geheimnissen der Schönburg ein weiteres hinzuzufügen.
Ich zerrte den Toten durch den Gang bis nach hinten.
Ich nahm einen Becher vom Boden auf, öffnete kurz den Spundhahn am letzten Faß und ließ einen Strahl der Flüssigkeit hineinlaufen. Schon der Geruch reichte aus, um mich von der Ungenießbarkeit des Inhalts zu überzeugen. Ich schüttete den Becher aus. Irgendwann einmal würde ein späterer Herr der Burg das Faß leeren und reinigen lassen. Ich hatte nicht die Absicht, lange genug hierzubleiben, um dann noch unangenehme Fragen zu beantworten.
Adriane hatte eine kurze Trittleiter mitgebracht.
Ich nahm die Arkebuse vom Rücken und lehnte sie an das Faß. Dann kletterte ich hoch und schwang mich rittlings auf die Oberseite. Ich saß darauf, als hätte Zwerg Alberich den Rücken des Trojanischen Pferdes erklommen. Vor mir befand sich eine Klappe, die der Rundung des Fasses angepaßt war. Sie war an einer Seite mit zwei Scharnieren befestigt und hatte weder Riegel noch Schloß, statt dessen einen einfachen Handgriff.

Crispin Schongauer hätte Schwierigkeiten gehabt, seinen Körper hindurchzuzwängen, aber Conrad würde leicht Zugang finden. Schließlich mußte die Öffnung groß genug sein, daß selbst angetrunkene Helfer aus Kübeln Wein hineinfüllen konnten.
»Hol einen von den Stricken«, sagte ich zu Adriane. »Dann machst du eine Schlinge um den Körper und gibst mir das andere Ende nach oben.«
Während Adriane zurückging, öffnete ich die Klappe. Eine Wolke widerlichen, süßlichen Gestanks schlug mir entgegen. Ich hielt mir die Nase zu und wartete, bis Adriane mit dem Strick zurückkam.
Sie blieb vor der Leiche stehen und sah sie an. Kein Blutfleck hatte sich um die Einstichstelle gebildet. Conrad war tot gewesen, als ich die Waffe herauszog, und sein Blut war sofort geronnen. Auf den ersten Blick konnte man denken, daß er noch lebte.
Gerade wollte ich vom Faß herunterrutschen, um das Seil selbst um Conrad zu schlingen, da Adriane vielleicht nicht wagte, ihn anzufassen. Aber da bückte sie sich schon, zog das Seil unter seinen Armen hindurch und machte einen Knoten über der Brust.
Notgedrungen mußte ich die Hand von der Nase nehmen und das Seil mit beiden Händen fassen.
Ich atmete durch den Mund, während ich den Toten nach oben zog, aber ich bekam immer noch zuviel von dem Gestank aus dem Faß mit.
Ich wußte, wie saurer Wein roch. Das hier war etwas anderes. Es war der Gestank von verwesten Körpern.
Vielleicht schwammen tote Ratten im Wein. Conrad würde angemessene Gesellschaft haben.
Schließlich hatten wir den Toten so weit angehoben, daß ich ihn mit beiden Händen am Kragen packen konnte. Nach einem letzten Schwung lag er quer vor mir auf dem Faß.
Ich drehte ihn zur Seite, bis es mir gelang, erst ein Bein und dann das zweite in die Öffnung zu schieben. Ich packte ihn an einem Handgelenk und am Nacken, um seinen Oberkörper aufzurichten, damit er vollends in das Faß fiel.

Dabei schob sich sein Ärmel zurück, und ich bemerkte ein Blatt Papier, das darin steckte.
Ich veränderte meine Position, so daß ich Conrads Oberkörper mit meinem abstützte, damit er nicht vom Faß rutschte und wir wieder von vorn anfangen mußten.
Dann nahm ich das Papier und faltete es auseinander.
Conrads Kopf kippte zur Seite und drehte sich dabei zu mir. Es sah aus, als lese mein grausiger Gefährte über meine Schulter mit.
Es war ein Brief, den Conrad in einer krakeligen, fahrigen Handschrift begonnen hatte, die gut zu seinem Wesen paßte.

Euer hochwohlgebohrene Eminenz Herr Fürstbischof zu Trier.
Wieder einmal wende ich mich als der getreueste aufrichtigste Untertan an Euch, über die Machenschaften Eurer Widersacher Kunde zu geben. Seit meinem letzten Schreiben hat das Böse neue Erfolge in der Burg errungen. Nicht half es, daß der Verrufene, den ich leider meinen Vater nennen mußte, nun nach seinem Verdienst im tiefsten Pfuhle der Hölle schmort. Nicht half es, daß er dadurch ablassen mußte, mit einem verdorbenen Weibe unbeschreibliche gottlose Schandtaten in jenem Turm zu verrichten, den ich nur eine Festung des Satans nennen kann. Nicht half es, daß ich den Unmenschen kühn ans Licht der Sonne zerrte, dem Zuflucht vor göttlicher und irdischer Gerechtigkeit gewährt wurde. Nicht half es, daß ich Euch Kunde gab, daß neue Mietlinge und Schergen angeworben wurden, die ohne Zweifel einen Aufstand gegen Euer hochwohlgeborene Eminenz führen sollen. So zahlreich sind die Ruchlosigkeiten, über die ich Euch zu berichten habe, daß ich nicht weiß, wo mit der Schilderung beginnen.

Offenbar war es ihm auch später nicht eingefallen, denn der Brief brach an dieser Stelle ab.
Auf jeden Fall erklärte er, wer der Getreue war, dessen Nachrichten Greifenclau so in Besorgnis versetzt hatten, daß er mich zur Schönburg geschickt hatte.

Greifenclau besaß das Talent, aus den wirren Beschuldigungen Conrads herauszulesen, was für ihn von Belang war.
»Was liest du da?« fragte Adriane.
»Nichts, was jetzt noch etwas ändern könnte«, sagte ich und schob den auf ewig unvollendet bleibenden Brief wieder in Conrads Ärmel zurück.
Dann hob ich seinen Oberkörper weiter an, schob ihn nach vorn, und Conrad rutschte über die Kante und verschwand im Faß.
Meine Überzeugung, den getreuen Untertanen seines Fürsten und Vollstrecker des göttlichen Willens zum letzten Mal gesehen zu haben, war nur kurz. So kurz, wie es dauert, bis eine Leiche vom oberen Ende eines großen Fasses nach unten fällt.
»Was war das für ein Geräusch?« fragte Adriane.
»Ich weiß nicht«, antwortete ich wahrheitsgemäß.
»Hätte es nicht platschen müssen, wenn er in den Wein fällt?«
»Jedenfalls habe ich das gedacht.«
»Aber das Faß kann doch nicht schon leer sein. Du hast doch gerade noch Wein herausgeholt.«
»Vielleicht war es nur die letzte Pfütze.«
Adriane drehte den Spundhahn ein zweites Mal auf. Ein kräftiger Strahl schoß heraus, wie man es bei einem Faß erwarten kann, das noch zum großen Teil gefüllt ist.
Aber aus einem solchen Faß kann kein Geräusch kommen, als ob ein Körper auf einen Untergrund aus trockenem Holz fällt.
Adriane holte die Laterne, mit der Conrad seine Zeremonie beleuchtet hatte, und reichte sie mir hoch.
Ich hielt sie durch die Öffnung in das Innere das Fasses.
Der Boden des Behälters war nicht rund, wie ich erwartet hatte. Jemand hatte einige Holzplanken angebracht, auf denen man das hohe Faß durchschreiten konnte wie ein Zimmer. Conrad lag darauf, und noch auf etwas anderem, das wie ein kleiner Haufen Kleidungsstücke aussah. Außerdem waren einige helle, kurze Stöckchen an den Rändern verteilt.
An der Seite, wo sich das Spundloch des Fasses befand, stand ein kleineres Faß, das mit dem Spund verbunden war. Wer außen den

Hahn aufdrehte, erhielt seinen Wein aus diesem Faß und mußte den Eindruck haben, daß das große Faß voll des sauren Weines war.

»Hol meine Laterne von oben«, sagte ich zu Adriane. »Ich werde nachsehen, was wir hier haben.«

Ich wartete, bis sie den Weinkeller verlassen hatte, damit sie sich nicht im Dunkeln durch den Gang tasten mußte.

Dann schwang ich selbst meine Beine ins Innere und sprang.

Ich landete neben Conrads Körper. Mein verstauchtes Bein knickte um, und ich fiel der Länge nach über Conrad.

Es gelang mir, die Laterne am ausgestreckten Arm hochzuhalten, so daß sie nicht beschädigt wurde.

Ein kleines Modell eines Totenschädels starrte mich aus leeren Augenhöhlen an.

Daneben lagen weitere von den weißen Stöckchen. Einige sahen wie kleine Fingerknochen aus, andere wie Rippen.

Es waren keine Modelle. Es war das Skelett eines Kindes.

Ich stand auf. Ich drehte Conrads Leiche mit dem Fuß um.

Er war auf ein zweites Kinderskelett gefallen, das noch in seiner Kleidung steckte.

Weiter zur Wand hin gab es einen unordentlichen Haufen von kleinen Knochen mit einem weiteren Schädel, zur Seite gekehrt wie Unrat, um das Begehen des Fasses zu erleichtern.

Die Holzbohlen des Fasses stießen an Felswand. Dort war nicht etwa der abschließende Holzboden des Fasses, sondern der Fels des Kellers selbst zu sehen. Und darin befand sich eine dunkle Öffnung, gerade groß genug, daß ein kräftig gebauter Mann hindurchkriechen konnte.

Ich hörte ein schabendes Geräusch auf der Außenseite des Fasses und dann Adrianes Stimme: »Was hast du gefunden?«

»Das möchtest du nicht wissen«, sagte ich.

Aber sie hatte schon ihren Kopf durch die Öffnung gesteckt und sah, was ich gesehen hatte.

»Vom wem stammen die Skelette?« fragte sie. »Wohin führt diese Öffnung? Können wir aus der Burg entkommen, ohne daß die Schinder uns entdecken?«

»Nicht so schnell«, sagte ich. »Wir sollten das erst einmal für uns behalten. Später ist immer noch Zeit genug, zu überlegen, ob das hier ein Fluchtweg ist.«
»Später? Wann: später?«
Warum zögerte ich, sofort zu Wiggershaus oder Kuehnemund zu laufen? Dieser Gang mußte der Weg sein, auf dem Cleve ungesehen die Burg betreten und verlassen konnte. Wenn er es gekonnt hatte, dann konnten wir es auch. Oder?
»Wir wissen nicht, was auf der anderen Seite ist«, sagte ich. »Falls Cleve den Schindern davon erzählt hat, wird der Ausgang bewacht sein. Dann laufen wir nur in unseren Tod.«
»Warum kommen die Schinder nicht durch den Gang in die Burg?«
»Vielleicht hat Cleve sein Geheimnis für sich behalten. Und genau das sollten wir auch erst einmal machen.«
»Und wann willst du feststellen, ob es ein Ausweg ist oder nicht?«
»Am besten sofort. Du mußt wieder nach oben gehen und so tun, als sei nichts geschehen. Ehe wir den anderen Bescheid sagen, müssen wir Conrad an einer anderen Stelle verschwinden lassen.«
»Ich werde es Hutten sagen«, sagte Adriane. »Ich lasse nicht zu, daß er ausgeliefert wird.«
»Adriane, du wirst es niemandem sagen. Ich werde den Gang erforschen, und anschließend überlegen wir gemeinsam, was wir tun.«
»Warum willst du nicht, daß Hutten gerettet wird? Gehörst du zu den Leuten, die ihn verfolgen?«
»Ich weiß nicht, was Hutten dir erzählt hat ...«
»Was hättest du mir erzählt, wenn du an seiner Stelle wärst?«
Ich hätte ihr vermutlich einen Haufen Lügen erzählt, um sie für meine Zwecke einzuspannen. Aber Hutten war nicht wie ich. Er war so – und jetzt wurde mir zum ersten Mal in aller Deutlichkeit bewußt, was ich an ihm verabscheute – wie ich gerne gewesen wäre: kühn, aufrichtig, vertrauenswürdig.

Und Adriane sagte: »Ich will, daß Hutten überlebt. Wenn du dafür sorgst, daß er entkommen kann, dann tue ich, was du sagst.«
»Ich verspreche es«, sagte ich und blickte ihr dabei fest in die Augen. Sie erwiderte meinen Blick, bis sie sich von meiner Ehrlichkeit überzeugt hatte.
»Dann gehe ich jetzt nach oben«, sagte Adriane und verschwand aus meinem Blickfeld.
Adriane mochte zwar die klügsten Fragen auf der Welt stellen und sogar Hutten beeindruckt haben; letztlich war sie doch nur ein ungebildetes Küchenmädchen. Wenn ich es nicht einmal mehr schaffte, ein Küchenmädchen zu belügen, hätte ich meine geheimsten Gedanken gleich auf eine Liste schreiben und ans Burgtor nageln können.

Ich nahm den Miséricorde zwischen die Zähne, die Laterne in die linke Hand und machte mich an die Erkundung des Ganges.
Er war so niedrig, daß ich mich nur kriechend fortbewegen konnte. Bequemlichkeit war den Konstrukteuren als überflüssiger Luxus erschienen. Hier ging es nur darum, ungesehen von einem Ort zum anderen zu kommen.
Falls die Schinder diesen Weg in die Burg nehmen wollten, konnte ein Mann allein ihnen den Zugang verwehren. Ein einziger Schuß, der den vordersten Angreifer traf, würde ausreichen, um die ganze Invasion zurückzuwerfen. Erst mußten alle zurückkriechen und den Vordermann aus dem Gang ziehen, dann konnten sie wieder hinein, um sofort in derselben Lage zu stecken.
Natürlich galt das in umgekehrter Richtung genauso.
Mit mulmigem Gefühl wurde mir klar, daß meine leuchtende Laterne für einen im Dunkel lauernden Wächter ein verlockendes Ziel bildete. Genausogut hätte ich in eine Schlacht reiten können, mit einer großen Zielscheibe auf meine Brust gemalt.
Zwar reizte mich auch der Gedanke, umgeben von völliger Dunkelheit ins Ungewisse zu kriechen, nicht besonders, aber es war immer noch besser, als wie ein leuchtender Punkt ins Ungewisse zu kriechen. Ich blies die Laterne aus und ließ sie zurück.

Hoffentlich machte der Gang noch eine Biegung, damit man vor mir nicht schon durch meine anfängliche Unvorsichtigkeit das Licht gesehen hatte. Ich konnte mir vorstellen, wie vor mir jemand mit angelegter Arkebuse lauschte, ob er das leise Schaben meiner Arme und Beine am Felsen hörte.
Der Gang verlief schnurgerade mit einer leichten Neigung nach unten.
Ich starrte aufmerksam nach vorn, ob ich einen Funken in der Dunkelheit wahrnahm, der auf eine glimmende Lunte hinwies. Nicht, daß ich rückwärts kriechend einer Kugel hätte entkommen können.
Die Treppen, die von der Küche nach unten führten, hatten mehrere Biegungen gemacht. Daher war ich mir über die Richtung, die der Gang nahm, nicht ganz im klaren. Der Lage der Küche nach mußte er sich auf der Westseite der Burg befinden.
Der Rhein und Oberwesel lagen im Osten, der Waldrand und die Hauptmacht der Schinder im Süden.
Vor mir erschien ein Lichtpunkt in der Dunkelheit.
Ich hielt an.
Das war's dann also.
Ein Schütze, der gewartet hatte, bis ich heran war.
Eine gute Lunte von durchschnittlicher Länge glimmt zwei oder drei Tage lang. Auf jeden Fall länger, als die eine Minute, die ich es schaffte, die Luft anzuhalten.
Mir blieb nur noch die Möglichkeit, rückwärts zu kriechen. Ich war schon nicht besonders schnell vorwärts gekommen, und umdrehen konnte ich mich in der Enge nicht. Rückwärts würde ich noch mehr Geräusche verursachen als bisher.
Die Kugel würde mich einholen.
Ich schloß die Augen. Das Lichtpünktchen blieb, wo es war.
Ich drehte den Kopf zu Seite. Es glimmte tief im Inneren des Felsens weiter.
Ich drehte den Kopf nach vorne. Das Licht wanderte mit. Es vervielfältigte sich, und ich sah vier, fünf, ein halbes Dutzend.
Meine Augen und mein Verstand hatten mir einen Streich ge-

spielt. Ich hatte in die absolute Finsternis gestarrt, und meine Augen, gewohnt, Helligkeit und Bewegung zu sehen, hatten etwas erzeugt, das gar nicht da war.

Ich atmete auf und kroch weiter. Natürlich fiel mir im selben Moment ein, daß ich einen Schützen, der vielleicht doch vor mir lauerte, jetzt gar nicht mehr erkennen würde.

Und doch kroch ich weiter, bis etwas mein Gesicht berührte.

Ich starb nicht vor Schreck. Ich schrie nicht. Ich machte mir nur in die Hose.

Vielleicht war es die Scham vor der Peinlichkeit, mit vollgeschissenen Hosen und wehrlos in einem Gang steckend zu sterben, die meine Angst in Wut verwandelte.

Ich riß den Miséricorde aus dem Mund, stieß ihn in die Dunkelheit und warf mich mit dem Ruf »Stirb!« nach vorne.

Mein Körper durchbrach die Pflanzenranken, die den Ausgang vor unberufenen Blicken schützten, und ich fiel tief nach unten auf den Waldboden.

Die Luft war dunstig, wie von langsam beginnendem Nebel. Noch wurde er vom Licht des Mondes am Himmel durchdrungen, so daß ich meine Umgebung erkennen konnte.

Zuerst blieb ich reglos liegen und lauschte in die Nacht, ob ich näher kommende Schritte hörte. Ich lag auf einer kleinen, ebenen Stelle am Bergabhang. Das Gelände war ziemlich steil und bewachsen. Nichts deutete auf einen Weg hin, aber die Bäume und Büsche boten genug Halt, daß auch ein ungeübter Kletterer sich sicher bewegen konnte.

Der Felsen über mir war mit Rankenpflanzen – Efeu oder Wildem Wein – bewachsen. Selbst aus dieser kurzen Entfernung fiel die Öffnung des Ganges nicht auf. Man mußte etwa mannshoch über einen gezackten Felsen klettern und die Ranken zur Seite schieben, um in den Gang zu kommen. Etwas weiter oben wurden die Steine zu glatt, um sich daran festzuhalten.

Es war eine gute Stelle, die den Geheimgang vor zufälliger Entdeckung schützte. Niemand würde hier hinaufzuklettern versuchen.

Als ich lange genug gewartet hatte, um mich sicher zu fühlen, zog ich meine Hose aus und reinigte mich mit einigen Blättern, so gut es unter den gegebenen Umständen gerade ging.
Schließlich hatte ich meine Erscheinung einigermaßen in Stand gesetzt. Ich fand auch den Miséricorde wieder, der mir beim Sturz aus der Hand gefallen war.
Vermutlich stank ich immer noch wie eine Kloake, aber ich war ja nicht auf dem Wege zu einem festlichem Empfang.
Jedenfalls wußte ich nun, daß es hier in der Tat einen sicheren Ausweg aus der Burg gab. Die Frage war nur, ob dieser Ausweg uns aus dem von den Schindern kontrollierten Bereich herausbrachte.
Ich begann den Abstieg. Ich kletterte von Baum zu Baum und hielt immer wieder an, um mich aufmerksam umzusehen.
Nicht viel weiter unten wurde der Hang flacher. Ich stieß auf einen quer verlaufenden Trampelpfad.
Nach meiner letzten nächtlichen Erfahrung mit einem Pfad im Wald überquerte ich ihn einfach und ging weiter bergab.
Ich hatte die Absicht, bis zur Talsohle vorzustoßen und sie dann in beide Richtungen zu überprüfen.
Es konnte noch lange nicht Mitternacht sein, und ich hatte Zeit genug, ein oder zwei Meilen weit zu gehen, zurückzukehren und die ganze Burgbesatzung hinauszuführen.
Aber ich stieß auf den Posten der Schinder, noch ehe ich das Ende des Hangs erreicht hatte.
Der Mann saß an einen Baum gelehnt, eine Arkebuse quer auf die Oberschenkel gelegt, und starrte an mir vorbei.
Ich war so leise gewesen, daß er mich nicht bemerkt hatte. Auf jeden Fall gab er durch keine Regung zu erkennen, daß er auf mich aufmerksam geworden war.
Ich stand hinter einem Farnstrauch und spähte zu ihm hinüber. Er befand sich etwa auf gleicher Höhe mit mir, und sein Blick war bergauf gerichtet.
Wahrscheinlich hatten die Schinder eine ganze Postenkette um den Berg gelegt.

Mit Glück konnte ich mich in seinen Rücken schleichen und ihn töten, ohne daß die anderen Posten etwas merkten. Falls die Wachen regelmäßig kontrolliert oder abgelöst wurden, war es fraglich, ob Zeit blieb, unbemerkt durch den Belagerungsring zu schleichen.
Wenn ich jemanden aus der Burg retten wollte – und daran bestand kein Zweifel – dann mußte ich jetzt umkehren. Ich mußte die Leute so rasch wie möglich zum Gang führen, den Posten erst beseitigen, während die anderen schon auf dem Abhang waren, und dann mit ihnen im Schutz der Nacht so weit wie möglich kommen.
Und natürlich mußte ich nach Möglichkeit noch Conrads Leiche wieder aus dem Faß verschwinden lassen.
Das war eine Menge Arbeit. Am besten fing ich sofort damit an.
Ich zog mich langsam zurück, bis sich ein gutes Stück Wald zwischen mir und dem Posten befand.
Dann erst machte ich mich daran, wieder nach oben zu klettern.
Leo von Cleve hatte die Begabung, wie ein Phantom unbemerkt zwischen anderen Leuten umherzugehen. Mir fehlte sie leider, wie sich bald zeigte.
»Halt! Wie ist das Kennwort?« zischte mir eine Stimme aus der Dunkelheit zu.
Ich warf mich flach auf den Boden, versuchte zu sehen, wo der andere Posten stand.
Ich bemerkte eine Bewegung zwischen den Bäumen. Ein einzelner Mann schien dort zu stehen, der etwas Längliches in den Händen hielt. Ein Spieß oder eine Helmbarte, auf jeden Fall keine Schußwaffe. Wenn er allein war, war mein Glück noch nicht zu Ende.
»Das Kennwort, du Wackes*, oder es geht dir an den Kragen«, zischte der Mann. Offenbar wollte er den Posten, den ich zuerst

---

* Wackes: Herumtreiber, vom lateinischen »vagus« (= Landstreicher, Vagabund).

gesehen hatte, nicht aufmerksam machen, um den Ruhm meiner Gefangennahme nicht teilen zu müssen.
Ich stand auf, als hätte ich nichts zu befürchten.
»Es lebe Spalatina«, sagte ich, während ich mit offenen Armen auf ihn zu ging wie auf einen Kameraden. »Hast du mich etwa nicht erkannt?« fügte ich hinzu und brachte ein leises, vertrauliches Lachen in meine Stimme.
Er lehnte seine Waffe an einen Baum und kam mir ohne Harm entgegen.
Sein Pech.
Wie aus dem Nichts erschienen drei andere Männer.
Meine Arme wurden auf den Rücken gedreht, ein Knebel in meinen Mund geschoben, eine Pistole zielte auf meinen Kopf.
Mein Pech.
Ich verfluchte meinen Alleingang. Diesmal wußte nicht einmal Kuehnemund, wo ich war, und ich würde nicht in letzter Sekunde durch einen Schuß gerettet werden.
Wir kamen zu der Stelle, an der ich den ersten Posten entdeckt hatte. Der Mann saß immer noch unbeteiligt auf demselben Platz.
Meine Wächter warfen mich neben dem Schinder gegen den Baumstamm, drehten mich herum. Sie schlangen ein Seil um meine Arme und schnürten mich gegen den Baum.
Ich drehte den Kopf zur Seite und betrachtete den teilnahmslosen Posten. Seine Kehle war durchgeschnitten. Erst aus der Nähe erkannte ich, daß er den Kopf nur deswegen aufrecht hielt, weil jemand eines seiner Ohren an den Baum genagelt hatte.
Einer der Männer trug eine kleine Blendlaterne. Er öffnete ihren Schieber so weit, daß mein Gesicht beleuchtet wurde. Ein Teil des Lichtes fiel auf die Männer zurück. Die meisten von ihnen trugen die bunte, unmilitärische Kleidung von Landsknechten. Aber zwei von ihnen trugen die Uniform der Garde Greifenclaus.
Ich war gerettet. Ich mußte sie nur noch dazu bringen, mir den Knebel abzunehmen, damit ich mich zu erkennen geben konnte.

Ich bemühte mich, etwas zu sagen, das meine Bewacher als »Gut Freund« erkennen konnten.
»Er will uns etwas sagen«, sagte einer der Männer.
»Es klingt wie ›Mut, Leut'‹«, sagte ein anderer. »Na, den wird er selbst brauchen können!«
Noch ein paar Männer erschienen, bis ich von einem dicht gedrängten Haufen Bewaffneter umgeben war.
»Los, nimm dein Messer«, sagte einer von den Männern zu seinem Nachbarn. »Erledige ihn, und wir verteilen uns wieder.«
Ich schüttelte heftig mit dem Kopf, aber niemand beachtete meinen Beitrag zur Entscheidungsfindung.
Dann schob sich ein weiterer Landsknecht nach vorn. Er griff die Hand des Mannes mit der Laterne und drehte sie so, daß der Lichtstrahl sein Gesicht beleuchtete.
»Erkennst du mich wieder, du verdammter Mörder?« fragte er.
Es war Niklas Waldis, mein Kamerad aus Gassenhauers Rotte.
»Das ist der Mörder von Meister Gassenhauer«, sagte er zu den Umstehenden. »Ich hätte jede Wette gehalten, daß er sich den Schindern anschließt. Überlaßt ihn mir und meinen Kameraden.«
Einer der Männer trat mir in die Rippen. Ein anderer spuckte mir ins Gesicht.
»Von mir aus kannst du ihn haben«, sagte jemand zu Waldis. »Aber erledige ihn schnell, damit die Schinder nichts merken.«
»Schnell? O nein. Er wird spüren, was das Recht der langen Spieße ist. Damit hast du wohl nicht gerechnet, wie?«
In der Tat, damit hatte ich nicht gerechnet. Wenn sie mich nun lange genug am Leben ließen, um mich zu ihrer Armee zu bringen, die – aus welchen Gründen auch immer – plötzlich hier aufgetaucht war, würde ich eine Möglichkeit finden, meine Unschuld zu beweisen. Und wenn nicht meine Unschuld, dann vielleicht meine Zugehörigkeit zu Greifenclau.
Aber leider sagte einer der anderen Männer: »Wir haben keine Zeit für persönliche Abrechnungen. Der Befehl heißt: Tötet alle Schinder. Tut mir leid, Niklas.«

Mit diesen Worten setzte er mir das Messer an die Kehle und sagte ...

»Du bist tot, Edgar, tot, tot, tot.«
Die Worte Leopold Mühlpforts folgten mir in die Bewußtlosigkeit hinein, damals, im Stall seines Rasthauses.
Später habe ich Leute erzählen hören, daß mit dem Tod eines geliebten Menschen auch ein Teil von ihnen gestorben sei. So war es bei mir nicht. Ich konnte später lachen, singen und trinken, ich fand Gefallen an schönen Frauen, und ich verlor nicht die Angst vor Schmerz und Tod.
Mühlpfort tötete mich nicht in jener Nacht, obwohl nicht viel gefehlt haben kann.
Ich kam wieder zu mir, in einer Pfütze aus meinem eigenen Erbrochenen liegend, den Körper voller Schmerz, die Seele voller Verzweiflung. Ich lag auf einem nackten Bretterboden in einem Raum, der nur durch die schmalen Lichtstreifen, die zwischen den Wandbrettern hindurchdrangen, erhellt wurde.
Mir war so schlecht, daß ich den Eindruck hatte, alles um mich herum bewege sich und falle manchmal in ein Loch, damit mein Kopf heftig auf den harten Boden geschleudert werden konnte.
»Du lebst ja noch«, sagte jemand.
Ich versuchte aufzustehen, aber ehe meine Füße Halt gefunden hatten, glaubte ich schon wieder, daß der Raum zur Seite auswich, und ich fiel hin.
So rollte ich mich nur zur Seite, bis ich im Dämmerlicht sehen konnte, wer bei mir war.
Auf einer Bank an der gegenüberliegenden Wand saß ein Mann, der eine Ausstrahlung voller Würde und Autorität besaß. Er trug eine Hose und Weste aus schwarzem Samt, darüber einen dunkelroten Mantel, dessen Kragen hinten hochstand und einen beeindruckenden Hintergrund für sein Gesicht abgab. Das Gesicht war voller Falten und Runzeln, umrahmt von einem sauber gestutzten, eisgrauen Bart.

»Zieh dich zurück«, sagte er. »Ich lege keinen Wert darauf, von dir beschmutzt zu werden.«
Ich kroch auf dem Boden zurück, bis ich die andere Wand erreichte, wo ich mich ebenfalls auf eine Bank setzen konnte. Es war ein sehr kleiner Raum.
»Ich dachte schon, du erstickst in deiner eigenen Kotze«, sagte der Mann. »Da habe ich dich herumgedreht, damit alles aus deinem Mund laufen kann. Du verdankst mir also dein Leben, falls du dich fragst, was ich damit sagen wollte.«
»Ich bin nicht ganz sicher, ob ich nicht lieber tot wäre«, sagte ich und preßte die Hände gegen meinen schmerzenden Kopf.
»Oh, du zeigst Humor im Angesicht des Todes. Hast du nicht Lust, eine Komödie zu schreiben? Du scheinst Talent dafür zu haben. Es müßte natürlich eine kurze Komödie sein; ich glaube nicht, daß dir noch mehr als zwei oder drei Tage bleiben.«
»Was ist passiert?« fragte ich.
»Ich dachte, du würdest mir deine Geschichte erzählen wollen. Meistens drängt ihr jungen Burschen euch unsereinem ja auf mit euren Geschichten. Aber da du mich schon danach fragst: Der Karren hat angehalten, zwei Büttel haben dich zu mir hineingeworfen, der Karren ist wieder losgefahren, du hast gekotzt, du bist aufgewacht. Das ist alles, was ich über dich weiß, und – der Herr vergebe mir meinen Eigendünkel – mehr, als mich interessiert.«
»Wir sind in einem Karren?«
»Nein, wir sind im Limburger Dom. Er ist nur innen wie ein Karren dekoriert.«
Die Welt um mich bewegte sich und ruckte also tatsächlich.
»Es ist der Henkerskarren von Bonn«, sagte der Mann. »Irgend jemand hat dich also wegen irgend etwas zum Tode verurteilt. Sie bringen uns nach Bonn und werden uns aufhängen oder die Köpfe abschlagen; was zur Zeit gerade in Mode ist.«
»Ich habe eine Frau umgebracht«, sagte ich.
»War sie hübsch?«
»O ja, das war sie.«

»Dann hast du den Tod verdient.«
»Aber ich wollte es nicht!«
»Was für eine miserable, phantasielose Rechtfertigung! Du solltest dir etwas Besseres ausdenken. Zum Beispiel: Ein Schurke hatte sich ihrer bemächtigt. Du wolltest eigentlich den Schurken umbringen, aber durch eine tragische Verkettung der Ereignisse ... na ja, du müßtest es natürlich ein bißchen ausschmücken.«
»Genau so ist es gewesen. Woher wißt Ihr das, Herr?«
»Phantasielosigkeit, wie ich gesagt habe! Das ist die wahre Tragödie unserer Zeit. Du brauchst mir nicht alles nachzuplappern.«
Ich erzählte ihm, was mir widerfahren war. Doch statt Mitleid oder Verständnis zu zeigen, winkte er nur ab.
»Du bist nicht einmal ein richtiger Verbrecher, nur ein Versager. Ich hätte mir für meine letzten Stunden eine würdigere Begleitung gewünscht.«
»Wer seid Ihr denn?«
»Na endlich, ich dachte schon, du würdest mich nie fragen. Ich bin...« und damit erhob er sich und machte eine große Geste »...niemand anderer als Gilbert de Cziffra, der König der Bühne, Meister der Maske, Kenner des antiken Dramas, Schauspieler aus Leidenschaft und Taschendieb von Beruf.«
Er setzte sich wieder.
»Du bist wohl nicht beeindruckt«, sagte er nach einer Weile.
All meine Wut gegen Peutinger, den ich nicht erreichen konnte, und gegen mich, der ich Friederike nicht retten konnte, ballte sich zusammen und richtete sich gegen de Cziffra.
Ich warf mich auf ihn und rief: »Ihr seid nichts als ein arroganter, gemeiner Bastard!«
De Cziffra trat mich in den Unterleib. Ich fiel auf den Boden, und er sagte: »Stimmt, das hätte ich hinzufügen sollen.«
Der Wagen erreichte sein Ziel in Bonn niemals. (Das Schicksal hatte für de Cziffra einen anderen Tod vorgesehen: Er wurde drei Jahre später in Bremen von einem eifersüchtigen Ehemann mit einem glühenden Schürhaken erschlagen. Aber das war lange,

nachdem unsere Wege sich getrennt hatten, und es dauerte noch länger, bis ich davon hörte.)
Ich blieb liegen, wo ich hingefallen war. Nach einer Weile schlief ich ein, und als ich aufwachte, war ich ein freier Mann.
Licht fiel in das Innere des Karrens, da die Tür an seiner Rückseite aufstand.
Ich rappelte mich auf und kletterte nach draußen.
De Cziffra war gerade dabei, die zwei Büttel, die den Wagen gefahren hatten, an eines der Räder zu fesseln.
»Au, nicht so fest«, sagte einer.
Der andere sagte: »Laß ihn doch, es muß echt aussehen.«
»Wir werden so und so Ärger bekommen«, sagte der erste.
»Dafür sind wir auch entschädigt worden«, sagte der zweite.
»Außerdem habt ihr noch den Kleinen«, sagte de Cziffra. »Dann kommt ihr nicht ganz mit leeren Händen zurück.«
»Moment«, widersprach einer der Büttel. »Das geht nicht. Den mußt du mitnehmen. Niemand würde uns glauben, daß wir von einer ganzen Räuberbande überfallen wurden, die unsere Gefangenen befreien wollte, wenn ein Teil der Gefangenen noch da ist.«
Ich betrachtete das Schauspiel verständnislos. Vermutlich stand mir meine Frage ins Gesicht geschrieben, denn de Cziffra sagte zu mir: »Die Antwort heißt: Geld. Ich habe die beiden bestochen. So ist das nun mal im Leben: Die einen haben Geld, und die anderen werden aufgehängt.«
»Zum Glück haben wir alle drei Geld«, sagte einer der Büttel.
»Weit gefehlt«, sagte de Cziffra.
Er hatte die beiden inzwischen festgebunden, und jetzt griff er in ihre Taschen und nahm jedem ein paar Goldmünzen ab.
»Außerdem bin ich noch ein Lügner«, sagte er zu mir. »Du könntest eine Menge von mir lernen. Nur so, wie die Dinge liegen, wirst du dich allein durchschlagen müssen. Adé, alle miteinander.«
Er drehte sich um und spazierte die Straße entlang, gefolgt von den Verwünschungen der beiden Gefesselten.

Am Abend machte de Cziffra Rast. Er hatte ein Kaninchen in einer Schlinge gefangen und briet es jetzt über seinem Lagerfeuer.
»Komm ruhig heraus«, sagte er zwischen zwei Bissen ins Dunkel hinein. »Du läufst mir schon den ganzen Tag nach, und ich möchte dich lieber vor meinen Augen als in meinem Rücken haben.«
Ich gab den Gedanken, daß ich das lautlose Anschleichen schon beherrschte, auf und trat ans Feuer.
»Was willst du?« fragte de Cziffra.
»Ich will lernen, was Ihr könnt«, sagte ich.
»Dann hast du Pech. Ich arbeite immer allein.«
»Jetzt nicht mehr«, sagte ich.
»Junge, ich könnte dich umbringen, ehe du auch nur gemerkt hast, was ich vorhabe.«
»Gut. Das will ich auch lernen.«
Ich setzte mich ihm gegenüber ans Feuer.
»Ich will lernen, wie man betrügt«, sagte ich. »Ich will lernen, wie man sich verkleidet. Ich will lernen, wie man kämpft. Ich will lernen, wie man tötet.«
»Ich werde es für dich deutlicher machen: Ich will dich nicht bei mir haben. Dreh dich um und verschwinde! Hau ab! Lauf mir nie wieder über den Weg! Bleib weg von mir! Laß dich bloß nicht in meiner Nähe blicken!«
»Heißt das ›vielleicht‹?« fragte ich.
Am folgenden Morgen zogen wir zusammen weiter. Er hatte mich nicht ausdrücklich eingeladen, aber er jagte mich auch nicht davon. Ich bemerkte, daß er es genoß, einen dummen Bauernjungen mit seiner Gerissenheit und seinen Schlichen zu beeindrucken.
De Cziffra war ein Mann, dessen Leben ganz seinen Launen folgte. Er tat mit großer Begeisterung alles, was ihm gerade Spaß machte, und gab es im Handumdrehen wieder auf, wenn es ihn langweilte.
Wie ein Schwamm Wasser aufsaugt, saugte ich jede Information und jede Fertigkeit auf, die er mit mir zu teilen bereit

war. Ich wußte, daß es ihn irgendwann langweilen würde, mein »Unglaublich! Wie habt Ihr das bloß gemacht?« zu beantworten.
Ich lernte, wie man mit minimalen Mitteln sein Aussehen völlig verändern kann. Ich lernte zu sprechen wie ein gebildeter Mann oder wie ein Kretin. Ich kam in eine Stadt wie ein Klosterschüler und verließ sie wie ein fünfzigjähriger Flußmatrose. Ich stahl einem Kaufmann den Geldbeutel, und ich bettelte wie ein verkrüppeltes Waisenkind.
De Cziffra stahl oder betrog, wenn er Geld brauchte, und gab es mit vollen Händen aus, wenn er es hatte. Trotz all seiner Talente wurde er niemals reich, denn reich zu sein langweilte ihn.
An einem Abend teilte er mir mit, daß er mich umbringen würde, wenn er mich am nächsten Morgen noch erwischen könnte.
Ich glaubte ihm.
Vielleicht wäre mein weiteres Leben ähnlich verlaufen wie das von de Cziffra, wenn ich nicht so fest entschlossen gewesen wäre, mich an Peutinger zu rächen.
Ich ging als wandernder Zimmermannsgeselle nach Köln zurück. Noch immer war Mühlpforts Gasthof geöffnet, aber es gab jetzt einen anderen Wirt. Die Gebäude sahen aus wie eh und je, aber die Qualität der Speisen hatte nachgelassen.
Obwohl ich einige der Stammgäste wiedererkannte, erkannte mich niemand.
Ich trank mit den Leuten, brachte sie zum Erzählen und hörte, was nach Friederikes Tod geschehen war.
Mühlpfort hatte seinen Gasthof verkauft und war fortgezogen. Niemand wußte, wohin. Alle waren gerne bereit, alles über die Nacht zu erzählen, in der Friederike gestorben war, vor allem die, die sich damals ganz woanders befunden hatten.
Ich fand einen Stadtwächter, der bei dem Prozeß dabeigewesen war, in dem man mich zum Tode verurteilte, während ich bewußtlos in einem Kerker gelegen hatte.
Ich nahm eine Spur auf, die am Anfang nur aus Gerüchten und Hörensagen bestand, und in der es wenig Platz für einen blonden,

gutaussehenden Landsknecht gab, den niemand mit Friederikes Tod in Verbindung brachte.

Aber ich war beharrlich. Wo andere klug gewesen wären, war ich zäh. Wo andere geduldig gewesen wären, war ich aufdringlich.

Ich fand Peutingers Spur.

Ich folgte ihr zunächst in die falsche Richtung, dahin, wo er hergekommen war.

Er war auf der Flucht gewesen, genau, wie ich es mir in meiner Eifersucht ausgemalt hatte; auf der Flucht vor drei Brüdern, deren Vater er getötet hatte.

Ich fand die drei Brüder in einem Dorf in der Eifel, und ich folgte der Spur weiter zurück nach Norden bis zu einem Kloster bei Xanten.

Dort kannte man einen jungen Mönch namens Bruder Joseph, der zum Abt gerufen wurde, weil man ihn verdächtigte, die Tiere des Klosters grausam verstümmelt zu haben.

Niemand hatte ihn je den Abt verlassen sehen, aber als man den Abt fand, war der Verdacht zur Gewißheit geworden. Die Mönche sprachen nicht darüber, in welchem Zustand der Abt gewesen war. Ich hörte Worte über göttliche Vergebung und Strafe im Jenseits, aber niemand riet mir ausdrücklich, die Verfolgung aufzugeben.

Ich erreichte Aachen und fand das Haus, in dem Peutinger aufgewachsen war.

Eines Nachts war das Haus abgebrannt, und mit ihm Peutingers Eltern und zwei Schwestern. Ein Nachbar erinnerte sich, daß die Arme und Beine der Toten abgetrennt gewesen waren und neben ihren Körpern gelegen hatten. Der kleine Joseph, der wie durch ein Wunder vom Feuer verschont geblieben war, hatte sich nicht erinnern können, was wirklich geschehen war. Da die Eltern Geld hinterlassen hatten, hatten Verwandte für den Jungen einen Platz im Kloster gekauft, wo sie ihn sicher verwahrt glaubten.

Das war der Anfang.

Ich besaß ein gutes Pferd, das zu diesem Zeitpunkt ein Mann in

Monschau verzweifelt suchte, und ritt zurück nach Köln, um die Spur zu ihrem Ende zu verfolgen.

Ich hatte gehofft, daß mir die Informationen über Peutinges Vergangenheit helfen würden, ihn zu finden. Aber ich erkannte keine Absicht, kein Ziel in seinem Verhalten.

Er reiste durch die Lande, brachte jemanden um – von Mal zu Mal langsamer und grausamer – und zog weiter. Allem Anschein nach war das Töten sein einziges Ziel, und das konnte er an einem Ort so gut machen wie an jedem anderen.

Ich reiste nach Osten, dann nach Süden. Ich lebte von kleinen Diebstählen oder arbeitete für Tagelohn.

Ich verkaufte mein Pferd und stahl in der folgenden Woche ein anderes.

In einem Dorf in der Wetterau fand ich Peutingers Spur. Es war eine Blutspur, und sie war fast schon erkaltet. Man hatte einen Knecht aufgehängt, der beschuldigt worden war, die Frau und Tochter eines Bauern zerstückelt zu haben. Ein blonder Landsknecht, der einige Tage zuvor bei dem Bauern Rast gemacht hatte, hatte den Flüchtigen dem Gericht ausgeliefert. Trotz seiner Unschuldsbeteuerungen hatte man den Verdächtigen verurteilt und hingerichtet.

Die Leute im Dorf erzählten bewundernd von dem Landsknecht, von seinen guten Umgangsformen und seiner Hilfsbereitschaft. Er hatte seine Reise nach Trier eigens für einige Tage unterbrochen, um bei der Verfolgung des Mannes zu helfen, der die Familie geschändet hatte.

Unter Tränen, so erfuhr ich, hatte der Landsknecht ausgesagt, er selbst habe die reinste Liebe zur Tochter des Bauern empfunden. Sie hätten sich versprochen, aufeinander zu warten, bis der Landsknecht sein Glück gemacht habe und wiederkäme, um die junge Frau in Ehren zu heiraten.

Ich war drei Wochen hinter Peutinger und trieb mein Pferd nach Westen, in Richtung Trier.

Ich rastete nur so lange, wie es unbedingt nötig war.

In Friedberg in Hessen tauschte ich mein lahmendes Tier gegen ein anderes, das weniger wert war, aber immerhin laufen konnte.

In Usingen entdeckte ich, daß ich auf einem Steckbrief als Pferdedieb und Komplize des Räubers und Hochstaplers de Cziffra gesucht wurde.

In Weilrod stahl ich ein neues Pferd.

In Selters fand ich einen zweiten Steckbrief, auf dem ich als Mörder der Friederike Mühlpfort, einer unbescholtenen Wirtstochter, gesucht wurde. Dieser Steckbrief enthielt eine recht genaue Beschreibung von mir und vergaß auch nicht darauf hinzuweisen, daß ich in verschiedenen Verkleidungen durch das Land reiste. Es hieß, ein wandernder Dominikanermönch habe mich im Traum gesehen und genau beschreiben können. Das war vermutlich das, was de Cziffra sich unter einem guten Witz vorstellte.

In Nassau gab es keine Steckbriefe von mir. Dort suchte man nach einem Mann, der einen jüdischen Kaufmann mit einer Säge in Stücke zerlegt hatte. Ich hörte mir verschiedene Beschreibungen des Verbrechens an, und alle waren sich darin einige, das seltsamste sei, daß der Tote ohne Herz und Leber aufgefunden worden sei, aber sein ganzes Geld noch bei sich gehabt habe.

Ich war näher gekommen.

Ich ließ mein Pferd frei, als es sich meinen Schlägen zum Trotz weigerte, noch einen Schritt zu tun.

Ich kämpfte mit einem Mann um sein Maultier und verletzte ihn mit dem Messer am Arm. Als er vor mir auf dem Boden lag und ich die Klinge bereits an seine Kehle hielt, riß ich mich selbst mit Gewalt zurück. Ich war bereit gewesen, über Leichen zu gehen – und jagte einen Mann, weil er dasselbe tat.

Ich nahm nur das Maultier und das Geld seines Besitzers an mich und kam mir dabei vor wie ein besserer Mensch.

Bald war ich nicht mehr auf der Jagd, sondern auf der Flucht.

An der Lahnbrücke bei Limburg entkam ich einer berittenen Patrouille nur, weil rechtzeitig dichter Nebel aufkam. Ich schob dem Maultier einen dornigen Zweig unter den Sattel. Vom Schmerz getrieben galoppierte es davon. Die Reiter verfolgten den Klang seiner Hufe, während ich dicht auf die Erde gepreßt neben der Straße lag und sie vorbeiließ.

Ich machte mich zwei Dutzend Jahre älter und verwandelte mich in einen Gewürzhändler. Als der Nebel sich lichtete, kamen die Reiter zurück, ein erschöpftes Maultier ohne Sattel am Zügel mit sich führend. Sie fragten mich, ob ich einen Mann gesehen hätte, der so aussah wie ich eine Stunde zuvor.

Ich gab bereitwillig Auskunft; und während die Reiter stromaufwärts suchten, mietete ich einen Platz auf einem Kahn, der flußabwärts fuhr.

In Koblenz erfuhr ich, daß es jetzt eine Belohnung aus der Schatulle des Fürstbischofs auf meinen Kopf gab. Ich hatte seine Reiter genasführt, und das konnte er nicht zulassen.

Ich ritt, fuhr oder lief am Moselufer entlang Richtung Trier.

Es gab keine Spur mehr von Peutinger.

Auf der Landstraße bei Kochem stahl ich wieder ein Pferd. Es gehörte einem Mann in Uniform, der dem Ruf der Natur hinter einen Baum gefolgt war.

Er war zwar nicht vorsichtig genug gewesen, sein Tier mitzunehmen – aber seine Armbrust hatte er mitgenommen.

Das Pferd lief schnell, und ich hatte schon einen ordentlichen Abstand gewonnen, als der Bolzen mich traf. Auf kürzere Entfernung hätte er meinen Körper durchschlagen, so blieb mir nur die Spitze im Rücken stecken.

Ich versuchte, den Bolzen im Reiten herauszuziehen, aber ich kam mit den Händen nicht heran.

Ich verlor die Zügel und klammerte mich mit den Händen an der Mähne fest. Ich trieb das Pferd mit Schreien und Fußtritten an.

Bald hörte ich Hufgetrappel hinter mir. Und es kam näher.

Mehr als dreißig Reiter jagten mich die Landstraße entlang.

Dann teilten sie sich. Die Hälfte blieb auf der Straße, die anderen bogen in einen Feldweg ein, der im rechten Winkel davon abführte.

Ich wußte, was das bedeutete. Und daß ich nichts dagegen tun konnte.

Die Landstraße folgte dem Flußufer, das hier einen weiten Bogen machte. Dann wurde der Bogen enger, und der Fluß verlief für einige Meilen in Gegenrichtung.
Die Reiter, die abgebogen waren, kamen jetzt von vorne.
Ich zog mein Messer und trieb das Pferd auf die Männer zu, die angehalten hatten und mich ruhig erwarteten.
Wenn ich schnell genug war, wenn ich hart genug war, wenn ich gemein genug war, konnte ich vielleicht durchbrechen. Wenn sie mich bis zum Einbruch der Nacht nicht wieder einholten, würde ich ihnen entkommen.
Aber sie schossen mir einfach das Pferd unter dem Leib weg und sammelten mich ein.
Sie schlugen mich zusammen, fesselten mich und schleppten mich in ihr Feldlager.
Immerhin holte mir der Feldscher den Bolzen aus dem Rücken.
»Wir wollen, daß du bei guter Gesundheit stirbst«, sagte er.
Am nächsten Morgen führte man mich dem Hauptmann der Truppe vor.
»Warum hast du das Pferd gestohlen?« fragte er mich.
»Welche Antwort würde mein Leben retten?« fragte ich zurück.
»Keine«, sagte er.
Zwei Soldaten führten mich in den Wald, einen Hügel hinauf.
An einem Kreuzweg stand eine alte, knorrige Eiche. An einem ihrer Äste hing bereits eine Henkersschlinge, und jemand hatte einen Holzklotz darunter gestellt.
Was auch passierte: Ich mußte am Leben bleiben, um Peutinger zu finden. Aber es gab nichts, was ich tun konnte.
Sie legten die Schlinge um meinen Hals und zogen am anderen Ende des Seils, das über den Ast hinüberführte. Ich war gezwungen, auf den Holzklotz zu steigen, wenn ich nicht schon auf dem Waldboden erwürgt werden wollte.
Schließlich stand ich oben, aber sie zogen so lange weiter, bis ich nur noch auf den Zehenspitzen stehend atmen konnte.
Dann banden sie das Seil fest.
»Hast du noch einen letzten Wunsch?« fragte einer der Männer.

»Ich möchte pünktlich zur Taufe meines Urenkels kommen«, sagte ich.
»Das war gut«, sagte der Soldat. »Die meisten stoßen nur irgendwelche Verwünschungen aus. Einige winseln um Gnade. Ein paar weinen sogar. Aber so was Witziges hören wir selten.«
»Vor zwei Jahren hat jemand gesagt, er möchte der Tochter des Papstes vorgestellt werden«, sagte der andere. »Das war auch nicht schlecht.«
»Aber das hier war besser.«
»Na, ich weiß nicht so recht. Man wünscht sich eher, Dinge zu hören, die man später zitieren kann. So etwas wie: ›Friede auf Erden und eine gute Gesinnung für jedermann.‹«
»Du machst diese Arbeit immerhin schon ein paar Jahre. Und für jeden Delinquenten ist es das erste Mal. So schnell fallen einem solche Sprüche nicht ein.«
»Er hat immerhin den ganzen Weg über Zeit gehabt, sich etwas zu überlegen. Sag mal«, wandte er sich an mich, »ist dir das gerade eingefallen, oder hast du schon länger überlegt, was du sagen willst, wenn deine Stunde kommt?«
»Ich habe noch ein paar Alternativen vorbereitet«, sagte ich. »Wenn ich mehr Luft bekäme, könnten wir uns darüber unterhalten.«
»Da ist es wieder«, sagte er zweite Soldat. »Schließlich betteln sie alle um Gnade.«
»Der hier hat ganz eindeutig nicht um Gnade gebettelt. Er wollte nur ein bißchen Luft haben.«
»Also, hast du um Gnade gebettelt, ja oder nein?« fragte mich der andere.
»Ihr könnt mich ...«, begann ich.
»Jetzt geht das Beschimpfen los«, sagte der erste Soldat.
»... ruhig losbinden.« fuhr ich fort. »Ich verrate euch ganz bestimmt nicht.«
»Bringen wir's hinter uns«, sagte der andere. »Wir können schließlich nicht den ganzen Tag hier herumstehen.«
»Ich schon«, sagte ich.

Der Holzklotz wurde unter meinen Füßen weggestoßen, die Schlinge zog sich um meinem Hals zusammen.
Ich wollte Luft holen, doch meine Lunge blieb leer. Ich wollte die beiden Männer anblicken, sie um Hilfe anflehen, doch mein Körper pendelte unter dem Ast, die Bäume schwankten und tanzten einen wilden Tanz vor meinen Augen, und in meinem Kopf war nur noch Platz für die Stimme: *Du bist tot, Edgar, tot, tot, tot.*
Und dann bekam ich mit einem Mal wieder Luft, als zwei starke Arme mich hochhoben, als die Schlinge sich lockerte.
Zuerst bemerkte ich nur den Mann mit den Bärenkräften, der mich emporhob, als wöge ich nichts. Dann wurde ich sanft auf den Boden gesetzt, gegen den Baum gelehnt, bekam einen Becher mit Wein.
Und schließlich sah ich den Reiter im Samtmantel, der von der Höhe des Araberhengstes, der still stand wie aus Stein gemeißelt, zu mir herabsah und sagte: »Jetzt gehörst du uns, Edgar Frischlin.«
»Danke, Herr«, sagte – vielmehr röchelte – ich. Es dauerte noch eine Weile, bis ich aus eigener Kraft stehen und wieder richtig sprechen konnte.
Die Soldaten waren verschwunden, und die beiden Fremden waren mit mir allein.
»Herr«, sagte ich, »Euch gehört meine ganze Dankbarkeit. Ich werde für Euch tun, was Ihr wollt. Aber vorher muß ich noch ...«
Eine gewaltige Maulschelle des muskulösen Mannes fegte mich von den Beinen und warf mich auf die Erde.
»Du sprichst mit Richard Greifenclau zu Vollraths, dem Kurfürsten und Erzbischof von Trier«, sagte der Mann. »Das Wort ›aber‹ wirst du in seiner Gegenwart nicht einmal denken.«
»Du kannst für uns von gewissem Nutzen sein«, sagte Greifenclau mit der Hoheit des Berittenen gegenüber dem, der vor ihm im Staub liegt. »Du verstehst dich auf die Kunst des Diebstahls wie auf die der Verkleidung. Du kannst in unsere Dienste treten,

wenn du willst. Merke auf: Wir werden dich nicht dazu zwingen.«
»Dann muß ich ablehnen«, sagte ich. »Ich habe eine andere Verpflichtung.«
»Das verstehen wir gut. Und sei gewiß, daß wir nicht nachtragend sind. Crispin, ergreife diesen Mann und liefere ihn dem Gericht aus. Wir wissen, daß er in Köln wegen Mordes an einer jungen Frau gesucht wird. Unser Confrater, der Erzbischof von Köln, wird sich über unsere Aufmerksamkeit freuen.«
Der muskulöse Crispin hob mich mit einer Hand am Kragen hoch und ließ mich in der Luft baumeln.
»Ihr wolltet mich doch nicht zwingen«, sagte ich.
»Wir zwingen dich nicht, Frischlin. Du allein bist es, der die Wahl hat, uns zu dienen oder aufgehängt zu werden. Wir legen keinen Wert auf die Unterstützung von Männern, die anders als aus freiem Willen in unsere Dienste treten.«
»Aus freiem Willen«, sagte ich. »Genau das ist es. So und nicht anders werde ich Euch dienen, Herr.«
»Zehn Jahre gehörst du uns. Dann bist du frei und kannst tun, was du glaubst, tun zu müssen.«
Er wandte sein Pferd und ritt davon, ohne sich weiter um Crispin und mich zu kümmern.
Damals befürchtete ich, es sei ein Pakt mit dem Teufel. Später wußte ich es.
So wurde ich ein Spitzel, Spion und Verräter. So entlarvte ich andere Spitzel, Spione und Verräter. So fand ich Ulrich von Hutten und suchte nach einem Mörder. So saß ich an einen Baum gefesselt und spürte ein Messer auf meiner Kehle.
So hörte ich eine Stimme, die sagte ...

»... Los, heb den Kopf hoch, damit ich an deine Kehle kann. Es wird nur leichter für dich.«
»Halt! Ich verlange, daß dieser Mann vor ein ordentliches Gericht gestellt wird!« rief jemand und faßte dabei den Landsknecht am Messerarm.

»Misch dich nicht ein!« forderte der Landsknecht wütend und machte seinen Arm frei. »Wer ist das überhaupt? Was hat er hier zu suchen?«

»Das ist einer von den Bauern, die wir als Ortskundige angeworben haben«, erklärte jemand.

»Schafft ihn hier weg.«

»Ich bin Ottokar Frischlin«, sagte der Bauer. »Und das da ist mein Bruder Edgar.«

»Du wirst ihn nicht retten können.«

»Retten? Ich will ihn brennen sehen! Der vermaledeite Schurke will mich um mein Erbe bringen und hat versucht, mich zu ermorden.«

»Viele Freunde scheinst du hier nicht zu haben«, sagte der Landsknecht und setzte mir das Messer wieder an die Kehle.

»Wichtige Nachricht!« brabbelte ich unter meinem Knebel.

»Ich kann verstehen, daß du um richtige Nachsicht bettelst, aber Krieg ist nun mal Krieg.«

»Ich bestehe auf dem Recht der langen Spieße«, sagte Niklas Waldis.

»Ich will ihn vor Gericht sehen«, sagte mein Bruder.

»Na, was soll's«, gab der Landsknecht nach. »Wenn ihr ihn haben wollt, dann bringt ihn selbst ins Lager. Und ihr anderen: Schert euch wieder auf eure Posten! Das ist kein Spaziergang hier.«

So wurde ich an Waldis und Ottokar übergeben, die mich durch den Wald trieben. Immer wieder strauchelte ich wegen meines verletzten Beines, immer wieder prügelten sie auf mich ein, bis ich aufstand. Schließlich war es mir fast egal, ob sie mich gleich hier im Wald umbrachten, wenn nur die Schmerzen aufhörten. Aber die Schmerzen hörten nicht auf, und sie brachten mich nicht um.

Nach knapp zwei Stunden stießen wir auf eine Lichtung, auf der Hunderte von Landsknechten ein Biwak* aufgeschlagen hatten.

---

* Biwak (vom niederdeutschen »Beiwacht«): Behelfsmäßiges Lager im Freien ohne Verteidigungsanlagen und Zelte.

Ich hatte niemals erwartet, Erleichterung beim Anblick von Crispin Schongauer zu empfinden, aber als er mich den beiden abnahm, mit nicht mehr als einem scharfen Blick zu seiner Legitimation, hätte ich ihn küssen können.
Möglicherweise hatte er mir das angesehen, denn er ließ mich gefesselt und geknebelt, bis er mich vor Greifenclau auf die Erde warf wie... ach, weiß der Teufel, wie. Wie einen gefesselten und geknebelten Gefangenen, meinetwegen.

So spartanisch das Lager ausgestattet war, hatte man doch für den Fürstbischof ein Halbzelt errichtet.
Greifenklau saß auf einem Feldschemel und studierte im Licht einer Blendlaterne eine Landkarte.
Er sah gelangweilt zu, wie Schongauer mir Fesseln und Knebel abnahm.
»Wieso seid Ihr hier, Eminenz?« fragte ich. »Ich hatte Euch vor den Mauern von Landstuhl vermutet.«
»Wieso bist du hier?« fragte er zurück. »Wir haben dir nicht erlaubt, zu unserer Truppe zu stoßen.«
Ich übergab ihm den Vertrag, den ich mit Wiggershaus und Kuehnemund geschlossen hatte, und schilderte kurz, was sich in den letzten Tagen ereignet hatte. Susannes und Wiggershaus' Geständnisse, daß sie Nikolaus' Kinder waren, ließ ich aus. Die Gefahr war zu groß, daß Greifenclau beide ungeachtet aller Zeugenaussagen für die Mörder halten und die Einstellung der Untersuchung befehlen würde; ich konnte erst darüber sprechen, wenn ich den wahren Schuldigen überführt hatte. Ich schloß mit der Behauptung, Conrad sei spurlos verschwunden, und auf der Suche nach ihm sei ich ungewollt auf den Geheimgang gestoßen.
Greifenclau lauschte mit unbewegtem Gesicht. Schließlich sagte er: »Wir haben dich nicht beauftragt, Rätsel zu ersinnen, sondern Antworten zu finden. Wir werden schon morgen in der Burg zu Gericht sitzen und erwarten, daß du uns dann den Schuldigen nennst.«
»Herr, ich werde mich bemühen...«

»Es ist uns gleichgültig, ob die Erledigung des Auftrags für dich mit Mühe verbunden ist. Wir fordern von dir nur die Erledigung. Wir werden in den frühen Morgenstunden die Armee der Schinder unterhalb der Burg schlagen. Du bist verantwortlich dafür, daß keiner der Schinder sich bis in die Burg zurückziehen kann. Crispin wird dich wieder durch unsere Postenkette zurückbringen. Sorge dafür, daß in der Burg jedermann seine Pflicht tut.«

Selten kostete mich etwas mehr Selbstüberwindung als das, was ich dann sagte. Schließlich lag Conrads Leiche immer noch im Faß, und seine Entdeckung würde jede Möglichkeit, meine Schuld an seinem Tod zu vertuschen, zunichte machen. Aber in der Burg waren Menschen, die auf meine Hilfe vertrauten, und so sagte ich es:

»Herr, gebt mir fünfzig Landsknechte mit. So, wie es jetzt aussieht, können wir keinen Sturmangriff der Schinder abschlagen. Wenn sie sich in der Burg festsetzen, werden Eure Truppen einen schweren Stand haben.«

»Das ist uns bewußt. Darum erteilten wir dir ja den Auftrag, diesen Fall zu verhindern.«

»Wie sollen wir das machen?« fragte ich. »Wir sind gerade noch eine Handvoll waffenfähiger Männer. Die Schinder brauchen eigentlich nur einmal kräftig anzuklopfen, dann sind sie schon in der Burg.«

»Es ist nicht unsere Aufgabe als Anführer, die Probleme der Subalternen zu lösen. Wir haben die Übersicht zu behalten. Du mußt unsere Ansprüche erfüllen. Das ist die gottgewollte Ordnung der Dinge.«

»Aber wir sind ein Dutzend gegen dreihundert ...«

»Wir haben dich nicht als Paradiesvogel in unsere Dienste genommen, der das, was er einmal gehört hat, immer wiederholt. Wir haben dir eine Aufgabe gestellt. Wenn du diese Aufgabe nicht lösen kannst, haben wir keine Verwendung für dich. Crispin, es ist uns zu Ohren gekommen, daß dieser Mann seinen Rottenführer ermordet hat. Hast du das nicht sogar selbst beobachtet?«

Und Schongauer sagte einen Satz, den er mit Sicherheit für diese Gelegenheit auswendig gelernt hatte: »Ich habe mit eigenen Augen beobachtet, wie Edgar Frischlin den Gotthold Utz von hinten ermordete.«
»Zumindest ein bißchen Unterstützung können wir gebrauchen«, sagte ich.
»Die Übertragung von Aufgaben bedeutet Vertrauen«, sagte Greifenclau. »Wir vertrauen jetzt darauf, daß wir nicht mit Gegnern zu rechnen haben, die sich in der Burg festsetzen. Um unduldbares Fehlverhalten zu vermeiden, wird Crispin einige Posten am Ausgang des Geheimgangs aufziehen lassen, die dafür sorgen, daß niemand zur Unzeit die Burg verläßt. Es kommt dir sicher entgegen, Edgar, wenn wir dir helfen, alle Verteidiger in der Burg zu belassen.«
Für Greifenclau war es am einfachsten, wenn die Schinder die Burg stürmten und jeden Menschen darin umbrachten. Es enthob ihn der Mühe, in einem undurchschaubaren Mordfall ein Urteil zu sprechen oder sich mit einem verwirrenden Erbfolgestreit auseinanderzusetzen. Nicht einmal Huttens Blut würde dann noch an seinen Händen kleben.
Aber vielleicht war es letztlich doch das Beste, daß Greifenclau mir Verstärkung verweigert hatte: So, wie die Dinge jetzt lagen, brauchte ich nur Conrads Leiche in einem anderen Faß verschwinden zu lassen, mit den anderen Verteidigern noch ein paar Stunden auszuhalten und bei Greifenclaus Eintreffen Frowins Mörder überführt zu haben, damit niemand Susanne verdächtigte.
Das waren nicht mehr als drei Dinge. Vielleicht konnte ich noch Hutten vor Greifenclaus Galgen retten, um mein Versprechen gegenüber Adriane einzulösen? Übertreiben wollte ich es andererseits auch nicht.
Die erste fahle Morgendämmerung zeichnete sich durch den Nebel ab, als wir zum Abhang unter der Burg zurückkamen.
Ich kletterte zum Geheimgang hoch, und plötzlich drehte ich mich zu Crispin Schongauer und sagte: »Natürlich! So ist es ge-

wesen. Die Lösung ist ganz einfach, ich habe sie mir nur selbst kompliziert gemacht.«

»Wovon redest du?« fragte er mißtrauisch.

»Davon, wie ein Mörder aus einem verschlossenen Raum entkommen kann.«

Ich zwinkerte ihm zu und kroch durch den Geheimgang zurück, geleitet durch die feste Überzeugung, genau Bescheid zu wissen, und mit dem nicht weniger festen Entschluß, noch zu leben, wenn Greifenclau auf die Burg kam.

Als ich das Innere des Fasses erreichte, hörte ich als erstes, daß jemand gerade im Begriff war, auf der Außenseite hochzuklettern.

Ich schwang mich nach oben und steckte den Kopf heraus, in der Erwartung, Adriane zu sehen, die sich wegen meines langen Ausbleibens Sorgen gemacht hatte.

Statt dessen sah ich Hans Kuehnemund, der mir eine Hand um die Kehle legte und sagte: »Hab ich dich, Verräter!«

28

Das 28. Kapitel sollte der Leser keinesfalls auswringen: Er würde sich mit Blut bekleckern

»›Verräter‹ ist ein hartes Wort«, sagte ich, befreite meinen Hals und schwang mich vollends aus dem Faß.

Im Weinkeller herrschte unerwarteter Andrang, und es ging dabei nicht um ein Trinkgelage.

Adriane und Hutten standen unter Bewachung zweier Landsknechte am Eingang. Auf dem Boden lagen zwei Beutel, die die Habseligkeiten der Gefangenen enthalten hatten. Ich erkannte ein zerbrochenes Tintenfaß, das seinen Inhalt über einige Papiere ergossen hatte.

Unter dem Faß, auf dem Kuehnemund und ich jetzt hockten, standen Susanne und Henning Locher.

»Willst du etwa leugnen, daß du Hutten aus der Burg schmuggeln wolltest?« fragte Kuehnemund. »Außerdem wolltest du dich selbst in Sicherheit bringen und uns hier verrecken lassen.«

»Das will ich in der Tat leugnen«, sagte ich.

»Er hat nichts damit zu tun«, sagte Hutten. »Und Adriane auch nicht. Ich habe ganz allein zu fliehen versucht, also laßt die anderen laufen.«

»Es war meine Idee«, sagte Adriane. »Edgar hat nichts damit zu tun. Und Herrn von Hutten habe ich überredet. Laßt beide laufen.«

»Genau«, sagte ich. »Laßt mich laufen.«

»Mir kommen gleich die Tränen vor soviel Edelmut«, sagte Kuehnemund. »Also, was ist in dem Faß, Edgar? Ein Geheimgang, von dem du die ganze Zeit wußtest?«

Er machte Anstalten, in das Faß hineinzuspähen.

»Laß uns erst einmal auf dem Boden des Kellers zurückklettern«,

sagte ich, um Zeit zu gewinnen. »Vielleicht werden wir uns dann auch wieder auf dem Boden der Tatsachen finden.«
Ich rutschte vom Faß herunter.
Kuehnemund warf einen Blick in das Faß, aber er hatte kein Licht bei sich. Von meinem ersten Blick wußte ich, daß er nur ein schwarzes Nichts sehen konnte. Einen Augenblick zögerte er, dann kam er mir nach.
»Was ist eigentlich passiert?« fragte ich ihn.
»Ich stelle hier die Fragen«, sagte Kuehnemund.
»Ich kann alles erklären«, sagte ich und überlegte eilig, wie.
»Warum haben sich Hutten und Adriane mit ihrem Gepäck hierher geschlichen?« fragte Kuehnemund.
»Gehen wir der Reihe nach vor. Also, zuerst: Was ist in dem Faß? Wie du vermutet hast, befindet sich dort ein Geheimgang, der aus der Burg führt. Ich habe ihn soeben untersucht, und ...«
»Das heißt, du hast die ganze Zeit gewußt, daß es einen Ausweg gibt, und hast uns das verheimlicht?«
»Jeder von uns, dich eingeschlossen, hat gewußt, daß es diesen Gang gibt. Die Frage war nicht ›ob?‹, die Frage war ›wo?‹. Ich habe nur ein paar logische Überlegungen angestellt, dann bin ich dahinter gekommen, wo sich der Gang befinden mußte. Jeder von euch hätte dasselbe tun können.«
»Und dann hattest du nichts Eiligeres zu tun, als ausgerechnet Hutten einzuweihen? Und ich habe geglaubt, daß du für den Fürstbischof arbeitest!«
»Ich arbeite nicht nur für ihn, ich war gerade bei ihm.«
»Das glaube, wer will!«
»Das glaube, wer seinen Verstand bewahrt hat! Greifenclau steht mit seiner Armee in den Wäldern unterhalb der Burg, und er wird heute morgen die Schinder angreifen.«
Ich schilderte mein Gespräch mit Greifenclau und ließ dabei alle unangenehmen Begleitumstände weg.
Meine Geschichte mußte jedem kritischen Zuhörer als verzweifelte Lüge erscheinen. Aber abgesehen davon, daß sie der Wahrheit entsprach, fiel sie hier zusätzlich auf den fruchtbarsten

Boden, auf den eine Geschichte fallen kann: die Hoffnung. Das glückliche Ende einer verzweifelten Situation vor Augen, waren die Anwesenden – jedenfalls die Ungefesselten – bereit, mir zu glauben.
»Aber was ist in der Zwischenzeit hier passiert?« fragte ich.
»Das hat Zeit bis später«, sagte Kuehnemund. Dann wandte er sich an Locher: »Sperr die beiden ein, bis der Fürstbischof kommt. Wir werden uns auf den Kampf vorbereiten.«
»Ich finde, er hat ein Recht, alles zu erfahren«, widersprach Susanne. »Edgar, ich habe gesehen, wie Adriane zu Hutten ging und leise mit ihm sprach. Als Hutten seinen Posten auf der Mauer verließ, bin ich ihnen unauffällig gefolgt. Sie holten Huttens Sachen aus dem Turm und schlichen sich in den Keller. Da habe ich Hans Kuehnemund informiert, und wir haben sie gestellt, als sie gerade auf das Faß klettern wollten. Du warst verschwunden. Was hätte ich denn denken sollen?«
»Auf jeden Fall nicht, daß ich dich im Stich lassen will.«
»Ach, Edgar, ich habe an dir gezweifelt.«
»Ihr habt an ihm gezweifelt?« wiederholte Kuehnemund ungläubig. »Das klingt fast, als ob Ihr ihm irgendwann vertraut hättet. Danach hat es für mich aber nie ausgesehen.«
»Das können wir später erklären«, sagte ich. »Ich glaube nicht, daß wir jemanden einsperren sollten. Wir brauchen jeden, der eine Waffe halten kann.«
»Wir können uns keine Unsicherheit leisten«, sagte Kuehnemund. »Los jetzt, weg mit den Gefangenen. Und wir gehen auf die Mauer.«
Die Habseligkeiten der beiden Gefangenen waren unbeachtet liegengeblieben. Ich bückte mich im Vorbeigehen und hob das oberste Blatt von Huttens Papieren auf.
Es war kein Entwurf zu einem umstürzlerischen Plan, kein Pamphlet, das zu Bilderstürmerei oder Ungehorsam aufrief. Zwischen den immer noch feuchten Tintenflecken, die den größten Teil des Textes unleserlich gemacht hatten, erkannte ich Stücke eines Gedichtes, an dem er wohl in den letzten Tagen gearbeitet hatte:

Umb Gnad will ich nit bitten, dieweil ich bin ohn Schuld
Ich hätt das Recht gelitten, so hindert Ungeduld
daß man mich nit nach altem Sitt
Zu Ghör hat kummen lassen;
Vielleicht will Gott...

Der Rest war unleserlich.
»Kommst du jetzt?« fragte Kuehnemund.
Ich faltete das Papier zusammen und schob es unter mein Hemd.
Weshalb ich das tat? Vielleicht, weil ich das sichere Gefühl hatte, daß Hutten nie mehr etwas schreiben würde, und weil es mir als eine größere Sünde, als ich jemals begangen hatte, erschienen wäre, diese Zeilen auf dem Boden des Kellers verrotten zu lassen.
Vielleicht steckte auch gar nichts dahinter, und ich steckte es nur ein, wie man rasch etwas einsteckt, das man gerade in der Hand hat, wenn man zur Eile genötigt wird.
Ich folgte den anderen, bis wir in der Küche waren – weit genug oben, daß niemand mehr in Versuchung geraten würde, einen Blick in das Faß zu werfen.
Hier hielt ich Kuehnemund zurück, bis die anderen das Gebäude verlassen hatten.
»Nur auf ein Wort noch«, sagte ich.
»Heißt das, es gibt noch etwas, das du nicht erzählt hast?« fragte er.
»Das heißt, es gibt etwas, das du nicht erzählt hast. Deine Begegnung mit Leo von Cleve, zum Beispiel.«
»Soweit ich mich erinnere, weißt du darüber so gut Bescheid wie ich. Wir waren beide auf dem Hof und versuchten, ihn einzufangen, nachdem er Graf Frowin bedroht hatte.«
»Das meine ich nicht. Ich meine deine erste Begegnung mit ihm. Wie lange mag es her sein? Zehn Jahre? Oder war es erst kurz, bevor du auf die Schönburg kamst?«
»Bist du toll geworden? Noch vor einer Woche hatte ich nicht die geringste Ahnung, daß es den Mann überhaupt gibt.«

»Und er hat dir natürlich niemals nahegelegt, die Stelle des Burghauptmanns anzunehmen, nicht wahr?«
»Worauf willst du hinaus, zum Teufel! Wir haben Wichtigeres zu tun, als Unsinn zu reden. Komm jetzt!«
Er drehte sich zur Tür, und ich sagte: »Ich wollte über die Begegnung sprechen, bei der Leo dir gesagt hat, daß du Nikolaus' Sohn bist. Der einzige Überlebende von drei Kindern.«
Hätte ich ein Seil um Kuehnemunds Körper geschlungen und ihn daran zurückgerissen, hätte ich ihn nicht wirkungsvoller am Verlassen der Küche hindern können.
Er drehte sich um, stand mit zwei raschen Schritten vor mir, hatte sein Schwert schneller gezogen, als ein Frosch seine Zunge herausschnellen läßt, und sagte: »Das ist dein Tod! Nur ein Vertrauter von Cleve kann davon wissen. Aber ich schwöre dir und deiner ganzen Bande: Es endet hier und jetzt.«
»Nein, Hans. Es endet vor dem Richterstuhl des Fürstbischofs, wenn ich Leo von Cleve als Frowins Mörder entlarve. Doch mußt du mir die volle Wahrheit erzählen, oder er wird sich irgendwie herauslügen.«
Er richtete die Spitze des Schwertes auf mein Herz und sagte: »Nenn mir einen überzeugenden Grund, woher du davon wissen kannst, wenn Cleve dich nicht selbst ins Vertrauen gezogen hat. Nur einen, oder du stirbst auf der Stelle.«
Ich lächelte in der Überlegenheit des Lehrers vor einem naiven Schüler und sagte: »Das hat mich nur ein wenig Nachdenken gekostet. Also los, erzähl mir von deinem ersten Treffen mit Cleve. Oder soll ich raten? Du bist ein Waisenkind, aufgewachsen bei Eltern, die nichts von deiner Herkunft wußten. Du hattest keinen Glauben an deine Zukunft. Da trat eines Tages, als es dir besonders dreckig ging, der Schwarze Mann in dein Leben und gab dir ein Ziel. Du solltest dich unter falschem Vorwand in der Schönburg anwerben lassen. Er selbst würde dir den Weg dazu ebnen...«
Kuehnemund betrachtete sein Schwert, als wisse er nichts damit anzufangen. Dann steckte er es ein.

So standen wir beide in der Küche, kaum eine Stunde, bevor wir verzweifelt gegen einen ebenso verzweifelten Feind um unser Leben kämpfen würden, und ich hörte mir die Geschichte seines Lebens an.

»Ich war ein Prügelknabe«, sagte Kuehnemund. »Ja, ich wuchs bei Leuten auf, die nichts über meine Herkunft wußten. Aber meine Herkunft war ihnen auch egal. Ritter Roland von Steinkamp besaß eine winzige Burg und ein Dorf, das man schneller zu Fuß durchqueren als seinen Namen aussprechen konnte.

Er spielte sich auf wie der Herr über Leben und Tod, der er auf seinen Gütern leider auch war. Er vergötterte seinen Sohn, der natürlich nach seinem Vater auch Roland hieß.

Sein Sohn sollte die beste Erziehung genießen, das Waffenhandwerk beherrschen wie kein zweiter und gleichzeitig von vorn und hinten verwöhnt werden. Weißt du, was die Aufgabe eines Prügelknaben ist, Edgar?«

»Natürlich. Er wird gezüchtigt, weil kein bürgerlicher Lehrer einen adligen Schüler schlagen darf, was der auch angestellt haben mag. Die Schmerzen des Prügelknaben sollen in dem adligen Sproß Mitleid erregen und ihn zur Besserung ermahnen.«

»Ja, so sagt man. Nur Jung Roland hatte keinen Sinn für anderer Leute Leid. Ganz im Gegenteil. Er zerschlug Vasen, gab absichtlich seinem Hauslehrer falsche Antworten, weigerte sich, sein Pferd zu versorgen, um mich unter Schlägen weinen zu sehen.

Manchmal sagte er mir schon am Morgen, was er sich für den Tag überlegt hatte, damit ich Schläge bekäme.

Ich versuchte wegzulaufen, aber ich war noch ein Kind. Sie fingen mich ein und schlugen mich, weil ich weggelaufen war. Als ich mich erholt hatte, schlugen sie mich für das, was Roland in meiner Abwesenheit getan hatte.

Ich versuchte, mich im Pferdestall aufzuhängen, aber Roland kam mir nach und schnitt mich ab. Sie schlugen mich, weil ich Selbstmord hatte begehen wollen.

Roland wurde erst der Page, dann der Knappe seines Vaters. Er war ein Schwächling, der niemals das Schwert eines Ritters hätte

führen dürfen. Es wäre bei jeder der Kampfübungen, die wir abhielten, eine Kleinigkeit für mich gewesen, ihn zu entwaffnen. Doch mußte ich mich schwächer stellen, als ich war, um die Ehre eines Adligen nicht zu beschmutzen.
Irgend jemand hatte mich kurz nach meiner Geburt vor dem Burgtor ausgesetzt, und für Roland war ich nichts anderes als Abfall.
Aber der Abfall nahm ihm eines Tages alles, woran sein Herz hing. Sein Sohn sollte die vorgeschriebenen fünf Knappenjahre bei einem anderen Ritter verbringen, und zur Feier des Abschieds ließ der alte Roland Kampfspiele in seiner Burg veranstalten. Ha! Kampfspiele! Ich sollte gegen Jung Roland fechten und mich wieder einmal besiegen lassen.
Als wir uns gegenüberstanden, Schwert und Schild in der Hand, sagte Jung Roland zu mir: ›Für dich gibt es keine Verwendung mehr, wenn ich die Burg verlasse. Am besten läßt du dir einfach von mir den Kopf abschlagen, wenn du nicht sogar dazu zu feige bist.‹
Und ich sagte: ›Roland, du wirst diese Burg heute für immer verlassen. Aber sie werden dich in einer hölzernen Kiste hinaustragen.‹
Er drehte sich zu seinem Vater um und wollte um Hilfe rufen, als ihn mein erster Schlag traf. Die Zuschauer jubelten, weil sie einen ernsthaften Kampf zu sehen bekamen.
Ich tötete Roland, schwang mich auf ein Pferd und floh aus der Burg. Sie jagten mich mit Bluthunden. Ich tötete die Bluthunde. Sie setzten einen Preis auf meinen Kopf aus. Ich tötete drei Männer, die ihn sich verdienen wollten.
Ich wollte nie, nie wieder geschlagen werden. Ich wurde Landsknecht und verbesserte meine Fechtkunst. Ich entdeckte, daß ich eine Begabung zum Schießen hatte. Ich kaufte mir das beste Gewehr, daß ich bezahlen konnte. Es war ein Jagdstutzen mit gezogenem Lauf, umständlich zu laden, und deshalb keine beliebte Waffe für Landsknechte.
Ich bot meine Dienste für Geld an, sei es in der Schlachtreihe, sei es als Begleiter eines reisenden Kaufmanns.

Ich konnte stolz auf mich sein, denn ich zeigte niemals Angst. Nicht, bis ich auf den Schwarzen Mann traf.
Du hast in vielem richtig geraten, Edgar, aber in einem Punkt nicht: Es ging mir nicht dreckig, als ich ihm zum ersten Mal begegnete. Ich hatte die Taschen voller Geld, ritt durch einen Waldweg im Hunsrück und pfiff vor mich hin. Dann packte mich eine unsichtbare Hand an der Kehle und warf mich aus dem Sattel.
Ich sprang auf, zog mein Schwert und war bereit, lieber zu sterben als mich ohne Gegenwehr ausplündern zu lassen.
Aber die unsichtbare Hand schnürte mir den Atem ab, bis ich keuchend und würgend auf dem Boden lag.
Natürlich war es der Schwarze Mann, der mir aufgelauert hatte. Er hatte eine Drahtschlinge an einem langen Stock befestigt und sie mir über den Kopf geworfen. Jetzt konnte er mir Luft geben oder mich würgen, er konnte mich zwingen, im Dreck zu kauern oder auf den Zehenspitzen zu stehen.
›Willst du sterben oder reden?‹ fragte er.
Und ich sagte: ›Tritt mir mit dem Schwert in der Hand gegenüber, und ich zeige dir, wer hier stirbt.‹
›Ich habe genug Zeit, bis du verstanden hast‹, antwortete er und würgte mich wieder mit der Schlinge.
Er zog sie zu, bis ich kurz davor war, das Bewußtsein zu verlieren, dann gab er mir wieder Luft, bis ich kämpfen wollte. Ich war inzwischen ein harter Mann geworden, und ich war nicht bereit, mich zu ergeben. Aber er machte weiter und weiter. Er hörte nicht auf, und schließlich zerbrach mein Wille.«
Hans machte eine Pause, und fast hatte ich den Eindruck, die Erinnerung an dieses Erlebnis sei so stark, daß er nicht weitersprechen würde. Doch Hans Kuehnemund war wirklich ein harter Mann, hart genug, die Dämonen der Erinnerung niederzuzwingen.
»Ich sagte, daß ich bereit war, zu reden. Und dann erzählte er mir genau das, was du vermutet hast. Ja, ich bin der Sohn von Nikolaus von Pirckheim. Frowin ließ seinen Bruder und dessen Kinder

ermorden. Aber einer seiner Helfer mißtraute ihm und rettete heimlich eines der Kinder.

Als Frowin diesen Mann später selbst beseitigen wollte, schuf er sich einen unversöhnlichen und geduldigen Feind. Der Helfer war natürlich niemand anders als Leo von Cleve, und er verbrachte Jahre damit, darauf zu warten, daß ich alt genug war, um den Mord an meinem Vater und meinen Geschwistern zu rächen.

Ich hätte Cleve umbringen sollen, als er endlich die Schlinge von meinem Hals nahm. Aber er hatte mir etwas gegeben, was mir bis dahin gefehlt hatte: ein Ziel.

Ich war nur herumgegangen, niemals irgendwohin. Cleve erzählte mir, daß er Einfluß auf den Burgverwalter hatte, ohne daß der um seine Identität wußte. Er würde es einrichten, daß ich eine Stelle auf der Schönburg bekäme. Ich könnte mich dort umsehen und selbst entscheiden, wie ich mich weiter verhalten wolle.

Natürlich weiß ich, was Cleve von mir erwartete: Ich sollte Frowin umbringen, um ihn für den Verrat an Cleve zu bestrafen. Aber ich brauchte nicht lange, um dahinter zu kommen, daß Frowin nicht der Mann war, der meinen Vater ermordet hatte. Frowin war ein Spinner, ein Phantast, der ganz in seiner Alchimie aufging.

Das Leben auf der Schönburg bot keine Gelegenheit zu Kampf und Heldentaten. Es reizte mich nicht einmal, hier Burgherr zu werden.«

»Dann erstaunt es mich, daß du hiergeblieben bist.«

»Tatsächlich? Nun, hier war die einzige Stelle, an der ich Cleve mit Sicherheit eines Tages wiederfinden würde. Und dann würde er nach meinem Willen tanzen, nicht ich nach seinem. Darum bin ich hiergeblieben. Erst seit der Nacht, als wir von unserem Ritt zurückkamen, habe ich Cleves Plan wirklich durchschaut. Er hat Frowin umgebracht, und er hat mich vorher in die Burg gebracht, damit er mir die Schuld dafür zuschieben kann.

Und ich bin immer noch nicht überzeugt, daß du nicht doch ein Teil seines Plans bist. Ja, es sah so aus, als hätte ich dir im letzten Moment das Leben gerettet, als du am Ufer unter dem Messer die-

ses Wahnsinnigen lagst. Aber konnte nicht auch das ein Teil seines Plans sein?«
»Ja«, sagte ich, »das konnte in der Tat ein Teil seines Plans sein. Wenn Greifenclaus Truppen heute jedoch die Schinder vernichten, dann wird sich sein Plan ins Nichts auflösen. Ich kann beweisen, daß Cleve der Mörder Frowins ist. Und ich weiß, wie er es gemacht hat. Wir werden ihn anklagen und zusehen, wie er hängt.«
»Wenn er sich erwischen läßt.«
»Wenn ihm jemand gewachsen ist, dann du, Hans. Und ich habe nicht die Absicht, ihn entwischen zu lassen.«
Kuehnemund reichte mir die Hand.
»Wenn ein Wort etwas gilt«, sagte er, »dann nimm mein Wort: Wenn du mir hilfst, meinen Feind zu vernichten, dann helfe ich dir bei deinem. Wenn der Mann, auf den ich geschossen habe, noch lebt, dann werde ich dafür sorgen, daß er kein zweites Mal entkommt.«
Wir tauschten einen festen Händedruck.
Dann gingen wir zur Mauer, um sie zu einem uneinnehmbaren Bollwerk im Rücken der Schinder zu machen.

Der Nebel war dichter geworden. Wir konnten kaum zwanzig Schritt weit über die Mauer hinaussehen.
Es herrschte absolute Stille im Wald und in der Burg.
Irgendwo dort draußen mußten jetzt Greifenclaus Landsknechte ihren Ring um die Schinder enger ziehen.
Ich glaube, wir alle erwarteten, daß der Kampf mit dem Geräusch ferner Schüsse beginnen würde, die langsam näher kamen. Dann würden wir Mündungsfeuer im Nebel aufblitzen sehen. Schließlich würden fliehende Schinder auf die Burg zulaufen, im verzweifelten Versuch, sie zu stürmen und sich darin zu verschanzen.
Ich stand auf dem Wehrgang rechts vom Tor, eine Arkebuse vor mir in die Schießscharte gelegt. Hinter mir stand eine junge Frau mit einer zweiten Arkebuse, die sie mir geben würde, wenn ich geschossen hatte.

Rechts von mir stand der Alte Michel, neben ihm Susanne, die sich auch mit einer Arkebuse bewaffnet hatte.

Kuehnemund, Locher und drei andere Landsknechte waren beim »Ochsen« auf der Plattform.

Die anderen hatten sich an den Schießscharten auf den Mauern rechts und links des Tores verteilt.

Auf dem Wehrgang standen mehrere Tontöpfe, in denen sich das »Griechische Feuer« befand, das Susanne gemischt hatte. Die Oberseite der Töpfe war mit Wachs verplombt, aber der scharfe Geruch des Inhaltes drang trotzdem heraus.

Einige brennende Fackeln waren in sicherer Entfernung von den Töpfen aufgestellt. Susanne hatte uns eindringlich ermahnt, die Töpfe allein über die Mauer zu werfen, dann erst die Fackeln hinterher; keinesfalls durfte beides auf unserer Seite miteinander in Kontakt kommen.

Es schien nicht ausgeschlossen, die Burg zu halten. Vielleicht mußten wir die Mauer nur ein paar Minuten lang verteidigen.

Als der Angriff dann begann, geschah es plötzlich und auf eine Weise, mit der wir nicht gerechnet hatten.

Zuerst war es nur ein Lichtpünktchen, das im Nebel zitterte.

Dann waren es mit einem Mal zwei Männer, die ein Faß zwischen sich trugen und auf das Tor zurannten.

Es dauerte nur Sekundenbruchteile, bis jedem klar war, was passierte. Nur ein Schuß fiel. Er kam aus Kuehnemunds Stutzen, und er war gut gezielt. Einer der Männer stürzte zu Boden, aber der andere kam mit dem Faß in den toten Winkel unterhalb der Mauer.

Das Lichtpünktchen war eine glimmende Lunte, und das Faß war mit Schießpulver gefüllt.

Ohne mir Gedanken um fliegende Kugeln zu machen, lehnte ich mich so weit es ging aus der Scharte, in dem hoffnungslosen Versuch, noch etwas an dem zu ändern, was jetzt geschehen mußte.

Das Faß stand direkt vor dem Burgtor, und der Schinder lief unter

mir an der Mauer entlang, um sich aus der Reichweite der Explosion zu bringen.
Ich konnte in diesem steilen Schußwinkel nicht richtig zielen, aber ich drückte ab.
Ich hörte die Schüsse anderer Männer, die es gleich mir versuchten. Doch der Schinder lief weiter.
Mündungsfeuer blitzten vor der Burg im Nebel auf. Die Schinder hatten sich in einer Schützenreihe bis knapp auf Sichtweite an die Burg vorgewagt. Steinsplitter trafen mich an den Wangen, als mehrere Kugeln um mich herum in die Mauern schlugen.
Ich ließ mich nach hinten in Deckung fallen.
Andere hatten nicht soviel Glück.
An der Scharte neben mir fiel der Alte Michel zu Boden, auf seiner Stirn ein schwarzrotes Loch.
Ich tauschte die leere Arkebuse gegen die andere aus.
Eine Kugel schlug an die Innenseite der Schießscharte und winselte an mir vorbei.
Ich richtete den Lauf der Waffe nach draußen, wartete auf das nächste Aufblitzen eines Schusses. Aber draußen war kein Feind zu sehen, nur der Nebel.
Susanne warf blindlings zwei der Feuertöpfe aus ihrer Scharte in die Richtung, in der sie den einzelnen Schinder vermutete. Sie bückte sich und warf eine Fackel. Ich spürte die Hitzewelle der hochschlagenden Flammen bis in meine Deckung, und ich hörte das unmenschliche Kreischen des verbrennenden Mannes.
Dann erbebte die Burgmauer. Das Tor flog in Fetzen in den vorderen Hof. Keiner von uns konnte sich auf den Beinen halten.
Ich rappelte mich wieder hoch, so schnell es ging.
Schon stand ich wieder an der Schießscharte, als Kuehnemunds Stimme rief: »Alle runter von der Mauer. Sucht euch Deckung im Hof. Laßt niemanden durch das Tor!«
Kanonenschüsse dröhnten von draußen, und neben mir klaffte ein kopfgroßes Loch in der Mauer, wo eine Kugel die brüchigen Steine durchschlagen hatte. Die Frau, die gerade noch meine leergeschossene Arkebuse geladen hatte, war spurlos verschwunden.

So schnell ich konnte, lief ich zur nächsten Leiter und kletterte nach unten, Susanne dicht hinter mir.
Der »Ochse« brüllte eine einsame Erwiderung in den Nebel hinaus.
Wir versammelten uns auf dem Hof, zuerst noch planlos, aber die Waffen auf das Tor gerichtet.
Henning Locher humpelte an mir vorbei nach hinten und rief: »Ich muß Edwina holen. Das ist unsere letze Chance!«
»Bleib hier, du Feigling!« rief ihm jemand nach.
Kuehnemund, seinen Stutzen in der einen, sein Schwert in der anderen Hand, scheuchte uns mit Flüchen und Kommandos zu den notdürftigen Deckungen, die es auf dem Hof gab.
Von der Plattform herunter rief Janssens Stimme: »Laßt mich nicht allein hier oben!«
Und dann waren die Schinder in der Burg.
Sie stürmten auf Pferden und zu Fuß in den Hof, schossen sich mit Kugeln, Bolzen und Pfeilen ihren Weg frei.
Wir schossen zurück mit dem, was wir gerade in der Hand hatten. Pferde und Menschen stürzten, aber es war, als wolle man mit einem Sieb eine Flutwelle aufhalten.
Ein paar Verwundete waren auf den Wehrgängen geblieben und schossen von oben auf die Schinder. Dann schlug eine verirrte Kugel der Angreifer in einen der Feuertöpfe. Er platzte auseinander, sein Inhalt spritzte auf eine der Fackeln, und der Wehrgang war ein einziges Flammenmeer, aus dem mit jedem explodierenden Topf Wolken aus Feuer nach oben schossen und flammende Sturzbäche die Mauer nach unten strömten.
Wir verließen unsere Deckungen, ehe die Schinder heran waren, und zogen uns nach hinten zurück. Niemand hatte Zeit, eine abgeschossene Waffe nachzuladen. Ich hob eine Arkebuse auf, die auf der Erde lag, richtete sie auf den nächstbesten Schinder und drückte ab.
Sie war geladen, sie tötete den Mann, und schon liefen zwei andere auf mich zu.

Wir würden niemals genug Zeit haben, um uns im zweiten Hof neu zu verschanzen.
Ich sah Wiggershaus, der aus derselben Donnerbüchse schoß, die er schon in Oberwesel benutzt hatte.
Dann schleuderte er die leere Büchse auf einen Schinder und zog mit ungelenken Bewegungen ein Schwert aus dem Gürtel.
Ich nahm die Arkebuse beim Lauf und schwang sie wie eine Keule.
Ich spürte, daß sie auf Widerstand traf, daß der Widerstand wich.
Etwas zupfte an meinem linken Arm. Es hinterließ eine blutige Schramme, aber es warf mich nicht um.
Kuehnemund hatte den Stutzen verloren. Er focht mit dem Schwert um jeden Fußbreit Boden – und er verlor einen Fußbreit nach dem anderen.
Ich parierte einen Messerhieb und verlor die Arkebuse. Ich tauchte unter der Klinge meines Gegners weg und fand mich waffenlos im Ringkampf auf dem Boden herumrollend.
Ich umklammerte mit beiden Händen einen Arm, an dessen Ende sich die Hand mit dem Messer befand. Eine Faust schlug mehrmals in mein Gesicht, traf meinen Mund, meine Nase, meine Augen.
Ich spuckte Blut und einen Zahn, ich wälzte mich herum, ich bekam eine Kehle mit den Kiefern zu fassen und biß zu, bis es mir bitter und salzig in den Hals lief.
Ich kam wieder hoch, humpelte über den Hof, stolperte über Körper hinweg, wich einem Axthieb aus.
Mit einem Mal sah ich den Durchgang zum zweiten Hof direkt vor mir, und gleichzeitig wußte ich, daß mich irgend etwas in den Rücken treffen würde, wenn ich darauf zulief.
Ich kehrte um, so plötzlich, daß es für den Schinder, der mir gerade sein Schwert in den Rücken stoßen wollte, völlig überraschend kam.
Ich prallte gegen ihn. Er stürzte zu Boden, und ich begann, auf ihn einzutreten, bis der nächste Schinder mich angriff.

Ich hob das Schwert des Gestürzten auf, beide Hände um den Griff gekrampft, da eine allein zu schwach war, die schwere Waffe zu halten. Klingen kreuzten sich, und wir führten eine Art humpelnden Tanz umeinander auf, der Schinder mit blutender Hüfte, ich mit meinem verstauchten Bein.
Überall auf dem Hof wurde gerungen, geprügelt, gefochten.
Mit einem Teil meines Bewußtseins hatte ich Zeit, mich zu wundern, daß der Kampf nicht längst vorbei war.
Die Schinder waren in der Übermacht, aber hier kämpften nicht dreihundert gegen zwanzig.
Die Angreifer waren uns nicht mehr als zwei zu eins überlegen, und keiner von den Kämpfern im Hof benutzte eine Schußwaffe.
Schüsse kamen von draußen, und sie fielen in disziplinierten Salven. Dort im Nebel zerbrach die Horde der Schinder an den Feuerlinien der Landsknechte.
Irgendwann traf meine Klinge meinen Gegner ins Gesicht.
Irgendwann fiel mir auf, daß mich kein neuer Feind angriff.
Neben mir auf dem Boden saß Wiggershaus, der seinen schlaff und blutig herunterhängenden Arm betrachtete, als habe er ihn nie zuvor gesehen.
Kuehnemund blickte auf drei tote Schinder herunter, die ihn umgaben wie die Grenzmarkierungen eines winzigen Territoriums. Gedankenverloren wischte er die blutige Schwertklinge an einem nicht weniger blutigen Wams ab.
Ich lächelte Susanne zu, die eine Schramme im Gesicht hatte, aber tapfer zurücklächelte.
Das Feuer auf dem Wehrgang war so unvermittelt erloschen, wie es ausgebrochen war.
Wir hatten gesiegt.
Außerhalb der Mauern setzten sich das Schießen und Schreien fort, aber wie durch ein Wunder gehörte die Burg uns.
Vielleicht eine halbe Minute lang.
Dann kam die zweite Angriffswelle.
Die Männer, die jetzt durch das Tor stürmten, liefen vor dem Tod davon, und zugleich trugen sie ihn mit sich.

Sie bluteten, sie waren erschöpft, sie stellten sich ihrem letzten Kampf.
So wie wir.
Und diesmal stand es zehn zu eins gegen uns.
Spalatina selbst führte sie an. Von dem arroganten, herausgeputzten Hauptmann, als der er sich bei unserer ersten Begegnung präsentiert hatte, war nicht mehr viel übrig. Aber er führte ein Schwert und einen Parierdolch und war eine tödliche Gefahr wie jeder seiner Männer.
Wiggershaus war aufgestanden, hatte sein Schwert jetzt in der linken Hand.
Ich hätte mich hinlegen und tot stellen können. Ich hätte in den Weinkeller kriechen und mich im hohlen Faß verstecken können.
Aber ich würde bleiben, wo ich war; keinen Schritt zurückweichen, mich dem ersten Angreifer zum Kampf stellen. Es war diese seltsame Stimmung, die Menschen dazu bringt, mit Spießen gegen Gewehre vorzugehen.
Da keuchte Locher hinter mir: »Steh da nicht blöd rum, Jungchen. Hilf mir lieber.«
Ich schob das Schwert in meinen Gürtel und humpelte zu ihm.
Locher hatte Edwina herbeigezerrt. Nicht allein; Kaplan Johannes hatte ihm geholfen. Die beiden hatten zusammen Edwina über den Hof gebracht, bis eine Kugel den Kaplan traf. Jetzt hing er über dem Geschützkasten, nachdem er den Lohn empfangen hatte, der heute an die Streitlustigen und die Friedfertigen, die Kühnen und die Ängstlichen gleichermaßen ausgezahlt wurde.
Er war ein ruhiger Mann gewesen, der seine Sätze meist in Bitten gekleidet hatte, ohne zu erwarten, daß sie erfüllt wurden. Jetzt stieß ich den Leichnam beiseite, wie auch der Lebende oft beiseite gestoßen worden sein mochte.
Wir mußten Edwina nach links drehen, damit sie in Richtung Burgtor zeigte, wo immer noch Schinder in den Hof strömten.

Locher zerrte an der Achse. Ich stemmte das gesunde Bein gegen einen vorstehenden Pflasterstein und drückte mit meiner Hüfte gegen die Todtenorgel.
»Jetzt werde ich's euch zeigen«, knurrte Locher zwischen zusammengebissenen Zähnen.
Er holte eine Zunderbüchse aus der Tasche.
Er spähte über den Kranz der Läufe, dann nahm er das Ende einer Lunte, um es mit der Büchse zu entzünden.
Ich weiß nicht, woher ich die Überzeugung nahm, daß jetzt, wo wir sie am dringendsten brauchten, Edwina funktionieren würde.
»Scheiße«, sagte Locher.
Er blickte auf die rote Fontäne, die aus seiner Brust sprang. Der Einschlag der Kugel hatte ihn von Edwina wegtaumeln lassen. Er hob die Hand, hielt mir die Zunderbüchse entgegen, wollte etwas sagen. Seine Lippen bewegten sich lautlos, aber ich wußte, was er wollte.
Ich ließ mich fallen und kroch zu ihm hinüber. Als ich die Zunderbüchse nahm, lebte er noch.
Ich kroch zurück, die Büchse in der Hand.
In dem Gewirr laufender, taumelnder, kämpfender Gestalten auf dem Hof konnte ich kaum zwischen Freund und Feind unterscheiden. Und Edwinas Kugeln würden es auch nicht können.
Ich rief »Legt euch flach auf den Boden!«, in der seltsamen Hoffnung, daß nur meine Leute mich hören würden, die Schinder aber nicht.
Tatsächlich hörte niemand auf mich.
Drei Schinder kamen auf mich zu. Ich sah, daß das Mädchen dabei war, Spalatinas Todesengel. Sie trug ein Schwert wie die anderen, und sie war abgerissen und blutig wie die anderen.
Sie stieß einen hellen, bösen Schrei aus, wie ein Raubtier beim Angriff, um die Beute zu erschrecken und zu lähmen.
Ihr Schrei ging im Dröhnen von Edwinas erstem Lauf unter, als ich zündete.
Ich weiß nicht, wieviel Locher noch von Edwinas letztem Auftritt mitbekam, ehe er starb. Er hatte bis zuletzt an Edwina herum-

manipuliert, und diesmal hatte er etwas mit dem Verlauf der Lunte geändert. Sie führte nicht mehr von einem Lauf zum nächsten, sondern in einem Zickzackweg mal ein paar Läufe vor, mal ein paar zurück.
Es funktionierte nicht.
Das Pendel an der Seite flog zum zweiten Mal davon. Edwina feuerte senkrecht nach oben.
Dann zeigte die Mündung eines Laufes direkt auf mich, und ein Funke raste die Lunte entlang auf das Zündloch an seiner Rückseite zu.
Plötzlich drehte die Trommel sich rückwärts.
Und Edwina setzte sich in Bewegung. Sie rollte, auf dem abschüssigen Hof immer schneller werdend, auf das Tor zu.
Dabei feuerte sie nach vorne, nach hinten, nach oben.
Edwina hoppelte einmal kurz, als sie über ein Hindernis fuhr, das früher der blonde Todesengel gewesen war.
Kugeln trafen auf Steine, verformten sich, schwirrten heulend davon. Kugeln schlugen in Erde, schleuderten Dreckfontänen hoch. Kugeln fuhren durch die Körper von Freund und Feind, machten sie einander gleich.
Edwinas Achse brach, und der Kasten mit den Läufen prallte auf den Boden. Aber gleich sprang er wieder hoch, richtete sich auf, von den Rückstößen der immer noch feuernden Geschützläufe in Drehung versetzt wie ein Kinderkreisel, den ein Knabe durch Schläge mit einer Peitsche aufrecht hält.
Er wirbelte auf Wiggershaus zu, der sich verzweifelt gegen einen Schinder wehrte und nicht merkte, daß der Schinder doch nur an ihm vorbeiwollte, zum Tor hinaus, sich lieber den Landsknechten entgegenwerfen als dieses mörderische Ding auf sich zukreiseln zu sehen. Und dann flog der Schinder davon, hochgerissen wie ein Drache aus Papier, den eine Herbstbö packt und davonträgt.
Wiggershaus starrte den tödlichen Kreisel an, lauschte dem Lied der Todtenorgel wie wir alle, bis ein blutiger Quell zwischen seinen Schultern entsprang, und der Kreisel tanzte über ihn hinweg.

Edwinas Lied hatte viele Strophen, und sie alle erzählten davon, daß es nur eine einzige Gewißheit im Leben gibt.
Der Schlußakkord erklang, als Edwina, leergeschossen und ohne Kraft, ihre eigene Gewißheit fand, umfiel und zerbrach. Ihre Läufe rissen aus den Verankerungen und bildeten einen unordentlichen Haufen aus heißem Metall.
Es war still wie auf einem Friedhof.
Aber auf einem Friedhof mit einer Trauergemeinde, denn immer noch lebten einige von uns.
Kuehnemund stieß den entwaffneten Spalatina mit der Schwertspitze vor sich her.
Susanne half einem Mann, der die linke Hand dahin preßte, wo früher sein rechter Arm gewesen war.
Berta zog ein Hackmesser aus dem Körper eines Schinders. Dann erst bemerkte sie die Wunde an ihrem Bein. Sie ließ die Waffe achtlos fallen, riß einen Streifen aus ihrer Schürze und legte sich selbst einen notdürftigen Verband an.
Hermann Lotzer stand über einem Toten, aus dessen Leib ein Schwert nach oben ragte wie ein frisch gepflanzter Baumschößling. Er hielt einen roten Fetzen über die tot starrenden Augen und klagte: »Das ist mein Ohr! Du hast mir mein Ohr abgeschnitten!«
Alles in allem lebte kaum die Hälfte der Verteidiger, die vor weniger als zehn Minuten oder vor mehr als einer Ewigkeit in den Kampf gezogen waren.
Bei allen Schmerzen, bei allen Verlusten blieb uns ein bißchen Raum für den Stolz, immer noch Herren der Burg zu sein.
Dann marschierten Greifenclaus Truppen ein, entwaffneten uns – und dem Fürstbischof gehörte der Tag.

29

Im 29. Kapitel werden alle Fragen beantwortet

Die Schönburg besaß einen großen Rittersaal im Erdgeschoß des Pallas.

Er war staubig, die Fenster blind, die Decke voller Spinnweben. Wer weiß, seit wie vielen Jahren hier keine Versammlungen mehr abgehalten worden waren.

Aber es war der einzige Raum, der eine Empore mit einem großen Lehnstuhl besaß, und auf eben diesem hatte sich Greifenclau niedergelassen, um Recht zu sprechen.

Alle Beteiligten waren versammelt, Gefangene und Freie, Gefesselte und Ungefesselte, Bewaffnete und Unbewaffnete.

Die Gefangenen, Gefesselten, Unbewaffneten waren Hutten, Adriane und Spalatina. Die Freien, Ungefesselten, Unbewaffneten waren Kuehnemund, Susanne, mein Bruder Ottokar und ich.

Leo von Cleve bildete ganz allein die Gruppe der Gefangenen, Ungefesselten, Unbewaffneten. Er stand etwas abseits, bewacht von Crispin Schongauer. Bei jedem anderen hätte ich darauf geschworen, daß diese Wache sicherer war, als es jede Kette hätte sein können. Aber Leo von Cleve wirkte so selbstsicher, als sei das Muskelpaket zu seinem Schutz statt zu seiner Bewachung bestimmt.

Die übrigen Anwesenden waren Landsknechte aus Greifenclaus Armee, darunter auch Niklas Waldis.

Greifenclau trug eine vergoldete Panzerweste, darüber einen Purpurmantel. Er hatte ein mit Edelsteinen verziertes Schwert auf den Knien.

Er schien jeden der Anwesenden mit seinen Blicken zu durchdringen.

Schließlich sagte er: »Wir sind in diese Burg gekommen, um Ordnung und Gerechtigkeit einziehen zu lassen. Uns sind Anklagen zu Ohren gekommen, die unseren Urteilsspruch erfordern.

Wer uns eine Beschuldigung vorzutragen hat, der tue es. Doch er sei gewarnt: Wir werden nichts akzeptieren außer einem lückenlosen Beweis. Wer die Wahrheit spricht, der wird vor uns Gnade finden. Wer uns aber zu täuschen versucht, und sei es nur durch Schweigen, der wird unsere Strenge kennenlernen.
Ulrich von Hutten, du bist der Ketzerei und des Aufstandes angeklagt. Was hast du dazu zu sagen?«
»Ich spreche immer die Wahrheit«, sagte Hutten. »Ich werde jedoch keine Gnade vor Euch finden, noch werde ich sie erbitten. Meine Taten und meine Schriften werden für mich sprechen, wenn mein Mund längst verstummt ist.«
»Ich habe eine Anklage vorzubringen«, sagte Ottokar und trat entschlossen nach vorne. »Dieser Mann dort, mein leiblicher Bruder, hat versucht, mich zu töten. Er raste auf einem wilden Pferd auf mich zu, und ich konnte mich nur durch einen verzweifelten Sprung in Sicherheit bringen.«
»Auch ich habe eine Anklage gegen denselben Mann«, sagte Niklas Waldis. »Er hat im Lager vor Trier den Gotthold Utz, den Führer meiner Rotte, heimtückisch erstochen.«
»Das sind harte Anklagen«, sagte Greifenclau. »Natürlich werdet ihr beide unter Eid bestätigen, daß ihr das Gesicht dieses Mannes im Augenblick seiner Taten deutlich erkennen konntet.«
»Das werde ich«, sagte Ottokar. Er warf mir einen höhnischen Blick zu.
»Das kann ich nicht«, sagte Waldis. »Wir fanden Utz tot in einem Stall, wo er allein mit diesem Mann gewesen ist. Später war dieser Mann verschwunden, und ein Pferd mit ihm. Wer sollte es sonst gewesen sein?«
»Unsere Aufgabe ist es, Fragen zu stellen«, sagte Greifenclau. »Ihr seid gefordert, sie zu beantworten. Nun, Edgar Frischlin, sind wir gespannt auf deine Antworten.«
»Herr«, sagte ich, »in der Nacht, in der ich angeblich den Anschlag auf meinen Bruder begangen habe, lag ich als Gefangener in Spalatinas Zelt. Als Zeugen dafür kann ich Spalatina selbst und Leo von Cleve benennen, wenn ich auch nicht denke, daß beider

Zeugnis sonderlichen Wert hat. Des weiteren benenne ich Hans Kuehnemund, der mich am Morgen nach der fraglichen Nacht befreite. Was den Mord an Gotthold Utz angeht ...«

Greifenclau hob die Hand. »Das reicht. Edgar Frischlin, du bist unser Beauftragter und in dieser Eigenschaft hier anwesend. Unser untadeliger Ruf erstreckt sich bis auf dich. Du bist somit von den Anklagepunkten freigesprochen. Es ist jedermann bei Strafe von zwanzig Peitschenhieben untersagt, die Anschuldigungen des Mordes und des Mordversuchs gegen dich zu wiederholen.

Zum nächsten Punkt. Graf Frowin von Pirckheim wurde in dieser Burg ermordet. Soweit wir gehört haben, befanden sich zum Zeitpunkt des Mordes auf beiden Seiten des Turms und auch im Inneren Menschen. Keiner von diesen hat sich von den anderen getrennt, so daß jeder für jeden Zeitpunkt einen Zeugen beibringen kann. Zudem war es unmöglich, daß eine weitere Person das Zimmer betreten oder verlassen konnte. Außerdem verschwand gestern Conrad von Pirckheim spurlos. Haben wir diese Umstände richtig verstanden?«

»Ja, Herr, das habt Ihr«, bestätigte ich.

»Das ist eine Aufgabe, bei der uns interessiert, wie du sie gelöst haben magst. Denn wir gehen davon aus, daß du sie gelöst hast.«

»Selbstverständlich. Wenn Ihr gestattet, Herr, werde ich kurz schildern, weshalb es zu dem Mord kam, wer ihn beging und wie ihm das gelang.«

Mit einer Geste gab Greifenclau sein Einverständnis.

Ich stützte mich auf einen Stock und humpelte nach vorne.

»Dies war nicht der erste Mord in diesen Mauern«, sagte ich. »Im Jahre 1495 starb schon ein Mensch im selben Zimmer. Es war Nikolaus von Pirckheim, der älter Bruder Frowins. Frowin hatte den Auftrag zum Mord an Nikolaus und dessen Nachkommen gegeben, um Herr der Burg zu werden. Er versicherte sich eines skrupellosen Helfershelfers, der den Tod Nikolaus' so arrangierte, daß es aussah, als hätten jenseitige Mächte ihre Hände im Spiel. Ni-

kolaus hatte sich mit Alchimie beschäftigt, und so war die Rede von höllischen Mächten, die ihn geholt hatten. Es wurde damals eine Untersuchung geführt, die aber keinen Schuldigen entlarvte. Euer Eminenz werden gewiß Kopien der Unterlagen in den Gerichtsakten in Trier finden.«
»Diese Unterlagen haben wir bereits eingesehen«, sagte Greifenclau. »Wir erwarten, daß du uns mehr erzählst.«
»Gewiß. Der Mord an Nikolaus und der Mord an Frowin wurden auf so ähnliche Weise begangen, daß ich mit der Aufklärung des zweiten auch zugleich das Rätsel des ersten lösen kann.
Verweilen wir noch einen Augenblick im Jahre 1495. Der Beauftragte von Frowin sollte vier Morde begehen, nämlich an Nikolaus und an dessen drei Kindern. Er beging auch vier Morde, aber drei davon an Waisenkindern, die er irgendwo auf der Straße auflas und deren verstümmelte Körper er Frowin präsentierte. Frowin ließ die toten Kinder an einer geheimen Stelle in der Burg verbergen, damit sie niemals gefunden und ihr Tod gegen ihn verwendet würde. Gezielt streute er das Gerücht aus, Nikolaus selbst habe seine Kinder getötet, und bei der Bevölkerung fand dieses Gerücht rasch Nahrung.
Sein Helfershelfer aber versteckte die drei Kinder Nikolaus' an unterschiedlichen Orten, wo weder die Kinder noch die Menschen, die sich um deren Aufwachsen kümmerten, die geringste Ahnung hatten, um wen es ich handelte.«

»Das ist eine komplizierte Geschichte«, sagte Greifenclau. »Wie willst du sie belegen?«
»Ich kann die Körper der toten Kinder zeigen, und die Körper der lebenden auch. Sie alle befinden sich zu diesem Zeitpunkt im Inneren dieser Burg.«
Ich machte eine Kunstpause und genoß das Ausmaß an ungeteilter Aufmerksamkeit.
»Beginnen wir mit den toten Waisenkindern«, sagte ich schließlich. »Sie befinden sich in einem bestimmten Faß im Weinkeller unterhalb der Küche. Dort wird sich auch das Rätsel um den ver-

schwundenen Conrad von Pirckheim lösen, denn sein Körper liegt in demselben Faß.«

Ich warf Adriane einen kurzen Blick zu, der sie beruhigen sollte. Aber zu meinem Erstaunen wirkte sie nicht im geringsten beunruhigt, sondern äußerst neugierig. Sie folgte aufmerksam meinen Erklärungen; es verunsicherte mich allerdings ein wenig, daß sie die ganze Zeit leicht den Kopf zu schütteln schien.

»Als Conrad das wahre Ausmaß der Verbrechen seines Vaters erkannte, tötete er sich selbst in geistiger Umnachtung. Er hatte die Leichen im Inneren des Fasses entdeckt, und noch in derselben Stunde und am selben Ort stieß er sich ein Messer in die Brust.« Ich zögerte einen Moment, entschied, daß meine nächsten Worte keine Übertreibung sein würden, sondern nur eine farbige Illustration zum besseren Verständnis eines schwierigen Textes, und fuhr fort: »Dort fand ich ihn sterbend. In meinen Armen hauchte er sein Leben aus, und noch mit seinem letzten Atemzug nahm er mir das Versprechen ab, die schaurige Wahrheit vor Euch zu enthüllen, Eminenz. Tatsächlich deutete er an, Euch bereits mehrmals über sein Mißtrauen bezüglich seines Vaters geschrieben zu haben. Er schien aber nicht sicher, ob Euch seine Briefe wirklich erreicht hatten.«

Greifenclau saß jetzt gespannt vornübergebeugt, als folge er einem höchst aufregenden Theaterstück.

»Tatsächlich«, sagte er, »du hast eine Menge herausgefunden. Und die drei wahren Kinder von Nikolaus leben noch, und sie sind sogar in dieser Burg?«

»Einer starb im Kampf gegen die Schinder. Es war Magister Wiggershaus. Obwohl er ein Mann der Feder war, führte er doch tapfer bis zuletzt sein Schwert. Die beiden anderen aber leben noch, bereit, ihr verdientes Erbe anzutreten. Es sind«, ich machte eine große Geste, »Hans Kuehnemund, der Burghauptmann, und Susanne Gundelfinger, die Alchimistin.«

»Ihr seid Nikolaus' Kinder?« fragte Greifenclau.

Susanne erwiderte stolz den Blick des Fürstbischofs. »Ich bin Ni-

kolaus' Tochter«, sagte sie. Dann sah sie mich an und sagte: »Und Kuehnemund soll mein Bruder sein?«
»Ja, ich bin Nikolaus' Sohn«, bestätigte Kuehnemund.
»Es scheint kaum glaublich, daß sich alle Kinder ausgerechnet jetzt wieder eingefunden haben«, sagte Greifenclau. »Zumal du gerade noch gesagt hast, daß sie in alle Winde zerstreut waren und selbst nichts über ihre Herkunft wußten.«
»Wir kommen jetzt zu den Intrigen des Mörders, der in Frowins Sold tötete«, sagte ich. »Doch sehen wir uns diesen Mann zunächst einmal an. Leo von Cleve, ich klage Euch des Mordes an Nikolaus von Pirckheim und an drei unschuldigen Kindern an.«
»Das ist lächerlich«, sagte Cleve mit arrogant hochgezogenen Augenbrauen. »Und der Fürstbischof weiß das.« Er wandte sich an Greifenclau und sagte, jetzt in merklich demütigerem Ton: »Eminenz, Ihr wißt...«
»Schweig, bis wir dir zu sprechen erlauben«, sagte Greifenclau. »Wir wollen Edgars Erklärung bis zum Ende hören.«
Schongauer legte seine Hand leicht auf Cleves Schulter.
»Nachdem Frowin glaubte, alle Hindernisse zur Erlangung der Grafenwürde beseitigt zu haben, mußte er nur noch den einzigen Zeugen beseitigen«, fuhr ich fort. »Doch Leo von Cleve hatte damit gerechnet, um seinen Lohn und sein Leben gebracht zu werden. Daher hatte er seine Vorbereitungen getroffen: Man hatte ihn zuvor nur in der Maske eines reisenden Kesselflickers oder Zigeuners gesehen. Tatsächlich war er mehrfach in der Nähe der Burg gesehen worden, und im Zusammenhang mit dem Mord an Nikolaus wurde sogar nach ihm gesucht. Doch er brauchte nur seine Verkleidung zu wechseln, und schon war er dem Zugriff Frowins und der Obrigkeit entzogen.
Von da ab verfolgte er einen Plan, für dessen Verwirklichung er achtundzwanzig Jahre brauchte.
Er beobachtete und lenkte aus der Ferne die Entwicklung der drei Kinder. Er sorgte dafür, daß Benno ein Jurist wurde, Hans ein Kämpfer, Susanne eine Alchimistin. Und als er die Zeit für reif

hielt, brachte er alle drei in die Burg, ohne daß der eine von der Existenz der anderen wußte.

Aber jedem einzelnen hatte er erzählt, daß er das einzige lebende Kind war, und Frowin der Mörder seines Vaters.«

Ich schilderte die Begegnungen der drei mit Cleve, wie ich sie von ihnen erfahren hatte. Dann fuhr ich fort: »Cleve begann, Frowin unter Druck zu setzen. Er tauchte überraschend in der Burg auf und forderte seinen Lohn. Natürlich weigerte Frowin sich weiterhin zu bezahlen. Er vertraute auf den Schutz, den sein Burghauptmann Kuehnemund ihm geben würde.

So tat Leo von Cleve, was er die ganze Zeit vorgehabt hatte: Er ermordete Frowin so, wie er Jahre zuvor dessen Bruder ermordet hatte.«

»Aber warum die komplizierte Intrige mit den Kindern?« fragte Greifenclau. »Es scheint doch, daß Cleve die ganze Zeit Frowin hätte töten können, wenn er es gewollt hätte.«

»Die Kinder sollten den Verdacht von Cleve ablenken. Er hätte nach Frowins Tod dafür gesorgt, daß ihre Identität – oder zumindest die Identität eines von ihnen – bekannt geworden wäre. Das Motiv, sich am angeblichen Mörder des Vaters zu rächen, hätte die Kinder so stark belastet, daß niemand nach einem anderen Mörder gesucht hätte.«

»Hielten sich nicht alle drei Kinder zum Zeitpunkt des Mordes an Orten auf, wo sie unmöglich den Mord hätten begehen können?«

»Er konnte nicht damit rechnen, daß mitten in der Nacht alle drei entweder weit weg waren oder von Zeugen gesehen wurden.

Leo von Cleve ist nicht der Mann, der sich auf nur einen Plan verläßt. Als er erfuhr, daß Spalatina mit seinen Schindern durch die Gegend zog, sah er sofort die zusätzliche Chance, die sich ihm hier bot. Er ließ Spalatina glauben, in der Schönburg gebe es einen Schatz zu holen. Daher unterbrachen die Schinder hier ihren Zug und begannen, die Burg zu belagern. Sie haben sich an keiner der anderen Festungen versucht, sondern nur die Städte geplündert.

Die Schönburg haben sie jedoch belagert. Das gab Cleve Zeit, Frowin zu ermorden. Und seine eigene Schuld war durch drei Sicherheitsmaßnahmen so gut wie unbeweisbar: die seltsamen Umstände des Mordes ließen keine Erklärung zu, wie er begangen wurde; die anwesenden Kinder würden als Schuldige herhalten müssen; der Sturm der Schinder würde alle Spuren und Zeugen beseitigen.«
»In deiner Erklärung fehlt ein wichtiger Punkt«, sagte Greifenclau. »Wie wurde der Mord begangen?«
»Am Beginn der fraglichen Nacht befand sich Cleve zunächst bei Spalatina. Er erwischte mich, als ich mich dem Lager näherte. Er schlug mich nieder und ließ mich gefesselt liegen. Vielleicht war er sich über meine Rolle nicht im klaren, und er wollte mich später allein verhören. Da er mich zuvor schon gesehen hatte, wie ich mich in der Burg umsah, und er wußte, daß ich nicht zu den Schindern gehörte, mußte er mich für eine mögliche Gefahr halten. Er konnte nicht wissen, was ich schon in Erfahrung gebracht und wem ich davon Mitteilung gemacht hatte.
Aber ich wurde von Joseph Peutinger gefunden, einem Schinder, der sich vom Lager entfernt hatte. Cleve wußte nichts von Peutingers Alleingang, und so war er überrascht, als ich ins Lager gebracht wurde.
Einen Tag später mußten die Schinder bei der Burg ankommen, und dann konnte er möglicherweise nicht mehr unbeobachtet durch den Geheimgang gehen.
So blieb ihm zur Ausführung seiner Tat nur diese eine Nacht. Er verließ die Bande und ritt zur Burg. Durch den Geheimgang schlich er sich hinein und gelangte ungesehen bis in den Turm.«
»Bisher hieß es, der Eingang zum Turm sei bewacht gewesen.«
»Hermann Lotzer, einer der beiden Wächter auf dem Hof, neigt dazu, die Wache zu einem Schläfchen zu nutzen. Der Alte Michel, sein Kamerad, war bereit, ihn zu decken. Natürlich hat keiner der beiden zugegeben, daß sich durch ihre Schuld jemand einschleichen konnte.

Zu diesem Zeitpunkt befand sich Susanne Gundelfinger oben im Turm bei Herrn von Hutten, Benno Wiggershaus auf der anderen Seite des Turms in Gegenwart von Henning Locher und Otto Fechter, und Hans Kuehnemund Meilen entfernt im Wald, wo er mit den Schindern Versteck spielte.

Cleve wußte nichts davon, daß alle drei auserkorenen Verdächtigen Beweise ihrer Unschuld hätten vorbringen können, und er wußte auch nicht, daß Frowin entgegen seiner sonstigen Gewohnheit bewaffnet war.

Cleve gelangte also bis vor die Labortür. Er wußte natürlich, daß Frowin gelegentlich mit Hilfe von Frau Gundelfinger experimentierte. Er nahm sich die Zeit, um an der Tür zu lauschen.

Es waren keine Stimmen zu hören. Frowin war allein.

Jetzt mußte Cleve nur noch in das Labor kommen. Dabei kam ihm ein Umstand zu Hilfe: Frowin hatte sich mit Frau Gundelfinger zerstritten, als diese zugegeben hatte, daß sie kein Gold machen konnte. Das war genau die Aussage, die Frowin am wenigsten für bare Münze zu nehmen bereit war. Als es an der Tür klopfte, öffnete er sofort, da er die reumütige Alchimistin erwartete, die ihren Fehler eingestehen wollte.

Statt dessen stand er seinem Mörder gegenüber.

Cleve trat in das Labor und schloß die Tür ab.

Aber plötzlich hatte Frowin eine Pistole in der Hand, und alles schien verloren. Frowin hatte den Mann vor dem Lauf, dessen Existenz er fast dreißig Jahre lang am meisten gefürchtet hatte. Er nahm Cleves Waffen an sich und warf sie in eine entfernte Ecke des Raumes, so daß sie beim folgenden Ablauf der Ereignisse für beide Beteiligten unerreichbar waren.

Jetzt standen sich die beiden Männer gegenüber, Cleve unbewaffnet und scheinbar geschlagen, Frowin, der eine Pistole auf seinen Feind gerichtet hatte und eine zweite im Gürtel trug.«

»Du übertreibst«, sagte Greifenclau. »Woher willst du solche Einzelheiten kennen, ohne selbst dabei gewesen zu sein?«

»Erlaubt, Herr, daß ich Euch Schritt für Schritt beweise, daß es so und nicht anders gewesen sein kann. Die Handlungen der beiden

Männer haben Konsequenzen gehabt. Es kommt nur darauf an, aus den Wirkungen die richtigen Schlüsse über die Ursachen zu ziehen.

Frowin zögerte nicht lange und drückte ab. Er hatte die falsche Pistole in der Hand: Es war eine vernagelte Waffe, die Ulrich von Hutten hatte in Sicherheit wiegen sollen.

Cleve ist ein reaktionsschneller Kämpfer, der dem Tod gefaßter ins Auge blicken konnte als Frowin. Ehe der Graf sich von seinem Schreck erholt hatte, hatte Cleve ihm schon die andere Pistole aus dem Gürtel gerissen und geschossen.

Es waren zu diesem Zeitpunkt mindestens drei Pistolen im Labor, denn Cleve kann nicht unbewaffnet gekommen sein. Und doch fiel nur ein einziger Schuß.

Die abgeschossene Waffe habe ich später gefunden. Aus der Tatsache, daß es Frowins Waffe war und daß Cleve der einzige gewesen sein kann, der geschossen hat, läßt sich folgern, was sich abgespielt hat.

Nun war Cleves Vorhaben nicht so verlaufen, wie er geplant hatte. Sicher hatte er nicht schießen wollen, da er so unnötig früh auf seine Anwesenheit aufmerksam machte.

Er saß also in einem Raum fest und brauchte Zeit, um unbemerkt verschwinden zu können. Statt dessen konnten jeden Moment Bewaffnete die Tür einschlagen; unter ihnen vielleicht der einzige Mann, den er wirklich fürchten mußte: Hans Kuehnemund. Ihr erinnert Euch: Er hatte nur mich gesehen. Vielleicht wußte er von der Existenz eines weiteren Mannes, der sich an das Lager geschlichen hatte, aber keinesfalls um dessen Identität.

Dann spielte der Zufall Cleve den verlorenen Vorteil wieder in die Hände. Frowin hatte allen fest eingeschärft, sich auf keinen Fall ins Labor zu wagen; und außerdem vermuteten die meisten eine versehentliche kleine Explosion im Labor.

Cleve hatte also ausreichend Gelegenheit, alles, was auf seine Anwesenheit hindeuten konnte, verschwinden zu lassen. Seine eigenen Waffen nahm er wieder an sich, Frowins leergeschossene Pistole verbarg er unter einem Stapel Feuerholz.

Vorsichtig beobachtete er, was auf dem Hof hinter dem Turm vor sich ging. Als die Männer von dort verschwanden, verschwand auch Cleve auf die einfachste denkbare Weise: Er ließ sich an einem Seil, daß er um irgendeine Stütze im Raum geschlungen hatte, aus dem Fenster nach unten. Dort angekommen, zog er das Seil hinter sich her.

Dann hätte er wieder zum Geheimgang gehen und verschwinden können. Doch die Neugier ließ ihm keine Ruhe. Alle Männer einschließlich der Posten auf dem Hof waren verschwunden. Wohin?

Er schlich sich in den Turm und sah die Leute im Begriff, die Tür aufzubrechen. Dabei wurde er selbst gesehen und hatte so die Möglichkeit, völlig unbemerkt zu verschwinden, verschenkt.

Das war sein eigentlicher Fehler, denn so wußten wir, daß er tatsächlich in jener Nacht in der Burg war. Jahrelang hat er unbemerkt im Hintergrund die Fäden gezogen und Schicksal gespielt, und jetzt endlich ist sein Verbrechen offenbar geworden.

Und so, Euer Eminenz, konnte ich Euch jetzt das Rätsel lösen und den Mörder Eurer Gerechtigkeit ausliefern.«

»Ach, Edgar, ich wußte, daß ich dir vertrauen kann«, sagte Susanne. »Hätte ich es mir selbst gegenüber nur früher zugegeben, wieviel Leid hätte ich mir und anderen ersparen können.«

Kuehnemund hielt mir die Hand hin und sagte: »Du hast zu deinem Wort gestanden. Nun werde ich zu meinem stehen.«

Ich genoß meinen Triumph etwa so lange, wie man braucht, um diesen Satz zu lesen.

Greifenclau sagte: »Wir hoffen für Herrn Kuehnemund und Frau Gundelfinger, daß sie einwandfreie Beweise für ihre Identität beibringen können, damit wir die Möglichkeit haben, sie als rechtmäßige Erben zu bestätigen.«

»Leo von Cleve kann bestätigen, wer wir sind«, sagte Kuehnemund. »Das heißt, wenn er den Mut dazu hat.«

Greifenclau wandte sich an Cleve und fragte: »Nun, sind diese beiden Nikolaus' Kinder?«

»Nein«, sagte Cleve. »Meiner Einschätzung nach sind es irgendwelche Herumtreiber, die versuchen, sich Titel und Besitz zu ergaunern.«

»Ich fordere Euch zum gerichtlichen Zweikampf!« rief Kuehnemund. »Unsere Klingen werden entscheiden, wer die Wahrheit spricht.«

»Diese Forderung ist nicht statthaft«, sagte Greifenclau. »Der Zweikampf ist nur zulässig, wenn außer Zeugenaussagen nichts vorgebracht werden kann. Hier haben wir es aber mit Indizien zu tun, die wir zur Wahrheitsfindung heranziehen können. Edgar, warum hat Cleve die benutzte Pistole unter dem Holz versteckt?«

»Damit die ganze Sache noch rätselhafter erschien«, erklärte ich.

»Warum hat er sie dann nicht einfach mitgenommen?«

»Das weiß ich freilich auch nicht. Wer kann schon beurteilen, was im Kopf eines Mörders vor sich geht?«

»Du; jedenfalls hast du das gerade in Anspruch genommen. Du hast uns eine äußerst dramatische Szene geschildert, in der nur noch Zitate wie ›Nimm dies, Schurke!‹ fehlten. Warum wollte Cleve, daß der Mord rätselhaft erschien?«

»Damit ihn niemand entlarvt, natürlich.«

»Natürlich soll das sein? Gerade hast du uns erzählt, er wollte den Verdacht auf die Erben von Nikolaus lenken. Dann hätte er falsche Indizien hinterlassen müssen. Er hätte zum Beispiel die benutzte Pistole einem der drei ins Zimmer schmuggeln können, da er sich doch unbeobachtet in der ganzen Burg zu bewegen wußte.«

»Vielleicht hatte er das vor und wurde daran gehindert, als er entdeckt wurde.«

»Dann hätte er die Pistole mitgenommen. Und warum sollte er nochmals in den Turm gehen, nachdem er gerade daraus entkommen war? Paßt das zu einem Mann, der über Jahre hinweg eine so komplizierte Intrige verfolgt, ohne einen Fehler zu machen?«

»Zugegeben, es mag im ersten Moment wenig glaubhaft erscheinen...«

»Im ersten Moment? Es wird immer weniger glaubhaft, je mehr

man darüber nachdenkt. Nein, Edgar, Leo von Cleve ist nicht der Mörder. Die Anklage ist hiermit abgewiesen.«

Hutten sagte: »Schade, daß ich gefesselt bin. Ich würde Eurer Weisheit zu gern applaudieren, Greifenclau. Natürlich würdet Ihr nicht zulassen, daß Cleve hingerichtet wird. Aber daß Ihr Euch die Mühe macht, tatsächlich Fehler in der Anklage aufzudecken, hatte ich nicht erwartet.«

»Wenn Euch noch mehr Fehler aufgefallen sind, enthaltet sie uns bitte nicht vor«, forderte Greifenclau ihn auf.

»Eigentlich nur noch eine Kleinigkeit«, sagte Hutten. »Cleve, der sich aus dem Fenster abseilt! Herr Frischlin, Ihr habt das Labor untersucht, und Ihr habt nicht gesehen, daß das unmöglich ist? Auf der Arbeitsplatte vor dem Fenster standen jede Menge kleiner Gefäße. Am Fenster selbst gibt es keine Möglichkeit, ein Seil zu befestigen. Cleve hätte es irgendwo im Zimmer anbinden müssen. Das Seil wäre auf jeden Fall über die Platte gelaufen. Durch Schwankungen beim Klettern und durch seine Bewegung beim Herunterziehen hätte es einige von den Gefäßen umwerfen müssen.«

»Hutten, du machst uns neugierig. Kannst du uns die wahre Lösung des Mordfalls nennen?«

Und dann sagte Hutten etwas, daß mir am meisten weh tat: »Das brauche ich nicht. Jedes Küchenmädchen kann die Wahrheit erkennen, wo Euer dressierte Hund Edgar nur nachbellt, was andere vorher für ihn erdacht haben.«

»Es gibt keine andere Erklärung«, sagte ich. »Was ein Küchenmädchen sich ausdenkt, ist für den Fürstbischof ohne Interesse.«

»Nun, wir sind bereit, jeden anzuhören«, sagte Greifenclau. Dann blickte er wie suchend in die Runde. »Gibt es hier vielleicht ein Küchenmädchen, das uns eine bessere Erklärung bieten kann?«

Adriane sagte: »Schenkt Ihr Herrn Hutten und mir die Freiheit, wenn ich das tue?«

»Nein«, sagte Greifenclau. »Um keinen Preis werden wir Hutten die Freiheit schenken. Aber vielleicht schenken wir sie dir.«

»Was versteht Ihr unter ›vielleicht‹?« fragte Adriane.
»Sei nicht unverschämt, Mädchen«, sagte ich.
»Es gibt nur zwei Möglichkeiten, weshalb jemand uns so entgegentreten kann«, sagte Greifenclau zu Adriane. »Du bist entweder sehr mutig, oder sehr dumm. Nun, Hutten ist sehr mutig, das haben wir niemals abgestritten. Bist du mutig?«
Die Landsknechte lachten. Mut gehörte ihrer Meinung nach auf das Schlachtfeld, nicht hinter den Herd.
»Laßt Ihr Euch auf eine Wette ein?« fragte Adriane.
»Mach das nicht«, sagte Hutten. »Sag, was du zu sagen hast, und empfiehl dich seiner Gnade. Du hast nichts davon, mein Schicksal zu teilen.«
»Nein«, sagte Adriane zu Hutten, und zu Greifenclau sagte sie: »Nun?«
»Wir wetten nicht mit Domestiken«, sagte Greifenclau. »Aber vielleicht ist unser Edgar zu einer Wette bereit.«
»Auf jeden Fall«, sagte ich.
»Edgar hat nichts, was er mir anbieten könnte«, sagte Adriane. »Ihr schon.«
»Und das wäre?«
»Huttens Leben. Ich wette um Huttens Leben, daß ich Euch, noch ehe eine Stunde um ist, frei von jedem Zweifel beweise, wie der Mord in einem verschlossenen Raum begangen wurde. Ich wette um Huttens Leben, daß ich Euch, frei von jedem Zweifel, den Namen des Mörders nenne.«
»Wahrscheinlich willst du uns irgend jemanden nennen, der tot oder geflohen ist und der sich nicht mehr verteidigen kann«, sagte ich.
»Ist das so?« fragte Greifenclau.
»Nein«, sagte Adriane. »Ich kann jemanden nennen, der sich verteidigen kann, und den Ihr zur Rechenschaft ziehen könnt. Er lebt, und er befindet sich nicht auf der Flucht.«
»Ist er in diesem Raum?«
»Nehmt Ihr die Wette an?«
»Wir könnten Huttens Leben verwetten, wenn wir wollten«, sagte

Greifenclau. »Aber was willst du einsetzen? Der Sieg gehört uns bereits. Die Burg gehört uns bereits. Du gehörst uns bereits.«
»Ihr wißt nicht, wie Conrad starb«, sagte Adriane. »Wenn ich Euch nicht überzeugen kann, werde ich Euch als Mörder von Conrad...«
»Adriane, zum Teufel!« rief ich.
»Mädchen, sei doch nicht blöd!« rief Hutten.
»... mich selbst ausliefern«, sagte Adriane. »Nehmt Ihr die Wette an?«
»Du gibst zu, daß du den jungen Grafen getötet hast?« fragte Greifenclau, jetzt ernsthaft interessiert.
»Nein«, sagte Adriane. »Das tue ich nur, wenn meine Lösung Euch nicht überzeugt. Nehmt Ihr die Wette an?«
»Wir könnten das Geständnis auch unter der Folter bekommen.«
»Ja, ich weiß. Und es gibt nichts auf der Welt, was ich mehr fürchte als das.«
»Also?« fragte Greifenclau.
Und Adriane erwiderte seinen Blick, als sei sie eine gleichgestellte Fürstin, und sagte: »Nehmt Ihr die Wette an?«
»Ja«, sagte Greifenclau. »Nehmt ihr die Fesseln ab. Sie soll frei vor diesem Gericht sprechen können, denn sie steht nicht unter Mordanklage.«
»Noch nicht«, sagte Hutten.
»Darf ich den Anwesenden einige Fragen stellen, bevor ich mit der Erklärung beginne?« fragte Adriane.
»Heißt das, du hast bis jetzt noch keine Erklärung?« fragte Greifenclau.
»Ich möchte, daß Ihr mit eigenen Ohren hört, was wirklich geschehen ist, und das aus dem Munde der Beteiligten. Gestattet Ihr mir das?«
Greifenclau setzte sich bequem in seinem Stuhl zurecht, klatschte einmal in die Hände und sagte: »Nun, wir beschließen, daß dieses junge Mädchen vor diesem Gericht jedem Anwesenden Fragen stellen darf, soviel es will. Es ist unsere Entscheidung, daß jedermann diese Fragen wahrheitsgemäß zu beantworten hat, andern-

falls er sich dem peinlichen Verhör in unserem Kerker unterwerfen muß. Reicht dir das ... wie heißt du eigentlich?«
»Adriane, Herr.«
»Reicht dir das, Adriane?«
»Ja, Herr.«
»Und wen willst du zuerst befragen?«
»Euch, Herr.«
Erstauntes Gemurmel erklang, aber Greifenclau gebot allen mit einer kurzen Geste Ruhe.
»Wir werden deine Fragen beantworten, soweit wir es für richtig halten. Doch unsere Langmut ist nicht unbegrenzt.«
»Dann sagt mir, Eminenz, weshalb seid Ihr hier und nicht vor Burg Landstuhl, im Kampf gegen Franz von Sickingen?«
»Weil Spalatina und seine Schinder sich unsere Abwesenheit zunutze machen wollten, um unsere Ländereien zu plündern.«
»Auf welchem Wege seid Ihr hergekommen?«
»Willst du uns über unsere Politik ausfragen? Wir hatten dir nur die Erlaubnis gegeben, den Mordfall aufzuklären.«
»Das eben bin ich im Begriff zu tun. Bitte beantwortet meine Frage, Herr, und nur eine andere noch.«
»Nun gut. Wir sind von Trier aus einen Tagesmarsch nach Norden gezogen, um eventuelle Spitzel Spalatinas zu täuschen. Dann haben wir unsere Truppe geteilt. Die Hauptmacht zog weiter nach Landstuhl, und ein kleinerer Trupp unter unserer Führung durch den Hunsrück bis zur Schönburg. Deine letzte Frage?«
»Wann genau habt Ihr den Entschluß gefaßt, so zu verfahren?«
»Adriane, wir überlegen, ob wir dich nicht in unsere Dienste nehmen sollen«, sagte Greifenclau statt einer direkten Antwort. »Jetzt sieh dir diese verdutzten Gesichter an! Na, Edgar, hinter welches Geheimnis ist dieses Küchenmädchen gekommen?«
»Ich weiß es nicht«, gab ich zu.
»Na los, sag's ihm«, forderte Greifenclau sie auf.
»Leo von Cleve ist ein Geheimbeauftragter des Fürstbischofs«, erklärte Adriane mir und den anderen. »Als im Winter der Feldzug gegen Franz von Sickingen vorbereitet wurde, war dem Fürst-

bischof klar, daß Plünderer sich seine Abwesenheit zunutze machen würden. Gegen viele kleine, verstreute Banden hätte er nicht kämpfen können. Als er erfuhr, daß Spalatina eine große Bande formte, beauftragte er Leo von Cleve, dem Anführer der Schinder ein lohnendes Ziel in Aussicht zu stellen, mit dem er alle in eine Falle locken konnte. Das allein erklärt zwei Dinge, die anders nicht zu erklären sind.
Erstens: Warum hielten sich die Schinder bei der Schönburg auf, obwohl sie alle anderen Burgen gemieden hatten?
Zweitens: Warum stürmten die Schinder die Burg nicht sofort? Sie mußten doch, da Leo von Cleve auf ihrer Seite stand, über die schwache Verteidigung informiert sein. Es kann nur eine Erklärung dafür geben: Cleve selbst hielt die Schinder ab, in dem er die Stärke der Besatzung übertrieb. So blieben die Schinder tagelang an einem Ort, während sie sonst, dauernd in Bewegung, nur schwer zu stellen gewesen wären.
Der Ort und der Zeitpunkt waren besprochen, daher konnten die Truppen des Fürstbischofs gezielt auf einem kürzeren Weg hermarschieren, die Schinder einkesseln und mit einem Schlag vernichten. Herr von Cleve, seit wann habt Ihr gewußt, daß Edgar ebenfalls ein Beauftragter des Fürstbischofs ist?«
»Eigentlich, seit ich ihn zum ersten Mal beim Herumschnüffeln in der Burg gesehen habe. Seine Eminenz ist immer vorsichtig und setzt gern mehrere Agenten ein, die sich gegenseitig überwachen können. Später, als die Schinder ihn gefangen hatten, habe ich den endgültigen Beweis gefunden.«
»Und was wolltet Ihr durch Euer wiederholtes Auftauchen und Verschwinden in der Burg erreichen? Warum Eure Drohungen gegen Graf Frowin?«
»Es erschien mir angebracht, die Verteidiger zu mehr Widerstandsgeist anzuregen. Deswegen habe ich Wiggershaus zu einer Verhandlung vor die Burg geholt und ihm klargemacht, daß die Schinder seinen Boten abgefangen hatten und daß niemand die geringste Hoffnung auf Gnade hätte. Der Plan hätte nicht funktioniert, wenn sich die Schönburg ergeben hätte.«

»Ich werde später darauf zurückkommen«, sagte Adriane. »Jetzt, Euer Eminenz, komme ich zur Entlarvung von Graf Frowins Mörder.«

»Wir sind davon überzeugt«, sagte Greifenclau.

»Wozu benutzte Graf Frowin das Segel, das im Labor lag?« wandte sich Adriane an Susanne.

»Es lag immer auf dem Boden ausgebreitet. Er hatte Angst, es könnte ein Goldkörnchen verlorengehen, weil es unbemerkt auf den Boden fiel. Darum rollten wir nach jeden Versuch das Segel sorgfältig zusammen, trugen es auf ein Gestell hinter der Turm und suchten es nach Goldpartikeln ab.«

»Wenn wir zehn Alchimisten befragen würden«, sagte Adriane, »wie viele von denen, denkt Ihr, benutzen ein ähnliches Verfahren?«

»Das kann ich nicht beantworten. Die Sache mit dem Segel war die Idee des Grafen.«

»Hattet Ihr mit Euren Versuchen, Gold zu machen, Erfolg, Frau Gundelfinger?«

»Nein, niemals. Weder kann ich Gold machen, noch glaube ich, daß ein anderer es kann.«

»Wir werden zu diesem Thema unseren Alchimisten, Magister Albertus, eingehender befragen«, sagte Greifenclau. »Immerhin führt er auf unsere Kosten ein angenehmes Leben, ohne bisher Erfolg vorweisen zu können. Was haben deine Fragen mit dem Mord zu tun, Adriane? Ist Frowin umgebracht worden, weil er Erfolg hatte?«

»O nein, Eminenz. Der entscheidende Punkt liegt nicht im Gold, sondern in dem Segel. Das Segel ist die Lösung für den spurlos verschwundenen Mörder.«

»Aber ich habe das verdammte Segel oft genug angestarrt«, sagte ich. »Es lag einfach nur...«

»Wo?« fragte Adriane.

»...auf dem Tisch.«

»Warum lag das Segel auf dem Tisch, wenn der Graf es doch bei seinen Experimenten auf dem Boden ausbreitete? Er hatte sogar den ganzen Raum nur mit hängenden Arbeitsplatten statt mit Tischen ausstatten lassen, damit das Segel wirklich jeden Fußbreit Boden bedeckte. Warum hat er ausgerechnet in der Nacht seines Todes das Segel nicht ausgebreitet?«

»Vielleicht hat er etwas anderes gemacht«, sagte ich.

»Ich hatte ihm am selben Tag gestanden, daß ich gar kein Gold machen kann«, sagte Susanne. »Es kann gut sein, daß er seine Experimente aufgeben wollte. Vielleicht hat er das Labor nur noch aufräumen wollen, um es dann endgültig zu schließen.«

»Adriane«, sagte Greifenclau, »ziehe es nicht unnötig in die Länge. Wie kann die Tatsache, daß Frowin sein Segel nicht ausgebreitet hat, etwas mit dem Verschwinden des Mörders zu tun haben?«

»Wir müssen drei Fragen beantworten, um den Mörder zu entlarven. Die erste heißt: Warum lag das Segel auf dem Tisch? Die zweite: Warum beschuldigt Ottokar Frischlin seinen Bruder Edgar des Mordversuchs?«

»Weil es die Wahrheit ist«, sagte Ottokar. »Nur darf ich ja nicht darüber reden.«

»Der Fürstbischof erwartet, daß Ihr meine Fragen beantwortet«, sagte Adriane. »Was geschah in der Nacht, in der nach Eurer Aussage ein Anschlag auf Euch unternommen wurde?«

»Ich war aufgewacht, weil ich eine seltsame Unruhe verspürte. Ich trat aus dem Haus, um zu den Ställen hinüberzugehen. Plötzlich hörte ich Hufschlag unmittelbar hinter mir. Aus dem Oberdorf raste Edgar, tief über den Hals seines Pferdes gebeugt, auf mich zu. Er führte ein zweites Pferd am Zügel und versuchte, mich über den Haufen zu reiten. Hätte ich nicht so schnell reagiert und mich zur Seite geworfen, wäre es ihm gelungen. Anschließend lief ich ins Haus, um mir eine Waffe zu holen. Doch er traute sich nicht zurück, der Feigling, als sein erster Versuch fehlgeschlagen war.«

»Wie könnt Ihr so sicher sein, daß es Edgar war?«

»Dumme Frage. Weil ich ihn erkannt habe, natürlich.«

»Mitten in der Nacht? Einen Mann, auf den Ihr erst aufmerksam wurdet, als er unmittelbar hinter Euch war? Der tief über den Hals seines Pferdes gebeugt saß? Wo Euch nicht mehr Zeit blieb, als Euch auf den Boden zu werfen?«

»Zwischen dem Wohnhaus und dem Stall kann man nicht galoppieren«, sagte ich. »Die Verbindung führt über einen schmalen Weg, auf dem die Eggen und Pflüge stehen. Galoppieren kann man nur auf der Dorfstraße, und die betritt man nicht, wenn man vom Haus zum Stall geht. Ottokar, deine Anklage ist erstunken und erlogen.«

»Ich habe gesehen, was ich gesehen habe«, sagte Ottokar trotzig.

»Edgars Gesicht?« fragte Adriane.

»Es war Edgar.«

»Edgars Gesicht?« fragte Greifenclau, und sein Tonfall ließ keinen Zweifel, daß er die Frage nicht wiederholen würde.

Ein Blick auf den Fürstbischof belehrte Ottokar, daß allein die Wahrheit sich positiv auf seine Lebenserwartung auswirken konnte. Er sagte: »Zugegeben, das Gesicht habe ich kaum gesehen. Aber den Mantel habe ich wiedererkannt. Er hat ihn ein paar Tage vorher angehabt, als er in mein Haus kam, um Unfrieden zu stiften.«

»Die dritte Frage«, sagte Adriane, ohne weiter darauf einzugehen, »ist: Warum hatte Graf Frowin zwei Pistolen bei sich? Herr von Hutten, wie ist Graf Frowin in den Besitz Eurer Waffe gekommen?«

Hutten erzählte, wie Frowin seine Pistole an sich genommen hatte. Anschließend schilderte er auf Adrianes Nachfragen bereitwillig, was er in der Mordnacht gehört und gesehen hatte.

»Ihr kennt Euch selbst mit der Guajakholzkur aus«, sagte Adriane zum Abschluß. »Welche Rolle spielen Zwiebeln dabei?«

»Gar keine«, sagte Hutten.

»Eminenz«, sagte Adriane, »dies waren die Beweise, die uns zur Entlarvung des Mörders führen. Oder der Mörder, um genau zu sein. Benno Wiggershaus, Susanne Gundelfinger und Hans Kuehnemund haben gemeinsam den Grafen ermordet. Hans Kuehnemund gab den tödlichen Schuß ab. Er befand sich um Mitternacht auf der Felsspitze gegenüber dem Nordende der Burg.

Die Männer auf dem hinteren Hof sagten übereinstimmend, der Schuß sei aus dem Turm gekommen. Herr Wiggershaus log, als er das sagte. Die anderen beiden glaubten, die Wahrheit zu sagen; aber sie hatten sich zum Zeitpunkt des Schusses unterhalb der Mauerkrone befunden: Das, was sie hörten, war lediglich das Echo des Schusses, das von Turm zurückhallte.

Später haben Herr Wiggershaus und Frau Gundelfinger gemeinsam alle Spuren verwischt, die darauf hindeuteten, wie der Mord vonstatten ging. Sie wußten aber nicht, daß der Graf bereits einen Verdacht hegte und uns einen wichtigen Hinweis hinterlassen hat. Als sie von diesem Hinweis erfuhren, taten die drei, vor allen Frau Gundelfinger, alles, um Edgar auf ihre Seite zu ziehen.«

»Hexe!« rief Susanne.

»Hure!« rief Kuehnemund.

»Lügnerin!« rief ich.

»Interessant«, sagte Greifenclau. »Befand sich Kuehnemund nicht weit von der Burg entfernt, als er angeblich geschossen hat?«

»Das kann uns Herr Spalatina beantworten«, sagte Adriane. »Wie viele Eurer Männer haben in der Nacht den zweiten Mann verfolgt, nachdem Ihr Edgar gefangen hattet, Herr Spalatina?«

»Es gab keinen zweiten Mann«, sagte Spalatina. »Hätten meine Leute jemanden gejagt, dann hätten sie ihn auch gefangen.«

»Am Nachmittag vor der Mordnacht«, erklärte Adriane, »sprach Frau Gundelfinger mit dem Grafen. Angeblich gestand sie ihm, sie könne kein Gold machen. Tatsächlich aber erzählte sie ihm etwas anderes, was ihn dazu brachte, allein im Labor zu arbeiten, da er den Erfolg in greifbarer Nähe glaubte. Was habt Ihr ihm gesagt, Frau Gundelfinger? Daß Ihr eine Spur Gold entdeckt hättet? Vielleicht, daß Ihr eine zusätzliche Belohnung fordert, um ihn in das Geheimnis einzuweihen?«

»Das saugst du dir aus deinen schmutzigen Fingern«, sagte Susanne.

»Herr Kuehnemund hatte dem Grafen eine Pistole gegeben, mit

der er sich angeblich schützen sollte«, fuhr Adriane fort. »Frau Gundelfinger tauschte diese Waffe, die offen im Labor lag, heimlich gegen eine zweite aus derselben Serie aus, die sich nur in einem Punkt unterschied: Kuehnemund hatte sie geladen und heimlich im Schießstand im Keller abgefeuert, so daß es aussehen sollte, als habe der Graf geschossen. Frowin hatte inzwischen jedoch Verdacht geschöpft. Er hatte festgestellt, daß man ihm eine nicht funktionsfähige Waffe untergeschoben hatte. Er wollte Frau Gundelfinger, vielleicht auch die anderen, deswegen zur Rede stellen. Zunächst aber holte er sich eine neue Waffe.
Er holte sie nicht aus der Waffenkammer, denn er wollte nicht, daß die Verdächtigen zu früh gewarnt wurden. Deshalb nahm er Huttens Waffe an sich und versteckte die andere Pistole unter dem Feuerholz, wo Edgar sie später fand. Frowin wußte nicht, daß auch Huttens Pistole nicht funktionsfähig war.
Bevor Kuehnemund die Burg verließ, verkündete er laut und deutlich, daß er einen ortskundigen Begleiter brauche. Alle sollten glauben, er kenne den kürzeren Weg über Damscheid nicht; aber als er vor Wochen rheinabwärts zog, um die Städte zu einem Pakt gegen die Schinder zu gewinnen, hatte er Gelegenheit gehabt, diesen Weg zu erkunden. Edgar, was geschah, als ihr beim Lager der Schinder ankamt?«
»Wir haben uns getrennt, um uns von zwei Seiten anzuschleichen. So sollte mindestens einer entkommen können, wenn der andere gefangen wurde.«
»Habt ihr eure ganze Ausrüstung mitgenommen?«
»Natürlich nicht. Wir versteckten die Pferde und ließen auch unsere Mäntel und die meisten Waffen zurück. Wir wollten schließlich keinen Kampf ausfechten, sondern uns unbemerkt Informationen verschaffen und wieder verschwinden.«
»Herr von Cleve, habt Ihr Edgar niedergeschlagen?«
»Nein«, antwortete er. »Ich sah ihn erst, nachdem er ins Lager gebracht worden war.«
»Nur ein Mensch wußte von Edgars Anwesenheit«, erklärte Adriane. »Herr Kuehnemund schlich hinter Edgar her, schlug ihn

nieder und ließ ihn gefesselt zurück. Am nächsten Morgen wollte Kuehnemund ihn dann ›finden‹ und befreien. So hätte er einen dankbaren Zeugen gehabt, der seine Unschuld bestätigt hätte. Daß Edgar von einem anderen Mann gefunden und zu Spalatina gebracht würde, hatte er nicht geplant. Durch die Rettungsaktion hat er sich schließlich Edgar nur noch mehr verpflichtet.«
»Das kann nicht sein«, sagte ich.
»Ihr seid mit vier Pferden aufgebrochen, aber nur mit zweien zurückgekehrt. Was geschah mit den anderen?«
»Sie haben den Gewaltritt nicht überstanden.«
»Wie oft habt ihr die Pferde gewechselt?«
»Dazu sind wir gar nicht gekommen. Die beiden Ersatzpferde stürzten unterwegs, und wir mußten sie zurücklassen.«
»Sollte man nicht erwarten, daß Pferde, die Reiter zu tragen haben, eher zusammenbrechen, als ledige Ersatzpferde? Was glaubst du, weshalb die Ersatzpferde als erste zusammengebrochen sind?«
»Ein unglücklicher Zufall«, sagte Kuehnemund. »Es wäre uns bestimmt lieber gewesen, wenn sie durchgehalten hätten.«
»Aber das konnten sie nicht«, sagte Adriane, »denn sie hatten den Gewaltritt bereits zweimal hinter sich, während die Pferde, auf denen ihr gesessen habt, noch ausgeruht waren.
Nachdem Herr Kuehnemund Edgar gefesselt zurückgelassen hatte, zog er sich Edgars Mantel an, der bei den Pferden zurückgeblieben war. Falls ihn wider Erwarten in der Nacht jemand sehen sollte, würde er nicht erkannt werden. Er nahm sich die beiden Ersatzpferde und ritt im Eiltempo über Damscheid zur Burg. Um Mitternacht mußte er dort angekommen sein, seinen Schuß abfeuern, dann auf derselben Strecke zurück zum Wald, um Edgar von seinen Fesseln zu befreien.
In Damscheid wurde Kuehnemund von Ottokar Frischlin gesehen und für Edgar gehalten.«
»Aber Ottokars Geschichte ist eine Lüge«, wandte ich ein.
»Nur ein Teil davon. Ihr wart auf der Dorfstraße, Ottokar Frischlin, aber Ihr kamt nicht aus Eurem Haus. Woher kamt Ihr?«

»Es war so, wie ich gesagt habe«, sagte Ottokar. »Du warst doch nie in Damscheid, wie willst du wissen, wie es da aussieht? Ich habe eben einen kleinen Bogen geschlagen. Da kann man schon bis auf die Dorfstraße kommen.«

»Crispin«, sagte Greifenclau, »brich diesem Mann den rechten Arm.«

»Aus der Wirtschaft!« rief Ottokar, noch ehe Schongauer sich in Bewegung setzen konnte. »Ich habe ein paar Gläser Wein getrunken. Das ist doch nicht verboten. Ich war gerade auf den Weg nach Hause.«

»Ihr wart betrunken«, sagte Adriane. »Wahrscheinlich seid Ihr über die Straße getaumelt und von allein hingefallen. Als Ihr einen Reiter saht, den Ihr für Euren Bruder gehalten habt, kam Euch die Idee mit der Anklage. Wer ist eigentlich der ältere, Ihr oder Edgar?«

»Edgar ist der ältere. Aber er hat sich immer einen Dreck um den Hof gekümmert. Jetzt taucht er auf einmal wieder auf, um mir mein Erbe wegzunehmen.«

»So habt Ihr das, was wirklich geschah, in eine Lüge gekleidet, was dazu führte, daß alle Eure ganze Geschichte für eine Lüge hielten. Einmal abgesehen von Herrn Kuehnemund, der natürlich wußte, was daran Wahrheit war.

In der Burg hatten Herr Wiggershaus und Frau Gundelfinger inzwischen dafür gesorgt, daß sie Zeugen um sich hatten, die auch ihnen zur Dankbarkeit verpflichtet waren. Herr Wiggershaus hatte Henning Locher die Erlaubnis gegeben, seine geliebte Edwina hinter dem Turm aufzubauen. Es war kein Problem, das so aussehen zu lassen, als komme die Idee von Locher. Wiggershaus brauchte das Thema nur zu erwähnen, und sofort trug Locher genau die Ideen vor, die er immer vortrug. So war Herr Wiggershaus um Mitternacht auf der Nordmauer, wo er Kuehnemund mit seiner Laterne ein verabredetes Zeichen geben konnte.

Frau Gundelfinger war oben im Turm und hatte Herrn Hutten als Zeugen, um dessen Wohlergehen sie sich als einzige kümmerte.«

»Das ist an den Haaren herbeigezogen«, sagte Susanne. »Wenn ich etwas mit dem Mord zu tun hätte, hätte ich mich doch um nicht im Turm sehen lassen. Ich wäre irgendwo anders gewesen.«

»Geduldet Euch, Frau Gundelfinger. Ich werde gleich erklären, weshalb Ihr unbedingt im Inneren des Turms sein mußtet.

Von der Felsspitze aus konnte Herr Kuehnemund genau in das Labor sehen. Für einen geübten Scharfschützen war es ohne weiteres möglich, den Grafen zu treffen, der sich an den Herden zu schaffen machte. Als Wiggershaus das Signal mit der Laterne gab, schoß Kuehnemund, und der Graf lag tot am Fenster.«

»Aber dort hat er nicht gelegen«, sagte Kuehnemund. »Edgar, du hast selbst alle befragt, die bei der Öffnung des Labors dabei waren. Haben sie nicht übereinstimmend ausgesagt, der Graf habe vor der Tür gelegen? Ich bin ja ein guter Schütze, aber selbst ich kann nicht um die Ecke schießen.«

»Das ist wahr«, sagte ich. »Du hast selbst die Blutspuren auf dem Boden vor der Tür gesehen, Adriane. Vor dem Herd gab es genau so wenig Blutspuren, wie irgendwo anders im Raum.«

»In der Tat«, sagte Adriane. »Es gab sehr wenig Blutspuren. Du hast die Wunde untersucht, Edgar. Glaubst du, da ist nur ein kleines Rinnsal ausgetreten?«

»Eigentlich hätte es eine größere Lache geben müssen, wenn man bedenkt, wie groß die Wunde war«, gab ich zu. »Aber wo soll das Blut hingekommen sein?«

»Es war auf dem Segel. Da das Segel alt und fleckig ist, und du nicht gezielt danach gesucht hast, ist dir das nicht aufgefallen. Das Segel lag nämlich auf dem Boden, als der Graf starb. Als eine halbe Stunde um war und Herr Kuehnemund bereits wieder auf dem Rückweg, betrat Wiggershaus den Turm. Seinen Begleitern sagte er, er mache sich inzwischen Sorgen um den Grafen, und er veranlaßte alle, vor dem Turm zu warten. Er machte genug Lärm an der Labortür, daß Herr Hutten und Frau Gundelfinger ihn hören konnten. Frau Gundelfinger ging zu ihm. Edgar, wie groß ist der Abstand zwischen der Unterkante der Tür und dem Boden?«

Ich zeigte mit zwei Fingern ungefähr die Breite des Spaltes an.
»Ist das breit genug, um hindurchzusehen?«
»Nein«, sagte ich. »Wenn man das Ohr auf die Erde legt, reicht die Unterkante der Tür immer noch bis unter Augenhöhe.«
»Kann man einen Haken hindurchschieben?«
»Was für einen Haken?«
»Ein gebogenes Holzstück oder einen Draht zum Beispiel?«
»Ganz sicher. Doch bezweifle ich, daß man eine Leiche vom Fenster bis zur Tür zerren kann.«
»Aber es reicht aus, um einen Zipfel des Segels zu erreichen«, sagte Adriane. »Hat man erst einen Zipfel in der Hand, kann man das ganze Segel unter der Tür hindurchziehen.
Wenn der Graf experimentierte, standen alle Gegenstände im Raum, sogar die Stühle, auf den Arbeitsplatten, um das Segel freizulassen. Durch die Bewegung des Segels wurde also tatsächlich nur der Körper des Grafen mit bewegt.
So zogen Herr Wiggershaus und Frau Gundelfinger den Körper vom Fenster weg bis vor die Tür, wo er liegen blieb, als der Rest des Segels nach außen gezogen wurde. Jetzt würde es für jeden, der den Raum betrat, ausgeschlossen scheinen, daß ein Schütze von außerhalb der Burg der Täter sein konnte.
Ein toter Mann in einem verschlossenen Raum, bei ihm eine abgeschossene Pistole: Das konnte nur Selbstmord bedeuten; Selbstmord aus Verzweiflung, weil seine alchimistischen Versuche fehlgeschlagen waren. Niemand würde in Verdacht kommen.
Wiggershaus und Frau Gundelfinger brachten das Segel einfach auf die Plattform über dem Labor, wo niemand nachsah.
Dann trieben sie einen großen Aufwand mit vielen Zeugen um das Aufbrechen der Tür und die Entdeckung der Leiche.
Leider fand Henning Locher zu schnell heraus, daß nur eine unbenutzte Waffe in Frowins Nähe war. So brach der Plan mit dem angeblichen Selbstmord zusammen.
Nachdem alle Unbeteiligten den Turm verlassen hatten, brachte Frau Gundelfinger des Segel ins Labor zurück. Natürlich konnte sie es nicht auf dem Boden ausbreiten, da es dort beim Aufbre-

chen der Tür nicht gelegen hatte. Sie faltete es also zusammen und legte es zu den anderen Dingen auf die Arbeitsplatte.

Die drei Verschwörer beauftragten Edgar mit der Untersuchung des Mordes und begannen, ihn mit Geschichten über Herrn Cleve zu manipulieren, bis er glaubte, den wahren Mörder entlarvt zu haben. Frau Gundelfinger machte den Anfang, und die anderen zogen nach. Sie machten ein Geheimnis darum, was sie ihm anvertraut hatten, und auch Edgar behielt es für sich, bis er es gerade erzählte.«

»Tatsächlich«, sagte Greifenclau. »Diese Geschichten waren so phantastisch, daß ich erstaunt war, daß Edgar darauf hereinfiel. Sie sollten also den Verdacht auf meinen Beauftragten lenken.«

»Sie sollten außerdem vorbereiten, daß die drei, selbst gereinigt von jedem Verdacht, sich als die Kinder des verstorbenen Nikolaus zu erkennen geben konnten, um das Erbe anzutreten.

Darüber hinaus haben die Geschichten allerdings noch die Eigenschaft, der Wahrheit zu entsprechen. Die drei Mörder haben sich nicht zufällig in der Burg getroffen. Leo von Cleve hat sie hier zusammengeführt, und ich zweifle nicht daran, daß er dabei so verfahren ist, wie die drei es erzählt haben.«

»Was versuchst du, uns jetzt weiszumachen?« fragte Greifenclau. »Sollen die drei tatsächlich sein, als was sie sich ausgegeben haben? Hat Frowin wirklich seinen Bruder Nikolaus umbringen lassen?«

»Keins von beidem«, sagte Adriane. »Nikolaus hat seinen Bruder Frowin umbringen lassen.«

Greifenclau lachte höhnisch auf. »Das ist ausgeschlossen. Ich weiß, wie Nikolaus ausgesehen hat. Und ich weiß auch, wie Frowin ausgesehen hat. Es wäre unmöglich gewesen, mich zu täuschen.«

»Es war unnötig, Euch zu täuschen, Eminenz. Ihr wißt in der Tat, wie Nikolaus aussieht. Schließlich arbeitet er für Euch. Ist es nicht so, Graf Nikolaus von Pirckheim?« fragte sie Leo von Cleve.

Wir alle waren Adrianes Ausführungen mit unterschiedlichen Stadien des Erstaunen, des Unglaubens oder der Anerkennung gefolgt.

Hutten war weitestgehend unbeteiligt geblieben. Ihm war jede dieser Überlegungen bereits bekannt gewesen, falls sie nicht sogar direkt von ihm stammten. Jetzt sagte er: »Mädchen, dafür werden sie dich umbringen.«

Spalatina hatte Cleve die meiste Zeit über finster angestarrt. Ihn hatte die Entlarvung von Frowins Mörder nicht im geringsten interessiert, da sein Haß nur dem Mann galt, der ihn in die Falle gelockt hatte.

Leo von Cleve sagte: »Ich hätte nie geglaubt, in jemandem wie dir meine Meisterin zu finden. Ja, ich bin Nikolaus von Pirckheim. Frowin hat damals versucht, mich zu ermorden. Er tötete jedoch versehentlich jemand anderen. Ich mußte mich unter einer falschen Identität vor ihm verstecken. Aber unter dem Schutz seiner Eminenz werde ich jetzt wieder Herr der Schönburg sein.«

Susanne lief nach vorn, beugte ihre Knie vor Nikolaus und sagte: »Vater! Erkenne mich als deine Tochter an, und ich werde dir zu dem Reichtum verhelfen, den Frowin vergebens von mir forderte.«

Kuehnemund reagierte völlig anders. Er hatte mit erzwungener Ruhe den Anschuldigungen gelauscht. Jetzt sprang er, ohne daß man ihm seine Absicht vorher angemerkt hätte, auf einen der Landsknechte zu, entriß ihm das Schwert und holte gegen Adriane aus.

Und erst in dieser Sekunde war ich bereit, vor mir selbst zuzugeben, daß Adriane recht hatte. Ich war der einzige, der noch zwischen Kuehnemund und Adriane stand.

Hutten wollte trotz seiner Fesseln nach vorne kommen, um sich dazwischen zu werfen. Aber es war nicht mehr nötig. Ich verlagerte mein Gewicht auf mein gesundes Bein und ließ meinen Stock nach oben schnellen, wo er in Kuehnemunds Unterleib traf.

Augenblicke später hatte der Landsknecht, den Kuehnemund entwaffnet hatte, sich auf ihn gestürzt. Zwei andere kamen ihm zu Hilfe, und die Gruppe der Gefangenen, Gefesselten, Unbewaffneten hatte sich um den ehemaligen Burghauptmann vermehrt.

»Wir haben den Eindruck, du bist noch nicht fertig«, sagte Greifenclau, als sich der Tumult gelegt hatte.

»Doch, das ist sie«, sagte Hutten. »Sie hat die Mörder entlarvt, und sie hat gezeigt, wie sie es gemacht haben. Haltet Ihr nun Euer Wort und laßt Adriane gehen. Mit mir verfahrt, wie es Euch beliebt.«

»Wir verfahren immer, wie es uns beliebt, Hutten. Jetzt beliebt es uns, Adriane bis zum Ende zuzuhören. Du denkst also, Mädchen, wir hätten von Anfang an gewußt, daß Nikolaus von Pirckheim noch lebt und sich als Leo von Cleve ausgibt?«

»Vielleicht nicht von Anfang an, Eminenz, aber gewiß, seit er in Eure Dienste trat«, sagte Adriane. »Es gibt eine Menge Gerüchte und Schauergeschichten über Nikolaus von Pirckheim, darüber, wie er seine Kinder geopfert hat, darüber, wie der Teufel ihn holte. Diese Gerüchte kamen auch dem damaligen Fürstbischof von Trier zu Ohren, Eurem Vorgänger. Er entsandte einen Untersuchungsrichter, der den grauenvollen Berichten auf den Grund gehen sollte. Graf Nikolaus sah nur einen Ausweg: Er mußte seinen eigenen Tod vortäuschen, um der Strafe zu entgehen. Sein Bruder Frowin war bereit, ihm zu helfen. Er stellte aber die Bedingung, daß Nikolaus für immer das Land verlassen mußte.

Dazu erklärte Nikolaus sich bereit. Die beiden Brüder töteten einen einsam herumziehenden Zigeuner und zerstörten dessen Gesicht so, daß ihn niemand erkennen würde.

Nikolaus verließ das Land, und Frowin war der neue Graf. Der Untersuchungsrichter aus Trier traf ein und bestätigte den Tod von Nikolaus. Den tatsächlichen Vorfall konnte er allerdings nicht aufdecken. Henning Locher hat die Geschichte wieder und wieder erzählt, so, wie er sie gehört hatte, von Mal zu Mal mit mehr Details angereichert. Es fiel allerdings auf, daß der Untersuchungsrichter fast unmittelbar nach Nikolaus' Tod in der Burg eintraf, obwohl die Reise von Trier zur Schönburg mehrere Tage dauert. Der Richter mußte also schon abgereist sein, ehe Nikolaus starb, und somit konnte der Grund seiner Reise nicht der Tod des Grafen sein. Wenn also Nikolaus, um der Untersuchung zu entgehen, seinen eigenen Tod vortäuschte, dann bedeutet das, daß die Beschuldigungen gegen ihn der Wahrheit entsprachen. Er versuchte sich tatsächlich an Schwarzer Magie, und er opferte seine eigenen Kinder.«

»Aber ich bin doch seine Tochter«, sagte Susanne.

»Ihr seid ein Waisenkind aus Damscheid«, widersprach Adriane, »und Nikolaus spannte Euch wie Eure angeblichen Geschwister für seine Pläne ein. Als einige Jahre vergangen waren, als es einen neuen Fürstbischof in Trier gab – Euch, Eminenz – wollte Nikolaus wieder auf seinen alten Platz zurück. Aber Frowin war nicht bereit, ihm zu weichen. So ersann Nikolaus einen ausgeklügelten Plan. Er entsprach fast dem, den Edgar uns vorhin dargelegt hat. Nikolaus fand drei Menschen, die er unabhängig voneinander überzeugte, sie seien die Erben eines ermordeten Grafen, und er gebe ihnen die Möglichkeit, sich am Mörder ihres Vaters zu rächen. Er manipulierte die drei so, daß sie sich in der Schönburg trafen. Er hatte mit jedem nur einzeln gesprochen, aber dabei genug Hinweise eingestreut, daß alle drei aufeinander aufmerksam werden und sich zusammentun mußten.

Jetzt brauchte er nur noch abzuwarten, bis die drei Frowin aus Rache ermordeten.

Er tauchte immer wieder in der Burg auf, säte abwechselnd bei allen, einschließlich Frowin, gegenseitige Verdächtigungen, und kümmerte sich zugleich selbst um einen mächtigen Schutzherren. Euch, Eminenz, vertraute er sich an, trat in Eure Dienste und erwartete als Gegenleistung, als rechtmäßiger Herr der Schönburg anerkannt zu werden, wenn sein Rivale aus dem Weg geräumt war.

Die drei angeblichen Kinder ließen sich mehr Zeit mit ihrer Rache, als er gedacht hatte. So mußte er etwas unternehmen, um die Ereignisse zu beschleunigen. Diese Möglichkeit ergab sich,

als es darum ging, Spalatina und seine Bande in eine Falle zu locken.
Nikolaus veranlaßte, daß die Falle bei der Schönburg zuschnappen sollte. Die Wirren und Kämpfe würden einen guten Hintergrund abgeben, falls jemand einen Mord plante und nur noch auf eine günstige Gelegenheit wartete. Und so kam es auch: Die drei Mörder erkannten, daß sie jetzt zuschlagen mußten.
Als Nikolaus sich zum letzten Mal in die Burg schlich, kam er zurecht, um zu sehen, wie die Tür zum Labor aufgebrochen wurde.
Sein Plan war aufgegangen.«
»Bist du fertig?« fragte Greifenclau.
»Fast, Euer Eminenz. Euer Interesse an der Schönburg beruhte darauf, daß Ihr glaubtet, hier würde tatsächlich Gold gemacht. Ihr habt Briefe von Conrad empfangen, aus denen Ihr dies gefolgert habt. Deshalb habt Ihr Euch auf Nikolaus' Vorschläge eingelassen: Letztlich wolltet Ihr das Rezept zur Herstellung von Gold, und dafür hätte Nikolaus die Burg wiederbekommen, gereinigt von jedem Verdacht. Aber in einem Faß unten im Weinkeller liegen die Skelette von Nikolaus' Kindern. Er selbst hat sie vor Jahren bei seinen Versuchen, Gold zu machen, getötet. Und jetzt bin ich fertig.«
»Wir haben sehr viel Achtung vor Intelligenz und Mut«, sagte Greifenclau. »Wir vermuten allerdings, daß der größte Teil auf das Konto von Hutten gebucht werden kann.«
»Es war das Ergebnis einer Zusammenarbeit«, sagte Hutten. »Oder, wie wir Humanisten sagen: einer Koproduktion. Wir haben so lange die richtigen Fragen gestellt, bis die richtigen Antworten herauskamen. Nur ein Narr fragt: ›Wie kann ein Mörder aus einem verschlossenen Raum verschwinden?‹ Die richtige Frage heißt: ›Warum will der Mörder, daß der Raum verschlossen ist?‹«
»Vielleicht können wir Eure Belehrungen in einem Eurer nächsten Bücher nachlesen«, sagte Greifenclau. »Natürlich nur, wenn Ihr es schafft, zwischen Euren Beschimpfungen Platz für ein paar Zeilen sachlichen Inhaltes freizulassen.«

»Wenn Ihr mir Schreibzeug in meinen Kerker bringt, werde ich bestimmt nichts schreiben, was Euch belehren könnte.«
»So hatten wir Euch in der Tat eingeschätzt. Von einem Kerker ist jedoch hier keine Rede, denn wir stehen immer zu unserem Wort. Adriane, wir haben mit dir gewettet, und wir lösen diese Wette jetzt ein. Du bist frei, und auch Hutten kann die Burg verlassen. Er ist nicht wichtig für die Zukunft dieses unseres Landes; er mag gehen, wohin ihm beliebt.«
»Ich soll nicht wichtig sein!« sagte Hutten wütend. »Mich wird man noch zitieren, wenn Ihr längst vergessen seid. Glaubt ja nicht, der Krieg gegen Euch Pfaffen sei schon vorbei!«
»Wie könnt Ihr so etwas sagen, nachdem Ihr gerade noch mich zur Vorsicht gemahnt habt?« fragte Adriane.
Greifenclau sagte in ungewohnter Nachsicht: »Was kümmert's eine deutsche Eiche, wenn eine Sau sich an ihr reibt!«

30

Das 30. Kapitel beginnt just in dem Moment, als es scheint, das Schlimmste sei überstanden

»Du hast uns gebeten, aus unseren Diensten entlassen zu werden, um deinen alten Feind zu jagen«, sagte Greifenclau zu mir.

Wir saßen im ehemaligen Arbeitszimmer von Frowin, außer Greifenclau und mir noch Crispin Schongauer und Nikolaus von Pirckheim.

»Wir sind bereit, deinem Wunsch zu entsprechen, und fordern nur einen letzten Dienst von dir.«

»Was soll ich tun, Eminenz?« fragte ich.

»Wir haben vor vielen Zeugen unser Wort gegeben. Es ist selbstverständlich ausgeschlossen, daß wir dieses Wort brechen, selbst wenn es nur einem Küchenmädchen galt. Wie soll Ordnung in das Land einkehren, wenn sein Herr als wortbrüchig gilt. Verstehst du das?«

»Selbstverständlich. Ich bin stolz, einem Herren gedient zu haben, auf dessen Wort Verlaß ist.« Es war eine faustdicke Lüge, aber was hätte ich sagen sollen? Wenn Greifenclau mich entlassen wollte, konnte er so viele Lügen hören, wie er mochte.

»Wir können andererseits nicht zulassen, daß Hutten im Land bleibt und Aufruhr anzettelt«, fuhr Greifenclau fort. »Wir werden Graf Nikolaus als Herrn der Schönburg bestätigen. Wer weiß schon, wie seine Kinder gestorben sind? Wenn wir den Grafen danach fragen würden, hätte er bestimmt eine harmlose Erklärung.«

»Schwindsucht«, sagte Nikolaus. »An einem Tag waren sie noch vergnügt, am nächsten krank, am dritten tot. Ich wollte sie nicht fern von mir auf irgendeinem Friedhof verscharren, sondern stets in meiner Nähe haben. Darum habe ich ...«

»Schon gut!« unterbrach Greifenclau ihn. »Das ist allein Eure An-

gelegenheit, Graf Nikolaus. Wir hingegen fragen uns: Wie können wir uns Huttens entledigen, ohne unser Wort zu brechen? Und was soll aus Adriane werden? Sie hat praktisch den Mord an Conrad von Pirckheim gestanden. Wenn wir sie dafür nicht zur Rechenschaft ziehen, müssen wir nach einem anderen Schuldigen suchen. Hast du eine Idee, Edgar?«
»Soweit ich weiß, ist Hutten auf dem Weg in die Schweiz«, sagte ich. »Laßt ihn ziehen. Hutten ist ein kranker Mann, und er hat nur noch wenige Jahre vor sich, vielleicht nur Monate. Laßt Adriane mit ihm gehen. Keiner von beiden wird jemals zurückkehren.«
»Wir würden uns freuen, keinen von beiden wiederzusehen. Dann gibt es noch einen ungeklärten Punkt. Du hattest gesagt, Conrad habe in deinen Armen seinen Selbstmord gestanden. Jetzt aber deutet alles darauf hin, daß sein Tod von jemand anderem herbeigeführt wurde. Wie sehr können wir dir vertrauen, Edgar?«
»Ich werde mich Eures Vertrauens wert erweisen. Vielleicht habe ich Conrads letzte Worte falsch verstanden. Immerhin lag er schon im Sterben, als ich ihn fand.«
Greifenclau und Nikolaus wechselten einen kurzen Blick. Sie hatten etwas verabredet, ehe sie mich gerufen hatten. Aber was?
»Sorge dafür, daß Hutten und Adriane niemals wiederkommen. Begleite sie, wohin sie wollen. Bleib bei ihnen, bis du sicher bist, daß sie nicht zurückkehren.«
»Aber wie soll ich dessen jemals sicher sein?«
»Es ist nicht unsere Aufgabe, deine Probleme zu lösen. Du hast selbst gesagt, daß Hutten nicht mehr lange zu leben hat. Sicher sein, daß er nicht mehr zurückkehrt, kannst du am Tage seines Todes. Wenn Hutten erst in zehn Jahren stirbt, endet dein Dienst für uns in zehn Jahren. Wenn er morgen früh stirbt, endet dein Dienst morgen früh.«
»Nicht zu vergessen, das Küchenmädchen«, sagte Nikolaus. »Sie hat ein langes Leben vor sich, jung, wie sie ist. Seine Eminenz wäre sehr ungehalten, wenn sie plötzlich wieder auftaucht und Geschichten erzählt, die Anlaß zu Mißverständnissen geben könnten.«

437

»Wir sind natürlich sicher, daß du niemals etwas tun würdest, was du nicht mit deinem Gewissen vereinbaren kannst«, sagte Greifenclau.

»Andererseits gibt es Unfälle, die sich nicht voraussehen lassen«, fügte Nikolaus hinzu. »Nicht, daß ich das jemandem wünschen würde.«

»Crispin wird dich und deine Begleiter noch heute über den Rhein setzen«, sagte Greifenclau. »Er wird dir Waffen aushändigen, damit du dich verteidigen kannst.«

»Oder angreifen, falls dir das günstiger erscheint«, sagte Nikolaus.

»Das genügt, Graf«, sagte Greifenclau. »Wir sind sicher, daß unser Edgar verstanden hat, was wir von ihm erwarten.«

Durch die Dämmerung leuchteten Lichter von der Schönburg und aus dem Lager der Landsknechte. Das Rheintal lag bereits im Schatten.

Schongauer und ich ruderten den Kahn über den Fluß. Hutten und Adriane saßen am Heck, ihre wenigen Habseligkeiten auf dem Schoß.

»Ein skrupelloser Bischof, ein selbstsüchtiger Intrigant, zwei Mörder«, zählte Hutten auf. »Ich bin interessiert zu erfahren, wie die vier sich einigen werden. Vor allem bin ich interessiert, gerüchteweise und aus der Ferne davon zu erfahren.«

»Was meinst du, Edgar?« fragte Adriane. »Wird man Kuehnemund und Frau Gundelfinger hinrichten? Oder ob der Bischof Verwendung für einen Scharfschützen und eine Alchimistin hat?«

»Haltet's Maul!« sagte Schongauer.

»Und welche Verwendung hat er für dich?« fragte Adriane weiter.

»Ich werde Euch bis in die Schweiz begleiten«, sagte ich.

»Ist das wirklich dein Auftrag?«

»So und nicht anders hat der Fürstbischof es mir gesagt. Er möchte, daß Ihr möglichst schnell verschwindet und nicht zurückkehrt.«

»Ich frage mich, ob das nicht mit einer sechsspännigen Kutsche besser zu bewerkstelligen wäre als mit einem Ruderboot«, sagte Hutten.
»Ich sagte, ihr sollt das Maul halten«, knurrte Schongauer.
»Was passiert sonst?« fragte Hutten. »Wirfst du uns über Bord? Ich kann schwimmen. Du auch?«
»Wartet ab, bis wir am Ufer sind.«
Hutten verdrehte die Augen zum Himmel: »Was für ein Schicksal! Zwei Blödiane des Bischofs rudern mich zu meiner letzten Ruhe.«
»Wir rudern nicht bis in die Schweiz«, sagte ich. »Wir kaufen Pferde.«
»Ich sehe den Sonnenaufgang nicht mehr, und Ihr denkt, ich weiß das nicht? Blödiane, alle beide!«
»Edgar ist kein Blödian«, sagte Adriane. »Er ist nur hereingelegt worden.«
»Willst du wieder wetten?« fragte Hutten. »Dann wette ich, daß er nicht einmal jetzt weiß, weshalb du mich nach den Zwiebeln gefragt hast.«
»Er wußte es, als ich es sagte«, widersprach sie. »Ich habe es an seinem Gesicht gesehen. Erst dachte er, ich lüge, aber in dem Augenblick wußte er, daß ich recht hatte.«
»So hat er sich aber gar nicht angehört. Er hat dich als Lügnerin beschimpft.«
»Ich verzeihe ihm.«
»Ich kann euer dämliches Gequatsche nicht mehr hören«, sagte Schongauer.
»Dann spring doch über Bord«, riet Hutten. Und zu mir sagte er: »Na los, Herr Frischlin, dann erzählt mir doch, was es mit den Zwiebeln auf sich hat.«
»Susanne hat in der Küche Zwiebeln geschält«, sagte ich. »Am Tag nach dem Mord, während ich den Turm durchsuchte. Angeblich brauchte sie die für die Kur, die sie mit Euch durchführte. In Wirklichkeit kam es ihr aber nur darauf an, ein Tuch mit Zwiebelsaft zu tränken. Als Susanne mir erzählte, daß sie Nikolaus' Toch-

ter sei, brach sie in Tränen aus. Sie tupfte sich die Augen ab, aber die Tränen flossen nur noch reichlicher.
Ich wollte sie trösten, und da begann ich selbst zu weinen. Ich habe wirklich geglaubt, daß mein Mitleid mich zum Weinen brachte. Aber es war das Tuch mit dem Zwiebelsaft.«
»Ich bin erstaunt, wie ruhig Ihr das jetzt erzählen könnt«, sagte Hutten. »Man sollte viel mehr Scham von jemandem erwarten, der merkt, daß er sich so dumm verhalten hat.«
»Die hat er«, sagte Adriane. »Er zeigt es uns nur nicht.«
Kurze Zeit später zog Schongauer das Boot mit dem Bug ans Ufer.
Adriane half erst Hutten und dann mir beim Aussteigen.
Schongauer warf mir eine zusammengerollte Decke zu. Ich wickelte sie aus und fand darin Kuehnemunds Stutzen, dazu ein Säckchen mit Bleikugeln und ein Pulverhorn.
»Das beantwortet deine Frage, ob der Bischof noch Verwendung für einen Scharfschützen hat«, sagte Hutten zu Adriane. »Wir können wohl davon ausgehen, daß eine erfolglose Alchimistin...«
»Hört bitte auf, Herr Hutten«, unterbrach Adriane. »Macht es nicht noch schwerer für Edgar.«
Ich untersuchte die Waffe: Sie war nicht geladen.
»Laß dir Zeit«, sagte Schongauer. »Du wirst schon zu uns zurückfinden, wenn du deine Aufgabe erledigt hast.«
»Wenn man einmal für Greifenclau gemordet hat, kommt man nie wieder von ihm los. Ist es nicht so, Crispin? Dies ist nicht mein letzter Auftrag. Ich wäre für immer sein, wenn ich jetzt Hutten und Adriane töte.«
»Du bist für immer sein. Wir beide sind das.«
»Es war kein Zufall, daß ich in Gassenhauers Rotte gesteckt wurde, nicht wahr? Du hattest von Anfang an den Auftrag, ihn umzubringen. Das hatte nichts damit zu tun, mir zu einer Tarnung zu verhelfen. Was hat der Mann getan? Wußte er zuviel wie Adriane? War er zu einflußreich wie Hutten?«
»Ich habe nur einen Befehl ausgeführt«, sagte Schongauer.
»Das war alles für dich?«

»Du hast es immer noch nicht verstanden. Greifenclaus Befehle auszuführen ist nur der Anfang. Du wirst lernen, seine Gedanken zu denken und zu handeln, ehe er es sagt.«
Schongauer schob mit einem kräftigen Schwung das Boot wieder ins Wasser und sprang hinein.
Ich nahm Kuehnemunds Stutzen, schüttete Pulver aus dem Horn in die Mündung, schob einen kleinen Stoffetzen hinterher und stieß beides mit dem Ladestock tiefer.
Schongauer ergriff zwei Ruder und entfernte sich mit kräftigen Schlägen von uns.
Es war tatsächlich umständlich, diese Waffe zu laden. Die Züge des Laufs blockierten sogar bei dem weichen Stoff. Ich mußte immer wieder den Ladestock herausziehen und neu ansetzen.
»Warte nicht zu lange«, sagte Hutten zu Adriane. »Wenn du jetzt losläufst, wird er dich nicht erwischen. Es ist bald ganz dunkel, und du kannst spurlos verschwinden.«
»Was wirst du tun, Edgar?« fragte Adriane.
»Ich werde das Gewehr laden«, sagte ich. »Dann suche ich mir einen Stock, und wir machen uns auf den Weg. Ich werde uns so schnell wie möglich Pferde besorgen.«
»Das glaubst du selbst nicht«, sagte Hutten. »Ich sage dir, Mädchen, verschwinde, solange du noch kannst. Er wird mich töten, und dann wird er dich zu töten versuchen.«
»Nicht, bevor Ihr fertig seid, Herr Hutten«, sagte ich.
»Womit fertig?«
»Damit.« Ich griff unter mein Hemd und warf ihm das Papier mit dem Gedichtfragment zu, das ich im Keller an mich genommen hatte.
Er warf einen Blick darauf und sagte: »Das sollte mein Vermächtnis werden. Mein letztes Gedicht, in dem ich Rechenschaft ablege über mein Leben. Ich habe es im Kopf, aber ich glaube nicht, daß ich dazu kommen werde, es ein zweites Mal aufzuschreiben.«
»In der Schweiz gibt es Tinte und Papier so gut wie bei uns.«
»Wollt Ihr mich in Sicherheit wiegen und dann von hinten

erschießen? Wagt Ihr es nicht, mir dabei in die Augen zu sehen?«

Ich sah ihm in die Augen und antwortete: »Ich bin nicht Greifenclaus Hund. Ich werde lieber sterben, als weiterzuleben wie bisher, immer in Angst, sein Mißfallen zu erregen.« Ich hielt Hutten den Stutzen hin. »Nehmt Ihr die Waffe, wenn Ihr wollt.«

»Herr Frischlin, Ihr überrascht mich«, sagte Hutten. »Damit hatte ich nicht gerechnet.«

»Ich schon«, sagte Adriane. »Ich habe ihm immer vertraut.«

»Behaltet das Ding«, sagte Hutten. »Ich würde sowieso nichts treffen.«

Ich lud weiter.

Wir hätten sofort aufbrechen sollen; ich hätte den Stutzen auch später noch laden können.

Hinterher ist man immer klüger.

Während ich leise fluchend mit dem Stutzen hantierte, hörte ich auf einmal, wie Hutten sagte: »Was soll das? Nimm das Messer von dem Mädchen!«

Ich blickte auf und sah Joseph Peutinger, der Adriane wie einen Schutzschild vor sich hielt. Er drückte ihr die Spitze eines Messers gegen die Kehle; ein einzelner Blutstropfen trat aus und rann langsam die Klinge entlang.

Peutinger sah aus, als habe man ihn seziert, begraben und dann wieder aus der Erde geholt.

Er hatte keine Haare mehr. Er hatte fast kein Gesicht mehr. Rohes Fleisch war an die Stelle seiner einst so schönen Gesichtszüge getreten. Mit einem Auge funkelte er mich an. Dort, wo sich einmal das andere befunden hatte, war jetzt ein dunkles Loch, aus dem Eiter lief.

Die Hand war ein schwarzer Klumpen, aber kräftig genug, ein Messer zu halten.

Ich stemmte den Kolben auf den Boden, stützte mich mit meinem Gewicht auf den Ladestock und spürte, wie der letzte Widerstand überwunden wurde und die Treibladung bis zum Ende hineinglitt.

»Du wirst bezahlen«, murmelte Peutinger. »Du wirst bezahlen für das, was du mir angetan hast. Los, lade dein Gewehr und schieß. Du wirst wieder das Mädchen treffen wie damals.«
»Diesmal nicht«, sagte ich.
»Du kannst sie nicht retten. Selbst, wenn du mich triffst, habe ich immer noch die Kraft, ihr das Messer in die Kehle zu drücken.«
»Wo willst du dann hin?« fragte ich ihn. »Du kannst mir nicht entkommen. Du kannst dich kaum noch auf den Beinen halten.«
Ich zog den Ladestock aus dem Lauf und schob eine Kugel hinein.
»Ich bin tot«, sagte Peutinger. »Ich bin erschossen. Ich bin verbrannt. Ich bin ertrunken. Aber ich bin zurückgekommen, weil ich die Macht habe, dir alles zu nehmen, was du liebst.«
Ich stieß die Kugel mit kurzen, kräftigen Stößen nach unten.
»Ich werde dich leiden sehen, ehe ich endgültig sterbe«, sagte Peutinger. »Ich hoffe, daß du lange lebst und immer wieder daran erinnert wirst, was jetzt passiert. Schieß doch.«
Ich hämmerte auf die Kugel ein, die sich zwischen den Zügen des Laufs verklemmt hatte.
»Nicht schießen«, sagte Hutten. »Du wirst Adriane treffen.«
»Schieß«, sagte Adriane. »Ich vertraue dir.«
»Das hat schon einmal ein Mädchen gemacht«, sagte Peutinger und kicherte böse. »Aber er vernichtet die, die ihm vertrauen.«
Die Kugel löste sich und glitt nach hinten. Ich verzichtete auf einen zweiten Stopfen und schüttete die Zündladung auf die Pfanne. Peutinger brachte seinen Kopf hinter Adriane. Nur einen Teil konnte ich noch sehen, gerade bis zu seinem Auge.
»Du bist ein Versager«, sagte Peutinger. »Du wirst das Mädchen treffen.«
Ich legte an, zielte an Adrianes Kopf vorbei, genau auf Peutingers Auge.
»Los, töte mich«, sagte Peutinger. »Du tust mir einen Gefallen. Aber nicht, ohne mir vorher noch einmal zu zeigen, was für ein Versager du bist.«

Hutten hob einen Stein auf.
»Oh, diesmal hast du Hilfe, wie ich sehe«, fuhr Peutinger fort.
»Einen Krüppel, der mit Steinen wirft. Na los, Krüppel, wirf den Stein, und das Mädchen ist tot.«
Ich hüpfte auf meinem gesunden Bein ein Stück nach links. Peutinger drehte sich mit, zwang Adriane, zwischen uns zu bleiben.
»Sieh genau her«, sagte Peutinger. »Ich schiebe jetzt langsam das Messer weiter in den Hals. Gleich wird sie anfangen zu schreien. Wenn das Messer auf die Luftröhre trifft, wird sie damit aufhören. Aber sie wird die ganze Zeit am Leben sein.«
»Du willst doch nur mich«, sagte ich »Laß sie gehen, und wir regeln das unter uns.«
»O nein. Ich bestimme die Regeln. Das allein ist wahre Macht: Die Regeln bestimmen. Wenn ich sie gehen lasse, kommt sie mit dem Leben davon. Ich will aber, daß du sie sterben siehst.«
»Du bist tot, Joseph«, sagte ich. »Tot, tot, tot.«
Ich wußte, daß ich nur eine Chance hatte, nur eine einzige, winzige Chance. Ich schickte ein Stoßgebet zum Himmel, ein wahnwitziges Stoßgebet, ohne Glauben, ohne Hoffnung auf Erhörung, krümmte den Abzugsfinger, krümmte ihn weiter, spürte den Druck der Hahnfeder, der zunahm, bis die Feder sich löste und der Hammer auf die Pulverpfanne schlug, riß den Stutzen im allerletzten Augenblick vor dem Schuß nach rechts, sah über den Lauf genau in Adrianes Gesicht, spürte, wie die Waffe in meiner Hand zuckte, wie die Pulverladung explodierte, wie der Lauf die Kugel ausspie, von mir wegschleuderte, genau auf Adrianes Gesicht zu...
...wie sie Adriane tötete...
...wie Peutinger das Messer von ihrem Hals nahm, sie zur Seite riß, dahin, wo er gerade noch gestanden hatte, weil er dachte, daß ich auf seine einzige ungedeckte Stelle schießen würde, weil die Kugel sie treffen sollte...
...und die Kugel verfehlte Adrianes Kopf, bohrte sich durch Peutingers leere Augenhöhle, riß seinen Kopf nach hinten, riß den

Rest des Körpers mit sich, riß auch die Hand mit dem Messer mit sich, fort von Adriane.

Peutinger fiel zu Boden; keine Bosheit und kein Haß waren stark genug, ihn länger aufrecht zu halten.

Ich schickte Adriane und Hutten davon, bis hinter die nächste Biegung des Uferweges.

Als sie außer Sicht waren, humpelte ich mühsam zu Peutingers Körper, der sich nicht rührte, nicht atmete.

Ein Mann, dem eine Kugel durch den Kopf gefahren ist, ist tot.

Ich war noch nicht sicher, wollte so sicher sein, daß er mir nicht einmal in meinen schlimmsten Träumen begegnen konnte.

Adriane fragte mich nie, was ich in der halben Stunde, bis ich ihnen folgte, getan hatte. Es war wohl die einzige Frage, die sie nie stellte.

Zwanzig Minuten hatte ich gebraucht, um einen einigermaßen kräftigen Stock zu finden, auf den ich mein Gewicht stützen konnte. Der Rest war allein meine Sache.

Als ich Peutingers Körper endgültig verlassen hatte, da war ich sicher.

Und so zogen wir auf der Uferstraße in die Nacht hinein: drei seltsame Weggefährten, die sahen, wie die Finsternis sich herabsenkte und das Licht verschlang.

Ich habs gewagt mit Sinnen, und trag des noch kein Reu,
Mag ich nit dran gewinnen, noch muß man spüren Treu;
Darmit ich mein, nit eim allein,
Wenn man es wollt erkennen:
Dem Land zu gut, wie wohl man tut,
Ein Pfaffenfeind mich nennen.

Da laß ich jeden liegen und reden was er will;
Hätt Wahrheit ich geschwiegen, mir wären Hulder viel.
Nun hab ichs gesagt, bin drumb verjagt,
Das klag ich allen Frummen,
wiewohl noch ich nit weiter fleich,
vielleicht werd wiederkummen.

Umb Gnad will ich nit bitten, dieweil ich bin ohn Schuld;
Ich hätt das Recht gelitten, so hindert Ungeduld,
daß man mich nit nach altem Sitt
Zu Ghör hat kummen lassen;
Vielleicht will Gott, und zwingt sie Not,
Zu handeln diesermaßen.

Nun ist oft diesergleichen geschehen auch hie vor,
Daß einer von den Reichen ein gutes Spiel verlor;
Oft großer Flamm von Fünklin kam,
Wer weiß, ob ichs werd rächen;
Staht schon im Lauf, so setz ich drauf:
Muß gahn oder brechen.

Ob dann mir nach tut denken der Kurtisanen List,
Ein Herz laßt sich nit kränken, das rechter Meinung ist.
Ich weiß noch viel, wölln auch ins Spiel,
Und solltens drüber sterben:
Auf, Landsknecht gut und Reuters Mut,
Laßt Hutten nit verderben!

ULRICH VON HUTTEN

Eine turbulente Detektivgeschichte vor einer prachtvollen Kulisse – Bagdad im 12. Jahrhundert

edition meyster

Slugi, Untersuchungsrichter von Bagdad, steht vor seinem schwersten Fall. Wie konnte der Kalif in einem von allen Seiten bewachten Palast und in einem von innen verriegelten Raum ermordet werden?
Die Nacht des Kalifen ist historischer Roman und Detektivgeschichte zugleich, kenntnisreich und mit Humor erzählt und nicht ohne feine parodistische Anspielungen.